國學經典譯注叢書

詩經譯注

程俊英　撰

上海古籍出版社

图书在版编目（CIP）数据

诗经译注/程俊英撰. —上海：上海古籍出版社，2012.8（2025.5 重印）
（国学经典译注丛书）
ISBN 978-7-5325-6400-2

Ⅰ.①诗… Ⅱ.①程… Ⅲ.①古体诗—诗集—中国—春秋时代②诗经—译文③诗经—注释 Ⅳ.①I222.2

中国版本图书馆 CIP 数据核字(2012)第 047109 号

国学经典译注丛书
诗经译注
程俊英 撰
上海古籍出版社 出版发行
（上海市闵行区号景路 159 弄 1-5 号 A 座 5F 邮政编码 201101）
(1)网址：www.guji.com.cn
(2)E-mail：gujil@guji.com.cn
(3)易文网网址：www.ewen.co
常熟市人民印刷有限公司印刷
开本 700×1000 1/16 印张 24 插页 2 字数 334,000
2012 年 8 月第 1 版 2025 年 5 月第 15 次印刷
印数：141,851-143,950
ISBN 978-7-5325-6400-2
K·1562 定价：48.00 元

前　言

一

《诗经》是我国最早的一部诗歌总集。它在孔子时称为“诗”或“诗三百”；到了汉代，武帝罢黜百家，独尊儒术，将孔子所整理过的书称为“经”，才确定《诗经》的名称。秦火以后，汉时保存研究《诗经》的有四家：鲁人申培的鲁诗，齐人辕固的齐诗，燕人韩婴的韩诗（现存《韩诗外传》），这三家诗都先后失传；我们现在所读的《诗经》，是毛亨、毛苌传下来的。毛亨作《毛诗故训传》，所以后人又称《诗经》为“毛诗”。

《诗经》分为风、雅、颂三大类，共三百零五篇。《诗经》都是周诗，它产生的年代，大约上起西周初年，下至春秋中叶，历时五百多年。它产生的地域，约在现今的陕西、山西、河南、河北、山东和湖北北部一带地方。至于它的作者，我们只能根据诗的内容推测他们的身份和社会地位，具体的姓名，除古书上有记载或在诗篇中自书姓名者外，其余绝大多数是无法考知的了。

在这样漫长的时间里，在这样广阔的地区中，产生了这么多的诗篇，是谁、又是怎样把它们搜集、编订成为一本诗集的呢？根据古代文献，说周代设有采诗的专官，官名叫做“酋人”或“行人”，到民间去采诗。《国语》又有公卿列士献诗、太师陈诗的说法，他们所献陈的诗，据说也在《诗经》内。当时大量的民歌和贵族的诗篇，就是依靠采诗献诗制度而保存下来的。那么，又是谁将这些诗篇加工整理成为诗集的呢？《周礼》说：“太师教六诗：曰风，曰赋，曰比，曰兴，曰雅，曰颂。”又说：“大司乐以乐语教国子。”可见周代乐官不但保管《诗经》，且负担着教授诗、乐的任务。三百篇都是有乐调的，诗乐不分，进行加工编辑工作的，可能就是乐官太师。到了春秋时代，诸侯间交际频繁，一般外交家为了锻炼自己的口才，加强外交辞令，常常引用诗歌的章句，来表达本国或自己的态度和希望，使其语言含蓄婉转而又生动，这就形成当时上层人物学诗的风气。所以孔子说:“不学诗,无以言。”周诗可能即在春秋士大夫“赋诗言志”的普遍要求下,乐工不断地加工配乐,逐渐地结集成为一本教科书。孔子一直称“诗三百”,《左传》引诗百分之九十五都见于《诗经》,可见在春秋时代,已经有固定的教本了。《史记》有孔子删诗说,经过千百年学者的考证,孔子只是对“三百篇”做了校正乐调的工作,并没有删诗。

《诗经》分为风、雅、颂三大类,古人按什么标准来分的?后世学者对这也有不同的看法,其中最有力者约有三说:(一)认为按诗的作用分,以《毛诗大序》为代表。(二)认为按作者的身份及诗的内容分,以朱熹《诗集传》为代表。(三)认为按音乐分,以郑樵《六经奥论》为代表。我个人同意第三说。郑樵说:“风土之音曰风,朝廷之音曰雅,宗庙之音曰颂。”古人所谓“风”,即指声调而言。《郑风》,就是郑国的调儿,《齐风》,就是齐国的调儿,都是用地方乐调歌唱的诗歌。好像现在的申曲、昆腔、绍兴调一样,它们都是带有地方色彩的声调。十五国风,就是十五个不同地方的乐调。雅是秦地的乐调,周秦同地,在今陕西。西周的都城在今陕西省西安西南,古代叫做“镐”;这地方的乐调,被称为中原正音。“雅”字《说文》作“鸦”,鸦和乌同声,乌乌是秦调的特殊声音,所以称周首都的乐调为雅,也就是《左传》说的“天子之乐曰雅”,又好像现在人称北京的乐调为京调一样。雅有大小之分,孔颖达说:“诗体既异,音乐亦殊。”惠周惕《诗说》认为大、小雅就像后代音乐的大吕、小吕一样,都是乐调的区别。颂即古代的“容”字,阮元译作“样子”,就是表演的意思。颂不但配合乐器,用皇家声调歌唱,而且是带有扮演、舞蹈的艺术。据王国维考证,风雅只清唱,歌辞有韵,声音短促,叠章复唱。颂诗多数无韵,由于配合舞步,所以声音缓慢,且大多不分章,这就是颂乐的特点。从上面说的看来,周诗既保存于官府,太师又负着编订、加工、讲授《诗经》的工作,他们根据乐调给诗分类,那是很可能的事。古人将风、雅、颂和《诗经》的表现手法赋、比、兴连在一起,称为“诗之六义”。

二

《诗经》大体上反映了周代的社会面貌和人民的思想感情。读它就好像读了一部周族从后稷到春秋中叶的发展史。

《国风》里有一些反映人民劳动生产的诗歌。如《芣苢》,它再现了活泼健康的古代劳动妇女的形象,语言的反复,篇章的重叠,表现了这些妇女对劳动的热爱。再如《七月》,叙述了豳地农民一年四季无休止的劳动过程和劳动生活的各个方面，形象地反映了周代剥削者与劳动者之间的对立。雅、颂里也有一部分反映农业劳动的诗歌，如《甫田》、《大田》、《载芟》、《良耜》。这些诗篇多经贵族文人的修改，用于祭祖祭神等活动，和民歌有很大区别。但是，从这里可以看出农民知道制造农具，知道选种、除草、施肥、灭虫，可以看出当时农业生产的高度发达。

风诗里还有一些反剥削反压迫的诗歌，《伐檀》、《硕鼠》是其代表作。《伐檀》是一群伐木者在河边砍伐檀木，替统治者造车发出的呼声，谴责了统治者不劳而获的罪行和剥削制度的不合理。《硕鼠》的作者将剥削者比作贪吃的大耗子，并发誓要离开那里，到没有耗子的理想国去。可是，那个没有剥削而能安居的乐土，只是诗人的幻想，所以他最后只能失望地长叹说："乐郊乐郊，谁之永号！"这两首诗，反映了我国人民在二千五百年前就有消灭剥削制度的理想和愿望，具有高度的思想意义。

周代初年，大小诸侯原有一千八百国，到春秋时代只剩三十几国了，诸侯间大鱼吃小鱼的兼并战争的剧烈，可想而知。此外，周族常常受到四夷的侵扰，抵抗外侮的战争便时有发生。《无衣》是秦襄公时的军中战歌。"岂曰无衣，与子同袍"，充满了慷慨激昂热情互助的气氛。后三句"王于兴师，修我戈矛，与子同仇"，又表现了人民勇敢从军，团结友爱，共同御侮的决心。可见，正义的战争，人民是拥护的。但是，非正义的战争，就必然遭到人民的反对。《击鼓》写一位兵士被迫服役南行，他想起临别时和妻子的誓约："死生契阔，与子成说，执子之手，与子偕老。"现在都成了空话，他不禁沉痛地诉说："于嗟阔兮，不我活兮！于嗟洵兮，不我信兮！"这种委曲怨恨的典型情绪，正反映了人民对非正义战争的反抗。无休止的服役制度，也是压在人民身上惨重的负担。《鸨羽》写怨恨自己服役，家中缺乏劳动力，无人赡养父母的忧虑和痛苦。《君子于役》写主妇傍晚看见牛羊归家，而想到征人还未归来，即景生情，语淡意浓。这一类诗，都说明了战争和徭役破坏农业生产和家庭生活，也是阶级矛盾的一种反映。

《国风》中有不少揭露统治者丑行的讽刺诗。《新台》揭露劫夺儿媳为妻的卫宣公的丑恶行为，把他比作癞虾蟆。《相鼠》痛骂那些荒淫无耻的统治者连老鼠都不如。《南山》斥责齐襄公禽兽之行，竟和胞妹私通。《株林》嘲讽陈灵公和夏姬的淫乱。《墙有茨》讥刺了卫国宫廷的丑事。《君子偕老》鞭挞了卫宣姜这个位尊貌美而淫乱的"国母"。如果把这些诗合在一起读，真是一幅绝妙的百丑图。

风诗中特别多的，是人们抒写关于恋爱、婚姻、家庭生活的诗。《南山》诗说："取妻如之何？必告父母。""取妻如之何？匪媒不得。"《周礼·媒氏》说："中春之月，令会男女，于是时也，奔者不禁。"这说明了周代人民在国定的仲春开放月里，恋爱结婚是比较自由的。其他时间就必须经过"父母之命、媒妁之言"，始能正式结婚；否则，社会上就认为是违礼犯法的事。反映在诗篇里，有的表现着恋爱结婚非常自由，有的又表现着受礼教的束缚。如《野有蔓草》、《木瓜》、《萚兮》等都表现了男女情投意合的爱情。《静女》、《溱洧》等反映了青年男女自由自在地过着合理幸福的生活。但是，另一种诗，却表现着恋爱婚姻受种种的限制和破坏。《将仲子》写一个少女虽然深爱仲子，但她害怕父母、诸兄、国人之言，不得不沉痛地牺牲她的爱情，请求仲子不要再来找她。她那"可怀"与"可畏"的心理矛盾，正反映了当时男女爱情与礼教之间的矛盾。《诗经》情歌中还有一种值得我们注意的，即弃妇之辞，可以《氓》为代表。这首诗叙述一个女子和男方从恋爱、定约、结婚到受虐、被弃的过程，倾诉她悔恨交加的心情，反映了妇女被玩弄虐待，婚姻没有保障的悲惨命运和她们的不平。

西周传至厉王，暴虐无道，任用巫祝控制人民的言论，残酷地剥削人民，致使社会矛盾激化，引起了国人的反抗，厉王逃亡而死。宣王即位，修内政，定边患，史称中兴。幽王继立，增赋税，宠褒姒，任小人，也是一个暴虐昏庸的统治者，终被犬戎所杀。厉王幽王时代，产生了一些反映统治阶级内部矛盾的诗和讽刺诗，都编在二雅里。其中有反映因贵族间争田夺地的，如《节南山》、《何人斯》。有反映争夺政权的，如《桑柔》。有对劳役不均的怨恨，如《北山》。有对贫富悬殊的不平，如《正月》。这些矛盾，几乎达到很尖锐的程度，《巷伯》中说："取彼谮人，投畀豺虎！豺虎不食，投畀有北！有北不受，投畀有昊！"对于那些造谣诽谤的当权者，真可说是恨到了咬牙切齿的地步了。这些谴责，出于切身利益受损害、政治上受压抑的人物之手，他们最熟悉周王朝的内部情况，又有一定的文化教养，所作的政治讽刺诗比较真实地反映了当时的社会面貌，在艺术上也有较高的价值。

雅诗中还有反映贵族生活的诗，如《小弁》写父子矛盾，《白华》写夫妻矛盾，《鹿鸣》、《常棣》、《伐木》写朋友兄弟宴会之乐，《宾之初筵》写饮酒无度、失仪败德等，这些诗，结构完密，形象生动，是《诗经》中的佳作。

雅诗中还有叙述周人开国和宣王征伐四夷而中兴的诗篇，后人称之为"史诗"。如《生民》、《公刘》、《绵》、《皇矣》、《大明》，以及《六月》、《采芑》、

《常武》、《出车》、《江汉》等都是。《生民》歌颂周始祖后稷,他是氏族社会女酋长姜嫄的儿子,由于发明种植五谷,中国社会由母系制向父系制转化,并奠定中华以农立国的始基。读《公刘》,不觉眼前浮现一位带领周族由邰迁豳的英雄形象。读《绵》,如见人民由豳迁岐开辟田地,建筑房屋的业绩。读《大明》,如见武王伐纣,在牧野鏖战的伟大场面。读《六月》等诗,如见宣王率军讨伐四夷的战功。这些,都是历史家最宝贵的资料。

《小雅》里有一小部分诗歌,从内容到形式都很类似风诗,如《黄鸟》、《我行其野》等十二篇(龚橙《诗本谊》说)。《苕之华》的"人可以食,鲜可以饱","知我如此,不如无生",不是在饥饿线上挣扎的劳苦人民,恐怕反映不出这样的生活和感情。而且这些诗重章叠句,篇幅也不长,很像民歌。可见雅诗和《国风》之间并不存在不可逾越的鸿沟。

至于颂,都是歌功颂德的作品,它和雅诗中歌颂统治阶级和祭神祭祖的诗一样,其思想内容无甚可取。但如《载芟》、《良耜》描写农业生产,具体而生动。《閟宫》赞美鲁僖公能恢复疆土,修建宫庙,长达一百二十句,是《诗经》中最长的诗。《駉》、《潜》描绘畜牧和渔业生产。这些都含有人民的创造因素,在艺术上也不是毫无借鉴之处。

《诗经》中还有一些没落贵族厌世颓唐的诗,如《蜉蝣》、《蟋蟀》;礼俗诗,如《桃夭》、《螽斯》;别诗,如《燕燕》、《渭阳》;悼亡诗,如《葛生》、《素冠》。最后,必须提一下《载驰》,作者许穆夫人,是一位有见识、有斗争性的爱国诗人,也是世界上最早的女诗人。

三

《诗经》出色的艺术手法,韩愈称之为"葩",王士祯比它"如画工之肖物",也就是说诗人善于塑造众多逼真的人物形象,就像花一样生动美丽。这种艺术境界,是与其语言艺术的高度成就分不开的。其中经前人总结的常用表现手法为赋、比、兴。

朱熹说:"赋者,敷陈其事而直言之者也。"换句话说,赋就是叙述和描写,它是诗人常用的一种表现手法。谢榛《四溟诗话》对赋、比、兴曾经做过一番统计工作,他说:"予尝考之《三百篇》: 赋,七百二十;兴,三百七十;比,一百一十。"他的统计可能有出入,但结合诗篇实际情况来看,赋句确实占多数。由于赋比较直截、明显,不像兴那样复杂、隐约,所以后人对它的研究比较少。《诗经》运用赋的形式是多种多样的:(一)全诗均用赋体者,如《静女》、《七月》等。《七月》全诗八章，将农民一年十二月的劳动项目铺叙出来，议论抒情虽少，但农夫被领主剥削的道理自明，不必再费什么唇舌了。（二）全诗均用设问叙述的，如《采蘋》、《河广》等。《河广》是春秋时宋人侨居卫国者思乡之作。这位游子，虽极思返乡，但终无法如愿以偿，于是唱出了这首诗。全诗二章，每章四句，都用设问的赋式，杂以排比、夸张、复叠的修辞；于是宋国虽近而至今不得归去的思想感情，便委婉尽致地表达出来了。（三）每章章首起兴，下皆叙述者，如《燕燕》、《兔爰》等。《兔爰》全诗三章，章首一二句都是起兴，"有兔爰爰，雉离于罗。"下两章只换一个字而意义相同，由此而引起下面的叙述，抒写"我生之初"和"我生之后"的苦乐悬殊。这诗应以赋为主，而兴是为叙述抒写服务的。（四）全诗仅首章或一二章起兴，余皆叙述者，如《节南山》、《谷风》等。《谷风》首章的"习习谷风，以阴以雨"二句是起兴，兴句中所写的丈夫的暴怒，引出下面叙述诗中女主角当初治家的勤劳，被弃的痛苦等等，都是以赋的形式来表达的。（五）杂比句的描写叙事诗，如《君子偕老》、《斯干》等。《斯干》全诗九章，第四章的"如跂斯翼，如矢斯棘，如鸟斯革，如翚斯飞，君子攸跻。"运用四个比喻，形容殿堂的宏伟华丽。其余都纯用赋法，描写生动，是一首较好的叙事写景诗。（六）采取对话形式的赋体诗，如《东门之墠》、《女曰鸡鸣》等。《女曰鸡鸣》是夫妻早起的对话，叙述他们二人一问一答，最后丈夫解下身上的佩玉相赠，表示对妻子的深情厚爱的报答。诗人运用赋的手法，速写了一幅幸福家庭的图画。总之，赋可以是叙事、描绘，可以是设问、对话，也可以是抒情或者发议论。议论诗以二雅为最多，不胜枚举。

朱熹说："比者，以彼物比此物也。"换句话说，比就是比喻，在《诗经》中用得很广泛。它的形式，可分为明喻、隐喻、借喻、博喻、对喻等。明喻是正文和比喻两个成分中间用一个"如"字（或意义同"如"的他字）作媒介，如"有女如玉"，这是用玉洁白柔润的属性，刻画诗中人物的美丽温柔。又如"有力如虎"，抽象的"力"的概念，通过比喻，就从具体的"虎"字而形象化了。隐喻是将正文和比喻合为一体，如果说明喻的形式是"甲如乙"，那么隐喻的形式可以说是"甲是乙"。《正月》的"哀今之人，胡为虺蜴?"《节南山》的"尹氏大师，维周之氐"，"为"和"维"都解做"是"。说当时人是蛇虫，把他们形容得很透彻。说姓尹的太师是宗周的根柢，一个"氐"字也道出了尹氏对于周王朝的重要性。至于借喻，是正文全部隐去，以比喻代表正文，其中带有讽刺意味的，亦称讽喻。如"硕鼠硕鼠，无食我黍"，是借田间的大老鼠，来比贪婪的剥削者。《新台》诗说："燕婉之求，得此戚施。"诗人借丑陋的癞蛤蟆，来比丑恶的卫宣公。这样一借用,更足以引起读者的共鸣。博喻顾名思义即用多种比喻来形容正文。如《淇奥》的"有匪君子,如切如磋,如琢如磨",诗人以切磋琢磨等方法,比有才华的君子精益求精地修养自己的才德,对诗中的形象起了精雕细刻的作用。对喻是正文和比喻上下相符的一种形式,它的实质及作用和明喻一样,但在形式上却省去"如"、"若"等字,是明喻的略式。如《衡门》的"岂其食鱼,必河之鲂!岂其取妻,必齐之姜",前两句是比喻,后两句是正文。《巧言》的"他人有心,予忖度之。跃跃毚兔,遇犬获之",前二句是正文,后二句是比喻。宋陈骙《文则》称它为"对喻",因为在句式上是两两相对的。从上看来,比和赋一样,性质很明显,后人对这也没有什么争论。

最复杂的问题是兴。兴是启发,也称起兴。它是诗人先见一种景物,触动了他心中潜伏的本事和思想感情而发出的歌唱,所以兴句多在诗的开头,又称"发端"。有些学者对兴和比、赋的差别感到有些混淆,不易辨别;有些人干脆否定兴的存在。我以为结合诗的内容和形式作具体的分析,还是可以指出它和比、赋的区别的。第一,兴多在发端,它在诗篇的地位,总是在所咏事物的前面,极少在篇中,即朱熹所谓"兴者,先言他物以引起所咏之词也"。而赋、比无此特点。第二,比的运用,是以彼物比此物,总是以好比好,以不好比不好。但兴含比义时,有时也可起反衬作用,如以好反衬不好等。《凯风》末二章说:"爰有寒泉,在浚之下。有子七人,母氏劳苦。""睍睆黄鸟,载好其音。有子七人,莫慰母心。"陈奂《诗毛氏传疏》说:"后二章以寒泉之益于浚,黄鸟之好其音,喻七子不能事悦其母,泉鸟之不如也。"这样反衬诗中形象的特点,是比的手法所没有的。第三,兴是诗人先见一种景物,触动了他心中潜伏的本事和思想感情而发出的歌唱,比是先有本事和思想感情,然后找一个事物来作比喻。如"有女如玉",玉这个东西,不是诗人当前接触到的,而是诗人依据过去的经验,认为玉是漂亮温柔的。当见到女时,便联想到玉,故意取它的特性来刻画女。兴就不是这样,是触物起情。所以兴句多在诗的开头,而比句多在章中。第四,比仅联系局部,在一句或两句中起作用,如《硕人》的"手如柔荑,肤如凝脂……"每个用来作比的东西,仅仅联系句中被比的东西,不能互相移易。兴则不然,诗的开头两句往往为全章甚至全篇烘托了主题,渲染了气氛。如《关雎》的作者,看见雎鸠关关地叫,在河洲追求它的伴侣,诗人便联想到君子所追求的那位德貌兼美的好姑娘,就把最近夜里翻来覆去失眠的痛苦,同她谈情结婚的幻想,写成一首诗篇。而"关关雎鸠,在河之洲"的兴句,便标示了本诗的主要内容,就是君子追求淑女的主题。从上看来,兴和比的差别,不但搞得清楚,而且是比较明显的。至于兴和赋的区别,也是能搞清楚的。赋是直述法,诗人将本事或思想感情平铺直叙地表达出来。如《狡童》是把狡童不和诗中的“我”说话、同食,因而“不能餐”、“不能息”的情绪直率地表达出来。兴诗就不是这样,如《汝坟》的“遵彼汝坟,伐其条枚”,这是诗人本身正在做的事。由于当前所作之事,触动了诗人的思夫之情,她就将当前伐条枚的事如实地叙述下来,所以很像赋。下面接着说:“未见君子,惄如调饥。”她由伐条枚而联想久别的君子。所以上二句是兴不是赋。《泽陂》的“彼泽之陂,有蒲与荷”是写景,形式上很像赋。诗人看见湖水的堤旁有菖蒲和荷花作伴,因而触动了诗人失恋之感,唱出了“有美一人,伤如之何”等诗句。所以上二句也是兴不是赋。《泽陂》的写景和《汝坟》的叙事,并不是单纯的,而是由这种景或事而触动起来的一种思想感情,是和全诗的主要内容有紧密的有机联系的。由此可见,兴和赋的差别也是很明显的。

《诗经》兴的手法,到底有哪几种形式?在诗中起了什么作用呢?它的形式:有各章都用同样的事物起兴的,如《萚兮》。有各章用不同的事物起兴的,如《南山》。有一章之中完全用兴的,如《葛覃》的第一章。有全诗都用兴法来歌唱的,如《鸱鸮》。这四种形式,它可以起比喻衬托的作用,如“关关雎鸠,在河之洲”是比喻衬托君子追求淑女之情。它又可以兼有写景叙事的作用,如《风雨》每章均以风雨、鸡鸣起兴,渲染出一幅风雨凄其,鸡声四起的背景,生动地刻画了思妇“既见君子”后的喜悦心情。它还可以起塑造诗中主要人物形象的作用,如《摽有梅》,三章分别以“摽有梅,其实三兮”;“摽有梅,其实七兮”;“摽有梅,顷筐塈之”起兴。三章兴句的层次,与诗中人物心理活动的变化相适应,刻画了一位直率真诚渴望爱情的女子形象。它又可以突出诗篇主要内容的作用,如《绸缪》开头就唱“绸缪束薪,三星在天”,这在当时人一听,就马上理解他唱的是结婚诗。因为周代的风俗习惯是这样的:结婚必定在黄昏时候,必定束薪做火把,束草喂马,迎接新娘,举行婚礼。它又能增强作品的思想感情作用,如《相鼠》的兴句说“相鼠有皮”,诗人以最讨厌的老鼠尚且有皮,反比卫宣公人不如鼠,表现了诗人对统治者的谴责反抗的思想感情。它又能起调节音律、唤起感情的作用,当我们读到“伐木丁丁(音争),鸟鸣嘤嘤”,“桃之夭夭,灼灼其华”的时候,就会引起一种音响抑扬的美感。有的诗人运用民间习语作为开端,它和诗的下文意义多不连贯,但唱起来音节悠扬合拍,流利顺口,如《扬之水》。由上看来,《诗经》中兴的艺术形式是多种多样的,它的作用也是多方面的,较赋和比复杂多了。

赋、比、兴是《诗经》最基本的艺术特点，但它的艺术魅力，并不止于此。还有一些修辞手法，如复叠、对偶、夸张、示现、呼告、设问、顶真、排比、拟人、借代等等。限于篇幅，只得从略。

《诗经》所使用的语言，既丰富而又多彩，用来绘景塑形、叙事表情，愈觉诗篇鲜明生动。有些词汇，经过几千年，一直到今天还在使用，如"中央"、"休息"、"婚姻"、"艰难"等，而"尸位素餐"、"秋水伊人"、"高高在上"、"惩前毖后"等，也成为常用的成语了。这不但说明《诗经》的语言丰富精炼，且对我国民族语言发展有较大的贡献，成为研究古汉语者必读之书。

《诗经》的句法，主要是四言的，这可能受原始劳动诗歌一反一复的制约。但到诗人情绪激昂时，也会突破常用的句式，如《伐檀》五、六、七、八言都有，《缁衣》中有一言句，《祈父》中有二言句，《君子于役》中有三言句，可见《诗经》的句法，有从一言到八言的变化。

《诗经》的韵律，是比较和谐悦耳的。在声调方面，有双声、叠韵、叠词、复句之妙，有顶真、排比之变，有兮、矣、只、思、斯、也之声。这些，都加强了诗的音乐性。在用韵方面，也是比较复杂而又自由的。好在王力同志的《诗经韵读》已经问世，读者可按古音去读《诗经》，一定是音节铿锵，和谐优美的。

四

这本《诗经译注》是把诗三百零五篇全部介绍给读者。除原诗外，每首诗包括题解、注释和译文三部分。关于诗篇的主题，是众说纷纭的。我们既不能跟在前人后面亦步亦趋地转，也不能完全抛弃旧说，一空依傍。因此，写每篇题解时，我主要采取"就诗论诗"的态度，注意剔除经生们牵强附会的解释。如《国风》中一些清新可喜的爱情歌曲，被挂上"后妃之德"等牌号，歪曲原诗的意义，是需要予以纠正的。另一方面，也避免刻意求新之弊，对于一些主题不明显又无从考证的诗，则付之阙疑，不强作解说。

注释尽量做到浅显易懂。对于某句的古注有好几种解释的，则选择一种较为合理的注释。对于二说可以并存的，则将另一说也附在注后，以便读者有所选择。比较生疏的字都加上注音，只注今音，不注古音。

关于译文，《诗经》时代距今已有二千五百多年，要将当时的诗歌准确而流畅地翻成新诗，而又不失其诗味，实在是一件极其困难的事。但对于读者，尤其是对青年同志来说，在原诗旁附一篇译诗，确是很必要的，我努力地作了一番尝试。译诗的原则，是尽可能逐句扣紧原诗，但不是逐字硬译。因为同时还有注释，所以有的译文便多考虑传达一些原诗的风味情调，使注释和译文可以相得益彰地配合起来。《诗经》的译文工作，甚至新诗的创作，毕竟还在摸索之中，我很希望同广大读者、学者和有志于此的同志们一起来修改这些译诗，在反复推敲中提高。

本书承汪贤度、王维堤同志审阅，承蒋见元、刘永翔同志帮助，特此志谢！

程俊英

于华东师大古籍整理研究室

一九八二年春

目　录

二 雅

颂

国风

周南　召南

《周南》、《召南》是《国风》中编次在最先的。《周南》十一篇，《召南》十四篇，二南合计二十五篇。

关于二南产生的年代，《毛诗》说它是西周初年的作品；郑玄的《诗笺》和后来崇毛派多这么说。但经后人考证，认为它大约是西周末东周初的制作。崔述《读风偶识》说："此（《汝坟》）乃东迁后诗，'王室如毁'，指骊山乱亡之事。"《何彼襛矣》中有"平王之孙，齐侯之子"二句，《毛传》和《郑笺》以文王释平王。魏源《诗古微》认为这是指周室东迁后的平王宜臼。章潢《诗经原体》提出文王时候吕尚还没有封齐，诗的"齐侯之子"不是指他。冯沅君《诗史》说《甘棠》诗中的"召伯"，指的是宣王末年征伐淮夷有功的召穆公虎，和《大雅·召旻》中称召公奭为"召公"的不同。《甘棠》是歌颂召虎的诗，与召公奭无关。《野有死麕》据《旧唐书·礼仪志》，说它是平王东迁后的诗。而且二南的写作技巧远胜于《周颂》，周初不可能产生这样成熟的作品。因此，今人多认为二南可能是东迁前后的诗。

旧说二南的产生地在陕西岐山一带地方。后人据诗的内容去分析，如《关雎》说"在河之洲"，指的是黄河。《汉广》说"江之永矣"，指的是长江。黄河和长江之间有汉水、汝水，这就是《汉广》所说的"汉有游女"，《汝坟》所说的"遵彼汝坟"。在黄河和长江地区，二南诗中简称为"南"，即《樛木》所说的"南有樛木"，《汉广》所说的"南有乔木"。《草虫》的"陟彼南山"，《殷其靁》的"在南山之阳"，南山指的是它北面的终南山。这和《韩诗序》（郦道元《水经注》引）所说的"二南其地在南郡南阳之间"相同。按南阳即今河南省西南部，湖北省北部。南郡即今湖北省江陵县一带地方。由此可见，二南的产生地，包括河南的临汝、南阳，湖北的襄阳、宜昌、江陵等一带地方。它是国风中最南的地区。

据马瑞辰《毛氏传笺通释》考证，南是古代国名，在今陕西。周王把这些地分给周公旦和召公奭作采邑。采邑不得名为国风，编诗的人称之为周南、召南。方玉润《诗经原始》则认为周是地名，在雍州岐山之阳。南是周以南之地。召也是地名，召以南的诗叫做召南。周的西边是犬戎，北边是豳，东为列国，唯南最广，而及乎江汉之间。方说似较正确。

二南的作者有好些可能是妇女，诗的内容反映了她们的劳动、恋爱、归宁、思夫等生活与思想感情。还有一些礼俗诗，如贺婚、祝多子诗等。

周　南

关　雎

【题解】

这是一个青年热恋采集荇菜女子的诗。诗中所说的"君子",是当时对贵族男子的称呼;琴瑟、钟鼓是当时贵族用的乐器:可见诗的原作者可能是一位贵族青年。闻一多《风诗类钞》说:"关雎,女子采荇于河滨,君子见而悦之。"这是正确的。全诗集中描写他"求之不得"的痛苦,只能在想像中和她亲近、结婚。

关关雎鸠①,在河之洲②;窈窕淑女③,君子好逑④。
参差荇菜⑤,左右流之⑥;窈窕淑女,寤寐求之⑦。
求之不得,寤寐思服⑧;悠哉悠哉⑨,辗转反侧⑩。
参差荇菜,左右采之;窈窕淑女,琴瑟友之⑪。
参差荇菜,左右芼之⑫;窈窕淑女,钟鼓乐之。

【注释】

①关关:水鸟相和的叫声。《玉篇》、《广韵》作喧,是后起字。　雎(jū)鸠:水鸟。《尔雅·释鸟》:"雎鸠,王鴡。"郭璞注:"雕类,今江东呼之为鹗,好在江渚山边食鱼。"按鸠在国风中见过四次,都是比喻女性的。相传这种鸟雌雄情意专一,和常鸟不同。《淮南子·泰族训》:"《关雎》兴于鸟,而君子美之,为其雌雄之不乖居也。"王先谦:"不乖居,言不乱耦。"《毛传》:"雎鸠,王雎也。鸟挚而有别。"　②河:黄河。　洲:水里的陆地。《说文》作州,洲是俗字。　③窈窕(yǎo tiǎo):纯洁美丽。马瑞辰《毛诗传笺通释》:"《方言》:秦晋之间,美心为窈,美状为窕。"是窈窕一词,古人兼指内心与外貌两方面而言。　淑:善,好。　④君子:当时贵族男子的通称。　好逑:好的配偶。逑,仇的假借字,配偶。　⑤参

差(cēn cī):长短不齐。 荇(xìng)菜:生在水上的一种植物,形状很像莼菜,可以吃。李时珍《本草纲目》:“叶径一二寸,有一缺口而形圆如马蹄者,莼也。叶似莼而稍锐长者,荇也。” ⑥流:顺着水势去采。朱熹:“流,顺水之流而取之也。”按《毛传》训流为“求”,《鲁诗》训流为“择”,亦可通。 ⑦寤寐:寤,睡醒;寐,睡着。 ⑧思服:二字同义,思念。胡承珙《毛诗后笺》:“《康诰》曰:‘要囚,服念五六日’。服念连文,服即念也,念即思也。” ⑨悠哉:形容思念深长的样子。 ⑩辗转反侧:翻来覆去。指在床上不能安眠。 ⑪琴瑟:古代弦乐器。琴有五弦或七弦,瑟有二十五弦。 友:亲爱。《广雅·释诂》:“友,亲也。” ⑫芼(mào):选择。

【译文】

雎鸠关关相对唱,双栖河里小岛上;纯洁美丽好姑娘,真是我的好对象。
长长短短鲜荇菜,顺着水流左右采;纯洁美丽好姑娘,白天想她梦里爱。
追求姑娘难实现,醒来梦里意常牵;相思深情无限长,翻来覆去难成眠。
长长短短荇菜鲜,采了左边采右边;纯洁美丽好姑娘,弹琴奏瑟亲无间。
长长短短鲜荇菜,左采右采拣拣开;纯洁美丽好姑娘,敲钟打鼓娶过来。

葛覃

【题解】

这是一首描写女子准备回家探望爹娘的诗。诗人叙述在采葛制衣的时候,看见黄雀聚鸣,引起了她和父母团聚的希望。她得到公婆、丈夫的应允,就告诉了家里的保姆,开始洗衣,整理行装,准备回娘家。

葛之覃兮①,施于中谷②;维叶萋萋③。黄鸟于飞④,集于灌木;其鸣喈喈⑤。

葛之覃兮,施于中谷;维叶莫莫⑥。是刈是濩⑦,为絺为绤⑧;服之无斁⑨。

言告师氏⑩,言告言归⑪。薄污我私⑫,薄澣我衣⑬。害澣害否⑭,归宁父母⑮。

【注释】

①葛:葛藤。是一种蔓生纤维科植物,其皮可以制成纤维织布,现在叫做夏布。 覃:延长。 兮:语气词,相当于现代汉语的“啊”。 ②施(yì):蔓延。

中谷：就是谷中。　③维：句首语气词，含有“其”义。　萋萋：茂盛的样子。马瑞辰《毛诗传笺通释》：“诗以葛之生此而延彼，兴女之自母家而适夫家。”　④黄鸟：黄雀。　于：助词，也有人认为是动词词头。有时含有“往”的意思。　⑤喈喈（jiē）：黄鸟相和的叫声。摹声词。　⑥莫莫：茂密的样子。　⑦刈（yì）：割。　濩（huò）：煮。将葛煮后取其纤维，用来织布。　⑧絺（chī）：细夏布。绤（xì）：粗夏布。　⑨斁（yì）：厌弃。朱熹《诗集传》：“盖亲执其劳，而知其成之不易，所以心诚爱之，虽极垢弊而不忍厌弃也。”　⑩言：助词，无义。下同。师氏：保姆。闻一多《诗经通义》：“姆，即师氏。……论其性质，直今佣妇之事耳。”　⑪告：告诉公婆和丈夫。　归：回父母家。　⑫薄：语首助词，有时含有勉力的意思。　污：搓揉着洗。　私：内衣。《释名》：“私，近身衣。”　⑬澣（huǎn）：洗。　衣：罩衫。姚际恒《诗经通论》：“衣，蒙服。”　⑭害：音义同“曷”，何，哪些。　否：不要。　⑮归宁：古代称女子回娘家探亲叫做归宁。这句是全诗的主旨。

【译文】

葛藤枝儿长又长，蔓延到，谷中央；叶子青青盛又旺。黄雀飞，来回忙，歇在丛生小树上；叫喳喳，在歌唱。

葛藤枝儿长又长，蔓延到，谷中央；叶子青青密又旺。割了煮，自家纺，细布粗布制新装；穿不厌，旧衣裳。

告诉我的老保姆，回娘家，去望望。搓呀揉呀洗衣裳，脏衣衫，洗清爽。别把衣服全泡上，要回家，看爹娘。

卷　耳

【题解】

这是一位妇女想念她远行的丈夫的诗。她想像他登山喝酒，马疲仆病，思家忧伤的情景。

采采卷耳①，不盈顷筐②。嗟我怀人③，寘彼周行④：
陟彼崔嵬⑤，我马虺隤⑥。我姑酌彼金罍⑦，维以不永怀⑧！
陟彼高冈，我马玄黄⑨。我姑酌彼兕觥⑩，维以不永伤！
陟彼砠矣⑪，我马瘏矣⑫，我仆痡矣⑬，云何吁矣⑭！

【注释】

①采采:采了又采。 卷耳:植物名,今名苍耳,嫩苗可吃,也可作药用。②盈:满。 顷筐:浅的筐子,前低后高,犹今之畚箕。 ③嗟:语助词,不是叹词。马瑞辰:"嗟,为语词。嗟我怀人,犹言我怀人。" ④寘:同置,放下。 彼:指示代词,那。 周行(háng):大道。 ⑤陟(zhì):登。 崔嵬:高而不平的土石山。 ⑥虺隤(huī tuí):腿软的病。虺,瘣的假借字。《说文》:"瘣,病也。"隤与颓通,蔡邕《述行赋》:"我马虺颓以玄黄。" ⑦姑:姑且、只好。 酌:斟酒喝。 金罍:当时贵族用的酒器。金,指青铜。 ⑧维:发语词。 以:藉此。 永:长。 怀:思念。 ⑨玄黄:马病的样子。 ⑩兕觥(sì gōng):用犀牛角制的大型酒杯。 ⑪砠(qū):多石的山。 ⑫瘏(tú):《孔疏》引孙炎曰:"瘏,马疲不能前进之病。" ⑬痡(pū):人疲病不能前进。 ⑭云:语助词,无义。 何:多么。 吁:忏的假借字,忧愁。

【译文】

采呀采呀卷耳菜,不满小小一浅筐。心中想念我丈夫,浅筐丢在大道旁:
登上高高土石山,我马跑得腿发软。且把金杯斟满酒,好浇心中长思恋!
登上高高山脊梁,我马病得眼玄黄。且把大杯斟满酒,不让心里老悲伤!
登上那个乱石冈,马儿病倒躺一旁,仆人累得走不动,怎么解脱这忧伤!

樛　木

【题解】

这是一首祝贺新郎的诗。诗中以葛藟附樛木,比喻女子嫁给"君子"。

南有樛木①,葛藟累之②。乐只君子③,福履绥之④!
南有樛木,葛藟荒之⑤。乐只君子,福履将之⑥!
南有樛木,葛藟萦之⑦。乐只君子,福履成之⑧!

【注释】

①樛(jiū)木:弯曲的树枝。 ②葛藟(lěi):野葡萄,蔓生植物,枝形似葛,故称葛藟(从马瑞辰《通释》说)。有人说,葛和藟是两种草名,亦通。 累:攀缘。③只:语助词。 ④福履:福禄、幸福。《尔雅·释诂》:"履,福也。" 绥:与妥通,下降的意思。《礼记·曲礼》:"大夫则绥之。"《疏》:"绥,下也。"《毛传》:"绥,安也。"亦通。 ⑤荒:掩盖。《说文》:"荒,草掩地也。" ⑥将:扶助。《郑

笺》:"将,犹扶助也。"　⑦萦,旋绕。　⑧成:成就。陈奂:"《尔雅》:'就,成也。'成、就二字互训。"

【译文】

南边弯弯树枝桠,野葡萄藤攀缘它。先生结婚真快乐,上天降福赐给他!

南边弯弯树枝桠,野葡萄藤掩盖它。先生结婚真快乐,上天降福保祐他!

南边弯弯树枝桠,野葡萄藤旋绕它。先生结婚真快乐,上天降福成全他!

螽　斯

【题解】

这是一首祝人多子多孙的诗。诗人用蝗虫多子,比人的多子,表示对多子者的祝贺。

螽斯羽①,诜诜兮②。宜尔子孙③,振振兮④。

螽斯羽,薨薨兮⑤。宜尔子孙,绳绳兮⑥。

螽斯羽,揖揖兮⑦。宜尔子孙,蛰蛰兮⑧。

【注释】

①螽(zhōng)斯:蝗一类的虫。亦名蚣蝑、斯螽,是多子的虫。有人说,"斯"为语词,亦通。　羽:指翼。　②诜诜(xīn):形容众多群集的样子。　③宜:多。马瑞辰《通释》:"古文宜作宐,宜从多声,即有多义。宜尔子孙,犹云多尔子孙也。"　尔:指诗人所祝的人。有人以为指蝗虫,恐非诗意。　④振振:繁盛振奋的样子。《毛传》训为"仁厚"或"信厚",恐非诗意。　⑤薨薨(hōng):昆虫群飞的声音。　⑥绳绳:多而谨慎的样子。　⑦揖揖:音义同"集",《鲁诗》、《韩诗》均作"集",群聚的样子。　⑧蛰蛰(zhé):和集安静的样子。

【译文】

蝗虫展翅膀,群集在一方。你们多子又多孙,繁茂兴盛聚一堂。

蝗虫展翅膀,嗡嗡飞得忙。你们多子又多孙,谨慎群处在一堂。

蝗虫展翅膀,紧聚在一方。你们多子又多孙,安静和睦在一堂。

桃　夭

【题解】

这是一首贺新娘的诗。诗人看见农村春天柔嫩的桃枝和鲜艳的桃花，联想到新娘的年青貌美。诗反映了当时人民生活的片断。

桃之夭夭①，灼灼其华②。之子于归③，宜其室家④。
桃之夭夭，有蕡其实⑤。之子于归，宜其家室⑥。
桃之夭夭，其叶蓁蓁⑦。之子于归，宜其家人。

【注释】

①夭夭：茂盛的样子。　②灼灼：花鲜艳盛开的样子。　华：同花。　③之子：这位姑娘。　于归：古代称女子出嫁叫"于归"，或单称"归"，是往归夫家的意思。《毛传》："于，往也。"有人认为"于"和"曰"、"聿"通，是语助词。亦通。④宜：善。马瑞辰《通释》："宜与仪通。《尔雅》：'仪，善也。'凡诗言宜其室家，宜其家人者，皆谓善处其室家与家人耳。"朱熹《诗集传》："宜者，和顺之意。"　⑤蕡(fén)：肥大。　有：用于形容词之前的语助词，和叠词的作用相似。　有蕡：即蕡蕡。　实：果实，指桃子。　⑥家室：即室家；倒文协韵。　⑦蓁蓁(zhēn)：叶子茂盛的样子。

【译文】

茂盛桃树嫩枝丫，开着鲜艳粉红花。这位姑娘要出嫁，和顺对待您夫家。
茂盛桃树嫩枝丫，桃子结得肥又大。这位姑娘要出嫁，和顺对待您夫家。
茂盛桃树嫩枝丫，叶子浓密有光华。这位姑娘要出嫁，和顺对待您全家。

兔　罝

【题解】

这是赞美猎人的诗。诗人在路上看见英姿威武的猎人，正在打桩张网捕兔，联想这些猎人的才力，是可以选拔为保卫国家的武士的。

肃肃兔罝①，椓之丁丁②。赳赳武夫③，公侯干城④。
肃肃兔罝，施于中逵⑤。赳赳武夫，公侯好仇⑥。

肃肃兔罝，施于中林[7]。赳赳武夫，公侯腹心[8]。

【注释】

①肃肃：兔网繁密整齐的样子。 兔罝（jiē）：兔网。有人说"兔"同"䖘"，是捕老虎的网，亦通。 ②椓（zhuó）：打。《说文》："椓，击也。" 丁丁（zhēng）：伐木声。 ③赳赳：威武有才力的样子。《说文》："赳，轻劲有才力也。赳赳，武也。" ④公侯：周代统治阶级的爵位，周天子下面，有公、侯、伯、子、男（子、男同等）四等爵位。 干城：干，盾；盾和城都作防卫用。这里借喻能御外卫内的人才。 ⑤中逵（kuí）：即逵中，多叉路口。逵同"馗"，《韩诗》作"中馗"。《说文》："馗，九达道也。" ⑥好仇：好助手。仇，同"逑"，匹偶的意思。 ⑦中林：即林中。马瑞辰《通释》："林，犹野也。" ⑧腹心：即心腹，能尽忠的亲信。

【译文】

繁密整齐大兔网，丁丁打桩张地上。武士英姿雄赳赳，公侯卫国好屏障。

繁密整齐大兔网，四通八达道上放。武士英姿雄赳赳，公侯助手真好样。

繁密整齐大兔网，郊野林中多布放。武士英姿雄赳赳，公侯心腹保国防。

芣 苢

【题解】

这是一群妇女采集车前子时随口唱的短歌。方玉润《诗经原始》说："读者试平心静气，涵咏此诗。恍听田家妇女，三三五五，于平原绣野、风和日丽中，群歌互答，余音袅袅，若远若近，忽断忽续，不知其情之何以移，而神之何以旷，则此诗可不必细绎而自得其妙焉。……今世南方妇女登山采茶，结伴讴歌，犹有此遗风焉。"

采采芣苢[1]，薄言采之[2]。采采芣苢，薄言有之[3]。
采采芣苢，薄言掇之[4]。采采芣苢，薄言捋之[5]。
采采芣苢，薄言袺之[6]。采采芣苢，薄言襭之[7]。

【注释】

①芣苢（fóu yǐ）：车前草，药名。所结之子古人以为可治妇人不孕和难产。 ②薄：发语词，亦有勉力之意。 ③有：采得。朱熹《诗集传》："采，始求之也。有，既得之也。" ④掇（duó）：拾。《说文》：掇，"拾取也。拾，掇也。"胡承珙《毛诗后笺》："掇是拾其子之既落者。捋是捋其子之未落者。" ⑤捋（luō）：从

茎上成把的抹下来。《说文》:"捋,取易也。寽,五指捋也。" ⑥袺(jié):用手捏着衣襟。《说文》:"执衽谓之袺。"衽即衣襟。 ⑦襭(xié):用衣襟兜起来。朱骏声《说文通训定声》:"兜而扱于带间曰襭,手执之曰袺。"

【译文】

车前子哟采呀采,快点把它采些来。车前子哟采呀采,快点把它采得来。

车前子哟采呀采,快点把它拾起来。车前子哟采呀采,快点把它抹下来。

车前子哟采呀采,快点把它揣起来。车前子哟采呀采,快点把它兜回来。

汉　广

【题解】

这是一位男子爱慕女子不能如愿以偿的民间情歌。

南有乔木①,不可休思②。汉有游女③,不可求思。汉之广矣,不可泳思。江之永矣④,不可方思⑤。

翘翘错薪⑥,言刈其楚⑦。之子于归,言秣其马⑧。汉之广矣,不可泳思。江之永矣,不可方思。

翘翘错薪,言刈其蒌⑨。之子于归,言秣其驹⑩。汉之广矣,不可泳思。江之永矣,不可方思。

【注释】

①乔木:高耸的树。《毛传》:"南方之木美,乔,上竦也。"上竦则下少枝叶。所以《淮南子·原道训》说:"乔木上竦,少阴之木。" ②休思:《毛诗》作"休息",据《韩诗》改。思,语助词。下同。 ③汉:水名。源出陕西省西南宁羌县,东流至湖北省汉阳入长江。 游女:潜行水中的女子。鲁、韩二家释游女,都说是指汉水的女神(见刘向《列女传》及昭明太子《文选·嵇康〈琴赋〉》注引薛君说)。 ④江:长江。 永:亦作羕或漾,长。 ⑤方:同"舫",用竹或木编成的筏子,这里作动词用。 ⑥翘翘:高高的样子。 错薪:杂乱的柴草。错,杂乱。 ⑦刈:割。 楚:植物名,又名荆。魏源《诗古微》说:"《三百篇》言取妻者,皆以析薪取兴。盖古者嫁娶必以燎炬为烛,故《南山》之析薪,《车舝》之析柞,《绸缪》之束薪,《豳风》之《伐柯》,皆与此错薪、刈楚同兴。" ⑧秣马:喂马。⑨蒌:生在水中的草,叶像艾,青白色,今名蒌蒿。 ⑩驹:少壮的骏马。

【译文】

南方有树高又长，不可歇息少荫凉。汉水有位游泳女，我要追求没希望。好比汉水宽又宽，不能游过登那方。好比江水长又长，划着筏子难来往。

杂柴乱草长得高，砍下荆条当烛烧。有朝这人要嫁我，接她把马喂喂饱。好比汉水宽又宽，不能游过登那方。好比江水长又长，划着筏子难来往。

杂柴乱草长得高，割下蒌蒿当烛烧。有朝这人要嫁我，先把駮马喂喂饱。好比汉水宽又宽，不能游过登那方。好比江水长又长，划着筏子难来往。

汝　坟

【题解】

这是一首思妇的诗。她在汝水旁边砍柴的时候，思念她远役的丈夫。她想像已经见到他，预想相见后的愉快和对丈夫亲媛的埋怨。这是反映当时人们乱离的诗。

遵彼汝坟①，伐其条枚②。未见君子③，惄如调饥④。
遵彼汝坟，伐其条肄⑤。既见君子，不我遐弃⑥。
鲂鱼赪尾⑦，王室如毁⑧。虽则如毁，父母孔迩⑨。

【注释】

①遵：沿着。　汝：汝水，源出河南天息山，东南流入淮河。　坟：溃的假借字，堤岸。《说文》："溃，水厓也。"《毛传》："坟，大防也。"　②条：树枝。　枚：树干。《毛传》："枝曰条，干曰枚。"　③君子：这里指妇女对丈夫的尊称。④惄(nì)：《韩诗》作"愵"，思念发愁。《说文》："愵，忧貌。"《郑笺》："惄，思也。未见君子之时，如朝饥之思食。"　调饥：早上饥饿。调，同"朝"，《鲁诗》作"朝"。⑤肄(yì)：砍而又生的小树枝。　⑥遐弃：疏远遗弃。这句是倒文，即"不遐弃我"。《孔疏》："不我遐弃，犹云不遐弃我。古之人语多倒，诗之此类众矣。"这二句是诗人设想相见后的愉快。　⑦鲂(fáng)：鳊鱼。陆玑《毛诗草木鸟兽虫鱼疏》："鲂一名魾，江东呼为鳊。"　赪(chēng)：红。《孔疏》："鲂鱼之尾不赤，故知劳则尾赤。"用鲂鱼劳则尾赤，形容服役者的劳累。　⑧毁：亦作燬，烈火。形容王政暴虐。　⑨孔：甚、很。　迩：近。马瑞辰《通释》："言虽畏王室而远从行役，独不念父母之甚迩乎？"

【译文】

沿着汝堤走一遭,砍下树枝当柴烧。好久没见我丈夫,就像早饥心里焦。

沿着汝堤走一遭,砍下嫩枝当柴烧。好像已见我丈夫,幸而没有把我抛。

鳊鱼红尾为疲劳,官家虐政像火烧。虽然虐政像火烧,爹娘很近莫忘掉。

麟之趾

【题解】

这是一首阿谀统治者子孙繁盛多贤的诗。

麟之趾①。振振公子②,于嗟麟兮③!
麟之定④。振振公姓⑤,于嗟麟兮!
麟之角。振振公族⑥,于嗟麟兮!

【注释】

①麟:麒麟,我国古代传说中的动物,被描写为鹿身、牛尾、马蹄、头上一角,古人认为是一种仁兽。后人或以为即长颈鹿。所谓"仁兽",即严粲《诗缉》所说:"有足者宜踶(踢),唯麟之足,可以踶而不踶。有额者宜抵,唯麟之额,可以抵而不抵。有角者宜触,唯麟之角,可以触而不触。" ②振振:振奋的样子。 ③于嗟:感叹词,有时用作伤叹,这里是赞美的叹词。 ④定:顶的假借字,额。⑤公姓:指诸侯的孙子。《仪礼·特牲馈食礼》"子姓兄弟"郑玄注:"所祭者之子孙。言子姓者,子之所生。"贾公彦疏:"姓之言生也,云子之所生,则孙是也。"⑥公族:诸侯曾孙以下称公族。公孙之子,支系旁生,各自成族,总括名之公族。

【译文】

麒麟的蹄儿不踢人。振奋有为的公子,哎呀你们是麒麟啊!

麒麟的额头不撞人。振奋有为的公孙,哎呀你们是麒麟啊!

麒麟的角儿不触人。振奋有为的公族,哎呀你们是麒麟啊!

召　　南

鹊　　巢

【题解】

这是一首颂新娘的诗。诗人看见鸠居鹊巢，联想到女子出嫁、住进男家，就拿来作比。

维鹊有巢①，维鸠居之②。之子于归，百两御之③。
维鹊有巢，维鸠方之④。之子于归，百两将之⑤。
维鹊有巢，维鸠盈之⑥。之子于归，百两成之⑦。

【注释】

①维：语首助词。　鹊：喜鹊。　②鸠：鸤鸠，今名八哥。有人说鸠即布谷，王先谦谓布谷不居鹊巢，只有八哥住鹊巢。李时珍《本草纲目》："八哥居鹊巢。"可证。　③百：虚数，即"许多"的意思。　两：今作"辆"，一辆车。　御：音义同"迓"，迎接。　④方：占有。《毛传》："方，有之也。"　⑤将：保卫。马瑞辰《通释》："诗百两皆指迎者而言，将者，奉也，卫也。首章往迎，则曰御之。二章在途，则曰将之。三章既至，则曰成之。此诗之次也。"　⑥盈：满，指陪嫁的人非常多。　⑦成：指结婚礼成。

【译文】

喜鹊树上把窝搭，八哥来住它的家。这位姑娘要出嫁，百辆车子来接她。
喜鹊树上把窝搭，八哥同住这个家。这位姑娘要出嫁，百辆车子保卫她。
喜鹊树上窝搭成，住满八哥喜盈门。这位姑娘要出嫁，车队迎来好成婚。

采　　蘩

【题解】

这是一首描写蚕妇为公侯养蚕的诗。

于以采蘩①？于沼于沚②。于以用之？公侯之事③。
于以采蘩？于涧之中。于以用之？公侯之宫④。
被之僮僮⑤，夙夜在公⑥。被之祁祁⑦，薄言还归⑧。

【注释】

①于以：在何、在什么地方。　蘩：白蒿，用来制养蚕的工具"箔"。朱熹："蘩所以生蚕。"　②沼：池。　沚：水塘。　③事：指蚕事。　④宫：蚕室。朱熹《诗集传》："或曰：即《记》所谓公桑蚕室也。"　⑤被：当时妇女的一种首饰，用头发编成的假髻。　僮僮（tóng）：形容蚕妇假髻高耸的样子。王先谦《诗三家义集疏》："三家僮僮作童童，鲁韩说曰，童童，盛也。"　⑥夙夜：早晚。　公：指公桑。即为公侯采蒿养蚕。朱熹《诗集传》："或曰：公，即所谓公桑也。"　⑦祁祁（qí）：本义是形容云多的样子，这里用它形容蚕妇回去，簇拥如云的样子。马瑞辰《通释》："《大雅》'祁祁如云'，祁祁，盛貌。僮僮、祁祁，皆状首饰之盛。"　⑧薄言：有急迫之意。

【译文】

要采白蒿到哪方？在那池里在那塘。什么地方要用它？为替公侯养蚕忙。
要采白蒿到哪里？山间潺潺溪流里。什么地方要用它？送到公侯蚕室里。
蚕妇发髻高高耸，日夜养蚕无闲空。蚕妇发髻像云霞，蚕事完毕快回家。

草　　虫

【题解】

这是一首思妇的诗。诗中的主人是一位采菜的劳动妇女。诗通过物候的变易和内心变化的描写，衬托出别离之苦。

喓喓草虫①，趯趯阜螽②。未见君子，忧心忡忡③。亦既见止，亦既觏止④，我心则降⑤。

陟彼南山，言采其蕨⑥。未见君子，忧心惙惙⑦。亦既见止，亦既觏止，我心则说⑧。

陟彼南山，言采其薇⑨。未见君子，我心伤悲。亦既见止，亦既觏止，我心则夷⑩。

【注释】

①喓喓（yāo）：虫叫声。　草虫：指蝈蝈。　②趯趯（tì）：虫跳的样子。阜螽：蚱蜢。　③忡忡（chōng）：心神不安的样子。　④觏（gòu）：与遘、媾通用，是夫妇相聚的意思。　止：语尾助词，作用与“矣”、“了”相同。　⑤降：放下。　⑥蕨：山菜，初生像蒜，可食。　⑦惙惙（chuò）：心慌气短的样子。《众经音义》：“惙，短气貌也。”　⑧说：即悦，欢喜。　⑨薇：山菜，亦名野豌豆苗。　⑩夷：平，这里指心安。

【译文】

秋来蝈蝈喓喓叫，蚱蜢蹦蹦又跳跳。长久不见夫君面，忧思愁绪心头搅。我们已经相见了，我们已经相聚了，心儿放下再不焦。

登到那座南山上，采集蕨菜春日长。长久不见夫君面，忧思愁绪心发慌。我们已经相见了，我们已经相聚了，心儿欢欣又舒畅。

登到那座南山上，采集薇菜春日长。长久不见夫君面，忧思愁绪心悲伤。我们已经相见了，我们已经相聚了，心儿平静又安详。

采　　蘋

【题解】

这是一首叙述女子祭祖的诗。诗里描写了当时的风俗习尚。

于以采蘋①？南涧之滨。于以采藻②？于彼行潦③。
于以盛之？维筐及筥④。于以湘之⑤？维锜及釜⑥。
于以奠之⑦？宗室牖下⑧。谁其尸之⑨？有齐季女⑩。

【注释】

①蘋：浮萍，生在水上，形似莼菜，可食。　②藻：聚藻，生水底，叶像蒿，可食。　③行：洐的假借字，沟水。　潦（lǎo）：雨后的积水。马瑞辰《通释》：“沟水之流曰洐，雨水之大曰潦。行与潦为二。”　④筐、筥：都是竹器，方的叫筐，圆的叫筥。　⑤湘：《韩诗》作“鬺”，湘是鬺的假借字，煮。　⑥锜（yǐ）：三脚的

锅。 釜(fǔ):没脚的锅。 ⑦奠:置,放;指置放祭物。 ⑧宗室:宗庙。 牖(yǒu):天窗。 ⑨尸:主持祭祀。 ⑩齐:亦作齋。《玉篇》引《诗》作齋,美而恭敬的样子。《广雅》:"齋,好也。"《毛传》:"齐,敬。"是齐含有美好与恭敬二义。 季女:少女。《毛传》:"季,少也。"

【译文】

哪儿采蘋菜?南山溪水边。哪儿采水藻?沟水、积水间。

盛它用什么?方筐和圆箩。煮它用什么?没脚、三脚锅。

祭品放哪儿?宗庙天窗下。是谁在主祭?虔诚女娇娃。

甘　棠

【题解】

周宣王时的召虎,辅助宣王征伐南方的淮夷,颇有功劳。人民作《甘棠》一诗怀念他。

蔽芾甘棠①,勿翦勿伐②,召伯所茇③。
蔽芾甘棠,勿翦勿败④,召伯所憩⑤。
蔽芾甘棠,勿翦勿拜⑥,召伯所说⑦。

【注释】

①蔽芾(fèi):形容树高大茂密的样子。《韩诗》作"蔽茀",王先谦《诗三家义集疏》:"其本字当为蔽茀,借作蔽芾。茀之为言蔽也。《说文》:'茀,道多草不可行。'《国语》韦注:'茀,草秽塞路也。'是茀有蔽义。" ②翦:同剪。 伐:砍。 ③召伯:名虎,姬姓,周宣王时封在"召"的地方,伯爵。 茇(bá):废的借字,本义是草房,这里作动词用,住。《说文》:"废,舍也。"引《诗》作"召伯所废"。《郑笺》:"茇,草舍也。……止舍小棠之下。" ④败:毁坏。《说文》:"败,毁也。" ⑤憩(qì):休息。 ⑥拜:扒的假借字(《广韵》引《诗》作"勿翦勿扒"),拔掉。《郑笺》:"拜之言拔也。" ⑦说:音义同"税",歇下。王质《诗总闻》:"说或为税,止。《诗》'税'意多通用'说'字。"

【译文】

棠梨茂密又高大,不要剪它别砍它,召伯曾住这树下。

棠梨茂密又高大,不要剪它别毁它,召伯曾息这树下。

棠梨茂密又高大,不要剪它别拔它,召伯曾歇这树下。

行　露

【题解】

这是一首女子拒婚的诗。一个已有妻室、曾经欺骗她的强暴男子，以打官司要挟她成婚。她严词拒绝。

厌浥行露①，岂不夙夜②？谓行多露③！

谁谓雀无角④，何以穿我屋？谁谓女无家⑤，何以速我狱⑥？虽速我狱，室家不足⑦！

谁谓鼠无牙，何以穿我墉⑧？谁谓女无家，何以速我讼？虽速我讼，亦不女从⑨！

【注释】

①厌：湆（qì）的假借字，《韩诗》作"湆"。厌浥（yì），形容露水潮湿的样子。《广雅》："湆浥，湿也。"　行：道路。　②夙夜：夙和"早"同义，在这里夙夜指早夜，即天未明时。含有早起的意思。　③谓：同畏，与下文的"谁谓"的"谓"意义不同。马瑞辰《通释》："谓，疑'畏'之假借。凡诗上言'岂不'、'岂敢'者，下句多言'畏'。《大车》诗：'岂不尔思？畏子不敢。''岂不尔思，畏子不奔。'《小明》诗：'岂不怀归？畏此谴怒。''岂不怀归？畏此反覆。'……僖二十年《左传》引此诗，杜注：'言岂不欲早暮而行，惧多露之濡己。'以惧释'谓'，似亦训谓为'畏'。"　④角：鸟嘴。本作"噣"或"咮"，亦作"角"。　⑤女：《韩诗》作"尔"。女与尔古通，今作汝。　家：成家；无家，没有妻子。屈原《离骚》："及少康之未家兮，留有虞之二姚。"未家，未娶妻。　⑥速：招致。"速我狱"，使我吃官司。　⑦室家不足：要求结婚的理由不够充足。古代男子有妻叫作有室，女子有夫叫作有家。混言室家，男女可以通用，故以室家代表结婚。　⑧墉（yōng）：墙。　⑨女从：即从汝，嫁你。

【译文】

道上露水湿漉漉，难道不愿赶夜路？实怕道上沾满露！

谁说麻雀没有嘴，凭啥啄穿我的堂？谁说你家没婆娘，凭啥逼我坐牢房？即使真的坐牢房，逼婚理由太荒唐！

谁说老鼠没有牙，凭啥打洞穿我墙？谁说你家没婆娘，凭啥逼我上公堂？即使真的上公堂，也不嫁你黑心狼！

羔　羊

【题解】

统治阶级的官吏们过着衣裘公食，吸吮人民血汗的奢侈生活，诗人写了此诗予以讽刺。

羔羊之皮，素丝五纥[①]。退食自公[②]，委蛇委蛇[③]。
羔羊之革[④]，素丝五緎。委蛇委蛇，自公退食。
羔羊之缝，素丝五總。委蛇委蛇，退食自公。

【注释】

①素丝：白丝。　五：古文作㐅，象交叉之义，不是数名。　纥(tuó)：缝。下文的"緎"(yù)和"總"(zōng)，都是缝的意思。　②公：公门。退食自公，从公家吃饱饭回家。《左传》："公膳日双鸡。"杜预注："卿大夫之膳食。"　③委蛇(wēi yí)：亦作逶迤，形容悠闲得意、摇摆慢步的样子。《郑笺》："委蛇，委曲自得之貌。"　④革：皮袍里。马瑞辰《通释》："古者裘皆表其毛而为之里以附于革。"

【译文】

穿了一身羔皮袍，白丝交叉缝又绕。吃饱喝足下朝来，摇摇摆摆多逍遥。
穿了一身羔皮袍，白丝交叉缝又绕。大摇大摆下朝来，吃饱喝足往家跑。
穿了一身羔皮袍，白丝交叉缝又绕。吃饱喝足摇又摆，下得朝来往家跑。

殷　其　靁

【题解】

这是一位妇女思夫的诗。

殷其靁[①]，在南山之阳[②]。何斯违斯[③]？莫敢或遑[④]。振振君子[⑤]，归哉归哉！

殷其靁，在南山之侧。何斯违斯？莫敢遑息[⑥]。振振君子，归哉归哉！

殷其靁，在南山之下。何斯违斯？莫或遑处[⑦]。振振君子，归哉归哉！

【注释】

①殷：雷声。殷其，等于叠字殷殷。　靁：古雷字。　②阳：山的南边。③斯：这；上斯字指时间，下斯字指地点。　违：《说文》："违，离也。"　④或：《广雅·释诂》："或，有也。"　遑：《韩诗》作"皇"，闲暇。　⑤振振：勤奋的样子。《毛传》训振振为"信厚"，亦通。　君子：这里指她的丈夫。　⑥息：喘息。《说文》："息，喘也。"　⑦处：读上声，居住。

【译文】

雷声雷声响轰轰，响在南山向阳峰。为啥这时离开家？忙得不敢有些空。我的丈夫真勤奋，快快回来乐相逢。

雷声轰轰震四方，响在南边大山旁。为啥这时离家走？不敢稍停实在忙。我的丈夫真勤奋，快快回来聚一堂。

雷声轰轰震耳响，响在南山山下方。为啥这时离家门？不敢稍住那样忙。我的丈夫真勤奋，快快回来乐而康。

摽　有　梅

【题解】

这是一位待嫁女子的诗。她望见梅子落地，引起青春将逝的伤感，希望马上有人来求婚。

摽有梅①，其实七兮②。求我庶士③，迨其吉兮④。
摽有梅，其实三兮。求我庶士，迨其今兮⑤。
摽有梅，顷筐塈之⑥。求我庶士，迨其谓之⑦。

【注释】

①摽（biào）：《鲁诗》、《韩诗》作"莩"，《齐诗》作"藨"，《毛传》："摽，落也。"有：词头。　②实：指梅的果实。　七：七成。《左传》杜注："梅盛极则落，诗人以兴女色盛则有衰，众士求之，宜及其时。"　③庶：众。　士：未结婚的男子。《荀子·非相篇》："处女莫不愿得以为士。"杨注："士者，未娶妻之称。"　④迨（dài）：《毛传》："迨，及。"即"趁"的意思。《韩诗》解作"愿"，亦通。　吉：好日子。　⑤今：现在。朱熹《诗集传》："今，今日也。盖不待吉矣。"《毛传》："今，急辞也。"　⑥顷筐：犹今之畚箕。　塈（xì）：摡的借字，取。《玉篇》引这句诗

作“顷筐概之。” ⑦谓：会的借字（从马瑞辰《通释》说）。当时有在仲春之月会男女的规定，凡男到三十岁未娶，女到二十岁未嫁的，都可借这机会选择对象，不必举行正式婚礼，就可同居。见《周礼·媒氏》。

【译文】

梅子渐渐落了地，树上十成还有七。追求我吧年青人，趁着吉日快来娶。

梅子纷纷落了地，树上只有三成稀。追求我吧年青人，趁着今儿定婚期。

梅子完全落了地，拿着浅筐来拾取。追求我吧年青人，趁着仲春好同居。

小　星

【题解】

这是一个小官吏出差赶路，怨恨自己不幸的诗。王先谦《诗三家义集疏》引《韩诗外传》、洪迈《容斋随笔》、程大昌《考古编》等均持此说。《毛序》从“衾裯”二字出发，认为这是贱妾进御于君的诗，朱熹《诗集传》亦沿其说。因此，后世竟将“小星”一词，作为小老婆的代称。

嘒彼小星①，三五在东。肃肃宵征②，夙夜在公③。寔命不同④！
嘒彼小星，维参与昴⑤。肃肃宵征，抱衾与裯⑥。寔命不犹⑦！

【注释】

①嘒（huì）：亦作“嘒”，小星微光的样子。嘒彼，等于叠字嘒嘒。 ②肃肃：走路很快的样子。《尔雅·释诂》：“肃，疾也。” 宵：夜。 征：行。 ③夙夜：早晚。 ④寔：《韩诗》作“实”，是，这。 命：命运。 ⑤参（shēn）、昴（mǎo）：都是星名，即指上章“三五在东”的星。王引之《经义述闻》：“三五，举其数也。参昴，著其名也。” ⑥衾：被。 裯（chóu）：床帐。《郑笺》：“裯，床帐也。” ⑦不犹：不如。

【译文】

小小星星闪微光，三三五五在东方。急急匆匆赶夜路，早早晚晚为公忙。命运不同徒自伤！

小小星星闪微光，参星昴星挂天上。急急匆匆赶夜路，抱着棉被和床帐。人家命运比我强！

江有汜

【题解】

这是一位弃妇哀怨自慰的诗。在一夫多妻的制度下,她用长江尚有支流原谅丈夫另有新欢,幻想将来他会回心转意。

江有汜[①],之子归[②],不我以[③]。不我以,其后也悔。
江有渚[④],之子归,不我与[⑤]。不我与,其后也处[⑥]。
江有沱[⑦],之子归,不我过[⑧]。不我过,其啸也歌[⑨]。

【注释】

①汜(sì):长江的支流。方玉润:"江决复入为汜。"　②之子:指丈夫的新欢。　归:嫁来。　③以:用。"不我以"是倒文,既不用我,不需要我了。④渚:江水分而又合,江心中出现的小洲叫渚。《毛传》:"水枝成渚。"　⑤与:同。不我与,不和我同居。　⑥处:居住。　⑦沱:长江的支流。《说文》:"沱,江别流也。出嶓山,东别为沱。"　⑧过:到。不我过,不到我这里来。《汉书·陆贾传》注:"过,至也。"　⑨啸歌:号哭。闻一多《诗经通义》:"啸歌者,即号哭。谓哭而有言,其言又有节调也。"

【译文】

江水长长有支流,新人嫁来分两头,你不要我使人愁。今日虽然不要我,将来后悔又来求。

江水宽宽有沙洲,新人嫁来分两头,你不爱我使人愁。今日虽然不爱我,将来想聚又来求。

江水长长有沱流,新人嫁来分两头,你不找我使人愁。不找我呀心烦闷,唱着哭着消我忧。

野有死麕

【题解】

这是描写一对青年男女恋爱的诗。男的是一位猎人,他在郊外丛林里遇见了一位似花如玉的少女,即以小鹿为赠,终于获得爱情。

野有死麇[①],白茅包之。有女怀春,吉士诱之[②]。
林有朴樕[③],野有死鹿。白茅纯束[④],有女如玉。
“舒而脱脱兮[⑤]! 无感我帨兮[⑥]! 无使尨也吠[⑦]!”

【注释】

①麇(jūn):小獐,鹿一类的兽。《说文》:“麇,麞也。籀文作麇。”《文选》李善注:“今江东人呼鹿为麇。”按古代多以鹿皮作为送女的礼物。 ②吉士:好青年,指打鹿的那位猎人。王先谦:“吉士,犹言善士,男子之美称。” ③朴樕(sù):小木。古代人结婚时用为烛。 ④纯(tún)束:捆绑。马瑞辰《通释》:“纯、屯古通用。……纯束二字同义。……纯屯皆‘稛’之假借。”稛同“捆”。⑤舒而:舒然,慢慢地。古“而”、“如”、“然”三字通用。 脱脱(tuì):舒缓的样子。《毛传》:“脱脱,舒迟也。” ⑥感(hàn):同“撼”,动。 帨(shuì):佩巾,女子系在腹前的一块巾,又名蔽膝,犹如今之围裙。 ⑦尨(máng):多毛而凶猛的狗,现在叫做狮子狗。《说文》:“尨,犬之多毛者。”《穆天子传》郭注:“尨,尨茸,谓猛狗。”

【译文】

打死小鹿撂荒郊,洁白茅草把它包。有位姑娘春心动,小伙上前把话挑。
砍下小木当烛烧,拾起死鹿在荒郊。白茅捆扎当礼物,如玉姑娘接受了。
“轻轻慢慢别着忙! 别动围裙别鲁莽! 别惹狗儿叫汪汪!”

何彼襛矣

【题解】

齐侯的女儿出嫁,车辆服饰侈丽。这首诗隐约地讽刺了贵族王姬德色的不相称。

何彼襛矣[①]? 唐棣之华[②]。曷不肃雝[③]? 王姬之车[④]。
何彼襛矣? 华如桃李。平王之孙[⑤],齐侯之子[⑥]。
其钓维何[⑦]? 维丝伊缗[⑧]。齐侯之子,平王之孙。

【注释】

①襛(nóng):艳盛的样子。 ②唐棣:植物名,结实形如李,可食。 华:古花字。 ③曷不:何不、怎么没有。 肃雝(yōng):严肃和睦的气象。《毛传》:“肃,敬。雝,和。” ④王姬:周王姓姬,他的女儿或孙女称王姬。 ⑤平

王之孙：东周平王宜臼的外孙女。　⑥齐侯之子：齐侯的女儿。　⑦维：古与“惟”通。《玉篇》：“惟，为也。”“做”的意思。　⑧维：语助词，含有“是”意。伊：同“维”。　缗(mín)：钓鱼的绳，亦称为“纶”。

【译文】

怎么那样地秾艳漂亮？像唐棣花儿一样。怎么气氛欠肃穆安详？王姬出嫁的车辆。

怎么那样地秾艳漂亮？像桃李花开一样。天子平王的外孙，齐侯的女儿做新娘。

钓鱼是用什么绳？是用丝线来做成。她是齐侯的女儿，天子平王的外孙。

驺　虞

【题解】

这是一首赞美猎人的诗。

彼茁者葭①，壹发五豝②。于嗟乎驺虞③！
彼茁者蓬④，壹发五豵⑤。于嗟乎驺虞！

【注释】

①茁：草初生出地的样子。　葭(jiā)：芦苇。　②壹：发语词，无义。马瑞辰《通释》：“壹发五豝，壹发五豵，二壹字，皆发语词。”　发：发箭，指发箭射中。五：虚数，这里指多。如三、九，都不是实数。　豝(bā)：母猪。小猪也叫豝。《说文》：“豝，牝豕也。一曰二岁。”　③于嗟乎：赞美的叹词。于，同“吁”。陈奂：“于嗟乎，美叹也。”　驺(zōu)虞：当时兽官名，指猎手(用《鲁诗》《韩诗》之说)。④蓬：草名，形状很像白蒿。　⑤豵(zōng)：小猪。《广雅》：“兽一岁为豵，二岁为豝，三岁为肩，四岁为特。”

【译文】

密密一片芦苇丛，一群母猪被射中。哎呀这位猎手真神勇！

密密一片蓬蒿草，一群小猪被射倒。哎呀这位猎手本领高！

邶风　鄘风　卫风

邶、鄘、卫都是卫地，春秋时人已经把它们看作是一组诗，如《左传》鲁襄公二十九年记载吴公子季札到鲁国参观周乐，“使工为之歌《邶》、《鄘》、《卫》，曰：‘美哉！……其为卫风乎！’”又三十一年，卫北宫文子引《邶风》称为卫诗。三家诗也以邶、鄘、卫为一卷。只有毛诗才把它分为三卷。现在仍旧将它们合在一起。

《邶风》十九篇，《鄘风》十篇，《卫风》十篇，这一组诗共三十九篇。

这组诗可考而最早的是《硕人》，《左传》鲁隐公三年：“卫庄公娶于齐，东宫得臣之妹曰庄姜，美而无子，卫人所为赋《硕人》也。”卫庄公是公元前750年左右的人，《硕人》当产生于此时。后来卫国被狄人灭了，《左传》鲁闵公二年：“狄入卫，……许穆夫人赋《载驰》。”接着卫戴公迁漕，文公迁楚丘，产生了《定之方中》一诗，它与《载驰》都是卫国最晚的诗。这样看来，《卫风》都是卫被狄人灭亡（公元前660年）以前的作品。

卫地原来是殷商的故地，武王灭殷，占领殷都朝歌一带地方，三分其地。朝歌北边是邶，东边是鄘，南边是卫。卫都朝歌，在今河南省淇县，故诗多称淇水。《卫风》的产生地，大体在今河北的磁县、东明、濮阳，河南省的安阳、淇县、滑县、汲县、开封、中牟等地。

卫国昏君特别多，人民负担重。北方受狄人的侵略，南方苦齐、晋的争霸。卫都是一个商业发达的较大的城市，为商人必经之路。魏源说：“商旅集则货财盛，货财盛则声色辏。”他概括了卫地当时的经济形势。这些都给《卫风》以较大的影响。卫诗的特点：第一，产生了中国第一位女诗人许穆夫人，她的作品《载驰》（有人说，《竹竿》、《泉水》也是她的作品），表现着强烈的爱国主义精神。第二，人民对政治不满，大胆揭露、反抗统治阶级的诗比较多，如《北风》、《相鼠》、《墙有茨》、《新台》、《鹑之奔奔》等，斗争性之强，在《诗经》中除《魏风》外，是少见的。第三，在恋爱婚姻方面的诗，如《柏舟》、《桑中》、《氓》、《谷风》等，表现了当时妇女的命运及她们大胆反抗封建礼教的精神。这和当时卫国的政治、经济、地理形势是分不开的。

邶　风

柏　舟

【题解】

这是一位妇女自伤不得于夫、见侮于众妾的诗。诗中表露了无可告诉的委曲忧伤,也反映了她坚贞不屈的性格。

泛彼柏舟①,亦泛其流②。耿耿不寐③,如有隐忧④。微我无酒⑤,以敖以游。

我心匪鉴⑥,不可以茹⑦。亦有兄弟,不可以据⑧。薄言往愬⑨,逢彼之怒。

我心匪石,不可转也。我心匪席,不可卷也。威仪棣棣⑩,不可选也⑪。

忧心悄悄⑫,愠于群小⑬。觏闵既多⑭,受侮不少。静言思之⑮,寤辟有摽⑯。

日居月诸⑰!胡迭而微⑱?心之忧矣,如匪澣衣⑲。静言思之,不能奋飞。

【注释】

①柏舟:用柏树制的船。　②亦:语助词。　③耿耿:心中焦灼不安的样子。　④如:同"而"。　隐:通"慇",痛;隐忧,痛心的忧愁。有人解作"深忧",亦通。　⑤微:非、不是。　⑥匪:同"非",不是。　鉴:镜子。　⑦茹(rú):容纳。　⑧据:依靠。　⑨薄:语助词,此处含有勉强的意思。王夫之《诗经稗疏》:"'薄言往愬'者,心知其不可据而勉往也。"　愬:同"诉",诉苦。⑩威仪:仪容、态度容貌。　棣棣:安和的样子。　⑪选(xùn):同"巽",退让。

三家诗"选"作"算",不可选,言自己的仪容美备,是不可胜数的。说亦可通。⑫悄悄:忧愁的样子。　⑬愠:怨,言自己被一群小人所怨。《说文》:"愠,怨也。"群小,朱熹《诗集传》:"众妾也。"　⑭觏(gòu):同"遘",遇、碰到。　闵:愍的借字,指中伤陷害的事。　⑮静:审、仔细。　⑯寤:睡醒。　辟:《韩诗》作擗,用手拍胸。　有摽:即摽摽,捶打胸脯的样子。　⑰日,月:指丈夫。居,诸:都是语尾助词。　⑱迭:更迭、轮流。　微:昏暗不明。这是诗人用日月无光比丈夫的昏暗不明。　⑲澣:洗。匪澣衣,没有洗过的脏衣服。

【译文】

飘飘荡荡柏木舟,随着河水到处流。忧心焦灼不成眠,多少烦恼积心头。不是无酒来消愁,不是无处可遨游。

我心不是青铜镜,不能任谁都来照。娘家也有亲弟兄,谁知他们难依靠。赶到他家去诉苦,对我发怒脾气躁。

我心不像石一块,哪能任人去转移。我心不是席一条,哪能打开又卷起。仪容闲静品行端,哪能退让任人欺。

愁思重重心头绕,群小怨我众口咬。横遭陷害已多次,身受侮辱更不少。审慎考虑仔细想,梦醒捶胸心更焦。

叫声太阳叫月亮!为啥变得没光芒?心头烦恼洗不净,就像一件脏衣裳。审慎考虑仔细想,没法高飞展翅翔。

绿　衣

【题解】

这是诗人睹物怀人思念过去妻子的诗。这位妻子,到底是死亡或离异,则不得而知。

绿兮衣兮,绿衣黄里①。心之忧矣,曷维其已②!
绿兮衣兮,绿衣黄裳③。心之忧矣,曷维其亡④!
绿兮丝兮,女所治兮⑤。我思古人⑥,俾无訧兮⑦。
絺兮绤兮⑧,凄其以风⑨。我思古人,实获我心。

【注释】

①里:衣服的衬里。　②曷:何。　维:助词。　已:止、停。　③裳:下衣,形状像现在的裙。当时人不穿裤子,男女都穿裳。　④亡:同忘,忘记。

⑤女:同“汝”。 治:整理纺织。 ⑥古人:故人,古与“故”通。这里指作者的妻子。 ⑦俾:使。 訧(yóu):过,错误。 ⑧絺(chī):细葛布。 绤(xì):粗葛布。 ⑨凄:凉爽。凄其,即凄凄。 以:通假作“似”,像。

【译文】

绿色衣啊绿色衣,外面绿色黄夹里。见到此衣心忧伤,不知何时才能已!

绿色衣啊绿色衣,上穿绿衣下黄裳。穿上衣裳心忧伤,旧情深深怎能忘!

绿色丝啊绿色丝,丝丝是你亲手织。想起我的亡妻啊,遇事劝我无差失。

夏布粗啊夏布细,穿上风凉又爽气。想起我的亡妻啊,样样都合我心意。

燕　燕

【题解】

这是一首送远嫁的诗。诗中的寡人是古代国君的自称,当是卫国的君主。“于归”的“仲氏”,是卫君的二妹。

燕燕于飞①,差池其羽②。之子于归③,远送于野④。瞻望弗及,泣涕如雨!

燕燕于飞,颉之颃之⑤。之子于归,远于将之⑥。瞻望弗及,伫立以泣!

燕燕于飞,下上其音。之子于归,远送于南⑦。瞻望弗及,实劳我心⑧!

仲氏任只⑨,其心塞渊⑩。终温且惠⑪,淑慎其身。“先君之思”⑫,以勖寡人⑬!

【注释】

①燕燕:一对燕子。 ②差(cī)池:参差不齐的样子。 ③之子:指被送的女子。 于归:出嫁。 ④于:往。 野:郊外。 ⑤颉(jié):向下飞。颃(háng):向上飞(从《毛传》)。 ⑥将:送。 ⑦南:指卫国的南边。有人说南同“林”,指郊外。亦通。 ⑧实:同“寔”,是。 劳:指思念之劳。 ⑨仲氏:老二,二妹。古人多用伯、仲、叔、季为兄弟姊妹的行次。 任:信任的意思(从朱熹说)。 只:语助词。 ⑩塞:𡨥的假借字,诚实。 渊:深。《孔疏》:“其心诚实而深渊也。” ⑪终:既。王引之《经义述闻》:“终,犹既也。” 惠:和顺。⑫先君:指死去的国君。 ⑬勖(xù):勉励。 寡人:古代君主的自称,《礼

记·曲礼》疏:"寡人者,言己是寡德之人。"

【译文】

燕子双双飞天上,参差不齐展翅膀。这位姑娘要出嫁,送到郊外远地方。遥望背影渐消失,泪珠滚滚雨一样!

燕子双双飞天上,忽高忽低追随忙。这位姑娘要出嫁,送她不嫌路途长。遥望背影渐消失,凝神久立泪汪汪!

燕子双双飞天上,上上下下呢喃唱。这位姑娘要出嫁,送她向南路茫茫。遥望背影渐消失,苦苦思念欲断肠!

二妹为人可信任,心地诚实虑事深。脾气温柔性和顺,修身善良又谨慎。常说"别忘先君爱",她的劝勉感我心!

日　月

【题解】

这是一位弃妇申诉怨愤的诗。古代学者认为是卫庄姜被庄公遗弃后之作,未知确否。

日居月诸①!照临下土。乃如之人兮②,逝不古处③。胡能有定④?宁不我顾⑤?

日居月诸!下土是冒⑥。乃如之人兮,逝不相好。胡能有定?宁不我报⑦?

日居月诸!出自东方。乃如之人兮,德音无良⑧。胡能有定?俾也可忘⑨。

日居月诸!东方自出。父兮母兮!畜我不卒⑩。胡能有定?报我不述⑪!

【注释】

①日居月诸:见《柏舟》注⑰。朱熹《诗集传》:"日居月诸,呼而诉之也。" ②乃:竟。 如:像。 之人:这个人。 ③逝:及。逝不,倒文,即不逝。或云,逝是发语词,亦通。 古处:故居。 ④定:正,指夫妇正常的关系。马瑞辰《通释》:"窃谓此诗'胡能有定',即胡能有正也。……夫妇有定份,嫡妾有定位,皆正也。" ⑤宁:何。有人说"宁"即"乃"。亦通。 我顾:倒文,即顾我。《郑笺》:"顾,念也。" ⑥冒:覆盖、笼罩。 ⑦报:答。古代称夫不理妻为"不见答",

不我报，即不见答的意思。 ⑧德音：好名誉。 ⑨俾：使。 也：助词。 ⑩畜：同“慉”，爱。《孟子》：“畜君者，好君也。” 卒：终。不卒，指丈夫爱我不终。也有人认为是指“父母养我之不终”，似不及前说。 ⑪述：说。

【译文】

叫声太阳叫月亮！光辉普照大地上。天下竟有这种人，会把故居全相忘。夫妻关系全不顾，为何不想进我房？

叫声太阳叫月亮！光辉普照大地上。天下竟有这种人，忘恩不和我来往。夫妻关系全不顾，为何使我守空房？

叫声太阳叫月亮！日月光辉出东方。天下竟有这种人，名誉扫地丧天良。夫妻关系全不顾，使我真该把他忘。

叫声太阳叫月亮！东方升起亮堂堂。我的爹啊我的娘！丈夫爱我不久长。夫妻关系全不顾，我也不愿诉衷肠！

终　风

【题解】

这是一位妇女写她被丈夫玩弄嘲笑后遭遗弃的诗。

终风且暴①，顾我则笑②。谑浪笑敖③，中心是悼④！
终风且霾⑤，惠然肯来⑥？莫往莫来⑦，悠悠我思！
终风且曀⑧，不日有曀⑨。寤言不寐⑩，愿言则嚏⑪。
曀曀其阴⑫，虺虺其靁⑬。寤言不寐，愿言则怀⑭。

【注释】

①终：既。 暴：疾风。 ②则：而。 ③谑：调戏。 浪：放荡。 敖：放纵。 谑浪：放荡地调戏。 笑敖：放纵地取笑。王先谦《诗三家义集疏》：“谑浪，谑之貌；笑敖，笑之貌。……盖谑非不可谑，而浪则狂；笑非不可笑，而敖则纵。” ④悼：伤心。 ⑤霾（mái）：大风刮得尘土飞扬。 ⑥惠：顺。然：语助词。 ⑦莫：不。下“莫”字是增文足句。 ⑧曀：天阴而又有风。⑨不日：不到一天。 有：同“又”。 ⑩寤言：醒着说话。 ⑪言：助词，无义。 嚏：打喷嚏。旧时民间有“打喷嚏，有人想”的谚语。 ⑫曀曀：天阴暗的样子。 ⑬虺虺（huǐ）：雷始发之声。 ⑭怀：思念。严粲《诗缉》：“愿汝思怀我而悔悟也。”

【译文】

大风既起狂又暴，对我侮弄又调笑。调戏取笑太放荡，想想悲伤又烦恼！

大风既起尘飞扬，他可顺心来我房？如今竟然不来往，绵绵相思不能忘！

大风既起日无光，顷刻又阴晴无望。夜半独语难入梦，愿他喷嚏知我想。

天色阴沉暗无光，雷声隐隐天边响。夜半独语难入梦，愿他悔悟将我想。

击　　鼓

【题解】

这是卫国戍卒思归不得的诗。关于诗的时代背景，古来说法不一。方玉润《诗经原始》认为"此戍卒思归不得诗也"，今从方说。

击鼓其镗①，踊跃用兵②。土国城漕③，我独南行。
从孙子仲④，平陈与宋⑤。不我以归⑥，忧心有忡⑦！
爰居爰处⑧？爰丧其马⑨？于以求之⑩？于林之下。
"死生契阔"⑪，与子成说⑫。执子之手，与子偕老。
于嗟阔兮⑬，不我活兮⑭！于嗟洵兮⑮，不我信兮⑯！

【注释】

①镗：击鼓声。　②兵：指兵器。　③土国：在国内服役土工。　城漕：在漕邑修筑城墙。"土"和"城"这里都是动词，土当"役"用，城当"筑"用。漕，卫邑名，在今河南省滑县东南。　④孙子仲：当时卫国南征的将领。孙氏是卫国的世卿。　⑤平陈与宋：调解陈国和宋国的不睦。《左传》隐公六年杜注："和而不盟曰平。"　⑥不我以归：这句是倒文，即"不以我归"，不让我回来。⑦有忡：即忡忡，心神不安的样子。　⑧爰：与"于何""于以"同义，就是"在何处"。　⑨丧：读去声，失、丢。　⑩以：何。　⑪契：合。　阔：离。契阔是偏义复词，偏用"契"义，指结合，犹言不分离。　⑫子：指作者的妻。　成说：定约、结誓。　⑬于：同"吁"。　吁嗟：感叹词。　阔：道路辽远。　⑭活：聚会。马瑞辰《通释》："活，当读为'曷其有佸'之佸。《毛传》：'佸，会也。'佸为会至之会，又为聚会之会。承上'阔兮'为言，故云不我会耳。"　⑮洵：夐的假借字，《韩诗》作"夐"，久远；指别离已久。　⑯信：守约。

【译文】

战鼓擂得镗镗响，官兵踊跃练刀枪。别人修路筑城墙，我独从军到南方。

跟随将军孙子仲，调停纠纷陈与宋。常驻边地不能归，留守南方真苦痛！
住哪儿啊歇何方？马儿丢失何处藏？到哪儿啊找我马？丛林深处大树旁。
“死生永远不分离”，对你誓言记心里。我曾紧紧握你手，和你到老在一起。
可叹相隔太遥远，不让我们重相见！可叹别离太长久，不让我们守誓言！

凯　风

【题解】

这是一首儿子颂母并自责的诗。三家诗认为写的是事继母，可作参考。

凯风自南①，吹彼棘心②。棘心夭夭③，母氏劬劳④。
凯风自南，吹彼棘薪⑤。母氏圣善⑥，我无令人⑦。
爰有寒泉⑧，在浚之下⑨。有子七人，母氏劳苦。
睍睆黄鸟⑩，载好其音。有子七人，莫慰母心。

【注释】

①凯风：南风。《孔疏》引李巡曰：“南风长养，万物喜乐，故曰凯风。” ②棘心：棘，酸枣树，初发芽时心赤。“凯风”喻母，“棘”，子自喻。 ③夭夭：树木嫩壮的样子。 ④劬（qú）劳：即劳苦之意。 ⑤棘薪：酸枣树长到可以当柴烧。比喻子已成长。 ⑥圣善：明理而有美德。 ⑦令：善。 ⑧爰：发语词，无义。 寒泉：在卫地浚邑，水冬夏常冷，故名寒泉。 ⑨浚：卫邑名，在卫楚丘东。 ⑩睍睆（xiàn huǎn）：清和宛转的鸣声。有人认为是形容黄鸟颜色美，亦通。朱熹《诗集传》：“言黄鸟犹能好其音以悦人，而我七子，独不能慰悦母心哉。”

【译文】

和风吹来自南方，吹在枣树红心上。枣树红心嫩又壮，我娘辛苦善教养。
和风南方吹过来，枣树成长好当柴。我娘人好又明理，我们兄弟不成材。
寒泉清冷把暑消，源头出自浚县郊。儿子七个不算少，却累我娘独辛劳。
宛转黄雀清和音，歌声间关真好听。我娘儿子有七个，不能安慰亲娘心。

雄　雉

【题解】

这是一位妇女思念远出的丈夫的诗。旧说多认为这是妇女之作，方玉润《诗经原始》则认为是朋友互勉，“期友不归，思而共勖”的诗，此说可供参考。

雄雉于飞①，泄泄其羽②。我之怀矣，自诒伊阻③！
雄雉于飞，下上其音。展矣君子④，实劳我心！
瞻彼日月⑤，悠悠我思！道之云远⑥，曷云能来？
百尔君子⑦，不知德行⑧。不忮不求⑨，何用不臧⑩？

【注释】

①雉：野鸡。诗中的雄雉比喻丈夫。　②泄泄（yì）：同“洩洩”，鼓羽舒畅的样子。《左传》隐公元年“其乐也洩洩”，杜注：“洩洩，舒散也。”　③诒：同“遗”，遗留。自诒，自找、自取之意。　伊：同“緊”，此、这。《郑笺》：“伊，当作緊，緊，犹‘是’也。”　阻：忧。《玉篇》：“阻，忧也。”朱熹《诗集传》训“阻”为“隔”，亦通。　④展：诚、确实。　君子：这里指丈夫。　⑤瞻彼日月：马瑞辰《通释》：“以日月之迭往迭来，兴君子之久役不来。”　⑥云：语助词。下句同。　⑦百：凡、所有。　君子：这里指在朝的统治者，也包括她的丈夫在内。　⑧德行：道德品行。　⑨忮（zhì）：忌恨。　⑩臧：善、好。王先谦《诗三家义集疏》：“何用不臧，犹言无往而不利。”

【译文】

雄雉起飞向远方，拍拍翅膀真舒畅。心中怀念我夫君，自找离愁空忧伤！
雄雉起飞向远方，忽高忽低咯咯唱。一心悬念我夫君，苦思苦想心难放。
远望太阳和月亮，我的相思长又长！相隔道路太遥远，何时回到我身旁？
天下“君子”一个样，不知道德和修养。你不损人又不贪，走到哪里不顺当？

匏有苦叶

【题解】

这是一位女子在济水岸边等待未婚夫时所唱的诗。旧说刺卫宣公淫乱，也有以为“刺世礼义澌灭”或“贤者不遇时而作”。余冠英先生《诗经选》一扫旧说，还它以民歌本来面目:"一个女子正在岸边徘徊,她惦着住在河那边的未婚夫,心想:他如果没忘了结婚的事,该趁着河里还不曾结冰,赶快过来迎娶才是。再迟怕来不及了。"(余先生对"迨冰未泮"一句的理解和我们不同。)

匏有苦叶①,济有深涉②。深则厉③,浅则揭④。
有瀰济盈⑤,有鷕雉鸣⑥。济盈不濡轨⑦,雉鸣求其牡⑧。
雝雝鸣雁⑨,旭日始旦⑩。士如归妻⑪,迨冰未泮⑫。
招招舟子⑬,人涉卬否⑭。人涉卬否,卬须我友⑮。

【注释】

①匏(páo):葫芦。古人常腰拴葫芦以渡水。《国语·鲁语》韦昭注:"佩匏可以渡水也。"闻一多《诗经通义》:"古人早已知道抱着葫芦浮水能使身体容易漂起来,所以葫芦是他们常备的旅行工具,而有'腰舟'之称。叶子枯了,葫芦也干了,可以摘来作腰舟用了。" 苦:枯的通用字。王先谦:"齐读苦为枯,枯、苦字通。" ②济:水名,本作泲。源出河南省济源县西王屋山。 涉:步行过河叫作涉,涉水的渡口也叫作涉,这里指渡口。 ③厉:连衣徒步渡水。 ④揭(qì):提起下衣渡水。 ⑤有瀰:瀰瀰,水满的样子。 ⑥有鷕(yǎo):鷕鷕,雌雉的叫声。 ⑦濡:沾湿。 轨:车轴的两端。 ⑧牡:指雄雉。 ⑨雝雝:雁相和的鸣声。 ⑩旭日:初升的太阳。 旦:明。 ⑪归妻:娶妻。王先谦《诗三家义集疏》:"妇人谓嫁曰'归',自士言之,则娶妻是来归其妻,故曰归妻。" ⑫迨:及、趁。泮(pàn):融解。古代人结婚多在秋冬两个季节举行,《荀子·大略》:"霜降迎女,冰泮杀止。"姚际恒《诗经通论》:"古人行嫁娶必于秋冬农隙之际,故云'迨冰未泮'。" ⑬招招:摆手相招。 ⑭卬(áng):我。 ⑮须:等待。

【译文】

葫芦叶枯葫芦收,济水渡口深水流。水深腰系葫芦过,水浅挑着葫芦走。
济水一片白茫茫,水边野鸡吆吆唱。水满不湿半车轮,野鸡唱歌求对象。
大雁嘎嘎相对唱,初升太阳放光芒。你若有心娶新娘,要趁今冬冰没烊。
船夫招呼我上船,别人渡河我在岸。别人渡河我在岸,我等朋友来结伴。

谷 风

【题解】

这是一首弃妇诉苦的诗。她的丈夫原也是一个贫穷的农民。由于两口子努力劳动,生活慢慢好起来,男的却变心了。

习习谷风[1],以阴以雨[2]。黾勉同心[3],不宜有怒。采葑采菲[4],无以下体[5]。德音莫违[6]:“及尔同死。”

行道迟迟[7],中心有违[8]。不远伊迩[9],薄送我畿[10]。谁谓荼苦[11]?其甘如荠。宴尔新昏[12],如兄如弟。

泾以渭浊[13],湜湜其沚[14]。宴尔新昏,不我屑以[15]。毋逝我梁[16],毋发我笱[17]。我躬不阅[18],遑恤我后[19]。

就其深矣,方之舟之[20]。就其浅矣,泳之游之。何有何亡[21],黾勉求之。凡民有丧[22],匍匐救之[23]。

不我能慉[24],反以我为雠[25]。既阻我德[26],贾用不售[27]。昔育恐育鞫[28],及尔颠覆[29]。既生既育,比予于毒[30]。

我有旨蓄[31],亦以御冬[32]。宴尔新昏,以我御穷。有洸有溃[33],既诒我肄[34]。不念昔者,伊余来塈[35]!

【注释】

①习习:犹飒飒,风声。 谷风:来自山谷的大风。 ②以:又。 ③黾(mǐn)勉:勉力。 ④葑:蔓菁,今名大头菜。 菲:萝蔔。 ⑤以:用。 下体:指根。 ⑥德音:本义是“善闻令名”,这里似指她丈夫曾对她说过的“好话”。 ⑦迟迟:缓慢。 ⑧中心:即心中。 有违:指行动和心意相违背。有人训违为“怨”,亦通。 ⑨伊:是。 迩:近。 ⑩薄:助词,含有勉强的意思。 畿:门槛。 ⑪荼:苦菜。 ⑫宴:快乐。 昏:即婚。 ⑬泾、渭:都是水名,源出甘肃,在陕西高陵县合流。 ⑭湜湜(shí):水清的样子。《说文》:“湜,水清见底也。” 沚:即“底”的意思。马瑞辰《通释》:“《说文》,沚,下基也。湜湜即状水止之貌,故以为清可见底。” ⑮屑:洁。不我屑以,即不以我为洁。 ⑯逝:往,去。 梁:鱼坝;用石头拦阻水流,中空而留缺口,以便捕鱼。⑰发:拨的假借字,搞乱。有人训“开”,亦通。 笱(gǒu):捕鱼的竹篓。 ⑱躬:自身。 阅:容。 ⑲遑:犹言“哪儿来得及”。 恤:顾到。 ⑳方:筏子。方、舟二字这里都作动词用。 ㉑亡:同“无”。 ㉒民:人,指邻人。 丧:指凶祸。 ㉓匍匐:本义是手足伏地走,这里是尽力的意思。 ㉔不我能慉:三家诗作“能不我慉”。能,乃。慉(xù),爱。 ㉕雠:通“仇”。 ㉖阻:拒绝。㉗贾(gǔ):卖。 用:货物。 不售:卖不出去。 ㉘育恐:生活恐慌。 育鞫:生活困穷。朱熹《诗集传》引张子曰:“育恐,谓生于恐惧之中,育鞫,谓生于困

穷之际。” ㉙颠覆:指患难。 ㉚于毒:如毒虫。 ㉛旨:美。 蓄:腌的干菜。有人说,蓄是菜名,亦通。 ㉜御:同“禦”,抵挡。 ㉝有洸(guāng)有溃:即洸洸溃溃,本义都是形容水激流的样子,这里是借用,形容人动武和发怒的样子。《毛传》:“洸洸,武也。溃溃,怒也。” ㉞诒:同“遗”,留给。 肄(yì):劳苦的工作。 ㉟伊:惟。 来:语助词,无义。 塈(jì):爱。马瑞辰《通释》:“爱,正字作炁。《说文》:‘炁,惠也。㤅,古文。’是‘㤅’即古文‘爱’字。此诗塈,疑㤅之假借。伊余来塈,犹言维予是爱也,仍承昔者言之。”

【译文】

飒飒山谷刮大风,天阴雨暴来半空。夫妻勉力结同心,不该怒骂不相容。蔓菁萝蔔收进门,难道要叶不要根?甜言蜜语别忘记:“和你到死永不分。”

走出家门慢吞吞,脚儿向前心不忍。不求远送望近送,谁知只送到房门。谁说荼菜苦无比?在我吃来甜似荠。你们新婚多快乐,两口亲热像兄弟。

渭水入泾泾水浑,泾水虽浑底下清。你们新婚多快乐,诬我不洁伤我心。别到我的鱼坝来,别把鱼篓再乱开。既然对我不见容,谁还顾到我后代。

好比河水深悠悠,那就撑筏划小舟。好比河水浅清清,那就游泳把水泅。家里有这没有那,尽心尽力为你求。邻居出了灾难事,就是爬着也去救。

你不爱我倒也罢,不该把我当冤仇。一片好意遭拒绝,好像货物难脱手。从前生活怕困穷,共度难关苦重重。如今生计有好转,嫌我比我像毒虫。

好比我腌干咸菜,贮藏起来好过冬。你们新婚多快乐,拿我旧人来挡穷。粗声恶气打又骂,还要逼我做苦工。当初情意全不念,你恩我爱一场空。

式 微

【题解】

这是人民苦于劳役,对君主发出的怨词。诗用简短的几句话,表达了劳动人民对统治者压迫奴役的极端憎恨。

式微式微①,胡不归?微君之故②,胡为乎中露③?
式微式微,胡不归?微君之躬④,胡为乎泥中⑤?

【注释】

①式:发语词,无义。 微:幽暗,指天黑。郝懿行《尔雅义疏·释诂》:“‘微’有幽隐萎昧之意。” ②微:非,不是。 故:事。 ③中露:即露中。《鲁诗》“露”作“路”。 ④躬:身体。 ⑤泥中:泥水路里。方玉润《诗经原始》:“犹

言泥涂也。毛氏苌曰:‘中露、泥中,卫邑也。’此或后人因经而附会其说耳,不可从。”

【译文】

日光渐暗天色灰,为啥有家去不回?不是君主差事苦,哪会夜露湿我腿?

日光渐暗天色灰,为啥有家去不回?不是君主养贵体,哪会夜间踩泥水?

旄 丘

【题解】

这是一些流亡到卫国的人,盼望贵族救济而不得的诗。那时人民因为受不了本国统治者的残酷剥削、压迫,或因战争的缘故,纷纷逃亡别国。但到处都是一样,想向他国贵族乞求同情、救济,当然仍是一种梦想。

旄丘之葛兮①,何诞之节兮②?叔兮伯兮③!何多日也?
何其处也④?必有与也⑤。何其久也?必有以也⑥。
狐裘蒙戎⑦,匪车不东⑧。叔兮伯兮!靡所与同⑨。
琐兮尾兮⑩!流离之子⑪。叔兮伯兮!褎如充耳⑫。

【注释】

①旄丘:前高后低的土山。 ②诞:同覃,延长。 之:其、它的。 节:指葛藤的枝节。 ③叔、伯:当时人对贵族的尊称。 ④处:安居不出。 ⑤与:指同伴或盟国。 ⑥以:原因。 ⑦狐裘:狐皮袍。当时大夫以上的官穿的冬服。 蒙戎:亦作“尨茸”,蓬蓬乱的样子。这句疑指卫大夫。 ⑧匪:彼。指大夫。疑东方是流亡者居住的地方,故大夫之车不来。 ⑨靡:无。 同:同心。朱熹《诗集传》:“不与我同心。” ⑩琐:细小。 尾:与“微”通,卑贱。 ⑪流离:漂散流亡。方玉润《诗经原始》:“流离,漂散也。”《毛传》训流离为“鸟名”,恐非诗的原意。 ⑫褎(yòu):盛服;褎如,即褎然,态度傲慢妄自尊大的样子。 充耳:《郑笺》:“充耳,塞耳也。”即“充耳不闻”的意思。充耳又是一种挂在耳旁的首饰,这里有双关的意义。

【译文】

葛藤长在山坡上,枝节怎么那样长?叔叔啊,伯伯啊!为啥好久不帮忙?

安心躲在家里边,定要等谁才露面?拖拖拉拉这么久,定有原因在其间。

身穿狐裘毛蓬松,坐着车子不向东。叔叔啊,伯伯啊!你我感情不相通。

我们渺小又卑贱，我们流亡望人怜。叔叔啊，伯伯啊！趾高气扬听不见。

简　兮

【题解】

这是一个女子观看舞师表演万舞并对他产生爱慕之情的诗。

简兮简兮①，方将万舞②。日之方中，在前上处③。

硕人俣俣④，公庭万舞⑤。有力如虎，执辔如组⑥。

左手执籥⑦，右手秉翟⑧。赫如渥赭⑨，公言锡爵⑩。

山有榛⑪，隰有苓⑫。云谁之思？西方美人⑬。彼美人兮，西方之人兮！

【注释】

①简：鼓声。有人说，“简”是形容武师武勇之貌，亦通。　②方将：即“将要”的意思。马瑞辰《通释》：“方将二字连文，方，犹云将也。将，且也。”有人训“方”为“四方”，似不可从。　万舞：周天子宗庙舞名，是一种大规模的舞，内容分文舞、武舞两部分。朱熹《诗集传》：“万者，舞之总名。武用干戚（盾和板斧），文用羽籥（雉羽和籥）也。”　③处：指位置。　④硕人：身材高大的人，指舞师。俣俣（yǔ）：形容身体魁梧的样子。　⑤公庭：庙堂的庭前。《孔疏》：“于祭祀之时，亲在宗庙公庭而万舞。”　⑥辔（pèi）：马缰绳。　组：编织的一排排丝线。⑦籥（yuè）：古代乐器名。《礼记》郑注：“籥，如笛，三孔。舞者所吹也。”　⑧秉：拿。　翟（dí）：野鸡尾，舞师执以指挥。　⑨赫：指舞师脸色红而有光。　渥：涂抹。　赭（zhě）：红土。　⑩公：指卫国的君主。　锡：赐。　爵：古代酒器名，这里用它代酒。　⑪榛：树名；它结的实似栗而小。　隰：低湿的地。⑫苓：甘草，亦名大苦，药名。以上两句是《诗经》中常用的起兴句式，余冠英以为是一种隐语：以树代男，以草代女。　⑬西方：指周。周在卫西。　美人：指舞师，即上文的硕人。硕人和美人，都是当时赞美男女形体外貌通用的词。

【译文】

敲起鼓来冬冬响，万舞演出就开场。太阳高高正中央，舞师排在最前行。

身材高大又魁梧，公庭前面演万舞。扮成武士力如虎，手拿缰绳赛丝组。

左手握着笛儿吹，右手挥起野鸡尾。脸儿通红像染色，卫公教赏酒满杯。

榛树生在高山顶，低洼地里有草苓。是谁占领我的心？是那健美西方人。

美人美人难忘怀，他是西方周邑人！

泉　水

【题解】

这是嫁到别国的卫女思归不得的诗。王先谦《诗三家义集疏》认为是思父母、忧家国的作品。有人说，这首诗和《竹竿》都是《载驰》作者许穆夫人所作，也有人说是许穆夫人媵妾所作，但均无确证。

毖彼泉水①，亦流于淇。有怀于卫，靡日不思。娈彼诸姬②，聊与之谋③。

出宿于泲④，饮饯于祢⑤。女子有行⑥，远父母兄弟。问我诸姑⑦，遂及伯姊⑧。

出宿于干⑨，饮饯于言。载脂载舝⑩，还车言迈⑪。遄臻于卫⑫，不瑕有害⑬？

我思肥泉⑭，兹之永叹⑮。思须与漕⑯，我心悠悠。驾言出游，以写我忧⑰。

【注释】

①毖(bì)：泌的假借字，《说文》引诗作泌，"泌，侠流也"，"侠流"即涌流的意思。　泉水：亦名泉源水，即末章的"肥泉"，卫地水名。马瑞辰《通释》："诗意以泉水之得流于淇，兴已之欲归于卫。"　②娈：美好的样子。娈彼，等于娈娈。诸姬：一些姬姓的女子。卫君姓姬，卫女嫁于诸侯，以同姓之女陪嫁。《毛传》："诸姬，同姓之女。"　③聊：姑且。　谋：商量。　④泲(jǐ)：卫地名。有人说，泲即济水，亦通。　⑤饯：饯行，《郑笺》："饯，送行饮酒也。"　祢(nǐ)：亦作"泥"或"坭"，卫地名。　⑥行：嫁。《左传》桓公九年："凡诸侯之女行。"杜预注："行，嫁也。"按"女子有行"二句，亦见于他诗，可能是当时常用的谚语。⑦问：告别的意思。　诸姑：姑母们。　⑧伯姊：大姊。　⑨干：和下句的言，都是作者所居国的地名，今在何地，不可考。有人说，干在河南省濮阳县北干城村；即《后汉书·郡国志》及《水经注》所说的"竿城"。　⑩载：发语词，无义。脂：用油涂车轴。　舝(xiá)：车轴两头的金属键。按脂、舝这里都用如动词。朱熹《诗集传》："脂，以脂膏涂其舝，使滑泽也。舝，车轴也。不驾则脱之，设之而后行也。"　⑪还：音义同"旋"。《郑笺》："还车者，嫁时乘来，今思乘以归。"　言：

助词。 迈:行。 ⑫遄(chuán):疾,快。 臻:到。 ⑬瑕:无。马瑞辰《通释》:“瑕、遐古通用。遐之言胡,胡、无一声之转。……凡诗言不遐有害,不遐有愆;不遐犹云‘不无’,疑之之词也。” ⑭肥泉:在卫境内,即首章的“泉水”。⑮兹:同滋,益,更加。 永叹:长叹。 ⑯须和漕都是卫地名。须是“湏”之讹,即沬,是卫的旧都。漕,亦作曹,在今河南省滑县东二十里。是卫国被狄人侵略,戴公带人民渡河迁徙的地方。 ⑰写:通“泻”,宣泄、消除。《毛传》:“写,除也。”

【译文】

泉水涌涌流不息,最后流入淇水里。想起卫国我故乡,没有一天不惦记。同来姊妹多美好,姑且和她共商议。

想起当初宿在泲,喝酒饯行在祢邑。姑娘出嫁到别国,远离父母和兄弟。临行问候姑姑们,还有大姊别忘记。

如能回家宿干地,喝酒饯行在言邑。涂好轴油上好键,掉车回家走得快。只想快回卫国去,回去看看有何害?

心儿飞到肥泉头,声声长叹阵阵忧。心儿飞向沬和漕,绵绵相思盼重游。驾起车子出外兜,借这消我心中愁。

北　门

【题解】

这是一个小官吏诉苦的诗。这个小官吏,政事繁忙,工作劳苦,生活困穷,回到家里还要受家人的责备讥刺。无可奈何,只得归之于天命。

出自北门,忧心殷殷①。终窭且贫②,莫知我艰。已焉哉③,天实为之,谓之何哉④!

王事适我⑤,政事一埤益我⑥。我入自外,室人交遍谪我⑦。已焉哉,天实为之,谓之何哉!

王事敦我⑧,政事一埤遗我⑨。我入自外,室人交遍摧我⑩。已焉哉,天实为之,谓之何哉!

【注释】

①殷殷:亦作“慇慇”、“隐隐”,深忧的样子。 ②终:既。 窭(jù):房屋简陋无法讲求礼节排场。陆德明《经典释文》:“窭,谓贫无以为礼。” ③已焉

哉:既然这样了,有"算了吧"的意思。　④谓:马瑞辰《通释》:"按'谓'犹'奈'也。'谓之何哉',犹云'奈之何哉'。"　⑤王事:有关王室的差事。　适:同擿,即"掷"字。擿我,犹云扔给我。　⑥政事:指卫国国内的差事。　一:皆、完全。埤(pí)益:堆积、增加的意思。　⑦室人:家人。　交:更迭,轮流。　谪(zhé):责备。《毛传》:"谪,责也。"　⑧敦:《韩诗》训敦为"迫",敦我,即逼我。⑨埤遗:犹埤益。《毛传》:"遗,加也。"　⑩摧:讽刺。《郑笺》:"摧者,刺讥之言。"

【译文】

一路走出城北门,心里隐隐忧虑深。既无排场又穷酸,有谁了解我艰难。算了罢,老天让我这么干,叫我怎么办!

王室差事扔给我,政事全都推给我。忙了一天回家来,家人个个骂我呆。算了罢,这是老天的安排,叫我也无奈!

王室差事逼着我,政事全盘压着我。忙了一天回到家,家人个个骂我傻。算了罢,老天这样安排下,我有啥办法!

北　风

【题解】

这是人民不堪卫国虐政,号召友朋共同逃亡的诗。据方玉润《诗经原始》的说法,这首诗是反映邶亡前统治阶级的暴虐腐败、社会混乱和人民纷纷逃亡的情况。可备一说。

北风其凉,雨雪其雱①。惠而好我②,携手同行③。其虚其邪④?既亟只且⑤!

北风其喈⑥,雨雪其霏⑦。惠而好我,携手同归⑧。其虚其邪?既亟只且!

莫赤匪狐,莫黑匪乌⑨。惠而好我,携手同车⑩。其虚其邪?既亟只且!

【注释】

①雨雪:下雪。　其雱(páng):即雱雱,雪盛的样子。　②惠而:即惠然;顺从、赞成的意思。　③同行(háng):同道。《郑笺》:"与我相携持同道而去,疾时政也。"　④虚:舒的假借字。　邪:徐的假借字。其虚其邪,即舒舒徐徐,

缓慢犹豫不决的样子。 ⑤亟：同"急"。既亟，事已紧急。 只且（jū）：语尾助词，其作用与"也哉"相同。 ⑥其喈：即喈喈，北风刮得快而有声的样子。朱熹《诗集传》："喈，疾声也。" ⑦其霏（fēi）：即霏霏。《列女传》引诗作"雨雪霏霏"。霏霏即"纷纷"的意思。 ⑧同归：同到较好的别国去。《毛传》："归有德也。" ⑨莫：无。 匪：非。莫匪，即无非，应连用。 狐是妖兽（见《说文》），乌啼不祥（唐韩愈有"鸦啼岂是凶"之句），这是古代民间的传说，诗人以狐、乌象征妖异不祥的统治者。 ⑩同车：朱熹《诗集传》："同车，则贵者亦去矣。"当时人民不能坐车，所以朱熹认为这句是指贵者。

【译文】

北风刮来冰冰凉，漫天雪花纷纷扬。赞成我的好伙伴，同路携手齐逃荒。岂能犹豫慢慢走？事已紧急国将亡！

北风刮来呼呼响，雪花纷纷漫天扬。赞成我的好伙伴，携手同去安乐乡。岂能犹豫慢慢走？事已紧急国将亡！

天下赤狐尽狡猾，天下乌鸦一般黑。赞成我的好伙伴，携手同车结成队。岂能犹豫慢慢走？事已紧急莫后悔！

静　女

【题解】

这是一首男女约会的诗。欧阳修《诗本义》："《静女》一诗，本是情诗。"诗以男子口吻写幽期密约，既有焦急的等候，又有欢乐的会面，还有幸福的回味。

静女其姝①，俟我于城隅②。爱而不见③，搔首踟蹰。
静女其娈④，贻我彤管⑤。彤管有炜⑥，说怿女美⑦。
自牧归荑⑧，洵美且异⑨。匪女之为美⑩，美人之贻。

【注释】

①静：靖的假借字，善。马瑞辰《通释》："郑诗'莫不静好'，《大雅》'笾豆静嘉'，皆以静为靖之假借。此诗静女亦当读'靖'，谓'善女'。" 姝：美丽的样子。 ②城隅：城上的角楼。 ③爱：薆、僾的省借，隐藏的意思。 而：同然、如。陈乔枞《三家诗遗说考》："《离骚》，'众薆然而蔽之'，薆而，犹薆然也。" 不见：朱熹《诗集传》："不见者，期而不至也。" ④娈：美好貌。 ⑤贻：赠送。 彤（tóng）：红色。彤管，有人说是赤管的笔，有人说是一种像笛的乐器，有人说是红

管草,都可通。　⑥炜(wěi):红而有光的样子。有炜,等于炜炜。　⑦说(悦)怿:喜爱。　女:同汝,指彤管。　⑧牧:郊外。　归:同“馈”,归、馈古通用,赠送。　荑(tí):初生的柔嫩白茅。有人说,荑,即上文所说的彤管,未知确否。　⑨洵:确实。　异:奇异。　⑩匪:非。　女:同汝,指荑草。

【译文】

善良姑娘真美丽,等我城门角楼里。故意藏着不露面,来回着急抓头皮。

善良姑娘真漂亮,送我红管情意长。细看红管光闪闪,我爱红管为姑娘。

郊外送茅表她爱,嫩茅确实美得怪。不是嫩茅有多美,只因美人送得来。

新　台

【题解】

这是人民讽刺卫宣公劫夺儿媳的诗。卫宣公和他的后母夷姜发生关系,生子名伋。后替伋迎娶齐女,听说齐女很美,便在河上筑台把她拦截下来占为己有。人民对这件事极为憎恨,就作这首诗讽刺他。

新台有泚①,河水瀰瀰②。燕婉之求③,籧篨不鲜④。
新台有洒⑤,河水浼浼⑥。燕婉之求,籧篨不殄⑦。
鱼网之设,鸿则离之⑧。燕婉之求,得此戚施⑨。

【注释】

①新台:台名。旧址在今河南临漳县西黄河旁。　泚(cǐ):玼的假借字,《说文》引《诗》作“新台有玼”。有玼,即玼玼,形容新台新而鲜明的样子。《说文》:“玼,玉色鲜也。”段玉裁注:“《说文》玉上当有‘新’字,玼本新玉色。”　②河:指黄河。　瀰瀰:水盛大的样子。　③燕婉:亦作宴娩或嬿婉,安和美好的样子。　④籧篨(qú chú):癞虾蟆、蟾蜍一类的东西(从闻一多说,见《闻一多全集·天问·释天》)。有人说,籧篨和下文的“戚施”,都是象征丑恶的人的通称。亦通。　鲜:《尔雅·释诂》:“鲜,善也。”《郑笺》:“伋之妻齐女来嫁于卫,其心本求燕婉之人,谓伋也。反得籧篨不善,谓宣公也。”　⑤洒(cuǐ):亦作“漼”。有洒,即洒洒,高峻的样子。有人训“鲜貌”,亦通。　⑥浼浼(měi):水平的样子。亦作“浘浘”,水盛的样子。均可通。　⑦殄(tiǎn):同“腆”,善。《郑笺》:“殄当作腆,腆,善也。”　⑧鸿:旧解为鸟名,雁之大者。闻一多在《〈诗·新台〉鸿字说》一文中,考证鸿就是虾蟆。　离(lì):通罹,附着,获得。　⑨戚施:虾蟆。

《太平御览·虫豸部》引《薛君章句》云:戚施,蟾蜍,喻丑恶。蟾蜍即癞虾蟆。

【译文】

新台新台真辉煌,河水一片白茫茫。本想嫁个如意郎,碰上个丑汉虾蟆样。

新台新台真高敞,河水一片平荡荡。本想嫁个如意郎,碰上个虾蟆没好相。

想得大鱼把网张,谁知虾蟆进了网。本想嫁个如意郎,碰上个虾蟆四不像。

二子乘舟

【题解】

这是诗人挂念乘舟远行者的诗。卫国政治腐败,民不聊生,多逃亡国外,《北风》即其一例。《二子乘舟》,当是挂念流亡异国者的作品。旧说颇多,各有歧异,不一一具列。

二子乘舟,泛泛其景①。愿言思子②,中心养养③。

二子乘舟,泛泛其逝④。愿言思子,不瑕有害⑤?

【注释】

①泛泛:飘浮的样子。《广雅》:"泛泛,浮也。" 景:古与"憬"通,远行。王引之《经义述闻》:"景读如憬,……憬,远行貌。" ②愿:每。 ③中心:即心中。养养,恙恙的借字,忧思心神不定的样子。 ④逝:往。 ⑤不瑕:不无。

【译文】

两人同坐小船上,飘飘荡荡向远方。每当想起你们俩,心里不安很忧伤。

两人同坐小船上,飘飘荡荡往远方。每当想起你们俩,此行是否遭祸殃?

鄘　风

柏　舟

【题解】

这是一位少女要求婚姻自由,向“父母之命”公开违抗的诗,歌颂了爱情的真挚和专一。

泛彼柏舟[①],在彼中河[②]。髧彼两髦[③],实维我仪[④];之死矢靡它[⑤]。母也天只[⑥]!不谅人只[⑦]!

泛彼柏舟,在彼河侧。髧彼两髦,实维我特[⑧];之死矢靡慝[⑨]。母也天只!不谅人只!

【注释】

①泛:即泛泛,飘浮的样子。　②中河:即河中。　③髧(dàn):发下垂的样子。　两髦:古代男子未成年时头发的式样,前额头发分向两边披着,长齐眉毛;额后则扎成两绺,左右各一,叫做两髦。　④实:是。　维:为。　仪:偶的假借字,即配偶的意思。　⑤之:到。　矢:发誓。　靡:无。　⑥也、只:都是语气词。　⑦谅:体谅的意思。　⑧特:匹偶。马瑞辰《通释》:“《方言》:‘物无偶曰特。’《广雅》:‘特,独也。’皆训特为独。……匹为一,又为双为偶,皆以相反为义也。”　⑨慝:音义同“忒”(tè),更改。

【译文】

柏木小船飘荡荡,一飘飘到河中央。额前垂发年少郎,是我追求好对象;誓死不会变心肠。叫声天呀叫声娘!为何对我不体谅!

柏木小船飘荡荡,一飘飘到河岸旁。额前垂发年少郎,才能和我配得上;誓死不会变主张。叫声天呀叫声娘!为何对我不体谅!

墙有茨

【题解】

这是一首人民揭露、讽刺卫国统治阶级淫乱无耻的诗。卫宣公劫娶儿子的聘妻齐女宣姜，宣公死后，他的庶长子公子顽又与宣姜私通，生下了齐子、戴公、文公、宋桓夫人和许穆夫人。这些宫廷秽闻，真是“不可道”“不可详”“不可读”的。

墙有茨[①]，不可埽也[②]。中冓之言[③]，不可道也[④]。所可道也[⑤]？言之丑也。

墙有茨，不可襄也[⑥]。中冓之言，不可详也[⑦]。所可详也？言之长也。

墙有茨，不可束也[⑧]。中冓之言，不可读也[⑨]。所可读也？言之辱也。

【注释】

①茨(cí)：蒺藜，亦名爬墙草。 ②埽：同“扫”，扫除。墙上种茨，是为了防闲内外的。不可埽，有内丑不可外扬之意。 ③中冓(gòu)：宫闱，宫廷内部。《韩诗》训“中冓”为“中夜”，亦通。 ④道：说。 ⑤所：尚。 ⑥襄：通“攘”，除去。 ⑦详：细说。朱熹《诗集传》：“详，详言之也。”《韩诗》作“扬”，是宣扬之意，亦通。 ⑧束：打扫干净。 ⑨读：宣扬。《毛传》：“读，抽也。”《郑笺》：“抽，出也。”引申为宣扬之意。

【译文】

墙上蒺藜爬，不可扫掉它。宫廷秘密话，不可乱拉呱。还能说什么？丑话污了牙。

蒺藜爬满墙，难以一扫光。宫廷秘密话，不可仔细讲。还能说什么？说来话太长。

墙上蒺藜生，除也除不净。宫廷秘密话，宣扬可不行。还能说什么？说来难为情。

君子偕老

【题解】

这是卫国人民讽刺宣姜的诗。诗中极力渲染她的服饰、尊严、美丽，衬托出她“国母”的地位，目的是讥刺她的地位和丑陋的行为很不相称，这是用丽辞写丑行的艺术手法。

君子偕老①，副笄六珈②。委委佗佗③，如山如河④，象服是宜⑤。子之不淑⑥，云如之何⑦！

玼兮玼兮⑧，其之翟也⑨。鬒发如云⑩，不屑髢也⑪。玉之瑱也⑫，象之揥也⑬，扬且之皙也⑭。胡然而天也⑮？胡然而帝也？

瑳兮瑳兮⑯，其之展也⑰。蒙彼绉絺⑱，是绁袢也⑲。子之清扬⑳，扬且之颜也。展如之人兮㉑，邦之媛也㉒？

【注释】

①君子：是当时统治阶级的代称。这里的君子，指卫宣公。　偕老：本是夫妻相偕至老相亲相爱的意思，这里诗人用它代君子的妻，即卫宣姜。　②副：亦作“鬙”，古代首饰名。《毛传》：“副者，后夫人之首饰，编发为之。”《释名》：“王后首饰曰副。副，覆也，以覆首也。”　笄（jī）：首饰名。《说文》：“笄，簪也。”　珈（jiā）：首饰名。加在笄下，垂以玉，走路时会摇动，汉时饰以垂珠，称为“步摇”，其数有六，故名六珈。　③委委佗佗（tuó）：步行庄重美丽、举止自得的样子。《孔疏》：“《释训》：‘委委佗佗，美也。’李巡曰：‘宽容之美也。’孙炎曰：‘委委，行之美；佗佗，长之美。’郭璞曰：‘皆佳丽美艳之貌。’谓宣姜自佳丽美艳，行步有仪，长大而美。”　④如山如河：王先谦《诗三家义集疏》：“如山凝然而重，如河渊然而深，皆以状德容之美。言夫人必有委委佗佗，如山如河之德容，乃于象服是宜也。反言以明宣姜之不宜，与末句相应。”　⑤象服：亦名袆衣，即画袍。《孔疏》：“象鸟羽而画之，故谓之象服也。”《说文》袆字注引《周礼》曰：“王后之服。”

⑥子：你，指宣姜。　淑：善。　⑦云：语首助词。如之何，即“奈之何”。⑧玼：玉色鲜明貌。这里用玼形容翟衣鲜艳的样子。　⑨翟（dí）：翟衣。朱熹《诗集传》：“翟衣，祭服。刻绘为翟雉之形而彩画之以为饰也。”　⑩鬒（zhěn）：形容发黑而密。　⑪不屑：不用。　髢（dì）：假发制的髻。　⑫瑱（tiàn）：古人冠冕上垂在两侧以塞耳的玉饰。　⑬象揥（tì）：象牙制的簪。《毛传》：“揥，

所以摘发也。”后来叫做搔首、搔头。 ⑭扬:形容脸色之美。 且(jū):句中助词。 皙(xī):白。 ⑮胡:何,为什么。 然:这样。 而:用作如。 ⑯瑳(cuō):与玼通。 ⑰展:展衣,亦作襢衣。白纱制的单衣,是夏天见君主或宾客的衣服。 ⑱蒙:覆、罩。 彼:指绉絺。 绉絺(chī):细夏布,今名绉纱。 ⑲绁袢(xiè pàn):亦称亵衣,内衣。 ⑳子:你,指宣姜。 清扬:犹今言眉目清秀。 ㉑展:乃、可是。王先谦《诗三家义集疏》:“展,是语之转也。”《毛传》训展为“诚”(确实),亦通。 ㉒邦:国。 媛:美女。姚际恒《诗经通论》:“邦之媛,犹后世言国色。”

【译文】

贵族老婆真显赫,玉簪步摇珠颗颗。体态从容又自得,静像高山动像河,穿上画袍很适合。可是行为太丑恶,对她还能说什么!

文采翟衣真鲜艳,画羽礼服耀人眼。黑发密密像乌云,不用假发更天然。美玉充耳垂两边,象牙簪子插发间,俏俊白皙好脸面。莫非尘世出天仙?莫非帝子降人间?

文采展衣真艳丽,轻薄细纱会客衣。罩上绉罗如蝉翼,透明内衣世所希。看她眉目多清秀,看她容颜多美丽。但是如此盛装女,天香国色差淑仪。

桑　中

【题解】

这是一个劳动者抒写他和想象中的情人幽期密约的诗。他在采菜摘麦的时候,兴之所至,一边劳动,一边顺口唱起歌来。这种形式,被后人尊为“无题”诗之祖。诗用一问一答的句式,表达诗人的柔情。末用复唱形式,抒发想象;音节铿锵,耐人寻味。

爰采唐矣①?沫之乡矣②。云谁之思③?美孟姜矣④。期我乎桑中⑤,要我乎上宫⑥,送我乎淇之上矣⑦。

爰采麦矣?沫之北矣⑧。云谁之思?美孟弋矣⑨。期我乎桑中,要我乎上宫,送我乎淇之上矣。

爰采葑矣⑩?沫之东矣⑪。云谁之思?美孟庸矣⑫。期我乎桑中,要我乎上宫,送我乎淇之上矣。

【注释】

①爰:在什么地方。　唐:女萝,蔓生植物。有人说,唐与"棠"通,结实名沙棠。亦通。　②沬:亦作"湏",卫都朝歌。商代称妹邦、牧野。在今河南省淇县北。　③云:语首助词。　④孟:排行居长。　姜:姓。　孟姜:姜家大姑娘。按卫国无姜姓,这里用贵族姓氏代表美人,是泛指。　⑤期:约会。　桑中:卫地名,亦名桑间,在今河南省滑县东北。有人说,是泛指桑树林中,亦通。　⑥要:通"邀"。　上宫:楼名。　⑦淇:卫水名。淇之上,就是指淇水口。淇水在今河南濬县东北。　⑧沬北:即邶地旧址。　⑨弋(yì):姓。　⑩葑:芜菁。⑪沬东:即古鄘地。鄘在沬东。　⑫庸:姓。古与"鄘"通。方玉润《诗经原始》引傅氏曰:"孟庸,当是鄘国之姓,鄘为卫所灭,其后有仕于卫者。"

【译文】

采集女萝去哪方?在那卫国朝歌乡。猜猜我心在想谁?漂亮大姊本姓姜。约我等待在桑中,邀我相会在上宫,淇水口上远相送。

采集麦子去哪里?卫国朝歌北边地。猜猜我心在想谁?漂亮大姊本姓弋。约我等待在桑中,邀我相会在上宫,淇水口上远相送。

采集芜菁去哪垅?在那卫国朝歌东。猜猜我心在想谁?漂亮大姊本姓鄘。约我等待在桑中,邀我相会在上宫,淇水口上远相送。

鹑之奔奔

【题解】

这是一首人民讽刺、责骂卫国君主的诗。诗人看见鹌鹑、喜鹊都有自己固定的匹偶,联想卫国君主过着荒淫无耻的乱伦生活,政治腐败,激起了心头的愤怒,责骂他不是好东西,连禽兽都不如,根本不配当君长。

鹑之奔奔①,鹊之彊彊②。人之无良③,我以为兄④。
鹊之彊彊,鹑之奔奔。人之无良,我以为君⑤。

【注释】

①鹑(chún):鹌鹑,鸟名。　奔奔:《左传》作"贲贲",同音通假。飞貌。《郑笺》:"言其居有常匹,飞则相随之貌。"　②彊彊:《礼记》作"姜姜"。义同奔奔。③人:指下文的兄或君,即诗讽刺的对象。　之:《韩诗外传》作"而"。　良:善。无良,谓无善行。　④兄:泛指长辈,不作兄弟的"兄"解。奴隶制、封建制社会都以嫡长传位,所以诗中以人兄代指人君。　⑤君:君主。

【译文】

鹌鹑尚且双双飞，喜鹊也知对对配。这人乌鹊都不如，我还把他当长辈。

喜鹊尚且对对配，鹌鹑也知双双飞。这人乌鹊都不如，反而占着国君位。

定之方中

【题解】

这是一首人民赞美、歌颂卫文公从漕邑迁到楚丘重建卫国的诗。公元前660年，狄人侵卫，卫戴公率众渡河东徙，野处漕邑。戴公死，卫文公在楚丘重造城市宫室。《左传》写文公“务材训农，通商惠工，敬教劝学，授方任能”，使卫国重新有了起色。

定之方中①，作于楚宫②。揆之以日③，作于楚室④。树之榛栗⑤，椅桐梓漆⑥，爰伐琴瑟⑦。

升彼虚矣⑧，以望楚矣。望楚与堂⑨，景山与京⑩，降观于桑⑪。卜云其吉⑫，终然允臧⑬。

灵雨既零⑭，命彼倌人⑮。星言夙驾⑯，说于桑田⑰。匪直也人⑱，秉心塞渊⑲，騋牝三千⑳。

【注释】

①定：星名，亦名营室，二十八宿之一。方中，当正中的位置。大约在每年十月十五后至十一月初的时候，定星在黄昏时出现于正南天空。古人在这时兴建宫室。　②于：音义同“为”。下文的“作于楚室”的“于”字亦训“为”。按古“为”、“于”通用，古书引此二句诗多作“为”。王引之《经义述闻》：“两‘于’字当读曰‘为’。”　楚宫：楚丘的宫庙。《郑笺》：“楚宫，谓宗庙也。”楚丘在今河南省滑县东。　③揆：度、测量。　日：日影。《孔疏》：“度日，谓度其影。”　④楚室：楚丘居住的房屋。《郑笺》：“楚室，居室也。”　⑤树：种植。　榛、栗：树名。古人建国，在庙朝官府皆植名木，榛栗的果实可供祭祀。　⑥椅：梧桐一类的树，青色。　桐：梧桐。　梓(zǐ)：楸一类的树，似桐而叶小。　漆：漆树。这四种树木，都是制琴瑟的原料。　⑦爰：于是。　⑧虚：亦作“墟”，丘。这里指漕墟。漕邑与楚丘邻近，亦在今河南滑县东。　⑨堂：地名，楚丘的旁邑。⑩景：同“憬”，远行。按上句的“望”和这句的“景”，都是动词。　京：高丘。⑪降：自上而下。　⑫卜：古人欲预知后事的吉凶，烧龟甲以取兆。《毛传》：

“建国必卜之。”这是古代迷信的风俗。　⑬终然:《唐石经》及古书引《诗》均作“终然”,《毛诗》误作“焉”。　允:信,确实。　臧:善、好。按“其吉”至“允臧”都是卜辞。　⑭灵雨:好雨。　零:落。　⑮倌人:管驾车的小官。《毛传》:“倌人,主驾者。”　⑯星:亦作“暒”,晴。王先谦《诗三家义集疏》:“韩说曰:‘星,精也。’精与晴同。”姚际恒《诗经通论》认为星言犹今人言“星夜”,亦通。夙驾:清早驾车出行。　⑰说:通“税”,休息。　⑱匪直:不仅。王先谦《诗三家义集疏》:“匪,非。直,特也。”　⑲秉心:操心,用心。　塞渊:踏实深远。⑳騋(lái):七尺以上的马,大马。　牝:母马。按诗用騋牝代良马,三千言其约数。古代战车用马,这句应指国防力量强大。据《国语·齐语》记载,文公初到楚丘时,只有齐桓公给他的三百匹马。在多年经营下,国防力量已发展到十倍以上。

【译文】

冬月定星照天中,建设楚丘筑新宫。按照日影测方向,营造住宅兴土功。房前屋后种榛栗,加上梓漆和椅桐,成材伐作琴瑟用。

登上漕邑废墟望,楚丘地势细端详。看好楚丘和堂邑,遍历高丘和山冈,下到田里看蚕桑。占卜征兆很吉祥,结果良好真妥当。

好雨落过乌云散,叫起管车小马倌。天晴早早把车赶,歇在桑田查生产。既为百姓也为国,用心踏实又深远,良马三千可备战。

蝃　蝀

【题解】

一个女子争取婚姻自由,受到当时舆论的指责。这首诗讽刺了这个女子,从反面反映了当时妇女婚姻不自由的情况和这个女子反抗的精神。

蝃蝀在东①,莫之敢指②。女子有行③,远父母兄弟。
朝隮于西,崇朝其雨④。女子有行,远兄弟父母。
乃如之人也⑤,怀昏姻也⑥。大无信也⑦,不知命也⑧。

【注释】

①蝃蝀(dì dòng):虹。《释名》“虹”下云:“虹又曰美人。阴阳不和,昏姻错乱,淫风流行,男美于女,女美于男,互相奔随之时,则此气盛。”　②指:用手指点。古人对虹有所忌讳,所以不敢去指它。《毛传》:“夫妇过礼则虹气盛,君子见戒而惧,讳之莫之敢指。”　③女子有行:王先谦《诗三家义集疏》:“女子,谓奔

（私奔）者。行，嫁也。奔而曰‘有行’者，先奔而后嫁。”按这二句亦见《泉水》、《竹竿》，钱澄之《田间诗学》说：“女子有行二句，似是当时陈语，故多引用之。” ④朝隮二句：朝，早上。隮（jī），即虹。陈启源《毛诗稽古编》：“蝃蝀在东，暮虹也。朝隮于西，朝虹也。暮虹截雨，朝虹行雨，屡验皆然。虽儿童妇女皆知也。” 崇：终的假借字。终朝，整个早上。 ⑤乃如之人也：可像这样一个人啊。“也”字，《韩诗外传》、《列女传》引《诗》均作“兮”。古也、兮通用。 ⑥怀：坏的借字，败坏、破坏。王先谦《诗三家义集疏》引苏舆云：“怀盖坏之借字。怀、坏并从怀声，故字得相通。《左》襄十四年《传》：‘王室之不坏。’《释文》：‘坏本作怀’。”一释“思”，亦通。 ⑦信：指贞洁。有人说指“诚信专一”，也可通。 ⑧命：指父母之命。《郑笺》：“不知昏姻当待父母之命。”他说甚多，有释寿命、命运、正理等等的，可供参考。

【译文】

东方出现美人虹，没人敢指怕遭凶。这位女子要出嫁，远离父母和弟兄。

清晨西方彩虹长，阴雨不停一早上。女子自己找丈夫，远离兄弟父母乡。

就是这样一个人，破坏礼教乱婚姻。什么贞洁全不讲，父母之命也不听。

相　　鼠

【题解】

这是人民斥责卫国统治阶级偷食苟得、暗昧无耻的诗。在周代，统治阶级定了一套“礼”，去欺骗、统治劳动人民，借此炫耀自己的权威，巩固政权。他们嘴里说礼，实际上他们的行为是最无耻、最无礼的。人民看透了他们的欺骗性，忍不住满腔怒火，大胆诅咒他们。

相鼠有皮①，人而无仪②。人而无仪，不死何为③？
相鼠有齿，人而无止④。人而无止，不死何俟⑤？
相鼠有体⑥，人而无礼。人而无礼，胡不遄死⑦？

【注释】

①相：看。 ②仪：威仪，指可以供他人取法的端庄严肃的态度、行为。 ③何为：即“为何”的倒文。 ④止：节止，控制嗜欲，使行为合乎礼。《礼记·大学》：“在止于至善。”注：“止，犹自处也。” ⑤俟：等。 ⑥体：身体。《广雅·释诂》：“体，身也。” ⑦遄（chuán）：速、快。

【译文】

请看老鼠还有皮，这人行为没威仪。既然行为没威仪，为何还不死掉呢？
请看老鼠还有齿，这人行为没节止。既然行为没节止，还等什么不去死？
请看老鼠还有体，这人行为不守礼。既然行为不守礼，那就快死何迟疑？

干　旄

【题解】

这是赞美卫文公招致贤士、复兴卫国的诗。诗人叙述卫国官吏带着良马礼物，树起招贤的旗子，到浚邑去访问贤士，征聘人才。

孑孑干旄①，在浚之郊②。素丝纰之③，良马四之④。彼姝者子⑤，何以畀之⑥？

孑孑干旟⑦，在浚之都⑧。素丝组之，良马五之。彼姝者子，何以予之？

孑孑干旌⑨，在浚之城⑩。素丝祝之⑪，良马六之。彼姝者子，何以告之⑫？

【注释】

①孑孑(jié)：形容干旄独立的样子。　干：同竿，竹竿。　旄(máo)：一种顶端用牦牛尾为饰的旗子。按干旄当时用于招致贤士。　②浚：卫邑名。郦道元《水经注》："浚城距楚丘只二十里。"　③素丝：白丝。　纰(pí)：在衣冠或旗帜上镶边。这里指用白丝线缝旗，作为装饰。下二章的"组"、"祝"，也都是缝旗法。闻一多《诗经新义》："纰、组、祝，皆束丝之法。"《孔疏》："谓以缕缝之，使相连或以维持之者。"　④良马四之：指用好马赠送贤士。王念孙《广雅疏证》："四马，大夫以备赠遗者。下文或五或六，随所见言之，不专是自乘。《左》昭十六年《传》：'郑六卿饯韩宣子于郊，宣子皆献马焉。'是以马赠遗，古有是礼。"　⑤姝：顺从的样子。《毛传》："姝，顺貌。"　子：古代对人的尊称，这里指贤者。　⑥畀(bì)：给予。　⑦干旟(yú)：也是招贤的旗子，上面画着疾飞的鸟隼形状。⑧都：近郊。陈奂："周制，乡、遂之外置都、鄙。都，为畿疆之境名。"　⑨干旌：竿顶加五彩翟鸟羽毛为饰的旗。　⑩城：都城。　⑪祝：属的假借字，编连。《郑笺》："祝，当作属。"　⑫告(gǔ)：建议。

【译文】

招贤旗子高高飘，插在车后到浚郊。旗边镶着白丝线，好马四匹礼不少。那位忠顺贤才士，用啥才能去应招？

招贤旗子高高飘，驾车浚邑近郊跑。旗边镶着白丝线，好马五匹礼不少。那位忠顺贤才士，用啥办法去应招？

招贤旗子高高飘，车马向着浚城跑。旗边镶着白丝线，好马六匹礼不少。那位忠顺贤才士，用啥建议去应招？

载　驰

【题解】

这是许穆夫人回漕吊唁卫侯，对许大夫表明救卫主张的诗。许穆夫人是一位有识有胆的爱国诗人，也是世界历史上最早的一位女诗人。

许穆夫人是卫宣公的儿子公子顽与后母宣姜私通所生的女儿。有两个哥哥，戴公和文公。有两个姊姊，齐子和宋桓夫人。经后人考证，她大约生在公元前690年，即周庄王七年左右。她幼年即闻名于诸侯，许国（许穆公）和齐国（齐桓公）都向卫国求婚。汉刘向《列女传·仁智篇》说："……初，许求之，齐亦求之。懿公将与许，女因其傅母而言曰：'……今者许小而远，齐大而近。若今之世，强者为雄。如使边境有寇戎之事，惟是四方之故，赴告大国，妾在，不犹愈乎？'……卫侯不听，而嫁之于许。"可见她从小就有爱国思想。她嫁许以后约十年，卫国亡于狄。懿公战死，国人分散。她的姊夫宋桓公迎接卫国的遗民渡河，住在漕邑，立戴公。戴公立一月而死，文公即位。她听到卫亡的消息，立刻奔到漕邑吊唁，提出联齐抗狄的主张，得到齐桓公的帮助而复国于楚丘。《载驰》即作于她抵达漕邑的时候。据魏源《诗古微》考证，《泉水》和《竹竿》两首诗也是她的作品。公元前656年，她的丈夫许穆公随齐桓公伐楚，病死在军队里。儿子名业继位，她这时大约三十多岁了。死年不详。

关于《载驰》一诗是许穆夫人的作品，《左传》闵公二年有明确的记载。这首诗表现了诗人强烈的爱国思想。她听到祖国被狄所灭的消息，快马加鞭地赶到漕邑吊唁，目的在于为卫国策划向大国求援。可是许国的大夫，对她这一行动极为反对，竟赶到漕邑拦阻。这引起了她的愤怒和忧伤，就写了这首诗。本诗写成的时间，当在卫文公元年（公元前659）春夏之交。

载驰载驱①，归唁卫侯②。驱马悠悠③，言至于漕④。大夫跋涉⑤，我心则忧。

既不我嘉[6]，不能旋反[7]。视尔不臧[8]，我思不远[9]。既不我嘉，不能旋济[10]。视尔不臧，我思不闷[11]。

陟彼阿丘[12]，言采其蝱[13]。女子善怀[14]，亦各有行[15]。许人尤之[16]，众稚且狂[17]。

我行其野[18]，芃芃其麦[19]。控于大邦[20]，谁因谁极[21]！

大夫君子[22]，无我有尤[23]。百尔所思[24]，不如我所之[25]！

【注释】

①载：发语词，犹乃。　驰、驱：快马加鞭的意思。《孔疏》："走（跑）马谓之驰，策（鞭）马谓之驱。"　②唁：向死者家属慰问。吊人失国也叫作唁。王先谦《诗三家义集疏》："韩说曰：吊生曰唁，吊失国亦曰唁。"卫侯，旧说指卫戴公，据胡承珙《毛诗后笺》说，应指文公。因为戴公立仅一月就死了。　③悠悠：形容道路悠远的样子。　④言：助词，无义。漕：卫邑名。　⑤大夫：指追到卫国劝阻许穆夫人的诸臣。　跋涉：犹言不管山隔水阻，远道急急奔走而来。　⑥既：尽、都。　嘉：善、赞同。　我嘉：即嘉我。　⑦反：同"返"。　⑧视：比。尔：汝，指许大夫。　臧：善。　⑨我思：我所考虑的计谋。　远：迂远，"不远"有切实可行之意。　⑩济：渡。　⑪闷（bì）：闭塞、不通。　⑫阿丘：山丘。也有人说是丘名。　⑬蝱（méng）：通"莔"。药名，即贝母。朱熹《诗集传》："蝱，贝母。主疗郁结之疾。"　⑭善怀：《郑笺》："善，犹多也。怀，思也。"⑮行：道，道理。　⑯许人：指许大夫们。　尤：怨恨、反对。　⑰众：古与"终"通用，"既"的意思（从王引之《经传述闻》说）。有人说，众，指许人。亦通。⑱野：指卫国的郊外田野。　⑲芃芃（péng）：茂盛的样子。　⑳控：赴告、走告。马瑞辰《通释》引《韩诗》曰："控，赴也。"　大邦：大国，指齐国。　㉑因：依靠。　极：至，带兵到别国救难叫做"至"。　㉒大夫君子：指许国一批当权者。㉓无：同"毋"。　有：同"又"。　㉔百尔所思：即尔百所思，指主意众多。㉕之：往。有人训"之"为"思"，亦通。

【译文】

驾起马车快奔走，回国慰问我卫侯。赶马经过漫长路，望到祖国漕城头。许国大夫来追我，知他来意我心忧。

大家虽然不赞成，我可不能就回头。比起你们没良策，我的计划近可求。大家虽然不赞成，决不渡河再回头。比起你们没良策，我计可行效可收。

登上那边高山冈，采些贝母治忧伤。女子虽然多想家，自有道理和主张。许国大夫反对我，既是幼稚又愚妄。

走在祖国田野上，蓬蓬勃勃麦如浪。赶快讣告求大国，依靠大国来救亡！

许国大夫众高官，不要反对我主张。你们纵有百条计，不如我跑这一趟！

卫　风

淇　奥

【题解】

这是赞美卫国一位有才华的君子的诗。古书上都说是赞美卫武公的,说武公品质好,学问好,有才华。这比起《新台》、《相鼠》尖锐批评、咒骂卫宣公的诗来,就大不相同了。

瞻彼淇奥①,绿竹猗猗②。有匪君子③,如切如磋,如琢如磨④。瑟兮僩兮⑤,赫兮咺兮⑥。有匪君子,终不可谖兮⑦。

瞻彼淇奥,绿竹青青⑧。有匪君子,充耳琇莹⑨,会弁如星⑩。瑟兮僩兮,赫兮咺兮。有匪君子,终不可谖兮。

瞻彼淇奥,绿竹如箦⑪。有匪君子,如金如锡,如圭如璧⑫。宽兮绰兮⑬,猗重较兮⑭。善戏谑兮⑮,不为虐兮⑯。

【注释】

①瞻:看。　淇:淇水。　奥:澳或隩的借字,水岸深曲处。　②猗猗:美盛的样子。陈奂《毛诗传疏》:“诗以绿竹之美盛,喻武公之质美德盛。”　③匪:斐的借字,古书如《礼记》、《尔雅》引此句诗均作“有斐君子”。有斐,即斐斐,形容才华。　君子:朱熹《诗集传》:“指武公也。”　④切、磋、琢、磨:古代治玉石器、骨器等的不同工艺。《尔雅·释器》:“骨谓之切,象谓之瑳,玉谓之琢,石谓之磨。”这里用它比人的研究学问和锻炼品德精益求精。　⑤瑟:璱的假借字,矜持庄严的样子。《毛传》:“瑟,矜庄貌。”　僩(xiàn):威武的样子。《说文》:“僩,武貌。”　⑥赫:光明的样子。　咺(xuān):宣的假借字,坦白的样子。方玉润《诗经原始》:“喧,宣著貌。”按古书或作煊、愃,《韩诗》作“宣”,是正字,其他都是假借

字。 ⑦终:永久。 谖(xuān):蕿、萲、萱的假借字,忘记。马瑞辰《通释》:"《说文》:'蕿,令人忘忧之草也。'或从煖作萲,或从宣作萱,引《诗》'安得蕿草'。今《毛诗》作'谖草',谖即蕿及萲、萱之假借。是知凡诗作'谖'训'忘'者,皆当为蕿及萲、萱之假借。若'谖'之本义,自为'诈'耳。" ⑧青青(jīng):茂盛的样子。一作菁。 ⑨充耳:古人冠冕上垂在两侧以塞耳的玉,是一种装饰品,亦名瑱。 琇:宝石。 莹:玉色光润晶莹。 ⑩会(kuài):亦作獪。皮帽两缝相合的地方。 弁(biàn):皮帽。 如星:指玉石装饰像天上星星一样光亮。⑪箦:音义同"积",積的假借字。《毛传》:"箦,积也。"有人训箦为"栈",指用竹片或苇荻编成的床垫。亦通。 ⑫金、锡、圭、璧:《孔疏》:"武公器德已百练成精如金锡,道业既就,琢磨如圭璧。" ⑬宽:宽宏。 绰:亦作婥,温柔的样子。王先谦:"韩'绰'亦作'婥',云:柔貌也。" ⑭猗:倚的假借字。《荀子·非相篇》、《文选·西京赋》注、《礼记·曲礼》疏、《论语·乡党》疏并引作"倚"。倚,依靠。《经典释文》:"猗,于绮反,依也。" 重较:古代车上的横木,供人扶着、靠着的。《论语·乡党》疏:"古人乘路车,皆于车中倚立。倚立难久,故于车箱上安一横木,以手隐凭之也,谓之为较。诗云'倚重较兮'是也。"马瑞辰《通释》:"较上更饰以曲钩,若重起者然,是为重较。" ⑮戏谑:开玩笑。 ⑯虐:刻薄伤人。

【译文】

河湾头淇水流过,看绿竹多么婀娜。美君子文采风流,似象牙经过切磋,似美玉经过琢磨。你看他庄严威武,你看他光明磊落。美君子文采风流,常记住永不泯没。

河湾头淇水流清,看绿竹一片菁菁。美君子文采风流,充耳垂宝石晶莹,帽上玉亮如明星。你看他威武庄严,你看他磊落光明。美君子文采风流,我永远牢记心铭。

河湾头淇水流急,看绿竹层层密密。美君子文采风流,论才学精如金锡,论德行洁如圭璧。你看他宽厚温柔,你看他登车凭倚。爱谈笑说话风趣,不刻薄待人平易。

考　槃

【题解】

这是一首描写独善其身生活的诗。它给后人的影响较大,可能是隐逸诗之宗。

考槃在涧[①],硕人之宽[②]。独寐寤言[③],永矢弗谖[④]。
考槃在阿[⑤],硕人之薖[⑥]。独寐寤歌,永矢弗过[⑦]。
考槃在陆[⑧],硕人之轴[⑨]。独寐寤宿,永矢弗告[⑩]。

【注释】

①考:筑成。姚际恒《诗经通论》引《左传》"考仲子之宫"句,说明这个"考"字,是"筑成"的意思。　槃:木屋。方玉润《诗经原始》引黄一正曰:"槃者,架木为室,槃结之义也。"《毛传》训"考槃"为"成乐",亦通。　涧:山夹水之处。②硕人:大人、美人、贤人。王先谦《诗三家义集疏》:"《简兮》咏贤者称'硕人'又称'美人'。"　宽:宽敞。　③独寐寤言:独睡、独醒、独说话。严粲《诗缉》:"既寐而寤,既寤而言,皆独自耳。"　④永:永久。　矢:发誓。　弗谖:不忘。⑤阿:山坡。　⑥薖:窠的假借字。马瑞辰《通释》:"薖音又近窠,《说文》:'窠,空也。'"　⑦弗过:不和外人来往。　⑧陆:高平之地。　⑨轴:本义是车轴,引申为盘旋的地方。　⑩弗告:朱熹《诗集传》释曰:"不以此乐告人也。"

【译文】

架成木屋溪谷旁,贤人觉得很宽敞。独睡独醒独说话,这种乐趣誓不忘。
架成木屋在山坡,贤人当它安乐窝。独睡独醒独唱歌,发誓跟人不结伙。
架成木屋在高原,兜兜圈子真悠闲。独睡独醒独自躺,此中乐趣不能言。

硕　人

【题解】

这是卫人赞美卫庄公夫人庄姜的诗。《左传》隐公三年:"卫庄公娶于齐,东宫得臣之妹,曰庄姜。美而无子,卫人所为赋《硕人》也。"这首诗大约产生在公元前750年左右。

硕人其颀[①],衣锦褧衣[②]。齐侯之子[③],卫侯之妻[④]。东宫之妹[⑤],邢侯之姨[⑥],谭公维私[⑦]。

手如柔荑[⑧],肤如凝脂[⑨]。领如蝤蛴[⑩],齿如瓠犀[⑪]。螓首蛾眉[⑫],巧笑倩兮[⑬],美目盼兮[⑭]。

硕人敖敖[⑮],说于农郊[⑯]。四牡有骄[⑰],朱幩镳镳[⑱],翟茀以朝[⑲]。大夫夙退[⑳],无使君劳。

河水洋洋[㉑],北流活活[㉒]。施罛濊濊[㉓],鳣鲔发发[㉔],葭菼揭揭[㉕]。

庶姜孽孽[26],庶士有朅[27]。

【注释】

①硕人:见《邶风·简兮》注④及《考槃》注②。这里指庄姜。 颀(qí):身长貌。其颀,即颀颀。《齐风·猗嗟》有"颀而长兮"之句,是古代不论男女,皆以高大修长为美。 ②第一个"衣"字读去声,是动词,当"穿"字解。 锦:指锦制的衣服。 褧(jiǒng):亦作絅,罩衫;用枲麻植物一类的纤维织成布,制成单罩衫,女子在嫁时途中所穿,以蔽尘土。 ③齐侯:指齐庄公。 子:这里指女儿。《礼·丧服传》注:"凡言子者,可以兼男女。" ④卫侯:指卫庄公。 ⑤东宫:这里指齐太子得臣。东宫是太子住的宫名,因称太子为东宫。 ⑥邢:国名,在今河北省邢台县。 姨:指妻的姊妹。 ⑦谭:国名,亦作郯、覃,在今山东省历城县。 私:女子称她姊妹的丈夫为私,见《尔雅·释亲》。 ⑧荑:初生白茅的嫩芽。 ⑨凝脂:冻结的脂油。 ⑩领:颈。 蝤蛴(qiú qí):天牛的幼虫,色白身长。 ⑪瓠(hù)犀:葫芦的子。犀,栖的假借字。《尔雅·释草》注引《诗》作"瓠栖",栖,齐的意思。葫芦的子,白而整齐。 ⑫螓(qín):虫名,似蝉而小。《孔疏》:"此虫额广而且方。" 蛾:蚕蛾,其触须细长而弯。三家诗螓作"頞",蛾作"娥",都是"美好"的意思,亦通。 ⑬倩:笑时两颊现出酒涡的样子。 ⑭盼:眼睛黑白分明的样子。《论语·八佾》引此句诗,马注:"盼,动目貌。"《毛传》:"盼,黑白分。" ⑮敖敖:身材高大的样子。敖是赘的省字,《说文》:"赘,颟,高也。" ⑯说:通"税",停驾休息。《文选·上林赋》张揖注引此句诗作"税于农郊"。农郊,近郊。 ⑰四牡:驾车的四匹雄马。 有骄:即骄骄,健壮的样子。 ⑱朱幩(fén):马嚼两旁用红绸缠绕做装饰。朱熹:"幩,镳饰也。镳者,马衔外铁,人君以朱缠之也。" 镳镳:盛美的样子。这里用名词"镳"作形容词,因为四匹马都有镳。 ⑲翟(dí):长尾的野鸡。 茀(fú):三家诗作"蔽",遮蔽女车的竹席或苇席。古代贵族常用彩色雉毛饰车茀。朝:朝见,指庄姜出嫁到卫国和庄公相见。 ⑳夙退:早点退朝。 ㉑河水:指黄河。 洋洋:水盛大的样子。 ㉒北流:黄河在齐西卫东,北流入海。由齐至卫,必须渡河。 活活(guō):水流声。 ㉓施:设、张。 罛(gū):鱼网。濊濊(huò):撒网入水声。 ㉔鳣(zhān):大鲤鱼。崔豹《古今注》:"鲤大者为鳣。"也有人说是黄鱼。 鲔(wěi):有人说像鳣而小的一种鱼,也有人说是鳝鱼。发发(bō):亦作"泼泼",鱼尾动声。 ㉕葭:芦苇。 菼(tǎn):荻草。 揭揭(jiē):长得长长的样子。 ㉖庶:众。庶姜,陪嫁的一批姜姓女子。齐国姓姜,陪庄姜出嫁的,都是同姓的女子,古人称之为"侄娣"。 孽孽:和颀颀、敖敖同义,都是形容女子高长美丽的样子。 ㉗庶士:指随从庄姜到卫的诸臣,古人称

为"媵臣"。 朅(qiè):《韩诗》作"桀"。桀,同傑。有朅,即朅朅,威武壮健的样子。

【译文】

高高身材一美女,身穿锦服罩单衣。齐侯的女儿,卫侯的娇妻。太子的胞妹,邢侯的小姨,谭公原是她妹婿。

手指纤纤像嫩荑,皮肤白润像冻脂。美丽脖颈像蝤蛴,牙比瓠子还整齐。额角方正蛾眉细,一笑酒窝更多姿,秋水一泓转眼时。

美人身材长得高,停车休息在近郊。四匹雄马多肥膘,马嚼边上飘红绡,雉羽饰车来上朝。大夫朝毕该早退,别教卫君太辛劳。

河水一片白茫茫,哗哗奔流向北方。撒开鱼网呼呼响,鳣鲔泼泼跳进网,芦荻高高排成行。陪嫁姑娘个子长,随从媵臣真雄壮。

氓

【题解】

这是一首弃妇的诗。诗中的女主人悔恨地叙述自己恋爱、结婚的经过和婚后被虐待被遗弃的遭遇。但她并不徘徊留恋,抱着"亦已焉哉"的决绝态度,表现她性格的刚强和反抗的精神。诗中反映了当时的社会制度造成的妇女的不幸命运。

氓之蚩蚩①,抱布贸丝②。匪来贸丝③,来即我谋④。送子涉淇,至于顿丘⑤。匪我愆期⑥,子无良媒。将子无怒⑦,秋以为期⑧。

乘彼垝垣⑨,以望复关⑩。不见复关⑪,泣涕涟涟⑫。既见复关,载笑载言⑬。尔卜尔筮⑭,体无咎言⑮。以尔车来,以我贿迁⑯。

桑之未落,其叶沃若⑰。于嗟鸠兮⑱,无食桑葚⑲。于嗟女兮,无与士耽⑳。士之耽兮,犹可说也㉑。女之耽兮,不可说也。

桑之落矣,其黄而陨㉒。自我徂尔㉓,三岁食贫㉔。淇水汤汤㉕,渐车帷裳㉖。女也不爽㉗,士贰其行㉘。士也罔极㉙,二三其德㉚。

三岁为妇,靡室劳矣㉛。夙兴夜寐㉜,靡有朝矣㉝。言既遂矣㉞,至于暴矣㉟。兄弟不知,咥其笑矣㊱。静言思之,躬自悼矣㊲。

及尔偕老㊳,老使我怨。淇则有岸,隰则有泮㊴。总角之宴㊵,言笑晏晏㊶。信誓旦旦㊷,不思其反㊸。反是不思㊹,亦已焉哉㊺!

【注释】

①氓：农民。马瑞辰《通释》："氓，唐石经作'甿'。《方言》、《说文》并云：'氓，民也。'《说文》又云：'甿，田民也。'"魏源《诗古微》释为流亡之民，亦通。蚩：音义同"嗤"。嗤嗤，笑嘻嘻的样子。《毛传》训为"敦厚之貌"，《韩诗》训为"意态和悦貌"，均可通。 ②贸：交易、交换。 ③匪：非、不是。 ④即：就、接近。 谋：指商量婚事。 ⑤顿丘：地名，在今河南省清丰县。 ⑥愆期：过期。 ⑦将（qiāng）：请。 ⑧秋以为期：即以秋为期。 ⑨乘：登。垝（guǐ）：毁。 垣（yuán）：土墙。 ⑩复关：地名，男子所住的地方。王应麟《诗地理考》引《寰宇记》："澶州临河县复关城在南，黄河北阜也。复关堤在南三百步。"澶州在今河南省清丰县西南。也有人说复关是关名，在近郊地方设重门，以防异常，复关即重关的意思。亦通。 ⑪此复关指氓。 ⑫涟涟：涕泪下流的样子。 ⑬载：则、就。 ⑭尔：你，指氓。 卜：卜卦，用火灼龟甲，看甲上的裂纹来判断吉凶。 筮（shì）：用蓍（shī）草排比推算来占卦。 ⑮体：卦体，就是用龟蓍占卜所显示的现象。 咎言：不吉利的话。按古代男女结婚，事先必占卜，以问吉凶，这是当时迷信的一种习俗。 ⑯贿：财物，指嫁妆。 ⑰沃若：犹沃然，润泽柔嫩的样子。 ⑱于：同"吁"，《韩诗》作"吁"，叹词。 鸠：斑鸠，鸟名。 ⑲桑葚：桑树的果实。《毛传》："鸠，鹘鸠也。食桑葚过则醉，而伤其性。"这可能是古代的民间传说。 ⑳耽：通"酖"，指过分地沉溺于欢乐，这里当"迷恋"解。 ㉑说：音义同"脱"，摆脱或解脱的意思（用林义光《诗经通解》说）。 ㉒陨（yǔn）：落下。 ㉓徂（cú）：往、到。 徂尔：到你家以来。㉔三岁：多年。按"三"是虚数，言其多，不是实指三年。 ㉕汤汤（shāng）：水盛大的样子。 ㉖渐（jiān）：沾湿。 帷裳：车箱两旁的围布，形状像现在车两旁的帘子。 ㉗爽：差错。 ㉘贰：是贰的错字。贰同忒，偏差，和爽同义（据王引之、陈奂等考证）。 行（háng）：行为。 ㉙罔：无。 极：准则。罔极即无常、没有定准。 ㉚二三其德：即变心，前后行为不一致的意思。 ㉛靡：无，没有。 室劳：家务劳动。此句谓男人无家务之劳，意为全由妻子承担。㉜夙兴夜寐：起早睡晚。 ㉝靡有朝矣：指不是某一天是这样，而是天天如此。㉞言：助词。 既：已经。 遂：安，指生活安定。 ㉟暴：暴虐。 ㊱咥（xì）：哈哈大笑的样子。 ㊲躬：自身、自己。 悼：伤心。 ㊳及：与、和。偕老：夫妻共同生活到老。这句可能是从前氓对女的誓言。 ㊴隰：低湿的地。泮：通"畔"，涯、岸。 ㊵总：扎。总角，古代男女未成年时把头发扎成两角的样子。这里用它代童年。 宴：安乐。 ㊶晏晏：和悦温柔的样子。 ㊷信誓：真挚的誓言，似即指"及尔偕老"句。 旦旦：即怛怛，诚恳的样子。 ㊸不

思:想不到。　反:反复、违反、变心。　㊹是:这。指誓言。　㊺已:止。已焉哉,算了吧。

【译文】

农家小伙笑嘻嘻,抱着布匹来换丝。原来不是来换丝,找我商量婚姻事。我会送你渡淇水,直到顿丘才告辞。并非我要拖日子,你无良媒来联系。请你不要生我气,重订秋天作婚期。

登上那边缺墙上,遥向复关盼情郎。望穿秋水不见人,心中焦急泪汪汪。既见郎从复关来,有笑有说心欢畅。你快回去占个卦,卦没凶兆望神帮。拉着你的车子来,快用车子搬嫁妆。

桑叶未落密又繁,又嫩又润真好看。唉呀斑鸠小鸟儿,见了桑葚别嘴馋。唉呀年青姑娘们,见了男人别胡缠。男人要把女人缠,说甩就甩他不管。女人若是恋男人,撒手摆脱难上难。

桑树萎谢叶落净,枯黄憔悴任飘零。自从我到你家来,多年吃苦受寒贫。淇水滔滔送我回,溅湿车帘冷冰冰。我做妻子没过错,是你男人太无情。真真假假没定准,前后不一坏德行。

结婚多年守妇道,我把家事一肩挑。起早睡晚勤操作,累死累活非一朝。家业有成已安定,面目渐改施残暴。兄弟不知我处境,见我回家哈哈笑。静思默想苦难言,只有独自暗伤悼。

"与你偕老"当年话,如今老了我怨他。淇水虽宽有堤岸,沼泽虽阔有边涯。回顾少年未嫁时,想你言笑多温雅。海誓山盟还在耳,谁料翻脸变冤家。违背誓言你不顾,那就从此算了吧!

竹　竿

【题解】

这是一位卫国女子出嫁别国,思归不得的诗。何楷《毛诗世本古义》和魏源《诗古微》认为本诗和《泉水》都是《载驰》作者许穆夫人的作品。方玉润《诗经原始》则认为根据不足,很难断定作者是谁。

籊籊竹竿①,以钓于淇。岂不尔思②?远莫致之③。
泉源在左④,淇水在右。女子有行,远兄弟父母。
淇水在右,泉源在左。巧笑之瑳⑤,佩玉之傩⑥。

淇水滺滺[⑦],桧楫松舟[⑧]。驾言出游,以写我忧[⑨]。

【注释】

①籊籊(tì):长而细的样子。《毛传》:"籊籊,长而杀也。"陈奂《毛诗传疏》:"杀者,纤小之称。" ②不尔思:即不思尔。尔,你,指故乡淇水。 ③致:达到。 ④泉源:水名,在朝歌城西北,东南流与淇水合。陈奂《毛诗传疏》:"水以北为左,南为右。泉源在朝歌北,故曰在左。淇水则屈转于朝歌之南,故曰在右。" ⑤瑳(cuō):何楷《毛诗世本古义》说:"瑳,《说文》云:'玉色鲜白也。'笑而见齿,其色似之。" ⑥傩(nuó):女子身上挂着佩玉,走起路来,腰身婀娜而有节奏。《毛传》:"傩,行有节度。"这四句系作者回忆过去。 ⑦滺滺(yóu):《经典释文》作"浟",《玉篇》作"攸"。滺是借字,水流的样子。 ⑧桧:木名,柏科。桧楫,桧木做的桨。 松舟:松木做的船。 ⑨写:通"泻",宣泄、消除。

【译文】

竹竿竹竿细又长,当年钓鱼淇水上。难道旧游我不想?路途遥远难还乡。

左边呀,泉源头,右边呀,淇水流。姑娘出嫁别故国,远离家人怎不愁。

右边呀,淇水流,左边呀,泉源头。巧笑露齿少年游,行动佩玉有节奏。

淇水悠悠照样流,桧桨松船也依旧。只好驾车且出游,聊除心里思乡愁。

芄　兰

【题解】

这是人民讽刺贵族童子的诗。这位童子,徒有佩觿、佩韘的外表装饰,惯于摆出贵族的架势,实际是一个幼稚无能的纨袴子弟。过去有人说此诗是讽刺卫惠公的,可备一说。

芄兰之支[①],童子佩觿[②]。虽则佩觿,能不我知[③]。容兮遂兮[④],垂带悸兮[⑤]。

芄兰之叶[⑥],童子佩韘[⑦]。虽则佩韘,能不我甲[⑧]。容兮遂兮,垂带悸兮。

【注释】

①芄(wán)兰:蔓生植物,亦名萝藦。枝上结的荚子尖形,折断有白汁,可食。支:通"枝"。 ②觿(xī):用象骨制成的小锥。古代贵族成年人的佩饰,用它来解衣带的结,所以也叫做"解结锥"。沈括《梦溪笔谈》:"觿,解结锥。芄兰荚枝出

于叶间,垂垂正如解结锥。疑古人为韘之制,亦当与芄兰之叶相似。”　③能:乃、而。《郑笺》训为“才能”,恐非诗意。不我知,即不知我。　④容:容仪可观,形容成年贵族走路摇摆的架势。　遂:同遂遂,形容走路摇摆使佩玉摇动的样子。《毛传》:“佩玉遂遂然。”　⑤悸:形容走路时大带下垂摇动有节度的样子。陈奂《毛诗传疏》:“悸,犹悸悸也。悸悸然有节度。”　⑥芄兰之叶:芄兰叶像长心脏形,下垂略向后弯,它的样子很像韘。　⑦韘(shè):古代射箭时套在右手大拇指上以钩弦的一种用具,用骨或玉制成,亦称“抉拾”,俗称“扳指”。佩韘:也是已经成年的表征。　⑧甲:同“狎”,亲近。《韩诗》作“狎”。《毛传》:“甲,狎也。”

【译文】

芄兰枝上尖荚垂,儿童挂着解结锥。虽然挂着解结锥,可他不解我是谁。大摇大摆佩玉响,东晃西荡大带垂。

芄兰枝上叶弯弯,儿童佩韘不像样。虽然佩带玉扳指,不愿亲我把话讲。大摇大摆佩玉响,垂带晃荡真装腔。

河　广

【题解】

这是住在卫国的一位宋人思归不得的诗。卫国在戴公未迁漕以前,都城在朝歌,和宋国只隔一条黄河。诗里极言黄河不广,宋国不远,回去很为容易,却因某种限制而不能如愿。旧说此诗与宋桓夫人(卫戴公、文公、许穆夫人的姊妹,她嫁给宋桓公,生下襄公后,就被桓公离弃,回归卫国)有关,后人对这问题多有争论,未可遽信。

谁谓河广①?一苇杭之②。谁谓宋远?跂予望之③。
谁谓河广?曾不容刀④。谁谓宋远?曾不崇朝⑤。

【注释】

①河:黄河。　②苇:用芦苇编的筏子。　杭:通“航”。　③跂:企的借字,踮起脚跟。王逸《楚辞·九歌》注引诗作企。《说文》:“企,举踵也。”“跂,足多指也。”是企和跂本义不同。　予:我。　④曾:乃、而。　刀:通“舠”,小船。这句极言黄河之狭而易渡。　⑤崇朝:终朝,一个早上。

【译文】

谁说黄河宽又广?一条苇筏就能航。谁说宋国遥又远?踮起脚跟就在望。

谁说黄河广又宽？一条小船容纳难。谁说宋国远又遥？不用一早到对岸。

伯兮

【题解】

这是一位女子思念她远征的丈夫而作的诗。诗的艺术特点，是层层递进，集中写一个“思”字。

伯兮朅兮①，邦之桀兮②。伯也执殳③，为王前驱④。
自伯之东⑤，首如飞蓬⑥。岂无膏沐⑦？谁适为容⑧！
其雨其雨⑨，杲杲出日⑩。愿言思伯⑪，甘心首疾⑫！
焉得谖草⑬？言树之背⑭。愿言思伯，使我心痗⑮！

【注释】

①伯：女子称她的丈夫。　朅（qiè）：偈的假借字，《玉篇》引作“偈”，威武壮健的样子。　②邦：国。　桀：通“杰”，才智出众的人。　③殳（shū）：古代兵器，形如竿，竹制，长一丈二尺。　④前驱：先锋。马瑞辰《通释》：“执殳先驱，为旅贲之职。”王先谦《诗三家义集疏》：“其执殳前驱者，当为中士。”　⑤之：往。　⑥飞蓬：蓬草遇风四散，喻不常梳洗的乱发。　⑦膏：润发的油。沐：洗头。膏沐连用是偏义复词，主要指发油。　⑧适：悦（从马瑞辰说）。　容：修饰容貌。　⑨其：语助词，这里表示一种祈求的语气。　⑩杲杲（gǎo）：光明的样子。　⑪愿言：念念不忘的样子。闻一多《风诗类钞》注“愿言”为“睠然”。即眷眷的意思。　⑫甘心：情愿。　首疾：头痛。　⑬焉：何。这里指什么地方。　谖草：亦名萱草。古人以为此草可以忘忧，故又名忘忧草。今名黄花菜、金针菜。　⑭言：而、乃。　树：种植。　背：古与“北”通用，这里指北房的阶下。姚际恒《诗经通论》：“背，堂背也。堂面向南，堂背向北，故背为北堂。”　⑮痗（mèi）：病。

【译文】

阿哥壮健又威风，保卫邦国是英雄。阿哥手执丈二殳，为着国王打先锋。
自从哥哥去征东，无心梳洗发蓬松。难道没有润发油？讨谁欢心去美容！
好比久旱把雨盼，偏偏老是大晴天。一心思念阿哥回，想得头痛也心甘！
哪儿找到忘忧草？找来种到后院中。魂牵梦萦想哥回，心病难治意难通！

有 狐

【题解】

这是一首女子忧念她流离失所的丈夫无衣无裳而作的诗。旧说诗的主题是写失时未嫁的女子爱上一个男子。细玩诗意,实在看不出失时相爱的意思。

有狐绥绥①,在彼淇梁②。心之忧矣,之子无裳③!
有狐绥绥,在彼淇厉④。心之忧矣,之子无带⑤!
有狐绥绥,在彼淇侧。心之忧矣,之子无服!

【注释】

①绥绥:慢吞吞走的样子。 ②梁:桥。古代的桥,用石砌成。 ③裳:下衣,形如现在的裙;古代男女都穿裳。 ④厉:濑的借字,水边有沙石的浅滩。⑤带:指衣带。

【译文】

狐狸缓缓走,淇水石桥上。心里真忧愁,这人没衣裳!
狐狸缓缓走,淇水岸边濑。心里真忧愁,这人没腰带!
狐狸缓缓走,在那淇水边。心里真忧愁,这人没衣衫!

木 瓜

【题解】

这是一首男女互相赠答的定情诗。旧说齐桓公救卫,卫人思报而作此诗,全系穿凿,毫无根据的。

投我以木瓜①,报之以琼琚②。匪报也③,永以为好也。
投我以木桃④,报之以琼瑶⑤。匪报也,永以为好也。
投我以木李⑥,报之以琼玖⑦。匪报也,永以为好也。

【注释】

①投:赠送。 木瓜:植物名,落叶灌木,果实形如黄金瓜,亦可供赏玩。②报:报答、回礼。 琼:本义为赤玉,后来引申为形容玉美,除本诗的琼琚、琼瑶、琼玖三词外,其他诗篇如琼华、琼莹、琼英、琼瑰都是形容玉美。当时贵族男女都

在衣带上挂一装饰物,用好几种玉石组成,称为佩玉、玉佩或杂佩。风诗中,凡男女两性定情之后,男的多以佩玉赠女。如《女曰鸡鸣》:“杂佩以赠之。”《丘中有麻》:“贻我佩玖。”都是。琚:杂佩中的一种玉名。③匪:通“非”。④木桃:植物名,落叶灌木,又名樝(zhā)子。果实圆形或卵形,具芳香。⑤琼瑶:美玉。《说文》:“瑶,玉之美者。”⑥木李:植物名,落叶灌木,又名木梨,果实圆形或洋梨形。⑦玖:黑色次等的玉。《说文》:“石之次玉,黑色。”琼玖,泛指宝石。

【译文】

送我一只大木瓜,我拿佩玉报答她。不是仅仅为报答,表示永远爱着她。

送我一只大木桃,我拿美玉来还报。不是仅仅为还报,表示和她永相好。

送我一只大木李,我拿宝石还报你。不是仅仅为还礼,表示爱你爱到底。

王　风

“王”即王都的简称。平王东迁洛邑，周室衰微，无力驾驭诸侯，其地位等于列国，所以称为“王风”。《王风》共计十篇。

《王风》全部都是平王东迁以后的作品。它的产生地，在今河南省洛阳、孟县、沁阳、偃师、巩县、温县一带地方。

崔述说：“幽王昏暴，戎狄侵陵；平王播迁，家室飘荡。”（《读风偶识》）这正是《王风》的历史背景。表现在诗中，如《黍离》、《扬之水》、《兔爰》、《葛藟》、《君子于役》等，多带有乱离悲凉的气氛。

黍　离

【题解】

这是诗人抒写自己在迁都时难舍家园的诗。《毛诗序》认为是周大夫慨叹西周沦亡之作，但诗中并无凭吊故国之意，似不可信。

彼黍离离①，彼稷之苗②。行迈靡靡③，中心摇摇④。知我者谓我心忧，不知我者谓我何求。悠悠苍天⑤，此何人哉！

彼黍离离，彼稷之穗。行迈靡靡，中心如醉。知我者谓我心忧，不知我者谓我何求。悠悠苍天，此何人哉！

彼黍离离，彼稷之实。行迈靡靡，中心如噎⑥。知我者谓我心忧，不知我者谓我何求。悠悠苍天，此何人哉！

【注释】

①黍：糜子，其种子称小米。　离离：茂盛的样子。　②稷：高粱。马瑞辰

《通释》:“按诸家说黍稷者不一。程瑶田《九谷考》谓黍今之黄米,稷今之高粱。其说是也。” ③行迈:即远行的意思。 靡靡:迟迟。 ④摇摇:同“愮愮”,《尔雅》:“愮愮,忧无告也。”犹言愁闷得难受。 ⑤悠悠:遥远的意思。⑥噎:食物塞住咽喉。

【译文】

看那小米满田畴,高粱抽苗绿油油。远行在即难迈步,无尽愁思闷心头。知心人说我心烦忧,局外人当我啥要求。高高在上的老天爷,是谁害我离家走!

看那小米满田畴,高粱穗儿垂下头。远行在即难迈步,心中难受像醉酒。知心人说我心烦忧,局外人当我啥要求。高高在上的老天爷,是谁害我离家走!

看那小米满田畴,高粱结实不胜收。远行在即难迈步,心如噎住真难受。知心人说我心烦忧,局外人当我啥要求。高高在上的老天爷,是谁害我离家走!

君子于役

【题解】

这是一位妇女思念她久役于外的丈夫的诗。这位农村妇女,在暮色苍茫之中,看到牛羊等禽畜回来休息,而自己的丈夫则归家无期,就更觉寂寞、孤独,不禁唱出了这首情景交融的动人诗篇。

君子于役①,不知其期。曷至哉②?鸡栖于埘③,日之夕矣,羊牛下来。君子于役,如之何勿思!

君子于役,不日不月④。曷其有佸⑤?鸡栖于桀⑥,日之夕矣,羊牛下括⑦。君子于役,苟无饥渴⑧?

【注释】

①君子:古时妻对夫的敬称。 于:往。 ②曷:何,指何时。 至:至家。③埘(shí):挖墙成洞的鸡窝。《毛传》:“凿墙而栖曰埘。” ④不日不月:指没有归期。 ⑤有:又。 佸(huó):聚会。 ⑥桀:亦作榤、橛,系鸡的木桩。⑦括:通“佸”。《释文》:“括,本亦作佸。”陈乔枞《三家诗遗说考》:“佸、括,会。古声义并同。” ⑧苟:且、或许。带有疑问口气的希望之词。

【译文】

丈夫服役在远方,没年没月心忧伤。不知何时回家乡?鸡儿纷纷回窠来,西天暮霭遮夕阳,牛羊下坡进栏忙。丈夫服役在远方,叫我怎不把他想!

丈夫服役在远方，没日没月别离长。几时团圆聚一堂？鸡儿纷纷上木椿，西天暮霭遮夕阳，牛羊下坡进栏忙。丈夫服役在远方，会否忍饥饿肚肠？

君子阳阳

【题解】

这是描写舞师和乐工共同歌舞的诗。东周王国衰微，苟安在洛阳周围五六百里的地方，但照样设有专职的乐工和歌舞伎，以供统治阶级的享乐。

君子阳阳①，左执簧②，右招我由房③。其乐只且④！
君子陶陶⑤，左执翿⑥，右招我由敖⑦。其乐只且！

【注释】

①君子：这里指舞师。　阳阳：扬扬的假借字，即洋洋，快乐得意的样子。②簧：指笙类乐器。　③我：本诗的作者，从诗意看，似是一个乐工。　由房：可能是"由庚"、"由仪"一类的笙乐、房中之乐。胡承珙《毛诗后笺》："由房者，房中，对庙朝言之。人君燕息时所奏之乐，非庙朝之乐，故曰房中。"　④其乐只且(jū)：《韩诗》作"其乐旨且"，王先谦《诗三家义集疏》："盖以'旨'本训'美'，乐旨，犹言乐之美者，意谓乐甚。""只且"亦可作语尾助词，义同"也哉"。　⑤陶陶：和乐舒畅的样子。　⑥翿(dào)：用五彩野鸡羽毛做的扇形舞具，亦名翳。⑦敖：舞曲名，即骜夏。马瑞辰《通释》："敖，疑当读为骜夏之骜，《周官·钟师》：奏九夏，其九为骜夏。"

【译文】

舞师得意喜洋洋，左手握着大笙簧，右手招我奏"由房"。快快乐乐舞一场！
舞师得意乐陶陶，左手举起鸟羽摇，右手招我奏"由敖"。快快乐乐共舞蹈！

扬之水

【题解】

这是一首戍卒思归的诗。平王东迁洛阳，南方楚国强大，有并吞小国的野心。申、吕、许三国距王畿甚近，齿唇相依，平王派兵戍守。可是，王都地小人稀，派去的兵士，没有一定期限调换；人民怨恨思归，就作了这首诗。

扬之水[①],不流束薪[②]。彼其之子[③],不与我戍申[④]。怀哉怀哉!曷月予还归哉[⑤]?

扬之水,不流束楚[⑥]。彼其之子,不与我戍甫[⑦]。怀哉怀哉!曷月予还归哉?

扬之水,不流束蒲[⑧]。彼其之子,不与我戍许[⑨]。怀哉怀哉!曷月予还归哉?

【注释】

①扬:悠扬,水缓流无力的样子(用朱熹《诗集传》说)。 ②束薪:一捆柴。古代用这个词代表新婚。见《周南·汉广》注⑦。 ③其(jì):语助词。"彼"和"之"都是第三人称的代名词,古语往往有这种重复。 之子:指作者所怀念的人。 ④戍:守。 申:古国名,在今河南省唐河县南。 ⑤曷:何。 还:音义同"旋"。 ⑥楚:荆条。 ⑦甫:古国名,亦作吕。在今河南省南阳县西。 ⑧蒲:蒲柳。 ⑨许:古国名,在今河南省许昌市。

【译文】

河水慢慢流过来,水小难漂一捆柴。想起我那意中人,我守申国她难来。日思夜想丢不开,哪月回家没法猜。

小河浅水缓缓流,一捆荆条漂不走。想起我那意中人,不能同我把甫守。日思夜想丢不开,何时回家相聚首?

河水缓缓流向东,一束蒲柳漂不动。想起我那意中人,不能来许意难通。日思夜想丢不开,何时我能回家中?

中谷有蓷

【题解】

这是描写一位弃妇悲伤无告的诗。这位弃妇于荒年中,被丈夫遗弃了。她在天灾人祸走投无路的处境中,毫无办法,只好慨叹、呼号、哭泣了。诗歌反映了东周时代下层妇女悲惨生活的断片。

中谷有蓷[①],暵其干矣[②]。有女仳离[③],嘅其叹矣[④]。嘅其叹矣,遇人之艰难矣[⑤]!

中谷有蓷,暵其修矣[⑥]。有女仳离,条其歗矣[⑦]。条其歗矣,遇人之不淑矣[⑧]!

中谷有蓷，暵其湿矣[9]。有女仳离，啜其泣矣[10]。啜其泣矣，何嗟及矣[11]！

【注释】

①中谷：即谷中。　蓷（tuī）：植物名，益母草，通常长在湿润之处。　②暵（hàn）：干燥的样子。　暵其：即暵暵。诗以蓷草生于谷中湿地而干枯比喻女子被遗弃而憔悴。　③仳（pǐ）离：分离，这里指被离弃。　④嘅：同“慨”。嘅其，即嘅嘅，感叹的样子。　⑤艰难：指所嫁之夫不好。　⑥修：本义为干肉，引申为干枯。　⑦条：长。　条其：即条条，形容长啸。陈奂：“条条然者，歗声也。”　歗：同“啸”，长嘘出声。这里也指长叹。　⑧不淑：不善。　⑨湿：㬤（qī）的假借字，晒干。《广雅》：“㬤，曝也。”　⑩啜：哭泣时的抽噎。　⑪何嗟及矣：据胡承珙《毛诗后笺》考证，这句是后人传写误倒，应作“嗟何及矣”。

【译文】

山谷长着益母草，天旱不雨草枯焦。有位女子被遗弃，抚胸长叹心苦恼。抚胸长叹心苦恼，嫁人嫁得太糟糕！

益母草长山谷间，天旱不雨草晒干。有位女子被遗弃，唉声长叹心里酸。唉声长叹心里酸，不幸嫁个负心汉！

益母草长山谷中，天旱草枯地裂缝。有位女子被遗弃，呜咽悲泣心伤痛。呜咽悲泣心伤痛，后悔莫及叹也空！

兔　爰

【题解】

这是一首反映没落贵族厌世思想的诗。这个没落贵族留恋西周宣王时代所谓盛世，那时虽有天灾，但无人祸，贵族的地位和利益尚未动摇。东迁以后，有些贵族失去了土地和人民，阶级地位起了变化，甚至还要服役。这就是诗人所谓“逢此百罹”的社会背景。他在前后生活对比之下，引起了厌世思想，作了这首诗。崔述《读风偶识》：“其人当生于宣王之末年，王室未骚，是以谓之‘无为’。既而幽王昏暴，戎狄侵陵；平王播迁，家室飘荡，是以谓之‘逢此百罹’。”

有兔爰爰[1]，雉离于罗[2]。我生之初，尚无为[3]。我生之后，逢此百罹[4]。尚寐无吪[5]！

有兔爰爰，雉离于罦[6]。我生之初，尚无造[7]。我生之后，逢此百忧。尚寐无觉[⑧]！

有兔爰爰，雉离于罿[⑨]。我生之初，尚无庸[⑩]。我生之后，逢此百凶。尚寐无聪[⑪]！

【注释】

①爰爰：自由自在的样子。 ②离：遭。 罗：网。 ③尚：犹、还。为：事，指军役之事。 ④罹(lí)：忧。 ⑤尚：庶几，带有希望的意思。 寐：睡。 无吪(é)：不想说话。 ⑥罦(fú)：一种装设机关的网，能自动掩捕鸟兽，亦名覆车网。 ⑦造：与上章"为"字同义。《尔雅·释言》："作，造，为也。" ⑧觉：醒，指眼睁开。 无觉：即不想看见的意思。 ⑨罿(tóng)，捕鸟网。 ⑩庸：用，指劳役。《郑笺》："庸，劳也。" ⑪聪：朱熹："聪，闻也。"无聪，不想听见。

【译文】

狡兔自由又自在，野鸡落进网里来。当我初生那时候，没有战争没有灾。偏偏在我出生后，倒霉事儿成了堆。但愿长睡口不开！

狡兔自由又自在，野鸡落进网里来。当我初生那时候，没有迁都没有灾。偏偏在我出生后，百般晦气连着来。但愿长睡眼不开！

狡兔自由又自在，野鸡落进网里来。当我初生那时候，没有劳役没有灾。偏偏在我出生后，百样坏事上门来。但愿长睡两耳塞！

葛　藟

【题解】

这是流亡他乡者求助不得的怨诗，同《旄丘》描写的情况相似。春秋时代，战争频繁，统治者生活奢侈，人民无法生存，只得纷纷逃亡。这首诗的作者，可能是从洛阳附近逃亡到王都的。但到处都是一样，即使你称别人为父母兄弟，乞求一点同情和救济，也是无济于事。诗深刻地反映了富人们冷酷无情的嘴脸。

绵绵葛藟[①]，在河之浒[②]。终远兄弟[③]，谓他人父[④]。谓他人父，亦莫我顾[⑤]！

绵绵葛藟，在河之涘[⑥]。终远兄弟，谓他人母。谓他人母，亦莫我有[⑦]！

绵绵葛藟，在河之漘[⑧]。终远兄弟，谓他人昆[⑨]。谓他人昆，亦莫我闻[10]！

【注释】

①绵绵：连绵不断的样子。　葛藟：蔓生植物名，野葡萄。　②浒：水边。③终：既。　远：弃。　兄弟：指家人。　④谓：称、喊。　⑤莫我顾：即“莫顾我”的倒文。　顾：理睬。有人解作“眷顾”或“照顾”，亦通。　⑥涘（sì）：水边。　⑦有：通“友”，亲近、亲爱之意。陈奂《诗毛氏传疏》：“有，犹友也。”《左传》杜注：“有，相亲有也。”是“有”古与“友”通。　⑧漘（chún）：深水边。⑨昆：《毛传》：“昆，兄也。”　⑩闻：同“问”，救助慰问的意思。王引之《经传述闻》说：“家大人（王念孙）曰：闻，犹问也，谓相恤问也。古字‘闻’与‘问’通。”

【译文】

野葡萄藤长又长，蔓延河边湿地上。离别亲人到外地，喊人阿爸求帮忙。阿爸喊得连声响，没人理睬独彷徨！

野葡萄藤长又长，蔓延河滨湿地上。离别亲人到外地，喊人阿妈求帮忙。阿妈喊得连声响，没人亲近独悲伤！

野葡萄藤长又长，蔓延河旁湿地上。离别亲人到外地，喊人阿哥求帮忙。阿哥喊得连声响，没人救助独流亡！

采　葛

【题解】

这是一首思念情人的诗。一个男子，对采葛织夏布、采蒿供祭祀、采艾治病的勤劳的姑娘无限爱慕，就唱出这首诗，表达了他的深情。

彼采葛兮[1]，一日不见，如三月兮。
彼采萧兮[2]，一日不见，如三秋兮。
彼采艾兮[3]，一日不见，如三岁兮。

【注释】

①葛：葛藤，其皮可制纤维织夏布。　②萧：植物名，蒿类，有香气。古人祭祀时所用。《毛传》：“萧所以供祭祀。”　③艾：植物名，艾叶可供药用和针灸用。朱熹《诗集传》：“艾，蒿属，干之可灸，故采之。”

【译文】

那位姑娘去采葛，只有一天没见着，好像三月久相隔。

那位姑娘去采蒿，只有一天没见到，像隔三秋受煎熬。

姑娘采艾去田间，只有一天没会面，好像隔了整三年。

大 车

【题解】

这是一首女子热恋情人的诗。她很想和情人同居，但不知情人心里究竟如何，所以不敢私奔。但是她对情人发出誓词，表示她的爱是始终不渝的。这比风诗中的其他恋歌，较为大胆而又矜持。

大车槛槛①，毳衣如菼②。岂不尔思③？畏子不敢。

大车啍啍④，毳衣如璊⑤。岂不尔思？畏子不奔⑥。

“穀则异室⑦，死则同穴⑧。谓予不信，有如皦日⑨！”

【注释】

①大车：大夫坐的车子。陈奂《诗毛氏传疏》：“大车，大夫之车。” 槛槛(kǎn)：车行声。 ②毳(cuì)衣：用兽毛织的衣服。《毛传》：“毳衣，大夫之服。” 菼(tǎn)：初生的芦荻，青白色。 ③尔：指坐在大车上穿着毛衣的男子，与下句的“子”是一个人，都是指她所恋的男子。 ④啍啍(tūn)：走得又重又慢的样子。《毛传》：“啍啍，重迟貌。” ⑤璊(mén)：红色的玉。 ⑥奔：私奔。⑦穀：活着。和下句的“死”字对文。 ⑧穴：墓穴，也叫圹。 ⑨如：此、这(从裴学海《古书虚字集释》说)。 皦：同“皎”，光明。本章四句是女子对情人的誓言。

【译文】

大车驶过声坎坎，身穿毛衣青色淡。难道是我不想你？怕你犹豫我不敢。

大车驶过慢吞吞，身穿毛衣红殷殷。难道是我不想你？怕你犹豫我不奔。

“活着各住各的房，死后同埋一个圹。别说我话难凭信，天上见证是太阳！”

丘 中 有 麻

【题解】

这是一位女子叙述她和情人定情过程的诗。历来学者对这首诗的解释，很不相同。有说是思贤之作的，有说是写私奔的，也有说是招贤偕隐的。诸说均未尽妥。

丘中有麻，彼留子嗟[①]。彼留子嗟，将其来施[②]。
丘中有麦，彼留子国[③]。彼留子国，将其来食。
丘中有李，彼留之子[④]。彼留之子，贻我佩玖[⑤]。

【注释】

①留：古与“刘”通用。马瑞辰《通释》：“留、刘古通用，薛尚功《钟鼎款识》有刘公簠，《积古斋钟鼎款识》作留公簠。”　②将：请。　施：帮助。　③子国：《毛传》：“子国，子嗟父。”　④之子：指子嗟。　⑤贻：赠送。　玖：似玉的浅黑色石，可以制成佩带的饰物。

【译文】

山坡上面种着麻，刘家小伙名子嗟。刘家小伙名子嗟，请他帮忙来我家。
山坡上面种着麦，那位子国是他爸。那位子国是他爸，请他吃饭来我家。
山坡上面种着李，刘家小伙就是他。刘家小伙就是他，送我佩玉想成家。

郑　　风

周幽王的时候,郑桓公作周司徒的官。犬戎杀幽王和桓公,桓公的儿子武公继位,仍称郑。桓公的郑,在今陕西西安附近,和武公的新郑不同地。

郑风共二十一篇。其本事可考者仅《清人》一首。《左传》闵公二年:"郑人恶高克,使帅师次于河上,久而弗召,师溃而归,高克奔陈。郑人为之赋《清人》。"此事约发生于公元前660年左右。郑桓公死后,武公继位,迁至新郑。可见《郑风》是东周至春秋之间的作品。

郑国的都城在新郑(今河南新郑),新郑是一个大都会,民间一直流行着男女在溱洧等地游春的习俗,故诗多言情之作。《论语》说:"郑声淫。"这不仅指声调而言,其内容大多也是恋爱诗歌。这就是《郑风》的特点。

缁　　衣

【题解】

这是一首赠衣的诗。缁衣是当时卿大夫私朝穿的衣服。诗中的改衣、授粲都是较亲密的家人口气。看来,诗里的"予"就是这个穿缁衣的人的妻妾。旧说附会它是赞美郑武公的诗,后人多不相信。

缁衣之宜兮①,敝,予又改为兮②。适子之馆兮③,还,予授子之粲兮④。

缁衣之好兮，敝，予又改造兮。适子之馆兮，还，予授子之粲兮。

缁衣之席兮[5]，敝，予又改作兮。适子之馆兮，还，予授子之粲兮。

【注释】

①缁衣：黑色的衣。古代卿大夫官吏到官署（古称私朝，即第三句的"馆"）所穿的衣服。《孔疏》："卿士旦朝于王，服皮弁，不服缁衣。退适治事之馆，释皮弁而服（缁衣），以听其所朝之政也。" 宜：称身、合身。　②敝：破。　为：制。下二章的造、作，与此同义。　③适：往。　馆：官舍。《郑笺》："卿士所之之馆，在天子之宫。"　④还：音义同"旋"，回来。　授：给予。　粲：鲜明，指新衣。《小雅·大东》"粲粲衣服"，《毛传》："粲，鲜盛貌。"闻一多《风诗类钞》："粲，新也，谓新衣。"　⑤席：宽大。

【译文】

黑色朝服多合样，破了，我再做衣裳。你去官署把事办，回来，给你试新装。

黑色朝服多美好，破了，我再缝一套。你去官署把公干，回来，给你穿新袍。

黑色朝服大又宽，破了，我再做一番。你到官署去办事，回来，给你新衣穿。

将　仲　子

【题解】

这是一首女子拒绝情人的诗。她拒绝情人的原因，是怕家庭反对、舆论指责，可是她内心是极爱他的。这种爱和礼教的矛盾，使她痛苦不安，不得不向情人叮嘱，请他不要再来。诗歌透露了当时婚姻不自由的社会现象。

将仲子兮[1]！无逾我里[2]，无折我树杞[3]。岂敢爱之[4]？畏我父母。仲可怀也，父母之言，亦可畏也！

将仲子兮！无逾我墙，无折我树桑[5]。岂敢爱之？畏我诸兄。仲可怀也，诸兄之言，亦可畏也！

将仲子兮！无逾我园，无折我树檀[6]。岂敢爱之？畏人之多言。仲可怀也，人之多言，亦可畏也！

【注释】

①将（qiāng）：请。　仲子：男子的字，犹言"老二"。　②逾：越、翻过。里：古代二十五家为一里。　③折：伤害折断。　杞：柳一类的树。　④爱：

吝惜、舍不得。 之：指树。 ⑤树桑：古代墙边种桑，园中种檀。马瑞辰《通释》："古者桑种于墙，檀树于园。《孟子》'树墙下以桑'，《鹤鸣》诗'乐彼之园，爰有树檀'是也。" ⑥檀：树名，皮青，质坚硬，可以造器具和车。

【译文】

二哥请你听我讲！不要翻过我院墙，别把杞树来碰伤。不是珍惜这些树，是怕我的爹和娘。二哥二哥我记挂，只是爹娘要责骂，想想心里有点怕！

二哥请你听我讲！不要翻过我围墙，别伤墙边种的桑。不是珍惜这些树，怕我兄长要张扬。二哥二哥我记挂，只是兄长要责骂，想想心里有点怕！

二哥请你听我讲！不要翻我后园墙，别让檀树受了伤。不是珍惜这些树，怕人多嘴舌头长。二哥二哥我记挂，只是别人要多话，想想心里有点怕！

叔于田

【题解】

这是一首赞美猎人的诗。《诗经》中常用伯、仲、叔、季的表字；特别是女子，多半用它称其情人或丈夫。这是当时的习俗。这首诗，可能出自女子的口吻。诗中用了夸张的艺术手法，塑造了"叔"的美好形象。旧说此诗和《大叔于田》都是写郑庄公之弟太叔段，未必可信。

叔于田①，巷无居人②。岂无居人？不如叔也，洵美且仁③。
叔于狩④，巷无饮酒。岂无饮酒？不如叔也，洵美且好⑤。
叔适野⑥，巷无服马⑦。岂无服马？不如叔也，洵美且武⑧。

【注释】

①于：往。 田：打猎。 ②巷：犹今天的里弄。王先谦《诗三家义集疏》："古者居必同里，里门之内，家门之外，则巷道也。" ③洵：确实。 仁：仁爱谦让。 ④狩：《毛传》："冬猎曰狩。" ⑤好：和好团结。 ⑥适：往。 野：郊外。 ⑦服马：驾马。《毛传》："服马，乘马也。" ⑧武：勇敢英武。

【译文】

三哥打猎出了门，巷里空空不见人。并非真的没住人，能比三哥有几人？他真漂亮又谦逊。

三哥出去冬猎了，巷里不见喝酒佬。并非没有喝酒佬，三哥样样比人高，他真漂亮又和好。

三哥打猎到田野，巷里不见人驾马。并非别人不会驾，而是技术不如他，英俊威武人人夸。

大叔于田[①]

【题解】

这是赞美一位青年猎手的诗。他是贵族，也是一位壮勇善于射御的猎手。诗描写打猎的生动场面，使人如见其人，如临其事。这种铺张手法，给汉赋的影响很大。

叔于田，乘乘马[②]。执辔如组[③]，两骖如舞[④]。叔在薮[⑤]，火烈具举[⑥]。袒裼暴虎[⑦]，献于公所。"将叔无狃[⑧]，戒其伤女[⑨]。"

叔于田，乘乘黄[⑩]。两服上襄[⑪]，两骖雁行。叔在薮，火烈具扬[⑫]。叔善射忌[⑬]，又良御忌。抑磬控忌[⑭]，抑纵送忌[⑮]。

叔于田，乘乘鸨[⑯]。两服齐首[⑰]，两骖如手[⑱]。叔在薮，火烈具阜[⑲]。叔马慢忌，叔发罕忌[⑳]。抑释掤忌[㉑]，抑鬯弓忌[㉒]。

【注释】

①本篇的诗题，据他篇的惯例，应该作《叔于田》。后人加一"大"字，大是"长"的意思，以区别于前面短篇的《叔于田》（从严粲《诗缉》和马瑞辰《毛诗传笺通释》说）。　②前"乘"（chéng）：驾，作动词用。后"乘"（shèng）：古时四马一车叫做一乘。　③执辔如组：手执马缰整齐如丝带。　④两骖：一车四马的两旁两匹。　如舞：像跳舞行列一样整齐。　⑤薮：地低湿而多草木之处。⑥烈：借为"迾"，遮。打猎时放火烧草，断绝群兽逃走的路，叫火烈。　具：通"俱"。具举，齐起。　⑦袒裼（tǎn xī）：脱衣露体、赤膊。　暴虎：空手打虎。⑧将（qiāng）：请。　狃（niǔ）：习、熟练。　无狃：不要因为熟练而麻痹大意。⑨戒：警惕。　女：通"汝"，指叔。　⑩乘黄：四匹黄马。　⑪两服：一车四马当中的两匹。《孔疏》："中央夹辕者名服马。"　襄：同"骧"，马头昂起。　⑫扬：飞起。　⑬忌：语尾助词。　⑭抑：发语词，含有"忽"意。　磬（qìng）控：止马、控制马不让它前进。　磬：本来是一种乐器名，后来用它的形状形容人的弯腰前曲。这里用"磬"形容御者止马的姿态。　⑮纵送：纵马快跑。　⑯鸨（bǎo）：通"駂"，黑白杂色的马。　⑰齐首：两匹服马并驾齐驱。有人说，齐同"如"，与下文"如手"相对，都是用人体作比喻。亦通。　⑱如手：两匹骖马在

旁而稍后,像人的双手那样整齐。 ⑲阜:旺盛。 ⑳发:发箭。 罕:少。 ㉑掤(bīng):箭筒盖。释掤,打开箭筒的盖,准备将箭收起。 ㉒鬯(chàng):韔的假借字,弓袋。这里用如动词。鬯弓,将弓放进弓袋里。

【译文】

三哥打猎登征途,驾着四马真英武。手拿缰绳像丝组,骖马整齐像跳舞。三哥驾车在林薮,猎火齐起截兽路。赤膊空拳打老虎,打来献到郑公府。"三哥请勿太大意,提防老虎伤肌肤。"

三哥出猎真雄壮,驾着四马毛色黄。两匹服马首高昂,骖马整齐像雁行。三哥驾车草地上,猎火熊熊把兽挡。拉弓能穿百步杨,驾起车来最擅长。忽儿勒马急停车,忽儿纵马任遨翔。

三哥打猎郊外走,四匹花马跑不休。中央服马头并头,两旁骖马像双手。草深林密风飕飕,猎火熊熊烧个够。马儿走得慢悠悠,箭儿少发无禽兽。解下箭筒揭开盖,弓儿装进袋里头。

清　人

【题解】

这是一首讽刺郑国高克的诗。《春秋》闵公二年:"冬,十有二月,狄入卫,郑弃其师。"《左传》:"郑人恶高克,使帅师次于河上,久而弗召,师溃而归,高克奔陈。郑人为之赋《清人》。"这里所说赋《清人》的郑人,据《毛序》说是公子素。《清人》的主题和作者,史有确证,大概是不错的。诗极力渲染战马的强壮和武器的精美。每章的末句,都含着辛辣的讽刺味道。

清人在彭①,驷介旁旁②。二矛重英③,河上乎翱翔④,
清人在消⑤,驷介麃麃⑥。二矛重乔⑦,河上乎逍遥。
清人在轴⑧,驷介陶陶⑨。左旋右抽⑩,中军作好⑪。

【注释】

①清人:清邑的人,指高克及其所带领的兵士。"清"在今河南中牟县西。郦道元《水经注》:"清池水出清阳亭西南平地,东北流经清阳亭,东南流即清人城也。诗所谓'清人在彭'。"王先谦《诗三家义集疏》:"据《易林》'清人高子',知克亦清邑之人。故率其同邑之众,屯于卫邑彭地。" 彭:黄河边上郑国地名。《毛传》:"彭,卫之河上,郑之郊也。"《孔疏》:"卫在河北,郑在河南,恐狄渡河侵郑,故

使高克将兵于河上御之。”　②驷：一车驾四马。　介：甲。马身披甲以防受伤。旁旁：马强壮的样子。　③英：毛制的缨络，装在矛头之下以为饰。重英，两层缨络。古代每辆战车上都树两支矛，一支用它攻打敌人，另一支备用。　④翱翔：指驾着战车遨游。　⑤消：黄河边上郑国地名。　⑥麃麃（biāo）：威武的样子。　⑦重乔：乔亦作鷮，长尾野鸡。此指以鷮羽为矛缨。　⑧轴：黄河边上郑国地名。　⑨陶陶：即駋駋的假借。《说文》：“駋，马行貌。”　⑩左旋右抽：指身体向左边旋转用右手抽出刀剑，形容练习击刺的样子。《说文》：“抽，拔兵刃以习击刺也。《诗》曰‘左旋右抽’。”　⑪中军：古代军队分为三军，即上军、中军、下军。中军的将官是主帅，这里指高克。有人说中军即军中的倒文，指高克。亦通。　作好：做好表面工作。说高克仅仅养马、练习武器，做好表面工作，不是真在抗拒敌人。故《毛传》释好为“容好”。

【译文】

清邑军队守彭庄，驷马披甲真强壮。两矛装饰重缨络，河边闲游多欢畅。

清邑军队守在消，驷马披甲威风骄。两矛装饰野鸡毛，河边闲逛多逍遥。

清邑军队守在轴，驷马披甲如风跑。身子左转右抽刀，将军练武姿态好。

羔　裘

【题解】

这是赞美郑国一位正直官吏的诗。《左传》昭公十六年：“郑六卿饯韩宣子于郊，子产赋郑之《羔裘》。宣子曰：‘起不堪也。’”可见这首诗在当时已广泛地流行于郑国的朝野。它可能是赞美子产的前任子皮一类的人物的。

羔裘如濡①，洵直且侯②。彼其之子，舍命不渝③。

羔裘豹饰④，孔武有力⑤。彼其之子，邦之司直⑥。

羔裘晏兮⑦，三英粲兮⑧。彼其之子，邦之彦兮⑨。

【注释】

①如：同“而”。　濡（rú）：柔而有光泽。　②洵：确实。　直：正直。侯：美。　③不渝：不变。　④豹饰：用豹皮作羔裘袖子边缘的装饰。《管子·揆度》：“卿大夫豹饰。”　⑤孔：甚、很。　⑥司直：官名。掌管劝谏君主过失。马瑞辰《通释》：“司，主也。直，正也。正其过阙也。”　⑦晏：鲜艳。⑧三英：即上章的豹饰，豹皮镶在袖口上，有三排装饰。　粲：鲜明。　⑨彦：美

士、模范。

【译文】

身穿柔滑羊皮袄，为人正直又美好。他是这样一个人，肯舍生命保节操。

羔裘袖口饰豹皮，为人威武有毅力。他是这样一个人，国家司直有名气。

羔羊皮袄光又鲜，三道豹皮色更妍。他是这样一个人，国之模范正华年。

遵 大 路

【题解】

这是一首弃妇的诗。这一对男女，可能不是正式的夫妻，但同居的时间比较长，而男子终于喜新厌旧，遗弃了女方。

遵大路兮①，掺执子之袪兮②！无我恶兮③，不寁故也④！

遵大路兮，掺执子之手兮！无我魗兮⑤，不寁好也⑥！

【注释】

①遵：循、沿。 ②掺：拉住。 袪（qū）：袖口。 ③恶：厌恶。 无我恶：无恶我的倒文。 ④寁（zǎn）：速离。 故：故人，老伴。 ⑤魗：即丑，古今字。 ⑥好：相好，爱人。

【译文】

沿着大路跟你走，手儿拉住你衣袖！求你不要讨厌我，多年相伴别分手！

沿着大路跟你走，手儿拉住你的手！求你不要嫌我丑，多年相好别弃丢！

女 曰 鸡 鸣

【题解】

这是一首新婚夫妇的联句诗。诗用对话、联句的形式，表现了一对新婚夫妇情投意合、欢乐和好的家庭生活。诗的对话和联句形式，给后世诗歌影响很大，可尊为联句诗之祖。

女曰："鸡鸣。"士曰："昧旦①。""子兴视夜②，明星有烂③。""将翱将翔④，弋凫与雁⑤。"

"弋言加之⑥，与子宜之⑦。宜言饮酒，与子偕老。琴瑟在御⑧，莫不静好[9]。”

“知子之来之[10]，杂佩以赠之[11]！知子之顺之[12]，杂佩以问之[13]！知子之好之[14]，杂佩以报之！”

【注释】

①昧：黑。　旦：亮。昧旦，天快亮未亮的时候。　②兴：起。　视夜：观察夜色。　③明星：指启明星，据后人考证，天将明时，只有启明星发亮。　有烂：即烂烂，明亮。　④翱翔：本是形容鸟飞的样子，这里借作人出外游逛。⑤弋（yì）：射。古用生丝作绳，系在箭上来射鸟，叫做“弋”。　凫（fú）：野鸭。⑥言：助词，下同。　加：射中。　⑦宜：烹调菜肴。　⑧御：用，弹奏的意思。古代常用琴瑟乐器的合奏，象征夫妇的和好，如《关雎》篇：“窈窕淑女，琴瑟友之。”《小雅·常棣》：“妻子好合，如鼓瑟琴。”这句诗也是用琴瑟象征夫妇的同心和好。　⑨静好：美满和好。　⑩子：指妻。　来：慰勉。　⑪杂佩：古人身上佩带的珠玉等饰物。　⑫顺：柔顺。　⑬问：馈赠。《毛传》：“问，遗也。”　⑭好：爱。

【译文】

女说：“雄鸡叫得欢。”男说：“黎明天还暗。”“你快起来看夜色，启明星儿光闪闪。”“我要出去走一转，射点野鸭和飞雁。”

“射中鸭雁野味香，为你做菜给你尝。就菜下酒相对饮，白头到老百年长。你弹琴来我鼓瑟，美满和好心欢畅！”

“你的体贴我知道，送你杂佩志不忘！你的温顺我知道，送你杂佩慰情长！你的爱恋我知道，送你杂佩表衷肠！”

有 女 同 车

【题解】

这是一首贵族男女的恋歌。男方看中的姜家大姑娘，不但容貌美丽，更使他难忘的是品德好、内心美。

有女同车，颜如舜华[1]。将翱将翔，佩玉琼琚。彼美孟姜，洵美且都[2]！

有女同行[3]，颜如舜英[4]。将翱将翔，佩玉将将[5]。彼美孟姜，德音不忘[6]！

【注释】

①舜:木槿,落叶灌木,开紫红或白色花。 华:同“花”。 ②都:娴雅大方。 ③行(hàng):道路。 ④英:花。 ⑤将将:同“锵锵”,象声词。此指佩玉相击的声音。 ⑥德音:好声誉,即品德好的意思。 不忘:不尽。

【译文】

姑娘和我同乘车,脸儿好像木槿花。我们在外同遨游,美玉佩环身上挂。姜家美丽大姑娘,确实漂亮又文雅!

姑娘和我同路行,脸像槿花红莹莹。我们在外同游玩,身上佩玉响叮叮。姜家美丽大姑娘,美好品德永光明!

山有扶苏

【题解】

这是写一位女子找不到如意对象而发牢骚的诗。也有人说,是女子对爱人的俏骂。

山有扶苏①,隰有荷华②。不见子都③,乃见狂且④。

山有桥松⑤,隰有游龙⑥。不见子充⑦,乃见狡童。

【注释】

①扶苏:亦作扶疏,大树枝叶茂盛分披的样子。 ②隰(xí):低洼的湿地。荷华:即荷花。 ③子都:古代著名的美男子。《孟子》:“至于子都,天下莫不知其姣者也。”这里用子都代表标准的美男子。 ④狂且(jū):疯癫愚蠢。马瑞辰《通释》:“且,当为‘伹’字之省借……狂且,谓狂行拙钝之人。”有人将“且”当作语助词。闻一多则注为“者”,即“狂者”的意思。均可通。 ⑤桥:通“乔”,高。 ⑥游:枝叶舒展的样子。 龙:茏的假借字,即水荭,一年生草本,夏秋开白色或淡红色花。 ⑦子充:人名,不可考。《毛传》:“子充,良人也。”这里用他代表好人。

【译文】

山顶大树多枝丫,低洼地里开荷花。不见子都美男子,遇见个疯癫大傻瓜。

山顶松树高又大,低洼地里开茏花。不见子充好男儿,遇见个滑头小冤家。

萚 兮

【题解】

这是一首民间集体歌舞诗，描写一群男女欢乐歌舞的场面，女子先带头唱起来，男子接着参加合唱。

萚兮萚兮①，风其吹女②！叔兮伯兮，倡予和女③！
萚兮萚兮，风其漂女④！叔兮伯兮，倡予要女⑤！

【注释】

①萚(tuò)：草木脱落的皮叶。 ②女：汝，指萚。 ③倡：带头唱。女：即汝，这里指男子。按这句是倒文，即“予倡汝和”。 ④漂：通“飘”。《释文》：“漂，本亦作飘。” ⑤要(yāo)：相约。

【译文】

枯叶枯叶往下掉，风儿吹你轻飘飘！叔呀伯呀大家来，我先唱来你和调！
枯叶枯叶往下掉，风儿吹你舞飘飘！叔呀伯呀大家来，我唱你和约明朝！

狡 童

【题解】

这是一首女子失恋的诗歌。这首诗所写的女子和下一首《褰裳》所写的女子，性格很不相同，对失恋的态度也不相同。《狡童》比较缠绵，依恋旧情，竟至废寝忘餐。《褰裳》比较泼辣，想得开，不为失恋而苦恼。对比之下，两首诗的形象都非常鲜明。

彼狡童兮①，不与我言兮。维子之故②，使我不能餐兮！
彼狡童兮，不与我食兮。维子之故，使我不能息兮③！

【注释】

①狡童：犹小滑头。有人说狡与“姣”古通，即姣好的青少年。亦通。 ②维：为。 ③息：安息。

【译文】

小伙子啊太狡猾，不肯和我再说话。为了你啊为了你，害我饭都吃不下！

小伙子啊耍手腕，不肯和我同吃饭。为了你啊为了你，害我觉都睡不安！

褰 裳

【题解】

这是一位女子责备情人变心的诗。这位女子的性格，爽朗而干脆，富于斗争性。朱熹认为这是淫女戏谑所私者的诗，把“褰裳涉溱”说成女子涉水去找男子(《诗集传》)。这种看法反映了封建士大夫轻视妇女的偏见。

子惠思我①，褰裳涉溱②。子不我思③，岂无他人。狂童之狂也且④！

子惠思我，褰裳涉洧⑤。子不我思，岂无他士⑥。狂童之狂也且！

【注释】

①惠：爱。 ②褰(qiān)：提起。 裳：裙。 溱(zhēn)：郑国河名，在今河南省密县。 ③不我思：是“不思我”的倒文。 ④童：愚昧无知。贾谊《新书·道术》：“反慧为童。”陈奂《诗毛氏传疏》：“童即狂也，童昏即狂行之状。……单言狂，累言狂童，无二义也。……以童为幼童解之者，皆延其误。” 也且：语气词。 ⑤洧(wěi)：郑国河名，在今河南省密县。 ⑥士：青年男子。朱熹《诗集传》：“士，未娶者之称。”

【译文】

你若爱我想念我，提起衣裳过溱河。你若变心不想我，难道再没多情哥。看你那疯癫样儿傻呵呵！

你若爱我想念我，提起衣裳过洧河。你若变心不想我，难道再没年少哥。看你那疯癫样儿傻呵呵！

丰

【题解】

这是一首女子后悔没有和未婚夫结婚的诗。她希望未婚夫能重申旧好再来接她。

子之丰兮①，俟我乎巷兮。悔予不送兮②！

子之昌兮[3]，俟我乎堂兮[4]。悔予不将兮！
衣锦褧衣[5]，裳锦褧裳。叔兮伯兮[6]，驾予与行！
裳锦褧裳，衣锦褧衣。叔兮伯兮，驾予与归。

【注释】

①丰：指容颜丰满美好。　②送：和第二章的将，都是"从行"的意思，即跟着夫婿同往夫家。　③昌：身体壮盛的样子。　④堂：客堂。按古代婚姻要经过六个程序：即纳采（男送礼物到女家，表示愿谈婚事）、问名（请媒人问女家的姓名和生年月日）、纳吉（男家卜卦得吉兆后告诉女家）、纳徵（男家送钱和礼物给女家，表示订婚）、请期（男家卜得结婚吉日，征求女家同意）、亲迎（男驾车至女家，等在庭中，女从房里出来，她父亲领她的手递给婿，婿牵妇手出门，一同上车到婿家）。这句诗即写男子亲迎的情况。　⑤衣：穿。　锦：古代女子出嫁时，内穿锦缎制的衣裳。　褧（jiǒng）衣：用绢或麻纱制的单罩衫，以避尘土。妇女穿的衣和裳是连起来的，诗为了押韵，把它分开为衣和裳。　⑥叔、伯：这里是新妇呼随婿迎接她的人。《毛传》："叔、伯，迎己者。"陈奂《诗毛氏传疏》："谓婿之从者也。"

【译文】

想你丰满美颜容，"亲迎"等我在巷中。我真后悔没跟从！
想你身体多魁伟，"亲迎"等我在堂内。我真后悔没相随！
锦缎衣裳身上穿，外披绉纱白罩衫。叔呀伯呀来迎人，驾车接我把路赶！
身披罩衫白绉纱，锦缎衣裳灿如霞。叔呀伯呀来迎人，驾车接我到你家。

东门之墠

【题解】

这是一首男女相唱和的民间恋歌。诗共两章，上章男唱，下章女唱。这是民间对歌的一种形式。旧说刺女子淫奔，并不符合诗意。

东门之墠[1]，茹藘在阪[2]。其室则迩[3]，其人甚远！
东门之栗，有践家室[4]。岂不尔思？子不我即[5]！

【注释】

①墠（shàn）：平坦的广场。　②茹藘：茜草。其根可作红色染料。　阪（bǎn）：土坡。　③迩：近。　④践：善。　有践，即践践，好好。王先谦《诗

三家义集疏》:“践作靖,善也。……有靖家室,犹今谚云‘好好人家’也。” ⑤即:往就、接近。

【译文】

东门郊外广场大,土坡长着红茜花。你家离我这么近,人儿仿佛在天涯!

东门郊外栗树下,那里有个好人家。难道我不想念你?你不找我为了啥!

风　雨

【题解】

这是一首写妻子和丈夫久别重逢的诗歌。《毛诗序》说此诗写“乱世则思君子不改其度焉”,虽属臆测,却使后来很多气节之士虽处“风雨如晦”之境,仍以“鸡鸣不已”自励。

风雨凄凄,鸡鸣喈喈①。既见君子②,云胡不夷③!
风雨潇潇④,鸡鸣胶胶⑤。既见君子,云胡不瘳⑥!
风雨如晦⑦,鸡鸣不已。既见君子,云胡不喜!

【注释】

①喈喈:鸡鸣声。 ②君子:指丈夫。 ③云:语首助词。 胡:为什么。夷:平。指心境平静。 ④潇潇:形容风雨急骤。 ⑤胶胶:三家诗作“嘐”,鸡鸣声。 ⑥瘳(chōu):病愈。 ⑦如:而。 晦:昏暗。

【译文】

风雨天气阴又冷,雄鸡喔喔报五更。丈夫已经回家来,我心哪会不安宁!

急风骤雨沙沙声,雄鸡喔喔报天明。丈夫已经回家来,哪会害啥相思病!

风雨交加天地昏,雄鸡报晓仍不停。丈夫已经回家来,哪里还会不高兴!

子　衿

【题解】

这是一位女子思念情人的诗。《毛诗序》说此诗刺乱世学校废。我们在诗里看不出什么学校废的迹象。

青青子衿①,悠悠我心②。纵我不往,子宁不嗣音③?

青青子佩[4]，悠悠我思。纵我不往，子宁不来？

挑兮达兮[5]，在城阙兮[6]。一日不见，如三月兮！

【注释】

①衿(jīn)：今作"襟"，衣领。《颜氏家训》："古有斜领，下连于襟，故谓领为衿也。"　②悠悠：忧思不断的样子。　③嗣音：即诒音，寄音讯。　嗣：古与遗、诒通，《韩诗》作"诒"，寄也。　④佩：指佩玉的带。　⑤挑、达：亦作"佻"、"达"，独自来回地走着的样子。　⑥城阙：城门两边的观楼，今名城门楼。

【译文】

你的衣领色青青，我心惦记总不停。纵然我没去找你，怎么不给我音讯？

你的佩带色青青，我心思念总不停。纵然我没去找你，怎么不来真扫兴！

独自徘徊影随形，城门楼上久久等。只有一天没见面，好像隔了三月整！

扬　之　水

【题解】

这是夫将别妻，临行对她嘱咐的诗。"扬之水"，是当时民歌流行的开头语。

扬之水[1]，不流束楚[2]。终鲜兄弟[3]，维予与女。无信人之言[4]，人实迋女[5]。

扬之水，不流束薪。终鲜兄弟，维予二人。无信人之言，人实不信[6]。

【注释】

①扬：悠扬。　②束楚：一捆荆条。按束楚、束薪都是象征男女结婚的词，见《周南·汉广》注⑦。　③终：既、已。　鲜：少。　④言：指挑拨离间的话。⑤迋：通"诳"，欺骗。　⑥不信：不可靠的意思。

【译文】

河水悠悠没有劲，哪能漂散一捆荆。我家兄弟本很少，只有你我结同心。不要轻听别人话，人家骗你你别信。

河水悠悠流过来，哪能漂散一捆柴。我家兄弟本很少，你我两人最关怀。不要轻信别人话，人家挑拨你别睬。

出其东门

【题解】

这是一位男子表示对妻忠贞不二的诗。

出其东门[1],有女如云[2]。虽则如云,匪我思存[3]。缟衣綦巾[4],聊乐我员[5]。

出其闉阇[6],有女如荼[7]。虽则如荼,匪我思且[8]。缟衣茹藘[9],聊可与娱。

【注释】

①东门:是郑国游人云集的地方。王先谦《诗三家义集疏》:"郑城西南门为溱洧二水所经,故以东门为游人所集。" ②如云:比喻女子众多。 ③匪:通"非"。 存:想念。 ④缟:白色。 綦(qí):淡绿色。 巾:佩巾,亦称大巾。似今之围裙。缟衣綦巾是当时妇女较俭朴的服饰。 ⑤聊:且。 员(yún):友、亲爱(从马瑞辰《毛诗传笺通释》说)。有人说,员是语气词。《韩诗》作"聊乐我魂",魂,神也。二说均可通。 ⑥闉阇(yīndū):古代城门外层的曲城,又称城曲重门。 ⑦荼(tú):白茅花。有人把"如荼"解作妇女像荼那样众多,亦通。 ⑧且(cú):往,徂的假借。有人训为语助词,亦通。 ⑨茹藘:茜草,可作红色染料。这里用它代"佩巾"。

【译文】

出了东城门,女子多如云。虽则多如云,不是心上人。白衣绿裙妻,喜欢又相亲。

出了外城郭,如花女子多。虽则如花多,不如我老婆。白衣红腰围,家庭很快活。

野有蔓草

【题解】

这是一首恋歌。春秋时候,战争频繁,人口稀少。统治者为了蕃育人口,规定超龄的男女还未结婚的,可以在仲春时候自由相会,自由同居。这首诗就是写一对男女邂逅相遇于田野间自由结合的情景。

野有蔓草[1]，零露漙兮[2]。有美一人，清扬婉兮[3]。邂逅相遇[4]，适我愿兮[5]。

野有蔓草，零露瀼瀼[6]。有美一人，婉如清扬[7]。邂逅相遇，与子偕臧[8]。

【注释】

①蔓：蔓延。　②零：降落。　漙：露多的样子。一说是形容露珠圆圆的状态。　③清扬：眉目清秀。　婉：妩媚的样子。　④邂逅：碰巧相遇、不期而会。　⑤适：适合。　⑥瀼瀼（ráng）：露浓的样子。　⑦如：与“而”同。⑧臧：善。偕臧，都满意。朱熹《诗集传》：“偕臧，言各得其所欲也。”

【译文】

野草蔓生绿成片，露珠落上亮又圆。有位美女独徘徊，眉清目秀真鲜艳。偶于路上巧相遇，情意相投合我愿。

野草蔓生绿成片，露水浓密不易干。有位美女独徘徊，眉目清秀媚千般。不期而会巧相遇，情投意合两心欢。

溱　洧

【题解】

这是描写郑国三月上巳节青年男女在溱河洧河岸旁游春的诗。上巳是指三月上旬的巳日。按当时习俗，这一天，官民都要在东流水中洗掉宿垢，祓除不祥，名为修禊（xì）。三国以后，改用三月三日为修禊的节日。这实际上是古代的一个春季卫生活动。这首诗，就是描写郑国这一节日的盛况，传神地再现了一群青年男女相聚、趁此机会表达爱情的热烈场面。

溱与洧[1]，方涣涣兮[2]。士与女[3]，方秉蕳兮[4]。女曰：“观乎？”士曰：“既且[5]。”“且往观乎[6]！”洧之外，洵訏且乐[7]。维士与女[8]，伊其相谑[9]，赠之以勺药[10]。

溱与洧，浏其清矣[11]。士与女，殷其盈矣[12]。女曰：“观乎？”士曰：“既且。”“且往观乎！”洧之外，洵訏且乐。维士与女，伊其将谑[13]，赠之以勺药。

【注释】

①溱、洧：郑国两条河名。　②涣涣：水流盛大的样子。　③士与女：指

去春游的男男女女。这和下文的“维士与女”，都是泛指一般游客。下句的“女曰”和“士曰”的女和士，是专指某一个女子和男子。 ④方：正。 秉：执、拿。有人解作佩，亦通。 蕑(jiān)：菊科，香草名，亦名兰(不是现在的属兰科的兰花)。古人采兰于山谷中，以祓除不祥。 ⑤既：已经。 且：徂的假借，去、往。⑥且：再。 ⑦訏(xū)：宽大。 ⑧维：语助词。 ⑨伊：维，是。 相谑：互相调笑。 ⑩勺药：这里指的是草勺药(不是现在花如牡丹的木勺药)，亦名江蓠，古代情人在“将离”时互赠此草，表示彼此即将离别。王先谦《诗三家义集疏》：“韩说：勺药，离草也；言将别离赠此草也。”又古代勺与约同声，情人借此表恩情、结良约的意思(从马瑞辰《毛诗传笺通释》说)。 ⑪浏(liú)其：即浏浏，水清的样子。 ⑫殷：众多。殷其，即殷殷。 盈：满。 ⑬将谑：即相谑(从马瑞辰《通释》说)。

【译文】

溱水流，洧水淌，三月冰融水流畅。男男女女来游春，手拿兰草驱不祥。妹说：“咱们去看看？”哥说：“我已去一趟。”“陪我再去又何妨！”洧水外，河岸旁，确实好玩又宽敞。男男女女喜洋洋，相互调笑心花放，送支勺药表情长。

溱水流，洧水淌，三月冰融清又凉。男男女女来游春，人山人海闹嚷嚷。妹说：“咱们去看看？”哥说：“我已去一趟。”“陪我再去又何妨！”洧水外，河岸旁，确实好玩又宽敞。男男女女喜洋洋，相互调笑心花放，送支勺药表情长。

齐　风

《齐风》是齐国的诗歌。齐国国土在今山东省北部和中部，首都临淄，在春秋时是一个人口众多、工商发达的大都市。朱熹《诗集传》："太公……既封于齐，通工商之业，便鱼盐之利，民多归之，故为大国。"

《齐风》共十一篇，其中《南山》、《敝笱》二篇，是揭露讥刺齐襄公和他的胞妹文姜私通的，《猗嗟》写齐国外甥鲁庄公的射艺，《载驱》写齐女归鲁事，都是春秋时的作品；《还》、《卢令》写田猎之事，还有一些反映恋爱婚姻、士大夫家庭生活等的诗。《齐风》产生的年代，可能在东周初年到春秋这一段时期内。

鸡　鸣

【题解】

这是一首妻催夫早起的诗，丈夫要上朝，是个士大夫。全诗和《女曰鸡鸣》一样，都用问答联句体。

"鸡既鸣矣，朝既盈矣①。""匪鸡则鸣②，苍蝇之声。"
"东方明矣，朝既昌矣③。""匪东方则明，月出之光。"
"虫飞薨薨④，甘与子同梦⑤。""会且归矣⑥，无庶予子憎⑦。"

【注释】

①朝(cháo)：朝廷。　盈：满，指上朝的人到齐了。古代群臣每天清晨上朝朝见国君。　②则：之、的。下章"匪东方则明"句中的"则"，亦作"之"解。　③昌：盛多样子。　④薨薨(hōng)：虫儿群飞声。　⑤甘：乐、喜欢。　同

梦:同睡。 ⑥会:朝会。 ⑦庶:庶几,带有希望的意思。无庶,即"庶无"的倒文。 予:与、给。 子:你。 憎:憎恶、讨厌。

【译文】

"你听公鸡喔喔叫,大家都已去早朝。""不是什么公鸡叫,那是苍蝇在喧闹。"

"你瞧东方已经亮,朝会已经挤满堂。""不是什么东方亮,那是一片明月光。"

"虫声嗡嗡催人睡,不如一起入梦乡。""朝会人们快回啦,别招人厌说短长。"

还

【题解】

这是一首猎人互相赞美的诗。

子之还兮①,遭我乎猺之间兮②。并驱从两肩兮③,揖我谓我儇兮④。

子之茂兮⑤,遭我乎猺之道兮。并驱从两牡兮⑥,揖我谓我好兮。

子之昌兮⑦,遭我乎猺之阳兮⑧。并驱从两狼兮,揖我谓我臧兮⑨。

【注释】

①还:通"旋",轻捷。 ②猺(náo):齐国山名,在今山东临淄县南。 ③从:追逐。 肩:亦作豜、豣,大猪。《广雅》:"兽一岁为豵,二岁为豝,三岁为肩,四岁为特。" ④儇(xuān):轻利便捷。 ⑤茂:美,夸赞猎手技术完美。 ⑥牡:雄兽。 ⑦昌:壮盛。《郑笺》:"昌,佼好貌。"亦通。 ⑧阳:山南。 ⑨臧:善。

【译文】

猎技敏捷数你优,与我相遇猺山头。并马追赶两大猪,作揖夸我好身手。

你的猎技多漂亮,遇我猺山小道上。并马追赶两雄兽,作揖夸我手段强。

看你膀大腰又粗,遇我猺山向阳坡。并驱两狼劲头足,作揖夸我打得多。

著

【题解】

这是一位女子写她的夫婿来"亲迎"的诗。

俟我于著乎而[1],充耳以素乎而[2],尚之以琼华乎而[3]!
俟我于庭乎而[4],充耳以青乎而,尚之以琼莹乎而!
俟我于堂乎而[5],充耳以黄乎而,尚之以琼英乎而!

【注释】

①俟:等待。　著:通"宁",大门和屏风之间的地方。《尔雅·释宫》:"门、屏之间谓之宁。"　乎而:语尾助词。　②充耳:是古代男子的一种装饰品,它挂在冠的两旁,正好垂在耳边。充耳挂在冠上的丝线,叫做"紞",是杂色的。丝线上挂着一个绵球,叫做"纩",绵球下挂着玉,叫做"瑱"。所以,充耳包含着紞、纩、瑱三部分。这里指的是紞,即丝线。　素:白。　③尚:加。　琼华:和下面的琼莹、琼英,都是玉瑱。琼是红玉,华、莹、英是玉的光采。《毛传》都训为宝石,亦通。④庭:中庭、院中。　⑤堂:堂前。

【译文】

新郎等我屏风前,帽边"充耳"白丝线,美玉闪闪光照面!
新郎等我院中央,帽边"充耳"青丝长,美玉闪闪真漂亮!
新郎等我在厅堂,帽边"充耳"丝线黄,美玉闪闪增容光!

东方之日

【题解】

这是诗人写一个女子追求他的诗,可能是反映了齐国统治者的恋爱生活。

东方之日兮,彼姝者子[1],在我室兮。在我室兮,履我即兮[2]。
东方之月兮,彼姝者子,在我闼兮[3]。在我闼兮,履我发兮[4]。

【注释】

①姝:美。　子:指女子。　②履:踩。　即:膝的借字。古人没有椅子,都跪坐在席上,所以能踩到膝。现在日本人仍旧保存我国古代席地而坐的习惯。朱熹《诗集传》:"履,蹑。即,就也。言此女蹑我之迹而相就也。"意亦可通。　③闼(tà):门内。王先谦《诗三家义集疏》:"切言之,则闼为小门。浑言之,则门以内皆为闼。故《毛传》但云,'闼,门内也'。"　④发:指脚(从杨树达《积微居小学述林》说)。

【译文】

太阳升起在东方,有位漂亮好姑娘,来到我家进我房。来到我家进我房,踩我膝头诉衷肠。

月亮升起在东方，有位漂亮好姑娘，来到门内进我房。来到门内进我房，踩我脚儿表情长。

东方未明

【题解】

这首诗，以一个妇女的口吻，写她当小官吏的丈夫忙于公事，早晚不得休息，对自己的妻子还不放心，引起了女主人的怨意。

东方未明，颠倒衣裳。颠之倒之①，自公召之②。
东方未晞③，颠倒裳衣。倒之颠之，自公令之。
折柳樊圃④，狂夫瞿瞿⑤。不能辰夜⑥，不夙则莫⑦。

【注释】

①之：指衣裳。 ②自：从。 召：召唤。 ③晞（xī）：昕（xīn）的假借字，太阳将出。《说文》："昕，且明，日将出也。" ④樊：篱笆，这里当动词用。圃：菜园。 ⑤狂夫：疯汉，女子骂她的丈夫。 瞿瞿：瞪着双眼看的样子。《荀子·非十二子》"瞿瞿然"，杨倞注："瞿瞿，瞪视之貌。" ⑥辰：同"时"，这里当动词"守"用。辰夜，伺夜、守夜。 ⑦夙：早。 莫：同"暮"。

【译文】

东方没露一线光，丈夫颠倒穿衣裳。为啥颠倒穿衣裳？因为公家召唤忙。
东方未明天还黑，丈夫颠倒穿裳衣。为啥颠倒穿裳衣？因为公家命令急。
折柳编篱将我防，临走还要瞪眼望。夜里不能陪伴我，早出晚归太无常。

南　山

【题解】

这是一首讽刺齐襄公淫乱无耻的诗。据《左传》桓公十八年记载，鲁桓公和夫人文姜（齐襄公的同父异母妹）一同到齐国去，齐襄公和文姜私通。桓公责备了她，她把桓公的话告诉了襄公。襄公就请桓公宴会，在他回去的时候，让大力士彭生驾车，把他害死在车里。这件丑事引起了人民极端的憎恨，作了这首诗。由于这是讽刺斥责本国的最高统治者，不免有所顾忌，因此诗写得比较隐蔽。诗的

第三、四章，是借责问鲁桓公来表现主题的。

南山崔崔①，雄狐绥绥②。鲁道有荡③，齐子由归④。既曰归止⑤，曷又怀止⑥？

葛屦五两⑦，冠緌双止⑧。鲁道有荡，齐子庸止⑨。既曰庸止，曷又从止⑩？

艺麻如之何⑪？衡从其亩⑫。取妻如之何⑬？必告父母。既曰告止，曷又鞠止⑭？

析薪如之何⑮？匪斧不克⑯。取妻如之何？匪媒不得。既曰得止，曷又极止⑰？

【注释】

①南山：齐国山名，亦名牛山。 崔崔：高大的样子。 ②绥绥：追求匹偶相随的样子。《玉篇》："绥，行迟貌。"陈奂《诗毛氏传疏》："绥绥然相随之貌，以喻襄公之随文姜。" ③有荡：即荡荡，平坦。 ④齐子：指文姜。与《卫风·硕人》"齐侯之子"例同。 由归：从这条大道出嫁。 ⑤止：语尾助词。 ⑥怀：想念。 ⑦葛屦(jù)：麻布做的鞋，是古代劳动人民穿的。《毛传》："葛屦，服之贱者。" 五：与"伍"通，同列。说两只麻鞋必定并排地摆着。 ⑧緌(ruí)：帽带的下垂部分，是古代贵族的服饰。《毛传》："冠緌，服之尊者。"诗人用葛屦、冠緌比喻不论人民或贵族都各有一定的配偶。 ⑨庸：用。《郑笺》："此言文姜既用此道嫁于鲁侯，襄公何复送而从之，为淫佚之行。" ⑩从：跟从。 ⑪艺麻：种麻。 ⑫衡从：即横纵。东西为横，南北为纵。 ⑬取：通"娶"。⑭鞠：穷，穷欲纵容的意思。 ⑮析薪：劈柴。古多以"薪"喻婚姻，见《汉广》注⑦。 ⑯克：能、成功。 ⑰极：到。《毛传》："极，至也。"

【译文】

巍巍南山高又大，雄狐步子慢慢跨。鲁国大道平坦坦，文姜由这去出嫁。既然她已嫁鲁侯，为啥你还想着她？

葛鞋两只双双放，帽带一对垂颈下。鲁国大道平坦坦，文姜从这去出嫁。既然她已嫁鲁侯，为啥你又盯上她？

农家怎么种大麻？田垄横直有定法。青年怎么娶妻子？必定先要告爹妈。告了爹妈娶妻子，为啥还要放纵她？

想劈木柴靠什么？不用斧头没办法。想娶妻子靠什么？没有媒人别想她。既然妻子娶到手，为啥让她到娘家？

甫　田

【题解】

这是一首思念远人的诗。后人对这首诗的主题，多不得其解。从诗中所写的看，大概是一个流亡的农民，想起以前种领主大田的辛苦，现在虽然离开了它，却不免思念那里的一个可爱的孩子。多时不见，他该长大了吧？

无田甫田①，维莠骄骄②。无思远人，劳心忉忉③！
无田甫田，维莠桀桀④。无思远人，劳心怛怛⑤！
婉兮娈兮⑥，总角丱兮⑦。未几见兮⑧，突而弁兮⑨！

【注释】

①前一田：音义同佃，种田。　甫田：大田。朱熹："甫，大也。"按大田在当时是领主所有，《小雅》的《甫田》与《大田》，即反映农民在那里耕种的情况。　②维：助词，含有"其"意。　莠（yǒu）：害苗的野草。　骄骄：《韩诗》作乔乔，挺立而高的样子。　③忉忉：因思念而忧伤的样子。　④桀桀：高高的样子。　⑤怛怛（dá）：忧伤不安。　⑥婉、娈：年少而美好的样子。　⑦总角：儿童头发左右分开扎成两把如同羊角。　丱（guàn）：像羊两角的象形字，形容总角的样子。⑧未几：不久。　见兮：陆德明《经典释文》："见兮，一本作见之。"　⑨突而：突然。　弁（biàn）：冠；这里用作动词，戴冠。古代男子年二十而冠，标志他已成年。

【译文】

主子大田别去种，野草茂盛一丛丛。远方人儿别想他，见不到他心伤痛！
主子大田别去种，野草长得那么旺。远方人儿别想他，见不到他徒忧伤！
少小年纪多姣好，两束头发像羊角。不久倘能见到他，突然戴上成人帽！

卢　令

【题解】

这是一首赞美猎人的诗。春秋时代，人们爱好田猎，反映在风诗里，有《驺虞》、《叔于田》、《大叔于田》、《还》及这篇《卢令》等。这首诗最短，可能是顺口溜一类的民歌。

卢令令[①],其人美且仁[②]。

卢重环[③],其人美且鬈[④]。

卢重镅[⑤],其人美且偲[⑥]。

【注释】

①卢:黑色猎狗。 令令:象声词,狗颈下套环的声响。 ②其人:指猎人。仁:和蔼友好。 ③重环:大环套上一个小环。 ④鬈:勇壮。《郑笺》:“鬈,当读为權,權,勇壮也。” ⑤重镅(méi):一个大环,套上两个小环。 ⑥偲(cāi):多才。《毛传》:“偲,才也。”《郑笺》:“才,多才也。”

【译文】

黑狗儿颈环铃铃响,那人儿和气又漂亮。

黑狗儿颈上环套环,那人儿漂亮又勇敢。

黑狗儿颈上套两环,那人儿漂亮有才干。

敝 笱

【题解】

这是齐人讽刺鲁庄公不能制止母亲文姜,让她回齐和襄公相会的诗。按《春秋》庄公二年:“夫人姜氏会齐侯于禚(zhuó)。”“四年,夫人姜氏享齐侯于祝丘。”“五年,夫人姜氏如齐师。”“七年,夫人姜氏会齐侯于防,又会齐侯于穀。”庄公的父亲桓公,被齐襄公暗杀。桓公死后,庄公仍让母亲继续回齐和襄公来往。在文姜回齐的时候,还明目张胆、大张旗鼓地派很多随从跟着她,这更引起了人民的不满,所以作了这首讽刺诗。

敝笱在梁[①],其鱼鲂鳏[②]。齐子归止[③],其从如云[④]。

敝笱在梁,其鱼鲂鱮[⑤]。齐子归止,其从如雨。

敝笱在梁,其鱼唯唯[⑥]。齐子归止,其从如水。

【注释】

①敝:破。 笱(gǒu):竹制的捕鱼笼。 梁:鱼梁。在河中筑成堤坝,中留空缺,把笱嵌在空处,鱼游进去,就出不来。 ②鲂鳏(guān):鳊鱼和鲲鱼。③齐子:指文姜。 归:回娘家。 ④如云:形容随从文姜的人非常多。下文如雨、如水同此。 ⑤鱮(xù):鲢鱼。 ⑥唯唯:遗遗的假借,亦作“遗遗”,形容鱼自由地游来游去。陆德明:“唯唯,《韩诗》作遗遗,言不能制也。”

【译文】

破笼撂在鱼梁上，鳊鱼鲲鱼心不慌。文姜回齐没人管，随从多得云一样。

破笼撂在鱼梁上，鳊鱼鲢鱼心不慌。文姜回齐没人管，随从多得雨一样。

破笼撂在鱼梁上，鱼儿游来又游往。文姜回齐没人管，随从多得水一样。

载　驱

【题解】

这是一首写齐女嫁鲁的诗。齐襄公的小女儿哀姜嫁给鲁庄公，哀姜在途中迟迟不入鲁境，一定要鲁庄公答应她“远媵妾”的条件才去。这首诗写的就是这件事。《毛序》认为诗的主旨是刺襄公与文姜淫乱，据有关历史记载，并非诗的原意。

载驱薄薄①，簟茀朱鞹②。鲁道有荡，齐子发夕③。

四骊济济④，垂辔沵沵⑤。鲁道有荡，齐子岂弟⑥。

汶水汤汤⑦，行人彭彭⑧。鲁道有荡，齐子翱翔⑨。

汶水滔滔，行人儦儦⑩。鲁道有荡，齐子游敖⑪。

【注释】

①薄薄：象声词，车轮转动声。　②簟(diàn)茀：竹席制的车帘。　朱鞹(kuò)：红漆兽皮制的车盖。按这样的车子，是当时诸侯坐的，名为“路车”。③齐子：指哀姜。她是齐襄公最小的女儿，嫁给鲁庄公。　发：旦，早。王先谦《诗三家义集疏》：“韩说曰：发，旦也。齐子旦夕，犹言朝见暮见，即久处之义。”④骊(lí)：黑色的马。　济济：美好的样子。　⑤沵沵(nǐ)：柔软的样子。⑥岂(kǎi)弟：开明、天亮。王先谦《诗三家义集疏》：“谓齐子留连久处之后，至开明乃发行(出发)耳。”　⑦汶水：水名，流经齐鲁二国。　汤汤(shāng)：水盛大貌。　⑧彭彭：行人盛多的样子。　⑨翱翔：游逛，指不进鲁国。　⑩儦儦(biāo)：行人来回走的样子。《说文》：“儦儦，行貌。”　⑪游敖：即遨游，与翱翔同义。

【译文】

大车奔驰轧轧响，竹帘红盖好气象。鲁道宽阔又平坦，哀姜从早拖到晚。

四匹黑马多美壮，柔软缰绳垂两旁。鲁道平坦接新娘，哀姜动身天已亮。

汶水浩浩又荡荡，路人如潮争观望。鲁道平坦又宽广，哀姜迟嫁在游逛。

汶水哗哗翻大浪，路人来来又往往。鲁道平坦接新娘，哀姜迟嫁在游荡。

猗 嗟

【题解】

这是赞美一位健美艺高的射手的诗。历来都相信《猗嗟》诗中所描写的主人公是鲁庄公。这时,他大约是一位十七岁的青年,已经当了四年的鲁侯。诗人用赞叹、夸张的词句,塑造了一位健美、熟练的射手形象。有人说,诗人用"展我甥兮"及"以御乱兮"二句微词讽刺,讽刺他样样都好,只是忘记报父之仇,不能制止母亲与襄公私通,那么,诗就以美为刺了。

猗嗟昌兮①!颀而长兮②,抑若扬兮③。美目扬兮④,巧趋跄兮⑤。射则臧兮⑥!

猗嗟名兮⑦!美目清兮,仪既成兮⑧。终日射侯⑨,不出正兮。展我甥兮⑩!

猗嗟娈兮⑪!清扬婉兮⑫,舞则选兮⑬。射则贯兮⑭,四矢反兮⑮。以御乱兮⑯!

【注释】

①猗嗟:犹吁嗟,叹美之词。 昌:壮盛美好貌。 ②颀(qí)而:即颀然,身长的样子。古人以男女身材高大为美。 ③抑:懿的假借字,美也。抑若,即抑而、抑然。古而、若、然三字通用。 扬:《韩诗》作"阳",眉上曰阳。皮锡瑞《经学通论》:"阳者,阳明之处也。今俗呼额角之侧亦谓'太阳',即同此义。然则自眉以及额角,皆得为阳也。" ④扬:张开眼睛的样子。《礼记》:"扬其目而视之。" ⑤趋:快步。 跄(qiàng):舞姿(从陆德明说)。这句赞美射手舞姿巧妙。 ⑥则:法则。(下章的"舞则"同。) 臧:善、好、熟练。 ⑦名:借为明,昌盛。马瑞辰《通释》:"名、明古通用,名当读明,明亦昌盛之义。……三章首句皆赞美其容貌之盛大。" ⑧仪:射仪,射手在射箭前先表演射法的各种姿势。 成:完备。 ⑨侯:射布、箭靶。当中放一小的圆形白布,叫做"的",亦名"鹄"或"正"。 ⑩展:诚、确实。 甥:外甥。《郑笺》:"容貌技艺如此,诚我齐之甥。言诚者,拒时人言'齐侯之子'。"朱熹《诗集传》:"言称其为齐之甥,而又以明非齐侯之子,此诗人之微辞也。" ⑪娈:壮美(从《毛传》说)。 ⑫清扬婉兮:眉清目秀。见《郑风·野有蔓草》注③。 ⑬选:整齐。按古代射箭前必跳舞,名为"兴舞"。马瑞辰:"则此诗'舞则选兮',即兴舞耳。" ⑭贯:穿透。 ⑮反:

复，反复地射中一个地方。 ⑯御：抵抗。

【译文】

生来多美貌啊！身材高又高啊，漂亮宽额角啊。美目向人瞟啊，舞步多巧妙啊。射艺真正好啊！

长得多精神啊！美目如水清啊，准备已完成啊。打靶一天整啊，箭箭射得准啊。不愧我外甥啊！

美貌令人赞啊！秀眉扬俊眼啊，舞有节奏感啊。箭箭都射穿啊，连中一个点啊。有力抗外患啊！

魏　　风

《魏风》共七篇。周初封同姓于魏，到周惠王十六年，即公元前661年，被晋献公所灭。全部魏诗都是魏亡以前，即春秋初期的作品。

魏在今山西芮城东北。土地干，生产少，君主俭啬，人民生活比别的地区更苦；正如朱熹所说，"其地陋隘而民贫俗俭"。魏诗在《国风》中风格最一致，多半是讽刺、揭露统治阶级的诗歌。《葛屦》中已经提到诗歌的战斗作用。《硕鼠》的作者，已经幻想着无剥削的"乐土"。《伐檀》的作者，已经了解剥削与被剥削的生产关系。在两千五百年前，人们有这种深刻的觉醒，确实是不容易的。《鲁诗》说："履亩税（除农民要种公田，取劳役地租税外，又税农民私田十分之一）而《硕鼠》作。"《魏风》之富于战斗性，可能是和魏地较早向人民征收双重税有关。

葛　　屦

【题解】

这是一位缝衣女奴讽刺所谓"好人"的诗。诗仅两章，塑造了两个阶级对立的形象：一个是受冻、挨饿、疲弱的缝衣女形象，一个是衣饰华贵、态度傲慢、心胸狭窄的贵族妇女形象。反映了当时两个阶级地位与生活的悬殊。

纠纠葛屦①，可以履霜②？掺掺女手③，可以缝裳？要之襋之④，好人服之⑤。

好人提提[6]，宛然左辟[7]，佩其象揥[8]。维是褊心[9]，是以为刺。

【注释】

①纠纠：纠缠交错的样子。　葛屦(jù)：夏布做的鞋，夏天穿的。　②可：何的假借字。　③掺掺：音义同“纤”，形容女子手的柔弱纤细。　④要：同褄，系衣的衣带。古时无纽扣，在襟上缀短带以系衣（从胡承珙《毛诗后笺》说）。襋(jí)：衣领。要、襋本来都是名词，这里作动词用；即提带、提领的意思。　⑤好人：美人，带有讽刺意。姚际恒《诗经通论》：“好人犹美人，指夫人也。”　⑥提提：即媞媞，安详的样子。《尔雅·释训》：“媞媞，安也。”郭注：“好人安详之容。”⑦宛然：形容回转身子的样子。　辟：通“避”。左辟，向左闪开。　⑧象揥(tì)：象牙制的簪子。　⑨维：因。　是：代词，指诗中的“好人”。　褊心：心胸狭窄。

【译文】

破旧凉鞋麻绳缠，穿着怎能踏寒霜？缝衣女手纤纤细，瘦弱怎能缝衣裳？提着衣带和衣领，请那美人试新装。

美人不睬偏装腔，扭转身子闪一旁，拿起簪子自梳妆。这个女子狭心肠，作诗刺她理应当。

汾　沮　洳

【题解】

这是一首赞美劳动人民才德的诗。春秋时代，劳动人民地位极低，有的仍旧当农奴。诗人用“公路”等大官和他相比，这是不寻常的。只有劳动人民的口头歌唱，才会有这样热爱本阶级的诗句。它和《硕鼠》、《伐檀》、《葛屦》四首诗，不仅是《魏风》中的好诗，也是《诗经》中富于形象性、斗争性的杰作。

彼汾沮洳[1]，言采其莫[2]。彼其之子[3]，美无度[4]。美无度，殊异乎公路[5]。

彼汾一方，言采其桑。彼其之子，美如英[6]。美如英，殊异乎公行。

彼汾一曲[7]，言采其藚[8]。彼其之子，美如玉。美如玉，殊异乎公族。

【注释】

①汾:水名,在今山西中部,西南流入黄河。　沮洳(jù rù):水旁低湿的地方。②莫:野菜名。《孔疏》引陆玑曰:"莫,茎大如箸,赤节,节一叶,似柳叶,厚而长,有毛刺,……始生,可以为羹,又可生食。"　③彼、之:都是第三人称代词,为了加重语气,所以重复地说。这里指采菜的人。王先谦《诗三家义集疏》:"之子,指采菜之贤者。"　其(jì):语助词。　④无度:犹无比。　⑤殊:非常。　公路:和下面的公行、公族,都是当时的官名。公路是管魏君路车的官,公行是管兵车的官,公族是管宗族的官,都由贵族子弟充任。他们职位、俸禄是世袭的,是一群坐食的剥削者。　⑥英:花。俞樾《群经平议》:"英,读如'颜如舜英'之英。"⑦曲:水流曲处。　⑧蕢(xù):即泽泻,药名,亦可作菜。

【译文】

汾水岸边湿地上,采来莫菜水汪汪。就是那位采菜人,美得简直没法讲。美得简直没法讲,他和"公路"大两样。

汾水岸边斜坡上,桑叶青青采撷忙。就是那位采桑人,美得好像花一样。美得好像花一样,他和"公行"不相像。

汾水河边曲岸旁,采那泽泻浅水上。就是那位采药人,美如冠玉真漂亮。美如冠玉真漂亮,他和"公族"不一样。

园　有　桃

【题解】

这是一首没落贵族忧贫畏饥的诗。人家称他为"士",可能是一位知识分子。他没落了,穷得没饭吃,只好摘园中的桃、枣充饥。他讥刺时政,不满现实。人家批评他骄傲反常,自以为是。他反说人家不了解他。他精神上痛苦异常,只有用丢开一切,什么都不想的办法来安慰自己。诗反映了当时魏国"士"的经济地位和思想情况。

园有桃,其实之殽①。心之忧矣,我歌且谣②。不知我者,谓我"士也骄③。彼人是哉④,子曰何其⑤!"心之忧矣,其谁知之?其谁知之,盖亦勿思⑥!

园有棘⑦,其实之食。心之忧矣,聊以行国⑧。不知我者,谓我"士也罔极⑨。彼人是哉,子曰何其!"心之忧矣,其谁知之?其谁知之，盖亦勿思！

【注释】

①之：是。　殽：烧好的菜。这里当动词“吃”用。朱熹《诗集传》：“殽，食也。”　②歌、谣：有乐调配唱的叫作歌，没有乐调配唱的叫作谣。《毛传》：“曲合乐曰歌，徒歌曰谣。”这里只是泛称，作“歌唱”解。　③士：古代下层官僚或知识分子的通称。　也：语中助词。　④彼人：指执政者。　是：对、正确。⑤子：你，指作者。　其：语助词。何其，什么缘故。　⑥盖：通“盍”，“何不”的合音。　亦：语助词。　⑦棘：酸枣树。　⑧行国：行游国中。朱熹《诗集传》：“聊，且略之辞。歌谣之不足，则出游于国中而写忧也。”　⑨罔极：无常。

【译文】

园里有株桃，采食桃子也能饱。穷愁潦倒心忧伤，聊除烦闷唱歌谣。不了解我人笑我，说我“先生太骄傲。朝廷政策可没错，你又为啥多唠叨！”穷愁潦倒心忧伤，谁能了解我苦恼？既然无人了解我，何不把它全抛掉！

园里有株枣，采食枣子也能饱。穷愁潦倒心忧伤，聊除烦闷去游遨。不了解我人笑我，说我“先生违常道。朝廷政策可没错，你又为啥多唠叨！”穷愁潦倒心忧伤，谁能了解我苦恼？既然无人了解我，何不把它全忘掉！

陟　岵

【题解】

这是一位征人思家的诗。诗人不直接写征人思家，却写征人想像家人对他挂念叮嘱，比直述法更为动人。它表现了劳动人民对当时统治者搞强迫服役的极端憎恨。

陟彼岵兮[①]，瞻望父兮。父曰：“嗟予子[②]，行役夙夜无已[③]！上慎旃哉[④]，犹来无止[⑤]！”

陟彼屺兮[⑥]，瞻望母兮。母曰：“嗟予季[⑦]，行役夙夜无寐[⑧]！上慎旃哉，犹来无弃！”

陟彼冈兮，瞻望兄兮。兄曰：“嗟予弟，行役夙夜必偕[⑨]！上慎旃哉，犹来无死！”

【注释】

①岵（hù）：多草木的山。　②这句是诗人想像他父亲说的话。下章的“母

曰”、“兄曰”，与此同。　③已：停止。　④上：即“尚”，《鲁诗》作“尚”，希望。　慎：谨慎，带有保重的意思。　旃(zhān)：之、焉的合声，语助词。　⑤犹来：还是回来的好。　无：同毋，不要。　止：停留。　⑥屺(qǐ)：没有草木的山。　⑦季：小儿子。　⑧无寐：没有睡觉的时间。　⑨偕：俱、一样。

【译文】

登上青山岗，远远把爹望。好像听见爹嘱咐：“孩子啊，早晚不停你真忙！可要小心保安康，回来吧，不要滞留在他方！”

登上秃山顶，遥望我母亲。好像听见娘叮咛：“孩子啊，早晚不睡真苦辛！身体千万要当心，回来吧，不要忘记你娘亲！”

登上高山岗，遥望我兄长。好像听见我哥讲：“兄弟啊，早晚服役神太伤！当心身体保安康，回来吧，不要尸骨埋他乡！”

十亩之间

【题解】

一群采桑女子，在辛勤紧张的劳动后，轻松悠闲，三五成群，结伴同归途中所唱的歌。

十亩之间兮①，桑者闲闲兮②。行与子还兮③！
十亩之外兮，桑者泄泄兮④。行与子逝兮⑤！

【注释】

①十亩：是举成数，不是确数。　之间：古代种桑多在房舍的墙边或空地上。《孟子》：“五亩之宅，树墙下以桑。”　②桑者：采桑的人。按《诗经》中写采桑的劳动，多由妇女担任，桑者，当是采桑女。　闲闲：宽闲、从容不迫的样子。③行：走。王引之训为“且”，亦可通。　④泄泄(yì)：人多的样子。《毛传》：“泄泄，多人之貌。”　⑤逝：往、回去。

【译文】

宅间十亩绿桑园，采桑姑娘已空闲。走吧咱们一道回家转！

宅外十亩绿桑林，采桑姑娘一群群。走吧咱们一道回家门！

伐　　檀

【题解】

这是一首魏国劳动人民讽刺剥削阶级不劳而获的诗。一群工匠，在河边伐木，给剥削者造车。这时，唱起了这首劳动即兴诗歌。他们尖锐地揭露剥削制度的不合理现象：一些人服劳役；一些人不劳而获。表达了对剥削、寄生的奴隶主的憎恨和反抗的精神。由于表达激昂感情的需要，诗打破了四言的形式，形成了杂言的体裁。这是《诗经》中斗争性最强烈的一首现实主义作品。

坎坎伐檀兮①，寘之河之干兮②，河水清且涟猗③。不稼不穑④，胡取禾三百廛兮⑤？不狩不猎⑥，胡瞻尔庭有县貆兮⑦？彼君子兮⑧，不素餐兮⑨！

坎坎伐辐兮⑩，寘之河之侧兮，河水清且直猗⑪。不稼不穑，胡取禾三百亿兮⑫？不狩不猎，胡瞻尔庭有县特兮⑬？彼君子兮，不素食兮⑭！

坎坎伐轮兮⑮，寘之河之漘兮⑯，河水清且沦猗⑰。不稼不穑，胡取禾三百囷兮⑱？不狩不猎，胡瞻尔庭有县鹑兮⑲？彼君子兮，不素飧兮⑳！

【注释】

①坎坎：伐木声，摹声词。　②干：岸。　③涟：同“澜”，大波。《尔雅》引《诗》作“澜”。　猗(yī)：同“兮”，语气词。按猗、兮古通用，《书》：“断断猗。”《大学》引作“兮”。汉石经也作“兮”。　④稼：耕种。　穑：收割。　⑤胡：何、为什么。　廛(chán)：农民住的房。《周官·地官》遂人：“夫一廛，田百亩。”《郑注》：“廛，居也。”孙诒让《周礼正义》遂人：“《诗》所云‘三百廛兮’者，自是三百家之税。”此三百廛言其多，不一定是确数。下章的“三百亿”、“三百囷”同此。⑥狩、猎：冬天打猎叫狩，夜里打猎叫猎。这里是泛指打猎。　⑦庭：院子。县：同“悬”。　貆(huān)：兽名，猪獾。　⑧君子：指剥削者，即上文的“尔”。⑨素餐：白吃饭。君子本来都是白吃饭不干活的，这里说他不白吃饭，是诗人故意用反话讥刺。　⑩辐：车轮中凑集于中心毂上的直木。　⑪直：《毛传》：“直，直波也。”　⑫亿：周代以十万为亿。指禾把的数目。《郑笺》：“禾秉之数。”　⑬特：四岁的兽，指大兽。　⑭素食：与素餐同义。　⑮轮：车轮。

⑯漘(chún):水边。　⑰沦:微波。　⑱囷(qūn):圆形的粮仓;亦名囤。　⑲鹑(chún):鸟名,今名鹌鹑。　⑳飧(sūn):熟食。素飧,与上"素餐"、"素食"同义。

【译文】

砍伐檀树响叮当,放在河边两岸上,河水清清起波浪。不种田又不拿镰,为啥粮仓三百间?不出狩又不打猎,为啥猪貛挂你院?那些大人老爷们,不是白白吃闲饭!

叮叮当当砍檀树,放在河边做车辐,河水清清波浪舒。不种田又不拿镰,为啥聚谷百亿万?不出狩又不打猎,为啥大兽挂你院?那些大人老爷们,不是白白吃闲饭!

砍伐檀树响声震,放在河边做车轮,河水清清起波纹。不种田又不拿镰,为啥粮仓间间满?不出狩又不打猎,为啥鹌鹑挂你院?那些大人老爷们,不是白白吃闲饭!

硕　鼠

【题解】

这首诗写农民不堪统治者的残酷剥削,幻想美好的社会。王先谦《诗三家义集疏》:"鲁说曰:'履亩税而《硕鼠》作。'(王符《潜夫论·班禄篇》)齐说曰:'周之末涂,德惠塞而耆欲众,君奢侈而上求多,民困于下,怠于公事,是以有履亩之税,《硕鼠》之诗是也。'(桓宽《盐铁论·取下篇》)"他的考证说明了诗的社会背景。所谓履亩税,是指原来农民每年要出劳役为公田耕种,私田百亩可不纳税;现在除了服役公田,私田还要纳实物的十分之一为税。《硕鼠》一诗就是在这种双重剥削的制度下产生的。农民负担太重,实在难以忍受,就幻想到美好的理想国去。

硕鼠硕鼠①,无食我黍!三岁贯女②,莫我肯顾③。逝将去女④,适彼乐土⑤。乐土乐土,爰得我所⑥!

硕鼠硕鼠,无食我麦!三岁贯女,莫我肯德⑦。逝将去女,适彼乐国。乐国乐国,爰得我直⑧!

硕鼠硕鼠,无食我苗!三岁贯女,莫我肯劳⑨。逝将去女,适彼乐郊。乐郊乐郊,谁之永号⑩!

【注释】

①硕鼠:大老鼠。有人说硕鼠即鼫鼠,是专吃谷物的大田鼠。亦通。　②三岁:不是确指,多年之意。　贯:宦的假借字,《鲁诗》作"宦",侍奉,即养活之意。女:通"汝",指统治者。　③莫:不。这句是"莫肯顾我"的倒文。下文的"莫我肯德"、"莫我肯劳"亦同。　④逝:通"誓"。《郑笺》:"逝,往也。往矣将去女,与之诀别之辞。"说亦可通。　去女:离开你。　⑤适:往。　乐土:是诗人想像中的无剥削无压迫的理想国。下章的"乐国"、"乐郊"与此同。　⑥爰:乃、就。⑦德:感激之意。　⑧直:通"值"。　⑨劳:慰劳。　⑩之:往。　永号:长叹。

【译文】

大老鼠呀大老鼠,不要吃我种的黍!多年辛苦养活你,我的生活你不顾。发誓从此离开你,到那理想新乐土。新乐土呀新乐土,才是安居好去处!

大老鼠呀大老鼠,不要吃我大麦粒!多年辛苦养活你,拼死拼活谁感激。发誓从此离开你,到那理想新乐邑。新乐邑呀新乐邑,劳动价值归自己!

大老鼠呀大老鼠,不要吃我种的苗!多年辛苦养活你,流血流汗谁慰劳。发誓从此离开你,到那理想新乐郊。新乐郊呀新乐郊,有谁去过徒长号!

唐　　风

周成王封他的季弟姬叔虞于唐，唐地有晋水，所以后来国号改称晋。唐风就是晋风。

《唐风》共十篇。其中《扬之水》是写晋昭侯封他叔父成师于曲沃（今山西闻喜县），后来曲沃势力大过了晋侯，就想搞政变。《左传》桓公二年："晋始乱，故封桓叔于曲沃。"这样看起来，《唐风》可能产生于东周和春秋时候。

唐在今山西中部太原一带地方，即翼城、曲沃、绛县、闻喜等地区。朱熹说："其地土瘠民贫，勤俭质朴，忧深思远。"（《诗集传》）他确说出了《唐风》的特点。晋自从分封曲沃后，晋君和成师系统的斗争，足足乱了六七十年。人民过着动荡不安的生活，加上地瘠民贫，在诗歌上就表现为消极颓废、失望求助的情绪。

蟋　　蟀

【题解】

这是一首岁暮述怀的诗。作者可能是一位"士"，带有光阴易逝、及时行乐的思想。但他并不是一味沉湎、堕落的贵族，还想到自己的职责，关心国家大事，表示要虚心向"好乐无荒"的"良士"学习。这一点还是可取的。但诗的艺术性不如民歌那样生动。

蟋蟀在堂①，岁聿其莫②。今我不乐，日月其除③。无已大康④，职思其居⑤。"好乐无荒"⑥，良士瞿瞿⑦。

蟋蟀在堂，岁聿其逝[⑧]。今我不乐，日月其迈[⑨]。无已大康，职思其外[⑩]。“好乐无荒”，良士蹶蹶[⑪]。

蟋蟀在堂，役车其休[⑫]。今我不乐，日月其慆[⑬]。无已大康，职思其忧[⑭]。“好乐无荒”，良士休休[⑮]。

【注释】

①在堂：蟋蟀本在野外，进入堂屋说明天寒岁暮。《豳风·七月》：“七月在野，八月在宇，九月在户，十月蟋蟀，入我床下。”这里说的在户，即本诗所说的在堂。按周代建子，以农历十月为岁暮，（农历十一月即为次年的正月）在堂指的是农历九月。　②聿：含有“遂”（就）意，语助词。　莫：即暮，古今字。其莫，犹言“将尽”。　③日月：指光阴。　除：去。　④已：甚、过度。　大：同“泰”，泰康，安乐。　⑤职：尚、还要。马瑞辰《通释》：“《尔雅·释诂》：‘职，常也。’常从尚声，故职又通作尚。”　居：担任的职位。　⑥好：爱好。　荒：荒废。⑦瞿瞿：惊顾的样子，含有警惕的意思。　⑧逝：去。　⑨迈：逝去。　⑩外：自己职务以外的事。苏辙《诗经传》：“既思其职，又思其职之外。”　⑪蹶蹶：动作敏捷的样子。《毛传》：“蹶蹶，动而敏于事。”　⑫役车：服役的车子。　其休：将要休息，指行役的人当还。这是岁暮的象征。　⑬慆（tāo）：逝去。　⑭忧：可忧的事。春秋时候，最可忧的事，是诸侯国之间的战争。所以《郑笺》说：“忧者，谓邻国侵伐之忧。”　⑮休休：希望和平的心情。

【译文】

蟋蟀进房天气寒，岁月匆匆近年关。今不及时去寻乐，光阴一去再不还。过度安乐也不好，还是要把工作干。“不荒正业又娱乐”，贤士警语记心间。

蟋蟀进房天气寒，一年匆匆将过完。今不及时去寻乐，光阴一去再不还。过度安乐也不好，份外事儿也要干。“不荒正业又娱乐”，贤士勤快是模范。

蟋蟀进房天气寒，出差车儿将回转。今不及时去寻乐，光阴一去再不还。过度安乐也不好，战争可忧莫小看。“不荒正业又娱乐”，贤士爱国真好汉。

山　有　枢

【题解】

这是一首讥刺嘲笑守财奴的诗。唐地的剥削者剥削了许多东西，他们吃的、穿的、住的、用的、玩的，样样都有，却舍不得享用。人民极端厌恶这些守财奴，嘲笑说：等你死了，什么东西都要供别人享用了。

山有枢[①]，隰有榆[②]。子有衣裳，弗曳弗娄[③]。子有车马，弗驰弗驱[④]。宛其死矣[⑤]，他人是愉[⑥]。

山有栲[⑦]，隰有杻[⑧]。子有廷内[⑨]，弗洒弗埽[⑩]。子有钟鼓，弗鼓弗考[⑪]。宛其死矣，他人是保[⑫]。

山有漆[⑬]，隰有栗。子有酒食，何不日鼓瑟？且以喜乐[⑭]，且以永日[⑮]。宛其死矣，他人入室。

【注释】

①枢：《鲁诗》作“苉”，都是樞的借字，有刺的榆树，亦名刺榆。　②隰：低洼的地。　③曳（yè）：拖。　娄：《鲁诗》、《韩诗》都作“搂”，牵。按拖、牵都是穿衣的动作，这里是泛指“穿”。　④驰、驱：车马急走。　⑤宛：苑字的假借，枯萎。《淮南子·俶真训》：“形苑而神壮。”高诱注：“苑，枯病也。”　⑥愉：乐、享受。　⑦栲：树名，常绿高大乔木，木质坚密，皮可制栲胶或染鱼网。⑧杻（niǔ）：亦名檍，梓一类的树。胡承珙：“檍，《说文》作楮，梓属。大者可为棺椁，小者可为弓材。”　⑨廷：通“庭”，院子。　内：指堂室。　⑩埽：同“扫”。⑪考：敲击。　⑫保：占有。　⑬漆：漆树。　⑭且：姑且。　⑮永日：延长岁月。朱熹《诗集传》：“人多忧，则觉日短，饮食作乐，可以永长此日也。”

【译文】

山上刺榆长，低地白榆香。你有衣来又有裳，不穿不著放在箱。你有车来又有马，不乘不骑闲置放。有朝眼闭腿一伸，别人享受喜洋洋。

山上栲树长，低地檍树香。你有院来又有房，不去打扫随它脏。你有钟来又有鼓，不敲不打没音响。有朝眼闭腿一伸，空为别人省一场。

山上漆树长，低地栗树香。你有美酒和好菜，何不奏乐又宴享？姑且用它来寻乐，姑且用它度时光。有朝眼闭腿一伸，别人就要进你房。

扬　之　水

【题解】

这是一首揭发、告密晋大夫潘父和曲沃桓叔勾结搞政变阴谋的诗。据《史记·晋世家》记载，晋昭侯元年（前745年），昭侯封他的叔父成师于曲沃，号为桓叔，后势力强大。昭侯七年（前738年），晋大夫潘父和桓叔密谋，杀昭侯而纳桓叔。桓叔欲入晋，晋人发兵攻桓叔。桓叔败归曲沃。这首诗可能是在潘父和桓叔策划政变的时候写的。诗的作者看来是个知情者，但他忠于昭公，巧妙地进行了告密。

扬之水[①],白石凿凿[②]。素衣朱襮[③],从子于沃[④]。既见君子[⑤],云何不乐。

扬之水,白石皓皓[⑥]。素衣朱绣[⑦],从子于鹄[⑧]。既见君子,云何其忧。

扬之水,白石粼粼[⑨]。我闻有命,不敢以告人[⑩]!

【注释】

①扬之水:悠缓而流的水。　②凿凿:鲜明貌。　③素衣朱襮(bó):白缯的内衣、红边的衣领。陈奂《诗毛氏传疏》:"素衣,谓中衣也。……礼唯诸侯中衣则然,大夫用之则为僭。"襮也是诸侯的服饰,潘父是大夫,他也穿起诸侯的衣服。这里诗人用它代表潘父,他是这次政变的内应者。　④子:你,指潘父。于:往,到。　沃:曲沃,在今山西省闻喜县东,是桓叔的封地。这位诗人可能是潘父随从者之一。　⑤君子:指桓叔。　⑥皓皓:洁白貌。　⑦绣:红边领上绣上五彩花纹。　⑧鹄:同"皋",即曲沃。马瑞辰《毛诗传笺通释》:"鹄,古通作皋,泽也,皋也,沃也,盖析言则异,散言则通。三家诗从本字作皋,《毛诗》假借作鹄。非曲沃之旁别有邑名鹄也。"　⑨粼粼:清澈的样子。　⑩不敢以告人是门面话,实际上已经借诗向昭公告密了。严粲《诗缉》:"言不敢告人者,乃所以告昭公。"

【译文】

河水悠悠缓慢行,水底白石多鲜明。身穿白衫红衣领,跟他一道到沃城。一同拜见曲沃君,怎不高兴笑盈盈。

河水悠悠缓慢行,水底白石多洁净。身穿白衫绣衣领,跟他一道到鹄城。一同拜见曲沃君,还有什么不高兴。

河水悠悠缓慢行,水底白石多晶莹。听说将有政变令,严守机密不告人!

椒　聊

【题解】

这是一首赞美妇女多子的诗。椒多子,所以,汉朝人用椒房这名词称皇后住的房屋,取其多子吉祥之意。古代以多子为福,这首诗也是用椒起兴,贺妇女多子。

椒聊之实[①]，蕃衍盈升[②]。彼其之子，硕大无朋[③]。椒聊且[④]！远条且[⑤]！

椒聊之实，蕃衍盈匊[⑥]。彼其之子，硕大且笃[⑦]。椒聊且！远条且！

【注释】

①椒：花椒。果实红色，种子黑色，可入药或调味。　聊：同莍，亦作朻、梂，草木结成一串串果实（从阮元《揅经室集》、胡承珙《毛诗后笺》说）。　②蕃衍：繁盛众多。　盈：满。　升：量器名。　③硕：大。　无朋：无比。　④且(jū)：语助词。　⑤远条：条古与修通用，古本《诗经》作"远修且"。修，长，指香气传得远（从马瑞辰说）。　⑥匊(jú)：古掬字，两手合捧。　⑦笃：厚，厚实；这里用于形容妇人的肥胖。

【译文】

花椒串串挂树上，结子繁盛满升量。这位妇人子孙多，身材高大称无双。花椒一囊囊！远闻扑鼻香！

花椒串串已成熟，结子繁盛捧不够。这位妇人子孙多，身材高大又肥厚。花椒一兜兜！远远暗香透！

绸　缪

【题解】

这是一首祝贺新婚的诗。它和一般贺婚诗有些不同，带有戏谑、开玩笑的味道；大约是民间闹新房的口头歌唱。

绸缪束薪[①]，三星在天[②]。今夕何夕[③]，见此良人[④]？子兮子兮[⑤]，如此良人何[⑥]？

绸缪束刍[⑦]，三星在隅[⑧]。今夕何夕，见此邂逅[⑨]？子兮子兮，如此邂逅何？

绸缪束楚[⑩]，三星在户[⑪]。今夕何夕，见此粲者[⑫]？子兮子兮，如此粲者何？

【注释】

①绸缪：紧密缠缚的意思。　束薪：一捆捆的柴草。束薪、束刍、束楚，都是用它象征结婚。见《周南·汉广》注⑦。　②三星：三是虚数，不是实指。有人

说,三与“参”古通,指参星,亦通。三星在天,是描写结婚之夜。　③今夕何夕:是闹新房的人故意戏问新娘的话。　④良人:古代妇女称夫为良人。《仪礼》郑注:“妇女称夫曰良。”《孟子·离娄》:“良人者,所仰望而终身也。”　⑤子兮:你呀。这是闹新房者呼新娘之词。有人将“子”解为“嗟嗞”的叹词,说亦可通。　⑥如……何:把……怎么样。《孔疏》:“如何,犹奈何。”　⑦刍:是结婚时用它喂亲迎马的草料。束刍,一捆捆的草。　⑧隅:指天的东南边。朱熹:“昏现之星至此,则夜久矣。”　⑨邂逅:本义是会合,引申为“悦”,这里用它作名词,指可爱的人,可简称为“爱人”。　⑩楚:荆条。　⑪户:朱熹:“户,室户也。户必南出,昏现之星至此,则夜分矣。”　⑫粲者:美人。粲,古字作妓,《说文》:“三女为妓,妓,美也。”

【译文】

把把柴草紧紧缠,三星高高天上闪。今天夜里啥日子,见这丈夫欢不欢?叫新娘,问新娘,你把丈夫怎么办?

把把野草密密缠,三星遥遥天边闪。今天夜里啥日子,两口心里甜不甜?叫新娘,问新郎,你把爱人怎么办?

把把荆条细细缠,三星低低门上闪。今天夜里啥日子,见这美人恋不恋?叫新郎,问新郎,你把美人怎么办?

杕　杜

【题解】

这是一个孤独的流浪者求助不得的感伤诗。他自伤失去了兄弟,路上虽有很多和他同走的人,但谁也不愿亲近他、援助他。有人认为这是一篇乞食者之歌,说亦可通。

有杕之杜①,其叶湑湑②。独行踽踽③,岂无他人?不如我同父④。嗟行之人⑤,胡不比焉⑥?人无兄弟,胡不佽焉⑦?

有杕之杜,其叶菁菁⑧。独行睘睘⑨,岂无他人?不如我同姓⑩。嗟行之人,胡不比焉?人无兄弟,胡不佽焉?

【注释】

①杕(dì):孤生独特的样子。　杜:杜梨、棠梨。蔷薇科落叶乔木,枝有刺,果实小而酸。　②湑湑(xǔ):树叶茂盛的样子。　③踽踽(jǔ):无亲独行的样

子。 ④同父:朱熹《诗集传》释为:"兄弟也。" ⑤行:道路。 ⑥比:亲。有人解作辅助,亦通。 ⑦佽(cì):资助。 ⑧菁菁(jīng):树叶茂盛的样子。⑨睘睘(qióng):同"茕茕",孤独无所依靠的样子。 ⑩同姓:同母生的兄弟。马瑞辰《毛诗传笺通释》:"女生曰姓,此诗同姓,对前章同父而言,又据下文人无兄弟而言。同姓,盖谓同母生者。"

【译文】

一株杜梨虽孤零,还有叶子密密生。独自行走冷清清,难道没人同路行?不如同胞骨肉亲。可叹处处陌路人,为何不来近我身?有人生来没兄弟,为何不肯怜我贫?

一株杜梨虽孤零,还有叶子青又青。独自行走苦伶仃,难道没人同路行?不如同胞骨肉亲。可叹处处陌路人,为何不来近我身?有人生来没兄弟,为何不肯怜我贫?

羔 裘

【题解】

这大约是一个贵族婢妾反抗主人的诗。

羔裘豹祛①,自我人居居②。岂无他人?维子之故③!
羔裘豹褎④,自我人究究⑤。岂无他人?维子之好!

【注释】

①豹祛(qū):镶着豹皮的袖口。这是古代卿大夫的服饰。 ②自:对于。我人:我们。 居居:借为倨倨,态度傲慢。 ③维:同"惟",只。 子:你,指这个大夫。 之:是。 故:借作婟,爱。有人说,"故"指故旧。亦通。 ④褎:同"袖"。 ⑤究究:心怀恶意不可亲近的样子,也是傲慢的意思。

【译文】

羔袍袖口镶豹毛,对我傲慢气焰高。难道没有别的人?非要同你才相好!
羔袍豹袖显贵人,态度恶劣气焰盛。难道没有别人爱?非同你好就不成!

鸨　羽

【题解】

这是一首农民反抗无休止的徭役制度的诗。农民不能在家从事生产，父母生活无保障，诗人怨极呼天。这不仅反映了“王事”给人民带来的负担和灾难，也表现了劳动人民向往安居乐业、全家团聚的生活。

肃肃鸨羽①，集于苞栩②。王事靡盬③，不能艺稷黍④，父母何怙⑤？悠悠苍天！曷其有所⑥？

肃肃鸨翼，集于苞棘⑦。王事靡盬，不能艺黍稷，父母何食？悠悠苍天！曷其有极⑧？

肃肃鸨行⑨，集于苞桑。王事靡盬，不能艺稻粱，父母何尝？悠悠苍天！曷其有常⑩？

【注释】

①肃肃：鸟摇动翅膀的声音。　鸨(bǎo)：似雁而大，脚上没有后趾，所以不能在树上稳定地栖息。陆玑：“鸨连蹄，性不树止。”　②集：栖息。　苞：草木丛生。　栩(xǔ)：柞树。　③靡：没有。　盬(gǔ)：止息。　④艺：种植。⑤怙(hù)：恃、依靠。　⑥曷：何。　所：处所。此句言何时才能安居。　⑦棘：酸枣树。　⑧极：尽头。　⑨鸨行：鸨鸟飞的行列。马瑞辰《通释》：“鸨行，犹雁行也。雁之飞有行列，而鸨似之。”　⑩常：正常。

【译文】

大雁沙沙展翅膀，落在丛丛柞树上。国王差事做不完，不能在家种黍粱，爹娘生活靠谁养？抬头遥问老天爷，啥时才能回家乡？

大雁沙沙拍翅膀，落在丛丛棘树上。国王差事做不完，不能在家种黍粱，爹娘吃饭哪来粮？抬头遥问老天爷，劳役期限有多长？

大雁沙沙飞成行，落在密密桑树上。国王差事做不完，不能在家种稻粱，哪来粮食养爹娘？抬头遥问老天爷，啥时生活能正常？

无　衣

【题解】

这是一首览衣感旧或伤逝的诗。这位被称为"子"的制衣者,当是一位女性。细玩诗的内容和风格,似属于民间口头创作。旧说是晋武公篡位后,他的大夫写给周厘王的官吏或使者的诗,恐皆附会。

岂曰无衣七兮①?不如子之衣②,安且吉兮③!

岂曰无衣六兮?不如子之衣,安且燠兮④!

【注释】

①七:虚数,指衣之多。下章的六同此。　②子:您。指这位制衣者。③安:安舒、舒适。　吉:善、美。　④燠:暖和。

【译文】

难道说我今天缺衣少穿?叹只叹都不是你的针线,怎比得你做的舒坦美观!

难道说我今天缺衣少穿?叹只叹都不是旧日衣冠,怎比得你做的舒服温暖!

有杕之杜

【题解】

这是一首恋歌,一个女子看中了对象,希望他来到身旁,招待他吃喝。旧说刺晋武公,当非诗意。

有杕之杜①,生于道左②。彼君子兮,噬肯适我③?中心好之,曷饮食之④?

有杕之杜,生于道周⑤。彼君子兮,噬肯来游⑥?中心好之,曷饮食之?

【注释】

①有杕之杜:见《杕杜》注①。　②道左:道路的左边,古人以东为左。③噬(shì):通"逝",语首助词。　适:之、到。　④曷:同"盍",何不。　⑤周:右的假借。《韩诗》云:"周,右也。"　⑥来游:来观,来看我。《毛传》:"游,观也。"

【译文】

一株杜梨独自开，长在左边道路外。不知我那心中人，可肯到我这里来？心里既然爱着他，何不请他喝一杯？

一株杜梨独自开，长在右边道路外。不知我那心中人，可肯出门看我来？心里既然爱着他，何不请他喝一杯？

葛　生

【题解】

这是一位妇人悼念丈夫的诗。诗句悱恻伤痛，感人至深，不愧为悼亡诗之祖。

葛生蒙楚①，蔹蔓于野②。予美亡此③，谁与独处④！
葛生蒙棘，蔹蔓于域⑤。予美亡此，谁与独息！
角枕粲兮⑥，锦衾烂兮⑦。予美亡此，谁与独旦⑧！
夏之日，冬之夜。百岁之后⑨，归于其居⑩！
冬之夜，夏之日。百岁之后，归于其室⑪！

【注释】

①蒙：覆盖。　楚：荆树。　②蔹（liǎn）：草名，它和葛藤都是蔓生植物，必须依附在大树上才能生存。　蔓：蔓延。　③予美：犹今言“我爱”，妇人称她的丈夫。　亡：不在。　④谁与：谁和我同居。有人说，这句是说“谁伴死者孤独地长眠地下呢？”可备一说。　⑤域：墓地。　⑥角枕：用兽骨做装饰的枕头，死者所用。　粲：同“灿”，华美鲜明的样子。　⑦锦衾：用锦做的被子，敛尸用的。　⑧独旦：独睡到天亮。　⑨百岁之后：指死后。　⑩居：指死者住的地方，即坟墓。　⑪其室：指死者的坟墓。

【译文】

葛藤爬满荆树上，蔹草蔓延野外长。我爱已离人间去，谁人伴我守空房！
葛藤爬满枣树上，蔹草蔓延墓地旁。我爱已离人间去，谁人伴我睡空房！
角枕晶莹作陪葬，敛尸锦被闪闪光。我爱已离人间去，谁人伴我到天亮！
夏嫌白昼长，冬季夜漫漫。但愿百年我死后，到你坟里再相见！
冬季夜漫漫，夏嫌白昼长。但愿百年我死后，到你墓里共相傍！

采 苓

【题解】

这是劝人不要听信谗言的诗。旧说刺晋献公,从诗的本身看不出一定是刺晋献公的。

采苓采苓①,首阳之颠②。人之为言③,苟亦无信④。舍旃舍旃⑤,苟亦无然⑥。人之为言,胡得焉⑦!

采苦采苦⑧,首阳之下。人之为言,苟亦无与⑨。舍旃舍旃,苟亦无然。人之为言,胡得焉!

采葑采葑⑩,首阳之东。人之为言,苟亦无从。舍旃舍旃,苟亦无然。人之为言,胡得焉!

【注释】

①苓:甘草。 ②首阳:山名,在今山西省永济县南;亦名雷首山,与伯夷、叔齐的饿隐处同名而异地。《毛传》:“采苓,细事也。首阳,幽辟也。细事喻小行也,幽辟喻无征也。” ③为:通“伪”。为言,谎话。陈奂:“古为、伪、讹三字同。《毛诗》本作为,读作‘伪’也。为言,即谗言,所谓小行无征之言也。” ④苟:诚、确实。陈奂:“苟亦无信,诚无信也。” 亦:为语助词。 无:同“勿”,不要。⑤舍:抛弃。 旃(zhān):犹“之”。 ⑥无然:无是,不正确。 ⑦胡:何。⑧苦:菜名,亦名荼。《毛传》:“苦,苦荼也。” ⑨无与:犹“毋以”,不要赞同。《毛传》:“勿用也。” ⑩葑:菜名,芜菁。

【译文】

采甘草呀采甘草,在那首阳山顶找。有人专爱造谣言,千万别信那一套。别理他呀别睬他,那些全都不可靠。有人专爱造谣言,啥也捞不到。

采苦菜呀到处跑,在那首阳山下找。有人喜欢说谎话,千万别跟他一道。别理他呀别睬他,那些全都不可靠。有人喜欢说谎话,啥也得不到!

采芜菁呀路迢迢,首阳山东仔细瞧。有人爱说欺诳话,千万不要跟他跑。别理他呀别睬他,那些全都不可靠。有人爱说欺诳话,啥也骗不到!

秦　　风

秦本来是周的附庸。周宣王时，秦仲为大夫，诛西戎，不克，为西戎所杀。平王东迁，秦仲之孙襄公派兵护送他到洛阳，平王封襄公为诸侯，秦才成为一个诸侯国。

《秦风》共十篇。其中《小戎》诗说"其在板屋"，板屋为西戎之地。朱熹说："西戎者，秦之臣子所与不共戴天之仇也。襄公上承天子之命，率其国人往而征之。"是《小戎》一诗，写秦襄公伐戎的事，约在公元前 800 年左右。又《黄鸟》是秦人揭露斥责秦穆公用人殉葬的诗。《左传》文公六年："秦伯任好卒，以子车氏之三子奄息、仲行、鍼虎为殉，皆秦之良也。国人哀之，为之赋《黄鸟》。"这是公元前 621 年左右的事。可见《秦风》也是东周末至春秋时的作品。

秦原来占据着甘肃天水一带地方。西周末年，平王东迁，封秦襄公为诸侯，于是秦地就扩大到西周王畿和豳地，即今陕西地区及甘肃东部。《汉书·地理志》说："安定北地，上郡西河，皆迫近戎狄，修习战备，高尚气力，以射猎为先。故秦诗曰：'其在板屋。'又曰：'王于兴师，修我甲兵，与子偕行。'及《车邻》、《驷驖》、《小戎》之篇，皆车马田猎之事。"可见尚武精神，就是《秦风》的特点。

车　　邻

【题解】

这是一首反映秦君腐朽的生活和思想的诗。诗是用一个女性的口吻写的，她可能是秦君宫中的一位婢妾。从她的嘴里，反映了秦君生活、思想的一个片断。

有车邻邻[①]，有马白颠[②]。未见君子[③]，寺人之令[④]。

阪有漆[⑤]，隰有栗[⑥]。既见君子，并坐鼓瑟[⑦]。“今者不乐，逝者其耋[⑧]！”

阪有桑，隰有杨。既见君子，并坐鼓簧[⑨]。“今者不乐，逝者其亡！”

【注释】

①邻邻：亦作“辚辚”，车行声。摹声词。《毛传》：“邻邻，众车声也。”　②白颠：白颠马，马额正中有块白毛。　③君子：这里指秦君。　④寺人：古代宫中供使令的小臣。《毛传》：“寺人，内小臣也。”宫中女没有得到寺人传令，是不能见国君的。　⑤阪（bǎn）：山坡。　⑥隰（xí）：低湿的地。以上两句，是《诗经》中常用的起兴习语，多用它表示爱情。　⑦鼓：弹。　⑧逝者：将来。俞樾《群经平议》：“逝者对今者言，今者谓此日，逝者谓他日也。逝，往也，谓过此以往也。”　耋（dié）：八十岁，也有说是六十或七十的。这里是泛指老。　⑨簧：古乐器名，见《王风·君子阳阳》注②。

【译文】

车儿驶过响辚辚，驾车马儿白额顶。为啥不见君王面，只因寺人没传令。

山坡上面漆树种，低洼地里栗成丛。总算见到君王面，并坐弹瑟喜相逢。“现在及时不行乐，将来转眼成老翁。”

山坡上面有绿桑，低洼地里长水杨。总算见到君王面，并排坐着吹笙簧。“现在及时不行乐，将来转眼见阎王。”

驷　驖

【题解】

这是一首描写秦君打猎的诗，大致是秦襄公时（约在公元前 777 年以后）的作品。诗中的公，当即秦襄公。他当时助平王迁都洛阳，被封为诸侯，遂有周西都畿内岐、丰八百里之地。秦风尚武，逐渐强大。这是诗的社会背景。

驷驖孔阜[①]，六辔在手[②]。公之媚子[③]，从公于狩[④]。

奉时辰牡[⑤]，辰牡孔硕[⑥]。公曰左之[⑦]，舍拔则获[⑧]。

游于北园[⑨]，四马既闲[⑩]。輶车鸾镳[⑪]，载猃歇骄[⑫]。

【注释】

①驷:陈奂《诗毛氏传疏》:"驷,当作四,四马曰驷。若下一字为马名,则上一字作四,不作驷。" 驖(tiě):毛黑色、毛尖略带红色的马。 孔:甚、很。 阜:肥大。 ②辔:马缰绳。六辔,《孔疏》:"每马有二辔,四马当八辔矣。言六辔者,以骖马内辔纳之于觖,故在手者,惟六辔耳。" ③公:指秦君。 媚子:所宠爱的人,指驾车者。 ④于:往、去。 狩:冬猎。 ⑤奉:供给。 时:是、这个。 辰:时、应时。 牡:公兽。此句言兽官"虞人"驱出应时野兽以供秦君打猎。 ⑥硕:肥大。 ⑦左之:使之左,指向左边射箭。 ⑧舍:今作"捨",放、发。 拔:亦作"桲",箭的尾部。舍拔,即放开箭的尾部,箭即被弦弹出。⑨北园:秦国的动物园。陈奂认为古"游"和"田"同义,都是打猎的意思。说亦可通。 ⑩闲:熟练。《毛传》:"闲,习也。" ⑪辅车:古代的一种轻便车,此指古代的战车或田猎的副车。 鸾:通"銮",车铃。 镳(biāo):马口旁的勒具。《说文》:"人君乘车,四马镳,八銮铃。象鸾鸟之声和则敬也。"铃挂在镳上,故曰鸾镳。 ⑫猃(xiǎn):长嘴巴的猎狗。 歇骄:亦作"猲獢",短嘴巴的猎狗。张衡《西京赋》:"属车之簉,载猃猲獢。"张铣注:"猃、猲,皆狗也。载之以车也。"朱熹《诗集传》:"以车载犬,盖以休其足力也。"

【译文】

四匹黑马壮又肥,六根缰绳手里垂。公爷宠爱赶车人,跟他一起去打围。
兽官放出应时兽,应时野兽个个肥。公爷喊声"朝左射",箭发野兽应声坠。
猎罢再去游北园,驾轻就熟马悠闲。车儿轻快銮铃响,猎狗息在车中间。

小　戎

【题解】

这是一位妇女思念她丈夫远征西戎的诗。诗当产生于秦襄公十二年(前766年)襄公伐戎之时。

小戎俴收[①],五楘梁辀[②]。游环胁驱[③],阴靷鋈续[④]。文茵畅毂[⑤],驾我骐异[⑥]。言念君子[⑦],温其如玉;在其板屋[⑧],乱我心曲[⑨]。

四牡孔阜,六辔在手。骐駵是中[⑩],騧骊是骖[⑪]。龙盾之合[⑫],鋈以觼軜[⑬]。言念君子,温其在邑[⑭]。方何为期[⑮]?胡然我念之[⑯]。

俴驷孔群[⑰],厹矛鋈錞[⑱]。蒙伐有苑[⑲],虎韔镂膺[⑳]。交韔二弓[㉑],

竹闭绲縢[22]。言念君子，载寝载兴[23]；厌厌良人[24]，秩秩德音[25]。

【注释】

①戎：兵车。 俴(jiàn)：浅。 收：轸，车后横木。兵车的车后横木较低，因此，车厢也较浅。 ②楘(mù)：有花纹的皮条。 梁辀(zhōu)：车辕。古时马车一根辕，形状有些弯曲，像房屋上的栋梁，又像船，所以叫做梁辀。因为太长，怕它折裂，所以五处用有花纹的皮条箍牢。 ③游环：活动的皮环，结在服马颈套上，用它贯串两旁骖马的外辔，控制它不乱跑。 胁驱：驾具名，装在马胁两旁的皮扣连在拉车的皮带上，也是控制骖马用的。 ④阴：车轼前的横板。 靷(yǐn)：引车前进的皮带，将横板的两根皮条前系于衡，后经过车下，系在车轴上，引车前进。 鋈(wù)续：白铜制的环。王夫之《诗经稗疏》："《广雅》：'白铜谓之鋈。'鋈乃白铜之名，无'沃灌'之义。"严粲："靷端作环相接，谓之续。" ⑤文茵：用有花纹的虎皮制的车褥子。 畅：长。 毂(gǔ)：车轴伸在两轮之外的部分。 ⑥骐：青黑色相杂有花纹的马。 馵(zhù)，白脚的马。 ⑦君子：指从军的丈夫。 ⑧板屋：西戎民俗用木板盖房屋。此处以它代指西戎，其地在今甘肃一带。《汉书·地理志》："天水郡陇西，山多林木，民以板为室屋。故秦诗曰：'在其板屋。'" ⑨心曲：心窝。 ⑩骝(liú)：亦作骝，红黑色的马。中：指驾车四马当中的两匹服马。 ⑪䯄(guā)：黑嘴的黄马。 骊：黑色的马，亦称骥。 骖：驾车四马两旁的两匹马。 ⑫龙盾：画龙的盾牌。 合：两只盾合在一处放在车上。 ⑬觼(jué)：有舌的环。 軜(nà)：骖马靠里边的辔。 ⑭在邑：在西戎的县里。《毛传》："在敌邑也。" ⑮方：将。 ⑯胡然：为什么。 ⑰俴驷：穿薄的青铜甲的四匹马。 孔群：很协调。 ⑱厹(qiú)矛：一种有三棱锋刃的长矛。亦作仇矛或酋矛。《释名》："仇矛，头有三叉，言可讨仇敌之矛也。"仇与酋、厹通。 錞(duì)：亦名镦，矛柄下端的金属套。⑲蒙：覆盖、遮蔽。 伐：通"瞂"，中等大小的盾。 苑(yūn)：花纹。 ⑳虎韔(chàng)：虎皮制的弓袋。 膺：弓袋的正面。严粲："镂膺，镂饰弓室之膺。弓以后为背，则以前为膺。故弓室之前亦为膺耳。" ㉑交韔二弓：交叉顺倒两只弓放在弓袋里。 ㉒闭：通"柲"。竹柲，用竹制成纠正弓弩的工具。 绲(gǔn)：绳。 縢(téng)：捆绑。 ㉓载：通"再"。 ㉔厌厌(yān)：同"恹恹"，安静的样子。 良人：指丈夫。 ㉕秩秩：有次序的样子。即进退有礼节。 德音：好声誉。

【译文】

战车轻小车厢浅，五根皮条缠车辕。环儿扣儿马具全，拉车皮带穿铜圈。虎皮垫座车毂长，花马驾车他执鞭。想起夫君好人儿，人品温和玉一般；如今从军去西戎,搅得我心烦又乱。

四匹马儿肥又大,六根缰绳手里拿。青马红马在中间,黄马黑马两边驾。画龙盾牌双双合,白铜绳环对对拉。想念夫君好人儿,从军戎地性和洽。何日才能凯旋归?叫我怎么不想他!

四马协调铁甲轻,酋矛杆柄套铜镦。新漆盾牌画毛羽,虎皮弓袋刻花纹。两弓交叉袋中放,正弓竹柲绳捆紧。想念夫君好人儿,忽睡忽起不安心。夫君温和又安静,彬彬有礼好名声。

蒹　葭

【题解】

这是一首描写追求意中人而不得的诗。

蒹葭苍苍①,白露为霜。所谓伊人②,在水一方③。溯洄从之④,道阻且长⑤。溯游从之⑥,宛在水中央⑦。

蒹葭凄凄⑧,白露未晞⑨。所谓伊人,在水之湄⑩。溯洄从之,道阻且跻⑪。溯游从之,宛在水中坻⑫。

蒹葭采采⑬,白露未已⑭。所谓伊人,在水之涘⑮。溯洄从之,道阻且右⑯。溯游从之,宛在水中沚⑰。

【注释】

①蒹葭:芦苇。　苍苍:茂盛鲜明的样子。　②伊人:这人。　③方:旁。一方,犹云一边。马瑞辰《通释》:"方、旁古通用,一方即一旁也。"　④溯洄:逆着河流向上游走。　从:追,寻求的意思。　⑤阻:险阻、障碍。　⑥溯游:顺着河流向下走。　⑦宛:仿佛、好像。　⑧凄凄:同"萋萋",茂盛的样子。⑨晞(xī):干。　⑩湄:水和草交接的地方,也就是岸边。　⑪跻(jī):升,高起。　⑫坻(chí):水中小沙洲。　⑬采采:众多的样子。　⑭已:止。⑮涘(sì):水边。　⑯右:向右转弯,即道路弯曲的意思。　⑰沚:水中小沙滩,比坻稍大。

【译文】

河边芦苇青苍苍,秋深露水结成霜。意中人儿在何处?就在河水那一方。逆着流水去找她,道路险阻又太长。顺着流水去找她,仿佛在那水中央。

河边芦苇密又繁,清晨露水未曾干。意中人儿在何处?就在河岸那一边。逆着流水去找她，道路险阻攀登难。顺着流水去找她，仿佛就在水中滩。

河边芦苇密稠稠，早晨露水未全收。意中人儿在何处？就在水边那一头。逆着流水去找她，道路险阻曲难求。顺着流水去找她，仿佛就在水中洲。

终　南

【题解】

这是一首周地人民劝戒秦君的诗。《国语·郑语》："平王之末，秦取周土。"《史记·秦本纪》："平王封襄公为诸侯，赐之岐以西之地。其子文公，遂收周遗民有之。"这首诗可能就是周的遗民写的。诗用含蓄的语句向统治者问道：你将是我们的君主吗？你永远不要忘记这是周的土地和人民呀。

终南何有①？有条有梅②。君子至止，锦衣狐裘③。颜如渥丹④，其君也哉⑤？

终南何有？有纪有堂⑥。君子至止，黻衣绣裳⑦。佩玉将将⑧，寿考不忘⑨！

【注释】

①终南：山名，亦名南山。它的主峰在陕西西安城南。　②条：即楸树。梅：旧注为楠木。按下章有棠，指棠梨树，这章可能指梅树。　③锦衣狐裘：当时诸侯的礼服。　④渥：涂。　丹：赤石制的红料。　⑤其君也哉：严粲《诗缉》："'其'者，将然之辞。'哉'者，疑而未定之意。"　⑥纪：杞的假借字，杞柳。堂：棠的假借字，棠梨。三家诗作杞、棠。　⑦黻(fú)：衣，黑色和青色花纹相间的上衣。　绣裳：用五彩绣成的下裳。都是古代贵族穿的衣服。《毛传》："黑与青谓之黻，五色备谓之绣。"　⑧将将：同"锵锵"，佩玉相击的声音。　⑨寿考不忘：意指秦君到老不可忘记他的一切是从哪里来的。

【译文】

终南山有什么来？又有山楸又有梅。公爷封爵到此地，锦衣狐裘好气派。脸色红润像涂丹，他做君主好是坏？

终南山有什么来？丛丛杞树棠梨开。公爷封爵到此地，绣花衣裙闪五彩。身上佩玉锵锵响，永记我们别忘怀！

黄 鸟

【题解】

这是一首秦国人民挽“三良”的诗。《左传》鲁文公六年:“秦伯任好卒(公元前621年),以子车氏之三子奄息、仲行、鍼虎为殉,皆秦之良也。国人哀之,为之赋《黄鸟》。”《史记·秦本纪》:“武公卒,……初以人从死,从死者六十六人。……缪(通“穆”)公卒,……从死者百七十七人,秦之良臣子舆氏三人名曰奄息、仲行、鍼虎,亦在从死之中。秦人哀之,为作歌《黄鸟》之诗。”据此记载,可以了解诗的产生年代与背景。全诗在悲惨无告的气氛中,反映了人民对统治者暴虐行为的强烈憎恨,对被害者高度的同情。它是古代挽歌之祖。

交交黄鸟①,止于棘②。谁从穆公③?子车奄息④。维此奄息,百夫之特⑤。临其穴⑥,惴惴其栗⑦。彼苍者天,歼我良人⑧!如可赎兮,人百其身⑨!

交交黄鸟,止于桑。谁从穆公?子车仲行。维此仲行,百夫之防⑩。临其穴,惴惴其栗。彼苍者天,歼我良人!如可赎兮,人百其身!

交交黄鸟,止于楚。谁从穆公?子车鍼虎。维此鍼虎,百夫之御⑪。临其穴,惴惴其栗。彼苍者天,歼我良人!如可赎兮,人百其身!

【注释】

①交交:通作“咬咬”,鸟叫声。 黄鸟:黄雀。 ②止:停,落。 棘:酸枣树。黄雀落在棘、桑、楚等小木上,是不得其所。另一种解释,棘指紧急,桑指悲伤,楚指痛楚,都是双关词,也是当时言论不自由的一种反映(见马瑞辰《毛诗传笺通释》),亦通。 ③从:从死,即殉葬。 穆公:春秋秦国的君主,姓嬴,名任好,当时五霸之一。 ④子车奄息:人名,子车是姓。 ⑤特:匹敌。马瑞辰《通释》:“《柏舟》诗:‘实维我特。’《传》:‘特,匹也。’匹之言敌也,当也。” ⑥穴:墓穴。 ⑦惴惴(zhuì):害怕的样子。 栗:战栗、发抖。朱熹《诗集传》说:“临穴而惴栗,盖生纳之圹中也。”即今所谓活埋。 ⑧良人:善人。 ⑨人百其身:意思等于说死一百次。一说,用一百人赎他一人。 ⑩防:比。马瑞辰《通释》:“按此读防如比方之方。” ⑪御:抵挡。

【译文】

黄雀咬咬声凄凉，飞来落在枣树上。谁从穆公去殉葬？子车奄息有名望。说起这位奄息郎，才德百人比不上。走近墓穴要活埋，浑身战栗心发慌。叫声苍天睁眼看，杀我好人不应当！如果可以赎他命，愿死百次来抵偿。

黄雀咬咬声凄凉，飞来落在桑树上。谁从穆公去殉葬？子车仲行有名望。说起这位仲行郎，百人才德难比量。走到墓穴要活埋，浑身哆嗦魂魄丧。叫声苍天睁眼看，杀我好人你不响！如果可以赎他命，愿死百次来抵偿！

黄鸟咬咬声凄凉，飞来落在荆树上。谁从穆公去殉葬？子车鍼虎有名望。说起这位鍼虎郎，百人才德没他强。走到墓穴要活埋，浑身发抖心惊惶。叫声苍天睁眼看，杀我好人你不帮！如果可以赎他命，愿死百次来抵偿！

晨　风

【题解】

这是一位妇女疑心丈夫遗弃她的诗。

鴥彼晨风[①]，郁彼北林[②]。未见君子，忧心钦钦[③]。如何如何[④]？忘我实多！

山有苞栎[⑤]，隰有六驳[⑥]。未见君子，忧心靡乐。如何如何？忘我实多！

山有苞棣[⑦]，隰有树檖[⑧]。未见君子，忧心如醉。如何如何？忘我实多！

【注释】

①鴥（yù）：鸟疾飞的样子。　晨风：《说文》作“鸇风”，即鹯鸟，属鹰鹞一类的猛禽。　②郁：茂密的样子。　③钦钦：忧愁而不能忘记的样子（从朱熹《诗集传》说）。　④如何：陈奂《诗毛氏传疏》：“如，犹奈也。”如何，即奈何、“怎么办”的意思。　⑤苞：丛生的样子。　栎（lì）：树名。　⑥六：蓼的借字，长长的样子（从闻一多说）。　驳：赤李。　⑦棣：亦名唐棣、郁李，结果色红如李。⑧树：直立的样子，形容檖。　檖：山梨。

【译文】

鹯鸟展翅疾如梭，北林茂密有鸟窝。许久没见我夫君，心里思念真难过。怎么办啊怎么办？他怎还会想到我！

丛丛栎树长山坡,低湿地里红李多。许久没见我夫君,愁闷不乐受折磨。怎么办啊怎么办?他怎还会想到我!

成丛棣树满山坡,低湿地里山梨多。许久没见我夫君,心如醉酒失魂魄。怎么办啊怎么办?他怎还会想到我!

无衣

【题解】

这是一首秦地的军中战歌,可能是秦国帮助周王抵抗外族侵略的军歌。全诗充满了慷慨激昂、热情互助的气氛,表现了战士们英勇抗敌的精神。

岂曰无衣?与子同袍①。王于兴师②,修我戈矛③,与子同仇④!
岂曰无衣?与子同泽⑤。王于兴师,修我矛戟,与子偕作⑥!
岂曰无衣?与子同裳⑦。王于兴师,修我甲兵⑧,与子偕行!

【注释】

①袍:长衣。形状像斗篷,行军时白天当衣穿,夜里当被盖。同袍,表示友爱互助的意思。 ②王:秦国人称秦君为王。 于:语助词,其作用和曰、聿同。兴师:起兵。 ③修:修理、整治。 戈、矛:都是古代长柄的武器。 ④同仇:共同对付敌人。 ⑤泽:通"襗",贴身的内衣。 ⑥偕作:共同干。 ⑦裳:下衣,战裙。 ⑧甲:铠甲。 兵:兵器的总名。

【译文】

谁说没衣穿?你我合穿一件袍。国王要起兵,赶快修理戈和矛,共同对敌在一道!

谁说没衣穿?你我合穿一件衫。国王要起兵,修好矛戟亮闪闪,咱们两个一道干!

谁说没衣穿?你我合着穿衣裳。国王要起兵,修好铠甲和刀枪,咱们一道上战场!

渭阳

【题解】

这是写外甥送舅父的送别诗。诗中写外甥送舅的礼物,有"路车、乘黄",这是当时诸侯所用的车马。因此有人说,这是秦穆公的儿子康公送晋文公重耳回国时所作(康公的母亲,是重耳的姊姊,她嫁给秦穆公,时人称她为秦穆夫人)。未知确否。

我送舅氏[①],曰至渭阳[②]。何以赠之?路车乘黄[③]。
我送舅氏,悠悠我思[④]。何以赠之?琼瑰玉佩[⑤]。

【注释】

①舅氏:舅父。因为舅和甥的姓氏不同,所以称作舅氏。　②渭阳:渭,渭水,流经陕西西安。阳,河流的北面。陈奂《诗毛氏传疏》:“水北曰阳,渭阳,在渭水北,送舅氏至渭阳,不渡渭也。”　③路车:古代诸侯乘的车子。　乘黄:四匹黄马。　④悠悠我思:据《孔疏》,是指因为送舅而思念死去的母亲。　⑤琼瑰:美玉。

【译文】

我送舅舅回舅家,送到渭水北边涯。用啥礼物送给他?一辆路车四黄马。
我送舅舅回舅家,忧思悠悠想起妈。用啥礼物送给他?宝石佩玉一大挂。

权　舆

【题解】

这是一首没落贵族回想当年生活而自伤的诗。春秋时代,地主的私田渐多,各国纷纷实行按亩税田。领主没落,生活下降。这首诗就是当时社会变革的一种反映。过去领主住得好,吃得好,都是靠世袭的禄位,祖先传下来的土地、人民,供他们剥削享受;如今一切都丧失了,所以他说“不承权舆”。

於,我乎[①]!夏屋渠渠[②],今也每食无余。于嗟乎!不承权舆[③]!
於,我乎!每食四簋[④],今也每食不饱。于嗟乎!不承权舆!

【注释】

①於(wū):叹词。　②夏屋:大屋,夏即厦。《毛传》:“夏,大也。”　渠渠:屋深广的样子。　③承:继承。　权舆:始初。　④簋(guǐ):古代食器。

【译文】

唉,我呀!从前住的大厦高楼,如今每餐勉强吃够。唉呀呀!当初排场哪能讲究!

唉,我呀！从前每餐四碗打底,如今每餐饿着肚皮。唉呀呀！再也没有当初福气！

陈　风

《陈风》共十篇。它的产生年代，有事实可考者仅《株林》一篇。据《左传》鲁宣公九年和十年的记载，得知诗中的“夏南”，就是夏姬的儿子。夏姬本是郑国的女子，嫁给陈国大夫夏御叔，生子夏徵舒，字南。夏姬貌美，陈灵公和她私通，被夏南所杀。所以诗人讥刺他们。宣公十年，即公元前599年，当春秋中叶。除此之外，其余的诗都不可考，可能多是东周以后的作品。

陈地在今河南省淮阳、柘城及安徽省亳县一带。土地广平，无名山大川。《陈风》多半是关于恋爱婚姻的诗，这和该地人民崇信巫鬼的风俗有密切关系。《汉书·地理志》说：“太姬（周武王的长女，嫁给陈国第一代君主胡公满）妇人尊贵，好祭祀用巫。故俗好巫鬼，击鼓于宛丘之上，婆娑于枌树之下。有太姬歌舞遗风。”《宛丘》和《东门之枌》等诗，正可说明陈地的诗风。

宛　丘

【题解】

这首诗，写一个男子爱上一个以巫为职业的舞女。陈国民间风俗爱好跳舞，巫风盛行。《说文》：“巫，祝也。女能事无形，以舞降神者也。”诗中的“子”，就是以舞降神为职业的女子，所以她不论天冷天热都在街上为人们祝祷跳舞。这首诗，反映了当时陈国巫风盛行与民间舞蹈的一些情况。

子之汤兮①，宛丘之上兮②。洵有情兮③，而无望兮。

坎其击鼓④，宛丘之下。无冬无夏，值其鹭羽⑤。
坎其击缶⑥，宛丘之道。无冬无夏，值其鹭翿⑦。

【注释】

①子：指跳舞的女巫。 汤：音义同“荡”，《楚辞·离骚》注引《诗》作“荡”。形容舞姿摇摆的样子。 ②宛丘：陈国丘名，在陈国都城（今河南淮阳县）东南。 ③洵：信、确实。 ④坎其：即坎坎，象击鼓声和击缶声。 ⑤值：与“植”通，作持或戴解。 鹭羽：用鹭鸶鸟的羽毛制成扇形或伞形的舞具，舞者有时持在手中，有时戴在头上。 ⑥缶（fǒu）：瓦质的打击乐器。 ⑦翿（dào）：见《王风·君子阳阳》注⑥。

【译文】

姑娘跳舞摇又晃，在那宛丘高地上。心里实在爱慕她，可惜没有啥希望。
敲起鼓来冬冬响，跳舞宛丘低坡上。不管寒冬和炎夏，洁白鹭羽手中扬。
敲起瓦盆当当响，跳舞宛丘大路上。不管寒冬和炎夏，头戴鹭羽鸟一样。

东 门 之 枌

【题解】

这是一首描写男女相爱，聚会歌舞的民间情歌，表现了当时青年的爱情生活，也反映了陈国男女聚会、歌舞相乐、巫风盛行的特殊风俗。

东门之枌①，宛丘之栩②。子仲之子③，婆娑其下④。
縠旦于差⑤，南方之原⑥。不绩其麻，市也婆娑。
縠旦于逝⑦，越以鬷迈⑧。视尔如荍⑨，贻我握椒⑩。

【注释】

①东门：陈的城门，地近宛丘。 枌：白榆树。 ②栩（xǔ）：柞树。 ③子仲：当时的一个姓氏。子，女儿。《诗三家义集疏》引黄山云：“诗‘婆娑其下’，与‘市也婆娑’，即是一人。下章言‘不绩其麻’，则‘子仲之子’，亦犹‘齐侯之子’、‘蹶父之子’，明是女子。” ④婆娑：舞蹈。 ⑤縠：善。縠旦，吉日，好日子。于：语助词，无义。 差（chāi）：选择。 ⑥原：高而平坦之地。 ⑦逝：往。⑧越以：发语词，即“于以”。 鬷（zōng）：屡次。 迈：往，去。 ⑨荍（qiáo）：植物名，亦名锦葵，花淡紫色。 ⑩贻：送。 握：一把。 椒：花椒。屈原《离骚》：“巫咸将夕降兮，怀椒糈以要之。”王逸注：“椒，香物，所以降神是也。”据此，

这位子仲家的姑娘，可能兼作巫女，她跳舞时带着花椒降神，顺便就用这当作赠送情人的礼物。

【译文】

东门白榆长路边，宛丘柞树连成片。子仲家里好姑娘，大树底下舞翩跹。

挑选一个好时光，同到南边平原上。撂下手中纺的麻，闹市当中舞一场。

趁着良辰同前往，多次相会共寻芳。看您像朵锦葵花，送我花椒一把香。

衡　门

【题解】

这是一位没落贵族以安于贫贱自慰的诗。郭沫若《中国古代社会研究》说："这首诗也是一位饿饭的破落贵族作的。他食鱼本来有吃河鲂河鲤的资格，……但是贫穷了，吃不起了。他娶妻本来有娶齐姜、宋子的资格，但是贫穷了，娶不起了。娶不起，吃不起，偏偏要说两句漂亮话，这正是破落贵族的根性。"他分析这首诗的主题非常透彻，录下供读者参考。

衡门之下①，可以栖迟②。泌之洋洋③，可以乐饥④。

岂其食鱼，必河之鲂⑤？岂其取妻⑥，必齐之姜⑦？

岂其食鱼，必河之鲤？岂其取妻，必宋之子⑧？

【注释】

①衡：通"横"。王引之《经义述闻》："门之为象，纵而不横，……窃疑衡门、墓门亦是城门之名。"闻一多从王说，认为衡门是陈国城门名。亦通。　②栖迟：游息。　③泌(bì)：本义是泉水流得很快的样子，后来作为陈国泌邱地方的泉水名。　洋洋：水流盛大的样子。　④乐饥：乐和瘵、疗古通用，读音与"疗"同，治疗的意思。《韩诗》作"可以疗饥"。　⑤鲂：鱼名。亦名平胸鳊、三角鳊。它和鲤鱼，当时人认为是最好的鱼。　⑥取：通"娶"。　⑦姜：齐国贵族的姓。齐姜，齐国姓姜的贵族女子。　⑧子：宋国贵族的姓。宋子，宋国姓子的贵族女子。

【译文】

支起横木做门框，房子虽差也无妨。泌丘泉水淌啊淌，清水也能充饥肠。

难道我们吃鱼汤，非要鲂鱼才算香？难道我们娶妻子，不娶齐姜不风光？

难道我们吃鱼汤，非要鲤鱼才算香？难道我们娶妻子，不娶宋子不排场？

东门之池

【题解】

这是一首男女相会的情歌。诗以男性的口吻写他追求一位在东门城池浸麻织布的女子。

东门之池①,可以沤麻②。彼美叔姬③,可与晤歌④。
东门之池,可以沤纻⑤。彼美叔姬,可与晤语⑥。
东门之池,可以沤菅⑦。彼美叔姬,可与晤言⑧。

【注释】

①池:城池,好像现在的护城河。马瑞辰《通释》:"按古者有城必有池,《孟子》:'凿斯池也,筑斯城也。'是也。池皆设于城外,所以护城。" ②沤:浸泡。③叔姬:《毛诗》作"淑姬"。现据郑玄《毛诗笺》、陆德明《经典释文》、陈奂《诗毛氏传疏》、王先谦《诗三家义集疏》订正作"叔姬"。 叔:排行第三。姬,姓。这句的"叔姬",是美女的代称,不必一定是诗人所追求的女子真名。 ④晤歌:即对唱。 ⑤纻(zhù):麻的一种,亦名苎麻。 ⑥晤语:对话,相对讨论。古代"言"和"语"是有区别的。《大雅·公刘》:"于时言言,于时语语",《毛传》:"直言曰言,论难曰语。"这句的"语",指"论难"而言,讨论的意思。 ⑦菅(jiān):茅一类的草,可以搓绳,用它编草鞋。 ⑧晤言:这句的言,指"直言"而言,谈天的意思。

【译文】

东城门外护城池,可以泡麻织衣裳。美丽姬家三姑娘,可以和她相对唱。
东城门外护城池,可以泡苎织新装。美丽姬家三姑娘,有商有量情意长。
东城门外护城池,可以浸茅做鞋帮。美丽姬家三姑娘,可以向她诉衷肠。

东门之杨

【题解】

这是写男女约会久候不至的诗。

东门之杨,其叶牂牂①。昏以为期②,明星煌煌③。

东门之杨，其叶肺肺④。昏以为期，明星哲哲⑤。

【注释】

①牂牂(zāng)：茂盛的样子。　②昏：黄昏。　期：约定。　③明星：指启明星，在天快亮时出现于东方天空。　煌煌：明亮的样子。　④肺肺(pèi)：同"芾芾"，茂盛的样子。　⑤哲哲(zhé)：明亮。

【译文】

东门之外有白杨，叶子茂密好乘凉。约定黄昏来相会，等到启明星儿亮。
白杨长在城门东。叶子密密青葱葱。约定相会在黄昏，等到天亮一场空。

墓　门

【题解】

这是一首人民讽刺、反抗不良统治者的诗，据说是刺陈佗的。《左传》桓公五年，叙述陈桓公生病时，陈佗杀太子免。桓公死后，他自立为君。陈国大乱，国人离散。后来蔡国为陈平乱，杀了陈佗。这首诗在当时民间颇为流行。

墓门有棘①，斧以斯之②。夫也不良③，国人知之。知而不已④，谁昔然矣⑤。

墓门有梅⑥，有鸮萃止⑦。夫也不良，歌以讯止⑧。讯予不顾⑨，颠倒思予⑩。

【注释】

①墓门：陈国城门名。马瑞辰《通释》："《天问》王逸注曰：'晋大夫解居父聘吴，过陈之墓门。'墓门，盖陈之城门。"　棘：酸枣树。　②斯：劈开。　③夫：彼，指作者所讽刺的人。　④不已：不止、不改。　⑤谁昔：畴昔、从前。王先谦《诗三家义集疏》："《释诂》云：'畴，谁也。'故谁昔犹言畴昔也。"　然：就是这样。　⑥梅：《楚辞》王逸注引作"棘"。马瑞辰《通释》："棘、梅二木，美恶大小不类，非诗取兴之旨。梅，古文作某，某、棘形似，棘盖讹作某。"是。这句"梅"字，应订正作"棘"。　⑦鸮(xiāo)：猫头鹰。　萃：集、停息。　止：语尾助词。⑧讯：借作"谇"，警告、责骂。毛诗原作"讯之"，"之"字《列女传》、《广韵》、《楚辞补注》引《诗》都作"止"，应订正为"止"。和上句"有鸮萃止"相应，和上章句尾用两个"之"字相应。　⑨讯予：即予讯。　⑩颠倒：指国家纷乱。陈奂《诗毛氏传笺》："颠倒，乱也。"

【译文】

墓门有棵酸枣树,拿起斧头砍掉它。那人不是好东西,大家都很知道他。恶行暴露他不改,向来生个坏脑瓜。

墓门有棵酸枣树,猫头鹰啊它安家。那人不是好东西,唱个歌儿讥刺他。讥刺告诫他不听,灾难临头才想咱。

防有鹊巢

【题解】

这是一位诗人担忧有人离间他情人的诗。旧说附会为讽陈宣公信谗,不可从。

防有鹊巢①,邛有旨苕②。谁侜予美③?心焉忉忉④!
中唐有甓⑤,邛有旨鹝⑥。谁侜予美?心焉惕惕⑦。

【注释】

①防:堤坝。 ②邛(qióng):土丘。 旨:味美。 苕(tiáo):蔓生植物,一名鼠尾,生在低湿的地上。 ③侜(zhōu):欺诳。 予美:我爱,指作者的情人。 ④忉忉:忧愁的样子。 ⑤唐:古时朝堂前或宗庙门内的大路。中唐,即中庭的道路。 甓(pì):砖瓦。 ⑥鹝(yì):杂色小草,又名绶草。 ⑦惕惕:担心害怕的样子。

【译文】

哪有堤上筑鹊巢?哪有山上长苕草?谁在离间我情人?心里又愁又烦恼。
哪有庭院瓦铺道?哪有山上长绶草?谁在离间我情人?心里担忧又烦躁。

月　出

【题解】

这是一首月下怀人的诗。这首诗的特点是反复咏叹,通篇句句押韵。由于用词变化,所以句法虽复叠而不显单调。诗大约是用陈国方言写的,故所用词语在《诗经》中多不经见。全诗只有“月”、“人”、“心”三个名词和“出”一个动词,其余除“兮”外都是形容词。隐约地描绘出月下美人的风姿和诗人劳心幽思的形象。诗重视声韵效果,读起来动人悦耳。被后人推为三百篇中情诗的杰作。

月出皎兮[①],佼人僚兮[②]。舒窈纠兮[③],劳心悄兮[④]!
月出皓兮[⑤],佼人懰兮[⑥]。舒懮受兮[⑦],劳心慅兮[⑧]!
月出照兮[⑨],佼人燎兮[⑩]。舒夭绍兮[⑪],劳心惨兮[⑫]!

【注释】

①皎:洁白光明。 ②佼:亦作姣,美好。 僚:通"嫽",美好。 ③舒:迟、缓慢。有人解作发声字,作用同"吁",亦通。 窈纠(yǎo jiǎo):形容女子体态苗条的样子。《毛传》:"舒,迟也。窈纠,舒之姿也。" ④劳心:忧心,形容思念之苦。 悄:深忧的样子。 ⑤皓:光明。 ⑥懰(liú):妖媚。 ⑦懮(yōu)受:形容女子走路徐舒婀娜的样子。《玉篇》:"懮受,舒迟之貌。" ⑧慅(cǎo):忧愁不安的样子。 ⑨照:这里当形容词用,指光明。 ⑩燎:漂亮的意思。朱熹《诗集传》:"燎,明也。" ⑪夭绍:也是形容女子体态轻盈。胡承珙《毛诗后笺》:"《文选·西京赋》'要绍修态',注:'要绍,谓婵娟,作姿容也。'《南都赋》'要绍便娟',要绍,皆与夭绍同。" ⑫惨:《诗经》中它和"懆"通用,现代汉语作"躁"。忧愁烦躁不安的样子。《说文》:"懆,愁不安也。"(从戴震《毛郑诗考正》说)

【译文】

月儿出来亮皎皎,月下美人更俊俏。体态苗条姗姗来,惹人相思我心焦!
月儿出来多光耀,月下美人更姣好。婀娜多姿姗姗来,惹人相思心烦恼!
月儿出来光普照,月下美人更美好。体态轻盈姗姗来,惹人相思心烦躁!

株 林

【题解】

这是陈国人民讽刺陈灵公和夏姬淫乱的诗。据《左传》宣公九年、十年记载:夏姬是郑穆公的女儿,嫁给陈国大夫夏御叔,生子夏徵舒,字南。夏姬貌美,陈灵公和他的大夫孔宁、仪行父都和她私通。后来陈灵公被夏徵舒杀死,陈国亦被楚所灭。楚国把夏姬送给连尹襄老。襄老死,夏姬回郑,楚国的申公巫臣娶她,同奔晋国。这首诗应作于陈灵公未被杀的时候,灵公被杀事发生在鲁宣公十年,诗当作于公元前599年以前。

胡为乎株林[①],从夏南[②]?匪适株林[③],从夏南!
驾我乘马[④],说于株野[⑤]。乘我乘驹[⑥],朝食于株[⑦]。

【注释】

①株:陈国邑名,在今河南省西华县西南,夏亭镇北。它是夏姬儿子夏徵舒的封邑。 林:郊。株林和下章株野对文。古代林和野有区别,林较野离邑更远些。这里都是泛指郊外。 ②从:跟。 夏南:夏徵舒的字。马瑞辰《毛诗传笺通释》:"上二句诗人故设为问辞,若不知其淫于夏姬者,以为从夏南游耳。" ③匪:非、不是。 适:往、去。马瑞辰《通释》:"下二句当连读,谓其非适株林从夏南也,言外见其实淫于夏姬,此诗人立言之妙。" ④我:诗人代用陈灵公的口吻。乘:古代一车四马为一乘。 ⑤说(shuì):停息。 ⑥前一乘字:动词,驾。驹:陈奂《诗毛氏传疏》引《释文》作"骄",高五尺以上的马。 ⑦朝食:吃早饭。

【译文】

他到株林去干啥,是跟夏南去游玩?原来他到株林去,不是为了找夏南!

驾着我的四匹马,到了郊外卸下鞍。再换我的四匹驹,赶到夏家吃早饭。

泽陂

【题解】

这是一位女子怀人的诗。

彼泽之陂①,有蒲与荷②。有美一人,伤如之何③!寤寐无为④,涕泗滂沱⑤。

彼泽之陂,有蒲与蕑⑥。有美一人,硕大且卷⑦。寤寐无为,中心悁悁⑧。

彼泽之陂,有蒲菡萏⑨。有美一人,硕大且俨⑩。寤寐无为,辗转伏枕。

【注释】

①泽:池塘。 陂(bēi):堤岸。 ②蒲、荷:《郑笺》以为蒲喻男,荷喻女,可备一说。 ③伤:阳的借字,《鲁诗》和《韩诗》都作"阳"。《尔雅》:"阳,予也。"阳和"姎"、"卬"通用,都是女性第一人称代词。 如之何:奈他何。 ④寤寐:醒着和睡着。 ⑤涕:眼泪。 泗:鼻液。 滂沱:本义是形容多雨,这里借作形容涕泗一时俱下的样子。 ⑥蕑:《鲁诗》作"莲",莲子。《郑笺》:"蕑,当作莲。莲,芙蕖实也。" ⑦卷:婘的假借,品德美好。 ⑧悁悁(yuān):忧闷的样子。 ⑨菡萏(hàn dàn):荷花。 ⑩俨:端庄。《毛传》:"俨,矜庄貌。"

【译文】

池塘边上围堤坝，塘中蒲草伴荷花。看见一个美男子，我心爱他没办法！日夜相思睡不着，眼泪鼻涕一把把。

池塘边上堤岸高，塘中莲蓬伴蒲草。看见一个美男子，身材高大品德好。日夜相思睡不着，心里忧郁愁难熬。

池塘边上堤岸高，塘中荷花伴蒲草。看见一个美男子，身材高大风度好。日夜相思睡不着，翻来覆去空烦恼。

桧　　风

桧，《左传》、《国语》作“郐”，《汉书·地理志》作“会”。《桧风》只四篇。

桧地在今河南省密县东北，东周初年（前769）为郑桓公所灭，见于《史记》；《韩非子》和刘向《说苑》都有记述郑桓公伐桧的事。可见《桧风》全为西周时作品。

羔　　裘

【题解】

一个女子欲奔男子，可是又有所顾忌而不敢，所以内心很忧伤。

羔裘逍遥①，狐裘以朝。岂不尔思？劳心忉忉②！
羔裘翱翔，狐裘在堂③。岂不尔思？我心忧伤！
羔裘如膏④，日出有曜⑤。岂不尔思？中心是悼⑥！

【注释】

①羔裘：和下句的狐裘，都是大夫的服装。平时穿羔裘，进朝穿狐裘。　逍遥：和下章的翱翔，都是游逛的意思。　②忉忉：形容忧劳的样子。　③堂：公堂。大夫朝见人君的地方。　④膏：油。　⑤有曜：即耀耀，形容羔裘。⑥悼：惧、害怕。《说文》：“悼，惧也。”

【译文】

游逛你穿羊皮袄，上朝你披狐皮袍。难道我不思念你？心有顾虑愁难消！
你穿羊裘去游逛，你披狐裘上公堂。难道我不思念你？心有顾虑暗忧伤！
羊皮袍子油光光，太阳出来衣发亮。难道我不思念你？心中恐惧又发慌！

素　冠

【题解】

这是一首悼亡的诗。一位妇女,丈夫死了,将入殓时,她抚尸痛哭,伤心地表示愿意和丈夫同死。

庶见素冠兮①,棘人栾栾兮②。劳心慱慱兮③!
庶见素衣兮,我心伤悲兮!聊与子同归兮④。
庶见素韠兮⑤,我心蕴结兮⑥!聊与子如一兮⑦。

【注释】

①庶:幸。　素冠:白帽。死者的服饰。下"素衣"、"素韠"同。　②棘:古"瘠"字,瘦。　栾栾(luán):脔脔的假借字,形容体枯肌瘦的样子。《说文》:"脔,臞(瘦的意思)也。"引《诗》作"棘人脔脔"。　③慱慱(tuán):忧苦不安的样子。　④聊:愿。　子:你,指丈夫。　同归:即同死的意思。　⑤韠(bì):亦名蔽膝,用皮制成,似今之围裙。　⑥蕴结:忧郁不解的意思。朱熹《诗集传》:"蕴结,思之不解也。"　⑦如一:即同归之意。朱熹《诗集传》:"与子如一,甚于'同归'也。"

【译文】

见到您戴着白帽,瘦稜稜变了容貌,心忧伤不安难熬!
见到您素白衣衫,我心里悲伤难言!愿和您一同归天。
见到您围裙素淡,心忧郁难以排遣!愿和您同赴黄泉。

隰有苌楚

【题解】

这是一位没落贵族悲观厌世的诗。桧国在东周初年就被郑国所灭,这首诗大约是桧将亡时的作品。诗人在乱离之际,竟羡慕起草木的欣欣向荣、无知无觉、无室家之累来了。郭沫若说:"这种极端的厌世思想在当时非贵族不能有,所以这诗也是破落贵族的大作。"(《中国古代社会研究》)

隰有苌楚①,猗傩其枝②。夭之沃沃③,乐子之无知④!

隰有苌楚，猗傩其华。夭之沃沃，乐子之无家[⑤]！
隰有苌楚，猗傩其实。夭之沃沃，乐子之无室！

【注释】

①苌楚：即羊桃、猕猴桃，蔓生植物，实可食。 ②猗傩：音义同“婀娜”，音转又作“旖旎”。柔美的样子。 ③夭：少好，嫩美。 之：语气词，作用同“兮”。 沃沃：形容羊桃光泽壮美的样子。 ④乐：喜，动词，含有“羡慕”的意思。 子：此处指羊桃。 无知：没有知觉。有人解作“没有情欲”或“没有知识”，亦通。 ⑤无家：和下章的无室，都是没有妻、子牵累的意思。

【译文】

低湿地上长羊桃，枝儿婀娜又娇娆。细细嫩嫩光泽好，羡你无知无烦恼！
低湿地上长羊桃，繁花一片多俊俏。柔嫩浓密光泽好，羡你无家真逍遥！
低湿地上长羊桃，果儿累累挂枝条。又肥又大光泽好，羡你无妻无家小！

匪　风

【题解】

这是一位旅客思乡的诗。有人说，诗是从西方流落到东方桧国的人写的，有的说是离开桧国到东方去的人写的。现在无从考证，只得存疑。余冠英《诗经选》说：“唐人诗云：‘故园东望路漫漫，双袖龙钟泪不干。马上相逢无纸笔，凭君传语报平安。’意境相似。”

匪风发兮[①]，匪车偈兮[②]。顾瞻周道[③]，中心怛兮[④]！
匪风飘兮[⑤]，匪车嘌兮[⑥]。顾瞻周道，中心吊兮[⑦]！
谁能亨鱼[⑧]？溉之釜鬵[⑨]。谁将西归？怀之好音[⑩]。

【注释】

①匪：通“彼”。 发：即发发，摹风声。 ②偈（jié）：即偈偈，车马疾驰的样子。 ③周道：大道。马瑞辰《通释》：“周之言绸，《广雅》：‘绸，大也。’周道又为通道，亦大道也。凡《诗》周道，皆谓大路。” ④怛（dá）：忧伤。 ⑤飘：飘风，指旋风。这里用它形容风势迅速旋转的样子。 ⑥嘌（piāo）：车子轻快跑的样子。 ⑦吊：悲伤。 ⑧亨：古和“烹”通用。 ⑨溉：亦作“摡”，洗。 釜：锅。 鬵（xín）：大锅。 ⑩怀：遗、送。 好音：平安消息。

【译文】

风儿刮得发发响，车儿跑得飞一样。回头向着大路望，心里想家真忧伤！

风儿刮得打旋转，车儿轻快急忙忙。回头向着大路望，心里想家泪汪汪！

谁会烧那新鲜鱼？替他把锅洗干净。谁要回到西方去？托他带个平安信。

曹　风

《曹风》共四篇。其中《候人》一诗,朱熹、严粲、方玉润都认为是刺曹共公的。《左传》僖二十八年春,晋文公伐曹,“三月丙午,入曹。数之,以其不用僖负羁而乘轩者三百人也。”这就是《候人》诗所谓的“三百赤芾”。如果他们的话可信,则《候人》一诗当产生于晋文公入曹,即公元前632年以前。《下泉》一诗,王先谦《诗三家义集疏》引齐说曰:“下泉苞稂,十年无王,荀伯遇时,忧念周京。”(《易林》)他断诗是美荀跞之作。何楷《诗经世本古义》:“《左传》鲁昭公三十二年,天子使告于晋,‘天降祸于周,俾我兄弟并有乱心,以为伯父忧,我一二亲昵甥舅,不遑启处,于今十年……。’自春秋昭二十二年王子朝作乱,至三十二年城成周为十年,与《易林》‘十年无王’合。荀伯,即荀跞也。”他们的考证是可信的。晋师统帅荀跞纳周敬王于成周,在鲁昭公时。可见《曹风》产生于春秋时代。

曹地在今山东省西南部菏泽、定陶、曹县一带地方,位于齐晋之间,是一个较小的国家。统治者生活奢侈腐化,人民感到悲观失望,这是很自然的事。《蜉蝣》一诗,正是它的代表作。

蜉　蝣

【题解】

这是一首没落贵族叹息人生短促的诗。在这位感伤的诗人看来,蜉蝣的朝生暮死,与人的“生年不满百”是一样的,都逃不出死亡的规律。曹国在曹共公统治下,许多新兴人物上了台,一些旧家贵族没落了,所以他们发出这样的哀叹。

蜉蝣之羽[①]，衣裳楚楚[②]。心之忧矣，于我归处[③]。
蜉蝣之翼，采采衣服[④]。心之忧矣，于我归息。
蜉蝣掘阅[⑤]，麻衣如雪[⑥]。心之忧矣，于我归说。

【注释】

①蜉蝣：虫名，成虫翅薄而半透明，生存期极短，一般均朝生暮死。　②楚楚：整洁鲜明的样子。　③于：即与。　归处：即死亡。下文的“归息”、“归说(shuì)”都是归宿、死亡的意思。　④采采：犹粲粲，华丽。　⑤掘：穿。阅：古和“穴”通用。宋玉《风赋》“空穴来风”，《庄子》作“空阅来风”。　⑥麻衣：指蜉蝣半透明的羽翼。

【译文】

蜉蝣有对好翅膀，衣裳整洁又漂亮。可恨朝生暮就死，我们归宿都一样。
蜉蝣展翅在飞翔，衣服华丽真漂亮。可恨朝生暮就死，与我归宿一个样。
蜉蝣穿洞来人间，麻衣像雪白晃晃。可恨朝生暮就死，大家都是这下场。

候　人

【题解】

这是曹国没落贵族讥刺新兴人物的诗。郭沫若《中国古代社会研究》：“这当然是讥诮那暴发户才做了贵族的人。这些由奴民伸出头来的人，在旧社会的耆旧眼里看来，当然说他不配的。”但诗对候人小官却是同情的，说他荷戈和殳，努力工作，而他的小女儿仍不免挨饿。对那些穿红皮绑腿的高官，则深为嫉妒，加以讥刺。

彼候人兮[①]，何戈与祋[②]。彼其之子[③]，三百赤芾[④]。
维鹈在梁[⑤]，不濡其翼[⑥]。彼其之子，不称其服[⑦]。
维鹈在梁，不濡其咮[⑧]。彼其之子，不遂其媾[⑨]。
荟兮蔚兮[⑩]，南山朝隮[⑪]。婉兮娈兮[⑫]，季女斯饥[⑬]。

【注释】

①候人：掌管送迎宾客的小官。　②何：《齐诗》作“荷”，揹。　戈、祋(duì)：都是古代的武器名，戈长六尺六寸，祋亦作殳，用竹或木制成的杖，杖端装八稜平头的金属器。　③其(jì)：语助词，无义。　之子：指穿赤芾的暴发户。④赤芾(fú)：红色皮制的蔽膝。《毛传》：“大夫以上，赤芾乘轩。”是古代大夫以上

的官,才能穿红皮蔽膝和坐轩车。曹共公执政的时候,任命三百个新的大夫。诗人所讽刺的就是这些人。 ⑤鹈(tí):即鹈鹕,水鸟名。 梁:鱼坝。 ⑥濡:沾湿。 ⑦称(chèn):适合。 ⑧咮(zhòu):鸟嘴。鹈鹕以长嘴取鱼,在河梁上而嘴不沾湿,也是反常。 ⑨遂:遂意、称心。 媾(gòu):宠爱。朱熹《诗集传》:"遂,称。媾,宠也。遂之为称,犹今人谓'遂意'为'称意'。" ⑩荟、蔚:云雾弥漫的样子。 ⑪南山:曹地山名,在山东曹州济阴县东二十里。 隮(jī):虹。朝隮,早上的虹。 ⑫婉、娈:幼小美好的样子,形容季女。 ⑬季女:少女,这里指候人的幼女。 斯:语助词。

【译文】

候人官职小得很,肩上扛着戈和棍。可恨那些暴发户,红皮绑腿三百人。

鹈鹕栖在鱼梁上,居然未曾湿翅膀。可笑那些暴发户,哪配穿上贵族装。

鹈鹕栖在鱼梁上,长嘴不湿太反常。且看那些暴发户,不会称心得宠长。

云漫漫啊雾弥弥,南山早上彩虹起。候人幼女虽娇好,没有饭吃饿肚皮。

鸤　鸠

【题解】

这是讽刺在位没有好人的诗。诗人理想的"淑人君子",言行一致,受到国内外的称颂和拥护。但在当时的统治阶级中,这样的人实际上是不存在的。诗是从正面写的,如不细加琢磨不易看出它隐含的讽意。它用鸤鸠起兴,实际上是说真正在位的人,虽然拖着白丝带,戴着花皮帽,却不称其服,更不称其职,甚至连鸤鸠都不如。

鸤鸠在桑[①],其子七兮[②]。淑人君子[③],其仪一兮[④]。其仪一兮,心如结兮[⑤]。

鸤鸠在桑,其子在梅[⑥],淑人君子,其带伊丝[⑦]。其带伊丝,其弁伊骐[⑧]。

鸤鸠在桑,其子在棘。淑人君子,其仪不忒[⑨]。其仪不忒,正是四国[⑩]。

鸤鸠在桑,其子在榛。淑人君子,正是国人[⑪]。正是国人,胡不万年[⑫]。

【注释】

①鸤(shī)鸠:鸟名,今名布谷鸟。按春秋时就有鸤鸠养子平均的传说,《左传》昭公十七年:"鸤鸠氏,司空也。"杜预注:"鸤鸠平均,故为司空,平水土。" ②七:七是虚数,言其多。诗人用鸤鸠对许多小鸟平均喂养,比在位的人不如鸟。③淑人:善人。　君子:这里指有才德的人。　④仪:言行。胡承珙《毛诗后笺》:"《缁衣》,子曰,'下之事上也,身不正,言不信,则义不一,行无类也'。其末引诗曰:'淑人君子,其仪一也。'"　⑤结:固结。朱熹《诗集传》:"如物之固结而不散也。"　⑥梅:梅花树。　⑦伊:是。　⑧弁:皮帽。　骐:本义为有花纹的马,这里用它形容帽饰。《郑笺》:"言此带弁者,刺不称其服。"　⑨忒:偏差。　⑩正:长官。　四国:各国。　⑪国人:全国人民。　⑫胡:何。朱熹《诗集传》:"胡不万年,愿其寿考之辞也。"

【译文】

布谷筑巢桑树间,喂养小鸟心不偏。我们理想好君子,说到做到不空谈。说到做到不空谈,忠心耿耿磐石坚。

布谷筑巢桑树间,小鸟学飞梅树颠。我们理想好君子,丝带束腰真不凡。丝带束腰真不凡,玉饰皮帽花色鲜。

布谷筑巢桑树间,小鸟飞在枣树上。我们理想好君子,言行如一不走样。言行如一不走样,四方各国好榜样。

布谷筑巢桑树间,小鸟飞落榛树上。我们理想好君子,全国百姓好官长。全国百姓好官长,怎不祝他寿无疆。

下　泉

【题解】

这是曹人赞美晋国荀跞纳周敬王于成周的诗。据《左传》及《史记》记载,鲁昭公二十二年,周景王死,太子寿先卒,王子猛立。王子朝作乱,攻杀猛,尹氏立王子朝。王子匄居于狄泉,即诗之下泉(亦名翟泉,在今洛阳东郊)。后来晋文公派大夫荀跞攻子朝而立猛弟匄,是为敬王。诗当作于周敬王入成周以后,即在公元前516年后。这是《诗经》中时间最晚的一首诗。

冽彼下泉①,浸彼苞稂②。忾我寤叹③,念彼周京④。
冽彼下泉,浸彼苞萧⑤。忾我寤叹,念彼京周。
冽彼下泉,浸彼苞蓍⑥。忾我寤叹,念彼京师。

芃芃黍苗[7]，阴雨膏之[8]。四国有王，郇伯劳之[9]。

【注释】

①洌(liè)：寒冷。 下泉：出自地下的泉水，亦名狄泉。 ②苞：丛生。稂(láng)：生而不结实的粱、莠一类的草。 ③忾(xì)：叹息。 寤：睡醒。④周京：周天子所居的都城王城(今洛阳西郊)。下文的"京周"、"京师"和周京同义。 ⑤萧：蒿草。 ⑥蓍(shī)：草名。《说文》："蓍，蒿属。" ⑦芃芃(péng)：茂盛的样子。 ⑧膏：润泽的意思。 ⑨郇：与"荀"通，郇伯指晋大夫荀跞。 劳：勤劳。 之：指纳敬王的事。

【译文】

下泉水呀清又凉，淹得莠草难生长。睁眼醒来长叹息，不知京都怎么样。

下泉水呀清又凉，淹得蒿草难生长。睁眼醒来长叹息，空念京城难回乡。

下泉水呀清又凉，淹得蓍草难生长。睁眼醒来长叹息，京师惹人常怀想。

蓬勃一片黍苗壮，阴雨润泽助它长。各国诸侯终有主，护送敬王郇伯忙。

豳　　风

豳，亦作邠。《豳风》共七篇。

《破斧》篇说："周公东征。"《东山》篇说："我徂东山，慆慆不归。""自我不见，于今三年。"这两首诗当是周初的作品。平王东迁，豳地为秦所有。可见《豳风》全部都产生于西周，是《国风》中最早的诗。

豳地在今陕西栒邑、邠县一带地方，它原来是周的祖先公刘所开发的。周是重视农业的民族，所以豳诗多带有务农的地方色彩。除《七月》外，《东山》等诗，也可以看出它的影子。《汉书·地理志》说："昔后稷封斄，公刘处豳，太王徙岐，文王作酆，武王治镐，其民有先王遗风，好稼穑，务本业，故豳诗言农桑衣食之本甚备。"这几句话，说出了豳诗的特点。

七　　月

【题解】

这是一首叙述西周农民一年到头无休止的劳动过程和他们生活情况的诗，反映了当时农民衣、食、住各方面的情况。诗从七月写起，是顺应农事活动的季节性，叙事的结构相当严密。诗用平铺直叙的手法，按月歌唱的形式，突出全诗的一条线索：贵族和农民生活的悬殊，鲜明地反映了当时阶级的对立和社会的本质。

七月流火①，九月授衣②。一之日觱发③，二之日栗烈④。无衣无褐⑤，何以卒岁⑥？三之日于耜⑦，四之日举趾⑧。同我妇子⑨，馌彼南亩[10];田畯至喜[11]。

七月流火,九月授衣。春日载阳[12],有鸣仓庚[13]。女执懿筐[14],遵彼微行[15],爰求柔桑[16]。春日迟迟[17],采蘩祁祁[18]。女心伤悲,殆及公子同归[19]。

七月流火,八月萑苇[20]。蚕月条桑[21],取彼斧斨[22],以伐远扬[23],猗彼女桑[24]。七月鸣鵙[25],八月载绩[26]。载玄载黄[27],我朱孔阳[28],为公子裳。

四月秀葽[29],五月鸣蜩[30]。八月其获[31],十月陨萚[32]。一之日于貉[33],取彼狐狸,为公子裘。二之日其同[34],载缵武功[35]。言私其豵[36],献豜于公[37]。

五月斯螽动股[38],六月莎鸡振羽[39]。七月在野[40],八月在宇[41],九月在户,十月蟋蟀入我床下。穹窒熏鼠[42],塞向墐户[43]。嗟我妇子,曰为改岁[44],入此室处[45]。

六月食郁及薁[46],七月亨葵及菽[47]。八月剥枣[48],十月获稻;为此春酒[49],以介眉寿[50]。七月食瓜,八月断壶[51],九月叔苴[52]。采荼薪樗[53],食我农夫。

九月筑场圃[54],十月纳禾稼[55],黍稷重穋[56],禾麻菽麦[57]。嗟我农夫!我稼既同[58],上入执宫功[59]:昼尔于茅[60],宵尔索绹[61],亟其乘屋[62],其始播百谷[63]。

二之日凿冰冲冲[64],三之日纳于凌阴[65]。四之日其蚤[66],献羔祭韭[67]。九月肃霜[68],十月涤场。朋酒斯飨[69],曰杀羔羊[70],跻彼公堂[71],称彼兕觥[72],万寿无疆!

【注释】

①七月:夏历七月。　流:向下行。　火:星名,亦称大火,即心宿二。每年夏历五月黄昏的时候,这星出现在南方,方向最正,位置最高。六月以后,就偏西向下行。　②授衣:把裁制冬衣的工作,交给妇女们去做。马瑞辰《通释》:“凡言‘授衣’者,皆授使为之也。此诗授衣,亦授冬衣使为之。盖九月妇功成,丝麻之事已毕,始可为衣。非谓九月冬衣已成,遂以授人也。”　③一之日:即夏历的十一月。周历以夏历的十一月为正月。下文二之日,夏历十二月。三之日,夏历一月(正月)。四之日,夏历二月。夏历三月,就不作五之日,只称为“春”。从四月到十月都依照夏历,好像现在农村仍沿用农历一样。皮锡瑞《经学通论》:“此诗

言月者皆夏正，言一、二、三、四之日者皆周正，改其名不改其实。”戴震《毛郑诗考证》：“周时虽改为周正（以农历十一月为正月岁首），但民间农事仍沿用夏历。” 觱（bì）发：寒风触物的声音。　④栗烈：亦作“溧冽”，寒气刺骨。　⑤褐（hè）：本义是粗毛布，这里引申为粗布衣服。　⑥卒：终。　⑦于：为，这里指修理。　耜（sì）：农具，犁的一种。　⑧举趾：举足下田，开始春耕。　⑨同：会合，约的意思。　⑩馌（yè）：送饭。　南亩：泛指田地。　⑪田畯：领主设的监工农官。　⑫春日：指夏历三月。　载：开始。　阳：天气和暖。　⑬有：词头，无义。　仓庚：黄莺。　⑭懿：深。　⑮遵：沿。　微行（háng）：小路。⑯爰：于是。　柔桑：嫩桑叶。　⑰迟迟：形容日长的样子。　⑱蘩：草名，亦名白蒿。有人说蘩是幼蚕的食物，有人说蘩可制蚕箔，有人说用蘩水洗蚕子，使它易出。未知孰是。　祁祁：形容采蘩妇女众多的样子。　⑲殆：怕。　公子：指豳公的儿子。有人说，公子是指豳公的女儿，归训嫁。亦通。　⑳萑（huán）苇：荻草和芦苇。这句省去动词收藏。　㉑蚕月：养蚕的月份，指三月。　条：挑的借字。条桑，修剪桑树。　㉒斨（qiāng）：方孔的斧。　㉓远扬：指过长过高的桑树枝。　㉔猗（yī）：掎的借字，拉着。　女桑：嫩桑叶。　㉕鵙（jú）：鸟名，又名伯劳。　㉖绩：纺织。　㉗载：又是。　玄：黑而带红色。㉘朱：红色。　孔：甚。　阳：鲜明。　㉙秀：长穗。　葽（yāo）：植物名，今名远志，可作药用。　㉚蜩（tiáo）：蝉。　㉛其获：指各种农作物将要收获。㉜陨：坠落。　萚（tuò）：落叶。　㉝于：取。　貉（hè）：似狐而较胖，尾较短，亦称狗獾。　㉞同：会合。　㉟载：则、就。　缵：继续。　武功：指田猎之事。　㊱私：私人占有。　豵：本义是小猪，此处疑泛指小兽。　㊲豜（jiān）：三岁的大猪，这里疑泛指大兽。　公：公家，指统治者。　㊳斯螽（zhōng）：亦名螽斯，今名蚱蜢。　动股：古人误以为蚱蜢以腿磨擦发声。　㊴莎（suō）鸡：虫名，即纺织娘。　振羽：动翅发声。　㊵野：田野。　㊶宇：屋檐，这里指屋檐的下面。　㊷穹：治除，打扫。　窒：这里用作名词，指灰尘垃圾一类堵塞物。　熏鼠：用烟熏赶老鼠。　㊸塞：堵塞。　向：北窗。　墐（jìn）：用泥涂抹。古代农民多编柴竹为门，冬天需涂泥塞缝，以御寒气。　㊹曰：《韩诗》作“聿”，发语词。　改岁：更改年岁，指过年。　㊺处：居住。　㊻郁：蔷薇科小灌木，果实名郁李。　薁（yù）：野葡萄。　㊼亨：同“烹”，煮。　葵：菜名。　菽：大豆。　㊽剥：通“扑”，打。　枣和下句的稻，都是酿酒的原料。㊾春酒：冬天酿酒，经春始成，所以叫春酒。　㊿介（gài）：求。　眉寿：人老了，眉上长毫毛，叫秀眉，所以称长寿为眉寿。　51断：摘下。　壶：葫芦。　52叔：拾取。　苴（jū）：麻子。　53荼：苦菜。　薪：这里作动词“烧”用。　樗

(chū):臭椿。 ㊹场:打粮食的空场。 圃:菜园。古人一地两用,平时种菜,收获季节夯实做场地,所以称场圃。 ㊺纳:收藏。 ㊻黍:糜子,小米。稷:高粱。 重:同"穜"(tóng),早种晚熟的谷。 穋:同稑(lù),晚种早熟的谷。㊼禾:粟。 ㊽同:收齐、集中。 ㊾上:同"尚",还得。 宫功:修缮建筑宫室。 ⑥⓪尔:语助词。 于:取。 ⑥①宵:夜里。 索:搓。 绹:绳。⑥②亟:同"急",赶快。 乘:覆盖。 ⑥③其始:将要开始。 ⑥④冲冲:凿冰的声音。 ⑥⑤凌阴:藏冰的地窖。 ⑥⑥蚤:同"早"。这里指早朝,是古代一种祭祀仪式。 ⑥⑦古代藏冰和取冰都要祭祀。《礼记·月令》:"仲春之月……天子乃鲜(献)羔开冰。" ⑥⑧霜:同"爽"(见王国维《观堂集林·肃霜涤场说》)。肃霜,天高气爽。 ⑥⑨朋酒:两壶酒。 斯:代词,指酒。 飨:以酒食待客。⑦⓪曰:同"聿",发语词。 ⑦①跻:登。 公堂:公共场所。可能是乡民集会的场所。 ⑦②称:举起。 兕觥:古时一种铜制伏兕形酒器。

【译文】

七月"火"星偏西方,九月女工缝衣裳。十一月北风呼呼吹,十二月寒气刺骨凉。粗布衣服都没有,怎样过冬心悲伤。正月农具修整好,二月下地春耕忙。关照老婆和孩子,送饭南田充饥肠;田官老爷喜洋洋。

七月"火"星偏西方,九月女工缝衣裳。春天太阳暖洋洋,黄莺吱喳枝头唱。姑娘手提深竹筐,沿着墙边小路旁,采呀采那柔嫩桑。春天日子渐渐长,采蒿人儿闹嚷嚷。姑娘心里暗悲伤,就怕公子看上把人抢。

七月"火"星偏西方,八月割苇好收藏。三月动手修桑树,拿起斧头拿起斨,高枝长条砍个光,攀着短枝采嫩桑。七月伯劳树上唱,八月纺麻织布忙。染成黑色染成黄,我染红的最漂亮,为那公子做衣裳。

四月远志结子囊,五月知了声声唱。八月庄稼要收割,十月落叶随风扬。十一月把那貉子打,狐皮剥下洗清爽,好给公子做衣裳。十二月大伙聚一起,继续打猎练武忙。留下小猪自己吃,大猪送到公府上。

五月里蚱蜢弹腿响,六月里蝈蝈抖翅膀。七月蟋蟀野地鸣,八月屋檐底下唱,九月跳进房门槛,十月到我床下藏。打扫垃圾熏老鼠,泥好大门封北窗。累完嘱咐妻和子,眼看就要过年关,赶快住进这间房。

六月里野李葡萄尝,七月里煮葵烧豆汤。八月把那枣儿打,十月收割稻米香;把它酿成好春酒,祝贺老爷寿命长。七月采瓜食瓜瓤,八月葫芦吃个光,九月麻子好收藏。采些苦菜砍些柴,是咱农夫半年粮。

九月里筑好打谷场,十月里庄稼要进仓,谷子黄米加高粱,粟麻豆麦分开放。叹我农夫命里忙!大伙庄稼刚收完,又要服役修宫房:白天出外割茅草,晚上搓绳长又长，急急忙忙盖屋顶，开春要播各种粮。

腊月里凿冰冲冲响，正月里送进冰窖藏。二月里取冰行祭礼，献上韭菜和小羊。九月天高气又爽，十月扫清打谷场。捧上两壶清香酒，宰了大羊和小羊，踏上台阶进公堂，高高举起牛角杯，同声高祝寿无疆！

鸱　鸮

【题解】

这是一首禽言诗。全诗以一只母鸟的口气，诉说她过去被猫头鹰抓走了小鸟，但仍经营巢窝，抵御外侮，并抒写她育子修窝的辛勤劳瘁和目前处境的困苦危险。这当然是一首有寄托的诗，但所指何人何事，不得而知。历代学者都认为是周公旦作的，因为《尚书·金縢》和《史记·鲁世家》都记载周公在平定了管、蔡、武庚与淮夷之乱后，作了《鸱鸮》一诗送给成王。但是，《尚书·金縢》经近人考证，已定为伪作；司马迁《史记·鲁世家》的记载当也是以《金縢》为据的。所以周公作《鸱鸮》之说，未必可信。

鸱鸮鸱鸮①！既取我子，无毁我室②。恩斯勤斯③，鬻子之闵斯④！

迨天之未阴雨⑤，彻彼桑土⑥，绸缪牖户⑦。今女下民⑧，或敢侮予！

予手拮据⑨，予所捋荼⑩，予所蓄租⑪，予口卒瘏⑫，曰予未有室家⑬！

予羽谯谯⑭，予尾翛翛⑮。予室翘翘⑯，风雨所漂摇，予维音哓哓⑰！

【注释】

①鸱鸮（chī xiāo）：鸟名，即猫头鹰。古人认为这种鸟是恶鸟，所以诗人用它比喻坏人。　②室：指鸟巢。　③恩：《鲁诗》作“殷”。《郑笺》：“殷勤于稚子。”是恩勤即殷勤，辛苦的意思。　斯：语助词。　④鬻：通“育”，养育。子：指小鸟。　闵：病困。　⑤迨：趁着。　⑥彻：剥取。　土：杜的假借字，《韩诗》作“杜”。桑杜，桑根。诗省“皮”字。　⑦绸缪：缠缚。　⑧女：通“汝”。　下民：指人类。　⑨拮据：因操作劳苦致手指不灵活。　⑩捋：用手自上而下勒取。　荼：芦、茅的花。　⑪蓄：积聚。　租：蒩的借字，亦作苴，

茅草。 ⑫卒:音义同"悴"。卒瘏(tú),口病。马瑞辰:"'卒瘏'与'拮据'相对成文。卒……字通作悴,……卒瘏皆为病。" ⑬曰:同"聿",发语词。 未有室家:指巢还没有修好。 ⑭谯谯(qiáo):形容羽毛枯焦的样子。 ⑮翛翛(xiāo):鸟羽干枯无光泽的样子。 ⑯翘翘:高而危险的样子。 ⑰哓哓(xiāo):因恐惧而发出的叫声。

【译文】

猫头鹰啊猫头鹰!你已抓走我娃娃,不要再毁我的家。日夜操劳费尽心,为养孩子累又乏!

趁着天晴没阴雨,剥些桑树根上皮,修补窗子和门户。现在你们下面人,有谁还敢来欺侮!

我手发麻太疲劳,我采芦花来垫巢,我还贮存干茅草,我的嘴巴累痛了,窝还不曾修理好!

我的羽毛已枯焦,我的尾巴像干草。我的窝儿险而高,风吹雨打晃又摇,吓得我啊吱吱叫!

东　山

【题解】

这是一个远征士卒在归途中思家的诗。他渴望早日回家,又担心可能发生的种种情况,表现了复杂细腻的感情。唐人诗句"近家情更怯,不敢问来人",可为此诗意境作最好注脚。有人认为诗的社会背景和周公东征有关,这位诗人就是参加这次东征的士兵。

我徂东山①,慆慆不归②。我来自东,零雨其濛③。我东曰归,我心西悲。制彼裳衣④,勿士行枚⑤。蜎蜎者蠋⑥,烝在桑野⑦。敦彼独宿⑧,亦在车下。

我徂东山,慆慆不归。我来自东,零雨其濛。果裸之实⑨,亦施于宇⑩。伊威在室⑪,蠨蛸在户⑫。町畽鹿场⑬,熠耀宵行⑭。不可畏也,伊可怀也⑮!

我徂东山,慆慆不归。我来自东,零雨其濛。鹳鸣于垤⑯,妇叹于室⑰。洒埽穹窒⑱,我征聿至⑲。有敦瓜苦⑳,烝在栗薪㉑。自我不见,于今三年!

我徂东山，慆慆不归。我来自东，零雨其濛。仓庚于飞[22]，熠耀其羽。之子于归，皇驳其马[23]。亲结其缡[24]，九十其仪[25]。其新孔嘉[26]，其旧如之何[27]？

【注释】

①徂(cú)：往。 东山：在今山东省曲阜县，亦名蒙山，商时属奄国，它是诗中兵士远征的地方。 ②慆慆(tāo)：长久。 ③零雨：细雨。 其濛：即濛濛。 ④裳衣：指平常的服装。马瑞辰："盖制其归途所服之衣，非谓兵服。" ⑤士：同事。勿士，不要从事。 行：音义同"横"。 枚：是像筷子一样的东西。行枚，亦作"衔枚"，古人行军，用枚横衔在口里，避免说话出声。这里用"行枚"代战争。 ⑥蜎蜎(yuān)：虫蠕动的样子。 蠋：蜀的俗字，似蚕而色青，亦名山蚕。 ⑦烝：久。 ⑧敦(duī)彼：即敦敦，身体蜷缩成团。 ⑨果裸(luǒ)：瓜蒌，亦名栝楼，蔓生葫芦科植物。 ⑩施(yì)：蔓延。 宇：屋檐。⑪伊威：亦作蛜蝛，虫名，今名地鳖虫，生于阴暗潮湿处。 ⑫蟏蛸(xiāo shāo)：虫名，一种喜蛛，一种长脚的小蜘蛛。 ⑬町畽(tǐng tuǎn)：田舍旁空地，禽兽践踏的地方。 ⑭熠耀(yì yào)：闪闪发光的样子。 宵行：虫名，今名萤火虫。 ⑮伊：是。 ⑯鹳(guàn)：水鸟名，形似鹭，亦似鹤。 垤(dié)：土堆。 ⑰妇：指征人之妻。从这句起，到末句"于今三年"，都是诗人想像妻子盼望自己回来和思念之情。 ⑱穹窒：清除脏物。 ⑲我：征人之妻自称。 征：征人。 聿：语助词。 ⑳有敦：敦敦，团团。 瓜苦：即苦瓜。㉑栗：《韩诗》作"蓼"(liǎo)：苦菜。 ㉒仓庚：黄莺。 ㉓皇：亦作"騜"，黄白色的马。 驳：红白色的马。皆指迎亲所用的马。 ㉔亲：指妻子的母亲。缡(lí)：佩巾的带。古代风俗，嫁女的时候，母亲要亲自给女儿结缡。 ㉕九十：形容繁多。指他们结婚时礼节繁多。 仪：仪式、礼节。 ㉖新：指新婚。孔：甚、很。 嘉：美满。 ㉗旧：久，指久别。

【译文】

我到东山去打仗，好久不归岁月长。今天我从东方回，细雨濛濛倍凄凉。我刚听说要回乡，西望家乡心悲伤。缝好一套平时装，不再含枚上战场。山蚕蠕动曲又弯，息在野外桑树上。孤身独睡缩成团，兵车底下权当床。

我到东山去打仗，好久不归岁月长。今天我从东方回，细雨濛濛倍凄凉。瓜蒌结实一串串，蔓延挂在房檐上。屋里尽是地鳖虫，门前结满蜘蛛网。田地变成野鹿场，入夜萤火点点亮。家园虽荒也不怕，越是荒凉越怀想！

我到东山去打仗，好久不归岁月长。今天我从东方回，细雨濛濛倍凄凉。鹳立土堆伸颈叫，妻守空房长嗟伤。洒扫房舍多整洁，盼我征夫早回乡。团团苦瓜本已苦，何况结在苦菜上。自从我们不相见，于今三年想断肠！

我到东山去打仗，好久不归岁月长。今天我从东方回，细雨濛濛倍凄凉。黄莺翻飞春已晚，毛羽鲜明闪闪亮。想她当初做新娘，迎亲花马白里黄。娘替女儿结佩巾，仪式繁多求吉祥。新婚夫妇真美满，久别重逢该怎样？

破　　斧

【题解】

这是随周公东征的士卒喜获生还的诗。周灭殷后，武王把殷地分为三部，命自己的兄弟管叔、蔡叔、霍叔各领一部。封纣子武庚为诸侯，受三叔的监视。武王病死，子成王立，年龄幼小，由武王同母弟周公摄政。后来武庚联合管、蔡和东方旧属国奄、姑蒲及徐夷、淮夷，起兵反周。周公带兵东征，杀武庚和管叔，放蔡叔，灭熊、盈等十七国，把殷顽民迁到洛阳。《破斧》一诗，旧说是赞美周公之作。就诗论诗，并不足信。它只是东征士卒喜获生还而已。此诗作于公元前1113年以后。

既破我斧，又缺我斨①。周公东征②，四国是皇③。哀我人斯，亦孔之将④！

既破我斧，又缺我锜⑤。周公东征，四国是吪⑥。哀我人斯，亦孔之嘉！

既破我斧，又缺我銶⑦。周公东征，四国是遒⑧。哀我人斯，亦孔之休！

【注释】

①缺：缺口。这里作动词用。　斨：方孔的斧。　②周公：周武王的弟弟，名旦。　③四国：指天下，朱熹《诗集传》训为“四方之国”。与《鸱鸮》篇“正是四国”的“四国”同义。《毛传》注四国为管、蔡、商、奄，亦通。其实当时周公所征服的小国，有十几国之多，诗或举其大者而言（见陈奂《诗毛氏传疏》）。　皇：同“惶”，恐惧。　④孔：很。　将：大。《毛传》：“将，大也。”和“好”同义。下文的“嘉”和“休”，都是美善的意思。　⑤锜：似三齿锄的武器。　⑥吪（é）：《鲁诗》作讹，感化。《毛传》：“吪，化也。”　⑦銶（qiú）：像锹一样的武器。胡承珙《毛诗后笺》说：“銶，亦臿类，盖起土之物……臿锹不殊。”　⑧遒：稳定。

【译文】

斧头斫得裂缝长，满身伤痕青铜斨。周公东征到远方，四国听到都着慌。可怜我们这些人，总算命大能回乡！

斧头斫得裂缝粗，作战折断三齿锄。周公东征到远方，四国幡然都悔悟。可怜我们这些人，总算有福回乡土！

斧头斫裂刃锋销，缺口参差手中锹。周公东征到远方，四国平定不动摇。可怜我们这些人，熬到回乡算命好！

伐　柯

【题解】

这首诗写娶妻必须通过媒人，就如砍伐斧柄必须用斧头一样。后来人们称为人做媒叫“伐柯”、“作伐”，即从此而来。旧说认为这是赞美周公的诗，但毫无根据。

伐柯如何①？匪斧不克②。取妻如何③？匪媒不得。
伐柯伐柯，其则不远④。我覯之子⑤，笾豆有践⑥。

【注释】

①柯：斧柄。　②克：能。　③取：通“娶”。　④则：准则、榜样。　不远：指手持斧头砍取制斧柄的材料，其取材的样子就是手中所握之斧柄，不必远求。　⑤覯：见。　之子：指诗人所追求的姑娘。　⑥笾（biān）：竹丝编制高的独足碗，形如豆，古人用它盛果类的食物。　豆，象形字，木制高的独足碗，上有盖，盛肉类的食器。笾和豆都是古人宴会或祭祀用的餐具。　有践：即践践，陈列整齐的样子。《毛传》：“践，行列貌。”

【译文】

要砍斧柄怎么办？没有斧头不成功。要娶妻子怎么办？没有媒人行不通。
砍斧柄呀砍斧柄，样子就在你面前。我看那位好姑娘，料理宴席很熟练。

九　罭

【题解】

这是一首主人留客的诗。这位客人，穿着衮衣绣裳，当然是一位贵族。旧说此诗赞美周公,或以为写东人留周公,均无确据。

九罭之鱼鳟鲂[①]。我觏之子[②],衮衣绣裳[③]。
鸿飞遵渚[④],公归无所[⑤],于女信处[⑥]。
鸿飞遵陆,公归不复[⑦],于女信宿!
是以有衮衣兮[⑧],无以我公归兮[⑨],无使我心悲兮!

【注释】

①九罭(yù):捕小鱼小虾的密网。九,是虚数,言其眼多。 鳟:赤眼鳟,鲤科鱼类之一种。 鲂:鳊鱼。鳟鲂都是较大的鱼,用捕小鱼的密网去捕大鱼它就逃不脱。诗以鱼比客人之尊贵。 ②我:主人自称。 觏:遇见。 之子:指客人。 ③衮(gǔn)衣:画着龙的上衣。 绣裳:五彩的绣裙。按衮衣绣裳,都是古代贵族的礼服。 ④鸿:大雁。 遵:沿着。 渚:水中沙洲。 ⑤公:指客人。 无所:没有一定的处所。 ⑥女:通"汝"。 信:两宿为信。信处犹信宿,住两夜。 ⑦不复:不返。 ⑧有:藏。闻一多:"有,藏之也。" ⑨无以:不让。以,使。《战国策·秦策》:"向欲以齐事王。"

【译文】

细网捞着大鳟鲂。我的客人不平常,画龙上衣彩色裳。
大雁飞飞沿沙洲,您若归去没处留,不住两夜不让走。
大雁沿着陆地飞,您若归去不再回,请住两夜别推诿!
藏起您的绣龙袍,请您别走好不好,不要让我添烦恼!

狼跋

【题解】

这是讽刺贵族公孙的诗。这位公孙,到底是谁,不得而知,只得存疑。他吃得胖胖的,穿着华丽的礼服,实际上品德名誉都不好,因而到处碰壁,处境狼狈。旧说这首诗赞美周公,是因为轻信了伪《尚书·金縢》,从而以暴露为歌颂,有失诗的原意。高亨《诗经今注》虽认为它是刺诗,但他说"硕肤"是"石甫",是讽刺幽王时的虢石甫。似无确证。

狼跋其胡[①],载疐其尾[②]。公孙硕肤[③],赤舄几几[④]。
狼疐其尾,载跋其胡。公孙硕肤,德音不瑕[⑤]?

【注释】

①跋:践、踩。　胡:老狼颔下垂下来的肉。朱熹《诗集传》:“胡,颔下悬肉也。”　②载:同“再”,又。　疐(zhì):同“踬”,也是脚踩的意思。《毛传》:“老狼有胡,进则躐其胡,退则跲其尾。进退有难,然而不失其猛。”诗人以老狼走路兴公孙进退两难狼狈不堪的处境。　③公孙:当时对贵族的称呼,与《七月》诗中的“公子”性质略同,他当是豳公的后代。　硕肤:肥胖的意思。闻一多认为肤与“胪”通,释“腹前肥为胪”(大肚子),亦通。　④赤舄(xì):红色而以金为饰的鞋,亦名“金舄”,贵族配衮衣礼服穿的鞋,与平常穿“履”异。　几几:鞋头弯曲的样子。　⑤德音:这里指品德名誉。　瑕:瑕疵。

【译文】

老狼朝前踩下巴,后退又踏长尾巴。公孙身体肥又大,红鞋弯弯神气煞。

老狼后退踩尾巴,前进又踏肥下巴。公孙身体肥又大,品德名誉差不差?

二雅

雅有《小雅》、《大雅》，合称“二雅”。其中《小雅》七十四篇，（另有六篇“笙诗”有目无辞），《大雅》三十一篇，共计一百零五篇。“二雅”以十篇为一组，以这一组的第一篇诗命名，如《小雅》从《鹿鸣》到《南陔》十篇，称为《鹿鸣》之什。零数的诗，便包含在最后的“什”内，如《大雅·荡之什》就有十一篇。

雅和风一样，是一种乐歌名，是秦地的乐调。周、秦同地，秦在今陕西省，周的都城在今陕西省西安西南，古代叫做“镐京”，这地方的乐调，被称为中原正声。“雅”字《说文》作“鸦”，鸦和乌古同声，乌乌是秦调的特殊声音，所以称周首都的乐调为“雅”。雅乐又有“大雅”、“小雅”的分别，朱熹《诗集传》说：“正小雅，燕飨之乐也；正大雅，会朝之乐，受厘陈戒之辞也。”惠周惕《诗说》：“大、小二雅，当以音乐别之，不以政之大小论也，如律有大、小吕。”余冠英《诗经选》：“可能原来只有一种雅乐，无所谓大小，后来有新的雅乐产生，便叫旧的为大雅，新的为小雅。”以上三说，都没有什么确证，所以到现在为止，关于大小雅的区别，还没有得到圆满可信的解释。

《大雅》的大部分诗作于西周前期，其中最早的是《文王》，《吕氏春秋》曾引这首诗，以为是周公旦所作（约公元前1100年左右）。最晚的诗，可能是《瞻卬》和《召旻》，是幽王时候的作品。《小雅》各篇产生的时间很长，从西周到东周都有，以厉、宣、幽西周末年的诗为最多，最晚的诗如《节南山》提到“尹氏”，《正月》提到“褒姒”，约当平王初年，即公元前770年左右。

除了《小雅》中有少数民歌，如《大东》、《采薇》、《何草不黄》等之外，“二雅”多半是周王朝士大夫上层人物的作品。其中有反映统治阶级内部矛盾的政治讽喻诗，如《节南山》、《巧言》、《何人斯》、《正月》、《十月之交》、《小弁》、《巷伯》、《北山》、《桑柔》、《板》、《瞻卬》等；有反映种族战争的诗，如《出车》、《六月》、《采芑》、《江汉》、《常武》等；有周族的史诗《生民》、《公刘》、《绵》、《皇矣》、《大明》；还有其他一些诗篇，如《鱼丽》、《宾之初筵》描绘了贵族的宴饮生活；《鹿鸣》、《伐木》、《常棣》歌唱了朋友、兄弟之间的感情，等等。“二雅”中诗篇虽有别于《国风》中富于人民性的民歌，但仍不乏有一定深度的优秀作品。

小　　雅

鹿　　鸣

【题解】

这是贵族宴会宾客的诗。诗的写作年代，过去有的说是周成王时，有的说是康王时，均无确据。也有人认为不是产生在成、康的盛世，而是“周衰之作”，即东周以前的作品。《鲁诗》的一派还说这首诗刺“在位之人不仁”，但从诗的内容看来，似无美或刺之意，只是反映当时贵族宴会宾客的一般情况而已。

呦呦鹿鸣①，食野之苹②。我有嘉宾，鼓瑟吹笙。吹笙鼓簧③，承筐是将④。人之好我⑤，示我周行⑥。

呦呦鹿鸣，食野之蒿⑦。我有嘉宾，德音孔昭⑧。视民不恌⑨，君子是则是效⑩。我有旨酒，嘉宾式燕以敖⑪。

呦呦鹿鸣，食野之芩⑫。我有嘉宾，鼓瑟鼓琴。鼓瑟鼓琴，和乐且湛⑬。我有旨酒，以燕乐嘉宾之心。

【注释】

①呦呦：鹿叫的声音。　②苹：藾蒿。陆玑：“藾蒿，叶青色，茎似箸而轻脆，始生香，可生食。”《毛传》训苹为蓱。据《尔雅》，蓱是“水草”。鹿不食水中浮萍，毛训“蓱”是错误的。　③簧：笙中的舌片。　鼓簧：用手按簧，吹出笙的各种节奏音调。笙亦称簧，见《王风·君子阳阳》注②。　④承：奉上。　筐：盛币帛的竹器，亦名篚。《毛传》：“筐，篚属，所以行币帛也。”　将：送。　⑤人：指客人。　好：爱。　⑥示：告。　周行：大道。引申为大道理。　⑦蒿：菊科植物名，亦名青蒿、香蒿。　⑧德音：好品德。　孔：甚。　昭：明。　⑨视：《郑笺》：“视，古示字也。”《孔疏》引《左传》鲁昭公十年引此诗，服虔云：“示民不偷薄也。”三家诗亦作“示”。　恌（tiāo）：同“佻”，偷薄、刻薄的意思。　⑩君子：指一般统治者。　则：法则。　效：仿效。　⑪式：语助词，无义。　燕：通“宴”，宴会。　敖：舒畅快乐。　⑫芩（qín）：蒿一类的植物。陆德明《经典

释文》引《说文》云:“芩,蒿也。”　⑬湛(zhàn):媅的借字。《毛传》:“湛,乐之久。”即酒酣,尽兴的意思。

【译文】

鹿儿呦呦叫不停,唤来同伴吃野苹。我有满座好宾客,席上弹瑟又吹笙。吹笙按簧声和声,捧上礼物竹筐盛。诸位宾朋喜爱我,教我道理最欢迎。

鹿儿呦呦叫不停,呼吃青蒿结伴行。我有满座好宾客,品德高尚有美名。待人宽厚不刻薄,君子学习好典型。我有美酒敬一杯,宾客欢宴喜盈盈。

鹿儿呦呦叫不停,唤来同伴吃野芩。我有满座好宾客,席上弹瑟又奏琴。琴瑟齐奏声和鸣,酒酣耳热座生春。我有美酒敬一杯,借此娱乐诸贵宾。

四　牡

【题解】

这是出使的官吏思归的诗。周在厉王、幽王时代,社会动荡,民生凋敝,官吏尚不能安居,人民的痛苦可想而知。诗用“岂不怀归”的设问句,表达了他因“王事靡盬”不能回家安居奉养父母的苦闷心情。

四牡騑騑①,周道倭迟②。岂不怀归?王事靡盬③,我心伤悲!
四牡騑騑,啴啴骆马④。岂不怀归?王事靡盬,不遑启处⑤!
翩翩者鵻⑥,载飞载下,集于苞栩⑦。王事靡盬,不遑将父⑧!
翩翩者鵻,载飞载止,集于苞杞⑨。王事靡盬,不遑将母!
驾彼四骆,载骤骎骎⑩。岂不怀归?是用作歌,将母来谂⑪!

【注释】

①騑騑(fēi):马不停地走现出疲劳的样子。《广雅》:“騑騑,疲也。行不止,则必疲。”　②周道:大路。　倭迟(yí):亦作“倭夷”、“威夷”、“逶迤”,道路纡回遥远貌。　③靡:无。　盬(gǔ):止息。　④啴啴(tān):喘息。　骆:身白尾黑的马。　⑤遑:暇。　不遑:没有闲暇。　启:小跪。　处:居、坐。　启处:犹言在家安息。方玉润《诗经原始》引项安世曰:“古者席地,故有跪有坐。跪即起身,居即坐也。”按现在的日本人,犹存我国古代席地而坐的遗俗。　⑥鵻(zhuī):鸟名,今称鹁鸪。　⑦苞:茂盛。　栩(xǔ):柞树。　⑧将:养。⑨杞(qǐ):枸杞。　⑩载:语首助词,这里含有勉力的意思。　骎骎(qīn):马飞跑的样子。　⑪来:句中语助词,含有“是”意;和《谷风》的“伊予来塈”的“来”

字用法相同。王引之《经义述闻》:"来,词之'是'也。将母来谂,言我惟养母是念。《笺》训为往来之来,非。" 谂(shěn):古谂和"念"是同音假借字,所以《毛传》训谂为"念",即想念的意思。

【译文】

四匹公马跑得累,大路遥远又纡回。难道不想把家回?王家差事做不完,使我心里太伤悲!

四匹公马不停蹄,累得骆马直喘气。难道不想回家里?王家差事做不完,哪有时间去休息!

翩翩鹁鸪飞又鸣,飞上飞下多高兴,落在丛丛柞树顶。王家差事做不完,要养老父也不行!

翩翩鹁鸪任飞翔,飞飞停停多舒畅,歇在一片杞树上。王家差事做不完,没空回家养老娘!

四马驾车成一行,车儿急驰马蹄忙。难道不想回家乡?唱支歌儿诉衷肠,日夜思念我亲娘!

皇皇者华

【题解】

这是一个使者出外调查民间情况的诗。旧说是送征夫之词,并非诗的本意。所以会有这个误解,是因为《鹿鸣》、《四牡》、《皇皇者华》这三首诗,后来被周统治者谱了乐调在宴会上弹奏,劳使臣时演奏《四牡》,遣使臣时演奏《皇皇者华》,其实和诗的内容并不相合。

皇皇者华①,于彼原隰②。駪駪征夫③,每怀靡及④。
我马维驹⑤,六辔如濡⑥。载驰载驱,周爰咨诹⑦。
我马维骐⑧,六辔如丝⑨。载驰载驱,周爰咨谋⑩。
我马维骆,六辔沃若⑪。载驰载驱,周爰咨度⑫。
我马维骃⑬,六辔既均⑭。载驰载驱,周爰咨询⑮。

【注释】

①皇皇:色彩鲜明的样子。 ②原:高的平原。 隰:低湿的地。 ③駪駪(shēn):《鲁诗》作"侁侁",《韩诗》作"莘莘",三字古通用,急急忙忙的意思。征夫:行人、出使者。 ④每:虽。《广雅》:"每,虽,词也。"马瑞辰《通释》:

“《常棣》诗‘每有良朋’,与‘虽有兄弟’,词异而义同。” ⑤驹:小马。《释文》:“驹本作骄。”《说文》:“马高六尺为骄。”引诗“我马维骄”。按骄古读如驹,可能是后人据音以改字。 ⑥如:和“而”通用。 濡:润泽。 ⑦周:普遍、广泛。爰:于、在。 咨:问。 诹(zōu):聚集讨论。《说文》:“诹,聚谋也。” 咨诹,访问的意思。 ⑧骐:青色而有黑纹的马。 ⑨如丝:形容四马六辔的调匀。《淮南子·修务训》高诱注:“《诗·小雅·皇皇者华》之篇,六辔四马如丝,言调匀也。” ⑩谋:计谋。 ⑪沃:柔润。 若:同然。 ⑫度(duó):酌量。⑬骃:浅黑色间有白色毛的马。 ⑭均:均平、整齐。 ⑮询:询问。

【译文】

花儿朵朵开烂漫,高原低地都开遍。急急忙忙我出差,纵有考虑不周全。
驾起马儿真高骏,六条缰绳多滑润。赶着车儿快快跑,广泛访问城和村。
驾起马儿黑带青,六条缰绳称手匀。赶着车儿快快跑,到处访问老百姓。
雪白马儿黑尾巴,缰绳光润手中拿。赶着车儿快快跑,到处访问细调查。
马儿浅黑毛斑驳,缰绳均匀手中握。赶着车儿快快跑,细心察访勤探索。

常　棣

【题解】

这是一首宴请兄弟的诗。诗的作者旧有两说:《国语》记为成王时周公所作,《左传》记为厉王时召穆公虎作。据考,以《左传》说较可靠。诗以死丧祸乱与和平安宁对比,朋友妻子与兄弟关系对比,突出“凡今之人,莫如兄弟”的主题。

常棣之华①,鄂不韡韡②。凡今之人,莫如兄弟。
死丧之威③,兄弟孔怀④。原隰裒矣⑤,兄弟求矣。
脊令在原⑥,兄弟急难。每有良朋⑦,况也永叹⑧。
兄弟阋于墙⑨,外御其务⑩。每有良朋,烝也无戎⑪。
丧乱既平,既安且宁。虽有兄弟,不如友生⑫。
傧尔笾豆⑬,饮酒之饫⑭。兄弟既具⑮,和乐且孺⑯。
妻子好合,如鼓瑟琴。兄弟既翕⑰,和乐且湛⑱。
宜尔室家⑲,乐尔妻帑⑳。是究是图㉑,亶其然乎㉒!

【注释】

①常棣:即棠梨树。 ②鄂:同“萼”,花萼。《说文》引《诗》作“萼”。

不:花蒂。王引之《经传释词》训“不”为语词,亦通。 韡韡(wěi):鲜明的样子。 ③威:畏。 ④孔怀:很关心。 ⑤裒(póu):聚集之意,也有减少之意,这里引申为自然界的变化。方玉润《诗经原始》:“原隰者,陵谷也。‘裒’为损少,即变迁之意。上言死丧,乃人事之变;下言原隰,乃山川之变。总以见势当变乱,始觉兄弟情深,起下急难、外侮。” ⑥脊令:即鹡鸰,亦名雝渠。《郑笺》:“雝渠,水鸟。而今在原,失其常处,则飞则鸣求其类,天性也。犹兄弟之于急难。” 原:平原。 ⑦每:虽。 ⑧况:增加的意思。 永:长。 ⑨阋(xì):争斗。 ⑩务:通“侮”。《国语》、《左传》引《诗》皆作“外御其侮”。 ⑪烝:与“陈”通,久。朱熹:“烝,发语词。”亦通。 戎:帮助。《尔雅·释言》:“戎,相助也。” ⑫友生:即朋友。 生:语助词。马瑞辰:“生,语词也。唐人诗‘太瘦生’,及凡诗‘何似生’、‘作么生’、‘可怜生’之类,皆以‘生’为语助词。实此诗及《伐木》诗‘友生’倡之也。” ⑬傧:陈列。 笾(biān):古祭祀燕享盛水果、干肉等用的竹制器具。 豆:古盛肉器,用木制成,有盖,黑漆,中朱。 ⑭之:犹是。 饫(yù):吃饱喝足。 ⑮具:通“俱”。既具,已经都来齐。 ⑯孺:相亲。 ⑰翕(xì):合,和睦的意思。 ⑱湛(dān):又作“耽”,尽兴的意思。《释文》:“耽,乐之甚也。” ⑲宜:安。 尔:指兄弟。 ⑳帑:通“孥”,儿子。 ㉑究:深思。 图:考虑。 ㉒亶(dǎn):确实。 其:指“宜室家、乐妻帑”。 然:这样。

【译文】

棠棣花开照眼明,花萼花蒂同根生。试看如今世上人,没人能比兄弟情。
死亡威胁最可怕,只有兄弟最关心。假如地震山川变,只有兄弟来相寻。
鹡鸰流落在高原,兄弟着急来救难。平时虽是好朋友,看你遭难只长叹。
兄弟在家虽争吵,却能同心抗强暴。平时虽有好朋友,事到临头难依靠。
死丧祸乱既平靖,一家生活也安宁。那时虽有亲兄弟,反觉不如朋友亲。
大碗小碗摆上来,又是喝酒又吃菜。兄弟已经都来齐,家宴和乐又亲爱。
情投意合妻子好,弹琴奏瑟同到老。兄弟感情既融洽,和睦相处乐陶陶。
妥善安排你家庭,妻子儿女喜盈盈。认真考虑细思量,此理是否很分明!

伐　木

【题解】

这是一首宴享亲友故旧的诗歌,此诗可能出自民间,后为贵族所修改、采用,也可能是贵族文人仿民歌的作品。从诗的语言技巧和表现手法看来,它可能是西周后期的作品。旧说是文王所作,是没有根据的。

伐木丁丁[①],鸟鸣嘤嘤[②]。出自幽谷[③],迁于乔木[④]。嘤其鸣矣[⑤],求其友声。相彼鸟矣[⑥],犹求友声;矧伊人矣[⑦],不求友生[⑧]?神之听之[⑨],终和且平。

伐木许许[⑩],酾酒有芎[⑪]。既有肥羜[⑫],以速诸父[⑬]。宁适不来[⑭],微我弗顾[⑮]。於粲洒扫[⑯],陈馈八簋[⑰]。既有肥牡[⑱],以速诸舅[⑲]。宁适不来,微我有咎[⑳]。

伐木于阪[㉑],酾酒有衍。笾豆有践[㉒],兄弟无远[㉓]。民之失德[㉔],干糇以愆[㉕]。有酒湑我[㉖],无酒酤我[㉗]。坎坎鼓我[㉘],蹲蹲舞我[㉙]。迨我暇矣[㉚],饮此湑矣。

【注释】

①丁丁(zhēng):刀斧砍树的声音。 ②嘤嘤:鸟和鸣声。 ③幽谷:深谷。 ④乔木:指高处。 ⑤嘤其:即嘤嘤。《鲁诗》认为"嘤"是莺的借字,黄鹂。 ⑥相:视、看。 ⑦矧(shěn):何况。 伊人:是人、这人。 ⑧友生:朋友。 ⑨神之听之:一般释为"神明听之"。马瑞辰不同意这样的解释,他释神为慎,警诫的意思;释听为从,听从的意思(《毛诗传笺通释》)。可备一说。 ⑩许许(hǔ):又作浒浒或所所,伐木时共同用力的呼声,类似今天的劳动号子。朱熹:"许许,众人共力之声。《淮南子》曰:举大木者,呼邪许。盖举重劝力之歌也。" ⑪酾(shī):酒,滤酒。下一章的"酾"是斟的意思。 有芎(xù):芎芎,形容酒味美。《玉篇》:"芎,酒之美也。" ⑫羜(zhù):出生五个月的小羊。 ⑬速:召、邀请。 诸父:对同姓长辈的尊称。 ⑭宁:宁可。 适:凑巧。 ⑮微:非。 顾:念。 ⑯於(wū):叹美词。 粲:鲜明干净。 ⑰陈:陈列,摆设。 馈:食物。 簋(guǐ):盛食品的器具。 ⑱牡:指雄性的小羊。 ⑲诸舅:指异性的长辈。 ⑳咎:过错。 ㉑阪:山坡。 衍:本义是水溢出来。 有衍:即衍衍,形容酒多而美的样子。 ㉒笾豆有践:菜肴摆整齐。见《豳风·伐柯》注⑥。 ㉓兄弟:指同辈的亲友。 无远:不要疏远见外。 ㉔失德:指失去朋友的交谊。 ㉕干糇:本义是干粮。《说文》:"糇,干食也。"这里用它泛指粗薄的点心。朱熹《诗集传》:"干糇,食之薄者也。" 愆:过错。 ㉖湑(xǔ):和"酾"同义,滤。末句的"湑"指滤过的酒。 ㉗酤:同沽,买酒。《毛传》和《说文》都释"酤"为"一宿酒也",即未经滤过有滓的酒,如今酒酿。其说亦通。 我:主人自称。有人说,"我"是语尾助词,如啊,亦通。按这句和上句

都是倒文。 ㉘坎坎：击鼓声。 ㉙蹲蹲（cún）：本作“壿”，形容跳舞合乐的姿态。以上两句也是倒文。 ㉚迨：及、趁。

【译文】

砍起树木铮铮响，林中小鸟嘤嘤唱。小鸟本从深谷出，飞来住到大树上。鸟儿嘤嘤啼不住，呼伴引类声欢畅。看那小鸟是飞禽，尚且求友不断唱。何况我们是人类，不和朋友相来往？天神听说人相爱，也会把那和平降。

呼起号子砍树忙，筛出美酒喷喷香。备好肥嫩小羔羊，请我伯叔来尝尝。宁可凑巧他不来，非我把他撇一旁。屋里扫得真清爽，八盘好菜都摆上。备好肥嫩小公羊，请我长辈来尝尝。宁可凑巧他不来，免叫他人说短长。

小山坡上来砍树，酒已满杯还要注。盘儿碗儿排整齐，兄弟之间别相疏。人们为啥失友情，饭菜不周致交恶。家里有酒筛出来，没酒店里买一壶。敲起鼓儿冬冬响，扬起长袖翩翩舞。趁着今朝有空闲，把这清酒喝下肚。

天　保

【题解】

这是一首臣子祝颂君主的诗，反映了当时统治阶级“敬天保民”的思想。

天保定尔①，亦孔之固②。俾尔单厚③，何福不除④。俾尔多益⑤，以莫不庶⑥。

天保定尔，俾尔戬穀⑦。罄无不宜⑧，受天百禄⑨。降尔遐福⑩，维日不足⑪。

天保定尔，以莫不兴⑫。如山如阜⑬，如冈如陵⑭。如川之方至，以莫不增。

吉蠲为饎⑮，是用孝享⑯。禴祠烝尝⑰，于公先王⑱。君曰卜尔⑲，万寿无疆。

神之吊矣⑳，诒尔多福㉑。民之质矣㉒，日用饮食。群黎百姓㉓，遍为尔德㉔。

如月之恒㉕，如日之升，如南山之寿，不骞不崩㉖。如松柏之茂，无不尔或承㉗。

【注释】

①保定:使安定。 尔:您,指君主。陈奂:"通篇十'尔'字,皆指君上也。" ②亦:语助词。 孔:甚。 固:巩固。 ③俾:使。 单厚:亦作"亶厚",强大。马瑞辰《通释》:"单、厚同义,皆为大也。" ④除(zhù):赐予。 ⑤多益:二字同义,众多的意思,指物产众多丰富。 ⑥以:发声词,无义。 庶:富庶。 ⑦戬(jiǎn)穀:福禄、幸福。《毛传》:"戬,福。穀,禄。"二字同义。 ⑧罄:尽,所有的意思。 ⑨百禄:许多的幸福。百是虚数,许多的意思。 ⑩遐福:远福。 ⑪维:同"惟",只。 维日不足:惟恐每天享福不够。 ⑫兴:盛。指物产兴盛。 ⑬阜:土山。 ⑭陵:大阜为陵。 ⑮吉蠲(juān):二字同义,都是清洁的意思。《毛传》训吉为"善",指吉日良辰,亦通。 饎:酒食。 ⑯是:这,指酒食。 是用:即用是。 享:祭献。王先谦:"祭先人故曰孝享。" ⑰禴(yuè):夏祭。 祠:春祭。 烝:冬祭。 尝:秋祭。 ⑱公:先公。朱熹:"公,先公也。谓后稷以下至公叔祖类也。"按公叔祖类是古公亶父的父亲,见《史记》。 先王:指太王以下。朱熹:"先王,太王以下也。"按太王即古公亶父,周文王的祖父。 ⑲君:指先公先王的神灵。按古代祭祀,用活人打扮神像,叫做"尸"(神主)。当主祭者向祖先祭祀时,尸可代表神讲话。 君曰:即尸传达神的话。 卜:予、赐给。 ⑳吊(dì):至,指神灵、祖考的降临。 ㉑诒:通"贻",送给。 ㉒质:朴实无华。 ㉓群黎:众民。 百姓:百官。《尧典》:"平章百姓。"《传》:"百姓,百官。" ㉔为:音义同"讹",感化。马瑞辰《通释》:"为,当读如'式讹尔心'之讹。讹,化也。" ㉕恒:陈奂《诗毛氏传疏》释为"月上弦之貌"。 ㉖骞(qiān):亏损。 崩:崩坏。 ㉗或:有。 承:继承。

【译文】

上天保祐庇护,使您政权巩固。使您国家强大,赐您一切幸福。让您物产丰盈,叫您国家富庶。

上天保祐庇护,使您安乐幸福。万事无不如意,享受众多福禄。福祉降临您身,唯恐一天不足。

上天保您吉祥!生产蒸蒸日上。恰如巍巍丘陵,又如高高山岗。如水滚滚而来,永远不断增长。

饭菜清清爽爽,拿来祭祀祖上。春夏秋冬四季,祭我先公先王。祖宗开口说话,赐您万寿无疆。

祖宗已经来临,赐您幸福如锦。人民淳朴老实,每天吃饱就行。不管是官是民,个个感您恩情。

您像新月渐盈,您像旭日东升,您像南山高寿,永不亏损塌崩。您像松柏常青，子孙永远继承。

采　薇

【题解】

这是一位守边兵士在归途中赋的诗。旧说是文王时遣送守边兵士出征的乐歌，但从诗的语言艺术和风格看来，很像《国风》中的民歌，不像周初的作品。《汉书·匈奴传》记载周懿王时戎狄交侵，暴虐中国，诗人疾而歌之曰："靡室靡家，猃允之故。"可见诗作于周懿王时（约在公元前934年以后）。末章以柳代春，以雪代冬，借景表情，感时伤事，富于形象性和感染力，是千古传诵的名句。

采薇采薇①，薇亦作止②。曰归曰归，岁亦莫止③。靡室靡家④，猃狁之故⑤。不遑启居⑥，猃狁之故。

采薇采薇，薇亦柔止⑦。曰归曰归，心亦忧止。忧心烈烈⑧，载饥载渴⑨。我戍未定⑩，靡使归聘⑪！

采薇采薇，薇亦刚止⑫。曰归曰归，岁亦阳止⑬。王事靡盬⑭，不遑启处⑮。忧心孔疚⑯，我行不来⑰！

彼尔维何⑱？维常之华⑲。彼路斯何⑳？君子之车㉑。戎车既驾㉒，四牡业业㉓。岂敢定居？一月三捷！

驾彼四牡，四牡骙骙㉔。君子所依㉕，小人所腓㉖。四牡翼翼㉗，象弭鱼服㉘。岂不日戒㉙，猃狁孔棘㉚！

昔我往矣，杨柳依依㉛；今我来思㉜，雨雪霏霏㉝。行道迟迟㉞，载渴载饥。我心伤悲，莫知我哀！

【注释】

①薇：今名野豌豆苗，冬天发芽，春天二三月长大。　②亦：助词，含有"又"的意思。　作：生出。　止：语气词，无义。　③莫：古"暮"字。　④靡：无。室、家：指妻子。诗人终年远戍，和妻子久离，有家等于无家。　⑤猃狁（xiǎn yǔn）：亦作"猃狁"，我国古代西北边区少数族名。春秋时称"戎"或"狄"，秦汉时称"匈奴"或"胡"，隋唐称"突厥"。散居在今甘肃、陕西北部及内蒙西部。　⑥不遑：没有闲暇。　启：跪。　居：坐。古人席地而坐，跪则两膝着席，腰部伸直；坐则臀部和脚跟相触。　⑦柔：肥嫩。　⑧忧心烈烈：忧心如焚。　⑨载：

又。　⑩戍:守。这里指防守的地点。　未定:不固定。　⑪使:使者。聘:探问。　⑫刚:坚硬,指薇菜茎叶渐老变硬。　⑬阳:周代自农历四月到十月,称为阳月。有人训阳为"温暖",亦通。　⑭靡盬:没有止息。　⑮启处:与上文"启居"同义。　⑯疚:病痛。　⑰来:《郑笺》:"来,犹返也。"方玉润:"虽生离犹死别也。"或训来为劳来之来,不来,指无人慰问。说亦可通。⑱尔:三家诗作"𦰩",花盛开的样子。　维:是。　维何:是什么。　⑲常:通"棠",棠梨树。　⑳路:车子。　㉑君子:指将帅。　㉒戎车:兵车。㉓业业:强壮而高大的样子。　㉔骙骙(kuí):马强壮的样子。　㉕依:依靠。陈奂:"依,倚也。"依靠在车厢上。　㉖小人:指兵士。　腓(féi):覆庇、隐蔽。㉗翼翼:行列整齐的样子。　㉘象弭(mǐ):用象牙镶饰的弓。　弭:本是弓的两头缚弦的地方,所以有时亦名弓为弭。　鱼服:即鱼箙,用鱼皮做的箭袋。㉙戒:戒备。　㉚棘:同"亟",紧急。　㉛依依:柳条柔弱随风飘拂的样子。㉜思:语末助词。　㉝雨雪:下雪。　霏霏:雪盛多的样子。　㉞迟迟:缓慢。

【译文】

采薇采薇一把把,薇菜新芽已长大。说回家呀道回家,眼看一年又完啦。有家等于没有家,为跟猃狁去厮杀。没有空闲来坐下,为跟猃狁来厮杀。

采薇采薇一把把,薇菜柔嫩初发芽。说回家呀道回家,心里忧闷多牵挂。满腔愁绪火辣辣,又饥又渴真苦煞。防地调动难定下,书信托谁捎回家!

采薇采薇一把把,薇菜已老发杈桠。说回家呀道回家,转眼十月又到啦。王室差事没个罢,想要休息没闲暇。满怀忧愁太痛苦,生怕从此不回家。

什么花儿开得盛?棠棣花开密层层。什么车儿高又大?高大战车将军乘。驾起兵车要出战,四匹壮马齐奔腾。边地怎敢图安居?一月要争几回胜!

驾起四匹大公马,马儿雄骏高又大。将军威武倚车立,兵士掩护也靠它。四匹马儿多齐整,鱼皮箭袋雕弓挂。哪有一天不戒备,军情紧急不卸甲!

回想当初出征时,杨柳依依随风吹;如今回来路途中,大雪纷纷满天飞。道路泥泞难行走,又渴又饥真劳累。满心伤感满腔悲,我的哀痛谁体会!

出　车

【题解】

这是一位出征的武士凯旋归来赋的诗。旧说是慰劳南仲还师之作,不确。诗大约作于周宣王时,约当公元前800年左右。诗中反映了当时民族矛盾的尖锐化,歌颂了周宣王平定四夷的功绩。从中也可看出贵族文人向民歌吸取营养,丰富提高自己的创作这一明显的事实。

我出我车，于彼牧矣①。自天子所②，谓我来矣③。召彼仆夫④，谓之载矣。“王事多难⑤，维其棘矣⑥。”

我出我车，于彼郊矣。设此旐矣⑦，建彼旄矣⑧。彼旟旐斯⑨，胡不旆旆⑩？忧心悄悄⑪，仆夫况瘁⑫。

王命南仲⑬，往城于方⑭。出车彭彭⑮，旂旐央央⑯。天子命我，城彼朔方。赫赫南仲⑰，玁狁于襄⑱。

昔我往矣，黍稷方华⑲。今我来思，雨雪载涂⑳。王事多难，不遑启居。岂不怀归，畏此简书㉑。

喓喓草虫㉒，趯趯阜螽㉓。未见君子，忧心忡忡㉔。既见君子，我心则降㉕。赫赫南仲，薄伐西戎㉖。

春日迟迟㉗，卉木萋萋㉘。仓庚喈喈㉙，采蘩祁祁㉚。执讯获丑㉛，薄言还归。赫赫南仲，玁狁于夷㉜。

【注释】

①于：往。　牧：郊外。《尔雅》：“邑外谓之郊，郊外谓之牧。”　②所：处所、地方。　③谓：使。马瑞辰《毛诗传笺通释》：“《广雅》：‘谓，使也。’谓我来，即使我来。下文‘谓之载’，即使之载也。”　④仆夫：即御夫，驾车的人。⑤难：指外患。　⑥维：发声词。陈奂《诗毛氏传疏》：“维，发声。凡言‘维其’，其也。‘维以’，以也。‘维此’，此也。‘维彼’，彼也。‘维何’，何也。‘维’皆发声。”棘：同“急”，紧急。　⑦设：陈列。　旐（zhào）：画着龟蛇的旗。　⑧建：立。旄：干旄，一种饰有旄牛尾的曲柄旗。　⑨旟（yú）：画着鹰隼的旗。　斯：语尾助词。　⑩旆旆（pèi）：飞扬的样子。　⑪悄悄：忧愁的样子。　⑫况：怳之假借字。　况瘁：憔悴的意思。陈奂《诗毛氏传疏》：“《楚辞·九叹》云‘顾仆夫之憔悴’，又云‘仆夫慌悴’，并与诗‘况瘁’同。”　⑬南仲：周宣王时的大臣，亦作南中。　⑭城：筑城。　方：指朔方，北方。　⑮彭彭：马强盛的样子。⑯旂：画蛟龙的旗。　央央：鲜明的样子。　⑰赫赫：威名显盛的样子。　⑱襄：通“攘”，扫除。　⑲华：茂盛。朱熹《诗集传》：“华，盛也。”方华，正是茂盛的时候。指北方的六月。　⑳载：充满。　涂：泥浆。《毛传》：“涂，冻释也。”㉑简书：盟书。疑在这次战役前，宣王有和邻近的诸侯盟誓，写成简书的事。㉒喓喓：虫鸣声。　草虫：蝈蝈。　㉓趯趯（tì）：跳跃貌。　阜螽：蚱蜢。㉔忡忡：忧虑不安的样子。　㉕降：下，指心放下了。　㉖薄：语首助词，含有

勉力的意思。　西戎：西北种族名。《国语》韦昭注："犬戎，西戎之别名，在荒服。"按其地在今陕西凤翔的北部。　㉗迟迟：日长的样子。　㉘卉（huì）：草。　萋萋：茂盛的样子。　㉙仓庚：黄莺。　喈喈：鸟鸣声。　㉚祁祁：众多的样子。　㉛讯：间谍。马瑞辰《通释》："文十七年《左传》：'郑子家使执讯而与之书。'杜注：'执讯，通讯问之言。'则'讯'为军中通讯问之人，盖'谍者'之类。"　获：馘（guó）的假借字，割耳朵。古人杀俘虏必割其左耳，以上报计数，这里作动词"杀"用。　丑：对敌人的蔑称。　㉜夷：平定。

【译文】

推出战车马套上，驾到远郊养马场。有人从王那里来，派我出征到北方。唤来马夫驾起车，赶快送我到边防。"国王政事多外患，事儿紧急保家邦。"

推出战车马套上，驾到郊外养马场。车上插起龟蛇旗，树起干旄随风扬。旗上鹰隼气昂昂，怎不展翅高飞翔？我为战事心不安，马夫憔悴驾驭忙。

王命南仲大将军，筑城防敌到北方。驾车四马多壮健，旌旗鲜明亮晃晃。天子下令我执行，去到北方筑城墙。威名赫赫南仲子，扫除猃狁上战场。

当初北征离家乡，黍稷茂盛庄稼香。现在回来打西戎，大雪满路化泥浆。国王政事多外患，无法安居整天忙。难道不想回家乡？邻邦盟约不敢忘。

蝈蝈喓喓不住唱，蚱蜢蹦蹦跳场上。未曾看见南仲面，忧心忡忡虑国防。如今见了南仲面，石头落地心舒畅。声名赫赫南仲子，征伐西戎威名扬。

春天日子渐渐长，草木茂盛叶苍苍。黄莺吱喳枝头唱，采蘩姑娘闹洋洋。捉来间谍杀敌寇，胜利归来到家乡。威名赫赫南仲子，平定猃狁国增光。

杕　杜

【题解】

这是一位民间妇女思念久役的丈夫的诗。后来，统治阶级采了这首民歌，配合雅乐，作为慰劳戍役归来的将士时弹奏的乐章。编辑《诗经》的人，就把它列入《小雅》一类了。

有杕之杜①，有睆其实②。王事靡盬，继嗣我日③。日月阳止④，女心伤止，征夫遑止！

有杕之杜，其叶萋萋。王事靡盬，我心伤悲。卉木萋止，女心悲止，征夫归止！

陟彼北山[5],言采其杞[6]。王事靡盬,忧我父母。檀车幝幝[7],四牡痯痯[8],征夫不远!

匪载匪来[9],忧心孔疚[10]。期逝不至[11],而多为恤[12]。卜筮偕止[13],会言近止[14],征夫迩止[15]!

【注释】

①杕(dì)杜:特立孤生的棠梨树。 ②睆(huǎn):颜色鲜明或果实浑圆的样子。 ③继嗣:继续,含有延长的意思。按古代行役,规定春行秋返,秋行春返。诗中所写的丈夫约在春天参加行役,到杕杜结实,已过秋时,尚未回来,所以说"继嗣我日"。 ④阳:指农历十月。见《采薇》注⑬。 止:语气词。 ⑤陟:登。 ⑥杞:枸杞。 ⑦檀车:役车。檀木坚,古人用它制轮,所以称檀车。幝幝(chǎn):车破旧的样子。 ⑧痯痯(guǎn):疲病的样子。 ⑨匪:通"非"。 载:装。 ⑩疚:病、苦恼。 ⑪期:服役的限期。 逝:过去。 期逝:即逾期的意思。 ⑫多:最。 恤:忧愁。 ⑬卜筮:占卜算卦。 偕:与"嘉"通,吉利(从马瑞辰《通释》说)。 ⑭会:聚会。 言:助词,含有"且"意。有人训会为"合",会言,指卜筮合言,说亦可通。 ⑮迩:近。

【译文】

一株棠梨生路旁,果实累累挂树上。国王差事无休止,服役期限又延长。日子已到十月头,满心忧伤想我郎,征人有空应回乡!

一株棠梨生路旁,叶儿繁茂真盛旺。国王差事无休止,遥想征人我心伤。草木青青春又到,心儿忧碎愁断肠,征人哪天能还乡!

登上北山我彷徨,手采枸杞心想郎。国王差事无休止,谁来奉养爹和娘。檀木车子已破烂,四马疲劳步踉跄,征夫归期该不长!

人不回来车不装,忧心忡忡苦怀想。服役期过不回来,最是忧愁最惆怅。占卜卦辞说吉祥,聚会之期不太长,征人很快就回乡!

鱼 丽

【题解】

这是写贵族宴飨宾客的诗。诗中描写了贵族所用的鱼和酒,不但又美又多,而且常有不缺,反映了当时贵族生活的豪华。《仪礼》中的乡饮酒和燕礼都唱这首诗,可见它后来成为燕飨通用的乐歌。

鱼丽于罶[①]，鲿鲨[②]。君子有酒，旨且多[③]。
鱼丽于罶，鲂鳢[④]。君子有酒，多且旨。
鱼丽于罶，鰋鲤[⑤]。君子有酒，旨且有[⑥]。
物其多矣，维其嘉矣[⑦]。
物其旨矣，维其偕矣[⑧]。
物其有矣，维其时矣[⑨]。

【注释】

①丽(lí)：历录，鱼历历录录地跳着的样子。陈奂《诗毛氏传疏》："丽与录一声之转，鱼丽历在罶，录录历历然也。"　罶(liǔ)：捕鱼的竹笼。　②鲿(cháng)：今名黄颊鱼，形状很像黄鱼。　鲨：体圆而有黑点文。　③旨：味美。④鲂：鳊鱼。　鳢(lǐ)：黑鱼。　⑤鰋(yǎn)：今名鲶鱼。　⑥有：也是多的意思。朱熹《诗集传》："有，犹多也。"　⑦嘉：善。　⑧偕：与"嘉"同义。王引之《经传述闻》："《广雅》：'皆，嘉也。''皆'与'偕'古字通。"　⑨时：及时。苏辙《诗经传》训嘉为"好"，训偕为"齐全"，训时为"时鲜"，可备一说。

【译文】

鱼儿篓里历录跳，小鲨黄颊下锅烧。老爷有酒藏得好，满坛满罐清香飘。
鱼儿篓里历录跳，鳊鱼黑鱼有味道。老爷有酒藏得好，满桶满缸清香飘。
鱼儿篓里历录跳，鲶鱼鲤鱼好菜肴。老爷有酒藏得好，满樽满杯清香飘。
酒菜丰盛花色多，味道实在好不过。
样样酒菜都精美，客人尝了对口味。
吃的喝的堆满仓，时鲜货色不断档。

南有嘉鱼

【题解】

这也是一首描写贵族宴会宾客的诗。它和《鱼丽》性质略同，《鱼丽》多写招待宾客的酒菜之美，这首诗则兼写宾主宴饮之情。

南有嘉鱼[①]，烝然罩罩[②]。君子有酒，嘉宾式燕以乐[③]。
南有嘉鱼，烝然汕汕[④]。君子有酒，嘉宾式燕以衎[⑤]。
南有樛木[⑥]，甘瓠累之[⑦]。君子有酒，嘉宾式燕绥之[⑧]。
翩翩者雏[⑨]，烝然来思[⑩]。君子有酒，嘉宾式燕又思[⑪]。

【注释】

①南：指南方江汉一带。 嘉鱼：好鱼。 ②烝：众多。 罩罩：鱼群游的样子。戴震《毛郑诗考正》："罩罩，盖鱼游水之貌。" ③式：语气词。 燕：宴会饮酒。 以：同而。 ④汕汕：鱼游水的样子。 ⑤衎（kàn）：《毛传》："衎，乐也。" ⑥樛（jiū）木：弯曲的树。 ⑦瓠（hù）：葫芦。 累：缠绕。 ⑧绥：安乐。 ⑨鵻（zhuī）：鹁鸪。 ⑩思：语气词。 ⑪又：与"侑"通用，指劝酒。马瑞辰《通释》："又，即今之右字，古右与侑、宥并通用。"

【译文】

南方有好鱼，群群游水中。主人有好酒，宴会宾客乐融融。

南方有好鱼，群群游水里。主人有好酒，宴会宾客乐无比。

南方曲树弯，葫芦缠树上。主人有好酒，宴会宾客真欢畅。

鹁鸪轻飞翔，成群落树上。主人有好酒，宴会宾客敬一觞。

南山有台

【题解】

这是祝祷周王得贤人的诗。诗人采用民歌习语作为每章的发端，增强了诗的音乐性。

南山有台①，北山有莱②。乐只君子③，邦家之基。乐只君子，万寿无期！

南山有桑，北山有杨。乐只君子，邦家之光④。乐只君子，万寿无疆！

南山有杞⑤，北山有李。乐只君子，民之父母。乐只君子，德音不已⑥。

南山有栲⑦，北山有杻⑧。乐只君子，遐不眉寿⑨？乐只君子，德音是茂⑩。

南山有枸⑪，北山有楰⑫。乐只君子，遐不黄耇⑬？乐只君子，保艾尔后⑭。

【注释】

①台：通"苔"，草名。又名莎草，可做蓑衣。 ②莱：亦作"藜"，草名。嫩叶可食。 ③乐：指周王乐得君子。 只：语助词，含有"是"意。《郑笺》："只

之言‘是’也。” 君子：指贤者。 ④光：光荣。 ⑤杞：木名。《释文》引《义疏》云：“杞，其树如樗，一名狗骨。”按这是南方的一种树，和北方的枸杞不同。 ⑥德音：好名誉。 不已：不止。 ⑦栲：一种常绿高大乔木，木质坚密，皮可提制栲胶或染鱼网。 ⑧杻（niǔ）：檍树。 ⑨遐：通“何”。 眉寿：长寿。 ⑩茂：美盛。 ⑪枸（jǔ）：即枳椇，实如鸡爪，味甜可食。 ⑫楰（yú）：亦名苦楸。 ⑬黄耇（gǒu）：老寿。黄，指老人头发白后发黄。耇，老。 ⑭艾：养育。 尔：你。 后：指子孙后代。

【译文】

南山莎草绿萋萋，北山遍地长野藜。得到君子多快乐，国家靠你做根基。得到君子多快乐，祝你万寿无穷期！

南山遍地有嫩桑，北山到处长白杨。得到君子多快乐，国家有你增荣光。得到君子多快乐，祝你万寿永无疆！

南山杞木株连株，北山岗上长李树。得到君子多快乐，民众尊你是父母。得到君子多快乐，你的美名永记住！

南山栲树绿油油，北山檍树满山丘。得到君子多快乐，怎不盼你享长寿？得到君子多快乐，你的美名传九州。

南山枸树到处有，北山遍地是苦楸。得到君子多快乐，怎不愿你永长寿？得到君子多快乐，保养子孙传千秋。

蓼　萧

【题解】

这是诸侯在宴会中祝颂周王的诗。

蓼彼萧斯①，零露湑兮②。既见君子③，我心写兮④。燕笑语兮⑤，是以有誉处兮⑥。

蓼彼萧斯，零露瀼瀼⑦。既见君子，为龙为光⑧。其德不爽⑨，寿考不忘。

蓼彼萧斯，零露泥泥⑩。既见君子，孔燕岂弟⑪。宜兄宜弟⑫，令德寿岂⑬。

蓼彼萧斯，零露浓浓。既见君子，鞗革冲冲⑭。和鸾雝雝⑮，万福攸同⑯。

【注释】

①蓼(lù):长大的样子。 萧:艾蒿,菊科植物,有香气。 斯:语气词。 ②零:落。 湑(xǔ):露水盛美的样子。 ③君子:这里指周王。 ④写:输写,舒畅。 ⑤燕:宴饮。 ⑥誉处:安乐。朱熹《诗集传》引苏辙《诗经传》曰:"誉、豫通。凡诗之誉,皆言乐也。" 处:安。按《礼记·檀弓》"何以处我",郑注:"处,安也。" ⑦瀼瀼(ráng):露盛的样子。 ⑧为:被。 龙:古"宠"字。《毛传》:"龙,宠也。" ⑨其德:指周王对诸侯的恩德。 爽:差。 ⑩泥泥:露湿的样子。 ⑪孔燕:盛宴。 岂弟:同"恺悌",和易近人。 ⑫宜:感情融洽的意思。 ⑬令德:美德。 寿岂:长寿快乐。 ⑭鞗(tiáo):亦作"鋚",铜制马勒的装饰。 革:勒的借字,即马络头。 冲冲:形容马勒装饰的鋚下垂的样子。 ⑮和鸾:都是车铃。挂在轼上的铃叫作和,挂在车衡上的铃叫作鸾。 雝雝:铃声谐和。 ⑯攸:所。 同:聚。

【译文】

艾蒿高又长,露水闪闪亮。见到周天子,我心真舒畅。宴饮又谈笑,大家喜洋洋。

艾蒿高又长,露水晶晶亮。见到周天子,得宠沾荣光。皇恩真浩荡,万寿永无疆。

艾蒿长又高,露珠纷纷掉。见到周天子,盛宴乐陶陶。兄弟情融洽,德美又寿考。

艾蒿密成丛,叶上露珠浓。见到周天子,马辔镶黄铜。鸾铃响丁东,万福归圣躬。

湛　露

【题解】

这是周王宴饮诸侯的诗。

湛湛露斯①,匪阳不晞②。厌厌夜饮③,不醉无归。
湛湛露斯,在彼丰草。厌厌夜饮,在宗载考④。
湛湛露斯,在彼杞棘⑤。显允君子⑥,莫不令德⑦。
其桐其椅⑧,其实离离⑨。岂弟君子⑩,莫不令仪⑪。

【注释】

①湛湛:露水浓重的样子。 ②晞:干。 ③厌厌:《说文》作“懕懕”,《韩诗》作“愔愔”,安闲的样子。 ④宗:宗庙。 载:同“再”。 考:击、敲。姚际恒《诗经通论》:“考,击也,击钟也。《唐风》:‘子有钟鼓,弗鼓弗考。’再考钟,所谓金奏《肆夏》也。入门、客出及燕之时皆用之。” ⑤杞棘:枸杞和酸枣树。⑥显:显赫高贵。 允:诚信。 君子:指宾客。 ⑦令德:好品德。 ⑧桐:油桐树。 椅:山桐子树。 ⑨离离:繁茂众多的样子。 ⑩岂弟:和易近人。 ⑪令仪:美好的举止礼节。

【译文】

早晨露水重又浓,不晒太阳它不干。夜间宴饮安又闲,酒不喝醉莫回还。

浓浓露水闪亮光,沾在茂盛野草上。夜间宴饮多舒畅,宗庙燕享乐钟响。

浓浓露水闪亮光,沾在枸杞酸枣上。尊贵忠诚众来宾,品德美好有名望。

桐树椅树到深秋,果实累累满枝头。贵客和气又平易,彬彬有礼不酗酒。

彤 弓

【题解】

这是周王举行宴会赏赐有功诸侯时君臣合唱的诗。据《左传》记载,周王曾多次将弓矢等物赐有功诸侯,这可能是周代的一种制度。

彤弓弨兮[①],受言藏之。我有嘉宾[②],中心贶之[③]。钟鼓既设,一朝飨之[④]。

彤弓弨兮,受言载之[⑤]。我有嘉宾,中心喜之。钟鼓既设,一朝右之[⑥]。

彤弓弨兮,受言櫜之[⑦]。我有嘉宾,中心好之。钟鼓既设,一朝醻之[⑧]。

【注释】

①彤(tóng):红色。《荀子·大略》:“天子雕弓,诸侯彤弓,大夫黑弓,礼也。”弨(chāo):放松弓弦。 ②我:天子自称。 嘉宾:指诸侯。 ③贶(kuàng):赠送。 ④一朝:一个上午。 飨:当时盛大宴会的名称。 ⑤载:一般训为用车载。马瑞辰《毛诗传笺通释》说:“载,亦藏也。”说亦可通。 ⑥右:通“侑”,劝酒。 ⑦櫜(gāo):弓袋。 ⑧醻:亦作“酬”,宾主彼此敬酒的

意思。

【译文】

弦儿松松红漆弓，诸侯受赐藏家中。我有如此好宾客，诚心赠物表恩宠。钟鼓乐器齐备好，从早摆宴到日中。

弦儿松松红漆弓，诸侯受赐带家中。我有如此好宾客，心里欢喜现笑容。钟鼓乐器齐备好，从早饮酒到日中。

弦儿松松红漆弓，诸侯受赐插袋中。我有如此好宾客，无限宠爱喜气浓。钟鼓乐器齐备好，从早敬酒到日中。

菁菁者莪

【题解】

这是写学士乐见君子的诗，说的是关于教育人才的事。所以后来人提到教育，常用它作典故。

菁菁者莪①，在彼中阿②。既见君子③，乐且有仪④。
菁菁者莪，在彼中沚⑤。既见君子，我心则喜。
菁菁者莪，在彼中陵⑥。既见君子，锡我百朋⑦。
汎汎杨舟⑧，载沉载浮。既见君子，我心则休⑨。

【注释】

①菁菁：茂盛的样子。　莪：亦名萝蒿，《本草纲目》称之为抱娘蒿。　②中阿：即阿中。　阿：大丘陵。　③君子：这里可能指保氏，即掌管教育的官吏。④仪：仪表。　有仪：有榜样。　⑤沚：水中小沙洲。　⑥陵：大土山。⑦锡：赐。　朋：古人用贝壳作货币，五贝为一串，两串为一朋。　⑧杨舟：杨木制的船。　⑨休：《广雅》称为“喜也”。

【译文】

萝蒿一片密又多，长在向阳南山坡。有幸见到好老师，心里快乐有楷模。

萝蒿一片蓬勃长，长在河心小洲上。有幸见到好老师，心里欢喜又舒畅。

萝蒿一片真茂盛，高高丘陵连根生。有幸见到好老师，胜过赏我百千文。

水中飘着杨木船，半沉半浮没人管。有幸见到好老师，学有榜样心喜欢。

六　月

【题解】

这是叙述、赞美宣王时代尹吉甫北伐猃狁获得胜利的诗。《汉书·匈奴传》："宣王兴师，命将征伐猃允，诗人美大其功。"《汉书·韦玄成传》："周室既衰，四夷并侵，猃允最强。至宣王而伐之。诗人美而颂之曰：'薄伐猃狁，至于太原。'"讲的就是这首诗。周自厉王时起，政治腐败，国势衰弱，四周异族多乘机入侵，其中以北方猃狁的威胁最大。宣王即位以后，发动了讨伐猃狁的战役，一面命令南仲驻兵朔方，加强防守力量；一面派尹吉甫军深入敌地，取得很大的胜利，保证了周邦的安定，号称"中兴"。这首诗从一个侧面反映了"宣王中兴"的事实。

六月栖栖①，戎车既饬②。四牡骙骙③，载是常服④。猃狁孔炽⑤，我是用急⑥。王于出征⑦，以匡王国⑧。

比物四骊⑨，闲之维则⑩。维此六月⑪，既成我服⑫。我服既成，于三十里⑬。王于出征，以佐天子。

四牡修广⑭，其大有颙⑮。薄伐猃狁，以奏肤公⑯。有严有翼⑰，共武之服⑱。共武之服，以定王国。

猃狁匪茹⑲，整居焦穫⑳。侵镐及方㉑，至于泾阳㉒。织文鸟章㉓，白旆央央㉔。元戎十乘㉕，以先启行㉖。

戎车既安㉗，如轾如轩㉘。四牡既佶㉙，既佶且闲。薄伐猃狁，至于大原㉚。文武吉甫㉛，万邦为宪㉜。

吉甫燕喜㉝，既多受祉㉞。"来归自镐，我行永久。"饮御诸友㉟，炰鳖脍鲤㊱。侯谁在矣㊲，张仲孝友㊳。

【注释】

①六月：古代兵法惯例，夏天不出兵，但因猃狁入侵，边事紧急，所以在六月出兵抵抗。　栖栖（xī）：忙碌紧张的样子。　②戎车：兵车。　饬（chì）：整治。③骙骙（kuí）：马强壮的样子。　④载：装载。　常服：兵士作战时穿的军服。据《周礼》，帽和上衣是用兽皮制的，下裳和鞋都是白色的。　⑤猃狁：北狄，见《采薇》注⑤。　孔：很。　炽：盛。　⑥是用：是以、为此。　急：指急行。⑦王：指周宣王，厉王之子，名靖。他继厉王衰微之后，内修国政，外命秦仲攻西

戎,尹吉甫伐猃狁,方叔征荆蛮,召虎平淮夷。史称周室中兴。 于:同“曰”,语助词。 ⑧匡:救助的意思。 ⑨比:比较选择。 物:指马。 骊:黑马。 ⑩闲:练,练习。 则:法则。 ⑪维:发语词。 ⑫服:戎服、军衣。 ⑬于:往。朱熹《诗集传》:“古者吉行日五十里,师行日三十里。” ⑭修广:又高又大。 ⑮有颙(yóng):即颙颙,大头大脑的样子。 ⑯奏:成。 肤:大。 公:通“功”。 ⑰有严:即严严,威武严肃的样子。 有翼:即翼翼,恭敬谨慎的样子。 ⑱共:共同。 武:武事,指战争。 服:事。 ⑲匪:非。 茹:柔弱。有人训茹为“度”,不自量力的意思,亦通。 ⑳整:整队。 居:处,占据。 焦、穫:皆地名,在今陕西泾阳县西北。 ㉑镐(hào):地名,在今宁夏灵武县及其附近地方。不是周都镐京。 方:朔方。 ㉒泾阳:地名,在今甘肃平凉县西。 ㉓织:徽记。当时士卒衣服背后缝有红布的徽记。 鸟章:指将帅的旗帜,旗上面画有鸟隼。文、章:均指花纹。 ㉔旆(pèi):旗端状如燕尾的飘带。 央央(yīng):鲜明的样子。 ㉕元戎:大的战车。 ㉖启:开,这里指冲开。 行:行列,指敌人军队的行列。 ㉗安:指胜利平安归来。 ㉘轾:车向下俯。 轩:车向上仰。写兵车的高低俯仰自如,并未因战争而损坏。 ㉙佶:健壮的样子。 ㉚大原:在今甘肃省固原县。 ㉛文武:能文能武。 吉甫:尹吉甫,这次出征的大将。王先谦《诗三家义集疏》:“《汉书·人表》,尹吉甫列上下第三等,次周宣王世。” ㉜万邦:指众多的诸侯国。 宪:法、榜样。 ㉝燕:宴会。 喜:喜事。 ㉞祉:福。指受周王赏赐之福。 ㉟御(yà):作陪。《郑笺》:“御,侍也。” ㊱炰(páo):同“炮”,蒸煮。 脍:细切鱼或肉。 ㊲侯:维,发语词。 ㊳张仲,吉甫的朋友,《汉书·古今人表》有张中,可能就是他。 孝友:朱熹《诗集传》:“善父母曰孝,善兄弟曰友。”

【译文】

六月出兵好紧张,整理兵车备战忙。四匹公马肥又壮,士兵军服装载上。可恨猃狁太猖狂,我军急行守边防。周王命令我出征,保我邦国保我王。

四匹黑马选得壮,驾马技术练习忙。就在盛夏六月里,军服制成好穿上。新制军服穿上身,日行卅里赴边疆。周王命令我出征,帮助天子战强梁。

四匹公马高又壮,大头大脑气昂昂。同心勉力讨猃狁,建立大功安周邦。将帅威武又谨严,共管战事守国防。共同管好国防事,卫我国家安我王。

猃狁不弱非窝囊,驻兵焦穫战线长。侵略宁夏和朔方,深入甘肃到泾阳。我军挂徽竖鹰旗,旗端飘带白又亮。大型战车有十乘,冲开敌垒勇难挡。

战车安然奏凯还,俯仰自如无损伤。四匹公马真雄壮,说它雄壮却驯良。同心勉力讨猃狁,深入大原敌胆丧。能文能武尹吉甫,四方诸侯好榜样。

宴请吉甫庆喜事,接受赏赐多吉祥。"我从固原班师归,路上行军日子长。"邀请战友作陪客,蒸鳖脍鲤佳肴香。宴会座中还有谁?孝友张仲有名望。

采　芑

【题解】

这是描写方叔南征荆蛮(即楚)的诗。它和《六月》一样,是反映宣王时代周族与他族战争的诗篇之一。

薄言采芑①,于彼新田②,于此菑亩③。方叔涖止④,其车三千,师干之试⑤。方叔率止⑥,乘其四骐⑦,四骐翼翼⑧。路车有奭⑨,簟茀鱼服⑩,钩膺鞗革⑪。

薄言采芑,于彼新田,于此中乡⑫。方叔涖止,其车三千,旂旐央央⑬。方叔率止,约軧错衡⑭,八鸾玱玱⑮。服其命服⑯,朱芾斯皇⑰,有玱葱珩⑱。

鴥彼飞隼⑲,其飞戾天⑳,亦集爰止㉑。方叔涖止,其车三千,师干之试。方叔率止,钲人伐鼓㉒,陈师鞠旅㉓。显允方叔㉔,伐鼓渊渊㉕,振旅阗阗㉖。

蠢尔蛮荆㉗,大邦为雠㉘。方叔元老,克壮其犹㉙。方叔率止,执讯获丑㉚。戎车啴啴㉛,啴啴焞焞㉜,如霆如雷㉝。显允方叔,征伐猃狁,蛮荆来威㉞。

【注释】

①芑(qǐ):一种像苦菜的野菜。　②于:在。　新田:新开垦的田。《尔雅·释地》:"田一岁曰菑,二岁曰新田,三岁曰畬。"　③菑(zī):见上注。　④方叔:周宣王的大臣,出征荆蛮的主帅。　涖:同"莅",来临。　⑤师:众,指兵士。干:盾,指武器。　之:是。　试:用、练习。　⑥率:带领。　止:语气词。⑦骐:有青黑花纹的马。　⑧翼翼:整齐的样子。　⑨路车:大车,贵族坐的车。　奭(shì):即赫。有赫,赫赫,鲜红的样子。　⑩簟茀:竹席制的车帘。鱼服:鱼兽皮制的箭袋。　⑪钩膺:有青铜钩装饰的马鞅,套在马脖子上用以垫轭。　鞗革(tiáo lè):皮制铜饰的马勒,今名马笼头。　⑫中乡:中田,即田中。⑬旂:画有蛟龙的旗。　旐:画有龟蛇的旗。　央央:鲜明的样子。　⑭约:束、

缠。 軧(qí):车毂。 错:花纹。 衡:车辕前端的横木。 ⑮鸾:车铃。 玱玱:铃声。 ⑯服:穿。 命服:指周宣王赐给方叔穿的礼服。 ⑰芾(fú):通"韨",蔽膝。 皇:辉煌。 斯皇:皇皇。 ⑱有玱:玱玱。 葱:绿色。 珩:亦作"衡",佩玉上的横梁。 葱珩:是爵位高的人用的饰物。 ⑲鴥(yù):鸟疾飞的样子。 隼:鹞鹰一类的鸟。 ⑳戾:至。 ㉑爰:于。 ㉒钲:铎一类的铃,有柄。在练习作战时,摇它表示停止。《毛传》:"钲以静之,鼓以动之。" 伐:击,敲。 ㉓陈:列队。 师:二千五百人为一师。 鞫:告,即誓师的意思。 旅:五百人为一旅。这里师和旅都是泛指兵士。 ㉔显:明。允:信。指号令明而赏罚信。 ㉕渊渊:鼓声。 ㉖振旅:指战前训练士兵。阗阗:鼓声。 ㉗蛮荆:古书引《诗》多作"荆蛮",这可能是《毛诗》写倒。 荆蛮:即荆州之蛮。周成王时,封熊绎于荆蛮为楚子。其地在今湖北宜昌一带地方。㉘大邦:指周朝。 ㉙克:能。 犹:同"猷",计谋。 ㉚执讯获丑:捕得俘虏。见《出车》注㉛。 ㉛啴啴(tān):车行声。 ㉜焞焞(tūn):盛大的样子。 ㉝霆:暴雷。 ㉞来:作用略同于"是"。 威:畏。

【译文】

急急忙忙采苦菜,在那郊外新田间,又到这块初垦田。方叔亲临来检验,战车排开整三千,战士持盾勤操练。方叔领兵上前线,乘上战车驰在先,四匹青鬃肩并肩。朱漆战车红艳艳,鱼皮箭袋细竹帘,马鞅马勒光耀眼。

急急忙忙采苦菜,在那郊外新田间,又到这块初垦田。方叔亲临挂帅印,战车威武有三千,军旗招展多光鲜。方叔领兵去出征,皮饰车毂雕花辕,车铃叮当走得欢。王赐官服身上穿,鲜红蔽膝亮闪闪,玉佩铿锵响声传。

鹞鹰疾飞快如箭,忽然高飞上九天,忽然停息落地面。方叔亲临来检验,战车排开整三千,战士持盾勤操练。方叔带兵去出征,钲人击鼓声喧阗,列队誓师好庄严。方叔军纪明又信,击鼓冬冬号令传,士兵动作应鼓点。

荆州蛮子太愚蠢,敢同周朝做仇人。方叔乃是元老臣,雄才大略兵如神。方叔领兵去出征,打得敌人束手擒。战车隆隆起烟尘,排山倒海军容振,势如雷霆动乾坤。方叔军纪明又信,曾经北伐克猃狁,荆蛮闻风已惊心。

车　攻

【题解】

这是一首写周宣王会同诸侯举行田猎的诗。据前人分析,宣王会猎诸侯含有示威慑服的意义。

我车既攻[①],我马既同[②]。四牡庞庞[③],驾言徂东[④]。
田车既好[⑤],四牡孔阜[⑥]。东有甫草[⑦],驾言行狩[⑧]。
之子于苗[⑨],选徒嚣嚣[⑩]。建旐设旄[⑪],薄狩于敖[⑫]。
驾彼四牡,四牡奕奕[⑬]。赤芾金舄[⑭],会同有绎[⑮]。
决拾既佽[⑯],弓矢既调[⑰]。射夫既同[⑱],助我举柴[⑲]。
四黄既驾[⑳],两骖不猗[㉑]。不失其驰[㉒],舍矢如破[㉓]。
萧萧马鸣[㉔],悠悠旆旌[㉕]。徒御不惊[㉖],大庖不盈[㉗]。
之子于征[㉘],有闻无声[㉙]。允矣君子[㉚],展也大成[㉛]。

【注释】

①攻:通“工”,石鼓文作“我车既工”,治理、修缮的意思　②同:齐。③庞庞(lóng):厚实强壮的样子。　④言:助词,含有“而”的作用。　徂:往。东:东都,亦称王城。在今河南洛阳县西郊。　⑤田:通“畋”,打猎。　田车:猎车。　⑥阜:肥壮。　⑦甫草:广大丰茂的草地。　甫:亦作“圃”,《韩诗》作“东有圃草”,《薛君章句》:“圃,博也,有博大之茂草也。”但《郑笺》释为“甫田之草”,以甫田为地名,在今河南开封中牟县西北。二说不同。　⑧狩:通常指冬天打猎,这里特指为放火烧田打猎。《尔雅》:“火田为狩。”郭注:“放火烧草猎亦为狩。”　⑨之子:指宣王。　于:往。　苗:夏猎称苗。　⑩选(suàn):通“算”,清点的意思。　嚣嚣:形容声音嘈杂。　⑪旐:画着龟蛇的旗。　旄:顶端饰旄牛尾的旗。　⑫薄:语助词。　敖:山名,今河南省开封荥泽西北有敖山。按“薄狩”,有的版本作“搏兽”。　⑬奕奕:马从容闲习的样子。　⑭赤芾:即朱芾,红色蔽膝。诸侯之服。　金:黄赤色。　金舄:即赤舄,黄红色的金头鞋,鞋底特厚,当时诸侯所穿。　⑮会同:是古代诸侯朝会天子的专称。这里指诸侯参加打猎的会合。　有绎:绎绎,形容参加的人多,络绎不绝。　⑯决:射箭拉弦时所用的扳指,用象牙或兽骨制成,用时套在右手大拇指上。　拾:又名臂韝,用皮制成,套在左臂上,射箭的时候用它护臂。　佽(cì):齐备。　⑰调:指弓和矢配得很合适。　⑱射夫:弓箭手。　同:聚齐。　⑲柴(zì):胔的假借字,指兽的积尸。　⑳四黄:四匹黄色的马。　㉑两骖:古用四匹马驾车,两边的两匹叫作骖马。　猗:应作倚,偏斜的意思。　㉒驰:这里指驾车时一定的法则。　㉓舍矢:放箭。　如:而。　破:指禽兽被射中。　㉔萧萧:马鸣声。㉕悠悠:旗帜飘动的样子。　㉖徒御:驭手。　不:岂不。　惊:应作警,指严肃警卫着。《毛传》:“不警,警也。”《孔疏》:“岂不警戒乎?言以相警戒也。”有人说,不惊,不吵闹的意思,亦通。　㉗大庖:指宣王的厨房。　盈:充满。《郑

笺》:"不警,警也。不盈,盈也。反其言,美之也。"有人说,不盈,不满,表示分禽的大公无私。亦通。 ㉘征:行,指狩猎归来。 ㉙有闻:指听见队伍归来。声:指人夫喧哗吵闹的声音。 ㉚允:真是。 君子:指宣王。 ㉛展:诚,与"允"同义。 大成:很成功。

【译文】

猎车修理已完工,马儿整齐速度同。四匹公马多强壮,驾着猎车驶向东。

猎车修得很完好,四匹公马大又高。东都甫田有草原,驾车打猎走一遭。

国王夏猎有排场,清点随员闹洋洋。树起旗子插上旄,前往敖山狩猎场。

诸侯驾着四马来,四马从容又轻快。大红蔽膝金头鞋,共同会猎好气派。

扳指臂耩都齐备,强弓利矢两相配。猎罢射手都集中,助拣猎物抬又背。

四匹黄马已驾上,两旁骖马不偏向。往来驰驱有章法,一箭射出就杀伤。

耳听马鸣声萧萧,眼望旌旗悠悠飘。驭手机警又严肃,野味满厨充佳肴。

国王猎罢归京城,人马整肃寂无声。真是圣明好天子,会猎胜利大有成。

吉　日

【题解】

这是一首写周王田猎的诗。

吉日维戊①,既伯既祷②。田车既好,四牡孔阜。升彼大阜,从其群丑③。

吉日庚午④,既差我马⑤。兽之所同,麀鹿麌麌⑥。漆沮之从⑦,天子之所。

瞻彼中原⑧,其祁孔有⑨。儦儦俟俟⑩,或群或友⑪。悉率左右⑫,以燕天子⑬。

既张我弓,既挟我矢⑭。发彼小豝⑮,殪此大兕⑯。以御宾客⑰,且以酌醴⑱。

【注释】

①戊:古人以天干(甲、乙、丙、丁、戊、己、庚、辛、壬、癸)、地支(子、丑、寅、卯、辰、巳、午、未、申、酉、戌、亥)相配计日,这里指戊辰日。朱熹《诗集传》:"以下章(吉日庚午)推之,是日也,其戊辰与?"古人迷信,认为戊日是祭马祖的好日子,所以在这日祷告。 ②伯:祃的假借字,祭祀马神。《尔雅·释天》:"既伯既祷,

马祭也。”郭注:“伯,祭马祖也。” 祷:祈祷。 ③从:追逐。 群丑:指兽群。 ④庚午:在戊辰日祈祷后的第三天。古人迷信,认为“午”也是个好日子。 ⑤差:选择。 ⑥麀(yōu):雌鹿。 麌麌(yǔ):鹿众多的样子。 ⑦漆沮:都是水名,在陕西境内。 ⑧中原:原中,原野里。 ⑨祁:大,指原野的广大。 孔有:很富有。 ⑩儦儦(biāo):《韩诗》作“駓駓”,《说文》作“伾伾”,兽跑的样子。 俟俟:《韩诗》作“骙骙”,兽走的样子。 ⑪群友:《毛传》:“兽三曰群,二曰友。” ⑫率:驱逐。胡承珙《毛诗后笺》:“率有驱义,六朝人每以驱率连文,《梁武帝纪》:‘驱率貔貅,抑扬霆电。’” ⑬燕:本义是安乐,这里作动词“等待”用。 ⑭挟:持、拿。 ⑮发:射箭。 小豝:小猪。 ⑯殪:死。 大兕:大野牛。 ⑰御:进飨、招待。 ⑱酌:饮酒。 醴:甜酒。

【译文】

时逢戊辰日子好,祭了马祖又祈祷。猎车坚固更灵巧,四匹公马满身膘。驾车登上大土坡,追逐群兽飞快跑。

庚午吉日时辰巧,猎马已经选择好。查看群兽聚集地,鹿儿来往真不少。驱逐漆沮岸旁兽,赶向周王打猎道。

放眼远望原野头,地方广大物富有。或跑或走野兽多,三五成群结队游。把它统统赶出来,等待周王显身手。

按好我的弓上弦,拔出箭儿拿在手。一箭射中小野猪,再发射死大野牛。烹调野味宴宾客,作成佳肴好下酒。

鸿 雁

【题解】

这是写周王派遣使臣救济难民的诗。周厉王的时候,万民离散,不安其居。宣王中兴,派使臣四出招抚难民,叫他们回到故土,鳏寡都各得其所。诗中以鸿雁于飞比使臣奔走于野。后世以“哀鸿”一词作为流民的代称,就是从这首诗的诗题引申出来的。

鸿雁于飞[①],肃肃其羽[②]。之子于征[③],劬劳于野[④]。爰及矜人[⑤],哀此鳏寡[⑥]。

鸿雁于飞,集于中泽[⑦]。之子于垣[⑧],百堵皆作[⑨]。虽则劬劳,其究安宅[⑩]。

鸿雁于飞,哀鸣嗷嗷⑪。维此哲人⑫,谓我劬劳。维彼愚人,谓我宣骄⑬。

【注释】

①鸿:大雁。 于:语助词。 ②肃肃:鸟拍翅膀的声音。 ③之子:指周王派出救济难民的使臣。 于:往。 征:远行。 ④劬劳:辛苦劳累。⑤爰:乃。 矜人:穷苦的人。 ⑥哀:怜悯。 鳏:老而无妻。 寡:寡妇。这里用以代指一般无家可归的难民。 ⑦集:停息。 中泽:泽中。 ⑧垣:墙。 ⑨百:泛指,言其多。 堵:指墙。 作:建筑起来。 ⑩究:穷,指穷困的人。 安宅:安居。 ⑪嗷嗷:鸟哀鸣的声音。 ⑫哲人:智者,明白人。⑬宣骄:骄奢、摆阔。

【译文】

大雁远飞翔,翅膀沙沙响。使臣走远路,辛劳奔波忙。救济贫苦人,鳏寡可怜相。

大雁远飞翔,落在湖中央。使臣巡工地,筑起百堵墙。虽然很辛苦,穷人有住房。

大雁远飞翔,哀鸣声凄凉。只有明白人,说我辛苦忙。那些愚昧者,说我讲排场。

庭燎

【题解】

这是写周王早起将要视朝的诗。从诗的内容看,好像是出于周王自述。

夜如何其①?夜未央②,庭燎之光③。君子至止④,鸾声将将⑤。
夜如何其?夜未艾⑥,庭燎晣晣⑦。君子至止,鸾声哕哕⑧。
夜如何其?夜乡晨⑨,庭燎有辉⑩。君子至止,言观其旂⑪。

【注释】

①夜:指夜色。 如何:什么时候的意思。 其(jī):表疑问的语气词。②央:尽。 ③庭燎:宫廷中用麻秸等易燃物扎成的火炬,用以照明。 ④君子:指朝见周王的诸侯。 止:语气词。 ⑤鸾:亦作“銮”,车铃。 将将(qiāng):即锵锵。 ⑥艾:止、尽,和“央”同义。 ⑦晣晣(zhì):亦作“晢晢”,明亮的样子。 ⑧哕哕(huì):有节奏的铃声。 ⑨乡:今作“向”。向

晨,近晓。 ⑩烰(xūn):形容烟火缭绕的样子。 ⑪言:语首助词。

【译文】

现在夜里啥时光?长夜漫漫天未亮,是那火炬烧得旺。诸侯朝见快来到,远处车铃叮当响。

现在夜里啥时光?夜色濛濛天未亮,是那火炬明晃晃。诸侯朝见快来到,铃声渐近响叮当。

现在夜里啥时光?长夜将尽天快亮,火炬渐熄烟气香。诸侯朝见已来到,只见旌旗随风扬。

沔 水

【题解】

这是一首忧乱畏谗而戒友的诗。旧说是规劝宣王的,已被后人指出并无根据。

沔彼流水①,朝宗于海②。鴥彼飞隼③,载飞载止④。嗟我兄弟⑤,邦人诸友⑥,莫肯念乱⑦,谁无父母?

沔彼流水,其流汤汤⑧。鴥彼飞隼,载飞载扬⑨。念彼不迹⑩,载起载行。心之忧矣,不可弭忘⑪。

鴥彼飞隼,率彼中陵⑫。民之讹言⑬,宁莫之惩⑭。我友敬矣⑮,谗言其兴⑯。

【注释】

①沔(miǎn):水流满的样子。 ②朝宗:诸侯朝见天子。《周礼·春官·大宗伯》:"春见曰朝,夏见曰宗。"借指百川入海。《书·禹贡》:"江汉朝宗于海。"谓百川归海,犹诸侯朝见天子。 ③鴥(yù):鸟疾飞的样子。 隼:鹰属。 ④载:又。 ⑤兄弟:指同姓族人。 ⑥邦人:国人,指异姓朋友。 ⑦念:考虑。 乱:动乱、战乱。 ⑧汤汤(shāng):同"荡荡",水大流急的样子。 ⑨扬:高飞的样子。 ⑩不迹:不循轨道,不遵循法则办事。 ⑪弭忘:消除、忘记。 ⑫率:循、沿。 中陵:即陵中。按这章可能脱简,少了两句。朱熹《诗集传》:"疑当作三章,章八句。卒章脱前两句耳。" ⑬讹言:即谣言、谗言之意。 ⑭宁:胡、为什么。 惩:止。 ⑮敬:同儆、警,警惕的意思。 ⑯其兴:将要兴起。

【译文】

流水盈盈向东方，百川归海成汪洋。天空隼鸟任疾飞，飞飞停停不慌忙。可叹同姓诸兄弟，可叹朋友和同乡，无人考虑国事乱，你们难道没爹娘？

流水盈盈向东方，浩浩荡荡入海洋。天空隼鸟任疾飞，扇动翅膀高翱翔。上边做事没准则，坐立不安我彷徨。心忧国事这模样，终日焦虑不能忘。

天空隼鸟任疾飞，沿着山陵高翱翔。民间谣言纷纷起，不去制止真荒唐。告我友朋须警惕，谗言蜂起要提防。

鹤　鸣

【题解】

这是一首通篇用借喻的手法，抒发招致人才为国所用的主张的诗，亦可称为“招隐诗”。

鹤鸣于九皋①，声闻于野。鱼潜在渊，或在于渚②。乐彼之园③，爰有树檀④，其下维萚⑤。它山之石⑥，可以为错⑦。

鹤鸣于九皋，声闻于天。鱼在于渚，或潜在渊。乐彼之园，爰有树檀，其下维榖⑧。它山之石，可以攻玉⑨。

【注释】

①鹤：诗中以鹤比隐居的贤人。　皋：沼泽。九是虚数，言沼泽极其曲折。按古书如《史记·滑稽列传》、《论衡·艺增篇》、《汉书·张衡传》注等引此句，都作“鹤鸣九皋”，没有“于”字。　②渚：河中小洲，这里与“渊”相对而言，指小洲旁的浅水。诗人以鱼在渊在渚，比贤人隐居或出仕。　③园：花园。隐喻国家。④爰：语助词。　树檀：檀树，比贤人。　⑤萚（tuò）：枯落的枝叶，比小人。⑥它山之石：指别国的贤人。　⑦错：厝的假借字，《说文》及《淮南子》引诗均作“厝”。雕刻玉的工具，用宝石制成。　⑧榖：楮树，树皮可制纸。《毛传》：“榖，恶木也。”喻小人。　⑨攻：加工、雕刻。

【译文】

沼泽曲折白鹤叫，鸣声嘹亮传四郊。鱼儿潜在深水里，有时游出近小岛。美丽花园逗人爱，园里檀树大又高，树下落叶已枯焦。它乡山上有宝石，同样可做雕玉刀。

沼泽曲折白鹤叫，鸣声嘹亮传九霄。鱼儿游在沙洲边，潜入深渊也逍遥。美丽花园逗人爱，园里檀树大又高，下有楮树矮又小。它乡山上有宝石，同样可把玉器雕。

祈　父

【题解】

这是一位王都卫士斥责司马的诗。原来卫士是保卫都城王宫，现在让他出征抵抗戎人，所以怨愤而作此诗。

祈父①，予王之爪牙②。胡转予于恤③，靡所止居④？
祈父，予王之爪士⑤。胡转予于恤，靡可厎止⑥？
祈父，亶不聪⑦。胡转予于恤，有母，之尸饔⑧！

【注释】

①祈：亦作“畿”，即邦畿。祈父，指掌管都城禁卫的长官，亦称司马，相当于后世的卫戍司令。　②予：为、是。　爪牙：武将。这里指祈父。　③胡：为什么。　转：移、调动。　予：我。　恤：忧，指可忧的战地。　④靡：无。　所：住所。　止居：居住。　⑤爪士：虎士（王都卫士）的意思，司马是虎士的头领，所以用爪士借称祈父。《周官》：“虎贲氏属有虎士八百人。”　⑥厎（zhǐ）止：和上“止居”同义。　⑦亶（dǎn）：诚、确实是。　不聪：不闻、不了解下情。⑧之：则，表示语气转折。　尸：陈列。　饔（yōng）：亦作“雍”，熟食，包括饭和菜而言。尸饔，指陈列饭菜祭祀。

【译文】

大司马呀大司马，你是国王的爪牙。为啥调我到战场，害得我背井离家？

大司马呀大司马，你是卫士的领班。为啥调我到战场，害得我有家难还？

大司马呀大司马，你真不了解情况。为啥调我到战场，去时娘在，回来哭灵堂！

白　驹

【题解】

这是一首别友思贤的诗。可能是厉王、幽王时代的作品。旧有“刺宣王”之说，恐不可从。

皎皎白驹[1]，食我场苗[2]。絷之维之[3]，以永今朝[4]。所谓伊人[5]，於焉逍遥[6]？

皎皎白驹，食我场藿[7]。絷之维之，以永今夕。所谓伊人，於焉嘉客？

皎皎白驹，贲然来思[8]。尔公尔侯[9]？逸豫无期[10]。慎尔优游[11]，勉尔遁思[12]！

皎皎白驹，在彼空谷。生刍一束[13]，其人如玉[14]。毋金玉尔音[15]，而有遐心[16]。

【注释】

①皎皎：洁白。　②场：圃、菜园。　苗：据下文藿，此处当指豆苗。　③絷：用绳绊住马脚。　维：拴住马缰绳。　④永：延长。永今朝，延长到今天。留客多住一天之意。　⑤伊人：这人，指他的朋友。　⑥於：古乌字，何处。於焉，在何处。　⑦藿：豆叶。　⑧贲（bēn）：通“奔”。贲然，马快跑的样子。　思：语助词。　⑨尔：你。　公、侯：爵位名。　⑩逸豫：安逸享乐。　⑪慎：谨慎。　优游：悠闲自得。　⑫勉：劝。　遁：遁世，逃避现实的生活。　⑬生刍：青草，喂马吃的草料。　⑭如玉：形容友人的品德像玉一样纯洁。　⑮金玉：作动词用，贵重吝惜的意思。　音：音讯。　⑯遐：远。遐心，疏远我的心。

【译文】

浑身皎洁小白马，请来吃我园中苗。绊住它脚拴住它，让那光阴慢些跑。想起我那好朋友，你在何处独逍遥？

浑身皎洁小白马，来我园中吃豆叶。绊住它脚拴住它，留下你再过一夜。想起我那好朋友，谁家做客主宾谐？

浑身皎洁小白马，快把车儿往回拉。你是公爷还是侯？日夜优游不回家。安闲游乐莫过分，切勿避世图闲暇！

浑身皎洁小白马，在那山谷自在跑。青草一捆作饲料，等待如玉友人到。别后音书莫吝惜，心存疏远非知交。

黄　鸟

【题解】

这是一个流亡到周都镐京的人思归的诗。

黄鸟黄鸟[①]，无集于榖[②]，无啄我粟[③]。此邦之人，不我肯穀[④]。言旋言归[⑤]，复我邦族[⑥]。

黄鸟黄鸟，无集于桑，无啄我粱。此邦之人，莫可与明[⑦]。言旋言归，复我诸兄[⑧]。

黄鸟黄鸟，无集于栩[⑨]，无啄我黍。此邦之人，不可与处[⑩]。言旋言归，复我诸父[⑪]。

【注释】

①黄鸟：黄雀。 ②榖：楮树。 ③粟：小米。 ④穀：善良。 ⑤第一个言字训"我"，第二个言字训"曰"，语助词，无义（从陈奂《诗毛氏传疏》说）。 ⑥复：返。 ⑦明：音义同"盟"，信任。 ⑧诸兄：同族兄弟。 ⑨栩（xǔ）：柞树。 ⑩处：相处。 ⑪诸父：同族叔伯。

【译文】

黄鸟黄鸟听我讲，不要停在楮树上，不要吃我小米粮。这个国家的人们，对我实在不善良。回去回去快回去，回到本国我家乡。

黄鸟黄鸟听我讲，不要停在桑树上，不要吃我红高粱。这个国家的人们，不守信用真荒唐。回去回去快回去，回到故土见兄长。

黄鸟黄鸟听我讲，不要停在柞树上，不要吃我玉米粮。这个国家的人们，没法共处相来往。回去回去快回去，去和伯叔细商量。

我行其野

【题解】

这是一首弃妇诗。

我行其野，蔽芾其樗[①]。昏姻之故[②]，言就尔居[③]。尔不我畜[④]，复我邦家。

我行其野，言采其蓫[⑤]。昏姻之故，言就尔宿。尔不我畜，言归斯复[⑥]。

我行其野，言采其葍[⑦]。不思旧姻，求尔新特[⑧]。成不以富[⑨]，亦祇以异[⑩]。

【注释】

①蔽芾(fèi):草木茂盛的样子。 樗(chū):臭椿。 ②昏姻:即婚姻。 ③言:乃。 就:相从。 ④畜:喜爱。《孟子》:"畜君者,好君也。"《毛传》训畜为"养",亦通。这句是倒文,即尔不畜我。 ⑤蓫(zhú):草名。亦作蓫,又名羊蹄菜。 ⑥归:指大归;即妇女被休归母家。 斯:语助词。 ⑦葍(fú):一种多年生蔓草,地下茎可蒸食。 ⑧特:匹、配偶。 ⑨成:诚的假借字。《论语》引作"诚不以富"。 诚:确实。 ⑩祇:只、仅仅。 异:异心。

【译文】

我在郊外独行路,臭椿枝叶长满树。因为结婚成姻缘,才来和你一块住。你却无情不爱我,只好回去当弃妇。

我在郊外独行路,采棵臭蓫情难诉。因为结婚成姻缘,夜夜才和你同宿。你却无情不爱我,只好回到娘家住。

我在郊外独行路,摘株葍草心凄楚。不念旧妻太狠心,追求新配真可恶。并非她家比我富,是你异心相辜负。

斯 干

【题解】

这是歌颂周王宫室落成的诗。诗的最后两章,反映了西周封建社会男尊女卑的意识形态。

秩秩斯干①,幽幽南山②。如竹苞矣③,如松茂矣。兄及弟矣,式相好矣④,无相犹矣⑤。

似续妣祖⑥,筑室百堵⑦,西南其户⑧。爰居爰处⑨,爰笑爰语。

约之阁阁⑩,椓之橐橐⑪。风雨攸除⑫,鸟鼠攸去,君子攸芋⑬。

如跂斯翼⑭,如矢斯棘⑮,如鸟斯革⑯,如翚斯飞⑰,君子攸跻⑱。

殖殖其庭⑲,有觉其楹⑳。哙哙其正㉑,哕哕其冥㉒,君子攸宁。

下莞上簟㉓,乃安斯寝。乃寝乃兴㉔,乃占我梦㉕。吉梦维何㉖?维熊维罴㉗,维虺维蛇㉘。

大人占之㉙:"维熊维罴,男子之祥㉚;维虺维蛇,女子之祥㉛。"

乃生男子,载寝之床㉜,载衣之裳㉝,载弄之璋㉞。其泣喤喤㉟,朱芾斯皇㊱,室家君王㊲。

乃生女子，载寝之地[38]，载衣之裼[39]，载弄之瓦[40]。无非无仪[41]，唯酒食是议[42]，无父母诒罹[43]。

【注释】

①秩秩：形容水清而流动的样子。 斯：此、这。 干：通"涧"。 ②幽幽：深远的样子。 南山：终南山，主峰在陕西省西安南。 ③如：有的意思。 苞：草木丛生。 ④式：发语词。 ⑤犹：通"猷"，欺诈。马瑞辰《通释》："犹、猷古通用。《方言》：'猷，诈也。'《广雅》：'犹，欺也。'" ⑥似：通"嗣"。似续，继承。 妣(bǐ)：古时称已死的母亲为妣。 ⑦堵：一面墙为一堵。百堵言房屋之多。 ⑧户：门。 南：指宫室的中堂，它的正门朝南。 西：指宫室的左右房，它的边门朝西。诗人不说东，是为句式所限制，说西也就包括了东(从马瑞辰《通释》说)。 ⑨爰：于是。 ⑩约：捆束。 阁阁：象声词。此句指紧紧捆扎筑墙用的木框架，捆时咯咯作声。 ⑪椓(zhuó)：敲打、槌筑。 橐橐(tuó)：夯土声。 ⑫攸：语助词。 除：去。 ⑬芋：宇的借字，居住的意思。 ⑭跂：通"企"，踮起脚跟。 斯：语助词。 翼：端正的样子。 ⑮棘：通"急"。发箭急矢出如直线。此用以比喻房屋的正直整齐。 ⑯革：翅膀。陈奂："革，古文鞆。……《释文》引《韩诗》正作鞆，云'翅也'。《说文》：'鞆，翅也。'" ⑰翚(huī)：雉、野鸡。 ⑱跻：升、登上。 ⑲殖殖：平正的样子。⑳有觉：觉觉，高大而直的样子。 楹：柱子。 ㉑哙哙(kuài)：房间宽敞明亮的样子。 正：指白天。 ㉒哕哕(huì)：深暗的样子。 冥：指夜晚。 ㉓莞(guān)：草编的席。 簟：竹苇制的席。古人席地而坐，宫室落成之后，即下铺莞，上铺簟。 ㉔兴：起来。 ㉕占：占卜。 ㉖维：是。下二句同。维何，是什么。 ㉗罴(pí)：熊类，比熊大。 ㉘虺(huǐ)：毒蛇。 ㉙大人：疑是对占卜官吏的敬称。古人迷信，设有"太卜"之官，掌管占卜的事。 ㉚古人迷信，认为熊罴凶猛有力，是阳物，是生男子的吉兆。 ㉛古人认为虺蛇穴处，柔弱隐伏，是阴物，是生女子的吉兆。 ㉜载：则、就。 床：《郑笺》："男子生而卧于床，尊之也。"古人坐卧都在地上，因重视男孩，故特为设床。 ㉝衣：穿。㉞弄：玩。 璋：玉制的长条板状礼器。 ㉟喤喤：小儿洪亮的哭声。 ㊱朱芾：红色的蔽膝，天子诸侯的服饰，代指礼服。 斯皇：即皇皇，辉煌。 ㊲室家：指一家里面的人。 君王：指周王生的儿子，将来不是当诸侯的君，就是当天下的王。 ㊳地：《郑笺》："卧于地，卑之也。" ㊴裼(tì)：即褅，包小儿的被。㊵瓦：古代纺线用的陶质纺锤。 ㊶非：违背，无非，即不要违背长辈和丈夫的意见。 仪：与"议"通。无仪，即不要议论是非。全句意为妇女应少言顺从。㊷酒食：指饮食等家务事。 议：考虑。 ㊸诒：通"贻"，留给的意思。 罹

(lí):忧。

【译文】

流水清清水溪涧,林木幽幽终南山。绿竹苍翠好形胜,青松茂密满山峦。兄弟同住多和睦,相亲相爱心相关,胸襟坦白不欺瞒。

继承祖先的遗愿,盖起宫室千百间,厢列东西门朝南。兄弟一家同居住,亲人团聚笑语欢。

捆紧木框筑泥墙,用力夯土通通响。从此不怕风和雨,麻雀老鼠都赶光,君子住得多舒畅。

端正有如人企立,齐整有如利箭急,宽广好似鸟展翼,华丽赛过锦毛鸡,君子登堂心欢喜。

庭院宽阔平而正,屋柱笔直高又挺。白天光线多明亮,夜晚昏暗真幽静,君子住着心安定。

上铺竹席下铺草,高枕无忧没烦恼。睡得早来起得早,昨夜梦境好不好。好梦梦见啥东西?是熊是罴显吉兆,有虺有蛇好运道。

太卜占梦细细讲:"梦见熊罴有名堂,象征生男有力量;梦见长蛇梦见虺,那是象征生姑娘。"

如若生个男孩子,给他睡张小眠床,给他穿衣又穿裳,给他玩玩白玉璋。娃儿哭声真洪亮,将来盛服定辉煌,不是国君便是王。

如若生个小姑娘,给她铺席睡地板,一条小被包身上,纺线瓦锤给她玩。慎勿多言要柔顺,料理家务烧烧饭,别给父母添麻烦。

无 羊

【题解】

这是一首写奴隶主贵族畜牧生产情况的诗。

谁谓尔无羊?三百维群①。谁谓尔无牛?九十其犉②。尔羊来思③,其角濈濈④。尔牛来思,其耳湿湿⑤。

或降于阿⑥,或饮于池,或寝或讹⑦。尔牧来思⑧,何蓑何笠⑨,或负其糇⑩。三十维物⑪,尔牲则具⑫。

尔牧来思,以薪以蒸⑬,以雌以雄。尔羊来思,矜矜兢兢⑭,不骞不崩⑮。麾之以肱⑯,毕来既升⑰。

牧人乃梦[18]，众维鱼矣[19]，旐维旟矣[20]。大人占之[21]："众维鱼矣，实维丰年；旐维旟矣，室家溱溱[22]。"

【注释】

①三百：是虚数，言其多。　维：为。　②犉（rún）：黄色黑唇的大牛。《说文》："犉，黄牛黑唇也。"　③思：语尾助词，下同。　④濈濈（jí）：亦作"戢戢"，众多聚集的样子。　⑤湿湿：牛反刍时耳动的样子。　⑥阿：小山坡。⑦讹：通"吪"，动。　⑧牧：指牧童。　⑨何：通"荷"，披戴。　蓑：蓑衣。⑩糇：干粮。　⑪物：指牛羊的毛色。　⑫牲：供祭祀及食用的家畜。　具：具备。　⑬薪：粗柴枝。　蒸：细柴枝。　⑭矜矜：坚强。　兢兢：小心翼翼。⑮骞：亏损，指畜群稍有走失。　崩：溃散，完全失群。　⑯麾：同"挥"。　肱（gōng）：手臂。　⑰既：尽、完全。　升：指进入羊圈。　⑱牧人：据《周礼》，是当时掌管畜牧的官吏，和上章的牧（牧童）不同。　⑲众：借为螽，蝗虫。维：乃，含有变的意思。　⑳旐（zhàn）：画龟蛇的旗。　旟（yú）：画鹰隼的旗。㉑大人：占卜的官。　占之：占卜这梦的吉凶。　㉒溱溱：亦作"蓁蓁"，茂盛貌。借以形容家庭人口兴旺。

【译文】

谁说你家没有羊？三百成群遍山丘。谁说你家没有牛？黄牛就有九十头。羊群牧罢归来时，一片犄角满山沟。牛群牧罢归来时，摇摇耳朵慢悠悠。

有的牛羊下山坡，有的饮水在湖泊，有的蹦跳有的卧。牧童归来时已暮，戴着笠帽披着蓑，也有背着干馍馍。牲口毛色几十样，品种齐备祭牲多。

牧童归来已不早，拣回一捆柴和草，公畜母畜交配好。羊群牧罢归来时，跟着头羊小心跑，不掉队儿不乱套。牧童胳膊挥一挥，全部进圈跑不掉。

牧官夜里做个梦，梦见蝗虫变成鱼，龟蛇旗变鹰隼旗。太卜占梦说仔细："梦见蝗虫变成鱼，预兆丰年真可喜；龟蛇旗变鹰隼旗，人丁兴旺更吉利。"

节　南　山

【题解】

这是讽刺太师尹氏的诗。作者家父，《鲁诗》和《齐诗》都作"嘉父"。旧说此诗作于西周幽王时代，比较可信。

节彼南山[1]，维石岩岩[2]。赫赫师尹[3]，民具尔瞻[4]。忧心如惔[5]，不敢戏谈。国既卒斩[6]，何用不监[7]！

节彼南山，有实其猗[8]。赫赫师尹，不平谓何[9]！天方荐瘥[10]，丧乱弘多[11]。民言无嘉[12]，憯莫惩嗟[13]！

尹氏大师[14]，维周之氐[15]。秉国之均[16]，四方是维[17]。天子是毗[18]，俾民不迷。不吊昊天[19]，不宜空我师[20]！

弗躬弗亲[21]，庶民弗信。弗问弗仕，勿罔君子[22]。式夷式已[23]，无小人殆[24]。琐琐姻亚[25]，则无膴仕[26]。

昊天不傭[27]，降此鞠讻[28]！昊天不惠[29]，降此大戾[30]！君子如届[31]，俾民心阕[32]。君子如夷，恶怒是违[33]。

不吊昊天，乱靡有定。式月斯生[34]，俾民不宁。忧心如酲[35]，谁秉国成[36]？不自为政，卒劳百姓[37]。

驾彼四牡，四牡项领[38]。我瞻四方，蹙蹙靡所骋[39]！

方茂尔恶[40]，相尔矛矣[41]。既夷既怿[42]，如相酬矣[43]。

昊天不平，我王不宁。不惩其心，复怨其正[44]。

家父作诵[45]，以究王讻[46]。式讹尔心[47]，以畜万邦[48]。

【注释】

①节：山高峻的样子。 南山：终南山。 ②岩岩：山石堆积的样子。 ③赫赫：显贵盛大的样子。 师：太师的简称。太师，官名，三公的兼职，位最高。古称司马（管理兵权）、司徒（管理教育）、司空（管理土地）为三公。尹氏官司空，兼太师（据陈奂说）。 尹：尹氏，周王朝的贵族，它的祖先尹佚在武王时有功，尹吉甫佐宣王伐异族，其子孙沿其姓作官。 ④具：通"俱"。 瞻：瞧着。 ⑤惔（tán）：炎的借字，火烧。 ⑥卒：尽、完全。 斩：断绝。 ⑦何用：何以。 监：察。 ⑧有实：即实实，广大的样子。 猗：通"阿"，山坡。 ⑨谓何：为何。 ⑩荐：进，加的意思。 瘥（cuó）：疾病瘟疫。 ⑪弘多：很多。 ⑫嘉：善。 ⑬憯（cǎn）：犹曾、乃。 惩：儆戒。 嗟：语尾助词。 ⑭大：通"太"。 ⑮氐：根本。 ⑯秉：掌握。 均：通"钧"，制陶器模子下面的圆盘。尹氏执政，如陶工之掌圆盘以制器，故云秉国之钧。 ⑰维：维持。 ⑱毗：辅助。 ⑲不吊：不淑、不好。 昊天：上天。 ⑳空：穷困。 师：指众民。 ㉑躬、亲：指亲身管理国家大事。 ㉒罔：欺骗。 ㉓式：语首助词。 夷：平、平除。 已：止、废止。 ㉔殆：危险。 ㉕琐琐：卑微渺小的样子。 姻亚：这儿指亲戚。 ㉖无：同"毋"。 膴：厚。膴仕，高官厚禄。 ㉗傭：均，公平的意思。 ㉘鞠：极。 讻：同"凶"。 ㉙惠：仁惠。 ㉚大戾：大恶。

㉛届:至。　㉜阕(què):止息。　㉝违:反抗。　㉞月:抈之省借,折断、扼杀。　生:生灵,指人民。　㉟酲(chéng):喝醉酒。　㊱国成:国家政治的成规。据《周礼·天官·小宰》,列举官府八事,作为治国的根据,叫作八成。㊲卒:终于、结果。有人训卒为"瘁",亦通。　㊳项:肥大。　领:脖颈。　㊴蹙蹙:局促的样子。　骋:驰骋。　㊵茂:盛。　尔:指尹氏。　㊶相:视。㊷夷:指平除小人。　怿:喜悦。　㊸酬:敬酒。　㊹复:反。　正:劝谏的正言。　㊺家父:周大夫,幽王时人。　诵:诗歌。　㊻究:穷究、追究。　王讻:指周王朝凶乱的根源。　㊼式:助词。　讹:感化、改变。　尔:指周王。㊽畜:养。　万邦:各诸侯国。

【译文】

终南山,山峻峭,崖石层层高又高。赫赫有名尹太师,人人对他侧目瞧。满心忧忿像火烧,不敢谈论发牢骚。国运已经快断绝,为何还不觉察到!

终南山,高又长,一片山坡多宽广。赫赫有名尹太师,为何办事太荒唐!上天正在降灾荒,国家动乱人死亡。民怨沸腾没好话,还不认真想一想!

尹太师啊尹太师,你是国家的基石。朝廷大权手中握,天下靠你来维持。君王靠你当助手,百姓靠你把路指。可恨老天没长眼,让他刮尽民膏脂。

国事从不亲主宰,百姓对你不信赖。人才不问又不用,欺骗好人太不该。赶快铲除害人虫,不要因此惹祸灾。亲戚既然无才能,乌纱帽儿摘下来。

老天爷啊心太坏,降下浩劫把人害!老天爷呀太不仁,降下灾难活不成!好人如果能执政,民愤可以平一平。好人如果排除掉,人民反抗怒火烧。

可恨老天没眼睛,乱子从来不曾停。生灵涂炭命难存,百姓生活不安宁。忧愁搅得心如醉,究竟让谁掌权柄?君王不管天下事,结果苦了老百姓。

驾起四匹大公马,马儿肥壮粗脖颈。东南西北望一望,天地太窄难驰骋!

看你作恶真不少,就像一柄杀人矛。铲除恶人开心日,举酒相庆乐陶陶。

老天多么不公平,害得我王不安宁。君王不惩尹氏恶,反而怨恨谏劝臣。

家父作诗自长吟,追究王朝祸乱根。但愿君王心意转,治理天下享太平。

正　月

【题解】

这是一位失意官吏忧国哀民、愤世疾邪的诗,大约产生于西周末年幽王时期。作者用愤慨的笔触写出了当时政治的黑暗、贫富的对立和统治阶级内部的矛盾。

正月繁霜[1],我心忧伤。民之讹言[2],亦孔之将[3]。念我独兮[4],忧心京京[5]。哀我小心[6],癙忧以痒[7]。

父母生我,胡俾我瘉[8]?不自我先,不自我后。好言自口,莠言自口[9]。忧心愈愈[10],是以有侮[11]。

忧心惸惸[12],念我无禄[13]。民之无辜[14],并其臣仆[15]。哀我人斯[16],于何从禄[17]?瞻乌爰止[18],于谁之屋?

瞻彼中林[19],侯薪侯蒸[20]。民今方殆[21],视天梦梦[22]。既克有定[23],靡人弗胜[24]。有皇上帝[25],伊谁云憎[26]?

谓山盖卑[27],为冈为陵[28]。民之讹言,宁莫之惩[29]。召彼故老[30],讯之占梦[31]。具曰"予圣"[32],谁知乌之雌雄!

谓天盖高?不敢不局[33]。谓地盖厚?不敢不蹐[34]。维号斯言[35],有伦有脊[36]。哀今之人,胡为虺蜴[37]?

瞻彼阪田[38],有菀其特[39]。天之抓我[40],如不我克[41]。彼求我则[42],如不我得。执我仇仇[43],亦不我力[44]。

心之忧矣,如或结之[45]。今兹之正[46],胡然厉矣[47]?燎之方扬[48],宁或灭之[49]?赫赫宗周[50],褒姒威之[51]!

终其永怀[52],又窘阴雨[53]。其车既载,乃弃尔辅[54]。载输尔载[55],"将伯助予[56]!"

无弃尔辅,员于尔辐[57]。屡顾尔仆,不输尔载。终逾绝险[58],曾是不意[59]!

鱼在于沼,亦匪克乐[60]。潜虽伏矣[61],亦孔之炤[62]。忧心惨惨[63],念国之为虐。

彼有旨酒[64],又有嘉殽[65]。洽比其邻[66],昏姻孔云[67]。念我独兮,忧心殷殷[68]。

佌佌彼有屋[69],蔌蔌方有谷[70]。民今之无禄,天夭是椓[71]。哿矣富人[72],哀此惸独[73]!

【注释】

①正月:指周历六月,夏历四月;古人称这月为"正阳纯乾之月",简称正月(据陈奂考证)。　繁:多。　②讹言:谣言。　③亦和之都是助词。　孔:很。　将:大。　④独:孤独;指独以国事为忧。　⑤京京:忧愁无法解除的

样子。 ⑥小心:指胆小怕事。 ⑦瘟(shǔ):忧闷。 以:而。 痒:病。 ⑧胡:何。 俾:使。 瘉:病、痛苦。 ⑨莠言:坏话。 ⑩愈愈:忧惧的样子。 ⑪是以:因此。 有侮:受人欺侮。 ⑫惸惸(qióng):亦作"茕",忧愁而无人了解的样子。 ⑬无禄:不幸。 ⑭辜:罪。 ⑮并:皆。 臣仆:俘虏、奴隶。 ⑯我人:指统治阶层中的部分人,和上句的民指劳动人民不同。 斯:语气词。 ⑰于:在。 禄:指爵位、官职、土地等而言。 ⑱瞻:看。 爰:语助词,有"之"的作用。 止:停落。 ⑲中林:林中。 ⑳侯:维。 薪:粗柴枝。 蒸:细柴枝。这句以林中有柴枝无大材比喻朝中小人充斥、贤臣斥逐。 ㉑殆:危险。 ㉒梦梦:昏暗不明的样子。 ㉓克:能。 定:决定。 ㉔靡:无。 弗:不。 ㉕有皇:即皇皇,光明伟大。 ㉖伊:发语词。 云:语助词。 憎:憎恨。谁憎,即憎谁。 ㉗谓:说。 盖:通"盍",何、怎么。 ㉘冈:山冈。 陵:山岭。 ㉙宁:乃。 之:指讹言。 惩:制止。 ㉚故老:老臣。 ㉛讯:问。 占梦:官名,掌占梦的吉凶及灾异之事。 ㉜具:同"俱"。具曰,指故老和占梦都说。 予圣:自己是圣人,所见最高明。 ㉝局:弯曲。指弯着腰。 ㉞蹐(jí):小步走,轻轻地走路。 ㉟维:发语词。 号:叫喊。 斯言:指上面的四句话。 ㊱伦:道。 脊:理。 ㊲虺(huǐ):毒蛇。 蜴:四脚蛇。 ㊳阪:山坡。 ㊴有菀:即菀菀,茂盛的样子。 特:特出,指禾苗壮盛。 ㊵扤(wù):借为"抈",摧残折磨。 ㊶克:战胜。 ㊷彼:指周王。 则:语尾助词(从马瑞辰说。俞樾认为这句连下句是八字句,林义光认为是上三下五句)。 ㊸执:用手拿东西。 仇仇:缓慢不用力的样子。 ㊹不我力:不重用我。 ㊺或:有人。 结:结疙瘩。 ㊻正:通"政"。 ㊼厉:暴虐。 ㊽燎:野火。 扬:旺盛。 ㊾宁:乃。 灭:熄。 ㊿赫赫:兴盛的样子。 宗周:指周的王都镐京。宗,主。周为天下所宗,故王都所在曰宗周。 51褒姒:西周末年周幽王的宠妃。据《国语》及《史记》记载,褒国人献褒姒于幽王,很得宠。褒姒不爱笑,王百计悦之,仍不笑。王乃点烽火以征诸侯,诸侯至而无寇,褒姒乃大笑。后西夷犬戎入侵,王举火征兵,诸侯不至。犬戎遂杀幽王于骊山之下。 威(xuè):灭亡。 52终:既。 永怀:深忧。 53窘:困。 54辅:大车两旁的拦板。诗人以车喻国,以载物喻治国,以辅喻贤臣。 55载:前载字是语助词。后载字指所载的货物。 输:堕、掉下来。 56将(qiāng):请。 伯:对男子的敬称,如今"大哥"。 57员(yùn):益、加大。 辐:亦作輹,车箱下面钩住车轴的木头,亦称"伏兔"。 58逾:越过。 59是:代词,指上面的几件措施。 不意:不在意。 60匪:通"非"。 61潜:深。这句是"虽潜伏矣"的倒文。 62炤:同"昭",明。 63惨惨:忧虑不安的样子。 ⑭旨酒：美酒。 ⑮嘉殽：好菜。殽同“肴”。 ⑯洽：融洽。 比：亲近。 邻：意见相投而亲近的人。 ⑰昏姻：亲戚。 云：同“员”，周旋。 ⑱殷殷：心痛的样子。 ⑲佌佌(cǐ)：细小的样子。 ⑳蔌蔌(sù)：鄙陋的样子。二句指卑下的小官。 ㉑天夭：自然灾害。 椓(zhuó)：打击。 ㉒哿(kě)：嘉、快乐。 ㉓惸独：孤独无依靠的人。

【译文】

六月下霜不正常，这使我心很忧伤。民间已经有谣言，沸沸扬扬传得广。想我一身多孤单，愁思萦绕常怅怅。胆小怕事真可哀，又怕又闷病一场。

爹娘既然生了我，为啥使我受创伤？我生不早又不晚，乱世灾祸偏碰上。好话凭他嘴里说，坏话凭他去宣扬。反复无常真可怕，受人欺侮更懊丧。

没人了解满腹愁，想我命苦泪暗流。平民百姓有何罪，国亡都成阶下囚。可怜我们这些人，爵位俸禄何处求？看那乌鸦往下飞，停在谁家屋脊头？

看那树林密层层，粗干细枝交错生。人民处境正危险，老天糊涂太昏昏。世上一切你主宰，没人能够违天命。皇皇上帝我问你，究竟你恨什么人？

人说山矮像土冢，却是高冈耸半空。民间谣言既发生，怎不警惕采行动。召来元老仔细问，再请占梦卜吉凶。都说自己最高明，不辨乌鸦雌和雄！

是谁说那天很高？走路不敢不弯腰。是谁说那地很厚？走路不敢不蹑脚。人们喊出这些话，确有道理说得好。可恨如今世上人，为何像蛇将人咬？

看那山坡坡上田，一片茂密长禾苗。老天拼命折磨我，好像非把我压倒。当初朝廷需要我，找我惟恐得不到。邀去却又撂一边，不让我把重担挑。

心里忧愁没办法，就像绳子结疙瘩。试看今日朝中政，为啥暴虐乱如麻？野火蓬蓬正燃起，有谁能够浇熄它？赫赫镐京正兴旺，褒姒一笑灭亡它！

心中已经常忧伤，又逢阴雨更凄凉。车子已经装满货，却把栏板全抽光。等到货物遍地撒，才叫“大哥帮帮忙！”

请勿丢掉车栏板，还要加粗车轮辐。经常照顾你车夫，莫使失落车上物。这样才能渡险境，你却总是不在乎！

鱼儿虽在池里游，并不能够乐逍遥。虽然潜在深水中，水清仍旧躲不掉。心中不安常忧虑，想想朝政太残暴。

他有美酒喷喷香，鱼肉好菜供品尝。狐群狗党相勾结，亲朋好友周旋忙。想我孤零无依靠，忧心如捣痛断肠。

卑劣小人住好屋，鄙陋家伙有五谷。如今人民最不幸，天降灾祸命真苦。富人享福哈哈笑，可怜穷人太孤独！

十月之交

【题解】

这一首诗讽刺幽王无道，以致灾异频生，人民受难，并慨叹自己无辜遭到迫害。作者可能是属于统治阶级内部的人物，但职卑官微，参加皇父建都于向的劳役，所以诗中充满了对皇父的憎恨，对劳苦人民的同情。本诗反映了西周末年的政治情况与自然灾异，可作中国古代史与天文学史的资料来读。清代学者阮元说："古代天文学，梁虞劆、隋张胄元、唐傅仁均、一行、元郭守敬，并推定以日食在周幽王六年，十月建酉，辛卯朔，日入食限，载在史志。"(《揅经室集》)马瑞辰说："梁虞劆、唐傅仁均及一行，并推算幽王六年，乙丑岁建酉之月，辛卯朔辰时日食。《国语》：'幽王二年，西周三川皆震。'又曰：'是岁，三川竭，岐山崩。'与此诗'百川沸腾，山冢崪崩'正合。"现代天文学家陈遵妫在《从十二月十四日日环食谈起》(1955年，光明日报)一文中，也认为这首诗是中国关于日食最早最可靠的记载。据此可以确定诗作于周幽王六年，即公元前776年。

十月之交①，朔日辛卯②。日有食之③，亦孔之丑④。彼月而微⑤，此日而微⑥。今此下民，亦孔之哀。

日月告凶⑦，不用其行⑧。四国无政⑨，不用其良。彼月而食，则维其常⑩。此日而食，于何不臧⑪！

烨烨震电⑫，不宁不令⑬。百川沸腾，山冢崪崩⑭。高岸为谷⑮，深谷为陵。哀今之人，胡憯莫惩⑯！

皇父卿士⑰，番维司徒⑱，家伯维宰⑲，仲允膳夫⑳，棸子内史㉑，蹶维趣马㉒，楀维师氏㉓，艳妻煽方处㉔。

抑此皇父㉕！岂曰不时㉖。胡为我作㉗，不即我谋㉘！彻我墙屋㉙，田卒污莱㉚。曰："予不戕㉛，礼则然矣。"

皇父孔圣㉜，作都于向㉝。择三有事㉞，亶侯多藏㉟。不憖遗一老㊱，俾守我王㊲。择有车马㊳，以居徂向㊴。

黾勉从事㊵，不敢告劳。无罪无辜，谗口嚣嚣㊶。下民之孽㊷，匪降自天。噂沓背憎㊸，职竞由人㊹。

悠悠我里㊺，亦孔之痗㊻。四方有羡㊼，我独居忧。民莫不逸㊽，我独不敢休。天命不彻[49]，我不敢效我友自逸[50]。

【注释】

①交：开始进入。 ②朔日：初一日，这天是辛卯日。据天文学家推算：这次日食在周幽王六年十月初一（周历），即公元前776年9月6日的早晨七至九时（辛卯日辰时）。 ③有：通“又”。 食：通“蚀”。 ④丑：恶。古人迷信，认为日蚀预兆不祥。 “亦”和“之”都是助词。 ⑤彼：指从前。 微：昏暗不明。指月食。 ⑥此：指现在。 ⑦告凶：显示凶兆。 ⑧行（háng）：道、轨道。 ⑨四国：即四方，指天下。 无政：指无善政。 ⑩维：是。 常：正常。 ⑪于何：奈何，怎么办的意思。 不臧：不善、不吉利。 ⑫烨烨（yè）：闪电发光的样子。 震：雷。 电：闪电。 ⑬宁：安。 令：善。 ⑭山冢：山顶。 崒：碎的假借字。 ⑮岸：山崖。 ⑯憯（cǎn）：曾。 惩：警戒。 ⑰皇父（fǔ）：陈奂据《国语·郑语》，疑皇父即周幽王所宠之大臣虢石父。 卿士：六卿之长，总管王朝政事，类似后代之宰相。 ⑱番：即樊。《广韵》：“周宣王封仲山甫于樊，后因氏焉。” 司徒：掌握人口、土地的长官。 ⑲家伯：人名。 宰：即冢宰，掌国家典籍的长官。 ⑳仲允：人名。 膳夫：掌管周王饮食的长官。 ㉑聚（zōu）：姓。 内史：担任人事、司法的长官。 ㉒蹶（guì）：姓。 趣（cù）马：给周王管马的长官。 ㉓楀（lǔ）：姓。 师氏：担任监察的长官。 ㉔艳妻：指褒姒。或以为指幽王的别的宠妾。 煽：炽盛。 方：并。方处，指艳妻和上七人都是红人，并处高位。 ㉕抑：同“噫”，感叹词。 ㉖不时：指不顾农时。岂曰不时，言皇父役使百姓不自以为不时。 ㉗作：指服役劳作。 ㉘即：就、到。 谋：商量。 ㉙彻：通“撤”，拆毁。 ㉚卒：尽、完全。 污：停积不流的水。 莱：田中长了野草。 ㉛戕（qiāng）：残害。 ㉜圣：圣明、高明。这句是诗人讽刺皇父的话。 ㉝向：邑名。在今河南济源县南。 ㉞有事：即有司。三有司为司徒、司马、司空。 ㉟亶：诚、确实。 侯：维，是。 多藏：指有很多钱财。 ㊱慭（yìn）：愿、肯。 遗：留。 老：旧臣；疑指作者自己。 ㊲俾：使。 守：保卫。 ㊳有车马：指有禄位的富人。 ㊴居：语助词。 徂：往。 ㊵黾（mǐn）勉：勉力的意思。 ㊶嚣嚣（áo）：众口毁谤攻击的样子。 ㊷孽：灾害。 ㊸噂沓：议论纷纭。 背憎：在背后彼此憎恨。 ㊹职：主、主要。 竞：争。 ㊺悠悠：形容忧思深长的样子。 里：通“悝”，忧伤。 ㊻痗：病。 ㊼四方：指各地的上层人物。 羡：富裕。 ㊽逸：安乐。 ㊾不彻：不循轨道，即无常之意。 ㊿效：仿效。

【译文】

九月刚过十月到，初一早上辰时交。忽然太阳又蚀了，这种天象是凶兆。不久之前方月蚀，今又日蚀更糟糕。如今天下老百姓，大难临头真堪悼。

日月显示灾难兆，不再遵循常轨道。到处没有好政治，贤臣良才全不要。上次月亮被吞食，还算平常屡见到。太阳遭蚀了不得，坏事临头怎么好！

电光闪闪雷轰鸣，政治黑暗民不宁。大小江河齐沸腾，山峰倒塌乱石崩。高山刹那变深谷，深谷顿时变丘陵。可恨如今掌权人，何曾引以为教训！

六卿之首是皇父，樊氏当上大司徒，朝廷典籍家伯掌，仲允管的是御厨，棸子充当内史官，蹶父养马管放牧，还有楀氏算监察，都同褒姒很热乎。

提起皇父叫人气，硬说他没违农时。为啥派我服劳役，也不商量就通知。我家墙屋被拆毁，我家田地全荒弛。还说："不是我害你，照章办理该如此。"

这位皇父太高明，要在向邑建都城。选中大官有三个，钱财多得数不清。不肯留下一老臣，让他保王卫宫廷。看中富家有车马，迁往向邑结伴行。

尽力服役为王事，不敢诉苦不敢怨。没犯过错没犯罪，众口诽谤难分辨。百姓遭受大灾难，不是老天不长眼。当面谈笑背后骂，都是坏人在诬陷。

苦恼烦闷恨悠悠，恰似大病在心头。看看别家很富裕，独我一人在忧愁。人们生活都安逸，我独不敢片刻休。天道无常难预测，不敢学人图享受。

雨　无　正

【题解】

这是一位侍御官讽刺幽王昏庸、群臣误国的诗。《诗经》多取每篇首句中二字或三字或四字为题，不按此例的只有六首（《雨无正》、《巷伯》、《常武》、《酌》、《赉》、《般》）。什么叫雨无正呢？过去通行的说法是"无正"两字训为"芜政"，有说是刺幽王的，有说是刺厉王的。总之，是政令多如雨，而皆不得当的意思。朱熹《诗集传》引北宋刘安世的话说："赏读《韩诗》，有《雨无极》篇。……其诗之文则比《毛诗》篇首多'雨无其极，伤我稼穑'八字。"可备一说。

浩浩昊天[1]，不骏其德[2]。降丧饥馑，斩伐四国[3]。旻天疾威[4]，弗虑弗图[5]。舍彼有罪，既伏其辜[6]。若此无罪，沦胥以铺[7]。

周宗既灭[8]，靡所止戾[9]。正大夫离居[10]，莫知我勚[11]。三事大夫[12]，莫肯夙夜[13]。邦君诸侯，莫肯朝夕[14]。庶曰式臧[15]，复出为恶[16]。

如何昊天！辟言不信[17]。如彼行迈[18]，则靡所臻[19]。凡百君子[20]，各敬尔身[21]。胡不相畏，不畏于天？

戎成不退[22]，饥成不遂[23]。曾我暬御[24]，憯憯日瘁[25]。凡百君子，莫肯用讯[26]。听言则答[27]，谮言则退[28]。

哀哉不能言，匪舌是出[29]，维躬是瘁[30]。哿矣能言[31]，巧言如流，俾躬处休[32]。

维曰于仕[33]，孔棘且殆[34]。云不可使[35]，得罪于天子。亦云可使，怨及朋友。

谓尔迁于王都[36]，曰予未有室家[37]。鼠思泣血[38]，无言不疾[39]。昔尔出居[40]，谁从作尔室？

【注释】

①浩浩：广大的样子。　昊天：皇天。　②骏：通“峻”，长久、经常的意思。③斩伐：残害。　四国：四方。　④旻（mín）天：应作“昊天”。《孔疏》：“上有昊天，明此亦昊天，定本作昊天。俗本作旻天，误也。”　疾威：暴虐。　⑤虑：考虑。　图：思量。　⑥既：尽。　伏：隐藏。　辜：罪。　⑦沦：陷。　胥：相率、连带的意思。　铺：通“痡”，痛苦。　⑧周宗：应作“宗周”，指镐京。传写的误倒。有人把周宗释为周之宗族，说亦可通。　既灭：指犬戎攻入镐京而言。⑨止：居。　戾：安。这二句是诗人设想之词。　⑩正大夫：上大夫。　离居：离开他原住的镐京。　⑪勚（yì）：疲劳。　⑫三事：即三司（司徒、司马、司空）。　⑬夙夜：早晚。　⑭朝夕：与上文“夙夜”同义。指为国事早起晚息。⑮庶：幸、希望。　式：助词。　臧：善。　⑯复：反而。　⑰辟：法。辟言，合乎法度的话。　⑱行迈：行走。　⑲臻：至。　⑳君子：指群臣百官。㉑敬：谨慎。　㉒戎：兵，指战争。　成：指兵寇已成。下句的成，指饥馑已成。㉓遂：成功、顺利。　㉔曾：则，“只有”的意思。　暬（xiè）御：周王的近臣。㉕憯憯（cǎn）：忧愁的样子。　瘁：憔悴。　㉖讯：《鲁诗》作“谇”，谏诤。㉗听言：顺从的话。　答：《鲁诗》作“对”，进用之意。　㉘谮言：进谏的话。《广韵》：“谮，毁也。毁犹谤也。古以谏言为诽谤，故尧有诽谤之木。谮言，即谏言也。”　退：斥退。　㉙出：痂的借字，病。　㉚躬：自身。　瘁：毁坏。㉛哿：嘉，表嘉许之词。　㉜休：吉庆、福禄。　㉝于：往。于仕，前去做官。㉞棘：通“急”，紧张。　殆：危险。　㉟使：从。　㊱尔：指皇父、三事等权贵。王都：指镐京。　㊲予：权贵们自称。　㊳鼠思：忧思。　泣血：泪尽继之以血的意思。　㊴疾：通“嫉”，恨。　㊵出居：离居，离开王都到别地去住。

【译文】

浩浩老天听我讲，你的恩惠不经常。降下饥荒和死亡，天下人都被残伤。老天暴虐太不良，不加考虑不思量。有罪之人你放过，包庇恶行瞒罪状。无罪之人真冤枉，相继受害遭祸殃。

都城如果被攻破，想要栖身没地方。大臣高官都逃走，有谁知我工作忙。三公位高不尽职，不肯早晚辅君王。各国诸侯也失职，不勤国事匡周邦。总盼周王能变好，谁知反而更荒唐。

老天这样怎么行！忠言逆耳王不听。好比一个行路人，毫无目的向前进。百官群臣不管事，各自小心保自身。为何互相不尊重，甚至不知畏天命？

敌人进犯今未退，饥荒严重兵将溃。只我侍御亲近臣，每天忧虑身憔悴。百官群臣都闭口，不肯进谏怕得罪。君王爱听顺耳话，谁进忠言就斥退。

可悲有话不能讲，不是舌头生了疮，是怕自己受损伤。能说会道就吃香，花言巧语来开腔，高官厚禄如愿偿。

别人劝我把官当，危险太大太紧张。要说坏事干不得，那就得罪了国王。要说坏事可以做，朋友要骂丧天良。

劝你迁回王都吧，推辞那里没有家。苦口婆心再劝他，对我切齿又咬牙。试问从前离王都，是谁帮你造官衙？

小　旻

【题解】

这首诗讽刺幽王任用小人，对决策谋划中的种种错误加以揭露，表现了诗人临深履薄唯恐遭祸的心情。

这首诗的篇名为什么加一个“小”字呢？后人对此众说纷纭。有说因篇幅较短者；有说以别于《大雅》的《召旻》的；有说因“旻天”涉及范围太广，所以去掉“天”字，加上“小”字的。年代久远，证据缺乏，难辨正误，所以只能存疑。

旻天疾威[①]，敷于下土[②]。谋犹回遹[③]，何日斯沮[④]？谋臧不从[⑤]，不臧复用[⑥]。我视谋犹，亦孔之邛[⑦]！

潝潝訿訿[⑧]，亦孔之哀。谋之其臧，则具是违；谋之不臧，则具是依。我视谋犹，伊于胡底[⑨]！

我龟既厌[⑩]，不我告犹。谋夫孔多[⑪]，是用不集[⑫]。发言盈庭，谁敢执其咎[⑬]？如匪行迈谋[⑭]，是用不得于道[⑮]。

哀哉为犹[⑯]，匪先民是程[⑰]，匪大犹是经[⑱]；维迩言是听[⑲]，维迩言是争！如彼筑室于道谋[20]，是用不溃于成[21]。

国虽靡止[22]，或圣或否[23]。民虽靡朊[24]，或哲或谋[25]，或肃或艾[26]。如彼泉流，无沦胥以败[27]！

不敢暴虎[28]，不敢冯河[29]。人知其一，莫知其他[30]。战战兢兢[31]，如临深渊，如履薄冰。

【注释】

①旻(mín)天：即皇天、老天之意。 疾威：暴虐。 ②敷：布。 下土：指天下。 ③犹：通"猷"，规划。谋犹即谋略。 回遹(yù)：邪僻。 ④斯：助语。 沮：止。 ⑤臧：好。 ⑥复：反而。 ⑦邛(qióng)：病、糟。⑧潝潝(xì)：低声附和的样子。 訿訿(zǐ)：诋毁、诽谤。 ⑨伊：语助词。于：往。 胡：何。 底：通"厎"，至，地步。 ⑩龟：占卜用的龟甲。 ⑪谋夫：出谋策划的人。 ⑫集：成功。 ⑬执：承担。 咎：罪责。 ⑭匪：通"彼"。 行迈：这里指路人。 谋：商量。 ⑮不得于道：达不到目的地。⑯为：掌握、制订。 ⑰匪：非。 先民：古人。 程：效法。 ⑱大犹：大道、正道。 经：行。 ⑲维：通"惟"，只是。 迩言：肤浅而无远见的话。 ⑳道：指道路。 ㉑溃：遂、达到。 ㉒止：至、极。引申有"大"的意思。 ㉓或：有。 圣：圣人。 否：指平常人。 ㉔民：此处疑指统治阶级中人。 朊：厚。引申为多。 ㉕哲：明智。 ㉖肃：态度庄敬、认真负责。 艾(yì)：治理，指办事能力很强的人。 ㉗无：发语词，无义。见王引之《经传释词》。 沦胥：相率。 败：指国家败亡。 ㉘暴：通"搏"。暴虎，徒手打虎。 ㉙冯(píng)河：不用船而徒步渡河。马瑞辰："按冯者，淜之假借。《说文》：淜，无舟渡河也。" ㉚其他：指信用佞臣将有亡国之危。 ㉛战战：恐惧的样子。 兢兢：谨慎小心的样子。

【译文】

老天暴虐太过度，灾难遍布满国土。政策谋略全错误，哪天结束这痛苦？好的计谋你不听，坏的主意反信服。我看现在的政策，糟糕透顶弊无数！

人们叽叽又咕咕，我心悲哀难解除。正确意见提上来，千方刁难百计阻；错误主张提上来，一拍即合就依附。我看现在的政策，不知弄到啥地步！

我的灵龟已厌恶，谋略吉凶不告诉。参谋顾问一大串，议来议去不算数。你一言来我一语，哪个真敢责任负？好像问讯陌路人，很难得到正确路。

可叹执政太糊涂，不学祖宗不师古，不遵正道走邪路；只肯听些浅陋话，还要吵闹争赢输！如造房子问路人，终究没法盖成屋。

国家虽然不算大，也有天才有凡夫。人民虽然不算多，也有明智谋略富，也有干才责任负。国运如水一泻去，终将败亡拦不住！

不敢空手打老虎，不敢徒步河中渡。这个道理人皆知，别的危险就糊涂。战战兢兢过日子，如临深渊须留步，如踩薄冰防险路。

小　宛

【题解】

这是周王一位同姓者讽刺幽王，并劝戒兄弟如何在乱世免祸的诗。

宛彼鸣鸠①，翰飞戾天②。我心忧伤，念昔先人③。明发不寐④，有怀二人⑤。

人之齐圣⑥，饮酒温克⑦。彼昏不知，壹醉日富⑧。各敬尔仪⑨，天命不又⑩。

中原有菽⑪，庶民采之。螟蛉有子⑫，蜾蠃负之⑬。教诲尔子，式穀似之⑭。

题彼脊令⑮，载飞载鸣。我日斯迈⑯，而月斯征⑰。夙兴夜寐，无忝尔所生⑱！

交交桑扈⑲，率场啄粟⑳。哀我填寡㉑，宜岸宜狱㉒。握粟出卜㉓，自何能穀㉔？

温温恭人㉕，如集于木。惴惴小心，如临于谷；战战兢兢，如履薄冰。

【注释】

①宛彼：宛宛，小而短尾的样子。　鸣鸠：斑鸠。　②翰飞：高飞。　戾：到达。　③先人：作者自指其祖先，如周文王、武王。　④明发：天刚亮。含有通宵达旦的意思。　⑤有：通“又”。　二人：指父母。　⑥齐：正、正派。圣：智慧特出。　⑦温：同“蕴”，蕴藉自恃。　克：克制。　⑧壹：语助词。日富：日益自满。　⑨仪：威仪、容貌举止。　⑩天命：指王位、国运。　不又：不再。　⑪中原：即原中。　菽：大豆，这里指豆叶，今称豆苗。　⑫螟蛉：螟蛾的幼虫。　⑬蜾蠃（guǒ luǒ）：一种青黑色的细腰土蜂，亦名细腰蜂。蜾蠃常捕螟蛉喂它的幼虫。　⑭式：助词。　穀：善。　似：通“嗣”，继续的意思。⑮题（dì）：通“谛”，视。　脊令：鸟名，即鹡鸰。　⑯日：天天。　斯：语助词。

迈:远行,和下句的"征"同义。 ⑰而:通"尔",指弟。 月:月月。 ⑱忝:辱、辱没。 尔所生:指父母。 ⑲交交:小小的样子。 桑扈:鸟名,亦名窃脂、青雀。嘴曲而食肉。 ⑳率:循、沿。 场:打谷场。 ㉑填:殄的借字,穷困。 寡:指寡财。 ㉒宜:仍。《郑笺》:"仍得曰宜。"马瑞辰认为宜是"且"字之误。亦通。 岸:通"犴",监狱。《释文》引《韩诗》作"犴",云:"乡亭之狱曰犴,朝廷曰狱。"犴犹如现在的地方拘留所。 ㉓握粟:一把小米(给卜人作酬劳)。当时习俗不用钱,用钱始于周末周景王。《国语》:"周景王铸大钱。" ㉔自:从。 穀:善、吉。 ㉕温温:柔和的样子。 恭人:恭谨的人。《郑笺》以为指诗人兄弟二人。

【译文】

小小斑鸠鸟,高飞上云天。我心真忧伤,想起我祖先。一夜睡不着,又把爹娘念。

聪明正派人,喝酒克制又从容。无知糊涂人,越喝越醉发酒疯。各位作风要谨慎,国运一去难追踪。

地里有豆苗,人们采回充菜肴。螟蛾有幼虫,细腰土蜂捉回巢。教育你儿子,王位定要继承好。

看那小鹡鸰,边飞又边鸣。天天我奔波,月月你出行。早起晚睡忙不停,不要辱没父母名。

小小青雀本食肉,却啄黄粟在谷场。叹我穷得叮当响,还吃官司进牢房。抓把小米去占卜,何处才能得吉祥?

为人柔顺又温良,竟像爬在高树上。惴惴不安往下看,如临山谷深万丈;战战兢兢怕失手,好像踩在薄冰上。

小　弁

【题解】

这是一首被父亲放逐的人抒发心中哀怨的诗。前人有说是幽王宠褒姒逐太子宜臼,因而宜臼自作或宜臼的老师代之而作的。有说是宣王之臣尹吉甫的儿子伯奇,因受父虐待而作的。但都无根据。

弁彼鷽斯①,归飞提提②。民莫不穀③,我独于罹④。何辜于天⑤,我罪伊何⑥?心之忧矣,云如之何⑦?

踧踧周道⑧,鞫为茂草⑨。我心忧伤,惄焉如捣⑩。假寐永叹⑪,

维忧用老[12]。心之忧矣,疢如疾首[13]。

维桑与梓[14],必恭敬止。靡瞻匪父[15],靡依匪母[16]。不属于毛[17],不离于里[18]。天之生我,我辰安在[19]?

菀彼柳斯[20],鸣蜩嘒嘒[21]。有漼者渊[22],萑苇淠淠[23]。譬彼舟流,不知所届[24]。心之忧矣,不遑假寐[25]。

鹿斯之奔[26],维足伎伎[27]。雉之朝雊[28],尚求其雌。譬彼坏木[29],疾用无枝[30]。心之忧矣,宁莫之知[31]!

相彼投兔[32],尚或先之[33]。行有死人[34],尚或墐之[35]。君子秉心[36],维其忍之[37]。心之忧矣,涕既陨之[38]!

君子信谗,如或酬之[39]。君子不惠[40],不舒究之[41]。伐木掎矣[42],析薪扡矣[43]。舍彼有罪,予之佗矣[44]!

莫高匪山,莫浚匪泉[45]。君子无易由言[46],耳属于垣[47]。无逝我梁[48],无发我笱[49]。我躬不阅[50],遑恤我后[51]。

【注释】

①弁(pán):快乐。　鸒(yù):即鹎鶋,今名乌鸦。　斯:语助词。　②提提(shí):群飞安闲的样子。　③穀:善,指生活美好。　④罹:忧愁。　⑤辜:罪。　⑥伊:是。　⑦云如之何:即如何、怎么办的意思。　⑧踧踧(dí):平坦的样子。　周道:指周朝京师的大路。　⑨鞫(jú):堵塞。　⑩惄(nì):想。惄焉,想起来。　捣:舂撞。　⑪假寐:和衣而睡,打盹。　永叹:长叹。⑫维:只因。　用:而。　⑬疢(chèn):热病。　疾首:头痛。　⑭桑、梓:是古人宅旁常种的树,桑以养蚕,梓作器具,可传子孙。诗中以桑梓是父母所种植,所以对它也应该恭敬。　⑮靡……匪:无不。　瞻:瞻仰。　⑯依:依靠。⑰属(zhǔ):连。　毛:指身体外表的皮肤毛发,代指父亲。　⑱离:通“丽”,依附。　里:身体内部的血肉,代指母亲。　⑲辰:时,指时运、运气。　⑳菀:茂盛。　㉑蜩(tiáo):蝉。　嘒嘒:蝉鸣声。　㉒漼(cuǐ):水深的样子。有漼,即漼漼,深深。　㉓萑(huán):苇,芦苇。　淠淠(pèi):茂盛的样子。㉔届:至。　㉕不遑:没空、无法。　㉖奔:指觅群求偶。　㉗维:发语词。伎伎:缓慢的样子。　㉘雉:野鸡。　雊(gòu):野鸡叫。　㉙坏:借为瘣,病。《说文》引这句诗作瘣木。　㉚用:因。这句是“用疾无枝”的倒文。㉛宁:曾。　㉜相:看。　投:掩。投兔,被掩捕在笼里的兔。　㉝先:开放。马瑞辰:“《广雅》:‘先,始也。’义与‘开’近。《礼记》:‘有开必先,先所以开之也。’开创谓之先,开放亦谓之先。先之,即开其所以塞也。”　㉞行:道路。

㉟墐(jìn):同"殣",埋葬。 ㊱君子:指作者的父亲。 秉心:居心。 ㊲维:是。 忍:狠心、残忍。 ㊳陨:坠。陨涕,掉眼泪。 ㊴酬:敬酒。 ㊵惠:爱。 ㊶究:追究。舒究,慢慢地追究。 之:指谗言。 ㊷掎(jǐ):伐木时用绳拉树以控制下倒方向。 ㊸析薪:劈柴。 扡(chǐ):顺着木纹剖析。 ㊹佗(tuó):加。 ㊺浚:深。 ㊻无易:不要轻易。 由:于。 ㊼耳:指窃听者。 属:连。 垣:墙。 ㊽逝:往。 梁:拦鱼的水坝。 ㊾笱(gǒu):捕鱼的竹笼。 ㊿躬:自己。 阅:收容。 51遑:何暇。 恤:忧。

【译文】

乌鸦乌鸦心里欢,飞回窝里真安闲。人们生活都很好,我独忧愁难排遣。我有啥事得罪天,我是犯了啥条款?满心忧伤说不完,叫我究竟怎么办?

平平坦坦京都道,如今长满丛丛草。忧伤痛苦不堪言,犹如棒槌把心捣。和衣而卧长叹息,忧伤使我人衰老。心里苦闷说不完,好像头痛发高烧。

桑梓爹娘种门前,敬它就如敬祖先。儿子哪有不敬父,孩儿怎不把母恋。谁非爹生皮和毛,谁非和娘血肉连。老天既然生了我,为啥时乖命又蹇?

千丝万缕柳条青,蝉儿喳喳不住鸣。一泓池水深又深,水边芦苇密密生。我像小船断了缆,不知飘到何处停。满腹忧伤说不尽,无法安心打个盹。

鹿儿觅群怕失散,留恋同伴脚步慢。野鸡早上不住啼,还知追求它伙伴。我像一株有病树,枝叶不生都枯干。心里忧伤说不完,没人知我真孤单!

兔子关在笼子里,有人怜悯把门开。尸体横在大路上,有人同情把他埋。不料父亲居心狠,这般残忍真不该。心里忧伤说不完,涕泪涟涟只自哀!

父亲听谗太轻信,像受敬酒味津津。父亲对我没恩情,不究谣言何由生。砍树还要紧拉绳,劈柴还要顺木纹。放过罪人造谣者,却把罪名加我身。

若是不高不是山,若是不深不是潭。父亲休要轻开言,隔壁有耳贴墙边。别到我的鱼坝去,别把鱼篓打开看。自身尚且不见容,哪顾身后事变迁。

巧 言

【题解】

这是讽刺统治者听信谗言因而祸国殃民的诗。旧说是大夫伤于谗言,刺幽王而作。大夫伤于谗言而作,是可信的;但是否刺幽王,就很难断定。

悠悠昊天①,曰父母且②。无罪无辜,乱如此幠③。昊天已威④,予慎无罪⑤;昊天泰幠⑥,予慎无辜。

乱之初生，僭始既涵[7]；乱之又生，君子信谗[8]。君子如怒[9]，乱庶遄沮[10]；君子如祉[11]，乱庶遄已[12]。

君子屡盟[13]，乱是用长[14]。君子信盗[15]，乱是用暴。盗言孔甘[16]，乱是用餤[17]。匪其止共[18]，维王之邛[19]。

奕奕寝庙[20]，君子作之[21]。秩秩大猷[22]，圣人莫之[23]。他人有心[24]，予忖度之[25]。跃跃毚兔[26]，遇犬获之。

荏染柔木[27]，君子树之。往来行言[28]，心焉数之[29]。蛇蛇硕言[30]，出自口矣。巧言如簧[31]，颜之厚矣。

彼何人斯[32]，居河之麋[33]。无拳无勇[34]，职为乱阶[35]。"既微且尰[36]，尔勇伊何？为犹将多[37]，尔居徒几何[38]？"

【注释】

①悠悠：遥远的样子。　②曰：称、叫。　且(jū)：语尾助词。　③怃(hū)：大。　④已：甚。　威：畏、可怕。　⑤慎：诚、确实。　⑥泰：大。　怃：怠慢、疏忽。　⑦僭(jiàn)：通"谮"，谗言。　既：尽。　涵：容纳。　⑧君子：指周王。　⑨怒：指怒责谗人。　⑩庶：庶几、差不多。　遄(chuán)：速、快。　沮：终止。　⑪祉：福，指任用贤人。　⑫已：停止。　⑬盟：盟誓。　⑭用：以。　长：增添。　⑮盗：指谗人。　⑯孔甘：很甜。　⑰餤(tán)：本义为进食，引申为增多或加甚。　⑱匪：非。　止：达到。　共：通"恭"，指忠于职守。　⑲维：为。　邛(qióng)：病。　⑳奕奕：高大美盛的样子。　㉑君子：指周武王、周公等。　㉒秩秩：宏伟的样子。　大猷：治国的大道；指典章制度、谋略。　㉓莫：通"谟"，谋划、制定的意思。　㉔他人：指谗人。　㉕忖度：揣度、猜测。　㉖跃跃(tì)：通"趯趯"，跳跃的样子。　毚(chán)：狡猾。　㉗荏染：柔韧的样子。　柔木：善木。《毛诗》："柔木，椅、桐、梓、漆也。"按以上四种树木，是古人制造琴瑟的原料，故诗人称之为善木。　㉘往来：指辗转相传。　行言：流言。　㉙数：计算、辨别。　㉚蛇蛇(yí)：欺骗的样子。　硕言：大话。　㉛巧言：花言巧语。　簧：笙乐器中的簧片，吹笙则簧动发音。如簧，就像笙簧发音那样好听。　㉜彼：指谗人。　㉝麋(méi)：通"湄"，水边。　㉞拳：力。拳勇，指有才力的人。　㉟职：主、主要。　阶：阶梯。　㊱微：亦作"癓"，小腿生湿疮。　尰(zhǒng)：亦作"瘇"，脚肿。　㊲犹：谋、诡计。《方言》："犹，诈也。"　将：和"孔"同义，很。　㊳居：语助词。　徒：徒众、同党。

【译文】

悠悠老天听我诉,我把你来当父母。人们没罪没过错,遭受祸乱太惨酷。老天施威太可怖,罪过我真半点无;老天疏忽太糊涂,我是真正属无辜。

当初乱事刚发生,所有谗言都听进;乱事再次又出现,君王又把谗言信。君王如能斥谗人,祸乱马上能除尽;君王如能用贤良,祸乱很快能平定。

君王谗人常结盟,所以乱子无穷尽。君王轻信窃国盗,所以乱子更凶暴。盗贼说话蜜蜜甜,所以乱子更增添。不忠职守太不该,专把君王来坑害。

宫殿宗庙多雄伟,都是先王建成功。典章制度多完善,圣人制订谋略宏。别人有心破坏它,我能揣度猜测中。好比狡兔脚虽快,碰上猎狗把命送。

好的树木柔又韧,君子种来树成荫。流言散布没定准,我能辨别记在心。骗人大话哪里来,都从谗人嘴中喷。花言巧语像吹簧,脸皮太厚真可恨。

他是一个啥货色,住在大河水边沿。既无才能又无勇,祸乱他是总根源。"烂了小腿又肿脚,你的勇气怎不见?诡计多端真可恶,多少同党共作乱?"

何 人 斯

【题解】

这是一首讽刺同僚的诗,实际上是一首绝交的诗。据《毛诗》序说,此诗写的是苏公刺暴公的事。苏公和暴公都是周王的卿士,苏、暴两地,都在周东都四周的地区内,二人封地犬牙交错,所以发生了矛盾,苏公就写了这首绝交的诗。

彼何人斯?其心孔艰[①]。胡逝我梁[②],不入我门?伊谁云从[③]?维暴之云[④]。

二人从行[⑤],谁为此祸?胡逝我梁,不入唁我[⑥]?始者不如今,云不我可[⑦]!

彼何人斯?胡逝我陈[⑧]?我闻其声,不见其身。不愧于人?不畏于天?

彼何人斯?其为飘风[⑨]。胡不自北,胡不自南?胡逝我梁,只搅我心[⑩]!

尔之安行[⑪],亦不遑舍[⑫]。尔之亟行[⑬],遑脂尔车[⑭]。壹者之来[⑮],云何其盱[⑯]!

尔还而入[⑰],我心易也[⑱]。还而不入,否难知也[⑲]。壹者之来,俾我祇也[20]。

伯氏吹埙[21],仲氏吹篪[22]。及尔如贯[23],谅不我知[24]! 出此三物[25],以诅尔斯[26]!

为鬼为蜮[27],则不可得。有靦面目[28],视人罔极[29]。作此好歌,以极反侧[30]。

【注释】

①艰:险,阴险。 ②逝:往、走过。 梁:鱼梁。有人训梁为“桥”,亦通。 ③伊:他。 云:语助词。 ④维:只是。 暴:指暴公。 云:说话。 ⑤二人:指暴公和他的一个党徒,即上面所说的“何人”。 ⑥唁:慰问遭灾者。 ⑦可:嘉、好。 ⑧陈:由正房到院门的通道,俗称穿堂。 ⑨飘风:暴风。当时人常以风之暴疾喻坏人的作风,如“终风”、“谷风”等。这里诗人用它形容“何人”去来的快速,行踪诡秘。 ⑩只:恰恰。 ⑪安行:慢行。 ⑫舍:停息。 ⑬亟:急。 ⑭脂:这里当动词用,指给车轴上油。 ⑮壹者:从前。来:指上文逝梁、逝陈的事。 ⑯云:发语词。 盱(xū):通“吁”,忧。 ⑰还:指由王都回来,经过苏国。 入:指入苏门。 ⑱易:和悦。 ⑲否:不通、隔阂。 难知:用心不可测。 ⑳祇:通“疷”,病。 ㉑伯氏:指大哥。 埙(xūn):乐器名,陶制成,大如鹅蛋,有六孔,可吹奏。 ㉒仲氏:二哥。 篪(chí):乐器名,略似今之笛。 ㉓及:与、和。 贯:钱贝穿在一条绳上为贯。 ㉔谅:诚、真。 不我知:即不知我。 ㉕三物:指猪、犬、鸡。 ㉖诅:诅咒、求神降祸于别人。 斯:语气词。 ㉗蜮:传说中的一种能含沙射影使人得病的动物。 ㉘有靦(tiǎn):即靦靦,俨然的样子。 ㉙视:比。 极:准则、标准。 ㉚极:穷、深究。 反侧:反复无常。

【译文】

请问他是什么人? 心地阴险真可恨。为何路过我鱼梁,不肯进入我家门? 请问他听谁的话? 暴公说甚他说甚。

他跟暴公并肩行,我遭祸事谁是根? 为何走过我鱼梁,不进我门来慰问? 当初对我还不错,如今翻脸不认人!

请问他是什么人? 为何从我穿堂行? 远远只听脚步声,看看不见他身影。难道人前不惭愧? 难道不怕天报应?

请问他是什么人? 一阵暴风从此经。为何不从北边走,为何不从南边行? 为何走过我鱼梁,恰恰使我疑心生!

你的车儿慢慢行,也没工夫停一停。现在你说要快走,偏又添油把车停。前次你到我家来,使我苦闷心头冷!

回国走进我家门，交情如旧我欢欣。回国不进我家门，居心叵测难相信。上次你到我家来，气得我竟生了病。

大哥奏乐吹起埙，二哥吹篪相和音。你我本是一线穿，却不理解我的心！捧出三牲鸡猪狗，求神降祸于你身！

为鬼为蜮害人精，无影无形难找寻。你有颜面是人样，却比别人没定准。特地唱支善意歌，揭穿反复无常人。

巷 伯

【题解】

这是寺人孟子因被谗受害而作以泄愤的怨诗。诗中没有"巷伯"二字，可是篇名叫《巷伯》，为什么呢？因为寺人就是巷伯，都是宦官的通称。

萋兮斐兮①，成是贝锦②。彼谮人者，亦已大甚③！

哆兮侈兮④，成是南箕⑤。彼谮人者，谁适与谋⑥！

缉缉翩翩⑦，谋欲谮人。慎尔言也⑧，谓尔不信。

捷捷幡幡⑨，谋欲谮言。岂不尔受⑩，既其女迁⑪。

骄人好好⑫，劳人草草⑬。苍天苍天！视彼骄人，矜此劳人⑭！

彼谮人者，谁适与谋！取彼谮人，投畀豺虎⑮！豺虎不食，投畀有北⑯；有北不受，投畀有昊⑰。

杨园之道⑱，猗于亩丘⑲。寺人孟子⑳，作为此诗。凡百君子，敬而听之。

【注释】

①萋斐：花纹错杂的样子。 ②贝锦：贝壳有文彩像锦，故称锦曰贝锦。 ③大：通"太"。 ④哆（chǐ）：张口的样子。 侈：大。 ⑤箕：星名。四星联成梯形，状似簸箕，所以名箕。因在南方，又名南箕。 ⑥适：悦、喜欢（见《一切经音义》卷六引《三苍》）。 ⑦缉缉：通"咠咠"，交头接耳小语声。 翩翩：亦作"谝谝"，花言巧语。 ⑧尔：指谗人。 ⑨捷捷：同"诿诿"，能言善辩。 幡幡（fān）：同"翩翩"。 ⑩受：接受。"岂不尔受"为"岂不受尔"的倒文。 ⑪迁：转移。指听者将把憎恶被谗者的心，转而憎恶你造谣者。 ⑫骄人：指得志的谗人。 好好：喜悦的样子。 ⑬劳人：忧人、失意的人。指被谗者。 草草：忧愁的样子。 ⑭矜：怜悯。 ⑮畀（bì）：给予。 ⑯有北：指北方寒

冷不毛的地方,"有"为名词词头。　⑰有昊:即昊天。　⑱杨园:园名。　⑲猗:加、靠在。　亩丘:丘名。　⑳寺人:奄人,如后世的宦官。　孟子:作者自称。孟,氏。(有人说,孟是长,是奄人的长,亦通。)

【译文】

丝线错杂颜色明,织成五彩贝纹锦。那个造谣害人精,用心实在太凶狠!

张开大口畚箕样,箕星高挂天南方。那个造谣害人精,谁愿和他去搭腔!

唧唧喳喳嚼舌根,整天算计陷害人。劝你说话要当心,否则对你就不信。

花言巧语信口编,挖空心思造谣言。虽说一时受你骗,终久恨你太阴险。

小人得志就忘形,好人被谗意消沉。老天老天把眼睁!你看那人多骄横,可怜我们受害人!

那个造谣大坏蛋,谁愿和他去搭腔!抓住那个造谣家,丢到野外喂虎狼!虎狼嫌他不愿吃,把他摔到北大荒;北荒如果不接受,送他归天见阎王。

一条大路通杨园,紧紧靠在亩丘边。我是宦官叫孟子,受人陷害写诗篇。诸位君子大老爷,请您认真听我言。

谷　风

【题解】

这是一首弃妇所作的诗。她责备丈夫是个可与共患难,不能与同安乐的人。语极凄恻,和《邶风·谷风》诗旨相似。语言浅近,风格有如《国风》。所以有人疑心它和《黄鸟》、《我行其野》、《蓼莪》、《都人士》、《采绿》、《隰桑》、《绵蛮》、《瓠叶》、《渐渐之石》、《苕之华》、《何草不黄》等都是西周民风,这是很有见地的。旧说此诗刺幽王,其实失之穿凿。

习习谷风①,维风及雨②。将恐将惧③,维予与女④;将安将乐,女转弃予⑤!

习习谷风,维风及颓⑥。将恐将惧,置予于怀;将安将乐,弃予如遗⑦!

习习谷风,维山崔嵬⑧。无草不死,无木不萎。忘我大德⑨,思我小怨⑩。

【注释】

①习习:连续不断的风声。　谷风:来自山谷的风、大风。　②维:是。

③将：方、当。 ④与：亲附、赞助。 ⑤转：反而。 ⑥颓：旋风。 ⑦遗：忘记。 ⑧崔嵬：山高峻的样子。 ⑨大德：指能共患难。 ⑩小怨：小缺点。

【译文】

山谷大风呼呼叫，风狂雨骤天地摇。当初忧患飘摇日，唯我助你把心操；如今日子已安乐，反而将我抛弃掉！

山谷大风呼呼起，旋风阵阵不停息。当初忧患飘摇日，把我搂在怀抱里；如今生活已安乐，把我丢开全忘记！

大风呼呼吹不停，吹过高山刮过岭。刮得百草都枯死，刮得树木尽凋零。我的好处全忘记，专把小错记在心。

蓼　莪

【题解】

这是一首苦于服役，悼念父母的诗。

蓼蓼者莪①，匪莪伊蒿②。哀哀父母，生我劬劳③。

蓼蓼者莪，匪莪伊蔚④。哀哀父母，生我劳瘁⑤。

瓶之罄矣⑥，维罍之耻⑦。鲜民之生⑧，不如死之久矣！无父何怙⑨，无母何恃！出则衔恤⑩，入则靡至⑪！

父兮生我，母兮鞠我⑫。拊我畜我⑬，长我育我，顾我复我⑭，出入腹我⑮。欲报之德⑯，昊天罔极⑰！

南山烈烈⑱，飘风发发⑲。民莫不穀⑳，我独何害㉑！

南山律律㉒，飘风弗弗㉓，民莫不穀，我独不卒㉔！

【注释】

①蓼蓼(lù)：高大的样子。 莪：莪蒿，亦名廪蒿，俗称抱娘蒿。 ②匪：非。 伊：是。 蒿：即蒿子，有青蒿、白蒿等数种。 ③劬劳：劳苦。 ④蔚：蒿的一种，又名牡蒿。全草供药用，晒干可燃烟驱蚊。 ⑤瘁：憔悴。 ⑥罄(qìng)：尽、空的意思。 ⑦罍：大肚小口的酒坛。二句以酒瓶空是酒坛之耻比喻民穷不能养父母是统治者之耻。 ⑧鲜(xiǎn)：寡。鲜民，寡民、孤子。 ⑨怙(hù)：依靠。 ⑩出：出门，指离家服役。 衔：含。 恤：忧愁。 ⑪入：进门，指回家。 至：亲。 靡至：没有亲人。《说文》："亲，至也。" ⑫鞠：养。

⑬拊：通“抚”，抚摸。《后汉书·梁竦传》引这句诗作“抚我”。 畜(xù)：爱。 ⑭顾：指在家时对他照顾。 复：指出门后对他的挂念。 ⑮腹：抱在怀里。 ⑯之：这。 ⑰罔极：无常、没有定准。 ⑱烈烈：山高峻险阻的样子。 ⑲飘风：暴风。 发发：大风呼啸的声音。 ⑳穀：赡养。 ㉑何：通“荷”，蒙受。 ㉒律律：山势高耸突起的样子。 ㉓弗弗：大风扬尘的样子。 ㉔不卒：不得送终父母。

【译文】

一丛莪蒿长又高，不料非莪是蒿草。可怜我的爹和娘，生我养我太辛劳。

高高莪蒿叶青翠，不料非莪而是蔚。可怜我的爹和娘，生我养我太劳累。

酒瓶底儿早空了，酒坛应该觉害臊。孤儿活在世界上，不如早些就死掉！没有父亲何所依，没有母亲何所靠！离家服役心含悲，回来双亲见不到！

爹呀是你生下我，娘呀是你哺养我。抚摸我啊爱护我，养我长大教育我，照顾我啊挂念我，出门进门抱着我。如今想报爹娘恩，没想老天降灾祸！

南山崎岖行路难，狂风呼啸刺骨寒。人人都能养爹娘，独我服役受苦难！

南山高耸把路挡，狂风呼啸尘飞扬。人人都能养爹娘，独我不能去奔丧！

大 东

【题解】

这是东方诸侯国的臣民讽刺周王室只知搜括财物、奴役人民，虽居高位，却不能解除东方人民的苦难的诗。

有饛簋飧[①]，有捄棘匕[②]。周道如砥[③]，其直如矢[④]。君子所履[⑤]，小人所视[⑥]。眷言顾之[⑦]，潸焉出涕[⑧]！

小东大东[⑨]，杼柚其空[⑩]。纠纠葛屦[⑪]，可以履霜[⑫]？佻佻公子[⑬]，行彼周行[⑭]；既往既来，使我心疚[⑮]。

有冽氿泉[⑯]，无浸获薪[⑰]！契契寤叹[⑱]，哀我惮人[⑲]。薪是获薪[⑳]，尚可载也[㉑]。哀我惮人，亦可息也。

东人之子[㉒]，职劳不来[㉓]；西人之子[㉔]，粲粲衣服[㉕]。舟人之子[㉖]，熊罴是裘[㉗]；私人之子[㉘]，百僚是试[㉙]。

或以其酒[㉚]，不以其浆[㉛]。鞙鞙佩璲[㉜]，不以其长。维天有汉[㉝]，监亦有光[㉞]。跂彼织女[㉟]，终日七襄[㊱]。

虽则七襄,不成报章[37]。睆彼牵牛[38],不以服箱[39]。东有启明[40],西有长庚[41]。有捄天毕[42],载施之行[43]。

维南有箕[44],不可以簸扬[45]。维北有斗[46],不可以挹酒浆[47]。维南有箕,载翕其舌[48]。维北有斗,西柄之揭[49]。

【注释】

①有饛(méng):即饛饛,装满食物的样子。 簋(guǐ):古代食器。 飧(sūn):熟食。 ②有捄(qiú):即捄捄,长而弯曲的样子。 棘:酸枣木。匕:饭勺或羹匙。 ③周道:大路。也可解为通往周京的道路。 砥:磨刀石。④矢:箭。 ⑤君子:指贵族。 履:行走。 ⑥小人:指人民。 ⑦眷言:回头的样子。言,同“然”。 顾:看。 ⑧潸:流泪的样子。 ⑨小东大东:指东方各诸侯国。离周京最远的称大东,稍近的称小东。 ⑩杼柚(zhù zhú):织布机上的两个主要部件。杼是梭子,中装纬线。柚是筘,用细竹片排成梳齿状,经纱从中穿过。这里用杼柚代织布机。此句指布机上未完成之织物亦被搜括一空。 ⑪纠纠:绳索缠绕的样子。 ⑫可:岂可,表示反问。 ⑬佻佻:轻佻的样子。 ⑭周行:即周道。 ⑮疚:忧虑。 ⑯有洌:即洌洌,寒冷的样子。 氿(guǐ)泉:泉水上涌受阻,从侧面流出,称为氿泉。 ⑰获薪:砍下的柴。 ⑱契契:愁苦的样子。 寤叹:睡不着而叹息。 ⑲惮:通“瘅”,劳苦。⑳上“薪”字,作动词“烧”字用。 是:这。 ㉑载:装载。 ㉒子:子弟,指青年。 ㉓职:只是、主要。 劳:服劳役。 来(lài):亦作“勑”,慰劳。㉔西人:指周人。陈奂《毛诗传疏》:“周在西,故以西人为京师人。” ㉕粲粲:鲜艳华丽的样子。 ㉖舟:周的假借。舟人,大人,指上层的人。马瑞辰《毛诗传笺通释》:“周人为大人,犹周行或谓大道,周狗即大狗也。” ㉗罴:大熊。裘:当作“求”,追求;指打猎。 ㉘私人:小人,指下层的人。《方言》:“私,小也。” ㉙僚:春秋时一种奴隶的称谓。当时下层差役有皁、舆、隶、僚、仆、台、圉、牧等。百僚,即指上述诸等差役奴隶。 试:任用。 ㉚或:有人。 ㉛浆:薄酒。 ㉜鞙鞙(juān):或作琄、娟,形容系璲的线(后世名绶)美而长的样子。璲:瑞玉,可以为佩。 ㉝汉:云汉,银河。 ㉞监:同“鉴”,镜。古人以水为镜。这句说天河水清可以照人,但只见水光而不见人影。 ㉟跂:织女三星鼎足而三的样子。 织女:星名,共有三星。 ㊱终日:指从早到晚。 襄:反,更动。七襄,指织女星更动七次位置。按一日夜共有十二个时辰,从早到晚占七个时辰,就是从卯时到酉时,织女星每个时辰要更动一次位置,七个时辰就更动七次,因而称为七襄。 ㊲报:反复;纬线的一来一往。 章:布帛上的纹路。这里用它代布帛。 ㊳睆(huǎn):明亮的样子。 牵牛:星座名。 ㊴以:用。

服：驾。　箱：车箱，代指车。　㊵㊶启明、长庚：是同一颗星，即金星。早晨出现在东方，先日而出，晚上出现于西方，后日而入。古人误以为二星，分别称之为启明、长庚。　㊷天毕：毕星。毕星共有八星，以其排列形状像古时田猎用的长柄毕网而得名。　㊸载：则。　施（yí）：斜行。　行（háng）：行列。　㊹箕：星座名，共四星联成梯形，形像簸箕，故名箕。　㊺簸扬：指用箕扬米以除糠皮。㊻斗：星座名，即斗宿。斗星和箕星都在南方，共六星聚成斗形。因为它在箕星之北，所以与箕星并称南箕北斗。　㊼挹：用勺舀酒。　㊽翕（xì）：向内收敛的意思。　㊾揭：高举。南斗的柄常指西方而上扬，故言"西柄之揭"。有人以为这章的斗指北斗，这是不对的。因为北斗的柄不西指，也不上扬。

【译文】

一盒熟食装得满，枣木饭勺柄儿弯。大路平如磨刀石，大路笔直像箭杆。贵人在这路上走，小民只能瞪眼看。回过头来再望望，不禁伤心泪潸潸！

东方远近诸侯国，织机布帛搜括空。脚上葛草编的鞋，怎能抵挡秋霜冻？轻佻漂亮贵公子，走在那条大路中；往来不绝征赋税，使我忧伤心里痛。

冰凉泉水从旁来，不要浸湿那劈柴！忧愁不眠暗伤叹，劳苦人们真可哀。谁要想烧这劈柴，还得用车去装载。可怜我们劳苦人，休息休息也应该。

东方子弟头难抬，没人慰劳只当差；西方子弟高一等，衣服鲜艳闪光彩。大人子弟福气好，打熊猎罴把心开；小人子弟命运乖，干这干那像奴才。

有人进贡美味酒，周人嫌它像水浆。有人进贡佩玉带，周人嫌它不够长。天上银河虽宽广，用作镜子空有光。织女星座三只角，一天七次移位忙。

虽然来回移动忙，不能织出好花样。牵牛星儿亮闪闪，不能用来驾车辆。早上启明出东方，傍晚长庚随夕阳。毕星似网长柄弯，斜挂在天没用场。

南方箕星闪闪亮，不能用它扬米糠。斗星高照在天上，不能用它舀酒浆。南方箕星闪闪亮，缩着舌头把嘴张。斗星高照在天上，举着柄儿向西方。

四　月

【题解】

这是一个小官吏诉说行役之苦和忧世之情的述怀诗。

四月维夏①，六月徂暑②。先祖匪人③，胡宁忍予④？
秋日凄凄，百卉俱腓⑤。乱离瘼矣⑥，爰其适归⑦？
冬日烈烈⑧，飘风发发⑨。民莫不穀⑩，我独何害⑪！

山有嘉卉，侯栗侯梅⑫。废为残贼⑬，莫知其尤⑭。
相彼泉水⑮，载清载浊⑯。我日构祸⑰，曷云能穀⑱？
滔滔江汉⑲，南国之纪⑳。尽瘁以仕㉑，宁莫我有㉒。
匪鹑匪鸢㉓，翰飞戾天㉔。匪鳣匪鲔㉕，潜逃于渊。
山有蕨薇㉖，隰有杞桋㉗。君子作歌㉘，维以告哀㉙！

【注释】

①四月：和下一句的六月，都是指夏历（如今农历）而言。　②徂：往。徂暑，是“暑徂”的倒文，言盛暑将过去。　③匪人：不是别人。　④胡宁：为什么。　⑤卉：草。　腓：痱的假借字，草木枯萎。　⑥瘼：疾苦。　⑦爰：于、在。　适：往。　⑧烈烈：《鲁诗》作“栗栗”，亦作“栗烈”，天气寒冷的样子。⑨飘风：暴风。　发发：象声词，状狂风之呼啸。　⑩穀：善。指生活好。⑪何：通“荷”。　⑫侯：是。　⑬废：音义同忕（shì），习惯。　残贼：摧残、损害别人的人，指在位者。　⑭尤：罪过。　⑮相：看。　⑯载：又。　⑰日：指每天。　构：遘的假借字，遇。　⑱曷：何。　云：语助词。　⑲江汉：长江和汉水。　⑳南国：指南方各条河流。　纪：纲纪、约束。　㉑尽瘁：尽力工作以致憔悴。　仕：任职。　㉒宁：而。　莫：不。　有：通“友”，亲善。莫我有，不友我之倒文。　㉓匪：彼。　鹑（tuán）：雕。　鸢（yuān）：老鹰。　㉔翰飞：高飞。　戾：至。　㉕鳣（zhān）：大鲤鱼。　鲔（wěi）：鲟鱼。都是大鱼。㉖蕨、薇：两种野菜。见《召南·草虫》注⑥。　㉗杞：枸杞。　桋：亦名赤楝，木名。　㉘君子：作者自称。　㉙告哀：诉说悲哀。

【译文】

四月出差是夏天，六月盛暑将过完。祖先不是别家人，为啥任我受苦难？
秋风萧瑟真凄清，百草干枯尽凋零。兵荒马乱心忧苦，何处可去何处行？
三九寒天彻骨凉，阵阵狂风呼呼响。人们生活都很好，我独受害离家乡！
好树好花山上栽，也有栗子也有梅。习惯成为害民贼，还不承认是犯罪。
看那泉水下山坡，清时少来浊时多。天天碰上倒霉事，日子怎么会好过？
长江汉水浪滔滔，总揽南方小河道。鞠躬尽瘁为国家，可是没人说声好。
为人不如鹰和雕，高飞能够冲云霄。为人不如鲤和鲔，逃进深水真逍遥。
山上一片蕨薇草，低地杞桋真不少。作首诗歌唱起来，心头悲哀表一表！

北 山

【题解】

这是一位士子怨恨大夫分配徭役劳逸不均而作的诗。士属统治阶级之下层，上受天子、诸侯、大夫等的压迫，承担繁重的徭役。这首诗反映了当时统治阶级内部矛盾的尖锐化。

陟彼北山①，言采其杞②。偕偕士子③，朝夕从事。王事靡盬④，忧我父母。

溥天之下⑤，莫非王土；率土之滨⑥，莫非王臣。大夫不均⑦，我从事独贤⑧。

四牡彭彭⑨，王事傍傍⑩。嘉我未老⑪，鲜我方将⑫。旅力方刚⑬，经营四方⑭。

或燕燕居息⑮，或尽瘁事国。或息偃在床⑯，或不已于行⑰。

或不知叫号⑱，或惨惨劬劳⑲。或栖迟偃仰⑳，或王事鞅掌㉑。

或湛乐饮酒㉒，或惨惨畏咎㉓。或出入风议㉔，或靡事不为㉕。

【注释】

①陟(zhì)：登。 ②言：语助词。 ③偕偕：强壮的样子。 士子：作者自称。 ④王事靡盬：见《鸨羽》注③。 ⑤溥：通“普”，普遍。 ⑥率：循、沿。或训“自”，亦通。 滨：水边。 ⑦不均：指处理臣下的工作很不公平。 ⑧贤：艰苦、劳累。 ⑨彭彭：强壮而不得休息的样子。 ⑩傍傍：忙于奔走应付的样子。 ⑪嘉：嘉许、称赞。 ⑫鲜：称善。 将：强壮。 ⑬旅：通“膂”。膂力，犹今言体力。 刚：强健。 ⑭经营：往来奔走劳作的意思。 ⑮燕燕：安逸的样子。 居息：住家休息。 ⑯偃：卧。 ⑰不已：不停。 行(háng)：道路。 ⑱号：放声大哭。 ⑲惨惨：忧虑不安的样子。 劬劳：劳累。 ⑳栖迟：游息。 偃仰：安居。 ㉑鞅掌：公事忙碌。 ㉒湛(dān)乐：过度的享乐。 ㉓咎：罪责、灾殃。 ㉔风议：发议论。 ㉕靡：无。

【译文】

登上那座北山冈，采点枸杞尝一尝。士子身强力又壮，从早到晚工作忙。国王差事无休止，没法服侍我爹娘。

普天之下哪片地，不是国王的领土；四海之内哪个人，不是国王的臣仆。大夫做事不公平，派我工作特别苦。

四马拉车把路赶，王事紧迫没个完。他们夸我年纪轻，夸我身体真壮健。说我年富力又强，奔走四方理当然。

有的人坐家中安乐享受，有的人忙国事皮包骨头。有的人吃饱饭高枕无忧，有的人在路上日夜奔走。

有的人从不知民间疾苦，有的人忧国事累断筋骨。有的人专享福悠闲自得，有的人为工作忙忙碌碌。

有的人寻欢作乐饮美酒，有的人担心灾难要临头。有的人夸夸其谈发议论，有的人样样事情要动手。

无将大车

【题解】

这是一位诗人感时伤乱之作。这位诗人，可能是已经沦为劳动者的士。他很旷达，认为“忧能伤人”，很不值得，便唱出了这首诗歌。

无将大车①，只自尘兮②。无思百忧③，只自疷兮④。
无将大车，维尘冥冥⑤。无思百忧，不出于颎⑥。
无将大车，维尘雍兮⑦。无思百忧，只自重兮⑧。

【注释】

①将：用手推车。　大车：用牛拉的货车。　②只：只是。大车本用牛拉，如用人推，非但无效，且惹灰尘。比喻徒劳无功。　③百：言其多。　④疷(qí)：忧病。　⑤冥冥：昏暗的样子。　⑥颎(jiǒng)：同“炯”，光明。　⑦雍(yōng)：通“壅”，遮蔽。　⑧重：同“腫”，病累的意思(从马瑞辰《通释》说)。

【译文】

不要去推那牛车，只会惹上一身尘。不要去想忧心事，多想徒然自伤身。
不要去推那牛车，扬起尘土迷眼睛。不要去想忧心事，多想前途没光明。
不要去推那牛车，尘土飞扬看不清。不要去想忧心事，多想只会把病生。

小 明

【题解】

这是一个官吏自述久役思归及念友的诗。

明明上天,照临下土。我征徂西①,至于艽野②。二月初吉③,载离寒暑④。心之忧矣,其毒大苦⑤。念彼共人⑥,涕零如雨。岂不怀归?畏此罪罟⑦。

昔我往矣,日月方除⑧。曷云其还⑨?岁聿云莫⑩。念我独兮,我事孔庶⑪。心之忧矣,惮我不暇⑫。念彼共人,眷眷怀顾⑬。岂不怀归?畏此谴怒。

昔我往矣,日月方奥⑭。曷云其还?政事愈蹙⑮。岁聿云莫,采萧获菽⑯。心之忧矣,自诒伊戚⑰。念彼共人,兴言出宿⑱。岂不怀归?畏此反复⑲。

嗟尔君子!无恒安处⑳。靖共尔位㉑,正直是与㉒。神之听之,式穀以女㉓。

嗟尔君子!无恒安息。靖共尔位,好是正直㉔。神之听之,介尔景福㉕。

【注释】

①征:行。 徂:往。 西:指镐京的西边。 ②艽(qiú)野:荒远的边地。 ③二月:指周历二月,即夏历的十二月。 初吉:初旬的吉日。 ④载:乃、则。 离:经历。 寒暑:指一年。 ⑤毒:毒药。 大:同“太”。 ⑥共:通“恭”。共人,宽和谦恭的人。诗人用以指他在朝的同事,也就是四章和五章的“君子”。 ⑦罟(gǔ):网。 ⑧除:亦作“涂”。《尔雅·释天》:“十二月为涂。”郝懿行义疏引马瑞辰曰:“《广韵》涂与除同,音除,谓岁将除也。”又《毛传》:“除,除陈去新也。”这句指旧岁刚辞新年正到。 ⑨曷:何时。 云:语助词。 其还:将要回去。 ⑩聿、云:都是语助词。 莫:同“暮”。 ⑪孔庶:很多。 ⑫惮:通“瘅”,劳苦。 ⑬眷眷:反顾的样子。 ⑭奥(yù):燠的假借,暖。 ⑮蹙(cù):急促。 ⑯萧:艾蒿。 菽:豆。 ⑰诒:通“贻”,留下。 伊:此。 戚:忧伤。 ⑱兴:起来。 出宿:到外面去过夜。 ⑲反复:指随便加罪。

《郑笺》:"反复,谓不以正罪见罪。" ⑳恒:常。 ㉑靖:谋划。 共:通"恭",敬、负责。 尔:你。 位:指本职之事。 ㉒与:亲近。 ㉓式:用。 穀:禄。 以:通"与",给。 女:汝。 ㉔好:爱好。 ㉕介:助。 景:大。

【译文】

昭昭上天亮光光,普照辽阔大地上。想我出差到西方,直到荒凉那边疆。十二月初吉日走,至今寒来又暑往。心中想想真忧愁,好像吃药苦难当。想起那位老同事,不禁伤心泪汪汪。难道不想回家乡?只怕得罪触法网。

回想当初我动身,正是新年好时光。何日才能回家乡?一年将近犹无望。想想只有我一人,事情多得头发胀。心里真是太忧伤,整年劳累天天忙。思念那位老同事,很想回去望一望。难道不想回家乡?怕人恼怒说短长。

回想当初我动身,天气正暖不太凉。何日才能回家乡?政事越来越繁忙。一年很快就过完,采艾收豆上晒场。心里想想真忧愁,自寻烦恼徒悲伤。想起那位老同事,难以入睡起彷徨。难道不想回家乡?只怕无辜受灾殃。

唉呀劝您老同事!休要安居把福享。认真办好本职事,亲近正直靠贤良。神明听到这一切,赐您福禄永吉祥。

唉呀劝您老同事!休贪安逸把福享。认真办好本职事,亲近正直靠贤良。神明听到这一切,赐您大福寿无疆。

鼓　　钟

【题解】

这是讽刺周王荒乱、伤今思古的诗。过去有说是刺幽王的,有说是昭王时的作品,都无确证。

鼓钟将将①,淮水汤汤②,忧心且伤。淑人君子③,怀允不忘④。
鼓钟喈喈⑤,淮水湝湝⑥,忧心且悲。淑人君子,其德不回⑦。
鼓钟伐鼛⑧,淮有三洲⑨,忧心且妯⑩。淑人君子,其德不犹⑪。
鼓钟钦钦⑫,鼓瑟鼓琴,笙磬同音⑬。以雅以南⑭,以籥不僭⑮。

【注释】

①鼓:敲。 将将:同"锵锵",象声词。 ②淮水:淮河,发源于河南桐柏山,经安徽、江苏两省的北部而入海。 汤汤(shāng):水大而奔腾的样子。 ③淑:善。 ④怀:思念。 允:诚然、确实。 ⑤喈喈:声音和谐悦耳。

⑥湝湝:水流貌。 ⑦回:邪。 ⑧鼛(gāo):大鼓。 ⑨三洲:《毛传》:"淮上地。"据后人考证,在历次大水中,淮河上的三个小岛都被淹没,不知所在。三洲可能就是周王会诸侯奏乐的地点。 ⑩妯(chōu):亦作"怞",伤悼。⑪犹:訧的假借字,缺点、毛病。朱骏声《说文通训定声·孚部》:"犹,假借为訧。"⑫钦钦:钟声。 ⑬笙:编管有簧的乐器。 磬:用石或玉制成的打击乐器。同音:音调和谐。 ⑭以:为。 雅:雅乐,天子之乐曰雅,古称为正乐。周都城在今陕西,雅乐就是当时的陕西调。 南:指南方的乐调。现在河南的南部,湖北的襄阳、宜昌、江陵一带地区,古代属于南夷,它的乐调称为"南"或"任"。章炳麟《大雅小雅说》考证"雅"为乐器名。其形如两端蒙羊皮的漆筒。郭沫若《甲骨文字研究》中,断定南"本钟铸之象形,更变而为铃"。章、郭二家的考证,和旧说不同,录此备考。 ⑮籥(yuè):乐器名,似排箫。 僭:乱。

【译文】

敲起编钟响叮当,淮水滚滚起波浪,我心忧愁且悲伤。想起古代好君子,叫人思念不能忘。

敲起编钟声和谐,淮水滔滔流不歇,我心忧愁且悲切。想起古代好君子,人品道德不偏邪。

敲钟打鼓声未休,淮河水中三小洲,我心伤悼且忧愁。想起古代好君子,品德高贵传千秋。

敲起编钟声钦钦,又鼓瑟来又弹琴,笙磬同奏相和鸣。歌唱雅乐和南乐,吹籥伴奏更分明。

楚 茨

【题解】

这是一首周王祭祀祖先的乐歌。诗中的"我"、"孝孙",都是指周王。它所叙述的典章制度,也都是天子用的。

楚楚者茨[①],言抽其棘[②]。自昔何为?我艺黍稷[③]。我黍与与[④],我稷翼翼[⑤]。我仓既盈,我庾维亿[⑥]。以为酒食,以享以祀[⑦]。以妥以侑[⑧],以介景福[⑨]。

济济跄跄[⑩],絜尔牛羊[⑪],以往烝尝[⑫]。或剥或亨[⑬],或肆或将[⑭]。祝祭于祊[⑮],祀事孔明[⑯]。先祖是皇[⑰],神保是飨[⑱]。"孝孙有庆[⑲],报以介福，万寿无疆！”

执爨踖踖[20]，为俎孔硕[21]，或燔或炙[22]。君妇莫莫[23]，为豆孔庶[24]，为宾为客。献酬交错[25]，礼仪卒度[26]，笑语卒获[27]。神保是格[28]，“报以介福，万寿攸酢[29]！”

我孔熯矣[30]，式礼莫愆[31]。工祝致告[32]：“徂赉孝孙[33]。苾芬孝祀[34]，神嗜饮食，卜尔百福[35]。如几如式[36]，既齐既稷[37]，既匡既敕[38]。永锡尔极[39]，时万时亿[40]。”

礼仪既备，钟鼓既戒[41]。孝孙徂位[42]，工祝致告：“神具醉止。”皇尸载起[43]，鼓钟送尸，神保聿归。诸宰君妇[44]，废彻不迟[45]。诸父兄弟[46]，备言燕私[47]。

乐具入奏[48]，以绥后禄[49]。尔殽既将[50]，莫怨具庆。既醉既饱，小大稽首[51]。“神嗜饮食，使君寿考[52]。孔惠孔时[53]，维其尽之[54]。子子孙孙，勿替引之[55]。”

【注释】

①楚楚：密密丛生的样子。 茨：蒺藜。 ②抽：除。 棘：刺。指蒺藜。 ③艺：种。 ④与与：茂盛的样子。 ⑤翼翼：繁盛齐整的样子。 ⑥庾：用草席制的圆形露天粮囤。 维：是。 亿：《郑笺》：“十万曰亿。” ⑦享：献。 ⑧妥：安坐。 侑：劝酒。古代祭祖时以活人装神，叫做尸。在祭祀的时候，主人迎接拜尸，请他进宗庙安坐在神位上，并献上酒食请尸吃喝。 ⑨以介景福：见《小明》注㉕。 ⑩济济：庄严恭敬的样子。 跄跄（qiāng）：走路有节奏的样子。 ⑪絜：同“洁”，洗干净。 牛羊：祭祀用的祭品。 ⑫烝：冬祭称烝。尝：秋祭称尝。这里是泛指祭祀。 ⑬剥，支解宰割。 亨：同“烹”，煮熟、烹调。 ⑭肆：陈设，即“摆出”的意思。 将：捧进，即“端进”的意思。 ⑮祝：太祝，官名，掌祭祀祈祷。 祊（bēng）：宗庙门内设祭的地方。 ⑯孔：很。明：指祭礼齐备整洁。 ⑰是：代词，指祊。 皇：借为“往”，来也。《礼记·少仪》：“祭祀之美，齐齐皇皇。”郑玄注：“皇读如归往之往。”《孔疏》：“谓心所系往。” ⑱保：依，神所依的意思。“神保”是一个词，好像《楚辞》称“灵”为“灵保”一样，是对先祖神的美称。 ⑲孝孙：主祭的人，亦称曾孙；实即周王。 有庆：有福。以下三句是太祝的祷词。 ⑳爨（cuàn）：炊，烧火煮饭。 踖踖（jí）：敏捷谨慎的样子。 ㉑俎：祭祀时用以盛牲的礼器，形像小方桌，有四脚，铜制。 孔硕：指俎内肉很丰富。 ㉒燔（fán）：烧肉。 炙（zhì）：烤肉。 ㉓君妇：主妇。 莫莫：恭敬谨慎的样子。 ㉔豆：古食器名。 庶：多。

㉕献:敬酒。　酬:劝酒。　㉖卒:尽、完全。　度:法度。　㉗获:得其宜、恰到好处。　㉘格:至。　㉙攸:语助词。　酢:报酬。以上两句也是太祝祈祷的话。　㉚熯(nǎn):通"戁",敬惧。　㉛愆:差错。　㉜工祝:即官祝(太祝)。古称官为"工",如百工为百官,臣工为臣官。　㉝徂:往。　赉(lài):赏赐。以下九句皆太祝将"神"的意思告诉周王。　㉞苾芬:犹芬芳。　㉟卜:给予。　百:言其多。　㊱如:合。　几:借为"期",指如期祭神。　式:法、制度。　㊲齐:整齐。　稷:借为"亟",敏捷。《说文》:"亟,敏疾也。"　㊳匡:端正。　敕:通"饬",谨慎。　㊴锡:赐。　极:至。指最好的福气。　㊵时:是。　㊶戒:告。祭将毕,奏乐以告礼成。　㊷徂位:指走回原位。　㊸皇:表示赞美的形容词。　载:则、就。　㊹宰:宰夫,亦称膳夫,即厨师。　㊺彻:通"撤"。废彻,把席上的祭品收去。　不迟:不慢。　㊻诸父:指伯父、叔父等长辈。　兄弟:泛指同姓的同辈。　㊼备:俱、完全。　燕:通"宴"。燕私,古代祭祀之后的亲属私宴。　㊽乐:指乐队。　具:全部。祭在前庙;庙后有寝,是藏衣冠和宴会的场所。宴会开始,祭时的乐队都移进寝庙,奏乐助宴。　㊾绥:安,指安逸享受。　后禄:指共食祭后所余之酒肉。　㊿将:美好。见《广雅·释诂》。　(51)大小:长幼。　稽首:叩头。表示向主人告辞。　(52)寿考:长寿。自上句以下六句为辞别者对周王的颂词。　(53)惠:顺利。　时:善、好。　(54)其:指主人。　尽之:指主人在祭祀中完全遵守礼节。　(55)替:废。　引:延长。之:指祭祀礼节。

【译文】

蒺藜丛丛长满地,我拿锄头除荆棘。从前开荒为的啥?我种高粱和小米。我的小米多茂盛,我的高粱多整齐。我的仓库已堆满,囤里藏粮千百亿。粮食用来做酒饭,用它献神和祭祀。请来尸神敬上酒,求神快将大福赐。

助祭恭敬又端庄,洗净你的牛和羊,准备拿去作祭享。切的切来烧的烧,摆开碗盏端上堂。太祝祭神庙门里,祭事完备又周详。祖宗前来受祭祀,神灵来把酒肉尝。"主祭少爷有吉庆,神明酬报洪福降,赐您万寿永无疆!"

厨师敏捷做菜肴,案上鱼肉真不少,有的红烧有的烤。主妇恭敬又小心,端上佳肴一道道,招待宾客真周到。主劝客饮杯盏交,遵守礼节不喧闹,合乎规矩轻谈笑。祖先神灵已来到,"神用大福来酬报,赐您长寿永不老!"

我的态度很恭敬,礼节周到没毛病。太祝传下祖宗话:"快去赐福给孝孙。祭祀酒菜香喷喷,神灵爱吃心高兴,赐您百福作报应。祭祀及时又标准,办事快速又齐整,态度谨慎又端正。永远赐您无量福,福禄亿万数不清。"

祭祀仪式都完备,钟鼓敲响近尾声。主祭走回堂下位,太祝报告祭礼成:"神灵都已醉醺醺。"大尸告辞立起身，乐队敲钟送尸神，祖宗神灵上归程。烧菜厨师和主妇，撤去祭品不留停。伯叔兄弟都聚齐，阖家宴饮叙天伦。

乐队进庙齐奏起，子孙享受祭后食。您的菜肴真美好，怨言全无乐滋滋。菜饭吃饱酒喝足，老小叩头齐致辞。"神灵爱吃这饭菜，使您长寿百年期。祭祀又好又顺利，主人确实尽礼制。但愿子孙和后代，永把祭礼来保持。"

信南山

【题解】

这首诗也是周王祭祖祈福的乐歌。

信彼南山①，维禹甸之②。畇畇原隰③，曾孙田之④。我疆我理⑤，南东其亩⑥。

上天同云⑦，雨雪雰雰⑧。益之以霢霂⑨，既优既渥⑩，既霑既足⑪，生我百谷。

疆埸翼翼⑫，黍稷彧彧⑬。曾孙之穑⑭，以为酒食。畀我尸宾⑮，寿考万年。

中田有庐⑯，疆埸有瓜。是剥是菹⑰，献之皇祖。曾孙寿考，受天之祜⑱。

祭以清酒，从以骍牡⑲，享于祖考。执其鸾刀⑳，以启其毛㉑，取其血膋㉒。

是烝是享㉓，苾苾芬芬㉔，祀事孔明㉕。先祖是皇㉖，报以介福，万寿无疆！

【注释】

①信：通"伸"，长而远的样子。 南山：终南山。在今陕西省西安市南。 ②维：是。 禹：大禹。 甸：治理。 ③畇畇（yún）：形容已开垦过的土地平坦整齐的样子。 ④曾孙：周王对祖神的自称。王家祭神时由周王主祭，故曾孙又是主祭者的代称，与《楚茨》的"孝孙"同义。 田：耕种。 ⑤疆：井田的田界。一井九百亩，每家分一百亩，中间是公田，八家人合种之，其间的田界就叫疆。 理：田中的沟渠。 ⑥南东：泛指四方。 ⑦同云：全被云遮。 ⑧雨雪：下雪。 雰雰：即纷纷。 ⑨益：加上。 霢霂（mài mù）：小雨。 ⑩优：

充足。渥:湿。⑪霑:沾湿。足:浞的假借字,润湿的样子。⑫埸(yì):田界。何楷《诗经世本古义》:"疆、埸皆田界之名。疆乃八家同井之界畔,埸乃一夫百亩之界畔。"翼翼:整齐的样子。⑬彧彧(yù):郁郁的假借;茂盛的样子。⑭穑:收割庄稼。⑮畀(bì):给予。尸:祭祀时装神的神主。⑯庐:农民住的房子,建筑在公田中。⑰是:这。指瓜。剥:切开。菹(zū):腌菜。⑱祜(hù):福。⑲骍牡:赤黄色的公牛。⑳鸾刀:有铃的刀。㉑启:分开。分开牛毛而后下刀宰牛。㉒膋(liáo):脂膏、牛油。按周人祭礼先用酒降神,然后迎接牲口,周王(曾孙)亲执鸾刀,割开牲口的毛肉,表示这是纯色的。取出牲口的血,表示这是新杀的。又取出它的油,加上黄米、高粱放在艾蒿上烧,使香气四溢。㉓烝:进。有人训烝为冬祭,亦通。享:献。烝享,即进献。㉔苾苾芬芬:香气浓郁。㉕孔明:很完备整洁。㉖皇:往。见《楚茨》注⑰。

【译文】

绵延不断终南山,大禹治过旧封疆。原野平坦又整齐,曾孙在此种食粮。划分田界挖沟渠,亩亩方正好丈量。

天上乌云密层层,雪花飞舞乱纷纷。加上细雨濛濛下,雨水充足好年成,土地潮湿又滋润,苗壮茂盛五谷生。

疆界齐整划井田,小米高粱连成片。曾孙收获粮食多,制酒做饭香又甜。供给神主和宾客,神灵赐我寿万年。

田中有房住人家,田边种着青翠瓜。瓜儿切开腌起来,献给祖先请收下。曾孙寿命长百岁,皇天赐福保佑他。

神前斟上清清酒,再献赤黄大公牛,上供祖先来享受。拿起锋利金鸾刀,分开公牛颈下毛,取出牛血和脂膏。

美酒黄牛已献上,烧起脂膏喷喷香,祭事完备又周详。祖宗来临把祭享,神明酬报洪福降,赐您万寿永无疆!

甫 田

【题解】

这是周王祭祀土地神、四方神和农神的祈年乐歌。

倬彼甫田①,岁取十千②。我取其陈③,食我农人④。自古有年⑤。今适南亩⑥,或耘或耔⑦,黍稷薿薿⑧。攸介攸止⑨,烝我髦士⑩。

以我齊明[11]，与我牺羊[12]，以社以方[13]。我田既臧[14]，农夫之庆。琴瑟击鼓，以御田祖[15]，以祈甘雨[16]，以介我稷黍，以穀我士女[17]。

曾孙来止[18]，以其妇子，馌彼南亩[19]。田畯至喜，攘其左右[20]，尝其旨否[21]。禾易长亩[22]，终善且有[23]。曾孙不怒，农夫克敏[24]。

曾孙之稼，如茨如梁[25]。曾孙之庾[26]，如坻如京[27]。乃求千斯仓，乃求万斯箱[28]。黍稷稻粱，农夫之庆。报以介福，万寿无疆！

【注释】

①倬：广阔的样子。　甫田：大田。　②十千：有二说：一以为十千是虚数，指收成多。一以为十千是确数，指一万亩的公田。　③我：诗人自称，他可能是周王的祭官或农官。　陈：指陈粮。　④食（sì）：养。农人在耕种公田的时候，由公家供给农人吃粮。　⑤有年：丰年。　⑥适：往。　⑦耘：除草。　耔：用土培苗根。　⑧薿薿：茂盛的样子。　⑨攸：乃、就。　介：长大。　止：至。　⑩烝：进。　髦士：英俊之士。或指田畯（田官）。　⑪齊（zī）明：齍盛的假借，即粢盛，祭器中的谷物。　⑫牺：祭祀用的毛色纯一的牲口。　⑬以：用。　社：祭土地神。　方：祭四方之神。　⑭臧：善。指收成好。　⑮御（yà）：迎接。　田祖：指神农。《周礼》郑注："田祖，始耕田者，谓神农也。"　⑯祈：祈求。　甘雨：适时好雨。　⑰穀：养。　士女：指贵族男女。　⑱曾孙：周王对他的祖先和其他的神，都自称曾孙。　来：指来田间视察。　止：语气词。　⑲馌（yè）：送饭。　⑳攘：取。　左右：指田畯两旁农夫妇子送来的菜饭。　㉑旨：味美。　㉒易：禾苗茂盛的样子。　长：满。　㉓终：既。　有：丰。　㉔克：能。　敏：疾。指工作干得又好又快。　㉕茨：草房顶。　梁：桥梁。　㉖庾：粮囤。　㉗坻（chí）：小丘。　京：大丘。　㉘箱：车箱。

【译文】

一片大田广无边，每年收粮万万千。拿出仓里陈谷子，给我农民把肚填。古来都是丰收年。我到南亩去巡视，锄草培土人不闲，小米高粱一大片。庄稼长大收上场，田官向我来进献。

黍稷装满碗和盆，配上羊羔毛色纯，祭祀土神四方神。我的庄稼长得好，召集农夫同欢庆。击鼓奏瑟又弹琴，迎神赛会祭农神，祈求上天降甘霖，使我庄稼得丰收，养活老爷小姐们。

曾孙来到大田间，农民叫他妻和子，一齐送饭到田边。田官一见心喜欢，拿起身边菜和饭，尝尝味道鲜不鲜。满田庄稼密又壮，既好又多是丰年。曾孙欢喜笑开颜，农夫干活很勤勉。

曾孙庄稼堆满场，高如屋顶和桥梁。曾孙粮囤只只满，就像小丘和山冈。快造仓库成千座，快造车子上万辆。黍稷稻粱往里装，农夫同庆喜洋洋。神灵报王以大福，长命百岁寿无疆！

大　田

【题解】

这是周王祭祀田祖以祈年的诗。它和《楚茨》、《信南山》、《甫田》等诗，反映了西周时期的农业生产关系和生产力的情况，为我们提供了当时社会现实的可靠史料。

大田多稼①，既种既戒②，既备乃事③。以我覃耜④，俶载南亩⑤。播厥百谷⑥，既庭且硕⑦，曾孙是若⑧。

既方既皁⑨，既坚既好，不稂不莠⑩。去其螟螣⑪，及其蟊贼⑫，无害我田稚⑬。田祖有神⑭，秉畀炎火⑮。

有渰萋萋⑯，兴雨祁祁⑰。雨我公田，遂及我私⑱。彼有不获稚⑲，此有不敛穧⑳；彼有遗秉㉑，此有滞穗㉒，伊寡妇之利㉓。

曾孙来止，以其妇子，馌彼南亩，田畯至喜。来方禋祀㉔，以其骍黑㉕，与其黍稷。以享以祀，以介景福。

【注释】

①大田：即甫田，面积广阔的农田。　②既：已经。　种：选择种子。　戒：音义同械。这里用作动词，修理农具。　③乃事：这些事。　④覃（yǎn）：通“剡”，锐利。　耜（sì）：原始的犁。　⑤俶：开始。　载：从事工作。　⑥厥：其。　⑦庭：同“挺”，挺直的意思。　硕：大。　⑧若：顺。曾孙是若，顺了曾孙的愿望。　⑨方：通“房”，指谷粒已生嫩壳，还没有合满。　皁（zào）：指谷壳已经结成，但还未坚实。　⑩稂（láng）：指穗粒空瘪的禾。　莠（yǒu）：形似禾的一种杂草，亦名狗尾草。　⑪螟：吃禾心的虫。　螣（tè）：吃禾叶的虫。⑫蟊（máo）：吃禾根的虫。　贼：吃禾节的虫。　⑬稚：幼禾。　⑭田祖：农神。　⑮秉：拿。　畀：给。　炎火：大火。　⑯有渰（yǎn）：即渰渰，阴云密布的样子。　萋萋：凄凄的假借字，天气清冷的样子。　⑰兴雨：下起雨来。按三家诗作“兴云”。　祁祁：徐徐，慢慢的样子。意指细雨而不是暴雨。　⑱私：私田。　⑲获：收割。　⑳敛：收。穧（jì）：禾把。不敛穧，指已割而漏掉收的禾把。　㉑秉：把，将禾捆成一把把。　㉒滞：遗留。　㉓伊：是。　利：好

处。　㉔禋（yīn）祀：古代祭天的一种礼仪。先烧柴升烟，再加上牲体、五谷、玉帛等于柴上焚烧。　㉕骍：指赤黄色的牛。　黑：指黑色的猪。

【译文】

大田大，庄稼多，选种子，修家伙，事前准备都完妥。背起我那锋快犁，开始田里干农活。播下黍稷诸谷物，苗儿挺拔又壮茁，曾孙称心好快活。

庄稼抽穗已结实，籽粒饱满长势好，没有空穗和杂草。害虫螟螣全除掉，蟊虫贼虫逃不了，不许伤害我嫩苗。多亏农神来保祐，投进大火将虫烧。

凉风凄凄云满天，小雨下来细绵绵。雨点落在公田里，同时洒到我私田。那儿谷嫩不曾割，这儿几株漏田间；那儿掉下一束禾，这儿散穗三五点，照顾寡妇任她拣。

曾孙视察已光临，农民叫他妻儿们，送饭田头犒饥人，田畯看了真开心。曾孙来到正祭神，黄牛黑猪案上陈，小米高粱配嘉珍。献上祭品行祭礼，祈求大福赐曾孙！

瞻彼洛矣

【题解】

这是周王会诸侯于东都洛阳，检阅六军，诸侯赞美周王的诗。

瞻彼洛矣①，维水泱泱②。君子至止③，福禄如茨④。韎韐有奭⑤，以作六师⑥。

瞻彼洛矣，维水泱泱。君子至止，鞞琫有珌⑦。君子万年，保其家室。

瞻彼洛矣，维水泱泱。君子至止，福禄既同⑧。君子万年，保其家邦。

【注释】

①洛：水名，源出陕西，经河南洛阳入黄河。　②泱泱：水深广的样子。③君子：指周王。　④如茨：言福禄之厚重如草屋顶之多层高积。　⑤韎韐（mèi gé）：用茜草染成红色的皮制蔽膝。　奭（shì）：通“赩”（xì），赤色。⑥作：起。奋起振作的意思。　六师：六军。陈奂《毛诗传疏》：“《周礼·夏官》：‘凡制军，万有二千五百人为军，王六军。’襄十四年《左传》：‘周为六军。’又襄十一年《穀梁传》：‘古者天子六师。’是六师即六军也。”　⑦鞞（bǐ）：刀鞘。　琫

(běng):刀鞘上玉的饰物。 有珌(bì):即珌珌,形容刀鞘玉饰花纹美丽的样子。⑧同:聚。

【译文】

站在岸边看洛水,茫茫一片无边际。国王车驾已到来,福禄厚重如茅茨。皮制蔽膝红艳艳,号召六军齐奋起。

远望洛水长又宽,茫茫一片不见边。国王车驾已到来,玉饰刀鞘花纹鲜。敬祝国王万年寿,保卫国家天下安。

洛水岸边举目望,茫茫一片浪打浪。国王车驾已到来,福禄俱全世无双。敬祝国王万年寿,保卫国家守边疆。

裳裳者华

【题解】

这是周王赞美诸侯的诗。《毛序》说是刺幽王的,前人已多评论其不足信。

裳裳者华①,其叶湑兮②。我觏之子③,我心写兮④。我心写兮,是以有誉处兮⑤。

裳裳者华,芸其黄矣⑥。我觏之子,维其有章矣⑦。维其有章矣,是以有庆矣。

裳裳者华,或黄或白。我觏之子,乘其四骆⑧。乘其四骆,六辔沃若⑨。

左之左之⑩,君子宜之⑪。右之右之,君子有之⑫。维其有之,是以似之⑬。

【注释】

①裳裳:堂堂的假借,花丰盛明艳的样子。 华:花。 ②湑(xǔ):茂盛的样子。 ③觏:见。 之子:此人,指诸侯。 ④写:宣泄。指心中排除忧愁而舒畅。 ⑤誉:通“豫”,快乐。 处:安居。 ⑥芸其:即芸芸,花叶盛多的样子。 黄:指花色黄。 ⑦其:他,指诸侯。 章:文章,有才华。 ⑧骆:黑鬃黑尾的白马。 ⑨六辔:古代四匹马驾车有六条缰绳,二匹服马各有二辔,中间两匹骖马各一辔。 沃若:光润的样子。若,同“然”。 ⑩左:和下边的右,指左右辅弼(君主的帮手),好像后世的左右宰相。 之:语气词。 ⑪君子:即上三章中的“之子”。有人说,它是指“古之明王”,亦通。 宜:安。 之:

指左右辅弼。 ⑫有：取。有之，取他的所长。 ⑬似：通“嗣”，继承。

【译文】

花朵儿鲜明辉煌，绿叶儿郁郁苍苍。我见到各位贤人，心里头真是舒畅。心里头真是舒畅，从此有安乐家邦。

花朵儿鲜明辉煌，叶儿密花儿金黄。我见到各位贤人，有才华又有专长。有才华又有专长，可庆贺国之荣光。

花朵儿鲜明辉煌，开起来有白有黄。我见到各位贤人，驾四马气宇轩昂。驾四马气宇轩昂，马缰绳柔滑溜光。

左手边有个左相，他定能安于职掌。右手边有个右相，有才干用其所长。正因为用其所长，继祖业绵延永昌。

桑扈

【题解】

这是周王宴会诸侯的诗。

交交桑扈①，有莺其羽②。君子乐胥③，受天之祜④。
交交桑扈，有莺其领⑤。君子乐胥，万邦之屏⑥。
之屏之翰⑦，百辟为宪⑧。不戢不难⑨，受福不那⑩。
兕觥其觩⑪，旨酒思柔⑫。彼交匪敖⑬，万福来求⑭。

【注释】

①交交：小小的样子。一说，鸟鸣声。 桑扈：鸟名，亦名窃脂、青雀。 ②有莺：莺莺，有文彩的样子。 ③君子：指周王的诸侯群臣。 胥：语助词。 ④祜：福。 ⑤领：颈。 ⑥屏：屏障。喻保卫国家的重臣。 ⑦之：是。 翰：干的假借，筑墙时支撑在两边的木柱。 ⑧辟（bì）：国君。百辟：即诸侯。 宪：法度、典范。 ⑨不：语助词，无义。下句同。 戢（jí）：收敛、克制。 难（nuó）：通“傩”。《颜氏家训》引这句诗作“傩”，守礼节的意思。 ⑩那（nuó）：多。 ⑪兕觥：用犀牛角制的酒杯。一说是形如卧牛的酒杯。 觩（qiú）：角弯曲的样子。 ⑫旨酒：美酒。 思：语气词。 柔：指酒性不烈。 ⑬彼：通“匪”，非。 交：《汉书·五行志》引作“儌”，侥幸之意。 敖：通“傲”，傲慢。 ⑭求：王引之《经义述闻》：“求，读与逑同。逑，聚也，谓福禄来聚。”

【译文】

小巧玲珑青雀鸟，彩色羽毛多俊俏。祝贺诸位常欢乐，上天赐福运气好。

小小青雀在飞翔，头颈彩羽闪闪亮。祝贺诸位常欢乐，各国靠你当屏障。

为国屏障为骨干，诸侯把你当典范。克制自己守礼节，受福多得难计算。

牛角酒杯弯又弯，美酒香甜性儿软。不求侥幸不骄傲，万福齐聚遂心愿。

鸳　鸯

【题解】

这是祝贺贵族新婚的诗。鸳鸯是成双成对的鸟，秣马是古代亲迎之礼，诗的起兴都与新婚有关。

鸳鸯于飞①，毕之罗之②。君子万年，福禄宜之③。
鸳鸯在梁④，戢其左翼⑤。君子万年，宜其遐福⑥。
乘马在厩⑦，摧之秣之⑧。君子万年，福禄艾之⑨。
乘马在厩，秣之摧之。君子万年，福禄绥之⑩。

【注释】

①于：语助词。　②毕：有长柄的捕鸟小网。　罗：张在地上无柄的捕鸟大网。　③宜：安。　④梁：拦鱼的水坝。　⑤戢：《经典释文》引《韩诗》曰："戢，捷也，捷其噣（鸟嘴）于左也。"指鸳鸯休息时把它的嘴插在左边的翅膀里。一说戢为收敛，亦通。　⑥遐：远。　⑦乘马：四匹马。　厩（jiù）：马棚。⑧摧（cuò）：通"莝"，铡草。此指铡草喂马。　秣：以谷喂马。　⑨艾：辅助。《国语·周语》："树于有礼，艾人必丰。"一说艾为养，亦通。　⑩绥：安。

【译文】

鸳鸯双飞不分开，用网用罗捕回来。敬祝君子寿万年，安享福禄永相爱。

鸳鸯对对在鱼梁，嘴插左翅睡得香。敬祝君子寿万年，美满家庭福禄长。

棚中四马拴得牢，粮草把它喂喂饱。敬祝君子寿万年，福禄助您永和好。

迎亲四马系在槽，喂它粮食又喂草。敬祝君子寿万年，安享福禄永偕老。

頍 弁

【题解】

这是写周王宴请兄弟亲戚的诗。诗中以寄生草依赖于松柏，比喻贵族依赖于周王。末章反映了西周末年统治集团对国家前途悲观失望和及时行乐的心情。

有頍者弁①，实维伊何②？尔酒既旨③，尔殽既嘉④。岂伊异人⑤？兄弟匪他⑥。茑与女萝⑦，施于松柏。未见君子⑧，忧心弈弈⑨；既见君子，庶几说怿⑩。

有頍者弁，实维何期⑪？尔酒既旨，尔殽既时⑫。岂伊异人？兄弟具来⑬。茑与女萝，施于松上。未见君子，忧心怲怲⑭；既见君子，庶几有臧⑮。

有頍者弁，实维在首。尔酒既旨，尔殽既阜⑯。岂伊异人？兄弟甥舅⑰。如彼雨雪⑱，先集维霰⑲。死丧无日⑳，无几相见㉑。乐酒今夕，君子维宴㉒。

【注释】

①有頍(kuǐ)：即頍頍，形容皮帽顶上尖尖有角的样子。 弁：皮制的帽，是当时一般贵族戴的。 ②实：是。 维：为。 伊：语中助词，无义。 ③尔：指请客的周王。 ④殽：同“肴”。 嘉：美。 ⑤伊：是。 异人：别人、外人。 ⑥匪：非。 ⑦茑(niǎo)：一种寄生攀缘植物，叶微圆，有长柄；夏日开花，色淡绿带红；秋日结实，有酸味。 女萝：亦名兔丝、松萝。也是攀缘植物，附生在大树上。 ⑧君子：指周王。 ⑨弈弈：心神不定的样子。 ⑩庶几：差不多。 说：通“悦”。 怿(yì)：和“悦”同义。说怿，欢喜。 ⑪期：同“其(jī)”，语末助词。 ⑫时：善、美。 ⑬具：通“俱”。 ⑭怲怲：很忧愁的样子。 ⑮臧：善。有臧，有好处。 ⑯阜：丰富。 ⑰甥舅：古代称女婿为甥，岳父为舅；姊妹的儿子为甥，母亲的兄弟为舅。这里泛指异姓亲戚。 ⑱雨雪：下雪。 ⑲集：聚。 维：是。 霰(xiàn)：雪珠。下雪之前先下雪珠，最终同样融化，比喻人生虽有先后，最终不免一死。 ⑳无日：不知哪一天。 ㉑无几：没有多少时候。 ㉒维：同“惟”，只有。

【译文】

皮帽尖尖顶有角，戴着它来做什么？您的酒味既甘醇，您的菜肴也不错。难道来的是外人？兄弟非他同一桌。攀藤茑草和女萝，蔓延依附松和柏。还没见到君主时，心神不定难诉说；如今见到君主面，心里舒畅又快活。

皮帽尖尖角在上，戴着它是为哪桩？您的酒味既甘醇，您的菜肴喷喷香。难道来的是外人？至亲兄弟聚一堂。攀藤茑草和女萝，蔓延缠绕松枝上。还没见到君主时，心里痛苦又忧伤；如今见到君主面，希望能够得赐赏。

新制皮帽尖尖顶，戴在头上正相称。您的酒味既甘醇，您的菜肴更丰盛。难道来的是外人？兄弟舅舅和外甥。人生好比下场雪，先霰后雪终融尽。不知何日命归阴，能有几番叙天伦。不如今夜痛饮酒，及时宴乐各尽兴。

车　舝

【题解】

这是一位诗人在迎娶途中赋的诗。《左传》昭公二十五年："叔孙婼如宋迎女，赋《车辖》。"可见它确是咏新婚的诗。

间关车之舝兮①，思娈季女逝兮②。匪饥匪渴③，德音来括④。虽无好友，式燕且喜⑤。

依彼平林⑥，有集维鷮⑦。辰彼硕女⑧，令德来教⑨。式燕且誉⑩，好尔无射⑪。

虽无旨酒，式饮庶几⑫；虽无嘉殽，式食庶几。虽无德与女⑬，式歌且舞。

陟彼高冈⑭，析其柞薪⑮；析其柞薪，其叶湑兮⑯。鲜我觏尔⑰，我心写兮⑱。

高山仰止⑲，景行行止⑳。四牡骓骓㉑，六辔如琴㉒。觏尔新昏㉓，以慰我心。

【注释】

①间关：象声词，形容车轮转动时车辖的格格声。　舝：同"辖"，车轴两头的铁键。　②思：发语词。　娈：美好的样子。　季女：少女。　逝：往。指乘车出嫁。　③匪：非，没有。　④德音：美德善名。　括：通"佸"，聚会。　⑤式：发语词。　燕：通"宴"，宴饮。　⑥依：树木茂盛的样子。　平林：平原上的树林。　⑦鷮(jiāo)：鸟名，野鸡的一种，体形及尾羽都很像环颈雉。　⑧辰：善良(从马瑞辰说)。　硕女：美女。古代以身材高大为美。　⑨令德：美德，

指季女。　⑩誉：通“豫”，欢乐。　⑪好：爱。　尔：指季女。　射（yì）：通“斁”，厌弃。见《周南·葛覃》注⑨。　⑫庶几：一些；含有希望之意。　⑬与：助；这里含有相配之意。　女：通“汝”。　⑭陟：登。　⑮析：劈。　柞：树名。古人结婚时劈柴作火把，因此以析薪代指结婚迎亲。　⑯湑（xǔ）：树叶柔嫩茂盛的样子。　⑰鲜：善。　觏：遇见。　⑱写：宣泄。指消除忧愁。⑲仰：仰望。　止：语尾助词，和“之”通用。古人引这两句诗“止”亦作“之”。⑳景行：大路。行，走。　㉑骓骓：马走不停的样子。　㉒如琴：形容六条马缰绳像琴弦那样整齐调和。　㉓昏：同“婚”。

【译文】

迎亲车轮响格格，美丽少女要出阁。不再似饥又似渴，娶来姑娘有美德。宴会虽然没好友，大家喝酒也快乐。

密密丛林莽苍苍，野鸡栖息树枝上。善良姑娘身材高，美德教我家增光。酒宴热闹又快乐，永远爱你恩情长。

虽然酒味不算美，希望您也干几杯；虽然小菜不好吃，希望您也尝尝味。虽无美德来相配，望您歌舞庆宴会。

登上山冈巍巍高，砍下柞树当柴烧；砍下柞树当柴烧，柞叶长满嫩枝梢。今天有幸见到您，心花怒放百忧消。

高山仰望才见顶，大路平坦凭人行。四马迎亲快快奔，缰绳齐如调丝琴。望着车上新婚人，甜蜜幸福我欢欣。

青　蝇

【题解】

这是一首斥责谗人害人祸国的诗。

营营青蝇①，止于樊②。岂弟君子③，无信谗言。
营营青蝇，止于棘④。谗人罔极⑤，交乱四国⑥。
营营青蝇，止于榛⑦。谗人罔极，构我二人⑧。

【注释】

①营营：摹声词，苍蝇来回飞的声音。　②止：停。　樊：篱笆。　③岂弟：和气、平易近人。　④棘：酸枣树。棘和下章的榛，都是筑篱笆的材料。⑤罔：无。　极：准则。　⑥交：俱。　四国：四方诸侯之国。　⑦榛：榛树，

一种丛生小灌木。 ⑧构:陷害。 二人:指作者和听谗者。魏源《诗古微》认为“构我二人”指幽王与母后(即申后),“交乱四国”谓戎、缯、申、吕。说亦可通。

【译文】

苍蝇飞舞声营营,飞上篱笆把身停。平易近人的君子,害人谗言您莫听。

苍蝇飞舞声营营,飞上枣树把身停。谗人说话没定准,搅乱各国不太平。

苍蝇飞舞声营营,飞上榛树把身停。谗人说话没定准,离间我们老交情。

宾之初筵

【题解】

这是讽刺统治者饮酒无度失礼败德的诗。

宾之初筵①,左右秩秩②。笾豆有楚③,殽核维旅④。酒既和旨⑤,饮酒孔偕⑥。钟鼓既设,举酬逸逸⑦。大侯既抗⑧,弓矢斯张⑨。射夫既同⑩,献尔发功⑪。发彼有的⑫,以祈尔爵⑬。

籥舞笙鼓⑭,乐既和奏。烝衎烈祖⑮,以洽百礼⑯。百礼既至⑰,有壬有林⑱。锡尔纯嘏⑲,子孙其湛⑳。其湛曰乐㉑,各奏尔能㉒。宾载手仇㉓,室人入又㉔。酌彼康爵㉕,以奏尔时㉖。

宾之初筵,温温其恭。其未醉止㉗,威仪反反㉘;曰既醉止,威仪幡幡㉙。舍其坐迁㉚,屡舞仙仙㉛。其未醉止,威仪抑抑㉜;曰既醉止,威仪怭怭㉝。是曰既醉,不知其秩㉞。

宾既醉止,载号载呶㉟。乱我笾豆,屡舞僛僛㊱。是曰既醉,不知其邮㊲。侧弁之俄㊳,屡舞傞傞㊴。既醉而出,并受其福㊵;醉而不出,是谓伐德㊶。饮酒孔嘉㊷,维其令仪㊸。

凡此饮酒㊹,或醉或否。既立之监㊺,或佐之史㊻。彼醉不臧㊼,不醉反耻。式勿从谓㊽,无俾大怠㊾。匪言勿言㊿,匪由勿语(51)。由醉之言(52),俾出童羖(53)。三爵不识(54),矧敢多又(55)。

【注释】

①筵:古人席地而坐,筵是铺在地上的竹席。初筵,宾客初入座的时候。②左右:指筵席的东西两边。主人的座位在东,客人的座位在西。 秩秩:恭敬而有秩序的样子。 ③笾、豆:都是古代食器名。见《常棣》注⑬。 有楚:即楚

楚,摆设整齐的样子。　④殽:盛在豆里的鱼肉。　核:盛在笾里的干果。维:是。　旅:陈列。　⑤和旨:醇和甜美。　⑥孔:很。　偕:普遍。　⑦酬:敬酒。　逸逸:同“绎绎”,往来不断的样子。　⑧侯:箭靶。古人射箭时,用兽皮或布制成皮侯或布侯,将侯张在木架上,侯上加上圆形或方形的布块,叫做“的”,或叫做“质”、“鹄”、“正”,即箭靶的中心,射者以中“的”为胜。　大侯,周王大射时用的箭靶,用虎、熊、豹三种皮制成。　抗:竖起、张挂。　⑨斯:语助词。　张:弓加弦再搭上箭曰张。　⑩射夫:射手。　同:会齐。　⑪献:逞、表现。　发功:射技。　⑫有:语助词。　⑬祈:求。　尔:指比赛者的对手。爵:古酒器名,形如雀头,下有三脚。青铜制成,盛行于殷商四周。　⑭籥(yuè):古乐器名。籥舞:执籥而舞。　⑮烝:进,指进乐。　衎(kàn):娱乐。烈祖:创业的祖先。　⑯洽:配合。　⑰至:完备。　⑱壬:大。　林:盛。有壬有林,即壬壬林林,形容百礼盛大的样子。　⑲锡:赐。　纯嘏(gǔ):大福。　⑳湛(dān):喜悦。　㉑曰:语助词。　㉒奏:献。　㉓载:则、就。　手:取、选择。　仇:匹偶,指比赛射箭的对手。　㉔室人:主人。　入又:进入射场又和宾客射箭。　㉕康:大。康爵,大杯。　㉖奏:进。　时:善,指射中者。　㉗止:语气词。下同。　㉘威仪:仪表行为。　反反(fàn):庄重而谨慎的样子。　㉙幡幡:轻佻不庄重的样子。　㉚舍:离开。　坐:座位。　迁:移动,这里指礼法所许可的活动范围。　㉛仙仙:同“蹮蹮”,舞姿轻盈的样子。　㉜抑抑:谨慎而严肃的样子。　㉝怭怭(bì):轻薄而粗鄙的样子。　㉞秩:规矩。有人认为“秩”与“失”通,失:过失。说亦可通。　㉟号:大叫。　呶(náo):喧哗。　㊱僛僛(qī):身体歪歪斜斜的样子。　㊲邮:通“訧”,过失。　㊳弁:皮帽。侧弁,歪戴着帽子。　俄:倾斜。　㊴傞傞(suō):醉舞盘旋不停的样子。　㊵并:全都。　㊶伐德:败德,犹今言“缺德”。　㊷孔嘉:很好。　㊸维:同“惟”,只是。　令仪:好礼节。　㊹凡此:所有这些。　饮酒:指饮酒者。　㊺监:亦名司正,宴会上督察仪礼的官。㊻史:记事记言的史官。其任务是记载宴会进行的情况。　㊼臧:善。　㊽式:发语词。　从:跟着。　谓:指劝酒。　㊾大:通“太”。　怠:怠慢失礼。㊿匪言:匪,非;言,讯、问。　(51)由:法式。　(52)由:听从。　醉:指醉者。(53)俾:通“譬”,譬如(从林义光《诗经通解》说)。有人训俾为使,亦通。　童:秃。羖(gǔ):黑色公羊。童羖:没有角的公羊。　(54)三爵:古代君臣小宴的礼节,以三爵为度。　不识:指不知三爵之礼。　(55)矧(shěn):况且。　多又:指又多喝。

【译文】

来宾入座开宴席，宾主谦让守礼节。杯盘碗盏摆整齐，鱼肉干果全陈列。醴酒味浓醇又美，觥筹交错真热烈。钟鼓乐器都齐备，往来敬酒杯不绝。虎皮靶子竖起来，张弓搭箭如满月。射手云集靶场上，表演技术逞英杰。人人争取中目标，要叫对手罚一爵。

执籥起舞笙鼓响，众乐齐奏声铿锵。祖宗灵前进娱乐，按礼行事神来享。祭礼周到又完备，隆重盛大又堂皇。神灵赐你大福气，子孙个个都欢畅。人人欢喜又快乐，各献其能射靶场。来宾各自找对手，主人相陪比短长。斟上满满一杯酒，祝你胜利进一觞。

客来入席叫声请，态度温雅又恭敬。酒过一巡人未醉，仪表庄重又自矜；酒过三巡醉态露，举止失措皆忘形。离开坐席乱走动，手舞足蹈不肯停。他们还没喝醉时，看来谨慎又文静；待到喝得醉酩酊，嬉皮笑脸骨头轻。还说这是喝醉酒，不守规矩不要紧。

客人已经喝醉了，又是叫来又是闹。打翻杯盘和碗盏，跌跌撞撞把舞跳。还说这是喝醉酒，糊里糊涂不害臊。头上歪戴鹿皮帽，疯疯癫癫跳舞蹈。如果喝醉就出门，大家托福都叫好；有的醉了不肯走，那就叫做缺德佬。宴会喝酒本好事，只是要有好礼貌。

参加宴会尽阔佬，有人清醒有醉倒。设立酒监察礼节，又设史官写报导。酗酒本来是坏事，反说不醉是脓包。不要随人乱劝酒，害他失礼又胡闹。别人不问别多嘴，语涉非礼勿乱道。醉汉话儿不可靠，胡说公羊没犄角。饮限三杯也不懂，何况多喝更糟糕。

鱼　藻

【题解】

这是赞美周王在镐宴饮安乐的诗。

鱼在在藻，有颁其首①。王在在镐②，岂乐饮酒③。
鱼在在藻，有莘其尾④。王在在镐，饮酒乐岂。
鱼在在藻，依于其蒲⑤。王在在镐，有那其居⑥。

【注释】

①有颁(fén)：颁颁，头大的样子。　②镐：镐京，西周都城。在今陕西西安

市西。 ③岂:通“恺”。岂乐,欢乐。 ④有莘(shēn):莘莘,尾巴长长的样子。 ⑤蒲:蒲草,一种水生植物。 ⑥有那(nuó):那那,安逸的样子。

【译文】

水藻丛中鱼藏身,不见尾巴见大头。周王住在镐京城,逍遥快乐饮美酒。

水藻丛中鱼儿藏,长长尾巴左右摇。镐京城中住周王,喝喝美酒乐陶陶。

鱼儿藏在水藻中,贴着蒲草岸边游。周王在镐住王宫,居处安逸好享受。

采　菽

【题解】

这是赞美诸侯来朝,周王赏赐诸侯的诗。

采菽采菽①,筐之筥之②。君子来朝③,何锡予之④?虽无予之⑤,路车乘马⑥。又何予之?玄衮及黼⑦。

觱沸槛泉⑧,言采其芹⑨。君子来朝,言观其旂⑩。其旂淠淠⑪,鸾声嘒嘒⑫。载骖载驷⑬,君子所届⑭。

赤芾在股⑮,邪幅在下⑯。彼交匪纾⑰,天子所予。乐只君子⑱,天子命之⑲。乐只君子,福禄申之⑳。

维柞之枝㉑,其叶蓬蓬㉒。乐只君子,殿天子之邦㉓。乐只君子,万福攸同㉔。平平左右㉕,亦是率从㉖。

泛泛杨舟㉗,绋纚维之㉘。乐只君子,天子葵之㉙。乐只君子,福禄膍之㉚。优哉游哉㉛,亦是戾矣㉜。

【注释】

①菽:大豆。 ②筐:方形的盛物竹器。 筥:圆形的盛物竹器。 ③君子:指诸侯。 ④锡:赐。 ⑤虽:即使。有人训虽为“谁”,亦通。 ⑥路车:古代诸侯坐的一种车子。 乘马:四匹马。 ⑦玄衮:画着卷龙的黑色礼服。 黼(fǔ):画着黑白相间的斧形花纹的礼服。 ⑧觱(bì)沸:泉水涌出翻腾的样子。 槛:借为滥,涌。 ⑨言:语首助词。 芹:芹菜。 ⑩旂:古时旗的一种,旗上有铃,画有交龙。《周礼·春官》司常:“交龙为旂。”《尔雅·释天》:“有铃曰旂。”《周颂·载见》:“龙旂阳阳,和铃央央。” ⑪淠淠(pèi):旗帜飘动的样子。 ⑫鸾:车铃。 嘒嘒:车铃声。 ⑬载:则、就。 骖:一车驾三马。 驷:一车驾四马。 ⑭所:指事的词。 届:来到。 ⑮芾(fú):蔽

膝。古制诸侯用赤芾。 ⑯邪幅:今名绑腿。 在下:指在膝盖的下面。⑰彼:通“匪”,不是。 交:侥的假借,侥幸急躁(从马瑞辰《毛诗传笺通释》说)。纾:缓。 ⑱只:语气词。 ⑲命之:策命。古代帝王对臣下封土、授爵或赏赐,将命令写在简册上然后宣读。 ⑳申:重复。指福上加福。 ㉑维:语首助词。 柞:树名。 ㉒蓬蓬:茂盛的样子。 ㉓殿:镇定、安抚。 ㉔攸:所。 同:聚。 ㉕平平:《释文》引《韩诗》作“便便”,长于口才、办事能干的样子。 左右:指左右臣下。 ㉖亦:发声词。 率:遵循。 ㉗泛泛:飘流的样子。 ㉘绋:系船的麻绳。缅:拉船用的竹索。 维:系。 ㉙葵:通“揆”,估量。指估量诸侯的才德。 ㉚膍(pí):厚,指厚赐。 ㉛优游:闲暇自得的样子。 ㉜戾:安定。

【译文】

采大豆呀采豆忙,方筐圆筐往里装。诸侯来朝见我王,天子用啥去赐赏?纵使没有厚赏赐,一辆路车四马壮。此外还有什么赏?花纹礼服画龙裳。

在那翻腾涌泉旁,采下芹菜味儿香。诸侯来朝见我王,遥看龙旗已在望。旗帜飘飘随风扬,铃声不断响叮当。三马四马各驾车,诸侯乘它到明堂。

红皮蔽膝垂到股,绑腿斜缠小腿上。不急不慢风度好,这是天子所奖赏。诸侯公爵真快乐,天子策命赐嘉奖。诸侯公爵真快乐,洪福厚禄从天降。

柞树枝条长又长,叶子茂密多兴旺。诸侯公爵真快乐,辅佐天子镇四方。诸侯公爵真快乐,万种福禄都安享。左右臣子很能干,顺从君命国安康。

杨木船儿河中漾,系住不动靠船缆。诸侯公爵真快乐,天子准确来衡量。诸侯公爵真快乐,厚赐福禄有嘉奖。优游闲适过日子,生活安定清福享。

角 弓

【题解】

这是劝告王朝贵族不要疏远兄弟亲戚而亲近小人的诗。

骍骍角弓①,翩其反矣②。兄弟昏姻③,无胥远矣④。
尔之远矣,民胥然矣⑤。尔之教矣,民胥效矣。
此令兄弟⑥,绰绰有裕⑦;不令兄弟,交相为瘉⑧。
民之无良⑨,相怨一方,受爵不让;至于已斯亡⑩。
老马反为驹⑪,不顾其后。如食宜饇⑫,如酌孔取⑬。

毋教猱升木[14]，如涂涂附[15]。君子有徽猷[16]，小人与属[17]。
雨雪瀌瀌[18]，见晛曰消[19]。莫肯下遗[20]，式居娄骄[21]。
雨雪浮浮[22]，见晛曰流[23]。如蛮如髦[24]，我是用忧[25]。

【注释】

①骍骍：调和的样子。 角弓：两端镶牛角的弓。 ②翩：偏字的假借。偏其，偏偏，反过来弯曲的样子。弓上弦后，两端向内曲；卸弦后，两端向反面弯曲。 ③昏姻：指异姓的亲戚。 ④胥：通“疏”。 ⑤胥：都。和上章的胥字意义不同。 然：如是、这样。 ⑥此：这些。 令：善；指兄弟关系好。 ⑦绰绰：宽裕舒缓的样子。 有裕：裕裕，气量宽大的样子。 ⑧瘉：病。 ⑨民：当作“人”。刘向《说苑·建本篇》引这句诗作“人之无良”。 ⑩至于已：临到自己身上。 斯：语助词。 亡：通“忘”。 ⑪驹：小马。这句说把老臣当青年使用，压以重担。 ⑫饇（yù）：饱。 ⑬酌：喝酒。 孔取：多给。 ⑭毋：发声词，无义。 猱（náo）：猴子。 升木：上树。 ⑮如：而。 涂：泥土。涂附：用泥浆涂在上面。 ⑯徽：美好。 猷：道。指修养、本事。 ⑰小人：指人民。 与：从。 属：跟随。 ⑱雨雪：下雪。 瀌瀌：雪大的样子。⑲晛（xiàn）：日气。 曰：同“聿”，语助词。 ⑳遗：《荀子》引这句诗作“莫肯下隧”。隧与随通，随顺。 ㉑式：发语词。 居：通“倨”，傲慢。 娄：屡的假借字，屡次。 ㉒浮浮：与“瀌瀌”同义。 ㉓流：指雪化成流水。 ㉔蛮：周人称南方的部族为南蛮。 髦：亦作“髳”，古代西南的部族名。这儿以蛮髦比小人的无知粗野。 ㉕是用：因此。

【译文】

角弓调和绷紧弦，卸弦就向反面弯。兄弟骨肉和亲戚，相亲相爱别疏远。
你若疏远亲和眷，人民都会学坏样。你若言教加身教，人民也会来模仿。
兄弟和好不倾轧，平安和气少闲话；兄弟关系搞不好，相互残害成冤家。
如今人们不善良，不责自己怨对方，接受官爵不谦让；事关私利道理忘。
老马反当驹使唤，后果如何你不管。如请吃饭该吃饱，如请喝酒该斟满。
猴子上树哪用教，泥浆涂墙粘得牢。只要君子有美政，人民自会跟着跑。
纷纷雪花满天飘，太阳出来就融销。小人对下不谦虚，态度神气耍骄傲。
纷纷雪花飘悠悠，太阳一出化水流。小人无知像蛮髳，为此使我心烦忧。

菀 柳

【题解】

这是一个被周王流放的大臣的怨诗。他曾被周王信任，商议过国政，后被撤职流放。有人说诗中的“上帝”是暗指厉王，有的说指幽王。似以幽王近是。

有菀者柳①，不尚息焉②。上帝甚蹈③，无自暱焉④。俾予靖之⑤，后予极焉⑥。

有菀者柳，不尚愒焉⑦。上帝甚蹈，无自瘵焉⑧。俾予靖之，后予迈焉⑨。

有鸟高飞，亦傅于天⑩。彼人之心⑪，于何其臻⑫？曷予靖之⑬，居以凶矜⑭？

【注释】

①菀(yùn)：通“苑”，枯萎。 ②不尚：含有不可之意。 ③上帝：朱熹《诗集传》：“上帝，指王也。” 蹈：喜怒变动无常之意。 ④暱：病。《广雅·释诂》：“暱，病也。” ⑤俾：使。 靖：谋划、治理。 之：指国事。 ⑥极：殛的假借字，放逐。 ⑦愒(qì)：休息。 ⑧瘵(zhài)：病。 ⑨迈：行。指放逐。 ⑩傅：至，到。 ⑪彼人：指周王。 ⑫臻：至。 ⑬曷：为什么。 ⑭以：于。 矜：危。指危险的境地。

【译文】

柳树枯萎叶焦黄，莫到树下去乘凉。周王喜怒太无常，莫去做官惹祸殃。当初邀我商国事，而今贬我到异乡。

柳树枯萎枝叶稀，莫到树下去休息。周王喜怒太无常，莫去做官找晦气。当初邀我商国事，而今流放到边地。

鸟儿展翅高飞翔，最高不过到天上。那人心思难捉摸，到啥地步怎估量？为啥邀我商国事，却置我于凶险场？

都 人 士

【题解】

这是周都的一首恋歌。诗中有两个形象：一个是都人士，当为诗人自己。一个是君子女,当为诗人所追求的对象。过去有说它是刺诗的,有说它是怀旧诗的,都不合诗意。这首诗《毛诗》是五章,三家诗都只有后四章,没有第一章。前人已经提及后四章士女对文,而首章单言士,不及女,而且文意也和后四章缺乏照应,怀疑第一章是混入的逸诗。汉熹平石经《鲁诗》残石中《都人士》篇也没有首章。看来《毛诗》确是因逸诗与《都人士》的首句相同而妄合为一诗了。

彼都人士①,狐裘黄黄②。其容不改③,出言有章④。行归于周⑤,万民所望⑥。

彼都人士,台笠缁撮⑦。彼君子女⑧,绸直如发⑨。我不见兮,我心不说⑩。

彼都人士,充耳琇实⑪。彼君子女,谓之尹吉⑫。我不见兮,我心苑结⑬。

彼都人士,垂带而厉⑭。彼君子女,卷发如虿⑮。我不见兮,言从之迈⑯。

匪伊垂之⑰,带则有余。匪伊卷之,发则有旟⑱。我不见兮,云何盱矣⑲!

【注释】

①都人:美人。 ②黄黄:形容狐皮袍上的罩衫颜色。《礼记·玉藻》:"狐裘黄衣以裼之。"黄衣就是黄色罩衫,是诸侯穿的冬衣。 ③容:容貌态度。 ④章:有系统的辞藻。 ⑤行:将。 周:指周都镐京。 ⑥望:仰望。 ⑦台:通"苔",沙草。台笠,沙草编的草帽。 缁:黑色的绸或布。缁撮,黑布制成的束发小帽。 ⑧君子:指贵族。君子女,贵族小姐。 ⑨绸:鬒的假借字,发多的样子。 直:发直。 如:乃、其。这句相当于说"其发绸直"。 ⑩说:通"悦"。 ⑪充耳:冠旁的耳饰物,亦名瑱。 琇:美石。 实:坚。 ⑫尹吉:《郑笺》:"吉读为姞。尹氏姞氏,周室婚姻之旧姓也。"这位女子,可能她的夫家姓尹(或父亲的氏、字为尹),母亲姓姞,如《左传》里的狐姬、孔姞之类。 ⑬苑(yù)结:即郁结,心中忧郁成结。 ⑭垂带:下垂的冠带。 而:音义同"如"。《礼记·内则》郑注引这句诗作"垂带如厉"。 厉:《郑笺》:"厉字当作裂。"裂,绸布的残余,即布条。 ⑮卷(quán)发:女子两鬓旁边向上卷曲的短发。 虿(chài):蝎子。蝎行走时尾部向上翘,诗人用它比卷发。 ⑯言:语首助词。 迈:行。 ⑰匪:非。 伊:是。 ⑱有旟:旟旟,扬起的样子。 ⑲盱(xū):忧伤。

【译文】

那位先生真漂亮，狐皮袍子罩衫黄。他的容貌没变样，讲话出口就成章。将要回到镐京去，万千人们心仰望。

那位先生真时髦，戴着草笠黑布帽。那位姑娘好容貌，头发密直真俊俏。不能见到姑娘面，心中郁闷多苦恼。

那位先生真漂亮，充耳宝石坚又亮。那位美丽好姑娘，芳名尹姑叫得响。不能见到姑娘面，心中忧郁实难忘。

那位先生真时髦，冠带下垂两边飘。那位姑娘真美貌，鬓发卷如蝎尾翘。不能见到姑娘面，真想跟她在一道。

不是故意垂冠带，冠带本来细又长。不是故意卷鬓发，鬓发天生高高扬。不能见到姑娘面，心中怎么不悲伤！

采 绿

【题解】

这是一位妇女思念外出的丈夫的诗。丈夫逾期不返，她无心采绿采蓝，也无心打扮。她想像如果丈夫回来，就赶紧洗发欢迎，陪他打猎钓鱼，时刻跟他在一起不相分离。

终朝采绿①，不盈一匊②。予发曲局③，薄言归沐④。
终朝采蓝⑤，不盈一襜⑥。五日为期，六日不詹⑦。
之子于狩⑧，言韔其弓⑨。之子于钓，言纶之绳⑩。
其钓维何⑪？维鲂及鱮⑫。维鲂及鱮，薄言观者⑬。

【注释】

①绿：草名，即荩草，可以染黄。 ②盈：满。 匊（jū）：古掬字，一捧。 ③曲局：卷曲。 ④薄言：语助词。此句薄字，含有急忙之意。 沐：洗头发。 ⑤蓝：草名，可以染青。 ⑥襜（chān）：衣服的前襟。 ⑦詹：到。 ⑧之子：指丈夫。 于：往。 狩：打猎。 ⑨言：发语词。 韔（chàng）：弓袋。这里作动词装进用。 ⑩纶：钓绳，用丝制成。这里作动词纠缠用。 之：其。 ⑪维：是。 ⑫鲂：鳊鱼。 鱮（xù）：鲢鱼。 ⑬者：通“诸”，之乎二字的合音。

【译文】

整个早上采荩草，采了一捧还不到。我的长发乱糟糟，回去洗头梳梳好。

蓝草采了一早上，撩起衣襟兜不满。丈夫约好五天归，如今六天仍不还。

丈夫如果想打猎，我就为他装弓箭。丈夫如果想钓鱼，我就陪他缠钓线。

丈夫钓的什么鱼？既有花鲢又有鳊。既有花鲢又有鳊，他钓我看意绵绵。

黍　苗

【题解】

周宣王封他的母舅于申，命召伯虎带领官兵，装载货物，经营申地，建筑谢城，作为国都。这首诗就是随从召伯建设申国的人完成任务后在归途中所唱的歌。《大雅·崧高》也叙述这件事，可参考。

芃芃黍苗①，阴雨膏之②。悠悠南行③，召伯劳之④。
我任我辇⑤，我车我牛⑥。我行既集⑦，盖云归哉⑧！
我徒我御⑨，我师我旅⑩。我行既集，盖云归处⑪！
肃肃谢功⑫，召伯营之⑬。烈烈征师⑭，召伯成之⑮。
原隰既平⑯，泉流既清。召伯有成⑰，王心则宁。

【注释】

①芃芃（péng）：草木茂盛的样子。　②膏：润泽。　③悠悠：遥远的样子。　④召伯：姓姬名虎，封于召国，亦称召穆公。周初召公奭之后。周厉王、宣王、幽王时的大臣。　劳：慰劳。　⑤任：背负。　辇：拉车。　⑥车：驾马车。　牛：驾牛车。　⑦集：完成。　⑧盖：通“盍”，何不。　云：语中助词。⑨徒：步行。　御：驾驭车马。　⑩师、旅：都作动词用，指带领一师的军队和一旅的军队。　⑪归处：回家安居。　⑫肃肃：快速的样子。　谢：邑名，在今河南信阳。　功：通“工”，工程。　⑬营：经营。　⑭烈烈：火热的样子。⑮成：组成。　⑯原：高平之地。　隰：低湿之地。　平：治理。　⑰有成：成功。

【译文】

黍苗蓬勃多喜人，全靠好雨来滋润。南行虽然路遥远，召伯慰劳暖人心。

有的拉车有的扛，马车牛车运输忙。建筑谢城已完工，何不大家回家乡！

你走路来我驾马，编好队伍就出发。建筑谢城已完工，何不回乡安居家！

快速修建谢邑城，召伯苦心来经营。出工群众真热烈，召伯用心组织成。

高地低地已治平，泉水河流都疏清，召伯大功已告成，宣王欢喜心安宁。

隰　桑

【题解】

这是一位妇女思念丈夫的诗。

隰桑有阿[①]，其叶有难[②]。既见君子[③]，其乐如何！

隰桑有阿，其叶有沃[④]。既见君子，云何不乐[⑤]！

隰桑有阿，其叶有幽[⑥]。既见君子，德音孔胶[⑦]。

心乎爱矣，遐不谓矣[⑧]？中心藏之，何日忘之？

【注释】

①隰桑：长在低湿地里的桑树。　阿：通“婀”，柔美的样子。王先谦《诗三家义集疏》：“有阿，即阿阿也。故《笺》中读为阿阿。经中累字（叠字）多参用‘有’字，与累字无异。”　②难（nuó）：通“傩”。有难，难难，茂盛的样子。　③君子：指丈夫。《诗经》中的君子有二义：一为称贵族，一为妻称夫。　④沃：肥厚柔润。　⑤云：发语词，无义。　⑥幽：通“黝”，黑色。《说文》：“黝，微青黑色也。”　⑦德音，互诉衷情的好话。按《诗经》中德音有二义：一为好名誉，如《秦风·小戎》的“秩秩德音”。一为好听的话，如《邶风·谷风》的“德音莫违”。这里乃指后者而言。　孔胶：很牢固。　⑧遐：通“何”。　谓：告。

【译文】

低地桑树多婀娜，枝干茂盛叶子多。如果见了我夫君，我的心里多快活！

低地桑树舞婆娑，叶子柔润又肥沃。如果见了我夫君，我心怎会不快活！

低地桑树姿态柔，叶子肥厚黑黝黝。如果见了我夫君，互诉衷情意相投。

我爱你啊在心里，为啥总不告诉你？思念之情藏心底，哪有一天能忘记？

白　华

【题解】

这是一首贵族弃妇的怨诗。历来认为是周幽王娶申女以为后，又得褒姒，就把申后废黜了，诗写的就是申后之怨。前人有认为是申后自作，有认为是周人所作。从诗意看,似为申后所作。

白华菅兮[①],白茅束兮[②]。之子之远[③],俾我独兮!
英英白云[④],露彼菅茅[⑤]。天步艰难[⑥],之子不犹[⑦]。
滮池北流[⑧],浸彼稻田。啸歌伤怀[⑨],念彼硕人[⑩]。
樵彼桑薪[⑪],卬烘于煁[⑫]。维彼硕人[⑬],实劳我心。
鼓钟于宫,声闻于外。念子懆懆[⑭],视我迈迈[⑮]。
有鹙在梁[⑯],有鹤在林。维彼硕人,实劳我心。
鸳鸯在梁,戢其左翼[⑰]。之子无良,二三其德[⑱]。
有扁斯石[⑲],履之卑兮[⑳]。之子之远,俾我疧兮[㉑]。

【注释】

①华:同“花”。　菅(jiān):茅的一种,亦名芦芒。　②束:捆。　③之子:指幽王。　远:疏远。指离弃。　④英英:云白的样子。　⑤露:润泽。　⑥天步:命运。　艰难:不幸的意思。　⑦犹:如。　⑧滮(biāo)池:古水名,在今陕西西安市西北。　⑨啸歌:号哭而歌。　⑩硕:高大。朱熹《诗集传》:“硕人,尊大之称,亦谓幽王也。”　⑪樵:砍伐。　⑫卬(áng):我,女子的自称。　烘:烤。　煁(shén):不带锅可以移动的灶,古人称为“行灶”,用它烤东西而不烧饭菜。桑柴是烧饭的好柴,现在用它烘烤,是失所。　⑬维:惟的假借,思。　⑭懆懆:忧愁不安的样子。　⑮迈迈:《释文》引《韩诗》作“怖怖”(pèi)。《说文》:“怖,恨怒也。”　⑯鹙(qiū):水鸟,又名秃鹙,似鹤而性贪残好斗。　梁:水坝。　⑰戢(jí):收敛。这句指鸳鸯把嘴插在翅膀下休息。　⑱二三其德:指爱情不专一,三心两意。　⑲有扁:扁扁。　斯:此。　石:指周王登车时用的垫脚石。　⑳履:踩。　卑:低下。　㉑疧(qí):忧病。

【译文】

菅草细细开白花,白茅紧紧捆着它。恨他变心抛弃我,使我空房度年华。
天上白云降甘露,地下菅茅受润濡。怨我命运太不济,恨他白云还不如。
滮池水啊向北流,灌得稻田绿油油。边哭边唱心伤痛,冤家还在我心头。
桑枝本是好柴薪,我烧行灶来暖身。想起那个壮健人,实在煎熬我的心。
宫廷里面敲大钟,钟声总要传出宫。想你想得心不安,你却对我怒冲冲。
秃鹙堰边把鱼吞,白鹤挨饿在树林。想起那个壮健人,实在煎熬我的心。
堰上鸳鸯雌伴雄,嘴巴插在左翼中。可恨这人没良心,三心两意爱新宠。
扁平垫石地上摆,石头虽贱他常踩。恨他变心抛弃我,忧思成病将我害。

绵　蛮

【题解】

这是一位行役的人路遇一位大臣，二人之间对唱的诗。有人认为每章后四句是诗人愿望之词，说亦可通。

"绵蛮黄鸟①，止于丘阿②。道之云远③，我劳如何！""饮之食之，教之诲之；命彼后车④，谓之载之⑤。"

"绵蛮黄鸟，止于丘隅⑥。岂敢惮行，畏不能趋⑦。""饮之食之，教之诲之；命彼后车，谓之载之。"

"绵蛮黄鸟，止于丘侧。岂敢惮行，畏不能极⑧。""饮之食之，教之诲之；命彼后车，谓之载之。"

【注释】

①绵蛮：鸟鸣声。一说是鸟毛文彩细密的样子。　②丘阿：山坡弯曲处。③云：句中语助词。　④后车：后边的车，亦名副车。　⑤谓：命、叫。　载：装载。　之：代词，前一个代后车的御夫，后一个代行役者。　⑥隅：角。⑦趋：快走。　⑧极：至。

【译文】

"黄鸟喳喳不住唱，停在路边山坡上。道路实在太遥远，奔波劳累真够呛！""给他水喝给他饭，教他劝他要坚强；副车御夫停一停，让他坐上也不妨。"

"黄雀喳喳叫得急，山坡角落把脚息。哪敢害怕走远路，只怕慢了来不及。""给他喝的给他吃，教他劝他别泄气；副车御夫停一停，让他坐上别着急。"

"黄雀喳喳叫得欢，停在路旁山坡边。哪敢畏惧走远路，就怕难以到终点。""给他喝的给他吃，教他劝他好好干；副车御夫停一停，让他坐上把路赶。"

瓠　叶

【题解】

这是写贵族请客饮酒的诗。作者可能是客人之一。

幡幡瓠叶①，采之亨之②。君子有酒③，酌言尝之。

有兔斯首[4],炮之燔之[5]。君子有酒,酌言献之。
有兔斯首,燔之炙之[6]。君子有酒,酌言酢之[7]。
有兔斯首,燔之炮之。君子有酒,酌言酬之。

【注释】

①幡幡:犹翩翩,反复翻动的样子。 瓠(hú):冬瓜、葫芦等的总名。 ②亨:同"烹",煮熟。 之:指瓠。 ③君子:指主人。 ④斯:语中助词。 首:头、只。 ⑤炮:用烂泥包连毛的兔、鸡、鸭等在炭火上煨熟。 燔:把肉放在火上烤熟。 ⑥炙:把肉穿起来架在火上熏熟。 ⑦酢(zuò):以酒回敬。

【译文】

风吹葫芦叶乱翻,采来做菜好佐餐。君子藏有好陈酒,请客一尝杯斟满。
几头野兔鲜又嫩,有煨有烤香喷喷。君子藏有好陈酒,斟满一杯敬客人。
几头野兔鲜又嫩,有的烤来有的薰。君子藏有好陈酒,宾客回敬满杯斟。
几头野兔嫩又肥,有的烤来有的煨。君子藏有好陈酒,宾主酬酢都干杯。

渐渐之石

【题解】

这是征人从军,慨叹路上劳苦而作的诗。诗里的"武人",可能是将帅,也可能是士兵,两说旧皆有之,难以确定。

渐渐之石[1],维其高矣[2]。山川悠远,维其劳矣[3]。武人东征,不皇朝矣[4]。

渐渐之石,维其卒矣[5]。山川悠远,曷其没矣[6]?武人东征,不皇出矣[7]。

有豕白蹢[8],烝涉波矣[9]。月离于毕[10],俾滂沱矣[11]。武人东征,不皇他矣[12]。

【注释】

①渐渐:今作巉巉,山石高峻的样子。 ②维:是。 ③劳:辽的假借字,广阔。 ④皇:通"遑",闲暇。 朝:早上。马瑞辰《通释》:"古者战多以朝。诗言不遑朝者,甚言其东征急迫,言不暇至朝也。" ⑤卒(cuì):崒的假借字,高峻而危险。 ⑥没:尽头。 ⑦不皇出:指只知深入敌阵不计能否生还。⑧蹢(dí):蹄。 ⑨烝:进。 涉波:渡水。古人传说天将下大雨猪就下水游

泳。　⑩离：通“丽”，靠近。　毕：星宿名。见《大东》注㊷。　⑪俾：使。　滂沱：大雨的样子。古人传说月亮靠近毕星就要下大雨。　⑫他：其他的事。

【译文】

满山石头真陡峭，那样危险那样高。山又多来水又遥，日夜行军路迢迢。将帅士兵去东征，军情紧急天未晓。

巉巉怪石堆满山，那样高峻那样险。山又高来水又长，征途何时能走完？将帅士兵去东征，勇往直前不想还。

有只白蹄大肥猪，跳进水里渡清波。月亮靠近毕星边，大雨滂沱积水多。将帅士兵去东征，其他事情没空做。

苕　之　华

【题解】

这是一位饥民自伤不幸的诗。反映了当时荒年饥馑，人自相食的惨象。

苕之华①，芸其黄矣②。心之忧矣，维其伤矣③！
苕之华，其叶青青④。知我如此，不如无生⑤！
牂羊坟首⑥，三星在罶⑦，人可以食，鲜可以饱⑧！

【注释】

①苕(tiáo)：植物名，又名凌霄。蔓生，开黄花。　华：花。　②芸：黄色深浓的样子。　③维：是。　④青青：同“菁菁”，茂盛的样子。　⑤无生：不出生。　⑥牂(zāng)羊：母羊。　坟：大。母羊头本来较小，因饥饿身体瘦小，就显得头大。　⑦三星：即参星。有人说，三是虚数，泛指星光。有人说，三星指参宿、心宿、河鼓。说均可通。　罶(liǔ)：鱼篓。朱熹《诗集传》：“罶，笱也。罶中无鱼而水静，但见三星之光而已。”　⑧鲜：少。

【译文】

凌霄藤开花，颜色是深黄。心里真忧愁，痛苦又悲伤！

开花凌霄藤，叶子密又青。早知这样苦，不如不降生！

身瘦头大一雌羊，空空鱼篓闪星光。灾荒年头人吃人，靠这怎能填饥肠！

何草不黄

【题解】

这是一首征夫苦于行役的怨诗。

何草不黄,何日不行。何人不将[①],经营四方。
何草不玄[②],何人不矜[③]。哀我征夫,独为匪民[④]。
匪兕匪虎[⑤],率彼旷野[⑥]。哀我征夫,朝夕不暇。
有芃者狐[⑦],率彼幽草。有栈之车[⑧],行彼周道[⑨]。

【注释】

①将:行。指出征。 ②玄:赤黑色,百草由枯而烂的颜色。 ③矜(guān):通"鳏",无妻者。征夫离家,等于无妻。 ④匪:非。匪民,不是人。⑤兕(sì):野牛。 ⑥率:循、沿着。 ⑦有芃(péng):芃芃,兽毛蓬松的样子。 ⑧有栈:栈栈,役车高高的样子。 ⑨周道:大路。

【译文】

哪有草儿不枯黄,哪有一天不奔忙。哪个人啊不出征,往来经营奔四方。
哪有草儿不腐烂,哪个不是单身汉。可怜我们出征人,偏偏不被当人看。
不是野牛不是虎,为啥旷野常出入。可怜我们出征人,整天劳累受辛苦。
狐狸尾巴毛蓬松,钻进路边深草丛。高高役车征夫坐,走在漫长大路中。

大　　雅

文　　王

【题解】

这是诗人追述文王事迹以戒成王的诗。诗的作者,后人多认为是周公旦。

这首诗的艺术特点,主要是运用了“顶真”的修辞手法,在句与句、章与章之间相互衔接、彼此呼应,产生语意联贯和音调谐和的效果,这对后世文学影响颇大。

文王在上[①],於昭于天[②]。周虽旧邦[③],其命维新[④]。有周不显[⑤],帝命不时[⑥]。文王陟降[⑦],在帝左右。

亹亹文王[⑧],令闻不已[⑨]。陈锡哉周[⑩],侯文王孙子[⑪]。文王孙子,本支百世[⑫]。凡周之士[⑬],不显亦世[⑭]。

世之不显,厥犹翼翼[⑮]。思皇多士[⑯],生此王国。王国克生[⑰],维周之桢[⑱]。济济多士[⑲],文王以宁。

穆穆文王[⑳],於缉熙敬止[㉑]。假哉天命[㉒],有商孙子。商之孙子,其丽不亿[㉓],上帝既命,侯于周服[㉔]。

侯服于周,天命靡常[㉕]。殷士肤敏[㉖],祼将于京[㉗]。厥作祼将,常服黼冔[㉘]。王之荩臣[㉙],无念尔祖[㉚]。

无念尔祖,聿修厥德[㉛]。永言配命[㉜],自求多福。殷之未丧师[㉝],克配上帝。宜鉴于殷[㉞],骏命不易[㉟]。

命之不易,无遏尔躬[㊱]。宣昭义问[㊲],有虞殷自天[㊳]。上天之载[㊴],无声无臭[㊵]。仪刑文王[㊶],万邦作孚[㊷]。

【注释】

①文王：周文王昌，姬姓。 ②於（wū）：叹美词。 昭：光明。 ③旧邦：旧国。周从文王的祖父古公亶父由豳迁岐建国，所以称周为旧邦。 ④命：指天命。 维：是。 ⑤有：词头，无义。 不：通“丕”，大。 显：光明。 ⑥帝：上帝。帝命，指上帝命周为天子。 时：马瑞辰《通释》：“时读为烝，烝，美也。” ⑦陟降：升降。 ⑧亹亹（wěi）：勤勉的样子。 ⑨令闻：好声誉。 ⑩陈：申的借字，一再、重复。 锡：通“赐”。 哉：与“载”通用。（《左传》宣十五年、昭十年和《国语·周语》引这句诗都作“陈锡载周”。）载：造。造周：即建设周国的意思。 ⑪侯：维、只有。 ⑫本支：树木的根干和枝叶。引申为本宗和支系的意思。 ⑬士：指周朝的百官群臣。 ⑭亦世：同“奕世”，累世。 ⑮厥：其、他的。 犹：计谋。 翼翼：忠敬的样子。 ⑯思：语助词。 皇：美。 ⑰克：能。 ⑱维：是。 桢：干、骨干。 ⑲济济：众多的样子。 ⑳穆穆：仪表美好，态度端庄恭敬的样子。 ㉑於：叹美词。 缉熙：形容文王品德光明正大的样子。 敬：谨慎负责。 止：语尾助词。 ㉒假：大。王先谦《诗三家义集疏》：“《汉书·刘向传》引孔子读此诗而释之曰：‘大哉天命。’则‘假’宜从《尔雅》训‘大’，鲁说如此。” ㉓丽：数目。 不：语助词，无义。 ㉔侯于周服：为侯服于周的倒文。 侯：乃、就。服：臣服。 ㉕靡常：无常。 ㉖殷士：据《汉书·刘向传》及《白虎通义·三正篇》，刘向和班固都认为殷士即指殷的后代微子。 肤：壮美。 敏：敏捷。 ㉗祼将：是将祼的倒文。将，举行。祼（guàn），灌祭，祭礼的一种仪式。 于：往。 京：周京师。 ㉘常：与“尚”通，还是。 服：穿戴。 黼（fǔ）：殷商的礼服，上面刺着白黑相间的花纹。 冔（xǔ）：殷商的礼帽。 ㉙王：指成王。 荩：进。荩臣，进用之臣。诗人不便对成王说话，故意借荩臣对他说话。 ㉚无：用作一句的发声，无义。 ㉛聿：述（从《毛传》）。《说文》：“述，循也。” ㉜言：语助词。 配命：配合天命。 ㉝师：众，指群众、军队。 ㉞鉴：镜子、借鉴。 ㉟骏：大的意思。 不易：不容易。 ㊱遏：停止、断绝。 ㊲宣昭：宣明、发扬光大。 义：善。 问：通“闻”。义问，好名誉。 ㊳有：同“又”。 虞：度、鉴戒。陈奂《毛诗传疏》：“度殷自天，言度殷之未丧师者，皆自天也。度：犹鉴也。” ㊴载：事。这二字古音近而通用，如《尧典》的“熙帝之载”，《史记·五帝本纪》“载”作“事”。 ㊵臭：气息、气味。 ㊶仪刑：效法。 ㊷作：则、就。 孚：信。

【译文】

文王神灵在天上，在天上啊放光芒。岐周虽是旧邦国，接受天命新气象。周朝前途无限量，上帝意志光万丈。文王神灵升又降，常在上帝的身旁。

勤勤恳恳周文王，美好声誉传四方。上帝赐他兴周国，文王子孙常兴旺。文王子孙都蕃衍，大宗小宗百世昌。天子臣仆周朝官，世代显贵沾荣光。

世代显贵沾荣光，谋事谨慎又周详。贤士众多皆俊杰，此生有幸在周邦。周邦能出众贤士，都是国家好栋梁。济济一堂人才多，文王安宁国富强。

端庄恭敬周文王，谨慎光明又善良。上天意志多伟大，殷商子孙来归降。殷商子孙蕃衍多，数字上亿难估量，上帝已经下命令，殷商称臣服周邦。

殷商称臣服周邦，可见天命并无常。殷人后代美而敏，来京助祭陪周王。看他助祭行灌礼，冠服仍是殷时装。成王所用诸臣下，牢记祖德永勿忘。

牢记祖德永勿忘，继承祖德发荣光。常顺天命不相违，要求幸福靠自强。殷商未失民心时，能应天命把国享。借鉴殷商兴亡事，国运永昌不寻常。

国运永昌不寻常，切勿断送你身上。发扬光大好名声，须知殷鉴是天降。上天意志难猜测，无声无息真渺茫。只有认真学文王，万国诸侯都敬仰。

大　明

【题解】

这是周代史诗之一，叙述王季和太任、文王和太姒结婚以及武王伐纣的事。它和《生民》、《公刘》、《绵》、《皇矣》、《文王》等篇性质一样，都可作史诗读。

明明在下[①]，赫赫在上[②]。天难忱斯[③]，不易维王。天位殷適[④]，使不挟四方[⑤]。

挚仲氏任[⑥]，自彼殷商，来嫁于周，曰嫔于京[⑦]。乃及王季[⑧]，维德之行。

大任有身[⑨]，生此文王。维此文王，小心翼翼。昭事上帝[⑩]，聿怀多福[⑪]。厥德不回[⑫]，以受方国[⑬]。

天监在下[⑭]，有命既集[⑮]。文王初载[⑯]，天作之合。在洽之阳[⑰]，在渭之涘[⑱]。

文王嘉止[⑲]，大邦有子[⑳]。大邦有子，伣天之妹[㉑]。文定厥祥[㉒]，亲迎于渭。造舟为梁[㉓]，不显其光[㉔]。

有命自天，命此文王，于周于京。缵女维莘[㉕]，长子维行[㉖]，笃生武王[㉗]。保右命尔[㉘]，燮伐大商[㉙]。

殷商之旅[30],其会如林[31]。矢于牧野[32]:"维予侯兴[33],上帝临女[34],无贰尔心!"

牧野洋洋[35],檀车煌煌[36],驷骠彭彭[37]。维师尚父[38],时维鹰扬[39]。凉彼武王[40],肆伐大商[41],会朝清明[42]!

【注释】

①明明:光明的样子。 ②赫赫:显盛的样子。 ③忱:与"谌"通,相信。《汉书·贡禹传》和《后汉书·胡广传》、《说文》引此句诗均作谌。 斯:语助词。 ④適:通"嫡",即嫡子。正妻叫做嫡,正妻生的长子叫做嫡子。 殷嫡:指殷纣王。 ⑤挟:拥有。 ⑥挚:殷的一个属国名,在今河南汝宁地方。仲氏:次女。 任:姓。 ⑦曰:语首助词。 嫔:嫁。 京:指周的京师。周太王自豳迁岐,其地名周,王季仍建都于周。 ⑧王季:太王之子,文王的父亲。⑨大(tài)任:即上章的挚仲氏任。 有身:怀孕。 ⑩昭:明白。 ⑪聿:语助词。 怀:来、招来。 ⑫回:邪僻。 ⑬方国:商代、周初对周围诸侯国的称呼。 ⑭监:监视。 ⑮有:词头。有命,指天命。 ⑯初载:指文王即位的初年。 ⑰洽:亦作合或郃,河水名,在今陕西合阳县西北。洽阳,洽水的北岸,即古莘国的所在地。 ⑱渭:渭水。 涘(sì):水边。 ⑲止:礼(用《相鼠》诗《毛传》之说)。嘉止:嘉礼,即婚礼。 ⑳大邦:大国。指莘国。子:指莘国国君的女儿。 ㉑伣(qiàn):好比。 妹:少女。 ㉒文:礼。指"纳币"之礼。文定,定婚。 ㉓造舟为梁:联舟以成浮桥。 ㉔不:通"丕",大。 ㉕缵:嬻的假借,美好。 维:是。 莘(shēn):古国名。 ㉖长子:即长女,指太姒。 维行:即有行,出嫁的意思。 ㉗笃:语助词。 ㉘保右:即保佑。 命:命令。 尔:指武王。 ㉙燮:袭的假借字。燮伐:即袭伐。《左传》:"有钟鼓曰伐,无曰袭。" ㉚旅:军队。 ㉛会:借作旝,军中之旗。㉜矢:发誓。 牧野:殷商郊外地名,在今河南淇县西南。 ㉝维:发语词。予:武王自称。 侯:是。 兴:兴起。 ㉞临:监视着。 女:汝,指参加誓师的军队。 ㉟洋洋:广大的样子。 ㊱檀车:檀木制的战车,取其坚固。 煌煌:鲜明的样子。 ㊲骠(yuán):赤毛白腹的马。 彭彭:强壮有力的样子。㊳师:太师,官名。 尚父,吕尚的尊称。后世俗称姜太公。 ㊴时:是。㊵凉:辅佐。 ㊶肆伐:进击。 ㊷会朝:一朝,即一个早上。《毛传》:"会,甲也。"陈奂《毛诗传疏》:"甲朝,犹《彤弓》云一朝耳。甲者,十之首;一者,数之始。"

【译文】

文王明德四海扬,赫赫神灵显天上。天命确实难相信,国王也真不易当。上帝有意王殷纣，却又使他失四方。

挚国任家二姑娘，从那遥远的殷商，嫁到我们周国来，来到京都做新娘。她跟王季配成双，专做好事美名扬。

太任怀孕降吉祥，生下这个周文王。就是这个周文王，小心谨慎很善良。明白怎样侍上帝，招来幸福无限量。他的德行真不坏，各国归附民所望。

上天监视看下方，天命已经属文王。文王即位初年间，上天给他配新娘。新娘住在洽水北，就在莘国渭水旁。

文王将要行婚礼，大国有位好姑娘。大国有位好姑娘，好比天上仙女样。定下聘礼真吉祥，文王亲迎渭水旁。联结木船当桥梁，婚礼显耀真辉煌。

上天有命示下方，命令这个周文王，周国京师建家邦。莘国有位好姑娘，她是长女嫁周邦，婚后生下周武王。天命所属天保佑，让他出兵伐殷商。

殷商派出军队来，军旗密密树林样。武王誓师在牧野："我周兴起军心壮，上帝监视看你们，休怀二心要争光！"

广阔牧野作战场，檀木兵车亮堂堂，四马威武又雄壮。三军统帅师尚父，好像雄鹰在飞扬。协助武王带军队，指麾三军击殷商，一朝开创新气象！

绵

【题解】

这是周族史诗之一。诗从古公亶父迁岐叙起，描写他开国奠基的功业；一直写到文王能继承古公的遗烈，修建宫室，平定夷狄，外结邻邦，内用贤臣，使周族日益强大。

绵绵瓜瓞[①]。民之初生[②]，自土沮漆[③]。古公亶父[④]，陶复陶穴[⑤]，未有家室[⑥]。

古公亶父，来朝走马[⑦]；率西水浒[⑧]，至于岐下[⑨]。爰及姜女[⑩]，聿来胥宇[⑪]。

周原朊朊[⑫]，堇荼如饴[⑬]。爰始爰谋[⑭]，爰契我龟[⑮]；曰止曰时[⑯]，筑室于兹。

迺慰迺止[⑰]，迺左迺右[⑱]；迺疆迺理[⑲]，迺宣迺亩[⑳]。自西徂东，周爰执事[㉑]。

乃召司空[㉒]，乃召司徒[㉓]，俾立室家[㉔]。其绳则直[㉕]，缩版以载[㉖]，作庙翼翼[27]。

捄之陾陾[28]，度之薨薨[29]，筑之登登[30]，削屡冯冯[31]。百堵皆兴[32]，鼛鼓弗胜[33]。

迺立皋门[34]，皋门有伉[35]。迺立应门[36]，应门将将[37]。迺立冢土[38]，戎丑攸行[39]。

肆不殄厥愠[40]，亦不陨厥问[41]。柞棫拔矣[42]，行道兑矣[43]。混夷駾矣[44]，维其喙矣[45]。

虞芮质厥成[46]，文王蹶厥生[47]。予曰有疏附[48]，予曰有先后[49]，予曰有奔奏[50]，予曰有御侮[51]。

【注释】

①绵绵：连绵不绝。　瓞(dié)：小瓜。《孔疏》："大者曰瓜，小者曰瓞。"朱熹《诗集传》："小曰瓞。瓜之近本初生者常小。"　②民：指周族。　③自：从。土：《齐诗》作杜，水名。　沮：徂的借字，到。　漆：水名。杜水、漆水都在豳地(今陕西旬邑县西)。　④古公亶父：文王的祖父，初居豳，后被戎狄侵略，迁居在岐山之下，定国号曰周。到武王伐纣定天下，追尊他为太王。古公，号。亶父，名或字。　⑤陶：借为掏。　复：三家诗作寝，从山崖旁往里掏的洞叫寝，如窑洞。向下掏的洞叫穴，即地洞。　⑥家室：房屋。　⑦来朝：即第二天早上。走马：驰马。《玉篇》引诗作"趣马"，快马。　⑧率：循、沿着。　西：豳之西。浒(hǔ)：水边，指渭水的岸边。　⑨岐下：岐山之下。岐山在今陕西省岐山县东北。　⑩爰：乃。　姜女：古公亶父的妻，姓姜，亦称太姜。　⑪聿：发语词。　胥：相、视察。　宇：居处。指建筑房屋的地址。　⑫周：地名，在岐山南。　原：广平的土地。　膴膴：肥美。　⑬堇(jǐn)：植物名，野生，亦名苦堇、堇葵，味苦。　荼：苦菜。　饴(yí)：饴糖，俗称麦芽糖。　⑭爰：于是。　始：和谋同义，都是计划的意思。马瑞辰《通释》："始亦谋也。……《尔雅》基、肇皆训为始，又皆训谋。则始与谋义正相成耳。"　⑮契：钻刻。　龟：指占卜所用的龟甲。龟甲先要钻孔，然后用火来烤，看龟甲的裂纹来断吉凶，并在其上刻上卜辞。⑯曰：发语词。　止：居住。　时：借为跱，和止同义，也是居住的意思。　⑰迺：乃。　慰：安居。《方言》："慰，居也。"　⑱左、右：指划定左右区域。　⑲疆：划定田地的疆界。　理：整治土地。　⑳宣：用农具开垦土地并松土。　亩：开沟筑垄。　㉑周：普遍。　爰：语助词。　执事：从事工作。　㉒司空：掌管建筑工程的官。　㉓司徒：掌管土地和调配劳力的官。　㉔俾：使。　立：建立，即建筑。　㉕绳：指绳墨，建筑前用它正地基经界的工具。　㉖缩版：直

版。　栽:读作栽,本义是筑墙用的长版。引申作动词"树立"用。　㉗庙:宗庙。　翼翼:严正的样子。　㉘捄(jiū):把土铲进筐里。　陾陾(réng):铲土声。　㉙度(duó):投,指投土在直板内。　薨薨:填土声。　㉚筑:捣土使墙坚实。　登登:捣土声。　㉛屡:古"娄"字,和"隆"是双声通用,土墙隆起的地方。削屡:将土墙隆起的地方刮平。　冯冯(píng):括土墙声。　㉜百堵:许多墙面。　兴:动工。　㉝鼛(gāo)鼓:大鼓名,长一丈二尺。　弗胜:胜不过。建筑的时候敲鼛鼓,为了给劳动者助兴劝役,但劳动时人多声大,大鼓声反而不能胜过劳动声。　㉞皋:《毛传》:"王之郭门曰皋门。"郭门:即城门。　㉟有伉(kàng):即伉伉,形容城门高大的样子。　㊱应门:《毛传》:"王(宫)之正门曰应门。"　㊲将将(qiāng):庄严堂皇的样子。　㊳冢:大。冢土,大社。指祭土神的坛。　㊴戎:大。　丑:众。朱熹《诗集传》:"戎丑,大众也。"　攸:所。王引之训攸为"用",亦通。　行:往。　㊵肆:故、所以。　殄(tiǎn):杜绝、消灭。　厥:其,指狄人。　愠:愤怒。　㊶陨:坠、丧失。　厥:指文王。　问:声闻、名誉。　㊷柞:柞树,灌木类,丛生有刺。　棫(yù):丛生小木,亦有刺。拔:拔除干净。　㊸兑:畅通。　㊹混(kūn)夷:古种族名,西戎之一,亦作昆夷。　駾(tuì):受惊奔逃。　㊺维其:何其。　喙(huì):通"瘃",气短病困的样子。　㊻虞、芮:当时二国名。虞在今山西省平陆县东北,芮在今山西省芮城县西。　质:评断。　成:指虞、芮两国平息纠纷,互相结好。《毛传》:"虞、芮之君,相与争田,久而不平。乃相谓曰:'西伯(周文王),仁人也,盍往质焉。'乃相与朝周。入其境,则耕者让畔,行者让路。入其邑,男女异路,斑白不提挈。入其朝,士让为大夫,大夫让为卿。二国之君,感而相谓曰:'我等小人,不可以履君子之庭。'乃相让,以其所争田为闲田而退。天下闻之而归者四十余国。"　㊼蹶(guì):动、感动。　生:通"性"。　㊽曰:助词。　疏附:指团结群臣亲近归附之臣。　㊾先后:指在王前后参谋政事之臣。　㊿奔奏:指奔走效力之臣。　(51)御侮:指抵御外侮之臣。

【译文】

大瓜小瓜藤蔓长。周族人民初兴旺,从杜来到漆水旁。古公亶父功业创,挖洞筑窑风雨挡,没有宫室没有房。

古公亶父迁居忙,清早快马离豳乡;沿着渭水向西走,岐山脚下土地广。他与妻子名太姜,勘察地址好建房。

周原肥沃又宽广,堇葵苦菜像饴糖。大伙计划又商量,刻龟占卜望神帮;神灵说是可定居,此地建屋最吉祥。

这才安心住岐乡,这边那边同开荒;丈量土地定田界,翻地松土垅成行。从西到东一片地，男女老少干活忙。

找来司空管工程，人丁土地司徒掌，他们领工建新房。拉开绳墨直又长，树起夹板筑土墙，建成宗庙好端庄。

铲土噌噌掷进筐，倒土轰轰声响亮，捣土一片登登声，括刀乒乒削平墙。百堵土墙齐动工，声势压倒大鼓响。

建起周都外城门，城门高大好雄壮。建起宫殿大正门，正门庄严又堂皇。堆起土台作祭坛，大众祈祷排成行。

狄人怒气虽未消，文王声誉并无伤。柞棫野树都拔尽，交通要道无阻挡。昆夷夹着尾巴逃，气喘吁吁狼狈相。

虞国芮国不再相争，文王感化改其本性。我有贤臣相率来附，我有人才参预国政，我有良士奔走效力，我有猛将克敌制胜。

棫　　朴

【题解】

这是一首写文王郊祭天神后领兵伐崇的诗。古代天子每将兴师征伐，总要先郊祭以告天。崇是商的侯国。伐崇是为伐商作准备。

芃芃棫朴①，薪之槱之②。济济辟王③，左右趣之④。
济济辟王，左右奉璋⑤。奉璋峨峨⑥，髦士攸宜⑦。
淠彼泾舟⑧，烝徒楫之⑨。周王于迈⑩，六师及之⑪。
倬彼云汉⑫，为章于天⑬。周王寿考⑭，遐不作人⑮？
追琢其章⑯，金玉其相⑰。勉勉我王⑱，纲纪四方⑲。

【注释】

①芃芃（péng）：茂盛的样子。　棫、朴：二种丛生灌木。　②槱（yóu）：堆积木柴，点火烧起，用它祭祀天神。　③济济：庄严恭敬的样子。　辟（bì）：君。辟王，君王。指周文王。　④左右：指周王左右诸臣。　趣：通“趋”，疾走。⑤奉：捧。　璋：指璋瓒，祭祀时盛酒的器具，用玉制柄。　⑥峨峨：盛服端庄的样子。　⑦髦士：英俊之士。指助祭的诸侯、卿士。　攸：所。　宜：适合。⑧淠（pì）：舟行貌。　泾：水名。　⑨烝：众。　徒：服役的人，这里指船夫。楫：划船。　⑩于：往。　迈：行。　⑪师：古代二千五百人为一师。《毛传》：“天子六军。”　及：与、和。　之：指周王。　⑫倬：广大。　云汉：银河。

⑬章:花纹。 ⑭寿考:长寿。 ⑮遐:通“何”。 作:培养、造就。 ⑯追(duī):雕的假借字。 ⑰相:本质。 ⑱勉勉:勤勉不懈的样子。 ⑲纲纪:治理。

【译文】

棫树朴树枝叶茂,砍下当作祭柴烧。周王恭谨走在前,左右群臣跟着跑。

周王恭敬又严肃,群臣手捧玉酒壶。捧着酒壶真端庄,英俊贤士有气度。

泾水行船哗哗响,众人用力齐举桨。周王将要去远征,六军云集威风扬。

银河漫漫广无边,星光灿烂布满天。周王长寿在位久,何不树人用百年?

精雕细刻有才华,质如金玉无疵瑕。勤奋勉力我周王,治理四方保国家。

旱 麓

【题解】

这是歌颂周文王祭祖得福、知道培养人才的诗。

瞻彼旱麓①,榛楛济济②。岂弟君子③,干禄岂弟④。

瑟彼玉瓒⑤,黄流在中⑥。岂弟君子,福禄攸降⑦。

鸢飞戾天⑧,鱼跃于渊。岂弟君子,遐不作人⑨。

清酒既载⑩,骍牡既备⑪。以享以祀,以介景福⑫。

瑟彼柞棫⑬,民所燎矣⑭。岂弟君子,神所劳矣⑮。

莫莫葛藟⑯,施于条枚⑰。岂弟君子,求福不回⑱。

【注释】

①旱:山名,在陕西省南郑县。王应麟《诗地理考》引《汉书·地理志》:“汉中郡、南郑县旱山,沱水所出,东北入汉。” 麓:山脚。 ②榛:树名,结实似栗而小。 楛(hù):树名,似荆而赤。榛和楛都是丛生小灌木。 济济:众多。③岂(kǎi)弟:亦作恺悌,和易近人。 君子:指文王。 ④干:求。 禄:福。⑤瑟:洁净鲜明的样子。 玉瓒:即圭瓒,天子祭神时所用的酒器。 ⑥黄流:陈奂《毛诗传疏》:“黄,即勺;流,即酒。黄流在中,言秬鬯之酒(黑黍捣郁金草制成的酒),自勺中流出也。” ⑦攸:所。 ⑧鸢(yuān):老鹰。 戾:至。⑨见上篇注⑮。 ⑩载:陈设。 ⑪骍牡:赤色的公牛。周人尚赤,故用毛色赤黄的牛祭祀。 ⑫介:求。 景:大。 ⑬瑟:众多的样子。 柞、棫:均树名。 ⑭燎:同“尞”,烧柴祭神(见《说文》)。 ⑮劳:劳来,保佑。 ⑯莫

莫:茂密的样子。 葛藟:葛藤。 ⑰施(yì):蔓延。 条:树枝。 枚:树干。⑱回:违。《郑笺》:“不回者,不违先祖之道。”有人训不回为“不邪”,亦通。

【译文】

遥望旱山那山麓,密密丛生榛与楛。平易近人好君子,品德高尚有福禄。

祭神玉壶有光彩,香甜美酒流出来。平易近人好君子,祖宗赐你福和财。

鹞鹰展翅飞上天,鱼儿跳跃在深渊。平易近人好君子,培养人才万万千。

摆好清醇美味酒,备好红色大公牛。虔诚上供祭祖先,祈祷神灵把福求。

密密一片柞棫林,砍下烧火祭神灵。平易近人好君子,神灵保佑百事成。

茂密葛藤长又柔,蔓延缠绕树梢头。平易近人好君子,不违祖德把福求。

思　齐

【题解】

这是歌颂文王善于修身、齐家、治国的诗。

思齐大任①,文王之母。思媚周姜②,京室之妇③。大姒嗣徽音④,则百斯男⑤。

惠于宗公⑥,神罔时怨⑦,神罔时恫⑧。刑于寡妻⑨,至于兄弟,以御于家邦⑩。

雝雝在宫⑪,肃肃在庙⑫。不显亦临⑬,无射亦保⑭。

肆戎疾不殄⑮,烈假不瑕⑯。不闻亦式⑰,不谏亦入⑱。

肆成人有德⑲,小子有造⑳。古之人无斁㉑,誉髦斯士㉒。

【注释】

①思:发语词。 齐:齋之假借,端庄。 大任:即太任,王季之妻,文王之母。②媚:美好。这里指德行美好。 周姜:即太姜,古公亶父之妻,王季之母。③京室:王室。 ④大姒:即太姒,文王之妻。 嗣:继续。 徽音:美誉。⑤百:虚数,言其多。 斯:语助词。 ⑥惠:孝顺。 宗公:宗庙中的先公,即祖宗。 ⑦神:指祖先之神。 罔:无。 时:所。 ⑧恫(tōng):伤心。⑨刑:法。这里作动词用,说文王以礼法对待其妻(从《郑笺》说)。 寡妻:嫡妻。胡承珙《毛诗后笺》:“適(嫡)与庶对,庶为众,则適为寡矣。” ⑩御:治理。⑪雝雝:和睦的样子。 宫:家。古代的家不论贵贱同称宫,秦汉以后,只有国王的住所才称宫。 ⑫肃肃:严肃恭敬的样子。 ⑬不显:即丕显,指明显的

事。　亦：语助词。　临：临视、视察。　⑭无：语助词。　射：阴暗、隐蔽，对“显”言。　保：保守。　⑮肆：所以。　戎疾：西戎的祸患。　不：语助词。下句同。　殄：断绝。　⑯烈：《公羊传》引作“痢”（何注：痢者，民疾苦也），厉的假借字。《说文》作“疠”，“疠，恶疾也。”　假：瘕的假借字，即蛊字。《集韵》引诗作“厉假不瑕”，汉《唐公房碑》作“厉蛊不遐”。　烈假，害人的瘟疫。　瑕：与遐同音通用，远去。　⑰不、亦：语助词。　闻：听。　式：用。　⑱入：采纳。⑲有德：有好的品德。　⑳小子：儿童。　有造：有造就。　㉑古之人：指文王。　斁（yì）：厌。　㉒誉：有声望。　髦：俊、出类拔萃的人才。　斯：这些。

【译文】

太任端庄又严谨，文王之母有美名。周姜美好有德行，太王贤妻居周京。太姒继承好遗风，多子多男王室兴。

文王为政顺祖宗，祖宗欢喜无怨容，祖宗放心不伤痛。文王以礼待正妻，对待兄弟也相同，以此治国事事通。

和和睦睦一家好，恭恭敬敬在宗庙。认真观察明显事，警惕阴暗不辞劳。

西戎祸患已断根，害人瘟疫不发生。良计善策乐于用，忠言劝告记在心。

所以成人品德好，儿童个个可深造。文王育才永不倦，人才济济皆英豪。

皇　矣

【题解】

这是周人叙述自己开国历史的史诗之一。先述太王开辟岐山，打退昆夷。次述王季继承先祖德业，传位给文王。末述文王伐崇伐密的胜利事迹。

皇矣上帝①，临下有赫②。监观四方③，求民之莫④。维此二国⑤，其政不获⑥。维彼四国⑦，爰究爰度⑧。上帝耆之⑨，憎其式廓⑩。乃眷西顾⑪，此维与宅⑫。

作之屏之⑬，其菑其翳⑭。修之平之⑮，其灌其栵⑯。启之辟之⑰，其柽其椐⑱。攘之剔之⑲，其檿其柘⑳。帝迁明德㉑，串夷载路㉒。天立厥配㉓，受命既固㉔。

帝省其山㉕，柞棫斯拔㉖，松柏斯兑㉗。帝作邦作对㉘，自大伯王季㉙。维此王季，因心则友㉚。则友其兄，则笃其庆㉛，载锡之光㉜。受禄无丧㉝，奄有四方㉞。

维此王季，帝度其心[35]，貊其德音[36]。其德克明[37]，克明克类[38]，克长克君[39]。王此大邦[40]，克顺克比[41]。比于文王[42]，其德靡悔[43]。既受帝祉[44]，施于孙子[45]。

帝谓文王，无然畔援[46]，无然歆羡[47]，诞先登于岸[48]。密人不恭[49]，敢距大邦[50]，侵阮徂共[51]。王赫斯怒[52]，爰整其旅[53]，以按徂旅[54]。以笃于周祜[55]，以对于天下[56]。

依其在京[57]，侵自阮疆[58]。陟我高冈，无矢我陵[59]，我陵我阿；无饮我泉，我泉我池。度其鲜原[60]，居岐之阳，在渭之将[61]。万邦之方[62]，下民之王。

帝谓文王，予怀明德[63]，不大声以色[64]，不长夏以革[65]；不识不知[66]，顺帝之则[67]。帝谓文王，询尔仇方[68]，同尔弟兄[69]；以尔钩援[70]，与尔临冲[71]，以伐崇墉[72]。

临冲闲闲[73]，崇墉言言[74]。执讯连连[75]，攸馘安安[76]。是类是祃[77]，是致是附[78]，四方以无侮。临冲茀茀[79]，崇墉仡仡[80]。是伐是肆[81]，是绝是忽[82]，四方以无拂[83]。

【注释】

①皇：光明伟大。 ②有赫：即赫赫，明亮的样子。 ③监：和视同义，视察。 ④莫：通“瘼”，疾苦。 ⑤维：通“惟”，想到。 二国：指夏、商。当时人多以夏商的盛衰为监戒，如《尚书·召诰》：“我不敢不监于有夏，亦不可不监于有殷。” ⑥获：得。不获，指不得民心。 ⑦四国：四方的国家。指殷商时各诸侯国。 ⑧爰：于是。 究：谋、考虑。 度：估计。 ⑨耆：通“恉”、“指”。王符《潜夫论》引这句诗作“指”。意向。 ⑩憎：通“增”，增加。 式廓：规模。 ⑪眷：念、关心。有人训为“回头看”，亦通。 西顾：指注意四方的岐周。 ⑫此：指周王。 维：是。 宅：居住。上帝与周王同住即福佑周王之意。 ⑬作：通“斫”，砍伐树木。 之：指草木。 屏：除去。 ⑭菑(zì)：直立未倒的枯木。 翳：通“殪”，倒在地上的枯木。 ⑮修：修剪。 平：治理。 ⑯灌：灌木。 栵(lì)：从老树桩上发出再生的树。 ⑰启：开发。 辟：开辟。 ⑱柽(chēng)：柽柳，木名，又名西河柳、观音柳。 椐：木名，又名灵寿木，树枝节大，可作马鞭、手杖。 ⑲攘：除去。 剔：挑选。 ⑳檿(yǎn)：木名，亦名山桑。 柘(zhè)：木名，亦名黄桑。 ㉑帝：上帝。 迁：迁就、降格相就。 明德：品德光明的人，指太王。 ㉒串夷：昆夷，亦称犬戎。当时太王居豳，犬戎为患，因而迁岐，后击退犬戎。 载：则、就。 路：通“露”，失败。 ㉓厥：其。

配:立君配天。古人认为帝王是接受上天的命令而当天子(天的儿子)的,所以《荀子·大略篇》说:"配天而有天下。" ㉔固:指政权巩固。 ㉕省:视察。其山:周的岐山。 ㉖柞、棫:都是树名。 斯:语助词。 ㉗兑:直立。㉘作:建立。 邦:指周国。 对:配。指配天的君主。 ㉙大伯:即太伯,太王的长子。据《韩诗外传》,太王(古公亶父)有三子:长子太伯,次子仲雍,少子季历(王季)。季历之子昌,有才,太王想让他继承王位。太伯和仲雍知道太王的意思,想让位于季历,逃往吴地(今苏南一带)。太王死后,季历为君,后传位给昌,是为文王。 ㉚因:古姻字。姻心,亲热的心。 友:友爱。 ㉛笃:厚、多。庆:福。 ㉜载:乃、就。 锡:赐。 光:指光荣的王位。 ㉝丧:丧失。指丧失王位。 ㉞奄:覆盖、包括。 ㉟度:法度。这里作动词用,说上帝使王季的心合于法度。 ㊱貊(mò):亦作莫,通"漠",广大。 ㊲克:能。 明:指明辨是非。 ㊳类:指善恶的种类。 ㊴克长:能当人们的师长。 克君:能作人们的君主。 ㊵大邦:指周。 ㊶顺:和顺。 比:《礼记·乐记》引作"俾",比、俾古通用,服从的意思。 ㊷比:及、到。 ㊸靡悔:陈奂《毛诗传疏》:"谓文王之德,不为人恨。" ㊹祉:福。 ㊺施(yì):延续。 ㊻畔援:跋扈、专横暴虐。 ㊼歆羡:羡慕。 ㊽诞:发语词。 岸:喻高位。这句指先据有利之地位。 ㊾密:密须,古国名,在今甘肃灵台县西。《尚书大传》:"文王受命三年,伐密须。" ㊿距:通"拒",抗拒。 大邦:指周国。文王在殷末被封为西伯,三分天下有其二。 51阮:古国名,在今甘肃泾川县。 徂:到。共,古国名,在今甘肃泾川县北。 52赫怒:勃然大怒。 斯:语助词。 53爰:于是。 旅:军队。 54按:通"遏",阻止。 旅:通"莒",古国名。 55笃:巩固。 于:犹乎。 祜(hù):福。 56对:通"遂",安。有人释为答,亦通。57依其:依依,原有茂盛的意思,这里引申为强盛的样子。 京:周京。 58侵:寝的假借字,指息兵、停战。 59矢:陈。指陈兵。 60度:计划。 鲜:通"巘",小山。 原:平地。 61将:侧、旁边。 62方:法则、榜样。 63怀:归向、趋向。 明德:美德的人。指文王。 64以:与。 色:指严厉的脸色。65长夏:长大。 革:变革。 66不识不知:不知不觉。 67顺:遵循。 则:法则。 68询:谋,含有商量、征求意见的意思。 仇:匹。仇方,邻国。 69弟兄:指同姓的诸侯国。 70钩:古兵器,似剑而曲。 援:古兵器,戈上的横刃。71临:临车,可居高临下攻城的战车。 冲:冲车,可从旁冲破城墙的战车。72崇:古国名,在今陕西西安沣水西。 墉:城墙。 73闲闲:强盛的样子。74言言:高大的样子。 75执:捉。 讯:俘虏。 连连:接连不断的样子。76攸:所。 馘(guó):割下敌人的左耳用以计功。 安安:从容不迫的样子。

⑦类：通“禷”，出师前祭天。 祃（mà）：出师后军中祭天。 ⑱致：招致敌人投降。 附：通“拊”，安抚。 ⑲茀茀：强盛的样子。 ⑳仡仡：同“屹屹”，高大的样子。 ㉛肆：攻击。 ㉜忽：消灭。 ㉝拂：违、抗拒。

【译文】

上帝光焰万丈长，俯视人间真明亮。洞察全国四方事，了解民间疾苦状。想起夏商两朝末，不得民心国危亡。思量四方诸侯国，天下重任谁能当。上帝意在岐周国，有心扩大它封疆。于是回头望西方，同住岐山佑周王。

砍掉杂树辟农场，枯枝朽木全扫光。精心修剪枝和叶，灌木丛丛新枝长。开出道路辟土地，除尽柽椐路通畅。剔去坏树留好树，留下山桑和黄桑。上帝卫护明德主，犬戎败逃走仓皇。上天立他当天子，政权巩固国兴旺。

上帝视察岐山阳，柞棫小树都拔光，松柏直立郁苍苍。上帝建立周王国，太伯王季始开创。这位王季好品德，对兄友爱热心肠。王季热心爱兄长，他使周邦福无疆，天赐王位显荣光。永享福禄保安康，统一天下疆域广。

这位王季真善良，天生思想合政纲，他的美名播四方。他能明辨是和非，区别坏人和善良，堪称师范好君王。在此大国当君主，上下和顺人心向。到了文王接王位，人民爱戴德高尚。既受上帝赐福禄，子孙万代绵绵长。

上帝启示周文王，不要暴虐休狂妄，莫羡他人当自强，先据高位路康庄。密人态度不恭顺，竟敢抗拒周大邦，侵阮袭共太猖狂。文王勃然大震怒，整顿军队去抵抗，阻止敌人向莒闯。周族福气才巩固，民心安稳定四方。

周京军队真强壮，从阮班师凯歌扬。登上岐山远瞭望，没人敢占我山冈，高山大陵莽苍苍；没人敢饮我泉水，清泉绿池水汪汪。规划山头和平原，定居岐山面向阳，紧靠渭水河边旁。你为万国作榜样，天下人民心向往。

上帝告诉周文王，美好品德我赞赏，从不疾言和厉色，遵从祖训依旧章；好像不知又不觉，顺乎天意把国享。上帝又对文王说，团结邻国多商量，联合同姓众国王；用你大钩和戈刀，临车冲车赴战场，讨伐崇国削殷商。

临车冲车声势壮，崇国城墙高又长。捉来俘虏连成串，割下敌耳装满筐。祭祀天神祈胜利，安抚残敌招他降，各国不敢侮周邦。临车冲车威力强，崇国城墙高又广。冲锋陷阵士气旺，消灭崇军有威望，各国不敢再违抗。

灵　台

【题解】

这是一首记述周文王建成灵台和游赏奏乐的诗。

经始灵台[1]，经之营之。庶民攻之[2]，不日成之[3]。经始勿亟[4]，庶民子来[5]。

王在灵囿[6]，麀鹿攸伏[7]。麀鹿濯濯[8]，白鸟翯翯[9]。王在灵沼[10]，於牣鱼跃[11]。

虡业维枞[12]，贲鼓维镛[13]。於论鼓钟[14]，於乐辟廱[15]。

於论鼓钟，於乐辟廱。鼍鼓逢逢[16]，矇瞍奏公[17]。

【注释】

①经始：开始规划营造。　灵台：台名，故址在今陕西西安西北。　②攻：建造。　③不日：不几天。　④亟：同"急"。　⑤子来：像儿子似的来建筑灵台。朱熹《诗集传》："虽文王心恐烦民，戒令勿急，而民心乐之，如子趣父事，不召自来也。"　⑥囿：古代帝王畜养禽兽的园林。　⑦麀(yōu)鹿：母鹿。攸：语助词。　⑧濯濯(zhuó)：肥美的样子。　⑨翯翯(hè)：洁白的样子。⑩灵沼：池名。　⑪於(wū)：叹美声。三章和四章的"於"同。　牣(rèn)：满。⑫虡(jù)：悬挂钟磬的木架。　业：装在虡(木架)上的一块大版。　维：与。枞：亦名崇牙，大版上的一排锯齿，用以悬挂钟磬。　⑬贲(fén)：大鼓。　镛：大钟。　⑭论：通"伦"，有次序的意思。形容鼓和钟配合得有节奏，很协调。⑮辟(bì)廱：文王离宫名。辟即璧字，廱是水泽池沼。离宫中有圆的池沼如璧，因而将辟廱作为离宫的名字。按这里的辟廱和汉儒所说的指皇家学校而言的辟廱不同，戴震《毛郑诗考证》对此有详细辩说，可参考。　⑯鼍(tuó)：即扬子鳄，皮坚，可以制鼓面。　逢逢(péng)：鼓声。　⑰矇、瞍：都是古代盲人的专称。古代乐师常以盲人充任。　公：通"功"，成功。指灵台落成。

【译文】

开始规划造灵台，仔细经营巧安排。黎民百姓都来干，灵台建成进度快。建台本来不着急，百姓起劲自动来。

国王游览灵园中，母鹿伏在深草丛。母鹿肥大毛色润，白鸟洁净羽毛丰。国王游览到灵沼，啊！满池鱼儿欢跳动。

木架大版崇牙耸,挂着大鼓和大钟。啊!钟声鼓声配合匀,啊!国王享乐在离宫。

啊!鼓声钟声配合匀,啊!国王享乐在离宫。敲起鼍鼓响蓬蓬,瞽师奏乐祝成功。

下　　武

【题解】

这是赞美武王、成王能继承先王功德的诗。

下武维周①,世有哲王②。三后在天③,王配于京④。
王配于京,世德作求⑤。永言配命,成王之孚⑥。
成王之孚,下土之式⑦。永言孝思⑧,孝思维则⑨。
媚兹一人⑩,应侯顺德⑪。永言孝思,昭哉嗣服⑫。
昭兹来许⑬,绳其祖武⑭。於万斯年⑮,受天之祜⑯。
受天之祜,四方来贺。於万斯年,不遐有佐⑰!

【注释】

①下:后。　武:继承。　②哲:明智。　③三后:指太王、王季、文王。④王:指武王。　配:指配天。　京:镐京,周的都城。　⑤作:为。　求:与"逑"通(从马瑞辰《通释》说),配合三王的意思。　⑥成王:武王子,名诵。孚:信。按《噫嘻》"成王"二字,《毛传》释为"完成武王的威望",亦通。　⑦式:法式、榜样。　⑧言、思:均为语助词。　⑨则:法则。　⑩媚:爱。　兹:此。　一人:指成王。　⑪应:当。　侯:是。《水经注》等书认为应侯是武王的儿子,可备一说。　⑫昭:昭明、宣扬。　嗣服:后进,指成王。　⑬兹:与"哉"通。古书引这句诗多作"昭哉"。　来许:和上句嗣服同义,也是"后进"的意思(从马瑞辰《通释》说)。　⑭绳:继续。　武:迹。祖武,祖先的事业。⑮於:叹美词。　斯:语助词。　⑯祜:福。　⑰遐:胡、何。不遐,"遐不"的倒文,即"何不"。

【译文】

周人能继祖先业,代代都有好国王。三代先王灵在天,武王在镐把国享。
武王在镐把国享,堪与祖德共增光。永远顺应上天命,成王守信有威望。
成王守信有威望,身为天下好榜样。永遵祖训尽孝道,效法先人建周邦。

人们爱戴周成王，能承祖德国运昌。永遵祖训尽孝道，后代争气名远扬。
后代争气名远扬，继承祖业世永昌。啊！国祚绵绵万年长，受天之福永兴旺。
受天之福永兴旺，四方来贺庆吉祥。啊！国祚绵绵万年长，怎无辅佐作屏障！

文王有声

【题解】

这是歌颂文王、武王迁都丰、镐的诗。

文王有声①，遹骏有声②。遹求厥宁③，遹观厥成。文王烝哉④！
文王受命⑤，有此武功。既伐于崇⑥，作邑于丰⑦。文王烝哉！
筑城伊淢⑧，作丰伊匹⑨。匪棘其欲⑩，遹追来孝⑪。王后烝哉⑫！
王公伊濯⑬，维丰之垣⑭。四方攸同⑮，王后维翰⑯。王后烝哉！
丰水东注⑰，维禹之绩⑱。四方攸同，皇王维辟⑲。皇王烝哉！
镐京辟廱⑳，自西自东，自南自北，无思不服㉑。皇王烝哉！
考卜维王㉒，宅是镐京㉓。维龟正之㉔，武王成之。武王烝哉！
丰水有芑㉕，武王岂不仕㉖？诒厥孙谋㉗，以燕翼子㉘。武王烝哉！

【注释】

①声：名声。 ②遹(yù)：发语词，与“聿”、“曰”同。 骏：大。 ③厥：其。指人民(下句的“厥”，指周家)。 ④烝：美。 ⑤受命：指受纣王命被封为西伯。有人说，是受天命。亦通。 ⑥崇：殷纣所封的诸侯国，殷末其国君为崇侯虎。 ⑦丰：在今陕西西安北沣水西。原为崇地，文王由岐迁都于此。 ⑧淢(xù)：通“洫”，护城河。 ⑨伊：为。 ⑩棘：和“亟”、“革”通用，都是急的意思。 ⑪追孝：孝顺已死的祖先。 来：语助词。 ⑫王后：君王。朱熹《诗集传》：“王后，亦指文王也。” ⑬公：同“功”。王公，即王事。 濯：显著。 ⑭维：是。 垣：墙。 ⑮攸：语助词。 同：指天下的人同心归周。 ⑯翰：桢干、骨干。 ⑰丰水：即沣水，源出今陕西省西安西南秦岭山，与渭水合流注入黄河。 ⑱绩：功绩。 ⑲皇：大。皇王，指武王。 辟：法则。 ⑳镐京：西周国都，在今陕西省西安西南沣水东岸。 辟廱：离宫。见《灵台》注⑮。 ㉑思：语助词。 ㉒考：完成。 维：是。下同。 王：武王。 ㉓宅：定居。 ㉔龟：龟兆。 正：决定。 ㉕芑：通“芹”，水芹菜(从马瑞辰《通

释》说)。 ㉖仕:通"事"。《晏子春秋·谏下篇》引诗作"武王岂不事"。㉗诒:通"贻",留下。 孙:音义同"逊",顺。 ㉘燕:安定。 翼:庇护。子:指武王之子成王。

【译文】

文王已有好名望,大名鼎鼎四海扬。力求人民得安宁,终见成功国富强。人人赞美周文王!

文王受命封西伯,立下武功真辉煌。举兵讨伐崇侯虎,迁都丰邑好地方。人人赞美周文王!

按照旧河筑城墙,丰邑规模也相当。个人欲望不贪图,孝顺祖先兴周邦。人人赞美周文王!

文王功业真辉煌,他是丰都的城墙。四方同心齐归附,扶持天下是栋梁。人人赞美周文王!

沣水东流入黄河,大禹之功不可磨。四方同心齐归附,君临天下是楷模。英明武王美名播!

离宫落成在镐京,诸侯朝见来观光,东西南北都到齐,哪个不服我周邦。人人赞美周武王!

国王卜居问上苍,定居镐京最吉祥。迁都决策神龟定,武王完成功无量。英明伟大周武王!

沣水水芹长得旺,难道武王在闲逛?留下安民好谋略,保护儿子把国享。英明伟大周武王!

生　　民

【题解】

这是周人史诗之一,追述周始祖后稷的事迹,可说是一篇很生动的后稷传记。后稷生在上古的原始社会,处于母系氏族制,男女关系不固定,人们知有母而不知有父,姜嫄"履帝武敏歆"孕而生弃的传说,正是这种历史事实的反映。后稷虽是传说中的人物,但写他从事农业生产的情况,也反映了我国古代农业发达的事实。

厥初生民,时维姜嫄①。生民如何?克禋克祀②,以弗无子③。履帝武敏歆④,攸介攸止⑤。载震载夙⑥,载生载育,时维后稷。

诞弥厥月⑦,先生如达⑧。不坼不副⑨,无灾无害,以赫厥灵⑩。

上帝不宁，不康禋祀[11]，居然生子。

诞置之隘巷[12]，牛羊腓字之[13]。诞置之平林[14]，会伐平林[15]。诞置之寒冰，鸟覆翼之。鸟乃去矣，后稷呱矣[16]。实覃实讦[17]，厥声载路[18]。

诞实匍匐[19]，克岐克嶷[20]，以就口食[21]。蓺之荏菽[22]，荏菽旆旆[23]。禾役穟穟[24]。麻麦幪幪[25]，瓜瓞唪唪[26]。

诞后稷之墙[27]，有相之道[28]。茀厥丰草[29]，种之黄茂[30]。实方实苞[31]，实种实褎[32]，实发实秀[33]，实坚实好[34]，实颖实栗[35]。即有邰家室[36]。

诞降嘉种[37]：维秬维秠[38]，维穈维芑[39]。恒之秬秠[40]，是获是亩[41]；恒之穈芑，是任是负[42]，以归肇祀[43]。

诞我祀如何？或舂或揄[44]，或簸或蹂[45]。释之叟叟[46]，烝之浮浮[47]。载谋载惟[48]，取萧祭脂[49]。取羝以軷[50]，载燔载烈[51]。以兴嗣岁[52]。

卬盛于豆[53]，于豆于登[54]，其香始升。上帝居歆[55]，胡臭亶时[56]。后稷肇祀，庶无罪悔[57]，以迄于今。

【注释】

①时：是。　姜嫄：传说中有邰氏之女，帝喾之妃，周始祖后稷之母。　②克：能，善于（第二个克字是衬字）。　禋（yīn）祀：古代祭天神的一种礼仪，先烧柴升烟，再加牲体及玉帛于柴上焚烧。　③弗：祓的假借字，用祭祀来除去灾难。祓无子：即祈求除去不育之灾。　④履：践踏。　帝：上帝。　武：足迹。　敏：通“拇”，大拇指。　歆：心有所感的样子。《郑笺》：“时则有大神之迹，姜嫄履之，足不能满，履其拇指之处，心体歆歆然，如有人道感己者也。于是遂有身。”　⑤攸：语助词。　介：通“祄”，神保佑。《集韵》：“祄，祐也。”　止：通“祉”，神降福。《尔雅·释诂》：“祉，福也。”　⑥载：语助词。　震：通“娠”，怀孕。　夙：通“肃”，指生活严肃，不再和男子交往。　⑦诞：发语词。　弥：满。　⑧先生：头生，即第一胎。　如：同“而”。　达：滑利（从胡承珙《毛诗后笺》说）。　⑨坼：裂开。　副（pì）：破裂。　⑩赫：显示。　⑪不康：指姜嫄因踩上帝大脚印而怀孕深感不安。　⑫置：弃置。　⑬腓：庇护。　字：养育，指给他奶吃。⑭平林：平原上的树林。　⑮会：值，恰好碰上。　⑯呱（gū）：小儿哭声。⑰实：是。　覃（tán）：长。　讦（xū）：大。　⑱载：充满。　⑲匍匐：手足着地爬行。　⑳岐、嶷：《毛传》：“岐，知意也。嶷，识也。”　㉑就：趋往。

㉒蓺:种植。 荏菽:大豆,亦称黄豆。 ㉓旆旆:茂盛的样子。 ㉔役:颖的假借字,《说文》两次引这句诗均作"禾颖穟穟。"禾颖,即禾穗。 穟穟(suì):禾穗丰硕下垂的样子。 ㉕幪幪:茂密的样子。 ㉖瓞(dié):小瓜。 唪唪:果实累累的样子。 ㉗穑:指种植五谷。 ㉘相:助。 道:方法。 ㉙茀:拔除。 ㉚黄茂:嘉谷。 ㉛方:谷种开始露白。 苞:谷种吐芽,苗将出未出时。 ㉜种:谷种生出短苗。 褎(yòu):禾苗渐渐长高。 ㉝发:指禾茎舒发拔节。 秀:禾初生穗结实。 ㉞坚:指谷粒灌浆饱满。 ㉟颖:指禾穗末梢下垂。 栗:犹言栗栗,形容收获众多的样子。《尔雅·释训》:"栗栗,众也。" ㊱即:往。 有邰(tái):当时氏族,其地在今陕西武功县。传说帝尧因为后稷对农业生产有贡献而封他于邰。有,词头。 ㊲降:赐与。指后稷将好的种籽赐给人民。 ㊳维:是。 秬(jù):黑黍。 秠(pī):黍的一种,一个黍壳中含有两粒黍米。 ㊴穈(mén):谷子的一种,初生时叶纯赤,生三四叶后,赤青相间,七八叶后色始纯青。 芑(qǐ):一种白苗的高粱。 ㊵恒:亘的借字,遍的意思。 ㊶获:收割。 亩:堆在田里。 ㊷任:挑。 ㊸肇:始。 ㊹揄(yóu):从臼中将舂好的米舀出。 ㊺簸:扬弃糠皮。 蹂(róu):通"揉",指用两手反复揉搓。 ㊻释:淘米。 叟叟:淘米的声音。 ㊼烝:同"蒸"。浮浮:形容蒸饭时热气上升的样子。 ㊽谋:计划。 惟:考虑。 ㊾萧:香蒿,今名艾。 脂:牛肠脂。古时祭祀用艾和牛油合烧,取其香气。 ㊿羝(dī):公羊。 軷(bó):剥,剥羊的皮(从于省吾《诗经新证》说)。 [51]燔(fán):将肉放在火里烧炙。 烈:将肉贯穿起来架在火上烤。 [52]兴:兴旺。嗣岁:来年。 [53]卬(áng):我。 豆:古代一种高脚碗,盛肉用的。 [54]登:瓦制的碗,盛汤用的。 [55]居:语助词。 歆:飨、享受。 [56]胡:大。 臭(xiù):香气。 亶:确实。 时:善、好。 [57]庶:幸。

【译文】

周族祖先谁所生?姜嫄娘娘有声望。如何生下周族人?祈祷神灵祭上苍,乞求生子后嗣昌。踩了上帝拇趾印,神灵保佑赐吉祥。十月怀胎行端庄,一朝生子勤扶养,就是后稷周先王。

怀孕足月期限满,头胎生子真顺当。产门没破也没裂,无灾无难身健康,显出灵异和吉祥。上帝原来心不定,姜嫄心慌祭祀忙,结果居然生儿郎。

把他丢在小巷里,牛羊爱护喂养他。把他丢在树林中,樵夫砍柴救了他。把他丢到寒冰上,大鸟展翅温暖他。后来大鸟飞走了,后稷啼哭声哇哇。哭声不止嗓门大,声音满路人惊讶。

后稷刚会地上爬,就很聪明又乖巧,能够觅食吃得饱。稍长就会种大豆,大豆一片长得好。种出谷子穗垂垂，麻麦茂密无杂草，瓜儿累累真不少。

后稷种地种得好，他有生产好门道。保护禾苗勤除草，选择良种播得早。种籽渐白露嫩芽，禾苗窜出向上冒，拔节抽穗渐结实，谷粒饱满成色好，禾穗沉沉产量高。定居邰地乐陶陶。

后稷推广好种籽：秬子秠子是良黍，糜子高粱植株粗。遍地秬子和秠子，收割完毕堆垄亩；遍地糜子和高粱，挑着背着忙运输，归来神前祭先祖。

说起祭祀怎个样？有的舂米有舀粮，有的搓米有扬糠。淘米声音嗖嗖响，蒸饭热气喷喷香。祭祀大事同商量，烧脂烧艾味芬芳。肥大公羊剥去皮，又烧又烤供神享。祈求来年更丰穰。

我把祭品装碗盘，木碗瓦盆都用上，香气马上升满堂。上帝降临来尝尝，菜饭味道真正香。后稷开创祭祀礼，幸蒙神佑没灾殃，至今流传好风尚。

行　苇

【题解】

这是写周统治者和族人宴会、比射的诗。

敦彼行苇①，牛羊勿践履②。方苞方体③，维叶泥泥④。戚戚兄弟⑤，莫远具尔⑥。或肆之筵⑦，或授之几⑧。

肆筵设席⑨，授几有缉御⑩。或献或酢⑪，洗爵奠斝⑫。醓醢以荐⑬，或燔或炙⑭。嘉殽脾臄⑮，或歌或咢⑯。

敦弓既坚⑰，四鍭既钧⑱；舍矢既均⑲，序宾以贤⑳。敦弓既句㉑，既挟四鍭㉒。四鍭如树㉓，序宾以不侮㉔。

曾孙维主㉕，酒醴维醽㉖；酌以大斗㉗，以祈黄耇㉘。黄耇台背㉙，以引以翼㉚。“寿考维祺㉛，以介景福。”㉜

【注释】

①敦（tuán）彼：犹敦敦，草聚生的样子。　行（háng）：道路。　苇：芦苇。②践履：践踏。　③方：开始。　苞：包而未放之形。　体：成形。　④维：发语词。　泥泥：叶润泽的样子。　⑤戚戚：亲热的样子。　⑥远：疏远。具：通“俱”。　尔：通“迩”，近。　⑦肆：陈、铺上。　筵：筵席。　⑧几：矮脚小木桌，用以端放食物或凭靠身体。　⑨设席：古人席地而坐，在席上加席，使踞在席上的宾客更加舒适。《礼记·礼器》：“天子之席五重，诸侯之席三重，大

夫再重。” ⑩缉:继续。 御:侍者。 ⑪献:主人给客人敬酒。 酢:客人回敬。 ⑫洗:主人在敬酒前,从几上拿起一个酒杯,先洗一洗,然后斟酒。客人饮毕,置酒杯于几上。 爵:古代青铜制酒器,有三足。 奠:置。 斝(jiǎ):古代青铜制酒器,形制略似爵而较简朴。 ⑬醓(tǎn):多汁的肉酱。 醢(hǎi):把肉剁成酱。 荐:献。 ⑭燔:烧肉。 炙:烤肉。 ⑮嘉:荤菜。 脾:通"膍",牛的胃,俗称牛百叶。 臄(jué):牛舌。 ⑯咢(è):只打鼓,不歌唱。 ⑰敦弓:即雕弓。用五彩画在弓上作装饰,是周代天子用的弓。 ⑱镞:古代箭名,金属箭头,后段以羽毛为饰。 钧:调和。指金属箭头和中段后段的重量都能调和。 ⑲舍矢:发箭。 均:中。既均,已经射中。 ⑳序:指座位排列的次序。 贤:贤才。指射中的次数最多者。 ㉑句(gōu):彀的假借字,张弓。 ㉒挟:接。指箭与弓弦相接,箭上弦之谓(从段玉裁《说文解字注》说)。 ㉓树:竖立。指箭射中靶子,像竖立在靶上一样。 ㉔不侮:不怠慢。 ㉕曾孙:贵族主人的称呼。 维:是。 主:主人。 ㉖醴:甜酒。酒体,泛指酒。 醹(rú):酒味醇厚。 ㉗斗:古代酒器。 ㉘黄耇(gǒu):老人,形容长寿老人发黄面垢。 ㉙台:亦作鲐。鲐,鱼名,背上有黑的花纹。老年人背有黑纹,故称老人为台背。 ㉚引:引导。 翼:辅助。 ㉛祺:吉祥。 ㉜介:祈求。景:大。

【译文】

路边芦丛发嫩芽,别让牛羊践踏它。苇心紧裹初成形,叶儿柔润将长大。兄弟骨肉应友爱,互相亲近莫分家。铺上筵席请客人,敬老茶几端给他。

摆好酒菜铺上席,侍者轮番端上几。主人献酒客回敬,洗杯捧觞来回递。献上肉糜请客尝,烧肉烤羊美无比。牛胃牛舌也不差,唱歌击鼓人人喜。

雕弓拉起劲儿大,利箭匀直质量佳;放手一箭就中的,各按胜负来坐下。雕弓张开如满月,箭儿上弦准备发。箭箭竖在靶子上,败者也不怠慢他。

宴会主人会当家,美酒醇厚味不差;斟上美酒一大杯,敬祝老人寿无涯。老者龙钟行不便,侍者引路扶着他。“长命百岁最吉利,神明赐您福份大。”

既　醉

【题解】

这是周王祭祀祖先,祝官代表神主(尸)对主祭者周王的祝词。

既醉以酒,既饱以德。君子万年,介尔景福。

既醉以酒,尔殽既将[1]。君子万年,介尔昭明[2]。

昭明有融[3],高朗令终[4]。令终有俶[5],公尸嘉告[6]。

其告维何?笾豆静嘉[7]。朋友攸摄[8],摄以威仪[9]。

威仪孔时[10],君子有孝子[11]。孝子不匮[12],永锡尔类[13]。

其类维何?室家之壸[14]。君子万年,永锡祚胤[15]。

其胤维何?天被尔禄[16]。君子万年,景命有仆[17]。

其仆维何?釐尔女士[18]。釐尔女士,从以孙子[19]。

【注释】

①将:美。 ②昭明:光明。 ③有融:即融融,长远的样子。 ④朗:明。高朗,指高明的名誉。 令:善。令终,好结果。 ⑤俶:始。 ⑥公:君。 尸:古人祭祀祖先的时候,以一人装作祖先的形象接受祭祀,叫做尸。后世改用画像而废尸(据《仪礼·士虞礼》郑注)。祖先是君主,故称公尸。 嘉告:善言。指祝官代表尸向主祭者致嘏辞(“尸”致福于主人之词叫嘏辞)。 ⑦笾、豆:均古代食器,见《伐柯》注⑥。 静嘉:美好。 ⑧攸:语助词。 摄:佐、辅助。这里指助祭。 ⑨威仪:指典礼的仪式。 ⑩时:善。孔时,很好。 ⑪有:通“又”。 ⑫匮:竭。 ⑬锡:赐。 类:法则。 ⑭壸(kǔn):本义是宫中道,引申为“齐”,这里又引申作动词用,指“齐家”,治理家庭。 ⑮祚:福。 胤:嗣。指子孙。 ⑯被:覆盖,加的意思。 禄:禄位。指王位。 ⑰景命:大命。指天命。 仆:与“朴”通,附著、附属。指下章女士、孙子,都是国王的附属(从马瑞辰《通释》说)。 ⑱釐:通“赉”,赐予。 女士:才女。 ⑲从:随。 孙子:即子孙。

【译文】

美酒喝得醉醺醺,饱尝您的好恩情。但愿主人寿万年,神赐大福享不尽。

美酒喝得醉酩酊,您的佳殽数不清。但愿主人寿万年,神赐前程多光明。

前程远大又光明,善终会有好名声。善终必有好开头,神主好话仔细听。

神主好话说什么?碗碗祭品洁而精。朋友宾客来助祭,祭礼隆重心虔诚。

祭祀礼节无差错,主人又尽孝子情。孝子孝心永不竭,神灵赐您好章程。

赐您章程是什么?治理家庭常安宁。但愿主人寿万年,子孙幸福永继承。

子孙后嗣怎么样?上天命您当国王。但愿主人寿万年,天赐妻妾和儿郎。

妻妾儿郎怎么样?天赐才女做新娘。天赐才女做新娘,随生子孙传代长。

凫　鹥

【题解】

这是周王祭祀祖先的第二天，为酬谢公尸请其赴宴（古称“宾尸”）时所唱的诗。

凫鹥在泾①，公尸来燕来宁②。尔酒既清③，尔殽既馨④。公尸燕饮，福禄来成⑤。

凫鹥在沙⑥，公尸来燕来宜⑦。尔酒既多，尔殽既嘉。公尸燕饮，福禄来为⑧。

凫鹥在渚⑨，公尸来燕来处⑩。尔酒既湑⑪，尔殽伊脯⑫。公尸燕饮，福禄来下。

凫鹥在潨⑬，公尸来燕来宗⑭。既燕于宗⑮，福禄攸降。公尸燕饮，福禄来崇⑯。

凫鹥在亹⑰，公尸来止熏熏。旨酒欣欣⑱，燔炙芬芬。公尸燕饮，无有后艰⑲。

【注释】

①凫（fú）：野鸭。　鹥（yī）：鸥鸟。　泾：水向前直流。这里指河水。　②公尸：神主。见上篇《既醉》注⑥。　燕：通“宴”，指宴饮。　宁：安慰。　③尔：指主人周王。　④馨：香气。　⑤成：帮助。　⑥沙：指水边沙滩。　⑦宜：顺的意思。来宜，应顺主人的邀请。　⑧为：助。　⑨渚：水中沙洲。　⑩处：安乐（从林义光《诗经通解》说）。　⑪湑（xū）：滤过的酒，引申为清。　⑫脯：干肉、咸肉。　⑬潨（zhōng）：众水相会处，即港汊。　⑭宗：尊敬。　⑮宗：宗庙。　⑯崇：重，指重重的福禄。　⑰亹（mén）：峡中两岸对峙如门的地方。　⑱欣欣：《毛传》：“欣欣然乐也。”旨酒怎么会欣欣地快乐呢？说不可通。俞樾《古书疑义举例》：“熏熏、欣欣，字当互易，‘公尸来止欣欣’，言公尸之和悦也。‘旨酒熏熏’，此熏字，乃‘薰’之假借。《说文》：‘薰，香草也。’盖因草之香而引申之，则见香者皆得言薰也。欣、熏字音相同，古书多口授，误倒其文耳。”　⑲艰：艰难、不幸。

【译文】

河里野鸭鸥成群，神主赴宴慰主人。您的美酒那样清，您的佳殽香喷喷。神主光临来赴宴，福禄降临您家门。

野鸭鸥鸟在水滨，神主赴宴主人请。您的美酒那样多，您的佳肴鲜又新。神主光临来赴宴，大福大禄又添增。

野鸭鸥鸟在沙滩，神主赴宴心喜欢。您的美酒清又醇，下酒肉干煮得烂。神主光临来赴宴，天降福禄保平安。

野鸭鸥鸟在港汊，神主赴宴尊敬他。宴席设在宗庙里，神赐福禄频降下。神主光临来赴宴，福禄绵绵赐您家。

野鸭鸥鸟在峡门，神主赴宴心欢欣。美酒畅饮味芳馨，烧肉烤羊香诱人。神主光临来赴宴，今后无灾无苦闷。

假 乐

【题解】

这是周王宴会群臣，群臣歌功颂德的诗。

假乐君子①，显显令德②。宜民宜人③，受禄于天。保右命之④，自天申之⑤。

干禄百福⑥，子孙千亿。穆穆皇皇⑦，宜君宜王。不愆不忘⑧，率由旧章⑨。

威仪抑抑⑩，德音秩秩⑪。无怨无恶，率由群匹⑫。受禄无疆，四方之纲⑬。

之纲之纪⑭，燕及朋友⑮。百辟卿士⑯，媚于天子⑰。不解于位⑱，民之攸塈⑲。

【注释】

①假：嘉的假借字，赞美。《左传》文公三年、襄公二十六年和《礼记·乐记》引这句诗均作“嘉乐”。 乐：喜爱。 君子：指周王。 ②显显：光明的样子。令德：美德。 ③宜：适合。 民：庶民。 人：指在位的贵族。 ④右：通“佑”，助。 ⑤申：重复、一再。 ⑥干：可能是后人传写之误，应作“千”。⑦穆穆：肃敬的样子。 皇皇：光明的样子。 ⑧愆：过失。 ⑨率由：遵循。章：典章制度。 ⑩威仪：仪表风度。 抑抑：通“懿懿”，庄美的样子。 ⑪德音：这里指政教法令。 秩秩：清明的样子。 ⑫群匹：指群臣。 ⑬纲：法则。 ⑭之：这。 ⑮燕：宴请。 ⑯辟：君。百辟，指众诸侯。 卿士：泛

指文武大臣。 ⑰媚：爱戴。 ⑱解：通"懈"。 ⑲攸：所。 塈（jì）：通"暨"，归附。《左传》成公二年引这句诗作"暨"。

【译文】

周王令人爱又敬，品德高尚心光明。能用贤臣能安民，接受福禄从天庭。上帝下令多保佑，多赐福禄国兴盛。

千禄百福齐降临，子子孙孙数不清。个个正派又光明，当君当主都相称。不犯过错不忘本，遵循旧制国太平。

仪表堂堂威凛凛，政教法令真清明。没人怨来没人恨，依靠群臣受欢迎。受天福禄无穷尽，四方万国遵王命。

君临天下王为首，大宴宾客请朋友。诸侯卿士都赴宴，爱戴天子齐敬酒。勤于职守不惰怠，万民归附国长久。

公 刘

【题解】

这是周人史诗之一，上承《生民》，下接《绵》诗，叙述周人祖先公刘带领周民由邰迁豳的故事。公刘是后稷的后代，约生于夏末商初，因避夏桀而迁豳，在发展农业生产上有一定的贡献。前人认为《公刘》是豳诗，大约是可靠的。

笃公刘①，匪居匪康②。迺埸迺疆③，迺积迺仓④。迺裹糇粮⑤，于橐于囊⑥。思辑用光⑦。弓矢斯张⑧，干戈戚扬⑨，爰方启行⑩。

笃公刘，于胥斯原⑪。既庶既繁⑫，既顺迺宣⑬，而无永叹。陟则在巘⑭，复降在原。何以舟之⑮？维玉及瑶⑯，鞞琫容刀⑰。

笃公刘，逝彼百泉⑱，瞻彼溥原⑲；迺陟南冈，乃觏于京⑳。京师之野㉑，于时处处㉒，于时庐旅㉓，于时言言，于时语语。

笃公刘，于京斯依㉔。跄跄济济㉕，俾筵俾几㉖。既登乃依㉗，乃造其曹㉘。执豕于牢㉙，酌之用匏㉚。食之饮之，君之宗之㉛。

笃公刘，既溥既长，既景迺冈㉜，相其阴阳㉝，观其流泉。其军三单㉞，度其隰原㉟，彻田为粮㊱。度其夕阳㊲，豳居允荒㊳。

笃公刘，于豳斯馆㊴。涉渭为乱㊵，取厉取锻㊶。止基迺理㊷，爰众爰有㊸。夹其皇涧㊹，溯其过涧㊺。止旅乃密㊻，芮鞫之即㊼。

【注释】

①笃:忠实厚道。 公刘:后稷的后代,周族首领。《释文》引《尚书大传》云:"公,爵。刘,名也。" ②匪:不。 康:安乐。 ③埸(yì):田界。 ④积:露天堆积粮食的地方,亦名庾。 仓:仓库。 ⑤糇粮:干粮。 ⑥橐(tuó):没底的口袋。装上东西后,用绳扎住两头。 囊:有底的口袋。 ⑦思:发语词。 辑:和睦团结。 用:以为。 光:光荣。 ⑧斯:语助词。 张:准备好。 ⑨干:盾。 戚:斧。 扬:亦名钺,大斧。 ⑩爰:于是。 方:开始。启行:动身、出发。 ⑪于:在。 胥:视察。 斯:这。 ⑫庶、繁:都是众多的意思。 ⑬顺:民心归顺。 宣:舒畅。 ⑭陟:登。 巘(yǎn):小山。⑮舟:佩带。 ⑯维:是。 瑶:似玉的美石。玉和瑶是腰带上的饰物。 ⑰鞞(bǐ):刀鞘。 琫(běng):刀鞘口的玉饰。 容刀:装着刀。 ⑱逝:往。 百泉:指泉水多的地方。 ⑲溥(pǔ):广大。 ⑳觏:看见。 京:豳的地名。㉑京师:京邑。后世用它专称帝王所住的都城。 ㉒于时:于是。 处处:居住。 ㉓庐旅:庐旅二字古通用,即旅旅,寄居之意(从马瑞辰《通释》说)。㉔依:就地(造房)。 ㉕跄跄:走路有节奏的样子。 济济:态度从容端庄的样子。朱熹《诗集传》:"跄跄济济,群臣有威仪貌。" ㉖俾:使。 筵:铺在地上坐的席。这里用如动词,指登席。 几:古代席地而坐时依靠或放食物的小桌。这里指靠着几。 ㉗依:靠。 ㉘造:三家诗作"告",告祭。 曹:禮之假借,祭猪神。 ㉙执:捉。 牢:猪圈。 ㉚酌:斟酒。 之:指众宾。 匏:葫芦。葫芦一剖为二作酒器,称匏爵。 ㉛君、宗:二字均用作动词,君,指当君主;宗,指当族主。 ㉜景:古与"竟"同音通用,今作"境"。 ㉝相:视察。阴:山北。 阳:山南。 ㉞单:通"禅",轮流代替的意思。分军为三,只用一军服役,轮流代替,节用民力。《毛传》:"三单,相袭也。" ㉟度:测量。 隰原:低平之地。 ㊱彻:治,指开垦荒地。 ㊲夕阳:指山的西面。《尔雅·释山》:"山西曰夕阳。" ㊳允:确实。 荒:大。 ㊴馆:用如动词,指建筑房屋。 ㊵渭:渭水。 为:作用同"而"。 乱:横流而渡。 ㊶厉:同"砺",粗糙坚硬的磨石。 锻:捶物的大石。 ㊷止:既。 基:基地。 理:治理。㊸爰:助词。 众:指人多。 有:指富有。 ㊹皇涧:豳地涧名。 ㊺溯:面向。 过涧:涧名。 ㊻旅:寄居。 密:众多。 ㊼芮:通汭:水边向内凹处。 鞫(jū):水边向外凸处。二者连用,泛指水边。 之:这,指芮、鞫。 即:往就。

【译文】

忠实厚道的公刘,不敢安居把福享。划分疆界治田地,收割粮食装进仓。揉面蒸饼备干粮，装进小袋和大囊。紧密团结争荣光。张弓带箭齐武装，盾戈斧钺拿手上，开始动身向前方。

忠实厚道的公刘，豳地原野视察忙。百姓众多紧相随，民心归顺多舒畅，长吁短叹一扫光。忽而登上小山坡，忽而下到平原上。身上佩带何物件？美玉宝石尽琳琅，佩刀玉鞘闪闪亮。

忠实厚道的公刘，来到泉水岸边上，眺望平原宽又广；登上南边高山冈，发现京师好地方。京师田野形势好，于是定居建新邦，于是规划造住房，谈笑风生喜洋洋，七嘴八舌闹嚷嚷。

忠实厚道的公刘，定居京师新气象。犒宴群臣威仪盛，入席就坐招待忙。安排宾主都坐定，先祭猪神求吉祥。圈里捉猪做佳殽，葫芦瓢儿斟酒浆。酒醉饭饱皆欢喜，共推公刘做君长。

忠实厚道的公刘，开垦豳地广又长，看了平原又上山，山南山北勘察忙，查明水源和流向。组织军队分三班，测量土地扎营房，开垦田亩为种粮。又到山西去丈量，豳地确实大又广。

忠实厚道的公刘，营建宫室在豳原。横渡渭水开石料，捶石磨石都采全。基地既定治田地，民康物阜笑语欢。住在皇涧两岸边，面向过涧住处宽。移民定居人口密，河岸两边都住满。

泂　　酌

【题解】

这是歌颂统治者能得民心的诗。具体指的是谁，史无确证。

泂酌彼行潦①，挹彼注兹②，可以馈饎③。岂弟君子④，民之父母。
泂酌彼行潦，挹彼注兹，可以濯罍⑤。岂弟君子，民之攸归⑥。
泂酌彼行潦，挹彼注兹，可以濯溉⑦。岂弟君子，民之攸塈⑧。

【注释】

①泂(jiǒng)：远。　行潦(lǎo)：路边的积水。　②挹：舀。　彼：指行潦。注：灌。　兹：此，指盛水的器皿。　③馈(fēn)：蒸。　饎(chì)：酒食。　④岂弟(kǎi tì)：这里不作和气、平易近人解，训为“德行高大”(从《吕氏春秋》说)。⑤濯(zhuó)：洗。　罍：古代酒器，形似壶而大。　⑥攸：所。　⑦溉：清。濯溉，《孔疏》：“谓洗之使清洁。”有人说，溉当读为概，是盛酒的漆器。亦通。⑧塈(xì)：归附。

【译文】

远舀路边积水潭，把这水缸都装满，可以蒸菜也蒸饭。君子品德真高尚，好比百姓父母般。

远舀路边积水坑，舀来倒进我水缸，可把酒壶洗清爽。君子品德真高尚，百姓归附心向往。

远舀路边积水洼，舀进水瓮抱回家，可供洗涤和抹擦。君子品德真高尚，百姓归附爱戴他。

卷　阿

【题解】

这是周王出游卷阿，诗人陈诗答王的歌。诗里歌颂周王礼贤求士，写了君臣出游、群臣献诗的盛况。旧说作者是召康公，周王是成王，姑从之。

有卷者阿①，飘风自南②。岂弟君子，来游来歌，以矢其音③。

伴奂尔游矣④，优游尔休矣⑤。岂弟君子，俾尔弥尔性⑥，似先公酋矣⑦。

尔土宇昄章⑧，亦孔之厚矣⑨。岂弟君子，俾尔弥尔性，百神尔主矣⑩。

尔受命长矣，茀禄尔康矣⑪。岂弟君子，俾尔弥尔性，纯嘏尔常矣⑫。

有冯有翼⑬，有孝有德，以引以翼⑭。岂弟君子，四方为则。

颙颙卬卬⑮，如圭如璋⑯，令闻令望⑰。岂弟君子，四方为纲。

凤皇于飞，翙翙其羽⑱，亦集爰止⑲。蔼蔼王多吉士⑳，维君子使㉑，媚于天子㉒。

凤皇于飞，翙翙其羽，亦傅于天㉓。蔼蔼王多吉人㉔，维君子命，媚于庶人㉕。

凤凰鸣矣，于彼高冈。梧桐生矣，于彼朝阳㉖。菶菶萋萋㉗，雝雝喈喈㉘。

君子之车，既庶且多㉙。君子之马，既闲且驰㉚。矢诗不多㉛，维以遂歌㉜。

【注释】

①卷(quán):曲。有卷,即卷卷。 阿:大的丘陵。《汲冢纪年》:"成王三十三年,游于卷阿,召康公从。" ②飘风:旋风。 ③矢:陈。 ④伴奂:纵弛、尽情的意思。 ⑤优游,闲暇自得的样子。 ⑥俾:使。 尔:你,指周王。 弥:终,尽。 性:音义同"生",指生命(从林义光《诗经通解》说)。 ⑦似:通"嗣",继承。 先公:先君,指文王、武王。 酋:完成、成就。 ⑧土宇:封疆。 昄:音义同"版"。昄章,犹版图(从朱熹《诗集传》引"或曰"说)。 ⑨厚:广大辽阔。 ⑩主:指主祭者。 ⑪茀禄:即福禄。 康:安。 ⑫纯:大。 嘏:福。 ⑬冯(pīng):辅。 翼:助。 ⑭引:引导。 翼:护助。 ⑮颙颙(yóng):庄重恭敬的样子。 卬卬(áng):气概轩昂的样子。 ⑯圭、璋:古代玉制礼器。 ⑰令:好。 ⑱翙翙(huì):众多的样子。 羽:鸟的代称。⑲爰:于。爰止,指凤凰所停止的地方。 ⑳蔼蔼:众多的样子。 吉士:善士。指群臣。 ㉑维:通"惟"。 ㉒媚:爱戴。 ㉓傅:至。 ㉔吉人:犹吉士。 ㉕庶人:平民。 ㉖朝阳:指山的东面,因早晨被太阳所照,故称朝阳。㉗菶菶(péng):萋萋,形容梧桐枝叶茂盛的样子。 ㉘雝雝喈喈:形容凤凰鸣声和谐的样子。 ㉙多:通"侈",车饰侈丽的意思(从俞樾说)。 ㉚闲:熟练。 ㉛不多:"不"是语词,无义。《毛传》:"不多,多也。" ㉜遂:对、答。

【译文】

曲折丘陵风光好,旋风南来声怒号。和气近人的君子,至此遨游歌载道,大家献诗兴致高。

江山如画任你游,悠闲自得且暂休。和气近人的君子,终生辛劳何所求,继承祖业功千秋。

你的版图和封疆,一望无际遍海内。和气近人的君子,终生辛劳有作为,主祭百神最相配。

你受天命长又久,福禄安康样样有。和气近人的君子,终生辛劳百年寿,天赐洪福永享受。

贤才良士辅佐你,品德崇高有权威,匡扶相济功绩伟。和气近人的君子,垂范天下万民随。

贤臣肃敬志高昂,品德纯洁如圭璋,名声威望传四方。和气近人的君子,天下诸侯好榜样。

高高青天凤凰飞,百鸟展翅紧相随,凤停树上百鸟陪。周王身边贤士萃,任您驱使献智慧,爱戴天子不敢违。

青天高高凤凰飞,百鸟纷纷紧相随,直上晴空迎朝晖。周王身边贤士萃,听您命令不辞累，爱护人民行无亏。

凤凰鸣叫示吉祥，停在那边高山冈。高冈上面生梧桐，面向东方迎朝阳。枝叶茂盛郁苍苍，凤凰和鸣声悠扬。

迎送贤臣马车备，车子既多又华美。迎送贤臣有好马，奔驰熟练快如飞。贤臣献诗真不少，为答周王唱歌会。

民　劳

【题解】

这是诗人劝告厉王安民防奸的诗。厉王是成王的七世孙，为政暴虐，徭役繁重，人民不堪其苦，终于起来造反，厉王出奔于彘（今山西省霍县），国人推共伯和行天子事。这就是《民劳》这首诗的时代背景。

民亦劳止①，汔可小康②。惠此中国③，以绥四方④。无纵诡随⑤，以谨无良⑥。式遏寇虐⑦，憯不畏明⑧。柔远能迩⑨，以定我王。

民亦劳止，汔可小休。惠此中国，以为民逑⑩。无纵诡随，以谨惛怓⑪。式遏寇虐，无俾民忧。无弃尔劳⑫，以为王休⑬。

民亦劳止，汔可小息。惠此京师⑭，以绥四国。无纵诡随，以谨罔极⑮。式遏寇虐，无俾作慝⑯。敬慎威仪⑰，以近有德。

民亦劳止，汔可小愒⑱。惠此中国，俾民忧泄⑲。无纵诡随，以谨丑厉⑳。式遏寇虐，无俾正败㉑。戎虽小子㉒，而式弘大㉓。

民亦劳止，汔可小安。惠此中国，国无有残㉔。无纵诡随，以谨缱绻㉕。式遏寇虐，无俾正反㉖。王欲玉女㉗，是用大谏㉘。

【注释】

①亦、止：都是语助词。　②汔（qì）：通“乞”，求。　康：安居。　③惠：爱。　中国：指西周王朝直接统治的区域，即王畿，因四方都有诸侯，故称为中国。　④绥：安。　四方：指各诸侯国。　⑤纵：应作从，“听从”的意思。　诡随：狡诈欺骗的人。　⑥谨：慎、小心提防。　⑦式：发语词。　遏：制止。　寇虐：指掠夺残害人民的人。　⑧憯（cǎn）：犹曾、乃。　明：法。陈奂《毛诗传疏》：“明，犹法也。”　⑨柔：安抚。　远：指住在远处的人们。　能：亲善。　迩：近。指住在近处的人们。　⑩逑：聚合。民逑，指人民欢聚安居乐业。　⑪惛怓（náo）：喧扰争吵。　⑫尔：指当时在位者。　劳：功劳。　⑬休：美。

⑭京师:都城,即此诗其他章节中的"中国"。 ⑮罔极:行为不正,没有准则。⑯慝(tè):邪恶。 ⑰敬慎:严肃谨慎。 威仪:容貌举止礼节。 ⑱愒(qì):休息。 ⑲泄:发泄、消除。 ⑳丑厉:恶人。 ㉑正:通"政"。㉒戎:你。 小子:年轻人。指周王。 ㉓式:作用。 弘:大。 ㉔残:害。㉕缱绻:固结不解的意思。这里指结党营私。 ㉖正反:政事颠覆。 ㉗玉:指金玉财宝。女:指女色。林义光《诗经通解》:"玉女,谓财货与女色也。"阮元释"玉女"为畜女、爱汝,亦通。 ㉘是用:因此。 大谏:深切劝告。

【译文】

人民劳累真苦死,要求稍稍喘口气。国家搞好京师富,安抚诸侯不费力。别听狡诈欺骗话,不良之辈要警惕。制止暴虐与劫掠,胆大妄为违法纪。爱民不分远和近,国王安定心中喜。

人民劳苦莫提起,要求稍稍得休息。国家搞好京师富,人民才能心满意。别听狡诈欺骗话,争权夺利要警惕。制止暴虐与劫掠,莫使人民心悲凄。从前功劳休抛弃,成就国王好名气。

人民劳苦莫提起,要求稍稍松口气。国家搞好京师富,安抚诸侯就顺利。别听狡诈欺骗话,两面三刀要警惕。制止暴虐与劫掠,不使作恶把人欺。立身端正讲礼节,亲近贤德勤学习。

人民劳苦莫提起,要求稍为歇歇力。国家搞好京师富,使民消忧除怨气。别听狡诈欺骗话,险恶之人要警惕。制止暴虐与劫掠,莫使政局生危机。你虽是个年轻人,作用很大当估计。

人民劳苦莫提起,要求稍稍得安逸。国家搞好京师富,社会安定好风气。别听狡诈欺骗话,结党营私要警惕。制止暴虐与劫掠,莫将政权轻丧弃。我王贪财爱美女,所以深深规劝你。

板

【题解】

这是诗人假托劝告同事、实际上是劝告厉王的诗。旧说是周公的后代凡伯所作。有人考证凡伯就是共伯和,世称他修德行,好贤仁。周厉王失政逃亡到彘地时,诸侯就立他为周王。后人对这首诗是他所作并无异议。

上帝板板[①],下民卒瘅[②]!出话不然[③],为犹不远[④]。靡圣管管[⑤],不实于亶[⑥]。犹之未远,是用大谏!

天之方难[7],无然宪宪[8]。天之方蹶[9],无然泄泄[10]。辞之辑矣[11],民之洽矣[12]。辞之怿矣[13],民之莫矣[14]。

我虽异事[15],及尔同寮[16]。我即尔谋[17],听我嚣嚣[18]。我言维服[19],勿以为笑。先民有言[20]:"询于刍荛[21]。"

天之方虐[22],无然谑谑[23]。老夫灌灌[24],小子跻跻[25]。匪我言耄[26],尔用忧谑[27]。多将熇熇[28],不可救药。

天之方懠[29],无为夸毗[30]。威仪卒迷[31],善人载尸[32]。民之方殿屎[33],则莫我敢葵[34]。丧乱蔑资[35],曾莫惠我师[36]。

天之牖民[37],如壎如篪[38],如璋如圭[39],如取如携[40]。携无曰益[41],牖民孔易。民之多辟[42],无自立辟[43]。

价人维藩[44],大师维垣[45],大邦维屏[46],大宗维翰[47]。怀德维宁[48],宗子维城[49]。无俾城坏,无独斯畏[50]。

敬天之怒[51],无敢戏豫[52]。敬天之渝[53],无敢驰驱[54]。昊天曰明[55],及尔出王[56]。昊天曰旦[57],及尔游衍[58]。

【注释】

①上帝:喻周厉王。 板板:乖戾、不正常的样子。 ②卒瘅(cuì dǎn):疲病。卒为悴的省借,亦作"瘁",《韩诗外传》引这句诗作"瘁瘅"。 ③不然:不对。 ④犹:同"猷",谋、政策。 不远:无远见。 ⑤靡圣:眼里没有圣人。 管管:没有依据,自以为是的样子。 ⑥不实:不实行。 亶:诚信。 ⑦方:正在。 难:灾难。 ⑧无然:不要这样。 宪宪:犹欣欣,喜悦的样子。 ⑨蹶:动、扰乱。 ⑩泄泄(yì):亦作呭呭,多嘴的样子。 ⑪辞:指政治教令。 辑:和缓协调。 ⑫洽:和协团结。 ⑬怿:借为"殬",败坏。 ⑭莫:通"瘼",病、疾苦。 ⑮异事,指职务不同。 ⑯及:和。 同寮:同事。 ⑰即:往就。 谋:商量。 ⑱嚣嚣(áo):傲慢而不肯接受别人意见的样子。 ⑲维:是。 服:用、治。 ⑳先民:古人。 ㉑刍:草。 荛:柴。刍荛指割草砍柴者,即樵夫。 ㉒虐:暴虐。指降灾。 ㉓谑谑:嬉笑快乐的样子。 ㉔老夫:诗人自称。《礼记·曲礼》:"丈夫七十自称老夫。" 灌灌:犹款款,诚恳的样子。 ㉕小子:指厉王(从陈奂《毛诗传疏》说)。 跻跻:骄傲的样子。 ㉖匪:非。 耄:昏乱糊涂。 ㉗忧:借为"优"。忧谑:调笑(从俞樾《群经平议》说)。 ㉘将:行。多将,多做。 熇熇(hè):火势炽盛的样子。这里指不可收拾。 ㉙懠:怒。 ㉚夸毗:卑躬屈膝、谄媚顺从。 ㉛威仪:这里指君臣之间的礼节。 卒:尽、都。 迷:迷乱。 ㉜载:则。 尸:神主。《孔

疏》:“尸,谓祭时之尸,以为神象,故终祭不言。贤人君子则如尸不复言语,畏政故也。” ㉝殿屎(xī):痛苦呻吟。 ㉞葵:通“揆”,猜疑。 ㉟蔑:无、没有。 资:资财。 ㊱惠:施恩。 师:指民众。 ㊲牖:通“诱”,诱导。 ㊳壎(xūn):古代陶制的椭圆形吹奏乐器。 篪(chí):古代竹制的一种管乐器。 ㊴圭、璋:都是玉制的礼器,圭为长条形薄版,上端三角形。《孔疏》:“半圭为璋,合二璋则成圭。” ㊵携:提。 ㊶曰:语助词,无义。 益:通“隘”,阻碍。无益,即不阻碍。 ㊷辟:通“僻”,邪僻。 ㊸辟(bì):法。立辟,立法。 ㊹价:音义同“介”,善。 维:是。 藩:篱笆。 ㊺大师:大众。 垣:墙。 ㊻大邦:指诸侯中的大国。 屏:屏障。 ㊼大宗:周王同姓的宗族。 翰:桢干,栋梁。 ㊽怀德:有好的德行。 宁:指国家安宁。 ㊾宗子:周王的嫡子。 ㊿独:孤立。 斯:此,这。 畏:可怕。 51敬:敬畏。《鲁诗》作“畏”。 52无:同“毋”。《鲁诗》作“不”。 戏豫:嬉戏娱乐。 53渝:变。指天灾。 54驰驱:指任性放纵。 55曰:语助词。 明:光明。 56及:与。 王:通“往”。出王,进出来往。 57旦:和“明”同义。 58游衍:游逛。

【译文】

上帝发疯不正常,下界人民都遭殃!话儿说得不合理,政策订来没眼光。不靠圣人太自用,光说不做真荒唐。执政丝毫没远见,所以作诗劝我王。

老天正把灾难降,不要这般喜洋洋。老天正在降骚乱,不要多嘴说短长。政令协调缓和了,民心和协国力强。政令混乱败坏了,人民受害难安康。

你我职务虽不同,毕竟同事在官场。我到你处商国事,忠言逆耳白开腔。我提建议为治国,切莫当作笑话讲。古人有话说得好:“有事请教砍柴郎。”

老天正把灾难降,切莫喜乐太放荡。老夫恳切尽忠诚,小子骄傲不像样。不是我说糊涂话,你开玩笑太轻狂。多做坏事难收拾,不可救药国将亡。

老天正在生怒气,你别这副奴才相。君臣礼节都乱套,好人闭口不开腔。人民痛苦正呻吟,对我不敢妄猜想。社会纷乱国库空,抚恤群众谈不上。

老天诱导众百姓,如吹壎篪和音响,如像玄圭配玉璋,如提如携来相帮。培育扶植不设防,因势利导很顺当。如今民间多乱子,枉自立法没用场。

好人好比是藩篱,大众好比是围墙,大国好比是屏障,同族好比是栋梁。关心人民国安泰,宗子就像是城墙。别让城墙受破坏,不要孤立自遭殃。

老天发怒要敬畏,不敢嬉戏太放荡。老天灾变要敬畏,不敢任性太狂放。老天眼睛最明亮,和你一起同来往。老天眼睛最明朗,和你一起共游逛。

荡

【题解】

这是诗人哀伤厉王无道、周室将亡的诗。全诗借托文王指斥殷纣王的手法以刺厉王,这种托古刺今的表现手法,可算是咏史诗的滥觞。

荡荡上帝①,下民之辟②。疾威上帝③,其命多辟④。天生烝民⑤,其命匪谌⑥。靡不有初⑦,鲜克有终⑧。

文王曰咨⑨,咨女殷商⑩!曾是强御⑪,曾是掊克⑫,曾是在位⑬,曾是在服⑭。天降慆德⑮,女兴是力⑯。

文王曰咨,咨女殷商!而秉义类⑰,强御多怼⑱。流言以对⑲,寇攘式内⑳。侯作侯祝㉑,靡届靡究㉒。

文王曰咨,咨女殷商!女炰烋于中国㉓,敛怨以为德㉔。不明尔德㉕,时无背无侧㉖。尔德不明,以无陪无卿㉗。

文王曰咨,咨女殷商!天不湎尔以酒㉘,不义从式㉙。既愆尔止㉚,靡明靡晦。式号式呼㉛,俾昼作夜。

文王曰咨,咨女殷商!如蜩如螗㉜,如沸如羹㉝。小大近丧㉞,人尚乎由行㉟。内奰于中国㊱,覃及鬼方㊲。

文王曰咨,咨女殷商!匪上帝不时㊳,殷不用旧㊴。虽无老成人㊵,尚有典刑㊶。曾是莫听㊷,大命以倾㊸。

文王曰咨,咨女殷商!人亦有言:"颠沛之揭㊹,枝叶未有害,本实先拨㊺。"殷鉴不远㊻,在夏后之世。

【注释】

①荡荡:任意骄纵、不守法制的样子。 上帝:托指周王。 ②辟(bì):君主。 ③疾威:贪暴。 ④命:政令。 辟:通"僻",邪僻。 ⑤烝:众。⑥谌(chén):诚。匪谌,不诚、不守信用。 ⑦靡:无。 ⑧鲜:少。 克:能。 ⑨咨:嗟叹声。 ⑩女:汝。当时厉王暴虐,作者不敢批评他,假托文王批评殷纣,来抒发自己的意见。 ⑪曾:乃。 是:这样。 强御:凶暴。这里作名词用,指凶暴的臣子。 ⑫掊克:聚敛。这里指搜括人民的臣子。⑬在位:指处于统治地位。 ⑭服:任。在服和在位对文,在位是有职无权的

官,在服是有职有权的官(从陈奂《毛诗传疏》说)。 ⑮慆:通"滔",和荡荡同义。慆德,指强御、掊克等不法臣子而言(从方玉润《诗经原始》说)。 ⑯女:汝;指不法之臣。 兴:助长。 力:勤。 ⑰而:通"尔",你。 秉:操持、用。义类:善类。 ⑱怼(duì):怨恨。 ⑲流言:谣言。 ⑳寇攘:盗窃国家资财。 式:于、在。 内:指朝廷内。 ㉑侯:有。 作:借为诅。 祝:通"咒"字。诅咒,祈求鬼神加祸于敌对的人。 ㉒届:尽。 究:穷。 ㉓女:汝,影射厉王。 炰烋(páo xiāo):亦作咆哮,怒吼。 ㉔敛:聚集。 怨:可恨的人。㉕不明:没有知人之明,不辨善恶。 ㉖时:《韩诗》作"以",所以。 背:背叛。侧:不正派。 ㉗陪:辅佐。 卿:卿大夫。 ㉘湎:沉溺于酒。 ㉙从:听从。 式:任用。 ㉚愆(qiān):过失、错误。 止:容止、行为。 ㉛式:助词。 ㉜蜩(tiáo):蝉。 螗:蝉的一种,亦名蝘。 ㉝羹:菜汤。 ㉞小大:指大小事。 丧:失败。 ㉟人:指厉王。 由行:照老样子做。 ㊱奰(bì):怒。 ㊲覃:延。 鬼方:远方。 ㊳不时:不好。 ㊴旧:指旧的典章制度。 ㊵老成人:旧臣,意指诗人自己。 ㊶典刑:旧法。 ㊷曾:乃、可是。 是:这些。指上面所说的话。 ㊸大命:指国家的命运。 ㊹颠沛:跌倒。这里指被拔倒的树木。 揭:高举。指树木倒地后根部翻出。 ㊺拨:败的假借字,《列女传》引这句诗作"败"。 ㊻鉴:同"镜"。

【译文】

上帝骄纵又放荡,他是下民的君王。上帝贪心又暴虐,政令邪僻太反常。上天生养众百姓,政令无信尽撒谎。万事开头讲得好,很少能有好收场。

文王开口叹声长,叹你殷商末代王!多少凶暴强横贼,敲骨吸髓又贪赃,窃据高位享厚禄,有权有势太猖狂。天降这些不法臣,助长国王逞强梁。

文王开口叹声长,叹你殷商末代王!你任善良以职位,凶暴奸臣心怏怏。面进谗言来诽谤,强横窃据朝廷上。诅咒贤臣害忠良,没完没了造祸殃。

文王开口叹声长,叹你殷商末代王!跋扈天下太狂妄,却把恶人当忠良。知人之明你没有,不知叛臣结朋党。知人之明你没有,不知公卿谁能当。

文王开口叹声长,叹你殷商末代王!上天未让你酗酒,也未让你用匪帮。礼节举止全不顾,没日没夜灌黄汤。狂呼乱叫不像样,日夜颠倒政事荒。

文王开口叹声长,叹你殷商末代王!百姓悲叹如蝉鸣,恰如落进沸水汤。大小事儿都不济,你却还是老模样。全国人民怒气生,怒火蔓延到远方。

文王开口叹声长,叹你殷商末代王!不是上帝心不好,是你不守旧规章。虽然身边没老臣,还有成法可依傍。这样不听人劝告,命将转移国将亡。

文王开口叹声长,叹你殷商末代王!古人有话不可忘:"大树拔倒根出土,树叶虽然暂不伤，树根已坏难久长。”殷商镜子并不远，应知夏桀啥下场。

抑

【题解】

这是周王朝一位老臣劝告、讽刺周王的诗。诗可能是西周末年一位元老所作，有人说是卫国的武公，他劝告周王守礼修德，谨言慎行；刺他昏庸骄满，愚昧无知。反映了当时统治者的腐朽无能、社会面临崩溃的情况。

抑抑威仪[1]，维德之隅[2]。人亦有言："靡哲不愚[3]。"庶人之愚[4]，亦职维疾[5]。哲人之愚，亦维斯戾[6]。

无竞维人[7]，四方其训之[8]。有觉德行[9]，四国顺之。訏谟定命[10]，远犹辰告[11]。敬慎威仪，维民之则。

其在于今，兴迷乱于政[12]。颠覆厥德[13]，荒湛于酒[14]。女虽湛乐从[15]，弗念厥绍[16]。罔敷求先王[17]，克共明刑[18]。

肆皇天弗尚[19]，如彼泉流，无沦胥以亡[20]。夙兴夜寐，洒埽廷内[21]，维民之章[22]。修尔车马，弓矢戎兵[23]，用戒戎作[24]，用逷蛮方[25]。

质尔人民[26]，谨尔侯度[27]，用戒不虞[28]。慎尔出话，敬尔威仪，无不柔嘉[29]。白圭之玷[30]，尚可磨也；斯言之玷，不可为也！

无易由言[31]，无曰"苟矣[32]，莫扪朕舌[33]"，言不可逝矣[34]。无言不雠[35]，无德不报。惠于朋友[36]，庶民小子。子孙绳绳[37]，万民靡不承[38]。

视尔友君子[39]，辑柔尔颜[40]，不遐有愆[41]。相在尔室[42]，尚不愧于屋漏[43]。无曰"不显[44]，莫予云觏[45]"。神之格思[46]，不可度思[47]，矧可射思[48]。

辟尔为德[49]，俾臧俾嘉[50]。淑慎尔止[51]，不愆于仪。不僭不贼[52]，鲜不为则[53]。投我以桃，报之以李。彼童而角[54]，实虹小子[55]。

荏染柔木[56]，言缗之丝[57]。温温恭人，维德之基。其维哲人，告之话言[58]，顺德之行。其维愚人，覆谓我僭[59]，民各有心。

於乎小子[60]，未知臧否[61]！匪手携之[62]，言示之事[63]。匪面命之[64]，言提其耳。借曰未知[65]，亦既抱子。民之靡盈[66]，谁夙知而莫成[67]？

昊天孔昭，我生靡乐。视尔梦梦[68]，我心惨惨[69]。诲尔谆谆[70]，听我藐藐[71]。匪用为教，覆用为虐[72]。借曰未知，亦聿既耄[73]！

於乎小子，告尔旧止[74]，听用我谋，庶无大悔[75]。天方艰难[76]，曰丧厥国[77]。取譬不远，昊天不忒[78]。回遹其德[79]，俾民大棘[80]！

【注释】

①抑抑：慎密。 威仪：容止礼节。 ②隅：本义是屋角，引申为方正。 ③哲：指聪明而知识丰富的人。 ④庶人：众民、一般人。 ⑤亦：语首助词。 职：主要。 维：是。 疾：毛病。 ⑥戾：罪。欺戾：避罪。 ⑦无：发语词。 竞：强。 维：亦作惟，由于。 人：指贤人。 ⑧训：顺从。 ⑨觉：通"梏"，高大、正直的样子。《礼记·缁衣》引诗作"梏"。 ⑩订（xū）：大。 谟：谋。 ⑪犹：同"猷"，谋略。 辰：时。 ⑫兴：语首助词。 ⑬颠覆：败坏。 厥：其，指周王。 ⑭荒湛（dān）：沉湎。 ⑮女：汝，指周王。 虽：与"惟"通，只。 湛乐：吃喝玩乐。 从：从事。 ⑯绍：继，继承先人传统。 ⑰罔：无、不。 敷：广。 先王：指先王的治国之道。 ⑱克：能。 共：通"拱"，执行。 刑：法。 ⑲肆：发声词。有人训为"故今"亦通。 尚：保佑。 ⑳无：发声词（从王引之《经义述闻》说）。 沦：率。 胥：相。沦胥，相率。 以：而。 ㉑廷：通"庭"，庭院。 内：室内。 ㉒维：为。 章：法则、模范。 ㉓戎兵：指武器。 ㉔戒：准备。 戎：战事。 作：起。 ㉕逷（tì）：剪除、治服。 蛮方：指远方异族。 ㉖质：安定。 ㉗侯：语助词。 度：法度。 ㉘不虞：不测。 ㉙柔嘉：柔和妥善。 ㉚玷（diàn）：玉上的斑点。 ㉛易：轻易。 由：于。 ㉜苟：苟且、随便。 ㉝扪：执持。 朕：我。上古一般人多自称为朕，到秦始皇才定朕为皇帝的自称。 ㉞逝：及、追。刘向《说苑·丛谈篇》说："口者，关也；舌者，机也。出言不当，四马不能追也。" ㉟雠：答。 ㊱朋友：指在朝的群臣。 ㊲绳绳：谨慎的样子。 ㊳承：顺从。 ㊴友：这里作动词"招待"用。 君子：指在朝的群臣。 ㊵辑：和。 ㊶遐：何。 愆：过错。 ㊷相：看。 ㊸屋漏：白天屋里日光从天窗漏入（《孔疏》引孙炎说）。王先谦《诗三家义集疏》引黄山云："不愧屋漏，即言不愧于神明。神不可知，以天明之，犹言不愧于天。天亦不可知，以日明之。"据黄说，屋漏即指神明。 ㊹无：同"毋"。 ㊺云：语助词。 觏：看见。 ㊻格：至。 思：语助词。 ㊼度：揣测。 ㊽矧（shěn）：况且。 射（yì）：通"斁"，讨厌。 ㊾辟：修明。 为：语助词。 ㊿臧、嘉：善。 51淑：美好。 止：举止、行为。 52僭：差错。 贼：残害。 53鲜：少。 则：法则。 54童：秃。指无角的羊。 而：以。而角，以……为有角。 55虹：通"讧"，溃乱。 小子：指年青的周王。

《郑笺》:"天子未除丧称小子。"　㊻荏染:坚韧。　柔木:指椅、桐、梓、漆等做琴瑟乐器的树木。　㊼言:语首助词。缗:按上。　丝:指琴瑟的丝弦。　㊽话言:经后人考证,认为话言恐为"诂言"之误。陈奂《毛诗传疏》:"话,当为诂字之误也。《释文》引《说文》作'告之诂言',云:'诂,故言也。'是陆(陆德明)所见《说文》,据诗作'诂言',可据以订正。"诂言,古老话。　㊾覆:反而。　僭:错。㊿於(wū)乎:即呜呼,叹词。　61否(pǐ):恶。　62匪:非但、不但。　携:搀着。　63示:指点。　64面:当面。　命:教导。　65借曰:假如说。　未知:没有知识。　66民:泛指人。　盈:盈满。含有没有缺点样样都好的意思。67夙:早。夙知,早慧。　莫:音义同"暮"。莫成,晚成。　68梦梦:昏昏、糊涂。69惨惨:忧愁烦闷的样子。　70谆谆:教诲不倦的样子。　71藐藐:轻视而听不进的样子。　72虐:谑的借字,戏谑、开玩笑。　73聿:助词。　耄:老。74旧:指旧的典章制度。　止:语气词。有人说,旧止,指先王的礼法,亦通。75庶:幸,含有希望之意。　76艰难:灾难。　77曰:发语词。　78忒(tè):偏差。　79回遹(yù):邪僻。　80棘:通"急"。

【译文】

仪表堂堂礼彬彬,为人品德很端正。古人有句老俗话:"智者看来像愚笨。"常人显得不聪明,那是本身有毛病。智者看似不聪明,那是装傻避罪刑。

有了贤人国强盛,四方诸侯来归诚。君子德行正又直,诸侯顺从庆升平。建国大计定方针,长远国策告群臣。举止行为要谨慎,人民以此为标准。

如今天下乱纷纷,国政混乱不堪论。你的德行已败坏,沉湎酒色醉醺醺。只知吃喝和玩乐,继承帝业不关心。先王治道不广求,怎能明法利众民。

皇天不肯来保佑,好比泉水空自流,君臣相率一齐休。应该起早又睡晚,里外洒扫除尘垢,为民表率要带头。整治你的车和马,弓箭武器认真修,防备一旦战事起,征服国外众蛮酋。

安定你的老百姓,谨守法度莫任性,以防祸事突然生。说话开口要谨慎,行为举止要端正,处处温和又可敬。白玉上面有污点,尚可琢磨除干净;开口说话出毛病,再要挽回也不成!

不要随口把话吐,莫道"说话可马虎,没人把我舌头捂",一言既出难弥补。没有出言无反应,施德总能得福禄。朋友群臣要爱护,百姓子弟多安抚。子子孙孙要谨慎,人民没有不顺服。

看你招待贵族们,和颜悦色笑盈盈,小心过失莫发生。看你独自处室内,做事无愧于神明。休道"室内光线暗,没人能把我看清"。神明来去难预测,不知何时忽降临,怎可厌倦自遭惩。

修明德行养情操，使它高尚更美好。举止谨慎行为美，仪容端正有礼貌。不犯过错不害人，很少不被人仿效。人家送我一篮桃，我把李子来相报。胡说秃羊头生角，实是乱你周王朝。

又坚又韧好木料，制作琴瑟丝弦调。温和谨慎老好人，根基深厚品德高。如果你是明智人，古代名言来奉告，马上实行当作宝。如果你是糊涂虫，反说我错不讨好，人心各异难诱导！

可叹少爷太年青，不知好歹与重轻！非但搀你互谈心，也曾教你办事情。非但当面教导你，还拎你耳要你听。假使说你不懂事，也已抱子有儿婴。人们虽然有缺点，谁会早慧却晚成？

苍天在上最明白，我这一生没愉快。看你那种糊涂样，我心烦闷又悲哀。反复耐心教导你，你既不听也不睬。不知教你为你好，反当笑话来编排。如果说你不懂事，怎会骂我是老迈！

叹你少爷年幼王，听我告你旧典章，你若听用我主张，不致大错太荒唐。上天正把灾难降，只怕国家要灭亡。让我就近打比方，上天赏罚不冤枉。如果邪僻性不改，黎民百姓要遭殃！

桑柔

【题解】

这是周厉王的大臣芮良夫讽刺厉王的诗。诗中反映了周厉王时国政昏乱、君王无道、奸臣得宠、人民受难的情况。怨恨自己一片忠心得不到厉王重用。作者对“下民”的苦难抱同情态度，但对他们的反抗、暴动则加以诋毁。成诗的时间，过去有不同见解，似作于共和摄政一二年间之说较为正确。

菀彼桑柔①，其下侯旬②，捋采其刘③。瘼此下民④，不殄心忧⑤。仓兄填兮⑥，倬彼昊天⑦，宁不我矜⑧！

四牡骙骙⑨，旟旐有翩⑩。乱生不夷⑪，靡国不泯⑫。民靡有黎⑬，具祸以烬⑭。於乎有哀，国步斯频⑮！

国步蔑资⑯，天不我将⑰。靡所止疑⑱，云徂何往⑲？君子实维⑳，秉心无竞㉑。谁生厉阶㉒？至今为梗㉓。

忧心殷殷㉔，念我土宇㉕。我生不辰㉖，逢天僤怒㉗。自西徂东，靡所定处。多我觏痻㉘，孔棘我圉㉙。

为谋为毖[30]，乱况斯削[31]。告尔忧恤[32]，诲尔序爵[33]。谁能执热[34]，逝不以濯[35]？其何能淑，载胥及溺[36]。

如彼溯风[37]，亦孔之僾[38]。民有肃心[39]，荓云不逮[40]。好是稼穑[41]，力民代食[42]。稼穑维宝，代食维好。

天降丧乱，灭我立王[43]。降此蟊贼[44]，稼穑卒痒[45]。哀恫中国[46]，具赘卒荒[47]。靡有旅力[48]，以念穹苍[49]。

维此惠君[50]，民人所瞻。秉心宣犹[51]，考慎其相[52]。维彼不顺，自独俾臧，自有肺肠，俾民卒狂。

瞻彼中林，甡甡其鹿[53]。朋友已谮[54]，不胥以穀[55]。人亦有言："进退维谷[56]。"

维此圣人，瞻言百里[57]；维彼愚人，覆狂以喜[58]。匪言不能[59]，胡斯畏忌[60]？

维此良人，弗求弗迪[61]；维彼忍心，是顾是复。民之贪乱，宁为荼毒[62]。

大风有隧[63]，有空大谷。维此良人，作为式穀[64]；维彼不顺，征以中垢[65]。

大风有隧，贪人败类[66]。听言则对[67]，诵言如醉[68]。匪用其良，覆俾我悖[69]。

嗟尔朋友，予岂不知而作[70]。如彼飞虫[71]，时亦弋获[72]。既之阴女[73]，反予来赫[74]。

民之罔极[75]，职凉善背[76]。为民不利，如云不克[77]。民之回遹[78]，职竞用力[79]。

民之未戾[80]，职盗为寇。凉曰不可[81]，覆背善詈[82]。虽曰匪予[83]，既作尔歌[84]。

【注释】

①菀（wǎn）：茂盛的样子。　桑柔：即柔桑。　②侯：维、是。　旬：树荫遍布。　③刘：剥落稀疏。指桑树被采后稀疏无叶。　④瘼：病、害。　⑤殄（tiǎn）：断绝。　⑥仓兄：同"怆怳"，凄凉纷乱的样子。　填：久。　⑦倬彼：倬倬，光明的样子。　⑧宁：何。　不我矜：不矜我的倒文。矜，怜。　⑨骙骙：马强壮的样子。　⑩旟、旐：画有鹰隼龟蛇的旗。　有翩：翩翩，形容旌旗翻

飞的样子。 ⑪夷:平定。 ⑫泯:乱。 ⑬黎:众。 ⑭具:通“俱”。以:通“而”。 ⑮国步:国运。 斯:这样。 频:危急。 ⑯蔑:无。 资:财。 ⑰将:扶助。 ⑱疑:通“凝”,定。止疑,停息。 ⑲云:发语词。徂:往。 ⑳君子:指当时贵族们(包括作者在内)。 维:通“惟”,想。 ㉑秉心:存心。 无竞:无争。 ㉒厉阶:祸端。 ㉓梗:灾害。 ㉔殷殷:心痛的样子。 ㉕土宇:土地房屋。 ㉖辰:时。 ㉗俾(dàn):大。 ㉘觏:遇。 痻(mín):病、灾难。 ㉙棘:通“急”。 圉:边疆。 ㉚毖:谨慎。㉛斯:则、乃。 削:减少。 ㉜尔:指周王及当时执政的大臣。 ㉝序:次序。这里用如动词,合理安排。 爵:官爵。 ㉞执热:解救炎热。 ㉟逝:发语词。 濯:沐浴。 ㊱载:则、就。 胥:皆、都。 ㊲溯:逆。 ㊳亦、之:都是语助词。 僾:呼吸不舒畅的样子。 ㊴肃心:进取的心。 ㊵荓(pīng):使。 云:有。 不逮:不及。 ㊶稼穑:这里泛指农业劳动。 ㊷力民:使人民出力劳动。 代食:指不劳动的官僚坐吃粮食。 ㊸灭我立王:指周厉王被国人赶跑,流放于彘的事。 ㊹蟊:吃苗根的害虫。 贼:吃苗节的害虫。 ㊺卒:完全。 痒:病。 ㊻恫(tōng):痛。 ㊼赘(zhuì):通“缀”,连属。 ㊽旅:通“膂”。旅力,体力。 ㊾念:感动。 ㊿惠:顺。51宣:明。 犹:通“猷”,道。宣犹,明道。 52考慎:慎重考察。 相:辅佐大臣。 53甡甡(shēn):同“莘莘”,众多的样子。 54谮(jiàn):通“僭”,相欺而不相信。 55胥:相。 以:同与。 穀:善。 56维:是。 谷:穷。阮元以“谷”为“穀”的假借字,训善;嫌二穀相并为韵,是诗人义同字变之例。可备一说。 57言:句中助词。 58覆:反而。 59匪:非。这句是“非不能言”的倒文。 60斯:这样。 61迪:进。《庄子》郭象注:“共和者,周王之孙也。怀道抱德,食封于共。厉王之难,诸侯立之。宣王立,乃废。立之不喜,废之不怒。”《鲁连子》:“共伯,名和。好行仁义,诸侯贤之。厉王奔彘,诸侯奉和以行天子事。十四年,厉王死。共伯使诸侯奉王子靖,是为宣王。共伯复归于卫。”可为此句佐证。 62宁:乃。 荼毒:残害。 63有隧:隧隧,风疾速的样子。64式:句中助词。 65征:往。 以:而。 中:内。指宫内。垢:污秽。中垢,指宫廷秽闻。 66贪人:贪财犯法的人。指荣夷公之流。《史记·周本纪》:“厉王即位三十年,好利,近荣夷公。芮良夫谏不听,卒以荣公为卿士。” 败类:有人释为残害同类,有人训类为“善”,均可通。 67听言:顺从的话。 对:答话。 68诵言:劝告的话。 69悖:违理。 70予:芮良夫自称。 而:你。71飞虫:指飞鸟。 72时:有时。 弋获:射中捉住。 73既:已经。 之:语助词。 阴:通“谙”,熟悉、了解。 女:汝。 74赫:通“吓”。 75罔极:无法则。　⑯职：主张（下二章同）。　凉：刻薄。　善背：惯于背叛统治者。　⑰云：句中助词。　克：胜。　⑱回遹（yù）：邪僻。　⑲用力：指专用暴力。　⑳戾：善。马瑞辰《毛诗传笺通释》："《广雅·释诂》：'戾，善也。'"　㉑凉：通"谅"，诚恳。　㉒背：背后。　㉓曰：语中助词。　匪：通"诽"，诽谤（从林义光《诗经通解》说）。　㉔既：终。　作尔歌：为你作歌。

【译文】

青青桑叶密又嫩，桑树下面一片荫，采完桑叶剩枝根。害苦百姓难遮身，愁思绵绵缠我心。社会凄凉乱纷纷，皇天能把善恶分，怎么不怜我老臣！

四马驾车不住奔，旌旗翻飞各逃生。祸乱发生不太平，到处纷乱难安宁。百姓死亡人稀少，全都遭难变灰烬，长叹一声心悲痛，国连艰危势将倾！

民穷财尽国运紧，老天不助我人民。没有地方可安身，想走不知去何村？君子扪心自思忖，没有争权夺利心。谁是产生祸乱根？至今作梗害人们。

隐隐作痛心忧伤，想念故土旧家乡。生不逢时真不幸，碰上老天怒火旺。从西到东天地宽，没有安居好地方。灾难遭到一连串，再加敌寇侵边疆。

谋划国事要谨慎，祸乱状况会减轻。你们应当忧国事，合理授官任贤能。好比谁想驱炎热，不去洗澡行不行？国事如果不办好，大家淹死都丧命。

好比顶着大风跑，呼吸困难心发跳。人民空有进取心，形势使他难效劳。重视春种和秋收，百姓劳动官吃饱。农业生产是个宝，官吏坐吃是正道。

死亡祸乱从天降，要灭我们所立王。降下害虫和蟊贼，大田庄稼全吃光。哀痛我们全中国，绵延田地一片荒。大家没有尽力干，怎能感动那上苍。

通情达理好君王，人民对他就景仰。心地光明善治国，慎重考察择宰相。君主违理不顺民，只管自己把福享，别有一副怪心肠，使民迷惑而放荡。

看那野外有树林，鹿儿成群多相亲。朋友互相反欺骗，不能置腹又推心。人们经常这样说："进退两难真苦闷。"

只有圣人有眼力，目光远大望百里；只有蠢人眼近视，反而狂妄瞎欢喜。并非有口不能言，为啥害怕有顾忌？

这位君主心善良，不求名位不争王；那位君主太残忍，反复无常理不讲。百姓为啥要作乱，因遭暴政苦难挡。

天上呼呼刮大风，峡谷从来是空空。这位君主心善良，多做好事人歌颂；那位君主不讲理，日夜荒淫不出宫。

天上大风呼呼吹，贪利小人是败类。顺从话儿你答对，一听忠谏装酒醉。忠臣良言不采用，反而说我老背晦。

叫声朋友听我说，我岂不知你所作。好比天空飞翔鸟，有时射中也被捉。你的底细我掌握，如今反来恐吓我。

人心不正好作乱，主张刻薄搞反叛。你做不利人民事，好像还嫌不凶残。人民要走邪僻路，竟用暴力解苦难。

人民不把好事做，主张为盗结成伙。诚恳告你行不通，你反背地咒骂我。虽然被你来诽谤，终究为你把诗作。

云汉

【题解】

这是周宣王求神祈雨的诗。旧说作者是大夫仍叔，但也有人怀疑此说。

倬彼云汉①，昭回于天②。王曰於乎③，何辜今之人④！天降丧乱，饥馑荐臻⑤。靡神不举⑥，靡爱斯牲⑦。圭璧既卒⑧，宁莫我听⑨！

旱既大甚⑩，蕴隆虫虫⑪。不殄禋祀⑫，自郊徂宫。上下奠瘗⑬，靡神不宗⑭。后稷不克，上帝不临。耗斁下土⑮，宁丁我躬⑯！

旱既大甚，则不可推⑰。兢兢业业⑱，如霆如雷。周余黎民⑲，靡有孑遗⑳。昊天上帝，则不我遗㉑。胡不相畏？先祖于摧㉒。

旱既大甚，则不可沮㉓。赫赫炎炎㉔，云我无所㉕。大命近止㉖，靡瞻靡顾。群公先正㉗，则不我助。父母先祖，胡宁忍予㉘！

旱既大甚，涤涤山川㉙。旱魃为虐㉚，如惔如焚㉛。我心惮暑，忧心如熏。群公先正，则不我闻㉜。昊天上帝，宁俾我遯㉝！

旱既大甚，黾勉畏去㉞。胡宁瘨我以旱㉟？憯不知其故㊱。祈年孔夙㊲，方社不莫㊳。昊天上帝，则不我虞㊴。敬恭明神㊵。宜无悔怒㊶。

旱既大甚，散无友纪㊷。鞫哉庶正㊸，疚哉冢宰㊹。趣马师氏㊺，膳夫左右㊻；靡人不周㊼，无不能止。瞻卬昊天㊽，云如何里㊾！

瞻卬昊天，有嘒其星㊿。大夫君子，昭假无赢[51]。大命近止，无弃尔成！何求为我，以戾庶正[52]。瞻卬昊天，曷惠其宁[53]！

【注释】

①倬彼：倬倬，浩大。 云汉：银河。 ②昭：明。指天河的光。 回：旋转。 ③王：指周宣王，厉王子，名静。据说他继王室衰微之后，修明内政，命秦

仲征西戎，尹吉甫伐犭严狁，方叔征荆蛮，召虎平淮夷，号称周室中兴。在位四十六年。 於乎：即呜呼，叹词。 ④辜：罪。 ⑤荐：再、屡次。 臻：至。 ⑥靡：无。 举：祭祀。 ⑦爱：吝惜。 斯：这些。 牲：祭祀用的牛、羊、猪等。 ⑧圭、璧：都是玉器，周人用它祭神。祭天神就堆柴烧玉，祭山神、地神就在山脚或地里埋玉，祭水神就沉玉，祭人鬼则藏玉。 卒：尽。 ⑨宁：何。 我听：即听我。 ⑩大：音义同"太"。 甚：过。 ⑪蕴：通"煴"，闷热。 隆：盛。 虫虫：通"爞爞"，热气薰蒸的样子。 ⑫殄：断。 禋祀：古代祭天的礼节，先烧柴升烟，再加牲体和玉帛在柴上焚烧。这里泛指祭祀。 ⑬上：指天。 下：指地。 奠：陈列祭品以祭天神。 瘗（yì）：埋，将祭品埋在地下祭地神。 ⑭宗：尊敬。 ⑮耗：损耗。 斁（dù）：败坏。 ⑯丁：遭逢。 躬：身。 ⑰推：排除。 ⑱兢兢业业：恐惧而小心的样子。 ⑲黎民：人民。 ⑳孑遗：剩余、遗留。 ㉑遗（wèi）：赠送；指赐给食物。有人训遗为"存问"，亦通。 ㉒于：而。 摧：灭。 ㉓沮：止。 ㉔赫赫：阳光明亮耀目的样子。 ㉕云：荫、遮蔽。 ㉖大命：生命。 止：指死亡。 ㉗群公：指前代的诸侯。 先正：前代的贤臣。 ㉘忍予：对我忍心。 ㉙涤涤：指山无草木，川无滴水，光秃干枯的样子。 ㉚旱魃（bá）：古代传说中的旱魔。 ㉛惔：火烧。 ㉜闻：借为问，过问。 ㉝宁：岂、难道。 遯：逃。 ㉞黾（mǐn）勉：勉力。 畏去：不敢离去君位。 ㉟瘨（diān）：病、害。 以：用。 ㊱憯（cǎn）：曾。 ㊲祈年：向神祈求丰年。 孔夙：很早。 ㊳方：祭四方之神。 社：祭土神。 莫：古暮字，晚。 ㊴虞：助。 ㊵敬恭：即恭敬。 明神：即神明。 ㊶宜：应该。 悔：恨。 ㊷散：散漫。 友：有的假借。 纪：法纪。 ㊸鞫（jū）：穷困。 正：百官。 ㊹疚：忧虑。 冢宰：官员，如后世宰相。 ㊺趣马：掌管国王马匹的官。 师氏：掌管教育的长官。 ㊻膳夫：主管国王等饮食的官。 左右：指周王左右的大臣。 ㊼周：赒的假借字，救助。 ㊽印：通"仰"。瞻印，仰望。 ㊾云：发语词。 里：通"悝"，忧伤。 ㊿有嘒：嘒嘒，微小而众多的样子。 51昭：祷。 假：通"格"，到。指神被祭者的虔诚所感而降临。 无赢：没有私心（从《孔疏》引王肃说）。 52戾：安定。 53曷：何。指什么时候。 惠：赐。

【译文】

浩浩银河天上横，星光灿烂转不停。国王仰天长叹息：百姓今有啥罪行！上天降下死亡祸，饥荒灾难接连生。哪位神灵没祭祀，何曾吝惜用牺牲。祭神圭璧已用尽，为啥祷告天不听！

旱情已经很严重，酷暑闷热如火薰。不断祭祀求降雨，从那郊外到庙寝。上祭天神下祭地，任何神灵都敬尊。后稷不能止灾情，上帝圣威不降临。天下田地尽遭害，灾难恰恰落我身。

旱灾已经很不轻，想要消除不可能。整天提心又吊胆，如防霹雳和雷霆。周地剩余老百姓，将要全部死干净。皇天上帝心好狠，不肯赐食把善行。祖先怎么不害怕？子孙死绝祭不成。

旱情严重无活路，没有办法可止住。烈日炎炎如火烧，哪里还有遮阴处。大限已到命将亡，神灵仍旧不看顾。诸侯公卿众神灵，不肯降临来帮助。父母祖先在天上，为啥忍心看我苦！

旱灾来势很凶暴，山秃河干草木焦。旱魔为害太猖狂，好像遍地大火烧。长期酷热令人畏，忧心如焚受煎熬。诸侯公卿众神灵，毫不过问怎么好。叫声上帝叫声天，难道要我脱身逃！

旱灾来势虽凶暴，勉力在位不辞劳。为啥降旱害我们？不知缘由真心焦。祈年祭祀不算晚，祭方祭社也很早。皇天上帝太狠心，不佑助我不宽饶。一向恭敬诸神明，想来神明不会恼。

旱情严重总不已，人人散漫无法纪。公卿百官都技穷，宰相盼雨空焦虑。趣马师氏都祈雨，膳夫大臣来助祭；没有一人不出力，没人停下喘口气。仰望晴空无片云，我心忧愁何时止！

仰望高空万里晴，微光闪闪满天星。大夫君子很虔诚，祈祷神灵没私情。大限虽近将死亡，继续祈祷不要停！祈雨不是为自己，是为安定众公卿。仰望皇天默默祷，何时赐我民安宁！

崧　　高

【题解】

这是尹吉甫赠送申伯的诗。申伯是厉王妻申后之弟，宣王的母舅。周宣王时，申伯来朝，久留不归。宣王优待母舅，增加他的封地，派召虎带领人员，给申伯建筑谢城和宗庙，治理田地、边界，储备粮食。让傅御代迁家人。临行并赐申伯车马、介圭，饯行于郿，然后他才回到本国。宣王的大臣尹吉甫为此作了这首歌，赠给申伯。

崧高维岳[①]，骏极于天[②]。维岳降神[③]，生甫及申[④]。维申及甫，维周之翰[⑤]。四国于蕃[⑥]，四方于宣[⑦]。

亹亹申伯[⑧]，王缵之事[⑨]。于邑于谢[⑩]，南国是式[⑪]。王命召伯[⑫]，定申伯之宅⑬。登是南邦⑭，世执其功⑮。

王命申伯："式是南邦。因是谢人⑯，以作尔庸⑰。"王命召伯，彻申伯土田⑱。王命傅御⑲，迁其私人⑳。

申伯之功㉑，召伯是营㉒。有俶其城㉓，寝庙既成㉔，既成藐藐㉕。王锡申伯㉖，四牡蹻蹻㉗，钩膺濯濯㉘。

王遣申伯㉙，路车乘马㉚。"我图尔居㉛，莫如南土；锡尔介圭㉜，以作尔宝。往近王舅㉝，南土是保。"

申伯信迈㉞，王饯于郿㉟。申伯还南，谢于诚归㊱。王命召伯，彻申伯土疆；以峙其粻㊲，式遄其行㊳。

申伯番番㊴，既入于谢，徒御啴啴㊵。周邦咸喜㊶，戎有良翰㊷。不显申伯㊸，王之元舅㊹，文武是宪㊺。

申伯之德，柔惠且直㊻。揉此万邦㊼，闻于四国。吉甫作诵㊽，其诗孔硕，其风肆好㊾，以赠申伯。

【注释】

①崧：《韩诗外传》作"嵩"。嵩高，即嵩山，在今河南省登封县。　维：是。岳：高大的山。嵩山是五岳之一。《尔雅·释山》："泰山为东岳，华山为西岳，霍山为南岳，恒山为北岳，嵩高为中岳。"　②骏：峻的假借字，高大。《初学记》、《艺文类聚》、《太平御览》引这二句诗均作"峻"。　极：至。　③维：发语词。④甫：读作吕，国名；指吕侯。其地在今河南省南阳县西。　申：国名，指申伯，其地在今河南省南阳县北。　⑤翰：辅佐、栋梁。　⑥于：为、是。　蕃：通"藩"，藩篱、屏障。　⑦宣：垣的假借，围墙（从马瑞辰《毛诗传笺通释》说）。⑧亹亹(wěi)：勤勉的样子。　⑨王：指周宣王。　缵：继承；在这里是使动用法。　之：指申伯。　⑩前一"于"：为、建。　谢：地名。《孔疏》："申伯先封于申，本国近谢；今命为州牧，故改邑于谢。"其地当在今河南省唐河县南。　⑪南国：谢在周之南，南国指周南一带诸侯。　式：法。　⑫召伯：名虎，亦称召穆公，周宣王大臣。　⑬定：确定。　⑭登：《尔雅》："登，成也。"　南邦：谢邑。⑮执：守。　功：事业。　⑯因：依靠。　是：这。　⑰庸：通"墉"，城。⑱彻：治理、开发。　⑲傅：太傅，官员。　御：侍御，侍候周王的官。　⑳私人：家臣。　㉑功：事。指治土田、筑谢城等工作。　㉒营：经营、办理。㉓有俶：俶俶。《说文》："俶，善也。"　㉔寝庙：周代宗庙的建筑有庙和寝两部分，合称寝庙。《月令》郑注："凡庙，前曰庙，后曰寝。"　㉕藐藐：华丽的样子。㉖锡：赐。　㉗蹻蹻：强壮的样子。　㉘钩膺：套在马胸前颈上的带饰。　濯

濯:光泽的样子。 ㉙遣:送走。 ㉚路车:诸侯坐的一种车。 乘马:四匹马。 ㉛我:作者代宣王自称。 图:考虑。 尔:指申伯。 ㉜介:亦作玠,大。 圭:古代玉制的礼器,诸侯执此以朝见周王。 ㉝迈(jì):语助词,犹哉。 ㉞信:真。 迈:行。 ㉟饯:备酒食送行。 郿:地名,在今陕西省郿县东北。 ㊱谢于诚归:即诚归于谢。 ㊲以:乃、就。 峙:储备。 粻:粮食。 ㊳式:用。 遄:迅速。 ㊴番番(bō):武勇的样子。 ㊵徒:步兵。 御:车夫。 啴啴(tān):众多的样子。 ㊶周:遍。 邦:指谢邑。 ㊷戎:你。 ㊸不:通"丕",大。 显:显赫。 ㊹元:大。 ㊺宪:法式、模范。 ㊻惠:和顺。 ㊼揉:亦作柔,安(从马瑞辰《通释》说)。 ㊽吉甫:尹吉甫,周宣王大臣,官卿士,伐猃狁有功。 诵:歌。 ㊾风:曲调。 肆好:极好。

【译文】

五岳居中是嵩山,巍巍高耸入云天。中岳嵩山降神灵,吕侯申伯生人间。申家伯爵吕家侯,辅佐周朝是中坚。诸侯靠他作屏障,天下靠他作墙垣。

申伯勤勉美名扬,继承祖业佐周王。赐封于谢建新都,南国诸侯有榜样。周王命令召伯虎,去为申伯建住房。建成南方一邦国,子孙世守国祚长。

王对申伯下令讲:"要在南国当榜样。依靠谢地众百姓,建筑你国新城墙。"周王命令召伯虎,治理申伯新封疆。命令大傅和侍御,助他家臣迁谢邦。

申伯谢邑工已竣,全靠召伯苦经营。峨峨谢城坚又厚,寝庙也已建筑成,雕栏画栋院宇深。王赐申伯好礼品,骏马四匹蹄儿轻,黄铜钩膺亮晶晶。

王遣申伯赴谢城,高车驷马快启程。"我细考虑你住处,莫如南土最相称;赐你大圭好礼物,作为国宝永保存。叫声娘舅放心去,确保南土扎下根。"

申伯决定要动身,王到郿郊来饯行。申伯要回南方去,决心南下住谢城。周王命令召伯虎,申伯疆界要划定;沿途粮草备充盈,一路顺风不留停。

申伯威武气昂昂,进入谢城好排场,步骑车御列成行。全城人民喜洋洋,从此国家有栋梁。高贵显赫的申伯,周王大舅不寻常,能文能武是榜样。

申伯美德众口扬,和顺正直且温良。安定诸侯达万国,赫赫声誉传四方。吉甫作了这首歌,含义深切篇幅长,曲调优美音锵锵,赠别申伯诉衷肠。

烝　民

【题解】

这是尹吉甫送别仲山甫的诗。周宣王派仲山甫筑城于齐,在他临行时,尹吉甫作了这首诗赠他。诗中赞扬仲山甫的美德和他辅佐宣王的政绩。

天生烝民[1],有物有则[2]。民之秉彝[3],好是懿德[4]。天监有周[5],昭假于下[6],保兹天子,生仲山甫[7]。

仲山甫之德,柔嘉维则。令仪令色[8],小心翼翼。古训是式[9],威仪是力[10]。天子是若[11],明命使赋[12]。

王命仲山甫,式是百辟。缵戎祖考[13],王躬是保。出纳王命,王之喉舌[14]。赋政于外[15],四方爰发[16]。

肃肃王命[17],仲山甫将之[18]。邦国若否[19],仲山甫明之。既明且哲,以保其身。夙夜匪解[20],以事一人[21]。

人亦有言:"柔则茹之[22],刚则吐之。"维仲山甫[23],柔亦不茹,刚亦不吐;不侮矜寡[24],不畏强御[25]。

人亦有言:"德輶如毛[26],民鲜克举之。"我仪图之[27],维仲山甫举之,爱莫助之。衮职有阙[28],维仲山甫补之。

仲山甫出祖[29],四牡业业[30],征夫捷捷[31],每怀靡及[32]。四牡彭彭[33],八鸾锵锵[34]。王命仲山甫,城彼东方[35]。

四牡骙骙[36],八鸾喈喈[37]。仲山甫徂齐[38],式遄其归[39]。吉甫作诵,穆如清风[40]。仲山甫永怀[41],以慰其心。

【注释】

①烝:众。 ②物:事物。 则:法则。 ③秉:禀赋。 彝:常理。民之秉彝,即人之常理。 ④懿德:美德。 ⑤监:观察。 有:词头。 ⑥昭假:祈祷降神。 ⑦仲山甫:宣王时大臣,封于樊(今河南济源县),排行第二,故亦称樊仲、樊仲山甫或樊穆仲。 ⑧令:善。 仪:仪容、态度。 ⑨式:效法、榜样。 ⑩威仪:礼节。 力:勤、勉力做到。 ⑪若:顺。 ⑫明命:指政令。 赋:颁布。 ⑬缵:继承。 戎:你。 ⑭喉舌:代言人。周代担任周王代言人的,可能是内史的官职,略同于唐虞时的纳言,秦汉时的尚书。 ⑮赋政:颁布政令。 ⑯爰:乃。 发:执行(从马瑞辰《毛诗传笺通释》说)。 ⑰肃肃:严肃。 ⑱将:《毛传》:"将,行也。" ⑲邦国:指国内政事。 若:《尔雅·释诂》:"若,善也。" 否(pǐ):恶。若否,好坏。 ⑳夙夜:早晚。 匪:不。 解:通"懈",怠惰。 ㉑事:侍候。 一人:指周宣王。 ㉒茹:吃。 ㉓维:同"惟",只有。 ㉔矜:《左传》昭公元年引作鳏。 鳏:老而无妻。 寡:老而无夫。 ㉕强御:《汉书·王莽传》引作"强圉",强悍,刚暴。 ㉖輶:轻。 ㉗仪、图:二字同义,揣度。 ㉘衮(gǔn):古代王侯所穿绣有龙纹的

礼服。 职：与适通，偶然。俞樾《群经平议》："职，读为识。识，犹适也。衮职有阙者，衮适有阙也。" 阙：缺破。 ㉙出：出差。 祖：祭祀道路的神。 ㉚业业：马高大的样子。 ㉛捷捷：勤快敏捷的样子。 ㉜每怀靡及：常念事情尚未办完。 ㉝彭彭：马不停蹄的样子。 ㉞鸾：通"銮"，车铃。一马二铃，四马八铃。 锵锵：铃声。 ㉟城：筑城。 东方：指齐国，齐在镐京之东。㊱骙骙(kuí)：马不停蹄的样子。有人训为壮健，亦通。 ㊲喈喈：铃声和谐。㊳徂：往。 齐：《汉书·杜钦传》说仲山甫"就封于齐"。经后人考证，认为封齐之说不足据。王质《诗总闻》："据《史记·齐世家》：齐厉公暴虐，齐人杀厉公及胡公诸子等七十人。事在宣王之世，筑城之命，疑在斯时，盖出定齐乱也。"其说近是。 ㊴式：用。指用这些车马。 遄：快速。 ㊵穆：和美。 ㊶永怀：长思。

【译文】

天生众人性相合，万物本来有法则。人心自然赋常情，全都喜爱好品德。上帝审察我周朝，周王祈祷意诚恪。为保天子能中兴，生下山甫辅君侧。

山甫天生好品德，和气善良有原则。仪表堂堂脸带笑，办事谨慎不出格。遵循古训无差错，尽力做到礼节合。处处承顺天子意，颁布命令贯政策。

周王命令仲山甫，要作诸侯好榜样。祖先事业你继承，辅佐天子立纪纲。受命司令你掌管，作王喉舌代宣讲。颁布政令达各地，贯彻执行到四方。

王命严肃不可抗，山甫执行很顺当。全国政事好和坏，山甫心里最明亮。知识渊博又明理，保全节操永流芳。日夜工作不松懈，全心全意侍周王。

有句老话经常讲："东西要拣软的吃，硬的吐出放一旁。"只有这位仲山甫，软的东西他不吃，硬的不吐真坚强；见了鳏寡不欺侮，遇到强暴不退让。

有句老话人常道："品德即使轻如毛，很少有人举得高。"细细揣摩暗思考，只有山甫能做到，无力帮他表倾倒。周王破了衮龙袍，只有山甫能补好。

山甫远出祭路神，四马雄壮如飞奔，左右随从很勤快，惦念任务还在身。四马蹄声得得响，八铃锵锵车轮滚。周王命令仲山甫，筑城东方立功勋。

四匹骏马奔跑忙，八只铜铃响叮当。山甫到齐去平乱，望他早日回故乡。吉甫作歌赠老友，和如清风吹人爽。山甫临行顾虑多，唱诗安慰望心广。

韩 奕

【题解】

这是一位诗人歌颂韩侯的诗。诗的作者，旧说是尹吉甫，但没有根据，实际上已不可考。诗里叙述韩侯朝周,受王册命,周王赏赐他许多贵重物品。离开镐京后,路经屠邑,抵达蹶里,与韩姞结婚。还描写了韩地物产丰富,韩姞乐得其所。最后周王任命韩侯为统率北方诸侯的方伯。

奕奕梁山①,维禹甸之②,有倬其道③。韩侯受命④,王亲命之:"缵戎祖考⑤,无废朕命。夙夜匪解⑥,虔共尔位⑦。朕命不易⑧,榦不庭方⑨,以佐戎辟⑩。"

四牡奕奕,孔修且张⑪。韩侯入觐⑫,以其介圭⑬,入觐于王。王锡韩侯,淑旂绥章⑭,簟茀错衡⑮,玄衮赤舄⑯,钩膺镂钖⑰,鞹鞃浅幭⑱,鞗革金厄⑲。

韩侯出祖⑳,出宿于屠㉑。显父饯之㉒,清酒百壶。其殽维何㉓?炰鳖鲜鱼㉔。其蔌维何㉕?维笋及蒲。其赠维何?乘马路车㉖。笾豆有且㉗,侯氏燕胥㉘。

韩侯取妻,汾王之甥㉙,蹶父之子㉚。韩侯迎止㉛,于蹶之里。百两彭彭㉜,八鸾锵锵㉝,不显其光㉞。诸娣从之㉟,祁祁如云㊱。韩侯顾之㊲,烂其盈门㊳。

蹶父孔武㊴,靡国不到㊵;为韩姞相攸㊶,莫如韩乐。孔乐韩土,川泽訏訏㊷,鲂鱮甫甫㊸,麀鹿噳噳㊹,有熊有罴,有猫有虎㊺。庆既令居㊻,韩姞燕誉㊼。

溥彼韩城㊽,燕师所完㊾。以先祖受命㊿,因时百蛮[51]。王锡韩侯,其追其貊[52],奄受北国[53],因以其伯[54]。实墉实壑[55],实亩实籍[56]。献其貔皮[57],赤豹黄罴。

【注释】

①奕奕:高大的样子。 梁山:在今河北省固安县附近。 ②甸:治。③有倬:即倬倬,广大。 ④韩侯:春秋前有二韩:一受封于武王之世,在今陕西韩城县南,春秋时被晋国所并。一受封于成王之世,武王子封于此。在今河北固安县东南,即此诗的韩侯(据陈奂的考证)。 受命:受周王的册命(册命,是古代典礼之一,将周王封侯之令,写在简册上)。韩侯的父亲死了,他继位初立,来朝于周。周王在宗庙中举行册命之礼。 ⑤缵:继承。 戎:你。 ⑥夙夜:早晚。 解:通"懈"。 ⑦虔:恭敬而有诚意。 共:奉行。 ⑧不易:不是轻易给的。 ⑨榦:正;正通征,征伐。 不庭:不来朝见周王。 方:方国。

⑩辟:君王。 ⑪修:长。 张:大。 ⑫觐(jìn):朝见。 ⑬介圭:大圭,玉制的礼器。 ⑭淑:美。 旂:画有蛟龙的旗。 绥章:指旗竿头上有染色的羽毛。 ⑮簟茀:遮蔽车厢的竹席。 错衡:画上花纹或涂上金色的车辕前端的横木。按簟茀和错衡都是诸侯所坐的路车装饰。 ⑯玄衮:黑色画有龙纹的礼服。 赤舄(xì):贵族穿的红鞋。 ⑰钩膺:套在马胸前颈上的带饰。 镂:刻。 钖(yáng):马额上的金属装饰物。 ⑱鞹(kuò):去毛的兽皮。 鞃(hóng):车厢前供人依靠的横木上所盖的兽皮,叫做鞃。 浅幭(miè):《毛传》:"浅,虎皮浅毛也。幭,覆式也。"按式,即轼,车厢前的横木,浅幭即车轼上虎皮制的覆盖物。 ⑲鞗(tiáo)革:马笼头。 厄:通"軶",饰辔首的金环。 ⑳出祖:出行时祭道路之神。 ㉑屠:地名。即鄠县之杜陵,在今陕西省西安东。 ㉒显父:人名,余不可考。 饯:设宴送行。 ㉓殽:荤菜。 维:是。 ㉔炰(páo):烹煮。 ㉕蔌(sù):蔬菜。 ㉖乘马:四匹马。 ㉗笾:盛干果的竹器。 豆:盛菜的器,高足。 且(jū):多的样子。 ㉘侯氏:指韩侯。陈奂《诗毛氏传疏》:"凡诸侯觐王曰侯氏。" 燕胥:安乐。 ㉙汾王:即厉王。厉王被国人赶跑,流亡于彘,彘地在汾水旁,所以时人称他为汾王。 甥:韩侯之妻是厉王的外甥女。 ㉚蹶父(guì fǔ):周宣王时的卿士,姓姞。 ㉛迎:亲迎。止:语气词。 ㉜两:辆的假借字。 彭彭:众多的样子。 ㉝鸾:车铃。㉞不:通"丕",大。 ㉟娣:古代诸侯嫁女,以同姓诸女陪嫁做妾,叫做娣。㊱祁祁:众多的样子。 ㊲顾:曲顾;古代贵族男子到女家亲迎,有三次回顾的礼节(从《孔疏》说)。 ㊳烂其:烂烂,灿烂有光彩的样子。 ㊴孔武:很威武。据说蹶父担任周司马的官职,掌管军队国防,所以说他"孔武"(从陈乔枞《三家诗遗说考》)。 ㊵靡:没有。 ㊶韩姞:即韩侯之妻。她姓姞,嫁韩侯,故称韩姞。 相:看。 攸:住所。 ㊷讦讦(xū):广大的样子。 ㊸鲂:鳊鱼。 鲊:鲢鱼。 甫甫:《齐诗》作"诩诩"。鱼大的样子。 ㊹麀(yōu):母鹿。 鹿:指公鹿。 噳噳(yǔ):群鹿相聚的样子。 ㊺猫:《毛传》:"似虎,浅毛者也。"据后人考证,即今之山猫,其形似虎而小。 ㊻既:取得。 令居:好住处。 ㊼燕:安。 誉:通"豫",乐。 ㊽溥:大。 ㊾燕:国名。按周有二燕:一为南燕,在今河南汲县,国君姓姞,传说为黄帝之后。一为北燕,在今河北大兴县,国君姓姬,召公奭始封于此。这里指北燕。 ㊿以:因为。 先祖:指韩国祖先。 受命:接受周王的册命为诸侯。 (51)因:依靠。 时:通是,这。百蛮:指北狄诸部。 (52)追、貊(mò):北狄国名。 (53)奄:包括。 (54)以:为。 伯:长。一方诸侯之长称方伯。 (55)实,是。 墉:城。 壑:城壕。(56)亩:开垦田地。 籍:定收赋税。 (57)貔(pí):一种猛兽,狸类,亦名白狐。

【译文】

巍巍高耸梁山冈，大禹治水到此方，一条大路通周邦。韩侯入朝受册命，周王亲自对他讲："祖先事业你继承，我的命令切莫忘。早夜工作别松懈，忠诚职守勿疏荒。我的册命不轻发，望你伐叛正纪纲，以此辅佐你君王。"

四匹公马真肥壮，又高又大气昂昂。韩侯入周来朝见，手捧大圭上朝堂，俯伏丹墀拜周王。王赐礼物示嘉奖，锦绣龙旗彩羽装，镂金彩绘车一辆，黑色龙袍大红靴，铜制马饰雕文章，浅色虎皮蒙轼上，马辔马轭闪金光。

韩侯离朝祭路神，路上住宿在屠城。显父设宴为饯行，美酒百壶醇又清。席上荤菜是什么？清蒸大鳖鲜鱼羹。席上素菜是什么？嫩蒲烧汤竹笋丁。临行赠品是什么？高车驷马垂红缨。七盘八碗筵丰盛，韩侯宴饮真高兴。

韩侯结婚娶妻房，她的舅父是厉王，司马蹶父小女郎。韩侯驾车去亲迎，蹶邑大街闹洋洋。百辆新车挤路上，车铃串串响丁当，荣耀显赫真辉煌。陪嫁众妾紧相随，多如彩云巧梳妆。韩侯举行三顾礼，满门灿烂又堂皇。

蹶父威武又雄壮，出使各国游历广；他替女儿找婆家，莫如韩国最理想。住在韩地欢乐多，河川水泊很宽广，鳊鱼鲢鱼多肥大，母鹿公鹿满山冈，深林有熊又有罴，山猫猛虎幽谷藏。欢庆得了好地方，韩姞安乐心舒畅。

韩国城邑宽又广，功程完竣靠燕邦。韩国祖先受王命，节制蛮族控北方。王赐韩侯复祖业，追貊两族由你掌，包括北方诸小国，你为方伯位居上。城墙城壕替他筑，垦田收税样样帮。他们贡献白狐皮，赤豹黄熊好皮张。

江　　汉

【题解】

这是一位诗人叙述周宣王命令召虎带兵讨伐淮夷的诗。诗的最后叙写召虎作簋记事，因此有的人怀疑诗本身就是古器物簋的铭文，作者就是召虎。关于这个问题，还有待进一步探讨。

江汉浮浮①，武夫滔滔②。匪安匪游③，淮夷来求④。既出我车，既设我旟⑤。匪安匪舒，淮夷来铺⑥。

江汉汤汤⑦，武夫洸洸⑧。经营四方⑨，告成于王。四方既平，王国庶定⑩。时靡有争，王心载宁⑪。

江汉之浒⑫，王命召虎⑬："式辟四方⑭，彻我疆土⑮。匪疚匪棘⑯，王国来极[17]。于疆于理[18]，至于南海[19]。”

王命召虎[20]，来旬来宣[21]：“文武受命[22]，召公维翰[23]。无曰予小子[24]，召公是似[25]。肇敏戎公[26]，用锡尔祉[27]。”

釐尔圭瓒[28]，秬鬯一卣[29]。告于文人[30]，锡山土田[31]。于周受命[32]，自召祖命[33]。”虎拜稽首[34]，“天子万年！”

虎拜稽首：“对扬王休[35]，作召公考[36]。天子万寿！明明天子[37]，令闻不已[38]。矢其文德[39]，洽此四国[40]。”

【注释】

①江：长江。　汉：汉水。　浮浮：《鲁诗》作“陶陶”，水流盛长的样子。　②武夫：指出征淮夷的士卒。　滔滔：顺流的样子。王引之《经义述闻》、陈奂《诗毛氏传疏》都认为这二句“当作‘江汉滔滔，武夫浮浮’。《传》当作‘滔滔，广大貌；浮浮，众强貌’。《经》、《传》各本皆误。”可备一说。　③匪：不。　④淮夷：当时住在淮水南部的沿岸和近海地方的夷族。胡渭《禹贡锥指》：“淮夷，今淮、扬二府近海之地皆是。”　来：语助词，含有“是”意（从王引之说）。　求：诛求、讨伐。　⑤设：树起。　旟：画有鸟隼的旗。　⑥铺：陈列军队。朱熹《诗集传》：“铺，陈也。陈师以伐之也。”有人训铺为“止”，停止在淮夷的阵地上。亦通。　⑦汤汤（shāng）：水势浩大的样子。　⑧洸洸（guāng）：威武的样子。　⑨经营：指征伐叛逆。　⑩庶：庶几。　⑪载：则、就。　⑫浒（hǔ）：水边。　⑬召虎：召伯，名虎，谥召穆公。　⑭式：发语词。　辟：闢的借字，开辟。　⑮彻：治。　⑯疚：病、害。　棘：通“急”。　⑰极：准则。　⑱于：往。　疆：划分边界。　理：治理土地。　⑲南海：泛指南方近海蛮族所居之地。　⑳命：册命。　㉑来：是。　旬：通“徇”，当众宣示。古时册命大臣于宗庙中进行，并向百官宣示。　㉒文武：文王和武王。　㉓召公：指召虎之先祖召公奭，姬姓，封于召，助武王灭商有功。　翰：桢干，辅佐。　㉔无曰：你不要说。　予小子：宣王自称。　㉕似：通“嗣”，继承。　㉖肇：创建。敏：速。　戎：大。　公：通“功”。　㉗祉：福。　㉘釐：通“赉”，赏赐。　圭瓒：用玉做柄的酒勺。　㉙秬（jù）：黑黍。　鬯（chàng）：郁金香草。秬鬯，用秬（黑黍）和鬯酿成的香酒。　卣（yǒu）：有柄的酒壶。　㉚文人：指召虎祖先有文德的人。　㉛锡：赐。　㉜于周受命：在周王朝接受册命。　㉝召祖：召虎的祖先，指召公奭。　命：册命的典礼。　㉞稽首：叩头。　㉟对：报答。　扬：颂扬。　休：美。这里指美厚的礼物。　㊱考：郭沫若《青铜时代·周代彝器进化观》：“考乃簋之假借字。”簋（guǐ），亦作毁，古代食器。圆口，圈足，无耳或有两耳，也有四耳、方座，或

带盖的。青铜或陶制。盛行于商、周时。　㊲明明：犹勉勉，勤勉。　㊳令闻：美誉。　㊴矢：通"施"，施行。　㊵洽：《礼记·孔子闲居》引这句诗作"协"，协和。

【译文】

长江汉水流滔滔，壮士出征逞英豪。不贪安逸非游遨，誓把淮夷来征讨。驾起戎车如飞跑，树起战旗随风飘。不求安逸不辞劳，陈师淮夷除凶暴。

长江汉水流浩荡，壮士勇猛世无双。讨伐四方叛乱国，捷报飞来告周王。四方叛国已平定，周邦方得保安康。时局平定无征战，周王安宁心舒畅。

长江边啊汉水旁，王命召虎为大将："为我开辟四方地，为我治理好土疆。施政宽缓莫扰民，一切准则学中央。划定边界治国土，直到南海蛮夷乡。"

宣王册命任召虎，宗庙当中告百官："文王武王受天命，召公辅政立朝班。不要说我还年轻，召公事业你接管。速立大功来报效，赐你福禄示恩眷。

赏你玉杓世世传，黍酒一壶香又甜。祭告你的祖先神，先王曾赐山和田。你到岐周受册命，仪式按照你祖先。"召虎拜谢又叩头，"恭祝天子寿万年！"

召虎拜谢又叩头："为报王赐礼物厚，特铸青铜召公簋，恭祝天子万年寿！勤勉不倦周天子，名垂千古永不朽。施行德政惠万民，协和四方众诸侯。"

常　武

【题解】

这是赞美宣王平定徐国叛乱的诗。这次战役，宣王是否亲征，旧说不一，很难确定。还有认为诗是召穆公（召虎）所作的，更无确据。诗篇为什么名"常武"，后世也有不同的解释。王质《诗总闻》认为"自南仲以来，累世著武，故曰常武"，其说近是。

赫赫明明①，王命卿士②，南仲大祖③，大师皇父④："整我六师⑤，以修我戎⑥。既敬既戒⑦，惠此南国⑧。"

王谓尹氏⑨，命程伯休父⑩："左右陈行⑪，戒我师旅⑫。率彼淮浦⑬，省此徐土⑭。不留不处⑮，三事就绪⑯。"

赫赫业业⑰，有严天子⑱。王舒保作⑲，匪绍匪游⑳。徐方绎骚㉑，震惊徐方，如雷如霆，徐方震惊。

王奋厥武㉒，如震如怒。进厥虎臣㉓，阚如虓虎㉔。铺敦淮溃㉕，仍执丑虏[26]。截彼淮浦[27]，王师之所。

王旅啴啴[28]，如飞如翰[29]。如江如汉，如山之苞[30]，如川之流，绵绵翼翼[31]，不测不克[32]，濯征徐国[33]。

王犹允塞[34]，徐方既来。徐方既同[35]，天子之功。四方既平，徐方来庭[36]。徐方不回[37]，王曰还归。

【注释】

①赫赫：显耀盛大的样子。　明明：明智昭察的样子。　②卿士：西周掌管中央各官署和地方的高级官员。　③南仲：人名，周宣王的大臣。《汉书·古今人表》作南中，列于宣王时，为大将。　大祖：指太祖庙。　④大师：即太师，官名，西周执政大臣之一，总管军事。　皇父：人名，周宣王的大臣。　⑤六师：即六军。《周礼·夏官》司马："凡制军，万有二千五百人为军，王六军，大国三军，次国二军，小国一军。"　⑥戎：兵器。　⑦敬：通"儆"，和戒同义，警戒。⑧惠：施恩。　南国：南方诸国。　⑨尹氏：据马瑞辰《毛诗传笺通释》考证，即上章的皇父，也有认为即尹吉甫（孔颖达《正义》）或掌卿士之官（陈奂《毛诗传疏》）的。　⑩程伯：封在程（今陕西省咸阳东）地的伯爵。　休父：程伯之名。⑪陈行：列队。　⑫戒：告戒。　⑬率：循、沿。　淮浦：淮水边。　⑭省：巡视。　徐土：指徐国。故城在今安徽泗县北，亦称徐戎、徐州，属于淮夷中的一个大国。　⑮处：居。　⑯三事：三卿，即《十月之交》中的"择三有事"，《雨无正》中的"三事大夫"。　就绪：安心各就其业。　⑰业业：举止有威仪的样子。　⑱有严：严严，威严的样子。　⑲舒：徐缓。　保作：安行。　⑳匪：非。　绍：缓。　㉑绎骚：扰动。　㉒奋：奋发，振起。　厥：其。　㉓进：进军。　虎臣：古代战争的冲锋兵车，如后世的敢死队。　㉔阚（hǎn）如：阚然，虎怒的样子。　虓（xiāo）：亦作哮，虎叫。　㉕铺：布阵。　敦：通"顿"，整顿（从胡承珙《毛诗后笺》说）。　溃（fén）：治河的高地。　㉖仍：亦作"扔"，拉。　执：捉。　丑虏：对俘虏的蔑称。　㉗截：绝。　㉘啴啴（tān）：众盛的样子。　㉙翰：高飞。　㉚苞：茂。引申为攒聚。　㉛绵绵：连绵不断的样子。　翼翼：壮盛的样子。　㉜不测：不可测度。　不克：不可胜过。　㉝濯：大。　㉞犹：同"猷"，谋划。　允：真、确实。　塞：踏实（从王先谦《诗三家义集疏》说）。　㉟同：一致、一统。　㊱来庭：来朝。　㊲回：违抗。

【译文】

威武英明周宣王，命令卿士征徐方，太庙之中命南仲，太师皇父同听讲："整顿六军振士气，修理弓箭和刀枪。告戒士卒勿扰民，平定徐国惠南邦。"

王令尹氏传下话，策命休父任司马："士卒左右列好队，训戒六军早出发。循那淮水岸边行，须对徐国细巡察。大军不必久居留，任毕三卿便回家。”

威仪堂堂气概昂，神圣庄严周宣王。王师从容向前进，不敢延缓不游逛。徐国闻讯大骚动，王师威力震徐邦，声势恰似雷霆轰，徐兵未战已惊慌。

宣王奋发真威武，就像天上雷霆怒。冲锋兵车先进军，吼声震天如猛虎。大军列阵淮水边，捉获敌方众战俘。切断徐兵溃逃路，王师就地把兵驻。

王师势盛世无双，行动神速如鸟翔。好比江汉水流长，好比青山难摇撼，好比洪流不可挡，连绵不断声威壮，神出鬼没难估量，大征徐国定南方。

宣王计划真恰当，徐国已服来归降。纳土称臣成一统，建立功勋是我王。四方诸侯既平靖，徐君朝拜王庭上。徐国从此不敢叛，王命班师回周邦。

瞻　卬

【题解】

这是一位诗人讽刺幽王宠幸褒姒、斥逐贤良，以致乱政病民，国运濒危的诗。诗中“乱匪降自天，生自妇人”的说法，反映了当时歧视女性的社会意识。

瞻卬昊天①，则不我惠②。孔填不宁③，降此大厉④。邦靡有定，士民其瘵⑤。蟊贼蟊疾⑥，靡有夷届⑦。罪罟不收⑧，靡有夷瘳⑨。

人有土田，女反有之⑩。人有民人，女覆夺之⑪。此宜无罪，女反收之⑫。彼宜有罪，女覆说之⑬。哲夫成城⑭，哲妇倾城⑮。

懿厥哲妇⑯，为枭为鸱⑰。妇有长舌，维厉之阶⑱。乱匪降自天，生自妇人。匪教匪诲⑲，时维妇寺⑳。

鞫人忮忒㉑，谮始竟背㉒。岂曰不极㉓，伊胡为慝㉔？如贾三倍㉕，君子是识㉖。妇无公事㉗，休其蚕织㉘。

天何以刺㉙？何神不富㉚？舍尔介狄㉛，维予胥忌㉜；不吊不祥㉝，威仪不类㉞。人之云亡㉟，邦国殄瘁㊱。

天之降罔㊲，维其优矣㊳。人之云亡，心之忧矣。天之降罔，维其几矣㊴。人之云亡，心之悲矣。

觱沸槛泉㊵，维其深矣。心之忧矣，宁自今矣㊶？不自我先，不自我后。藐藐昊天㊷，无不克巩㊸。无忝皇祖㊹，式救尔后㊺。

【注释】

①卬:通“仰”。 昊天:指周幽王。《毛传》:“斥王也。” ②惠:爱。③填(chén):通“尘”,长久。 ④厉:祸患。 ⑤士民:士卒和人民。瘵(zhài):病。 ⑥蟊贼:吃庄稼的害虫。 疾:害。 蟊疾:啃害庄稼的害虫。⑦夷:语助词。 届:终极。 ⑧罟:网。罪罟:指条目繁多的酷刑。 ⑨瘳(chōu):病愈。 ⑩女:你。 有:《广雅·释诂》:“有,取也。” ⑪覆:反。⑫收:拘捕。 ⑬说:通“脱”,开脱。 ⑭哲夫:才能见识超越常人的男子。城:指国。成城:立国。 ⑮哲妇,指幽王的宠妃褒姒。 ⑯懿:通“噫”,叹词。有人训懿为美,亦通。 ⑰枭:相传长大后食母的恶鸟。 鸱(chī):猫头鹰。古人认为猫头鹰是不祥之鸟。 ⑱维:是。 阶:阶梯,含有根源的意思。⑲匪教匪诲:指并非另外有人教诲幽王做坏事。 ⑳时:是。 维:只。 妇:指褒姒。 寺:通“侍”。指周王的近侍。 ㉑鞫人:告人。林义光《诗经通解》:“鞫读为告,告、鞫古同音。” 忮:亦作伎,害人。见《邶风·雄雉》注⑨。忒(tè):差错。 ㉒谮(zèn):进谗言。 始:开始。 竟:终。 背:违背、自相矛盾。 ㉓极:狠。 ㉔伊:发语词。胡:何。 慝:通“嫟”,悦、欢喜(据《韩诗》)。 ㉕贾(gǔ):商人。 三倍:指得三倍的利润。 ㉖君子:指贵族从政者。 识:通“职”。林义光《诗经通解》:“识,读为职,识与职古通用。言如贾利三倍之人而主君子之事(君子,谓从政者)。盖商贾之不能参预政事,与蚕织者不能参预政事,其理正同也。” ㉗公事:政事。 ㉘休:停止。 蚕织:蚕桑纺织。 ㉙天:指幽王,下同。 刺:责罚。 ㉚富:借为福。 ㉛舍:同“捨”。 介:甲。介狄,披甲的夷狄。有人训介为大,亦通。 ㉜维:同“惟”,只。 胥:相。 忌:恨。 ㉝吊:慰问抚恤。 不祥:指天灾人祸。 ㉞威仪:礼节。 类:善。 ㉟人:指贤人。 云:助词。 亡:逃亡。 ㊱殄(tiǎn)瘁:困病、憔悴。 ㊲罔:同“网”。降罔,下网,加人罪名之意。 ㊳优:厚、多。 ㊴几:《毛传》:“几,危也。” ㊵觱(bì)沸:泉水翻腾上涌的样子。槛:滥的借字,泛滥。 ㊶宁:岂、难道。 ㊷藐藐:高远的样子。 ㊸克:能。 巩:巩固、约束。 ㊹忝:辱没、有愧于。 ㊺式:用。 后:指子孙后代。

【译文】

仰望老天灰冥冥,老天对我没恩情。天下很久不安宁,降下大祸真不轻。国家无处有安定,害苦士卒和百姓。好比害虫吃庄稼,没完没了总不停。滥罚酷刑不收敛,生灵涂炭无止境。

别人如有好田地,你却侵占归自己。别人田里人民多,你却夺来做奴隶。这些本是无辜人，你却捕他不讲理。那些本是有罪人，你却开脱去包庇。男子有才能立国，妇女有才毁社稷。

可叹此妇太逞能，她是恶枭猫头鹰。妇有长舌爱多嘴，灾难根源从她生。祸乱不是从天降，出自妇人真不幸。没人教王施暴政，女人内侍话太听。

专门诬告陷害人，说话前后相矛盾。难道她还不凶狠，为啥喜欢这妇人？好比商人会赚钱，叫他参政难胜任。妇女不该管国事，她却蚕织不躬亲。

上天为啥罚我苦？神明为啥不赐福？放任武装夷狄人，只是对我很厌恶；人们遭难不抚恤，礼节不修走邪路。良臣贤士都跑光，国运艰危将倾覆。

上天把那刑罚降，多如牛毛不胜防。良臣贤士都逃光，心中忧伤对谁讲。上天无情降法网，国家危险人心慌。良臣贤士都逃光，回天乏术心悲伤。

泉水翻腾往外喷，源头一定非常深。我心忧伤由来久，难道只是始于今？祸乱不先也不后，恰恰与我同时辰。老天浩茫又高远，约束万物定乾坤。不要辱没你祖先，匡救王朝为子孙。

召　旻

【题解】

这是一位老臣讽刺幽王任用奸邪，朝政昏乱，以致外患严重，国土日削，即将灭亡的诗。作者可能是一位不得志的官吏。诗以“召旻”名篇，后世解者不一。比较合理的说法是最后一章提到召公，所以取名“召旻”，以别于《小旻》。

旻天疾威[1]，天笃降丧[2]。瘨我饥馑[3]，民卒流亡[4]。我居圉卒荒[5]。

天降罪罟，蟊贼内讧[6]。昏椓靡共[7]，溃溃回遹[8]，实靖夷我邦[9]。

皋皋訿訿[10]，曾不知其玷[11]。兢兢业业，孔填不宁[12]，我位孔贬[13]。

如彼岁旱，草不溃茂[14]，如彼栖苴[15]。我相此邦[16]，无不溃止[17]。

维昔之富不如时[18]，维今之疚不如兹[19]。彼疏斯粺[20]，胡不自替[21]？职兄斯引[22]。

池之竭矣[23]，不云自频[24]？泉之竭矣，不云自中？溥斯害矣[25]，职兄斯弘[26]，不烖我躬[27]？

昔先王受命[28]，有如召公[29]。日辟国百里[30]，今也日蹙国百里[31]。於乎哀哉[32]！维今之人，不尚有旧[33]？

【注释】

①旻(mín)天:《尔雅·释天》:“秋为旻天。”这里是泛指上天。《郑笺》:“天,斥王也。” 疾威:暴虐。 ②笃:厚、严重。 ③瘨(diān):降灾、灾害。 ④卒:尽、全。 ⑤居:朱熹《诗集传》:“居,国中也。” 圉(yǔ):边疆。 ⑥内讧(hòng):内部自相争斗。 ⑦昏:乱。 椓:通“诼”,谗毁。 共:通“供”,供职。 ⑧溃溃:昏乱的样子。 回遹(yù):邪僻。 ⑨实:是。 靖:图谋。 夷:灭。 ⑩皋皋:通“谍谍”,欺诳的样子。 訿訿(zǐ):毁谤的样子。 ⑪玷(diàn):玉上的斑点。借指人的污点。 ⑫填(chén):久。 ⑬贬:低下。 ⑭溃茂:溃和茂同义,丰茂。《郑笺》:“溃茂之溃当作汇。汇,茂貌也。” ⑮栖:指草偃伏在地如栖息。 苴(chá):枯草。 ⑯相:看。 ⑰溃:崩溃。止:陷、沦陷(从胡承珙《毛诗后笺》说)。有人训止为语气词,亦通。 ⑱维:发语词。 时:是,指今时。 ⑲疚:《释文》:“疚,音救,病也。字或作宊。”《说文》:“宊,贫病也。” 兹:此,指此地。 ⑳疏:稷、高粱(从程瑶田《九谷考》说)。 斯:此。 粺(bài):精米。 ㉑替:废弃。 ㉒职:主,含有“此”意。兄:同“况”,情况。 斯:语助词。 引:延长。 ㉓竭:干涸。 ㉔云:语助词。 频:《鲁诗》作“滨”,水边。 ㉕溥:通“普”,普遍。 斯:此。指上述周王无贤臣辅佐及王朝内部的腐败。 ㉖弘:大。 ㉗烖:同“灾”。 躬:身。㉘先王:《郑笺》:“谓文王、武王时也。” 受命:承受天命为王。 ㉙召公:召康公,亦称召公奭,文王、武王、成王时的大臣。 ㉚日:一天;夸张之词。 辟:开辟。 ㉛今也:指幽王时。 蹙(cù):缩小。指犬戎入侵,诸侯外叛。 ㉜於乎:即呜呼。 ㉝尚:犹、还。 旧:指先朝旧臣。

【译文】

老天暴虐难提防,接二连三降灾荒。饥馑遍地灾情重,十室九空尽流亡。国土荒芜生榛莽。

天降罪网真严重,蟊贼相争起内讧。谗言乱政职不供,昏溃邪僻肆逞凶,想把国家来断送。

欺诈攻击心藏奸,却不自知有污点。君子兢兢又业业,对此早就心不安,可惜职位太低贱。

好比干旱年头到,地里百草不丰茂,像那枯草歪又倒。看看国家这个样,崩溃灭亡免不了。

从前富裕今天穷,时弊莫如此地凶。人吃粗粮他白米,何占茅房不出恭?情况越来越严重。

池水枯竭非一天,岂不开始在边沿?泉水枯竭源头断,岂不开始在中间?这场灾害太普遍，这种情况在发展，难道我不受牵连？

先王受命昔为君，有像召公辅佐臣。当初日辟百里地，如今土地日瓜分。可叹可悲真痛心！不知如今满朝人，是否还有旧忠臣？

颂

颂四十篇，其中《周颂》三十一篇，《鲁颂》四篇，《商颂》五篇。颂是宗庙祭祀的乐歌，不但配合乐器，用的是皇家的乐调，而且带有扮演、舞蹈的艺术。它和风、雅不同，风、雅只清唱，歌辞有韵，声音短促，叠章复唱。颂诗有一部分无韵，由于配合舞步，声音缓慢，也不分章。

《周颂》是《诗经》中最早的诗，据后人考证，作于武王、成王、康王、昭王时代大约一百多年间（公元前1100—前950年），都是西周初期的作品，其中以“大武舞歌”的《武》、《赉》、《桓》等为最早。其产生地是西周的首都镐京。

《鲁颂》的《閟宫》有“奚斯所作”一句，奚斯是鲁僖公时人（公元前650年左右）。《駉》篇《毛序》认为“史克作是颂”，史克是鲁襄公时人（公元前570年左右），可见《鲁颂》是春秋时代的作品，产生于春秋鲁国的首都（今山东曲阜）。

《商颂》即“宋颂”，是宋人正考父依据商的名颂改写的，用来歌颂宋襄公，所以它也是春秋时代作品，产生在春秋宋国首都河南商邱。

颂都是宣扬德威、粉饰太平的庙堂乐章，具有很大虚伪性。诗歌缺乏生动描写，艺术价值也不高。但其中少数篇章，如写农业生产的《载芟》、《良耜》，写畜牧、渔业生产的《駉》、《潜》，写古代各种乐器的《有瞽》，以及保存了关于殷商的神话和史实的《长发》、《玄鸟》等，作为史料都还有可取之处。

周　颂

清　庙

【题解】

这是周统治者祭祀文王于宗庙的诗。

於穆清庙[①]，肃雝显相[②]。济济多士[③]，秉文之德[④]。对越在天[⑤]，骏奔走在庙[⑥]。不显不承[⑦]，无射于人斯[⑧]。

【注释】

①於(wū)：赞叹词。　穆：形容清庙深远的样子。《毛传》训穆为"美"，亦通。　清：清明。《郑笺》："清庙者，祭有清明之德者之宫也，谓祭文王也。"有人训清为清静，亦通。　②肃雝：态度严肃雍容。　显：高贵显赫。　相：助祭的公侯。　③济济：多而整齐的样子。　多士：众士，指参加祭祀的人。　④秉：怀着。　文：周文王。　⑤越：于。　⑥骏：迅速。　⑦不：同"丕"，发声词。　显：光明。　承：继承。　⑧无射(yì)：不厌、没有厌足。　斯：语气词。

【译文】

啊，在那深沉清庙中，助祭端庄又雍容。众士祭祀行列齐，文王德教记在胸。遥对文王在天灵，奔走在庙疾如风。光照上天延后世，人们仰慕无时穷。

维 天 之 命

【题解】

这也是周王祭祀文王的诗。关于成诗之时，郑玄认为在周公摄政五年之冬。而陈奂却考证说，诗当作于周公居摄的六年之末制礼作乐之后，即公元前1110年的时候。

维天之命[①]，於穆不已[②]。於乎不显[③]，文王之德之纯！假以溢我④，我其收之。骏惠我文王⑤，曾孙笃之⑥。

【注释】

①维：同“惟”，想。 ②於（wū）：赞叹词。 穆：肃敬。 不已：不停。 ③於乎：呜呼，赞叹词。 不显：即丕显，光明显赫。 ④假：嘉、善。指仁政。 溢：通“谧”，安宁、平静。 ⑤骏惠：驯顺。马瑞辰《毛诗传笺通释》：“惠，顺也。骏，当为驯之假借，驯亦顺也。骏惠二字平列，皆为顺。” ⑥曾孙：自孙以下均称曾孙。 笃：厚，即笃行的省略，专心诚意地实行。

【译文】

想那天道在运行，庄严肃穆永不停。啊，多么显赫多光明，文王品德真纯正！仁政使我得安宁，我们一定要继承。遵循文王踏过路，子子孙孙要力行。

维　清

【题解】

这篇也是周王祭祀文王的诗。文王在位七年，先将商纣的属国如密、崇等都消灭掉，孤立商纣，为武王灭纣的成功奠定基础。成王时，周公制礼作乐，作这首《维清》的歌舞诗祭祀文王，纪念他征伐的功绩。歌舞时，用人打扮成文王的样子，表演他击刺打仗之状。按古代舞有文、武二种，这首诗属于武舞。

维清缉熙①，文王之典②。肇禋③，迄用有成④，维周之祯⑤。

【注释】

①维：想。 清：清明。 缉熙：光明的样子。 ②典：法。此指用兵之法。 ③肇：开始。 禋：祭天。 ④迄：至。 ⑤维：是。 祯：吉祥。

【译文】

想我周朝政清明，因为文王善用兵。由他始行祭天礼，直到武王才功成。这是我周的祥祯。

烈　文

【题解】

这是成王祭祀祖先时戒勉助祭诸侯的诗。关于诗的作者，有人认为是周公。

烈文辟公①，锡兹祉福②。惠我无疆③，子孙保之。无封靡于尔邦④，维王其崇之⑤。念兹戎功⑥，继序其皇之⑦。无竞维人⑧，四方其训之⑨。不显维德⑩，百辟其刑之⑪。於乎，前王不忘！

【注释】

①烈文：有功有德。　辟公：诸侯。　②锡：赐。　祉：福。　③惠：顺。　④无：毋。　封靡：大罪。《毛传》："封，大也。靡，累也。"累即缧绁的意思，引申为犯罪。　⑤维：乃。　崇：尊重。　⑥戎功：武功。　⑦序：古和"叙"、"绪"通用，继序即继承的意思。　皇：光大。　⑧无：含有莫的意思。　竞：强。　人：指贤人。　⑨四方：指天下诸侯。　训：顺。　⑩不显：大显。　⑪百辟：众诸侯。　刑：通"型"，典范、效法。

【译文】

功德双全诸侯公，赐给你们助祭荣。对我周朝永驯顺，子孙长保福无穷。莫在你国造大孽，我王对你才尊重。应念你祖立战功，继承祖业更恢宏。强盛莫过得贤士，四方才会竞相从。光明最是先王德，诸侯应该学此风。先王典范永铭胸。

天　作

【题解】

这是周统治者祭祀岐山的诗。

天作高山①，大王荒之②。彼作矣③，文王康之④。彼徂矣⑤，岐有夷之行⑥，子孙保之！

【注释】

①作：生。　高山：指岐山，在今陕西省岐山县东北。　②大王：即太王古公亶父，周文王的祖父。初居豳，为戎狄所侵，迁居于岐山之下，豳人皆从之，定国号曰周。到武王时，追尊为太王。　荒：扩大治理的意思。　③彼：指上天。作：生。　④康：安乐。　⑤彼：指人民。　徂：往、到。指归周。　矣：《后汉书·西南夷传》引此诗作"者"。　⑥夷：平坦。　行：道路。按平坦的道路又含有政治清明之意。

【译文】

天生巍峨岐山冈，太王经营地更广。上天在此生万物，文王安抚定周邦。人心所向来归顺，岐山大道坦荡荡，子孙永保这地方！

昊天有成命

【题解】

这是祭祀成王的诗。诗的写作年代，当在康王之时。

昊天有成命[①]，二后受之[②]。成王不敢康[③]，夙夜基命宥密[④]。於缉熙[⑤]，单厥心[⑥]，肆其靖之[⑦]。

【注释】

①昊天：即苍天、皇天。 成命：明白的命令。马瑞辰《毛诗传笺通释》："古文明、成二字同义。" ②后：君。二后，指文王、武王。 ③成王：武王子，名诵。即位时年幼，由叔周公旦摄政，七年后亲自执政。康：安乐。 ④夙夜：早夜。 基：《尔雅·释诂》："基，谋也。" 命：政令。 宥：宽大。 密：安定。宥密，形容政教的宽大而又能安定人心。 ⑤於：叹美词。 缉熙：见《大雅·文王》注㉑。 ⑥单：诚厚。 厥：其。 ⑦肆：巩固。 靖：安定。

【译文】

天命昭昭自上苍，受命为君文武王。成王不敢图安逸，日夜谋政志安邦。啊，多么光明多辉煌，忠诚厚道热心肠，国家巩固民安康。

我　将

【题解】

这篇是祭祀上帝、配祭文王的乐歌。

我将我享[①]，维羊维牛[②]，维天其右之[③]。仪式刑文王之典[④]，日靖四方[⑤]。伊嘏文王[⑥]，既右飨之。我其夙夜，畏天之威，于时保之[⑦]。

【注释】

①将：烹的意思。 享：祭献。 ②维：是。维羊维牛，或作"维牛维羊"，恐系传写之误。 ③右：同"祐"。 ④仪、式、刑：三字同义，都是效法的意思。典：典章制度。 ⑤靖：安定、治理。 ⑥伊：发语词。 嘏（jiǎ）：伟大。⑦时：通"是"。 之：指国家。

【译文】

我要祭祀先烹调，祭品牛羊不算少，上帝保佑好运道。典章制度效文王，治理天下日操劳。伟大神圣我文王，享受祭祀神灵到。我要日夜勤祭祷，崇敬天威遵天道，这才能把天下保。

时 迈

【题解】

这是武王巡视各诸侯国和祭祀山川的乐歌。旧说多认为周公所作。

时迈其邦①，昊天其子之②，实右序有周③。薄言震之④，莫不震叠⑤。怀柔百神⑥，及河乔岳⑦。允王维后⑧！明昭有周⑨，式序在位⑩。载戢干戈⑪，载橐弓矢⑫。我求懿德⑬，肆于时夏⑭。允王保之。

【注释】

①时：是，语助词。 迈：行。指巡狩。 ②子之：视同儿子。 ③右：同"佑"。 序：助。 吴闿生《诗义会通》："右、序，皆助也。" ④薄、言：都是语助词，薄还含有开始的意思。 震：指以武力震慑。 ⑤叠：通"慑"，恐惧。⑥怀柔：安抚、取悦。 ⑦乔岳：高山。 ⑧允：确实。 维：是。 后：君主。⑨明昭：光明显著。 ⑩式：发语词。 序在位：各称其职。 ⑪载：则、就。戢：收藏。 ⑫橐(gāo)：盛弓矢的袋。 ⑬懿德：指有美德的人。 ⑭肆：陈设、施行。 时：是、此。 夏：中国。

【译文】

出发巡视大小邦，上帝视我如儿郎，佑我大周国运昌。才始发兵讨纣王，天下诸侯皆惊慌。为悦众神备祭享，遍及河山及四望。武王不愧天下长！大周昭明照四方，满朝称职尽贤良。收起干戈没用场，装好弓箭袋里藏。我去访求有德士，遍施善政国兴旺。周王定能保封疆。

执 竞

【题解】

这是祭祀武王的诗。

执竞武王[①]，无竞维烈[②]。不显成康[③]，上帝是皇[④]。自彼成康[⑤]，奄有四方[⑥]，斤斤其明[⑦]。钟鼓喤喤[⑧]，磬筦将将[⑨]，降福穰穰[⑩]。降福简简[⑪]，威仪反反[⑫]。既醉既饱，福禄来反[⑬]。

【注释】

①执：服。竞，强。执竞，指武王能制服强暴。 ②无竞：无比。 维：其。烈：功业。指克商的功业。 ③康：安。 成康：成就安定的局面。 ④皇：美、嘉。 ⑤自：由于。 ⑥奄：覆盖、包括。 ⑦斤斤：昕昕的省借，精明的样子。 ⑧喤喤：锽的假借字，钟鼓声。 ⑨磬：古代的一种打击乐器。筦：同“管”，指竹制的管乐器。 将将(qiāng)：同“锵锵”，象声词。 ⑩穰穰(rǎng)：众多。 ⑪简简：盛大的样子。 ⑫反反：昄昄的假借字，慎重的样子。 ⑬反：同“返”，还报。

【译文】

制服强梁称武王，克商功业世无双。功成名就国安康，上帝对他也赞赏。由于功成国安康，一统天下有四方，武王英明坐朝堂。敲钟擂鼓咚咚响，击磬吹箫声锵锵，上天赐福降吉祥。无边洪福从天降，祭礼隆重又端庄。武王神灵醉又饱，报你福禄绵绵长。

思　　文

【题解】

这是郊祀后稷以配天的乐歌。前人有认为是周公所作的，有认为是豳地之颂的。按周自后稷发明播种百谷后，公刘和古公亶父都是以农建国的人物，豳民作诗祭祀后稷，这是很可能的事。到周公时，加以润色配乐，定为祭祀后稷配天的乐章，也有此可能。

思文后稷[①]，克配彼天[②]。立我烝民[③]，莫匪尔极[④]。贻我来牟[⑤]，帝命率育[⑥]。无此疆尔界，陈常于时夏[⑦]。

【注释】

①思：想。有人训思为语助词，亦通。 文：有文德。文德对“武功”言，指建设国内的功德。 ②克：能。 克配彼天：能够配享那上帝。 ③立：当作粒。这里用作动词，有养育的意思。 烝民：众民。《郑笺》：“立当作粒。烝，众也。昔尧遭洪水，黎民阻饥。后稷播殖百谷，烝民乃粒，万邦作乂。” ④极：最。

指最大的好处。　⑤贻:留下。　来牟:"麦"的析声。来为小麦,牟为大麦。⑥率:用。　育:养。　⑦陈:遍布。　常:常规;指农政。　时:此。　夏:中国。

【译文】

想起后稷先王,功德能配上苍。养育我们百姓,谁未受你恩赏。留给我们麦种,天命充民供养。农政不分疆界,全国普遍推广。

臣　工

【题解】

这是周王耕种藉田并告诫农官的诗。所谓藉田,是周王拥有的一大片由农奴耕种的土地。每年春天,周王带领群臣到藉田上去耕几下,装装样子,以表示对农业的重视。然后祭祀土谷(社稷)之神。这首诗就是在藉田祭祀时所唱的乐歌。诗的产生年代,大约和成王时的《噫嘻》相去不远。

嗟嗟臣工①,敬尔在公②。王釐尔成③,来咨来茹④。嗟嗟保介⑤,维莫之春⑥。亦又何求⑦?如何新畬⑧?於皇来牟⑨,将受厥明⑩。明昭上帝⑪,迄用康年⑫。命我众人⑬,庤乃钱镈⑭,奄观铚艾⑮。

【注释】

①嗟嗟:发语词。　臣工:即臣官,通指诸侯卿大夫而言。　②敬:慎。尔:指群臣百官。　在公:指公职。　③王:指周王。有人释王为"往",亦通。釐:通"赉",赐。　成:成法。指耕种的成法。　④来:是。　咨:商量、询问。茹:忖度。　⑤保介:田官,亦称田畯。郭沫若《由周代农事诗论到周代社会》:"介者界之省,保介者保护田界之人。"　⑥维:是。　莫:同"暮"。　⑦亦:助词。　又:有。　⑧新畬(yú):开垦了三年的熟田。古时实行轮种,种过的田在休闲几年后再种,故称新畬。　⑨於:赞叹词。　皇:美好。指麦种壮实饱满。　来牟:麦。见《思文》注⑤。　⑩厥:其、它的。　明:成。指收成。⑪明昭:光明显赫。　⑫迄:至。　用:以。　康年:乐岁丰年。　⑬众人:指农人。　⑭庤(zhì):储备。　乃:你。　钱(jiǎn):古农具名,似今之铁锹。镈(bó):锄头。　⑮奄:同。　铚(zhì)艾:收割。铚本义是割禾的短镰刀,这里作动词"割"用。　艾:乂的假借字,亦作刈,收割。

【译文】

群臣百官听我言，对待公事要谨严。周王赐你耕作法，你应考虑细钻研。农官你要忠职守，暮春农事应早筹，你们还有啥要求？如何对待新田畴？美好麦籽壮又圆，秋来定能获丰收。光明上帝真灵验，一直赐我丰收年。就该命令众农夫，锄锹你要备齐全，他日一同看开镰。

噫　嘻

【题解】

《噫嘻》疑是成王春天祈谷、祭祀上帝，告诫农官的诗。内容叙述成王既祀上帝，即令田官带领农夫播耕百谷，让农夫开垦田官的私田，号召他们大规模地参加劳动。旧说"春夏祈谷"，其实"夏"字并无着落。诗反映了周初农夫的劳动情况和公田、私田的制度。

噫嘻成王①，既昭假尔②。率时农夫③，播厥百谷。骏发尔私④，终三十里⑤。亦服尔耕⑥，十千维耦⑦。

【注释】

①噫嘻：祈祷天神时呼叫的声音。原句是"成王噫嘻"的倒文。　②昭：明、表明。假：格的假借字，至、达于的意思。昭假，表明人的诚敬上达于天帝。《诗经》中凡言昭假，都是指祭祀上帝而言。　尔：语助词，与"矣"同。有人说，诗中三个"尔"字，都是指先王先公。有人说都是指田官。可参考。　③率：带领。　时：是、此。　④骏：迅速。　发：开发。　尔：你，指田官。　私：田官的私田。　⑤终：尽。　三十里：指私田。据《郑笺》的说法，万人所耕之田，共三十三平方里面积挂零。此处的三十里，但举成数而已。程瑶田《沟洫考》证明这种大规模的万人耕种三十里的大田，并非井田，间接证明了这只是农官的私田。⑥亦：发声词。　服：从事。　尔：指田官。　⑦十千：一万人。　维：其。耦：两人并肩用犁耕地。

【译文】

成王祈呼向苍穹，一片虔诚与神通。率领农夫同下地，安排农事快播种。迅速开发私邑田，三十里地尽完工。从事耕作须抓紧，万人耦耕齐劳动。

振　鹭

【题解】

《振鹭》疑是殷商后代宋微子来周助祭时的乐歌。姚际恒对此有较详的论述(见《诗经通论》),可以参考。

振鹭于飞①,于彼西雝②。我客戾止③,亦有斯容。在彼无恶④,在此无斁⑤。庶几夙夜⑥,以永终誉⑦。

【注释】

①振:群飞的样子。　鹭:白鹭。　②雝:水泽。　③戾:至。　止:语尾助词。　④无恶,没有人怨恨。　⑤斁(yì):厌。无斁:没有人讨厌。　⑥夙夜:早夜。　⑦终:众的假借字。马瑞辰《毛诗传笺通释》:"终与众古通用。《后汉书·崔骃传》:'岂可不庶几夙夜,以永众誉。'义本三家诗。"

【译文】

白鹭成群展翅翔,在那西边大泽上。我有贵客喜光临,也穿高洁白衣裳。他在本国无人怨,很受欢迎到我邦。望您日夜多勤勉,众口交誉美名扬。

丰　年

【题解】

这篇是秋收以后祭祀祖先时所唱的乐歌。

丰年多黍多稌①。亦有高廪②,万亿及秭③。为酒为醴④,烝畀祖妣⑤,以洽百礼⑥,降福孔皆⑦。

【注释】

①黍:糜子,小米。　稌(tú):稻谷。　②亦:语首助词。　廪:粮仓。③亿:周代十万为亿。　秭(zǐ):《尔雅》:"秭,数也。"郭注:"今以十亿为秭。"④醴:一种甜酒。　⑤烝:进献。　畀(bì):给予。　祖妣:男女祖先。　⑥洽:配合。　百礼:后人对它的解释有三:一、指用酒以合飨(祭死人)、燕(宴生人)等各种礼节(陈奂说)。二、指以酒配合牲、玉、币、帛之类的祭品(《孔疏》说)。三、指用酒合祭上帝百神的各种仪式(胡承珙说)。三说均可通。由于古礼已废,祭

祀制度不易考实，从文义揣之，似当以孔说为近。 ⑦孔：很、甚。 皆：普遍。

【译文】

丰年多产穈和稻，粮仓堆得高又高，万斛亿斛真不少。酿成醇酒和甜醪，献给先妣与先考，牺牲玉帛同敬孝，恩泽普降福星照。

有 瞽

【题解】

这是一首合乐祭祖的诗。

有瞽有瞽[①]，在周之庭。设业设虡[②]，崇牙树羽[③]。应田县鼓[④]，鞉磬柷圉[⑤]。既备乃奏，箫管备举[⑥]。喤喤厥声[⑦]，肃雝和鸣[⑧]，先祖是听。我客戾止，永观厥成[⑨]。

【注释】

①瞽：盲人。周代常以盲人充任乐官。 ②业：悬钟、磬的木架横梁上面的大版，刻如锯齿状。 虡(jù)：悬钟、磬的直木架。 ③崇牙：业上突出的木钉，弯曲高耸，用它挂乐器。 树羽：植立五采的羽毛作为崇牙的装饰。 ④应田：小鼓名。《郑笺》："田当作朄，朄，小鼓，在大鼓旁。应，鞞之属也。" 县：即悬。县鼓，一种悬挂而击的大鼓。 ⑤鞉(táo)：亦作鼗，一种有柄有二耳的摇鼓。磬：玉石制的版状打击乐器。 柷(zhù)：乐器名。《尔雅·释乐》郭注："柷如漆桶，方二尺四寸，深一尺八寸，中有椎柄连底，挏之令左右击。"《释名》："柷以作乐。"是击柷表示奏乐的开始。 圉(yǔ)：亦作敔，乐器名。形如伏虎，背上有二十七锯齿，以木尺划之发声。《释名》："敔以止乐。"是乐章奏毕时击敔以止乐。⑥箫、管：竹制乐器。古箫是排箫，一种编管乐器。管，如笛。 ⑦喤喤(huáng)：形容乐声洪亮和谐。 ⑧肃雝：形容乐声的徐缓肃穆。 ⑨成：指一曲奏毕。

【译文】

盲乐师啊盲乐师，排列宗庙大庭上。钟架鼓架都摆好，架上钩子彩羽装。小鼓大鼓悬挂起，鞉磬柷圉列成行。乐器齐备就演奏，箫管并吹音绕梁。众乐同发声洪亮，肃穆和谐调悠扬，祖宗神灵来欣赏。我有贵宾也光临，曲终不觉奏时长。

潜

【题解】

这是周王用鱼献祭于宗庙时所唱的乐歌。

猗与漆沮[①],潜有多鱼[②]:有鳣有鲔[③],鲦鲿鰋鲤[④]。以享以祀,以介景福[⑤]。

【注释】

①猗与:赞叹词。　漆、沮:周二水名。漆水源出陕西省大神山,西南流至耀县会沮水。沮水出陕西分水岭,东南流会漆水。两水既合,亦称石州河,东南流入渭水。　②潜:通"槮",放在水中供鱼栖息的柴堆。一说潜为潜藏在水中,亦通。　③鳣(shàn):鳇鱼。　鲔(wěi):鲟鱼。　④鲦:白条鱼。　鲿:亦名黄鲿鱼。　鰋:鲇鱼。　⑤介:助。　景:大。

【译文】

啊,在那漆沮二水中,鱼儿繁多藏柴丛:也有鳣鱼也有鲔,鲦鲿鲇鲤多品种。用来祭祀供祖宗,求降洪福永无穷。

雝

【题解】

这是武王祭文王的诗。据说,是在祭毕撤去祭品时唱的。

有来雝雝[①],至止肃肃[②]。相维辟公[③],天子穆穆[④]。於荐广牡[⑤],相予肆祀[⑥]。假哉皇考[⑦]!绥予孝子[⑧]。宣哲维人[⑨],文武维后[⑩]。燕及皇天[⑪],克昌厥后[⑫]。绥我眉寿[⑬],介以繁祉[⑭]。既右烈考[⑮],亦右文母[⑯]。

【注释】

①雝雝:和睦的样子。　②肃肃:严肃恭敬的样子。　③相:助祭。维:是。　辟公:指诸侯。　④天子:指周武王。　穆穆:容止端庄肃穆的样子。⑤於:赞叹词。　荐:献祭。　广:大。　⑥相:助。　予:周王自称。　肆:陈列。肆祀,祭名。　⑦假:嘉。假哉:美哉,赞美之词。　皇考:对已死父亲的美

称。指文王。 ⑧绥:安抚。 孝子:武王自称。 ⑨宣哲:明智。 维人:是臣。 ⑩后:君。 ⑪燕:安。 ⑫克:能。 昌:昌盛。 厥后:其后代。 ⑬绥:赐。 眉寿:长寿。 ⑭介:助。 繁祉:多福。 ⑮右:通"侑",劝侑。拜劝神灵吃祭物。 烈:光明。烈考,光明的先父。指文王。 ⑯文母:有文德的母亲,指文王的妻大姒。王引之《经义述闻》:"《传》以文母为大姒者,以上文皇考是文王,则文母当为大姒。非谓因文王而称文母也。"

【译文】

来时节雍容和睦,到此地恭敬严肃。助祭是诸侯群公,周天子端庄静穆。献一口肥大公畜,相助我办好"肆祀"。伟大啊光荣先父!您安抚我这孝子。用贤臣聪明仁智,圣主兼武功文治。安周邦上及皇天,能昌盛子孙后世。赐与我长命百岁,又助我大福大祉。既拜请父饮一杯,又敬请先母太姒。

载　见

【题解】

这是诸侯来朝,助祭周武王时所唱的乐歌。

载见辟王①,曰求厥章②。龙旂阳阳③,和铃央央④。鞗革有鸧⑤,休有烈光⑥。率见昭考⑦,以孝以享⑧。以介眉寿,永言保之⑨,思皇多祜⑩。烈文辟公⑪,绥以多福⑫,俾缉熙于纯嘏⑬。

【注释】

①载:始。 辟王:君王。指成王。 ②曰:语首助词。 章:指车、服的典章制度。 ③阳阳:文采美丽的样子。 ④和铃:挂在车轼上的铃称和,挂在车衡上的铃称铃。 央央:铃声。 ⑤鞗(tiáo)革:马缰绳。 有鸧(qiāng):即鸧鸧,形容马缰绳上金饰美盛的样子。 ⑥休:美。 烈光:光明。 ⑦率:带领。 昭考:指武王。周代宗庙制度,始祖的庙居中,其他祖宗依次左右排列,左称为昭,右称为穆。周武王的庙在左,所以称为昭考。 ⑧孝、享:二字同义,都是献祭的意思。 ⑨言:助词。 ⑩思:语首助词。 皇:君。指成王。多祜:多福。 ⑪烈文:光明而有文德。 ⑫绥:安。 ⑬俾:使。 缉熙:光明。 纯嘏(gǔ):大福。

【译文】

诸侯始来朝周王,求赐车服众典章。龙纹旗子真漂亮,车上和铃响叮当。辔头装饰金辉煌，华丽耀目亮晃晃。率领你们祭武王，隆重献祭在庙堂。祈求赐我寿无疆，保佑天命永久长，成王得福又吉祥。英明有德诸侯公，君王受福靠你帮，使他前程光明福无量。

有　客

【题解】

这是宋微子朝周，周王设宴饯行时所唱的乐歌。

有客有客①，亦白其马②。有萋有且③，敦琢其旅④。有客宿宿⑤，有客信信⑥。言授之絷⑦，以絷其马⑧。薄言追之⑨，左右绥之⑩。既有淫威⑪，降福孔夷⑫。

【注释】

①客：指宋微子。《左传》僖二十四年："皇武子曰：宋先代之后也，于周为客。"　②亦：语助词。　③有萋有且(jū)：即萋萋且且，形容随从众多的样子。　④敦琢：即雕琢，引申有选择之意。　旅：通"侣"，伴侣。指微子的随从众臣。　⑤宿：住一夜。　⑥信：住二夜。信信，用叠字形容客人住了几天的意思。　⑦言：语首助词。　絷(zhí)：绳索。　⑧絷：用作动词，用绳绊住马足。　⑨薄言：语助词。　追：饯送。　之：指微子。下句同。　⑩左右：指周王左右群臣。　绥：安抚。　⑪淫：大。　威：德。淫威，大德，引申为优待的意思。《毛传》："淫，大。威，则。"《郑笺》："既有大则，谓用殷正朔行其礼乐，如天子也。"其说亦通。　⑫夷：大。

【译文】

远方客人来我家，跨着一匹白骏马。随从人员一大串，个个品德无疵瑕。客人头夜这儿宿，二夜三夜再留下。最好拿根绳索来，把他马儿四蹄扎。我为客人来饯行，群臣百官欢送他。客人既然受优待，天赐福禄会更大。

武

【题解】

这是叙述武王克商的《大武》乐歌，据《吕氏春秋》，为周公所作。《左传》宣十二年："武王克商，作《武》，其卒章曰'耆定尔功'。"有人根据诗有"於皇武王"之句，认为不是武王时代作品。据王国维和郭沫若的考证，周代尚无谥法，文、武、成、康都是生时称号，到战国时才规定谥法。因此可定为是武王时代的作品。

於皇武王[1]，无竞维烈[2]。允文文王[3]，克开厥后[4]。嗣武受之[5]，胜殷遏刘[6]，耆定尔功[7]。

【注释】

①於：赞叹词。 皇：伟大。 ②竞：强。无竞，莫强。 维：其。烈，功绩。维烈，指伐商诛纣的功绩。 ③允：诚信。 文：文德。指文王所施行的政教。④克：能。 厥后：他的后代子孙。 ⑤武：指武王。有人训嗣为继，训武为道，说亦可通。 ⑥遏刘：二字同义，消灭的意思。 ⑦耆：致使、达到。

【译文】

赞叹伟大周武王，他的功业世无双。诚信有德周文王，能为子孙把业创。嗣子武王承遗业，战胜敌人灭殷商，巩固政权功辉煌。

闵予小子

【题解】

这是成王遭武王之丧告于祖庙的诗。有人疑这篇和以下三篇都是成王所自作。有人说可能是周公托为成王之词以进戒的诗。

闵予小子[1]，遭家不造[2]，嬛嬛在疚[3]。於乎皇考，永世克孝！念兹皇祖[4]，陟降庭止[5]。维予小子，夙夜敬止。於乎皇王，继序思不忘[6]！

【注释】

①闵：通悯，怜念。 予小子：成王自称。 ②不造：不善。即不祥、不幸的意思。 ③嬛嬛(qióng)：《说文》及《汉书·匡衡传》引此诗均作“茕茕”，孤独无依。 疚：忧伤。 ④皇祖：指文王。 ⑤陟：升。陟降：上下，即提升和降级的意思。 庭：亦作“廷”，公正。 止：语助词。 ⑥序：绪。即事业。 思：语助词。

【译文】

念我嗣位年纪轻，家中遭难真不幸，整天忧伤叹孤零。放声赞我先父亲，能尽孝道终其生！想我祖父国初兴，任用群臣很公平。我今嗣位未成丁，日夜勤劳坐朝廷。叫声先祖听我禀,誓继遗业永记铭!

访　落

【题解】

这是成王朝武王庙和群臣商议国政的诗。

访予落止①,率时昭考②。於乎悠哉③,朕未有艾④。将予就之⑤,继犹判涣⑥。维予小子,未堪家多难⑦。绍庭上下⑧,陟降厥家⑨。休矣皇考⑩,以保明其身⑪。

【注释】

①访:谋、商讨。　落:始。　②率:遵循。　时:是。　昭考:指武王。　③悠:远。　④朕:我,成王自称。　艾:阅历。《尔雅·释诂》:"艾,历也。"　⑤将:助。　就:因袭。　之:指先人的法典。　⑥犹:通"猷",图谋、计划。　判涣:大。马瑞辰《毛诗传笺通释》:"判涣,叠韵,字当读与《卷阿》诗'伴奂尔游矣'同。伴、奂皆大也,《说文》:'伴,大貌。'奂字注:'一曰,大也。'"　⑦多难:指遭父武王之丧及管叔、蔡叔、武庚叛乱和淮夷之难。　⑧绍:继。指武王继承文王。　庭:公正。　上下:即升降官吏。　⑨陟降厥家:即正确地任免臣下以安定家国。　⑩休:美。　皇考:指武王。　⑪明:勉。

【译文】

即位始初须计议,遵循先王志不移。真是任重道远啊,我少经验水平低。助我遵行先王法,继承宏业定大计。想我如今年纪轻,家国多难担不起。先父善将祖道承,用人得当国康熙。想我皇父多英明,以此保身勉自己。

敬　之

【题解】

这是成王自戒并告群臣的诗。林义光《诗经通解》:"按诗言'维予小子',又言'示我显德行',则是嗣王告群臣,非群臣戒嗣王也。"

敬之敬之①,天维显思②,命不易哉③!无曰高高在上,陟降厥士,日监在兹④。维予小子,不聪敬止。日就月将⑤,学有缉熙于光明⑥。

佛时仔肩⑦，示我显德行⑧。

【注释】

①敬：警戒。 ②显：明著。 思：语助词。 ③命：天命。指国运。④日：天天。监：监视。 兹：此。指人间。 ⑤就：久。《广雅》："就，久也。"将：长。 ⑥缉熙：积渐广大，犹今云深广。与《昊天有成命》的"缉熙"训"光明"不同义。 ⑦佛(bì)：弼的假借字，辅助。 时：是。 仔肩：责任。 ⑧显：光明。

【译文】

为人处事常警惕，天理昭彰不可欺，保全国运实不易！莫说苍天高在上，升黜群臣即天意，每天监视在此地。我刚即位年纪轻，不明不戒受蒙蔽。日积月累常学习，由浅入深明事理。众臣辅我担重任，美德向我多启示。

小 毖

【题解】

这是成王诛管蔡、消灭武庚以后，自我惩戒并求助于群臣的诗。诗当作于武庚作乱、淮夷继叛的时候。诗句多用比喻，故较含蓄生动。后代常用的"惩前毖后"的成语，即出于此诗。

予其惩而毖后患①，莫予荓蜂②，自求辛螫③。肇允彼桃虫④，拚飞维鸟⑤。未堪家多难，予又集于蓼⑥。

【注释】

①惩：警戒。 毖：谨慎。这句的标点，有人在"而"后断句。段玉裁《诗小笺》："《疏》于'而'字断句，各本皆云《小毖》一章八句。"胡承珙《毛诗后笺》以为《唐石经》中作"予其惩而毖彼后患"，故这句可能原作"予其惩而，毖彼后患"二句，否则各本不会说《小毖》一章八句。 ②荓(píng)蜂：牵引扶助的意思(从《孔疏》)。 ③螫(shì)：敕的假借字，勤劳。《尔雅·释诂》："敕，劳也。"④肇：始。 允：信。也有人说，允是语助词。 桃虫：即鹪鹩，一种极小的鸟。⑤拚：通"翻"，翻飞。二句比喻武庚开始很弱小，后来羽毛丰满，勾结管叔蔡叔起来叛乱。 ⑥蓼：水草名，其味苦辣。此句喻陷入困境。

【译文】

惩前毖后不摔跤，缺少辅佐我心焦，只能独自操辛劳。开始以为小鹪鹩，谁知飞出大海雕。家国多难受不了，今陷困境更难熬。

载 芟

【题解】

这是周王在春天藉田的时候，祭祀土神、谷神的舞歌。

载芟载柞①，其耕泽泽②；千耦其耘③，徂隰徂畛④。侯主侯伯⑤，侯亚侯旅⑥，侯强侯以⑦。有嗿其馌⑧，思媚其妇⑨，有依其士⑩。有略其耜⑪，俶载南亩⑫。播厥百谷，实函斯活⑬。驿驿其达⑭，有厌其杰⑮。厌厌其苗⑯，绵绵其麃⑰。载获济济⑱，有实其积⑲，万亿及秭⑳。为酒为醴，烝畀祖妣㉑，以洽百礼。有飶其香㉒，邦家之光；有椒其馨㉓，胡考之宁㉔。匪且有且㉕，匪今斯今，振古如兹㉖。

【注释】

①载：开始。 芟（shān）：除草。 柞（zé）：砍伐树木。 ②泽泽（shì）：土松散的样子。 ③耦：二人并耕。 ④徂：往。 隰：低湿的田地。 畛（zhěn）：田边的小路。指田界。 ⑤侯：发语词。 主：家长。 伯：长子。 ⑥亚：次。指老二老三等。 旅：众。指晚辈。 ⑦强：指强壮有余力来助耕的人。 以：雇佣的劳动力。《孔疏》："以者，佣赁之人，以意驱用，故云用也。" ⑧嗿（tǎn）：众饮食声。 馌（yè）：送到田间的饭菜。 ⑨思：发语词。 媚：美顺的样子。 ⑩依：通"殷"，壮盛的样子（从王引之《经义述闻》说）。 士：和上句的妇，都是送饭的人；士比喻儿子有如武士。 ⑪略："䂮"之假借，锋利。 耜：犁头。 ⑫俶：起土。 载：翻草。 ⑬实：指种子。 函：同"含"。 斯活：即活活，有生气的样子。 ⑭驿驿：亦作绎绎，接连不断的样子。 达：长出地面。 ⑮厌：美好的样子。 杰：特出。 ⑯厌厌：禾苗茂盛整齐的样子。 ⑰绵绵：连绵不断的样子。 麃（biāo）：穮的借字，禾谷的梢末，即穗。 ⑱济济：众多的样子。 ⑲实：满。 积：指堆积在场上。 ⑳万亿及秭：见《丰年》注③。 ㉑烝：献。 畀（bì）：给。 ㉒飶（bì）：与苾、馝通用，形容黍稷的香气盛大。 ㉓椒：与俶、淑通用，香气浓厚。 馨：传播很远的香气。 ㉔胡考：寿考。指老年人。 ㉕匪：非。 且：此。指耕种。 ㉖振古：自古。 兹：此。

【译文】

开始除草又砍树，用力耕地松泥土；上千对人齐耕耘，走下洼地踏小路。田主带着大儿子，小儿晚辈也相助，壮汉雇工同挥锄。大家吃饭声音响，温顺柔美好农妇，她的儿子健如虎。犁头雪亮又锋利，先耕南面那块地。各色种子撒下去，颗颗粒粒含生气。苗儿不断冒出来，高大粗壮讨人喜。庄稼茂盛一色齐，穗儿连绵把头低。开始收获丰硕果，场上粮食堆成垛，千担万斛上亿箩。酿成美酒味醇和，祖妣灵前先献酢，祭祀宴享礼节多。黍稷热气真芬芳，家门荣幸国增光；美酒醇厚真馨香，敬给老人得安康。耕作不从今日始，丰收并非破天荒，从古到今就这样。

良　耜

【题解】

这是周王在秋收以后祭祀土神谷神的乐歌。

畟畟良耜①，俶载南亩②。播厥百谷，实函斯活③。或来瞻女，载筐及筥④，其饷伊黍⑤。其笠伊纠⑥，其镈斯赵⑦，以薅荼蓼⑧。荼蓼朽止⑨，黍稷茂止。获之挃挃⑩，积之栗栗⑪。其崇如墉⑫，其比如栉⑬，以开百室⑭。百室盈止，妇子宁止。杀时犉牡⑮，有捄其角⑯。以似以续⑰，续古之人⑱。

【注释】

①畟畟（cè）：形容快利的样子。　耜：犁头。　②见《载芟》注⑫。　③见《载芟》注⑬。　④载：背。　筐、筥（jǔ）：都是竹制的盛器，筐形方，筥形圆。⑤饷：送食物。　伊：是。　黍：指小米饭。　⑥笠：笠帽。　纠：编织。　⑦镈（bó）：锄头。　赵：通“掏”，撬的意思。　⑧薅（hāo）：除草。　荼蓼：二种野草名。　⑨朽：腐烂。　止：语气词。　⑩挃挃（zhì）：收割作物的声音。⑪栗栗：众多的样子。　⑫崇：高。　墉：城墙。　⑬比：密的意思。　栉：篦子。　⑭室：指仓库。　⑮时：是、这。　犉（rún）：牛长七尺为犉。　⑯捄：觩的假借字，兽角弯曲的样子。　⑰似：通“嗣”，与续同义，这里有每年不断祭祀之意。　⑱古之人：指社稷之神。

【译文】

犁头雪亮又锋利，先耕南亩那块地。各色种子撒下去，颗颗粒粒含生气。那边有人来看你，背着方筐挎着筥，送来米饭冒热气。头戴草编圆斗笠，挥锄翻土人心齐，除去杂草清田畦。杂草腐烂在田里，庄稼长得更茂密。挥舞镰刀刷刷响，场上粮食如山积。粮垛高高像城墙，栉比鳞次多又密，大小仓库都开启。仓库全部都装满，老婆孩子心安贴。杀了那头大公牛，双角弯弯美无比。用来祭祀社稷神，前人传统后人继。

丝　衣

【题解】

这是周王祭神的歌舞诗。所祭何神，很难确定，古说不一，皆无确证，只得存疑。

丝衣其紑①，载弁俅俅②。自堂徂基③，自羊徂牛；鼐鼎及鼒④，兕觥其觩⑤。旨酒思柔⑥。不吴不敖⑦，胡考之休⑧！

【注释】

①丝衣：装神受祭的尸所穿的衣服（见杜佑《通典》引刘向《五经通义》）。其紑（fóu）：紑紑，洁白鲜明的样子。　②载：通“戴”。　弁：皮帽子。　俅俅：形容冠上修饰美丽的样子。《说文》：“俅，冠饰貌。”　③堂：庙堂。　徂：同“且”、“而”（从陈奂《毛诗传疏》说）。　基：畿的假借，门槛（从马瑞辰《通释》说）。　④鼐（nài）：大鼎。鼒（zī）：小鼎。都是古代的食器，下有三脚，旁有两耳。　⑤兕觥：用兕牛角做的酒杯。觩（qiú）：兽角弯曲的样子。　⑥旨酒：美酒。　思柔：即柔柔，指酒味柔和。　⑦吴：大声说话。　敖：通“傲”。⑧胡考：老寿。　休：吉庆。

【译文】

身穿白衣是丝绸，漂亮帽子戴在头。庙堂直到门槛外，有的献羊有献牛；大鼎中鼎加小鼎，兕角酒杯弯如钩。美酒醇厚又和柔。轻声细语不骄傲，保佑我们都长寿！

酌

【题解】

这是成王时《大武》乐歌之一。《大武》的乐章在春秋、战国时代还存在着，其数有六。陆侃如的《诗史》说：“据《左传》宣公十二年所载楚庄王的话，知道《武》、

《桓》、《赉》三篇均在其中。但还有三篇呢？我们想大约即《我将》、《酌》、《般》三篇。”篇名为《酌》，王质《诗总闻》说：“寻诗无酌字，亦无酌意，恐‘铄’是‘灼’字。陆(德明)氏：‘酌亦作汋。’与‘酌’同意，而与‘灼’同形。恐初传是灼字，已而渐渐作汋，又渐渐作酌。”王质是从字的形体方面去说明“酌”的。《汉书·礼乐志》：“周公作《勺》，‘勺’言能酌先祖之道也。”班固是从意义方面去说明“酌”的。《礼·燕礼》：“若舞则勺。”郑注：“《勺》，颂篇。告成大武之乐歌也。万舞而奏之，所以美王侯，劝有功也。”可见《大武》都是歌舞剧。这首诗主要歌颂武王伐纣取得天下的功绩。

於铄王师①，遵养时晦②。时纯熙矣③，是用大介④。我龙受之⑤，跻跻王之造⑥。载用有嗣⑦，实维尔公允师⑧。

【注释】

①於(wū)：叹美词。　铄(shuò)：通“烁”，辉煌的意思。　②遵：率。指率兵。　养：《毛传》：“养，取。”　时：是、这。　晦：晦昧、糊涂。指昏聩的商纣。　③纯：大。　熙：光明。　④介：善。大介，大祥。马瑞辰《毛诗传笺通释》：“《尔雅·释诂》：‘介，善也。’大介即大善，犹大祥也。”　⑤我：祭者自称，疑为成王。有人解为“我周”，亦通。　龙：宠的借字，光荣的意思。　受：承受。⑥跻跻(jué)：勇武的样子。　造：为、事功。　⑦载：则。　有：助词。　嗣：继承。　⑧维：同“惟”，只有。　尔公：你的先公。指武王。　允：用，语助词(从马瑞辰《通释》说)。　师：师法、榜样。

【译文】

王师战绩多辉煌，挥兵东征灭殷商。局势明朗国运昌，上天降下大吉祥。光宠先业我承受，归功英勇周武王。后世子孙要牢记，先公是你好榜样。

桓

【题解】

这是歌颂武王克商以后，各国安定，年谷常丰，天下太平。它是《大武》的第六章。

绥万邦①，娄丰年②。天命匪解③。桓桓武王④，保有厥士⑤。于以四方⑥，克定厥家。於昭于天，皇以间之⑦！

【注释】

①绥:安定。 万邦:指密、崇、奄等属国。 ②娄:同“屡”。 ③解:通“懈”。匪懈,不懈怠。 ④桓桓:威武的样子。 ⑤士:疑为“土”之误。马瑞辰《毛诗传笺通释》:“士与土形近,古多互讹。……保土,犹言‘保邦’也。作士者,盖以形近而讹。” ⑥于:于是。 以:用。 ⑦皇:君王。 间:代。之:指商。

【译文】

平定天下万邦,连年丰收吉祥。天命在周久长。武王英明威武,保有辽阔封疆。于是用武四方,齐家治国永昌。啊,光辉照耀天上,君临天下代商!

赉

【题解】

这是武王克商还都,祭祀文王封功臣的乐歌。赉(lài):赐予的意思,可能是指武王承文王赐予勤劳之德而得天下,而诸臣又承受周赐予封有功之命而言。这篇是《大武》的第三章。

文王既勤止①,我应受之②。敷时绎思③,我徂维求定④。时周之命⑤,於绎思⑥!

【注释】

①止:语气词。 ②我:武王自称。 应:与“承”同义。应受,即承受。③敷:铺,《左传》引此诗作“铺”,布的意思。 时:是、这。指文王的勤劳。 绎(yì):寻绎、不断的意思。 思:想。 ④徂:往。 ⑤时:与“承”通。 ⑥於:叹美词。

【译文】

文王一生多勤劳,我要继承治国道。推广实行常思考,天下安定最紧要。你们受封承周命,文王功德要记牢!

般

【题解】

这是周王巡狩祭祀山川的乐歌。它是《大武》的第四章。《般》的命名和

《酌》、《桓》、《赉》很相像，都是以一字名篇。般是“昪”的假借字。《说文》：“昪，喜乐也。”抒写普天之下都归服于周的喜乐。

於皇时周[1]，陟其高山，嶞山乔岳[2]，允犹翕河[3]。敷天之下[4]，裒时之对[5]，时周之命。

【注释】

①於：叹美词。 皇：美。 时：是、这。 ②嶞（duò）山：小山。 乔岳：大山。 ③允：语助词。 犹：还是。 翕（xì）：合，指合祭。 ④敷：同“普”。 ⑤裒（póu）：聚。 对：配。

【译文】

啊，多么壮丽我大周，登上高山望九州，不论大山或小丘，与河合祭献旨酒。普天之下诸神灵，同聚合祭齐享受，大周受命运长久。

鲁　　颂

駉

【题解】

这是歌颂鲁僖公养马众多，注意国家长远利益的诗。古代的国防力量，主要靠兵车，驾一辆兵车要四匹良马。国防力量的强弱，在很大程度上要看他有多少辆兵车和有多少匹良马。《卫风·定之方中》称赞文公"秉心塞渊，騋牝三千"。指出文公的深谋远虑，养了许多好马。它和这首诗的内容，都反映了春秋时代各国对国防建设的重视。诗的作者，前人多有争论，有的论者认为是稍后于鲁僖公的史克所作，似较可信。

駉駉牡马①，在坰之野②。薄言駉者③：有驈有皇④，有骊有黄⑤，以车彭彭⑥。思无疆，思马斯臧⑦。

駉駉牡马，在坰之野。薄言駉者：有骓有駓⑧，有骍有骐⑨，以车伾伾⑩。思无期，思马斯才。

駉駉牡马，在坰之野。薄言駉者：有驒有骆⑪，有駵有雒⑫，以车绎绎⑬。思无斁⑭，思马斯作⑮。

駉駉牡马，在坰之野。薄言駉者：有駰有騢⑯，有驔有鱼⑰，以车祛祛⑱。思无邪，思马斯徂。

【注释】

①駉駉（jiōng）：马肥壮的样子。　②坰（jiōng）：远。　③薄言：语助词。见《芣苢》注②。　④驈（yù）：黑马白胯。　皇：《鲁诗》作"騜"，黄白色的马。⑤骊：纯黑的马。　黄：黄赤色的马。　⑥以车：驾车。　彭彭：马强壮有力的样子。　⑦思：语首助词。　斯：其、那样。　臧：善。　⑧骓（zhuī）：苍白杂

毛的马。 駓(pī):黄白杂毛的马。 ⑨骍(xīn):赤黄色的马。 骐:青黑色相间的马。 ⑩伾伾(pī):有力的样子。 ⑪驒(tuó):青黑色而有白鳞花纹的马。 骆:白色黑鬣的马。 ⑫駵(liú):赤身黑鬣的马。 雒(luò):黑身白鬣的马。 ⑬绎绎:跑得快的样子。 ⑭斁:厌倦。 ⑮作:腾跃。 ⑯骃(yīn):浅黑和白色相杂的马。 騢(xiá):赤白杂毛的马。 ⑰驔(diàn):黑色黄脊的马。 鱼:两眼眶有白圈的马。 ⑱祛祛(qū):《毛传》:"祛祛,强健也。"

【译文】

群马雄健高又大,放牧远郊近水涯。要问是些什么马:驈马皇马毛带白,骊马黄马色相杂,用来驾车人人夸。鲁公深谋又远虑,马儿骏美再无加。

群马雄健高又大,放牧远郊近水涯。要问是些什么马:黄白称骓灰白駓,青黑骍马赤黄骐,力大能把战车驾。鲁公思虑真到家,马儿成材实堪嘉。

群马雄健大又高,放牧原野在远郊。请看骏马多么好:驒马青色骆马白,駵马火赤雒乌焦,用来驾车能快跑。鲁公不倦深思考,马儿撒欢腾身跳。

群马雄健大又高,放牧原野在远郊。请看骏马多么好:红色骃马灰白騢,黄脊驔马白眼鱼,身高体壮把车套。鲁公思虑是正道,马儿骏美能远跑。

有　　駜

【题解】

这是颂祷鲁僖公和群臣宴会饮酒的诗。鲁国多年饥荒,自从僖公才采取了一些措施,克服了自然灾害,获得了丰收。所以诗人写了这首诗。

有駜有駜①,駜彼乘黄②。夙夜在公,在公明明③。振振鹭④,鹭于下⑤。鼓咽咽⑥,醉言舞⑦。于胥乐兮⑧。

有駜有駜,駜彼乘牡。夙夜在公,在公饮酒。振振鹭,鹭于飞。鼓咽咽,醉言归。于胥乐兮。

有駜有駜,駜彼乘骃⑨。夙夜在公,在公载燕⑩。自今以始⑪,岁其有⑫。君子有穀⑬,诒孙子⑭。于胥乐兮。

【注释】

①駜(bì):马肥壮力强的样子。 ②乘黄:四匹黄马。 ③明明:勉勉的假借。马瑞辰《毛诗传笺通释》:"明、勉一声之转,明明即勉勉之假借,谓其在公

尽力也。《笺》训为‘明明德’,失之。” ④振振:鸟群飞的样子。 鹭:鹭鸶。古人用它的羽毛作舞具,未舞时,持在手中。见《陈风·宛丘》注⑤。 ⑤于:同“曰”,语助词。 ⑥咽咽(yuān):有节奏的鼓声。 ⑦言:语助词。⑧于:发声词。 胥:皆、都。 ⑨駽(xuān):铁青色的马。 ⑩载:则、就。燕:通“宴”。 ⑪以:同“而”。 ⑫有:丰收。 ⑬君子:指僖公。 穀:善。 ⑭诒:留给。

【译文】

马儿强健又肥壮,强壮马儿四匹黄。早夜办事在公堂,鞠躬尽瘁为公忙。手拿鹭羽起舞,好像白鹭飞过。咚咚不停击鼓,酒醉舞态婆娑。上下人人都快活。

马儿强健又肥壮,四匹公马气昂昂。早夜办事在公堂,公事之余饮酒浆。手拿鹭羽舞蹈,好像白鹭翔翱。鼓声咚咚狂敲,喝醉回家睡觉。上下人人齐欢笑。

马儿强健又肥壮,四匹青马真昂昂。早夜办事在公堂,公余宴饮齐举觞。打从今年开始,岁岁都是丰年。君子做了好事,子孙后世相传。上下人人笑开颜。

泮 水

【题解】

这是赞美鲁僖公战胜淮夷以后,在泮宫祝捷庆功,宴请宾客的诗。

思乐泮水[①],薄采其芹。鲁侯戾止[②],言观其旂[③]。其旂茷茷[④],鸾声哕哕。无小无大[⑤],从公于迈[⑥]。

思乐泮水,薄采其藻[⑦]。鲁侯戾止,其马蹻蹻[⑧]。其马蹻蹻,其音昭昭[⑨]。载色载笑[⑩],匪怒伊教[⑪]。

思乐泮水,薄采其茆[⑫]。鲁侯戾止,在泮饮酒。既饮旨酒,永锡难老[⑬]。顺彼长道[⑭],屈此群丑[⑮]。

穆穆鲁侯[⑯],敬明其德,敬慎威仪,维民之则[⑰]。允文允武[⑱],昭假烈祖[⑲]。靡有不孝[⑳],自求伊祜[㉑]。

明明鲁侯[㉒],克明其德。既作泮宫[㉓],淮夷攸服[㉔]。矫矫虎臣[㉕],在泮献馘[㉖]。淑问如皋陶[㉗],在泮献囚。

济济多士[㉘],克广德心[㉙]。桓桓于征[㉚],狄彼东南[㉛]。烝烝皇皇[㉜],不吴不扬[㉝]。不告于讻[㉞],在泮献功。

角弓其觩㉟，束矢其搜㊱。戎车孔博㊲，徒御无斁㊳。既克淮夷，孔淑不逆。式固尔犹㊴，淮夷卒获。

翩彼飞鸮㊵，集于泮林。食我桑黮㊶，怀我好音㊷。憬彼淮夷㊸，来献其琛㊹。元龟象齿㊺，大赂南金㊻。

【注释】

①思：发语词。 泮水：水名（从姚际恒《诗经通论》说）。 ②戾止：到达。 ③言：语助词。 旂：画有龙纹的旗。 ④茷茷：音义同旆旆，旗帜飘扬的样子。 ⑤无：无论。 小、大：指大小官员。 ⑥于：往。 迈：行。 ⑦藻：水藻。 ⑧跻跻：马强壮的样子。 ⑨昭昭：响亮。 ⑩载：又。 色：和颜悦色。 ⑪匪：不。 伊：是。 ⑫茆（mǎo）：蓴菜。 ⑬锡：赐。 难老：长寿的意思。 ⑭长道：远路。 ⑮屈：征服。 群丑：对淮夷的蔑称。 ⑯穆穆：恭敬端庄的样子。 ⑰维：是。 则：法则、模范。 ⑱允：确实。 ⑲昭：明。 假：格、至。 烈祖：指鲁国有功的祖先，如周公、伯禽等。 ⑳孝：通“效”，效法。 ㉑伊：是、此。 祜：福。 ㉒明明：勉勉。 ㉓作：建筑。 泮宫：泮水边筑的宫名。 ㉔攸：语助词。有人训为“所”，亦通。 ㉕矫矫：勇武的样子。 ㉖馘（guó）：割下敌尸的左耳以计功。 ㉗淑问：善于审问。 皋陶（yáo）：舜时有名掌刑狱的官。 ㉘济济：众多的样子。 ㉙德心：善意。 ㉚桓桓：威武的样子。 ㉛狄（tì）：治理。 东南：指淮夷。 ㉜烝烝皇皇：形容“多士”的美盛。 ㉝吴：喧哗。 扬：高声。 ㉞告：严厉治罪。 讻：凶恶的敌人。 ㉟其觩：即觩觩，弓弯曲强硬的样子。 ㊱束矢：五十矢为一束。也有人说是百矢。 其搜：即搜搜，箭一起发射时发出的声音。 ㊲戎车：兵车。 博：多。 ㊳徒：步兵。 御：驾车的官兵。 无斁：不厌倦。 ㊴式：用、因为。 固：坚定。 犹：通“猷”，计谋。 ㊵鸮（xiāo）：猫头鹰。 ㊶黮（shèn）：亦作“葚”，桑树的果实。 ㊷怀：给。 ㊸憬：觉悟的意思。 ㊹琛：珍宝。 ㊺元龟：大龟。 ㊻大赂：大璐的假借。俞樾《群经平议》：“赂，借为璐，玉也。” 南金：南方出产的金。

【译文】

泮水那边喜气盈，人在水边采水芹。鲁侯大驾已光临，且看大旗绣龙纹。绣龙旗帜迎风展，车铃声儿响叮叮。百官不论大和小，跟着鲁侯随驾行。

泮水那边乐陶陶，人在水面采水藻。鲁侯大驾已来到，马儿强壮四蹄骄。马儿强壮四蹄骄，铃声清脆多热闹。鲁侯温和脸带笑，从不发怒善教导。

泮水那边多愉快，人在水上采蓴菜。鲁侯大驾已到来，泮水岸上酒筵摆。痛饮美酒真开怀，永赐不老春常在。沿着漫漫远征路，征服叛贼除灾害。

鲁侯威严又端庄，修明德行振朝纲，容貌举止也端方，确是人民好榜样。又能文来又能武，英明能及众先王。事事仿效祖宗法，自求福佑保吉祥。

勤勤恳恳我鲁侯，能修品德使淳厚。既已建起泮宫来，征服淮夷众小丑。将帅英勇如猛虎，泮宫献耳诛敌酋。法官善审如皋陶，泮宫献上阶下囚。

百官济济人才多，鲁侯善意得远播。三军威武去出征，治服东南除灾祸。军容壮观又盛大，肃静无哗列队过。对待俘虏不严惩，泮宫献功赐玉帛。

牛角雕弓硬又强，众箭齐发嗖嗖响。战车奔驰千百辆，官兵上下斗志昂。淮夷已经被征服，俯首听命不违抗。坚持执行好计谋，终将淮夷全扫荡。

翩翩飞翔猫头鹰，停在泮水岸边林。吃罢我家紫桑葚，给我唱出悦耳音。淮夷悔悟有诚心，特地来献宝和珍。呈上大龟和象牙，再加巨玉和南金。

閟　宫

【题解】

这是歌颂鲁僖公能兴祖业、复疆土、建新庙的诗。全诗共九章，一百二十句，是《诗经》里最长的一首诗。诗的作者是奚斯，他的名字见于《左传》鲁闵公二年，和僖公是同时人，官大夫，亦名公子鱼。前人早已指出，《鲁颂》是媚上之词，它对后世文人替封建帝王歌功颂德的文章产生过消极的影响。

閟宫有侐[1]，实实枚枚[2]。赫赫姜嫄[3]，其德不回[4]。上帝是依[5]，无灾无害。弥月不迟[6]，是生后稷。降之百福：黍稷重穋[7]，稙稚菽麦[8]。奄有下国[9]，俾民稼穑[10]。有稷有黍，有稻有秬[11]。奄有下土[12]，缵禹之绪[13]。

后稷之孙，实维大王[14]，居岐之阳，实始翦商[15]。至于文武，缵大王之绪；致天之届[16]，于牧之野[17]。“无贰无虞[18]，上帝临女[19]！”敦商之旅[20]，克咸厥功[21]。王曰“叔父[22]，建尔元子[23]，俾侯于鲁。大启尔宇[24]，为周室辅”。

乃命鲁公，俾侯于东，锡之山川，土田附庸[25]。周公之孙[26]，庄公之子，龙旂承祀[27]，六辔耳耳[28]，春秋匪解[29]，享祀不忒[30]。皇皇后帝[31]，皇祖后稷，享以骍牺[32]，是飨是宜[33]，降福既多。周公皇祖，亦其福女。

秋而载尝[34]，夏而楅衡[35]，白牡骍刚[36]。牺尊将将[37]，毛炰胾羹[38]，笾豆大房[39]。万舞洋洋[40]，孝孙有庆[41]。俾尔炽而昌[42]，俾尔寿而臧[43]，保彼东方，鲁邦是常[44]。不亏不崩，不震不腾[45]；三寿作朋[46]，如冈如陵。

公车千乘[47]，朱英绿縢[48]，二矛重弓[49]。公徒三万[50]，贝胄朱綅[51]，烝徒增增[52]。戎狄是膺[53]，荆舒是惩[54]，则莫我敢承[55]。俾尔昌而炽，俾尔寿而富，黄发台背[56]，寿胥与试[57]。俾尔昌而大，俾尔耆而艾[58]，万有千岁[59]，眉寿无有害。

泰山岩岩[60]，鲁邦所詹[61]。奄有龟蒙[62]，遂荒大东[63]，至于海邦[64]，淮夷来同[65]。莫不率从，鲁侯之功。

保有凫绎[66]，遂荒徐宅[67]。至于海邦，淮夷蛮貊[68]。及彼南夷[69]，莫不率从。莫敢不诺[70]，鲁侯是若[71]。

天锡公纯嘏[72]，眉寿保鲁。居常与许[73]，复周公之宇[74]。鲁侯燕喜[75]，令妻寿母[76]。宜大夫庶士[77]，邦国是有[78]。既多受祉，黄发兒齿[79]。

徂来之松[80]，新甫之柏[81]，是断是度[82]，是寻是尺[83]。松桷有舄[84]，路寝孔硕[85]，新庙奕奕[86]。奚斯所作，孔曼且硕，万民是若[87]。

【注释】

①閟(bì)：音义同祕，神的意思。閟宫：神庙，指后稷母亲姜嫄的庙。　有侐(xù)：即侐侐，清净的样子。　②实实：广大的样子。　枚枚：《释文》："枚枚，闲暇无人之貌也。"　③赫赫：显耀。　姜嫄：后稷的母亲。见《大雅·生民》注①。　④回：邪。　⑤依：凭依。　⑥弥：满。　⑦见《豳风·七月》注㊻。　⑧稙(zhí)：早种的谷物。　稚：晚种的谷物。　⑨奄：包括。　下国：天下的意思。　⑩俾：使。　稼穑：耕种。　⑪秬(jù)：黑黍。　⑫下土：和"下国"同义。　⑬缵：继承。　绪：事业。　⑭大(tài)王：即文王的祖父古公亶父。　⑮翦：消灭。　⑯致：招致。　届：同"殛"，诛戮。　⑰牧之野：即牧野，在今河南淇县西南。　⑱贰：有二心。　虞：误、欺骗。　⑲临：临视。　女：汝。　⑳敦：聚集。　旅：军队。　㉑咸：完成。　㉒王：指成王。　叔父：指周公。　㉓建：立。　元子：长子，指周公长子伯禽。　㉔宇：居。引申为领土之义。　㉕附庸：小国。朱熹《诗集传》："附庸，犹属城也。小国不能自达于天子，而附于大国也。"　㉖周公之孙：指鲁僖公。周公传到庄公共十七君，古代自孙以下都称孙。庄公的儿子只有两个，一个是闵公，一个是僖

公。闵公早死,在位只二年。　㉗龙旂:画着交龙的旗。古代诸侯祭天祭祖都用这种旗。　承祀:继承祭祀之礼。　㉘耳耳:华丽的样子。　㉙春秋:代表四时。　解:通"懈"。　㉚享祀:祭祀。　忒:差错。　㉛皇皇:光明。　后帝:指上帝。鲁国于夏历正月在南郊祭天,配以后稷,祈求农业的丰收。　㉜骍(xīn):赤色。　牺:祭宗庙的牲口。周人崇尚赤色,故用赤色牲口祭神。　㉝飨、宜:是两种祭名。　㉞载:始。　尝:秋祭名。　㉟福(bí)衡:牛栏。　㊱白牡:指白色的公猪。　刚:犅的假借字,公牛。　㊲牺尊:状似卧牛的酒杯。将将(qiāng):器物相碰撞声。　㊳毛炰(páo):去毛的烤小猪。　胾(zì)羹:肉片汤。　㊴笾豆:都是古食器名。见《伐柯》注⑥。　大房:一种盛大块肉的食器,形如高足盘。　㊵万舞:一种舞蹈名称。　洋洋:形容盛大的样子。㊶孝:享。孝孙,祭祀的孙,指僖公。　㊷炽:盛。　㊸臧:善、好。　㊹常:守。　㊺腾:沸腾。　㊻三寿:谓上寿、中寿、下寿。《文选》李善注引《养生经》:"上寿百二十,中寿百年,下寿八十。"　朋:比。　㊼车:兵车。当时所谓一乘是兵车一辆,配备甲士十人,步卒二十人(鲁国军制)。　㊽朱英:指矛头的红缨。　绿縢(téng):指缠在弓上的绿色丝绳。　㊾二矛:夷矛和酋矛。重弓:两张弓(其中一张是预备弓)。　㊿徒:步卒。　51贝:贝壳。　胄:头盔。　朱绥(qīn):红线。　52烝:众。　增增:形容兵士蜂拥前进的样子。53戎:西戎。　狄:北狄。　膺:击。　54荆:楚的别名。　舒:楚的属国,在今安徽庐江县。　55承:抵当。　56黄发台背:都是老人的征象。台,同鲐,鲐鱼背有黑纹。老人头发由白变黄,皮肤消瘠,背像鲐鱼一样。　57胥:相。试:比。　58耆、艾:都是长寿的意思。《礼·曲礼》:"五十曰艾,六十曰耆。"按《说文》段注,认为七十岁以上的人称"耆",和《曲礼》说的不同。　59有:又。60岩岩:高峻的样子。　61詹:瞻的假借字,瞻仰。　62龟:龟山,在今山东省新泰县西南。　蒙:蒙山,亦名东山,在今山东蒙阴县南。　63荒:有。　大东:极东。指鲁极东的边境。　64海邦:鲁东境近海的小国。　65来同:来朝。66凫:凫山,在山东邹县西南。　绎:绎山,亦作峄山、邹山,在邹县东南。　67徐:徐戎,在今江苏徐州地方。　宅:居。徐宅,徐戎所居,指徐国。　68淮夷:淮水流域的异族。　蛮貊:东南方的异族,亦指淮夷。　69南夷:指荆楚。按僖公伐楚事,见《春秋》僖四年。　70诺:答应、顺从。　71若:顺。　72纯嘏:大福。　73常:地名,在鲁国南境薛城的旁边,曾被齐国侵占,到鲁庄公时才归还鲁国。　许:即"许田",地名。在鲁的西境,周公庙的地址,曾被郑国所侵占。到僖公时,也归还了鲁国。　74宇:犹域,疆域。　75燕:同"宴"。燕喜,即喜燕。　76令:善。　妻:指僖公妻声姜。　寿:祝寿。　母:指僖公的母亲成风。

⑰宜:和顺。 庶士:众士,指众臣。 ⑱有:保有。 ⑲兒:齯的假借字。《说文》:"齯,老人齿也。"朱熹认为兒齿是老人齿落更生小者。 ⑳徂来:山名,亦作徂徕,在山东泰安县东南,山多松柏。 ㉑新甫:山名,亦名梁父,在泰山之旁。 ㉒度:剫字的省借。《广雅》:"剫,分也。"即"劈开"的意思。 ㉓寻:八尺。 ㉔桷(jué):亦作"榱",方的椽子。 舄(xì):大。 ㉕路寝:古代君主处理政事的宫室。 ㉖新庙:指鲁闵公庙。 奕奕:同"绎绎",相连的样子。㉗若:善。"是若"即"若是"的倒文,马瑞辰《通释》:"若,训善,谓善其作是诗也。"

【译文】

肃穆清静姜嫄庙,又高又大人稀到。姜嫄光明又伟大,品德纯正无疵瑕。上帝凭依在她身,无灾无害有妊娠。怀足十月没拖延,后稷诞生她分娩。上天赐他百种福:糜子高粱都丰足,豆麦先后播下土。后稷拥有普天下,教会百姓种庄稼。高粱小米长得好,还种黑黍和香稻。四海都归后稷有,继承大禹功业守。

说起后稷子孙旺,古公亶父谥太王,住在岐山向阳坡,开始准备灭殷商。传到文王和武王,太王事业更发扬;替天行道伐商纣,牧野一战商朝亡。"莫怀二心莫欺诳,人人头顶有上苍!"集合商朝众俘虏,完成大业功辉煌。成王开口叫"叔父,立您长子为侯王,封于鲁国守东方。开疆拓土大发展,辅助周室作屏障"。

于是成王命鲁公,东鲁为侯要慎重,赐他山川和土地,还有小国作附庸。周公子孙鲁僖公,庄公之子建殊功,继承祭礼龙旗用,四马六缰青丝鞚,四时致祭不懈怠,玉帛牺牲按时供。光明伟大的上帝,先祖后稷神灵通,赤色牺牲敬献上,飨祭宜祭典礼隆,天降洪福千百种。伟大先祖周公旦,将福赐你真光荣。

秋天尝祭庆丰收,夏天设栏先养牛,白猪赤牛养几头。牺杯相碰盛美酒,生烤乳猪肉汤稠,大盘大碗皆流油。场面盛大跳万舞,子孙祭祀神保佑。使你昌盛又兴旺,使你长寿且安康,愿你安抚定东方,守住国土保鲁邦。如山永固不崩溃,如水长流不动荡;寿比三老百年长,犹如巍巍南山冈。

有车千辆鲁称雄,红缨长矛丝缠弓,弓矛成双待备用。鲁公步卒三万众,盔上镶贝垂红绒,排山倒海向前冲。痛击北狄和西戎,严惩荆舒使知痛,谁人胆敢撄我锋。使你兴旺又繁荣,使你长寿又年丰,鬓发变黄背生纹,高寿无比人中龙。使你繁盛又兴隆,使你寿如不老松,千秋万岁寿无疆,长命百岁无病痛。

泰山高峻接苍穹,鲁国对它最尊崇。龟山蒙山都属鲁,边境直到地极东,沿海小国都附庸,淮夷带头来朝贡。没人胆敢不服从,这是鲁侯建大功。

保有凫峄两山头,又把徐国拿到手。沿海小国都归附,东南淮夷齐俯首。势力直达荆楚地,莫不顺服来相投。个个唯唯又诺诺,人人服贴尊鲁侯。

天赐鲁公大吉祥，高龄长寿保鲁邦。收回国土常和许，恢复周公旧封疆。鲁侯举办喜庆宴，贤妻良母受颂扬。大夫诸臣尽和睦，国家始能保兴旺。屡蒙上苍降福禄，鬓发变黄新齿长。

徂徕山上千松栽，新甫岭头万棵柏，砍下树木又劈开，锯成长短栋梁材。松树屋椽粗又大，宫殿高敞好气派，新庙和它紧相挨。颂歌一曲奚斯唱，长篇巨制有文采，人人赞他好诗才。

商　　颂

那

【题解】

这是殷商的后代宋国祭祀商的始祖成汤的乐歌。关于《商颂》的写作年代，学者意见多不一致。《国语·鲁语》说："昔正考父校商之名颂十二篇于周太师，以《那》为首。"《史记·宋世家》说："襄公之时，修行仁义，欲为盟主，其大夫正考父美之，故追道契、汤、高宗，殷所以兴，作《商颂》。"王国维利用殷商的甲骨文字，证明《商颂》不是商代作品而是春秋时代的宋诗。反对者则列举种种理由，说《商颂》是成于商代的诗。我认为《国语》和《史记》的记载比较可靠。宋国保存有自己先代颂祖乐歌，这是很可能的；正考父据之改写成颂诗，来祭祀祖先、赞美宋襄公，并到周太师处校对音节、配合乐调。这和屈原据楚民间祭歌而作《九歌》的性质相似。正如《九歌》是战国时代屈原的作品一样，《商颂》的作者应是正考父，它实际上是《宋颂》(《左传》称"宋"或称"商")，是周代宋国的作品。

猗与那与①，置我鞉鼓②。奏鼓简简③，衎我烈祖④。汤孙奏假⑤，绥我思成⑥。鞉鼓渊渊⑦，嘒嘒管声⑧。既和且平，依我磬声⑨。於赫汤孙⑩，穆穆厥声⑪。庸鼓有斁⑫，万舞有奕⑬。我有嘉客⑭，亦不夷怿⑮。自古在昔，先民有作。温恭朝夕⑯，执事有恪⑰。顾予烝尝⑱，汤孙之将⑲。

【注释】

①猗(ē)那(nuó)：形容乐队美盛的样子。　与：通"欤"，叹美词。　②置：通"植"，竖立的意思。　鞉(táo)鼓：一种摇鼓，似今之拨浪鼓。用它表示奏乐开始或终了。　③鼓：指大鼓。　简简：鼓声。　④衎(kàn)：欢乐。　烈祖：

光荣的祖先，指汤。　⑤汤孙：商汤的子孙。此指宋襄公。　奏：进。　假：格、致，祭者致神的意思。　⑥绥：赠予的意思。　思：句中语助词。　成：指生长成功的地方。　⑦渊渊：鼓声。　⑧嘒嘒：吹管的声音。　管：用大竹制成的一种吹奏乐器。　⑨磬：玉制打击乐器。古乐队以磬声止众乐。　⑩於（wū）：叹美词。　赫：显盛的样子。　⑪穆穆：美好的样子。　声：指音乐。⑫庸：通"镛"，大钟。　有斁（yì）：即斁斁，形容乐器声音盛大的样子。　⑬万舞：舞名。　有奕：即奕奕，形容舞蹈场面盛大的样子。　⑭嘉客：指宋的同姓附庸小国都来助祭（从魏源《诗古微》说）。　⑮夷：通"怡"。夷怿，喜悦。⑯温恭：温文恭敬的样子。　朝夕：早晚。　⑰执事：办事人员。指管理祭祀食物的人员。　有恪（kè）：即恪恪，恭敬的样子。　⑱顾：光顾。　予：襄公自称。　烝尝：冬祭曰烝，秋祭曰尝。　⑲将：奉献。

【译文】

多盛大啊多繁富，堂上竖起拨浪鼓。击鼓咚咚响不停，以此娱乐我先祖。襄公祭祀祈神明，赐我顺利拓疆土。拨浪鼓儿声声响，竹管呜呜吹新声。曲调谐协音和平，玉磬一声众乐停。啊哈显赫宋襄公，他的乐队真动听。铿锵洪亮钟鼓鸣，洋洋万舞场面盛。助祭嘉宾都光临，无不欢乐喜盈盈。遥远古代先民们，早把祭礼安排定。态度温文又恭敬，管理祭祀需虔诚。秋冬致祭请光临，襄公奉献表衷情。

烈　祖

【题解】

关于这首诗的主题，向有二说：有人认为它是祭中宗的乐歌，有人认为它是祭成汤的诗。就诗论诗，似以后说比较有理。

嗟嗟烈祖①！有秩斯祜②，申锡无疆③，及尔斯所④。既载清酤⑤，赉我思成⑥。亦有和羹⑦，既戒既平⑧。鬷假无言⑨，时靡有争。绥我眉寿⑩，黄耇无疆⑪。约軝错衡⑫，八鸾鸧鸧⑬。以假以享⑭，我受命溥将⑮。自天降康，丰年穰穰⑯。来假来飨，降福无疆。顾予烝尝，汤孙之将⑰。

【注释】

①嗟嗟：叹美词。　烈祖：见《那》注④。　②有秩：即秩秩，福大的样子。

祜:福。 ③申:重、又。 锡:赐。 ④斯所:此处。指宋的国土。 ⑤载:陈、设置。 酤:酒。 ⑥赉(lài):赐。 思成:见《那》注⑥。 ⑦和羹:调制好的汤。 ⑧戒:完备。指和羹必备五味。 平:和平。指羹味而言。⑨鬷:同“奏”,《礼记·中庸》引此诗作“奏假无言”。奏假,祭祷。 ⑩绥:赠予。 ⑪黄耇:黄发老人。 ⑫约軧(qí)错衡:见《小雅·采芑》注⑭。⑬八鸾:见《采芑》注⑮。 鸧鸧(qiāng):铃声。 ⑭假(gé):通“格”,祭者上致于神。 享:祭。 ⑮溥将:广大。 ⑯穰穰:禾黍众多的样子。 ⑰顾予烝尝二句,见《那》注⑱⑲。

【译文】

赞叹先祖多荣光!齐天洪福不断降,无穷无尽重重赏,恩泽遍及宋封疆。供上清酒祭先祖,赐我疆土兴宋邦。还有调匀美味汤,五味平正阵阵香。心中默默暗祷告,次序井井不争抢。赐我长命寿百年,满头黄发福无疆。彩绘车衡皮缠毂,四马八铃响叮当。宋君赴庙来致祭,受周之命封地广。安定康乐自天降,五谷丰登粮满仓。先祖降临来受飨,赐我福分大无量。秋冬致祭请赏光,宋君奉献情意长。

玄　鸟

【题解】

这是写宋君祭祀殷高宗的乐歌。高宗即武丁。据《史记·殷本纪》,殷从盘庚中兴,到其弟小乙立,殷又衰微。小乙之子武丁立,用傅说为相,国家大治。伐鬼方、大彭、豕韦,取得胜利。氐、羌都来朝见,殷又复兴。在位五十九年。这首乐歌就是歌颂他中兴的事业。

天命玄鸟①,降而生商②,宅殷土芒芒③。古帝命武汤④,正域彼四方⑤。方命厥后⑥,奄有九有⑦。商之先后⑧,受命不殆⑨,在武丁孙子⑩。武丁孙子,武王靡不胜⑪。龙旂十乘,大糦是承⑫。邦畿千里⑬,维民所止⑭,肇域彼四海⑮。四海来假⑯,来假祁祁⑰。景员维河⑱,殷受命咸宜,百禄是何⑲。

【注释】

①玄鸟:燕子。玄是黑色,燕色黑,故名玄鸟。 ②商:指商的始祖契。传说有娀氏之女简狄吞燕卵而怀孕生契,契建国于商(今河南商丘)。事见屈原《天

问》、《吕氏春秋》、《史记》等。　③宅：居住。　殷土：指商地。殷在盘庚迁都前称商，盘庚迁殷（今河南安阳小屯村）后称殷。后人也称商地为殷土。　芒芒：即茫茫，广大的样子。　④古：从前。　帝：上帝。　武汤：成汤自号为武王。⑤正：治。　域：封疆。　⑥方：通"旁"，普遍的意思。　后：君，指商汤。⑦奄：包括。　九有：九域的假借，即九州。《尔雅·释地》："两河间曰冀州，河南曰豫州，河西曰雍州，汉南曰荆州，江南曰扬州，济南间曰兖州，济东曰徐州，燕曰幽州，齐曰营州。"　⑧先后：先王。指商汤。　⑨殆：危险。　⑩武丁：殷高宗。武丁孙子即孙子武丁的倒文，指成汤的子孙武丁。　⑪胜：胜任。⑫糦：同"饎"，酒食。　承：供奉。　⑬邦：封的假借。《文选·西京赋》注引这句诗作"封畿千里"，封畿二字都是疆界的意思。　⑭维：是。　止：居。⑮肇：通"兆"。兆域，即疆域。　四海：《尔雅》："九夷、八狄、七戎、六蛮，谓之四海。"王肃说："殷道衰，四夷来侵，至高宗，然后始复以四海为境域也。"　⑯假（gé）：至，来朝。　⑰祁祁：众多的样子。　⑱景：景山，在今河南省商丘县，古称亳，商的都城。有人训景为大，亦通。　员：周围。　⑲何（hè）：通"荷"，担负、蒙受。

【译文】

上天命令神燕降，降而生契始建商，住在殷土多宽广。当初上帝命成汤，治理天下管四方。广施号令为君王，九州尽入商封疆。殷商先君受天命，国运久长安无恙，全靠武丁是贤王。后裔武丁是贤王，成汤大业他承当。十辆马车插龙旗，满载酒食来祭享。领土辽阔上千里，人民定居这地方，四海之内是封疆。四方夷狄来朝见，络绎不绝纷又攘。景山四周黄河绕，殷商受命治国邦，邀天之福永呈祥。

长　发

【题解】

这也是宋君祭祀成汤的诗。诗叙述汤的祖先契、相土的奠定国基，次述汤受命有天下和伐桀的功绩，末叙伊尹相汤。

濬哲维商①，长发其祥②。洪水芒芒，禹敷下土方③。外大国是疆④，幅陨既长⑤。有娀方将⑥，帝立子生商⑦。

玄王桓拨⑧，受小国是达⑨，受大国是达。率履不越⑩，遂视既发⑪。相土烈烈⑫，海外有截⑬。

帝命不违，至于汤齐⑭。汤降不迟⑮，圣敬日跻⑯。昭假迟迟⑰，上帝是祇⑱。帝命式于九围⑲。

受小球大球⑳，为下国缀旒㉑，何天之休㉒。不竞不絿㉓，不刚不柔，敷政优优㉔，百禄是遒㉕。

受小共大共㉖，为下国骏厖㉗，何天之龙㉘。敷奏其勇㉙，不震不动，不戁不竦㉚，百禄是总㉛。

武王载旆㉜，有虔秉钺㉝，如火烈烈，则莫我敢曷㉞。苞有三蘖㉟，莫遂莫达㊱。九有有截㊲，韦顾既伐㊳，昆吾夏桀㊴。

昔在中叶㊵，有震且业㊶。允也天子㊷，降于卿士㊸。实维阿衡㊹，实左右商王㊺。

【注释】

①濬(ruì)：睿的假借字，明智的意思。《毛传》和《郑笺》都训浚为深，浚哲训为"深智"，亦通。 维：是。 ②长：常。 发：发现。 ③敷：治理的意思。方：四方。 ④大国：指夏。 外大国：即夏朝统治区域以外。 ⑤幅陨：今作幅员，疆域。 长：广大。 ⑥有娀(sōng)：上古国名。在今山西运城蒲州镇。 将：大。 ⑦帝：指传说中简狄的丈夫高辛氏。 子：指有娀氏国的女子简狄。 商：指契。契长大了，当尧的司徒，封于商，所以诗人用商代契。 ⑧玄王：契。《国语》、《荀子》都称契为玄王。 桓：威武。 拨：韩诗作"发"，明的意思。 ⑨达：通。指契能通其教令于民。 ⑩率：循。 履：礼的假借字。王先谦《集疏》："三家履作礼。" 越：逾越。 ⑪视：视察。 发：实行。 ⑫相土：契的孙子。 烈烈：威武的样子。 ⑬有截：即截截，整齐的样子。 ⑭齐：齐一、一样。 ⑮降：出生。 ⑯圣：聪明智慧。 日跻：天天向上。 ⑰昭假(gé)：虔诚祈祷。 迟迟：形容长久的样子。 ⑱祇：敬。 ⑲帝：上帝。式：法式、榜样。 九围：即九域，九州的意思。 ⑳球：本作"捄"，法制。《广雅·释诂》："拱、捄，法也。" ㉑下国：指诸侯。 缀旒：表率、榜样的意思。㉒何：通"荷"，蒙受。 休：指美誉。 ㉓絿：急躁。 ㉔敷政：施政。 优优：宽和的样子。 ㉕遒(qiú)：聚。 ㉖共：拱的假借字，《鲁诗》作"拱"。《毛传》："共，法。" ㉗骏厖：《荀子·荣辱篇》引作"骏蒙"，《大戴礼·卫将军文子篇》引作"恂蒙"，覆庇保护的意思。 ㉘龙：通"宠"，荣誉。 ㉙敷奏：施展。按这句可能是错简，和上章的句次比较，应在"不戁不竦"句后。 ㉚戁(nǎn)竦(sǒng)：二字同义，都是恐惧的意思。 ㉛总：聚。 ㉜武王：指汤。载：始。 旆：发的假借字，出发。指出兵伐夏后桀。 ㉝有虔：即虔虔，坚固的

样子。　秉:执、拿。　钺(yuè):大斧。　㉞曷:通"遏",害。　㉟苞:树的本。指夏桀。　蘖(niè):树的枝。三蘖:指韦、顾、昆吾三国。　㊱遂、达:都是形容草木生长的样子。　㊲九有:九州。　㊳韦:亦名豕韦,夏的盟国,在今河南滑县东南。后为商汤所灭。　顾:夏的盟国,在今河南范县东南顾城。后为商汤所灭。　㊴昆吾:夏的盟国,在今河南许昌东。后为商汤所灭。　夏桀:夏朝末代的君主,名癸,恃勇暴虐,荒淫无度。汤起兵伐之,败之于鸣条,放之于南巢,夏亡。　㊵中叶:中世,指汤的时候。　㊶有震:即震震,威武的样子。业:大。　㊷允:诚信。　天子:指汤。　㊸降于:天赐与。　卿士:官名。指伊尹,汤的大臣,名挚。　㊹阿衡:伊尹的号。　㊺左右:左右手,辅助的意思。　商王:指汤。

【译文】

商朝世世有明王,上天常常示吉祥。远古洪水白茫茫,大禹治水定四方。扩大夏朝拓封疆,幅员从此宽又广。有娀氏国也兴旺,简狄为妃生玄王。

商契威武又英明,受封小国令能行,受封大国能行令。遵循礼制不越轨,遍加视察促实行。契孙相土真威武,海外诸侯齐听命。

上帝之命不违抗,代代奉行至成汤。汤王降生正当时,明慧谨慎日向上。虔诚祈祷久不息,无限崇敬尊上苍。帝命九州齐效汤。

接受上天大小法,表率诸侯作典范,蒙天之赐美名传。不相争也不急躁,不强硬也不柔软,施行政令很宽和,百样福禄集如山。

接受上天大小法,各国诸侯受庇蒙,蒙天赐与我荣宠。大施神威奏战功,不震惊也不摇动,不胆怯也不惶恐,百样福禄都聚拢。

汤王出兵伐夏后,锋利大斧拿在手,好比烈火熊熊燃,谁敢阻挡和我斗。一颗树干三个杈,没有一株枝叶稠。征服九州成一统,诛韦灭顾扫敌寇,昆吾夏桀也不留。

从前中期国兴旺,威力强大震四方。汤为天子诚又信,卿士贤明自天降。贤明卿士是阿衡,是他辅佐商汤王。

殷　武

【题解】

这是宋襄公祭祀赞美其父宋桓公的诗。据《春秋》僖公四年,鲁僖公会齐侯、宋公伐楚。诗反映的就是这件事。从诗的结构和文字方面看来,这首诗和前一首《长发》都分章,文字浅近,不像《周颂》的聱牙。这显然是模仿大小《雅》的形式,是春秋时代的作品。

挞彼殷武[1],奋伐荆楚[2]。罙入其阻[3],裒荆之旅[4],有截其所[5],汤孙之绪[6]。

维女荆楚[7],居国南乡[8]。昔有成汤,自彼氐羌[9],莫敢不来享[10],莫敢不来王[11],曰商是常[12]。

天命多辟[13],设都于禹之绩[14]。岁事来辟[15],勿予祸適[16],稼穑匪解[17]。

天命降监[18],下民有严[19]。不僭不滥[20],不敢怠遑[21]。命于下国[22],封建厥福[23]。

商邑翼翼[24],四方之极[25]。赫赫厥声[26],濯濯厥灵[27]。寿考且宁,以保我后生[28]。

陟彼景山[29],松柏丸丸[30]。是断是迁[31],方斫是虔[32]。松桷有梴[33],旅楹有闲[34]。寝成孔安[35]。

【注释】

①挞:迅疾的样子。　殷武:宋的武力。宋是殷的后代。故自称曰殷,殷武即宋武。　②荆楚:指楚国。楚国在鲁僖公前都称荆,到僖公二年(公元前658年)后才称楚。荆楚二字连称,好像后人称殷也连称为"殷商"一样。　③罙:深的本字。　阻:险要的地方。　④裒(póu):俘虏的意思。　旅:众。指兵士。　⑤有截:整齐划一的样子。　其所:指楚地。　⑥汤孙:指宋桓公。绪:功业。　⑦女:汝。　⑧国:指宋国。　⑨氐(dī)羌:古代两个民族。约分布在今陕西、甘肃、青海等省。　⑩享:奉献。　⑪来王:来朝见。⑫常:服从。　⑬天:指周天子。　多辟:众诸侯。　⑭绩:迹的假借字。禹之迹,指禹治水所经之处。　⑮岁事:指每年年终的祭祀大典。　来辟:来王,即来朝。　⑯祸:音义同过,罪过。　適:音义同谪,谴责、惩罚。　⑰稼穑:指农业生产。　解:通"懈"。　⑱监:视察。　⑲有严:严严,肃敬庄重的样子。　⑳僭:越礼。　㉑怠:懒惰。　遑:闲暇。　㉒命:指周天子的命令。下国:宋国自称。　㉓封:大。　建:建设。　㉔翼翼:整齐繁盛的样子。㉕极:榜样。　㉖赫赫:显著的样子。　声:名声。　㉗濯濯:光明。　灵:神灵。　㉘后:子孙后代。　生:语助词。　㉙陟:登。　景山:在宋都内。见《玄鸟》注⑱。　㉚丸丸:光滑而笔直的样子。　㉛断:砍伐。　迁:搬动。㉜方:是。　虔:虔刘、砍削。　㉝桷(jué):方的椽子。　有梴(chān):即梴

梴，木材长长的样子。　㉞旅：众多。　楹：柱。　有闲：即闲闲，大的样子。㉟寝：寝庙，祭祖先的庙。

【译文】

殷商大军疾如风，讨伐楚国真奋勇。长驱深入险阻地，大败楚军擒敌众，所到之处皆报捷，汤王子孙赫赫功。

荆楚之邦听端详，你们住在宋南方。昔我远祖号成汤，即使遥远如氐羌，谁敢不来献宝藏，谁敢不来朝汤王，都说服从我殷商。

天子下令诸侯听，禹治水处建都城。年终祭祀来朝见，不给你们加罪名，但莫松懈误农耕。

天子下令去视察，下民肃敬实可嘉。不敢妄为违礼法，不敢松劲又拖拉。天子下令我宋国，努力兴建福禄大。

商都繁华又齐整，好给四方作标准。他有赫赫好名声，光焰灿灿显威灵。他既长寿又安宁，保我子孙常昌盛。

登上高高景山巅，苍松翠柏参云天。锯断松柏搬回去，又砍又削把屋建。松树椽子长又大，根根柱子粗而圆。寝庙建成神灵安。